आयदान

आयदान

उर्मिला पवार

अनुवाद

सौ. माधवी प्र. देशपांडे

वाणी प्रकाशन

वाणी प्रकाशन

'लोगो' वाणी प्रकाशन : मक़बूल फ़िदा हुसेन

वाणी प्रकाशन, 4695, 21-ए, दरियागंज, नयी दिल्ली-110002

वाणी प्रकाशन, अशोक राजपथ (पटना कॉलेज़ के सामने), पटना (बिहार)

AAYADAAN

by Urmila Pawar

Translated by Sau. Madhavi Pra. Deshpandey

Autobiography

ISBN : 978-93-5000-287-2

महाराष्ट्र राज्य हिन्दी साहित्य अकादमी
के सहयोग से प्रकाशित

प्रथम संस्करण

मूल्य : 125/-

वाणी प्रकाशन

फोन : 0091#11#23273167, फोन व फैक्स 23275710

वेबसाइट : www.vaniprakashan.in

ई-मेल : vaniprakashan@gmail.com

आर.टेक ऑफसेट प्रिंटर्स द्वारा दिल्ली-110095 में मुद्रित

समर्पण–

हरिश्चन्द्र, उसके
और
मेरे माता-पिता
और
हम दोनों के
भाई बहनों के नाम...

मुझे यह कहना ही होगा...

बड़ी चाह थी कि सर-पीठ पर बोझा लादकर, पेट पालने वाली मेरी जिन देहातिनों ने मुझे गोदी में उठाकर, कन्धों पर बिठाकर मेरा बचपन सँवारा, उनके ऋण से अंशमात्र तो मुक्ति पा सकूँ। इसीलिए 'बालपण' (बचपन) लिखा, जो बच्चों की पत्रिका ('अबब हत्ती के' 1989 के दीपावली विशेषांक में) सर्वप्रथम छपा तथा आगे भी तीन-चार साल तक छपता रहा।

शायद मेरे इस लेखन को बच्चों के साथ-साथ बड़ों के लिए भी योग्य समझा गया होगा, तभी अक्षर, चार्वाक, प्रेरक, ललकारी आदि पत्रिकाओं ने भी इसे स्थान दिया। सन 2002 के 'मिलून सान्याजणी' पत्रिका में छपे मेरे, पहली रात के बेबाक अनुभव के कारण मेरे आत्मकथन के बारे में उत्सुकता जगी। पाठकों के अनुकूल अभिप्राय के कारण मुझे भी प्रोत्साहन मिला। लेकिन रोजमर्रा के जीवन की व्यस्तता में, पिछले जीवन को समेट कर लिखने के लिए, जीवन के पिछले पलों को वक्त नहीं मिल रहा था। कवयित्री उषा मेहता ने यह जाना और लगभग जबरदस्ती ही मुझे लिखने के लिए उद्युक्त किया। उन्हीं की मीठी जबरदस्ती के कारण साठ की उम्र के नजदीक, मैं यह लिख सकी। आये द्वारा प्राप्त यह आयदान बुन कर पूरा कर सकी। प्रमिला शान्ताराम पवार (शान्ताराम पवार की पत्नी), मेरी भाभी (निर्मला कृष्णा पवार), मेरी अक्का (शान्ताबाई धर्माजी जाधव) तथा भाई (शाहू अर्जुन पवार) आदि ने पिछली यादें ताजा करने में सहायता की। सिसिलिया काव्हालो, कुन्दा प्र. नि., नागोजी जाधव ने भूली-बिसरी बातें याद दिलायीं। मेरी दोनों बेटियों ने भी भरसक सहयोग दिया तथा मेरे आयदान के बिखरे रूप को सँवार कर, सुडौल बनाने का कष्टप्रद काम कर ग्रंथाली प्रकाशन के श्री. दिनकर गांगल जी ने इसे प्रकाशित किया। औपचारिकता वश मैं इन सब का शब्दों में आभार व्यक्त कर रही हूँ, परन्तु वास्तव में यह ऋण ही है।

–उर्मिला पवार

आत्मभान

आयदान...प्लास्टिक युग से पहले हमारे घरों में बाँस से बनी टोकरियाँ, डलिया, सूप एवं चालनियों की बहुतायत होती थी। इन सब को सामान्य रूप से 'आयदान' कहा जाता है। इसका दूसरा नाम 'आवतं' भी है। बाँस छीलकर आयदान बनाने का व्यवसाय महाराष्ट्र में बुरुड़ जमात के लोग करते हैं, किन्तु कोंकण प्रान्त में यही व्यवसाय महार जाति के लोग किया करते हैं। आज भी यह व्यवसाय क्षीण रूप में क्यों न हो, पर टिका हुआ है।

आये आयदान बनाती थी। आये का आयदान और मेरे लेखन की बुनाई मुझे एक-सी दिखायी देती है, जो पीड़ा के धागे से बुनी हुई है।

आज, जब मैं मुड़कर अपने जीवन पर दृष्टि डालती हूँ, तो मुझे धर्म परिवर्तन का दौर विशेष महत्त्वपूर्ण लगता है। धर्म और धर्म परिवर्तन क्या है? यह क्यों करना है? कौन हमें धर्म परिवर्तन के लिए कह रहा है? आदि बातें, हम बच्चे तो क्या बड़े भी नहीं जानते थे। फिर भी धर्म परिवर्तन किया। नेताओं के वक्तव्यों से धीरे-धीरे समझ आने लगा कि हम क्या बन गये हैं।

कोंकण में दलित बस्तियाँ गाँव की सीमा पार नहीं, बल्कि गाँव के बीच ही, कभी भी बुला भेजने की दूरी पर बनी होती हैं। शायद इसीलिए कुछ खुराफात हुई नहीं कि चारों ओर से घिर जाने की संभावना के कारण कछुए की तरह अपने में ही सिमट कर धीरे-धीरे कालक्रमणा करती हुई यह बस्ती...धर्म परिवर्तन के बाद इस की धीमी जीवनगति में कुछ तेजी आने लगी। नये धर्म के प्रति तथा बुद्ध-आम्बेडकर की प्रतिमाओं के प्रति कौतूहल जगा। पहले की देव प्रतिमाओं की जगह बुद्ध-आम्बेडकर की प्रतिमाओं की स्थापना कर, हार-फूल चढ़ाकर फिर आदत के मुताबिक मन्नत माँगने के लिए जबान उठी नहीं थी और तभी हमारे नेताओं (अग्रणी) ने समझाया कि हमें इन से कुछ माँगना नहीं है, केवल आदर और कृतज्ञता सहित प्रणाम करना है क्यों कि वांछित की प्राप्ति तो हमें उनके विचारों से ही हो गयी है। यह धर्म नहीं 'धम्म' है...जीवनमार्ग दिखाने वाला, सामाजिक शक्ति सँजोया हुआ...अर्थात तब सभी नया था और अनाकलनीय भी।

सफेद वस्त्रों के प्रति भी कौतूहल था। जहाँ पहनने के लिए पर्याप्त कपड़े मुनासिब नहीं थे, वहाँ ये नये, सफेद वस्त्र देखकर आँखें चमक उठीं। फिर सुना कि नामकरण, विवाह एवं अन्त्यसंस्कार के अवसर पर सफेद वस्त्र पहनने का नियम

बना है। सफेद रंग का आग्रह इसलिए था क्योंकि सफेद रंग पर हल्का-सा दाग भी स्पष्ट दिखायी देता है, इसलिए 'आचरण शुद्ध एवं दागरहित रखने की सीख देने वाला यह रंग है,' ऐसा हमारे नेताओं ने समझाया। यही कारण था कि गैर दलितों द्वारा पूछे गये–'सधवा के लिए विधवा की पोशाक क्यों?' जैसे प्रश्न महत्त्वहीन हो गये। यहाँ तक तो छोटे-मोटे बदलावों का स्पष्टीकरण हम बच्चे-कच्चे भी देने लगे थे। परन्तु अहिंसा का तत्त्व आसानी से गले नहीं उतरा था, उसका क्या करते? 'जीवो जीवस्य जीवनम' का तत्त्व तथागत भी मानते थे, परन्तु मानव के मन का विचार अधिक महत्त्वपूर्ण होता है। इस दृष्टिकोण से 'मात्र हिंसा के लिए हिंसा स्वीकार्य नहीं है। यदि हम तलवार उठायें, तो सामने वाला भी तलवार से जवाब देगा। यदि मनुष्य मात्र को जीतना हो तो क्रोध या द्वेष से नहीं, बल्कि प्रेम से जीता जा सकता है।' तथागत का यह दर्शन समाज के अग्रणी आसान भाषा में समझाते थे।

आगे चलकर दलित साहित्य एवं आन्दोलन के सम्पर्क में आने के बाद दलित शब्द अधोरेखित हुआ। 'दलित' शब्द का समाज के ही एक वर्ग ने यह कहकर विरोध किया कि–"अब हम बौद्ध हैं, दलित कहाँ रह गये हैं?" इस पर साहित्यकारों ने दलित शब्द की नये सिरे से व्याख्या करते हुए कहा कि समाजव्यवस्था के बोझ तले दबा, कुचला हुआ व्यक्ति, उपेक्षित, मगर इस व्यवस्था का विरोध करने वाला विज्ञानवादी तथा मानवतावादी व्यक्ति 'दलित' कहलाता है। इस परिभाषा को अब विश्वस्तर पर मान्यता मिल गयी है। सच कहा जाये तो सवर्ण, अवर्ण, दलित, बौद्ध, या स्त्री आदि कोरे शब्दों की अपेक्षा 'कोऽहम' का ज्ञान अधिक अहम है। अधिक महत्त्वपूर्ण है आत्मभान, जो दलित समाज ने आम्बेडकरवादी विचारों के माध्यम से पाया।

आज के जमाने में शिक्षा तथा नौकरियों के कारण जो दलित वर्ग गरीबी की रेखा से ऊपर उठकर मध्यवर्ग में शामिल हो गया है, वह रंग-रूप में फर्क न होने के कारण अन्य समाज में घुल-मिल सा गया है। अतः जातिभेद का उग्र रूप अब प्रायः दिखायी नहीं देता। फिर भी जैसे किसी जंगल में खूँखार जानवरों की संख्या घटते-घटते आँखों से ओझल हो जाये उसी तरह जाति भी ऊपरी सतह पर भले ही दृष्टिगोचर न हो, परन्तु कहीं किसी झाड़ी के पीछे आज भी झपटने को तैयार किरण साधकर बैठी है। तेज गति वाहन में चलने वालों को भले ही उनकी खूँखार आँखें दिखायी न दें, पैदल चलने वालों को वे निश्चित ही दिखायी देती हैं और दिल दहला देती हैं।

स्त्रियों के बारे में यदि सोचें तो हाल यही है। मर्दों की इस दुनिया में लगभग आधी आबादी स्त्रियों की है, इसी बात पर पढ़-लिख कर स्त्रियाँ मर्दों के कन्धे से कन्धा मिलाकर आत्मविश्वास से खड़ी हैं। लेकिन जब मैं सोचती हूँ कि आज की दलित स्त्री कहाँ है, तब मुझे दलित स्त्री जीवन की दो धाराएँ दिखायी देती हैं। पहली

धारा की दलित स्त्री, जो गरीबी की रेखा के नीचे रहती है, इसका जीवन चित्र डराने वाला है। झुग्गी बस्ती में, सड़क के किनारे, स्टेशन पर, गन्द में बच्चों को लादकर भीख पर पलने वाली। गटर में, कूड़े के ढेर पर कचरा बीन कर जीने वाली। जी-तोड़ मेहनत करती, यह अपने बच्चो को पढ़ाती-लिखाती है। ऐसी स्त्रियों में कई तो मेहनत-मजदूरी करती, नौकरानी का काम करती, अपने बच्चों को अंग्रेजी स्कूल में भेज कर परिस्थिति से समझौता करने का प्रयास करती है।

दूसरी धारा की स्त्री, इससे ऊपर वाले स्तर की है। ये पढ़-लिख कर नौकरी करने लगी हैं। नौकरियों के कारण आर्थिक स्तर भी ऊँचा हो चला है। इन्हीं स्त्रियों की वजह से दलित और गैर दलित के बीच का लगभग सौ साल का अन्तर अब करीब आधा रह गया है। इसी कदम पर हम देखते हैं कि वैश्वीकरण, निजीकरण तथा धार्मिक सत्ता के ध्रुवीकरण से जो होड़ का वातावरण निर्माण हो गया है, उसके कारण अगली और उससे अगली पीढ़ियों का भविष्य संकट में पड़ गया है। जिसकी छाया बाकी समाज पर भी पड़ी है। आशा बस इतनी ही है कि जीने की अदम्य इच्छा तथा लगन लिए हुए मानव अवश्य ही नये मार्ग खोजेगा और जो खोजेगा वह मानव ही रहेगा।

--उर्मिला पवार

मेरी लेखनी से...

मराठी साहित्य विश्व की इस स्वर्णिम कृति 'आयदान' का हिन्दी अनुवाद प्रस्तुत करते हुए मुझे गर्व महसूस हो रहा है। 'आयदान' की लेखिका श्रीमती उर्मिला पवार ने जिस बेबाकी और सच्चेपन से अपनी आत्मकथा का निवेदन किया है, वह निश्चय ही प्रशंसनीय है। जीवन के भले-बुरे अनुभवों को सकारात्मक दृष्टि से देखने वाली लेखिका, राह के रोड़ों से आहत होते हुए भी विजयी है। धाराप्रवाह भाषा में लिखे गये इस आत्मकथन का हर प्रसंग पाठक के दिल को छू लेता है।

अनुवाद की प्रक्रिया में समय-समय पर लेखिका से विचार-विमर्श होता रहा है। अनुवादित पुस्तक में लिखे गये कुछ प्रसंग मूल पुस्तक में नहीं है, लेकिन स्वयं लेखिका की सूचना के अनुसार, चर्चा के उपरान्त वे प्रसंग अनूदित कृति में शामिल किये गये हैं। कहीं-कहीं पर मूल कृति पर की गयी कठोर समीक्षा के प्रति लेखिका संवेदनशील है, अतः मूल कृति के कुछ अंशों का स्पष्टीकरण अनुवाद में, लेखिका की इच्छानुसार ही दिया गया है। इसी प्रकार कुछ बातें, जो किसी कारणवश मूल कृति में कहनी रह गयी थीं, वे भी, लेखिका की इच्छानुरूप ही, अनूदित कृति में, कही गयी हैं।

कृतज्ञतापूर्वक अपनी यह नवीनतम अनुवादित कृति 'आयदान' मैं हिन्दी साहित्य विश्व को समर्पित करती हूँ।

—सौ. माधवी प्र. देशपांडे
ठाणे

आयदान

सिर पर गर्दन तोड़ लकड़ी का गट्ठर, घास के पूले, धान, रागी का टोकरा, बाँस की कमाचियों अथवा मौसमी आम, कच्चे आमों का बोझा लादकर, बेचने के लिए रत्नागिरी के हाट की ओर निकली देहातिनें या हमारे गाँव में रहने वाली रिश्तेदारिनें, पहाड़ की पहली घाटी तक पहुँचतीं और तब घाटी पार करने के पहले, चुनिन्दा गालियों की बौछार से, हमारे पुरखों का ही बेड़ा पार कर देतीं।

गालियाँ देने का कारण था कि हमारे पुरखों को बसने के लिए, सारी दुनिया से दूर, पहाड़ की दुर्गम घाटियों में धँसा यही 'फणसवले' गाँव ही बचा था? कहीं और नहीं बसा जा सकता था? फणसवले से हाट पहुँचने के लिए पहले तो राह में खड़ी दो पहाड़ियाँ लाँघो। इन पहाड़ियों की टेढ़ी-मेढ़ी, कंकरीली और तीखी चढ़ाई वाली राहें, चलते हुए कलेजा मुँह को आ जाता था। जरा नजर चूकी नहीं कि घाटी में गिरकर गुम कर देने वाले, फिसलन भरे रास्ते और इन फिलसते ढलानों के छोर पर, अनेक छोटे-बड़े डोह अपने में समाये, जंगलों और घाटियों से चक्कर घिन्नी खाती हुई दो नदियाँ...। इतना सब पार करने के बाद शहर की ओर जाने वाला धूल-धक्कड़ से भरा मीलों लम्बा रास्ता, हर ठोकर के साथ पुरखों की याद दिला देता था।

यहाँ की घाटियों में दिन-दहाड़े शेर की दहाड़ कलेजा कँपा देती थी। कभी-कभी तो सुना है कि किसी-किसी ने शेर देखा भी था। इसके अलावा आने-जाने वालों की खोज-खबर लेते हुए, राह पर रेंगते साँप और सँपोलों से बचते हुए, चलने वाले जान हथेली पर लेकर ही चलते थे। इन जानवरों के तीखे, धारदार दाँतों के समान, नुकीली-कँटीली घास का कवच पहने सपाट, उजाड़ मैदान, इन मैदानों पर बहने वाली, झिंझोड़ती हुई तेज हवा के झोंके और बिना जगत के कुओं में रहने वाली आसराओं (पानी की भूतनी) की कथाएँ दिल दहला देती थीं। इन झाड़ियों की आड़ में, राह चलती, अकेली औरत को डराते वासनान्ध मर्द और इस वासना की आग में चीथड़े-चीथड़े होती आबरू, औरतों को दहशत से कँपा देती थी।

बरसात में तो कदम-कदम पर जान की बाजी लगानी पड़ जाती थी। आसमान फाड़कर बरसने वाला धुआँधार पानी, गरजती, कड़कती बिजली, पहाड़ी से नीचे दौड़ते हुए पानी के बड़े-बड़े प्रवाह, मिट्टी ढह जाने से, नुकीले दाँतों की तरह निकल आये कंकर-पत्थर, भरपूर फैली मस्त झाड़ियाँ, घने जंगल, लबालब भरकर बहती नदियाँ और उन पर बने सड़ियल, कच्चे पुल, ये सारी ही चीजें, हर पल जीवन-मरण का प्रश्न खड़ा कर देती थीं। परन्तु इन सारे संकटों पर मात करती थी पेट की भूख और

इसी कारण वश लकड़ी के गट्ठरों, घास के पूलों को पेड़ के पत्तों, छाल, कम्बल आदि से ढाँककर लोग हाट-बाजार की राह पकड़ते थे। उनके चीथड़ों में लिपटे सूखे काले देह, सींकिया टाँगें, नंगे पैर, पसीने से डबडबाये या बारिश से चिपचिपाये बेनूर चेहरे, अन्दर धँसे पेट, काली पड़ गयी हथेलियाँ, सूखी उँगलियाँ और जुती जमीन की तरह तलवों में पड़ी दरारें...मानो साक्षात मुर्दे ही, जीने की अपार चाह लिये, तेज-धार में डूबते-उतारते, चट्टानों से टकराते, खिंचे चले जा रहे हों। जीना जब इतना मुश्किल हो जाये तो इसे और मुश्किल बनाने वाले पुरखों को कोई गालियाँ कैसे न दे? औरतें पूछतीं और फिर से गालियों की बौछार शुरू हो जाती।

'ठठरी उठे हरामी की...मुँहजला, यहाँ कहाँ आ मरा। उस मादरचोद को बसने के पहले ये पहाड़ी घाटियाँ, जंगल दिखे नहीं? बज्जर गिरे उसके मुँह पर...' आदि-आदि।

इन्हीं औरतों में एक हमारी माँ (आये) भी थी। वह भी खूब गालियाँ बकती थी। उसके मुँह से भी हमने ये गालियाँ सुनी थी? अर्थात मेरे शिक्षक पिता ने बच्चों की पढ़ाई-लिखाई की खातिर 'फणसवले' गाँव छोड़कर रत्नागिरी शहर में, बिल्कुल बाजार की राह से लगा छोटा-सा झोंपड़ीनुमा मकान बनाया और हम सब भाई-बहन शहर के वासी बन गये थे। परन्तु इससे पहले 'आये' ने भी गाँव की राहों पर पर्याप्त एड़ियाँ रगड़ी थीं।

हम बच्चों को शुरू से ही अपने गाँव का बेहद आकर्षण था। पाठशाला में, चाहे जिस बहाने से छुट्टी मिले, नदी में तैरने के लिए, करौंदे, तोरण, कच्चे आम खाते-खाते पहाड़ी में घूमने के लिए, हम रत्नागिरी के बाजार में आने-जाने वाली देहातिनों के साथ, अपने उस दुर्गम ग्राम की ओर चल पड़ते थे। मुझे तो आते-जाते उन देहातिनों की बातें सुनने का बड़ा शौक था। एकदम खुलेपन से चलती थीं वे बातें। समय-समय और जगह-जगह पर उन बातों के स्वर बदलते, लय बदलती, रंग और गन्ध भी...।

सुबह मुँह अँधेरे में गट्ठर और बोझे लेकर निकलते वक्त सब की आवाजें दमदार और ऊँची होतीं। निकलने की तैयारी करतीं वे आपस में पूछताछ करतीं, कि 'गट्ठर बँधे या नहीं,' न बँधा हो तो हल्की-सी लताड़ भी बतातीं। कोई तेज आवाज में घर की बड़ी-बूढ़ी को, बच्चों का ध्यान रखने के लिए जता रही होती कि कहीं बच्चे नदी पर न चले जायें...तो कोई चलते-चलते पड़ोसन से चिरौरी करती कि..."बच्चा बुखार से तप रहा है, इसे समय पर दवा देती रहना हाँ...और तकिये के नीचे विभूति भी रखी है, वह भी उसके माथे पर टेक देना। मैं बस गयी और आयी..."

वह भले ही जल्दी लौटने का लाख वचन दे शाम को दिया-बत्ती लगने से पहले

वह नहीं लौट सकेगी, यह कहने वाली जानती थी और सुनने वाली भी। जाने की हड़बड़ी में भी जिदियाते बच्चों से, गुड़ लाऊँगी...चने लाऊँगी...सूखा बोंबिल (मच्छी का एक प्रकार) लाऊँगी...आदि वादे कर के पीछा छुड़ाती, और फिर भी जिद्दी बच्चे न मानें तो पत्थर या सूँटी लेकर—"हरामी, जा वापस, नहीं तो टाँग तोड़ दूँगी" की धमकी भी देती थीं। उन औरतों के साथ हमें भी शहर वापस जाते देखकर, कुछ बच्चे तो इतना रोना-पीटना मचाते कि पूरा गाँव जाग जाता था।

बच्चों को जैसे-तैसे चुप कराकर वे अपनी राह पकड़तीं और आपस में—'क्यूँ बच्चा बीमार है?'...क्या होता है उसे?'...'कब से'? आदि पूछताछ करती चलने लगतीं। राह जल्दी कट जाये तथा सिर का बोझ भी हल्का लगे, इसलिए वे जाने कहाँ-कहाँ की बातों से जी बहलाने की कोशिश करती थीं। अब रोज-रोज नयी-नयी बातें भी कहाँ से लायें, सो किसी छोटी-सी बात को भी खींच-तानकर लम्बा कर के बतातीं और अपने जीवनक्रम का भी वर्णन करती थीं। जैसे—'पहले मुर्गे की बांग के साथ ही मैं उठ गयी। पाँव से ही बिस्तर सरकाया...चूल्हे की तरफ गयी...कोने में रखी गागर उठाकर बाहर आयी...बाहर आकर देखा तो आसमान में धुँधलका था...उसी उजाले में नदी पर गयी...नित्यकर्म निपटाया और गागर पानी से भर लायी, तब तक मुर्गे की दूसरी बांग भी हो गयी।...मैं सोचने लगी कि अब आग किससे माँगूँ? ये बच्चे (हम भाई-बहन) रत्नागिरी जाने वाले थे, इसी से इनकी चाची जाग गयी थी।...फिर खपरैल लेकर उस के घर गयी...उसने कंडे पर छोटा-सा अंगारा रखकर दिया, उसे फूँकती-फूँकती घर लौटी...' यहाँ से शुरू कर फिर आगे चूल्हा जलाया, भाकरी (चावल की रोटी) और सब्जी बनायी। बिल्ली से बचाने के लिए भाकरी आले में छिपा कर रखी आदि सिलसिला स्लो-मोशन में बताते-बताते एक-चौथाई या आधी घाटी बातों ही बातों में पार हो जाती थी। इस घाटी को अपाहिज घाटी क्यों कहते थे पता नहीं। शायद तीखी चढ़ाई, चढ़ने वाले को अपाहिज बना देती थी, इसलिए ऐसा नाम पड़ा होगा।

उस वक्त घर-घर में पियक्कड़ों की कमी नहीं थी। इसी से शराबी पति की मार खाकर, दुखते बदन से, काँखती-कराहती, चलने वाली एकाध तो होती ही थी। कोई पूछता तो वह भरभराकर दुखते मन की भड़ास निकाल देती थी—"कीड़े पड़ें उस हरामी के, हाथ झड़ जायें" आदि से शुरुआत कर अपने पिटने के अनेक कारण विस्तार पूर्वक बताती, जैसे—शराब के लिए पैसे नहीं दिये, खाना देरी से परोसा, घर खर्च के पैसे माँगे या बच्चे के इलाज के लिए पैसे माँगे आदि कारणों पर, इसी अन्दाज में चर्चा करती, बुरा-भला कहती कोसती, वे अपनी राह काटती थीं।

बहुएँ भी पिटती थीं। बहू के लिए हर सास एक बात अवश्य कहती थी...तब मैं उस बात का मतलब नहीं समझती थी, पर आज याद करती हूँ तो हँसी आती है। सास अपनी बहू का वर्णन करती हुई कहती कि 'राँड अपनी गाँड का पानी तक

नहीं देगी।' इसी तरह मुम्बई में रहने वाली नौकरी-पेशा लोगों की घमण्डी औरतों के बारे में ये देहातिनें कहतीं..."राँड की गर्दन देख कैसी तनी है, हिलती तक नहीं।"

इधर-उधर की बतियाते जब हमारा गुट घाटी पार कर आसराओं के कुएँ के करीब पहुँचता तो घाटी चढ़ने से ऐंठे पाँवों को तो राहत मिल जाती पर अब आसराओं से डर लगने लगता। यहाँ पहुँच कर सभी के सुर भी बदल जाते तथा बातों के विषय भी...। तेज मैदानी हवा इन देहातिनों के सिरों पर रखे बोझे में घुसकर उन्हें चक्कर घिन्नी खिला देती तथा गर्दन अकड़ा देती थी। बिखरे बोझे सँभालने के प्रयास में, भटके राहगीर की तरह इधर से उधर गिरती-पड़ती वे बातें करना भी भूल जाती थी। फिर कहते हैं कि कुएँ में रहने वाली आसराओं को भी जोर की आवाजों से चिढ़ थीं। इसलिए सिर के बोझे को एक हाथ से सहारा देते हुए, आसराओं की दिशा में हाथ जोड़कर—"हमारे बच्चों को सुखी रखना माता..." बुदबुदाती वे मूक चलने लगती थीं।

मैदान पार करने पर पहाड़ी का घुमावदार ढलान आता था। इन्हीं घुमावदार मोड़ों की आड़ में, एकान्त में चुगलियों का लेन-देन चलता था। 'पिछली अमावस को, बदन पर कम्बल बाँधकर, किसने किसके आम चुराये या लकड़ी के लिए किसका पेड़ काट दिया, किसका धान चोरी-छिपे काट दिया था, किस के खेत में मवेशी छोड़ दिये, आदि से लेकर 'कौन किसके बिस्तर में घुसा' यहाँ तक की सारी कनफुक्कियाँ भी बढ़-चढ़कर सुनाती थीं। हम बच्चों को अगर कान लगाये देख लेतीं तो डाँटकर भगा देती थीं। परन्तु हम तभी जान जाते थे कि इन बातों का बतंगड़ बनने में देर नहीं लगेगी।

पहाड़ी का ढलान खत्म होने पर नीचे बहती 'मिरजोल' गाँव की नदी की कलकल कानों में पड़ती और हम बच्चे दुलकी चाल से पानी के मोह से खिंचते हुए घाटी उतरने लगते।

सहसा बीच राह में ही उन देहातिनों को बच्चों की याद सताने लगती...'कैसा होगा मेरा लाल, दवा ली होगी या नहीं।' किसी सद्यप्रसूता की छाती में दूध भर आता। बड़े-बड़े पथरीले ढलान पार करते समय, उसकी छाती में और भी दर्द होता तथा दूध टपकता था। दूध टपकने का अर्थ होता है कि बच्चा भूख से व्याकुल होकर बिलख रहा है। इसी विचार से बेचारी जच्चा फूट-फूट कर रोने लगती और बाकी साथिनें उसे सान्त्वना देकर समझातीं...'रोती क्यों है! पिछली बार जब जनी हाट गयी थी, तब तूने उसके बच्चे को दूध पिलाया था न? फिर आज क्या वो तेरे बच्चे को दूध नहीं पिलायेगी? चल, मान ले कि नहीं पिलाया, तो भी गाँव में कोई न कोई तो उसे खिमटी खिला ही देगी...बस, अब मत रो, चल।' अगर पहला बच्चा हो तो वे माँ को सलाह भी देतीं—'दूध टपक रहा है न, उसे जमीन पर मत टपकने देना, कहीं चीटियों ने चाट लिया तो दूध सूख जायेगा। दूध को पत्ते में जमाकर...पेड़ की जड़

में डाल देना, जिससे दूध बढ़ेगा।'

औरत के जनम को कोसती वे नदी के किनारे रुकतीं। एक दूसरे की मदद से सिर के बोझे उतारे जाते तथा वे घड़ी भर को सुस्ता लेतीं। हम सब दौड़कर नदी में उतरकर तपे हुए पैरों को ठंडक पहुँचाते फिर बाजू वाले झरने का शीतल जल जी भरकर पीते थे। "झरने का पानी नदी के पानी से ज्यादा ठंडा और साफ होता है– वे कहतीं और अंजुली भर-भर कर के ऐसे गटागट पानी पीतीं जैसे युगों की प्यास बुझा रही हों। अपने सूखे, मुरझाये चेहरों पर वे छपाक-छपाक के छीटें मारतीं। धूप से झुलसी उनकी गालों की चमड़ी चमकती थी, नाक की उठान स्पष्ट हो जाती तथा माथे की बिन्दी गीली होकर नाक तक बहने लगती। बिखरे बाल सँवारकर कमर में खोंसी हुई चंची (पान का बटुआ) निकालकर आपस में पान, सुपाड़ी, कत्थे-चूने का लेन-देन करतीं, पान का डंठल दाँत से चबाकर फेंकतीं तथा पान मुँह में दबाकर, फिर बोझे उठा लेती थीं। "चलो बच्चों, अभी एक घाटी और बाकी है। टट्टी-वट्टी लगी हो, पेशाब आयी हो तो यहीं कर लो, नहीं तो घाटी चढ़ते-चढ़ते चड्ढी पीली कर दोगे..." कहती, हँसी-ठट्ठा करती वे चलने लगती थीं।

'मिरजोल' की घाटी दम निकाल देती थी। पाँव ऐंठ जाते थे। घाटी चढ़ते समय पाँव के नीचे दबते, सूखे पत्तों की चरमराहट के साथ साँसों की धौंकनी भी सुनायी देती थी और इसी कठिन मुकाम पर चुगली की शिकार कोई औरत, चुगली करने वाली को छेककर तीखे स्वर में पूछती–"क्यूँ री, तब क्या कह रही थी तू?"

"क्या कहा?"–चुगलखोर सतर्क होकर लेकिन उसी तीखी आवाज में पूछती। हालाँकि उसे अच्छी तरह मालूम हो जाता कि अब वह छूट नहीं पायेगी।

–"तब तूने नहीं कही, बिस्तर-विस्तर पर चढ़ने की बात? कौन चढ़ा? किसके बिस्तर पर?..."

–"नहीं बाबा–मैं क्यूँ बोलूँ? हाँ, वो येसू या और कोई कह रही थी।"

कुछ ही देर पहले नमक-मिर्च लगाकर बढ़-चढ़कर किस्से सुनाने वाली अब की साफ मुकर जाती और सारा मामला दूसरी अनुपस्थित स्त्री पर ढकेल कर छुटकारा पा लेती थी। तब तो बात दब जाती, लेकिन पूछने वाली के तमतमाये चेहरे की गर्मी से हम जान जाते थे कि घर पहुँचने पर ये मामला फिर गर्म होने वाला है। सास-बहू के भी कितने ही झगड़ों को हम पहले ही भाँप लेते थे।

इन देहातिनों के बदन से, कपड़ों से काजू, आम, बिब्बा, घॉस, लकड़ी, राख, मिट्टी, गोबर आदि की सम्मिलित गन्ध आती, पर इसके अलावा भी उनकी बतायी बातें, यादें हमारे जेहन में इस तरह रच-बस गयी थीं कि उस स्थान विशेष में स्थित चर-अचर वस्तु की गन्ध उनमें बसी मिलती थी। कभी आम का बौर, खिली हुई कुड़ा वनस्पति, पहली बारिश की मिट्टी, कीचड़, शैवाल, इतना ही नहीं पेड़ों के तनों से निकलते दूध या गोंद की गन्ध भी उस प्रसंग विशेष को उजागर कर देती थी। नदी

और झरनों की कल-कल तथा हवा की साँय-साँय, पक्षियों की आवाजें भी उन प्रसंगों के साक्षी बनते थे।

'मिरजोल' की घाटी पार कर ऊपर आते तो सपाट मैदान के दूसरे छोर पर खड़ा जामुन का विशाल वृक्ष, इस बात का अहसास दिलाता कि अब बस मामूली-सा सफर बाकी है। पैरों में जैसे नयी ताकत आ जाती और साथ ही देहातिनें चिल्लाकर हमारा उत्साह बढ़ातीं–"देखो रे देखो, कोढ़ियों का बँगला आ गया...बस, आ गयी रत्नागिरी।"

मोडक का बँगला अर्थात लेपर हॉस्पिटल...शहर से निकाल बाहर किया हुआ था। माझगाँव, शील, मिरजोले, केलये आदि गाँवों से आती चौड़ी सड़क जामुन के वृक्ष से होकर गुजरती थी। इसी रास्ते से स्टेट ट्रान्सपोर्ट की बसें, मोटर, साइकिलें, बैलगाड़ियाँ धूल उड़ाती गुजरतीं तथा बोझे वालियों को तितर-बितर कर देती थीं। गाँव के मालदार व्यक्ति यही सफर दूर के रास्ते से, बैलगाड़ियों से ही करते थे। हम कुछ और फासला, थके पैरों से पैदल ही तय करते थे।

बाजार के रास्ते पर ही हमारा घर था। घर देखते ही हम दौड़ पड़ते थे। आँगन में बैठी 'आये' टोकरियाँ, झौवे, डलिया बुन रही होती और हमें साथ लेकर आयी देहातिनें दूर से ही चिल्लाकर कहतीं–"ओ मास्टरनी, (पिताजी मास्टर थे इसलिए) तेरे बच्चों को हम ठीक से, सँभालकर ले आयी हैं। देख ले, कहीं गिरकर चोट-वोट तो नहीं आयी है, नहीं तो बाद में बुरा-भला कहेगी।" कहते-कहते ही वे बाजार की ओर दौड़ पड़ती थीं।

बाजार में गली-गली घूमकर वे अपने सर पर ढोकर लाया हुआ माल बेचतीं तथा फिर से उसी तरह घूम-घूमकर घर के लिए सौदा खरीदतीं। गुड़, तेल, चाय, जहाँ सबसे सस्ता मिले, सो खरीदकर, छोटी-छोटी पुड़ियाँ टोकरे में डालकर, बचे पैसों से सस्ती मछली, नमकीन, बच्चों के लिए भुने चने, मुरमुरे आदि खरीदकर वापसी की राह पकड़ती थीं। ऐसे ही गाँव वापस जाने वाली स्त्रियों के गुट के साथ हम गाँव जाया करते थे।

वापसी में सर पर बोझा नहीं होता था–टोकरियाँ हल्की-फुल्की होती थीं। कुछ देर हमारे आँगन में रुककर, कुएँ का पानी पीकर, मच्छी बाजार से खरीदी छोटी मच्छी भूँजकर भाकरी के साथ खाकर फिर निकलतीं, तो कुछ, इतनी फुरसत न होने के कारण घर पहुँचने की जल्दी में, हथेली पर ही भाकरी और मच्छी खाते-खाते राह काटती थीं। बातें तो अब भी लम्बी-चौड़ी चलतीं लेकिन अब की बातें भी खाली टोकरी की तरह हल्की-फुल्की होती थीं। इन बातों में बाजार में मिले सम्बन्धी, उनके सुख-दुख, बाजार में निपटायी गयी वधूपरीक्षा, टूटते-जुड़ते शादी-ब्याह के रिश्ते, पुनर्विवाह आदि से सम्बन्धित खबरों के साथ सौदा खरीदने और बेचने के अनुभव बहुतायत से होते थे। टोकरी में रखी बासी मच्छी, सौदे की पुड़ियाँ, पसीने की गन्ध

और ढलती धूप के रंग में रची इन बातों में और जो भी हो, सुबह का उत्साह नहीं झलकता था।

पान सुपाड़ी चबाते-चबाते कोई अपनी साथिन से पूछती—"क्यों री, विठोबा (विट्ठल भगवान) के मन्दिर के पास उस लाल साड़ी वाली ने तेरा गट्ठर खरीदा या नहीं?"

इस पर पच्च से पान की लाल पीक थूक कर साथिन तुच्छता से कहती—"वो राँड क्या लेती?...मैंने बताया था कि लकड़ी गीली नहीं है, अच्छी धूप खायी, सूखी लकड़ी है, भरभराकर जलेगी...तो राँड मुँह फेरकर चलती बनी।"

अब पूछने वाली अपना भी अनुभव सुनाती—"ताम्रकार गली में मुझे भी एक औरत ने कहा कि 'लकड़ी हल्की दिखती है, दो मिनट मे जलकर राख हो जायेगी'...मैंने कहा—"देख ये लक्कड़, आम का मोटा तना है, फालतू तिनके नहीं"...तो कहने लगी कि पाँच आने दूँगी...मैंने कहा —"राँड, चूल्हे में डाल तेरे पैसे,...देख जलते हैं या नहीं..." इस बात पर सब हँस पड़ती थीं।

ग्राहक को उसके मुँह पर फटकारा नहीं जाता था। बाद में किंस्से सुनाते समय चूरन-चटनी की तरह इस प्रकार की मुँहफट बातों तथा गालियों का उपयोग किया जाता था। एक की बात सुनकर दूसरी जोर चढ़ता, वह भी सुनाने लगती—"एक अधेड़ आदमी मेरा भी गट्ठर साढ़े-सात आने में माँग रहा था। मैंने भी कह दिया कि जा, तेरा पैसा बैल को खिलाकर देख, खाता है या नहीं।" तीसरी का अनुभव ग्राहक की नासमझी के बारे में होता था। वह बताती—"गाड़ी अड्डे पर मैं गट्ठर लेकर खड़ी थी इतने में दो मरद आये और गट्ठर का भाव-ताव करने लगे। मैंने कहा लेना है तो जल्दी लो, गट्ठर भारी है।...तो कहने लगे कि गट्ठर नीचे डाल दे... मैंने गट्ठर नीचे डाला तो उठाकर देखने लगे और बोले कि गट्ठर तो हल्का है, तुझे कैसे इतना भारी लग रहा है? मैंने कहा तुम तो यहीं पर उठाकर कहते हो कि हल्का है। हमारी तरह मीलों दूर से पहाड़ी-घाटियाँ पार करते, सिर पर ढोकर लाओ तो पता चले भारी है या हल्का।"

उसकी सुनकर चौथी तैश में आकर कहती—"हमारा बाँस का गट्ठर उठाकर दिखा फिर बताना कैसी गाँड फटती है।" सब खी-खी कर हँसतीं। लेकिन इस हँसी के पीछे उनके उपेक्षा से भरे जीवन की गहरी टीस छिपी होती थी।

कुछ अनुभव तो हमारी बालबुद्धि की समझ से परे होते थे। कोई बताने लगती—"गाड़ी अड्डे पर मैंने गट्ठर उतारा तो एक धोती धारी बुड्ढा आया। आँख मारकर गट्ठर की घास टटोलने लगा। मैंने कहा टटोलता क्या है, गट्ठर सचमुच भरा-पूरा है। पिसान की गठरी छिपाकर फुलाया नहीं है...धान है धान...मवेशी शौक से खायेंगे...तुझे लेना है तो ले। तब हरामी ने झट से धोती हटाकर नाग दिखाया...हरामी की छाती में लात मारकर दाँत गिरा देती लेकिन दुम दबाकर भाग गया..." इस किस्से पर सारी औरतें कोरस में उस बुड्ढे को कोसती और फिर गम्भीर

होकर पूर्ववत चलने लगती थीं।

खाते-खाते मुँह में बासी मच्छी का स्वाद आने पर कोई झल्लाती—"राँड मुसलमानिन ने ताजी बताकर सारी बासी देहड़ियाँ (मच्छी का एक प्रकार) धरा दी...बज्जर गिरे राँड पर..."

तभी किसी को याद आता कि उसने दो आने का तेल माँगा था पर बनिये ने एक ही आने का दिया—हाय हाय रे...ऐसे कैसे उसने मुझे ठगा और मैं भी बेवकूफ—ठगी गयी...राहभर पछताती वह अपने आप को कोसती।

तभी आगे चलने वाली ने पीछे चलने वाली को चिल्लाकर सावधान करती—"एऽऽ कौवा तेरी चूने की पुड़िया लेकर भाग रहा है, देख...फिर वह पुड़िया वाली दोनों हाथ हिला-हिलाकर कौवे को भगाती। फिर वही कौवा किसी की टोकरी में रखी मच्छी ले भागता तो कभी कलेजा।..."देख तेरा कलेजा कौआ लेकर भागा" कहती सब हँस पड़ती थीं।

कभी-कभी ऊँची जात वाली औरतों का जत्था पीछे आकर हमारे स्पर्श से बचता हुआ, तेजी से सामने निकल जाता। उनके दूर निकल जाने पर हममें से कोई एक तैश में कहती—"ये देखो छुआछूत वालियाँ, कैसे बच-बच के चल रही थीं, जैसे बामनियाँ हों।" इस पर दूसरी अपना खास किस्सा सुनाती कि इन्हीं औरतों में से एक की साड़ी में आठ दिन तक मरा-सड़ा साँप अटका पड़ा रहा और इसे खबर ही नहीं थी। और ये चुड़ैलें हम से छुआछूत मानती हैं? नये-नये किस्सों का दौर फिर से शुरू हो जाता कि कौन-कौन खुद गन्दी रहती हैं और हम जैसों से परहेज करती हैं। इसी बतकही में हँसते-हँसाते राह कटती रहती थी।

सहसा घर की ओर, बच्चों की ओर ध्यान खिंच जाता। बीमार बच्चे की हालत अब कैसी होगी? छोटे बच्चे को किसी ने दूध पिलाया होगा या नहीं? शराबी घर वाले ने बच्चों को पीटा तो नहीं होगा? आदि तरह-तरह की शंकाओं से ग्रस्त होकर, अस्थिर चित्त से, उनके बिवाई फटे पैर गाँव का ऊबड़-खाबड़ रास्ता नापने लगते थे।

इसी सफर के दौरान हमारे घराने में पीढ़ियों से घटी अनेक घटनायें इन देहातिनों ने हमें समय-समय पर सुनायी थीं। हमारे नगड़ दादा के बारे में एक विलक्षण कथा हमने इन्हीं से सुनी थी। हमारे गाँव का मूल पुरुष, जिसे पहाड़ी चढ़ते-उतरते सारी औरतें गाली देती थीं, पहले अकेला ही था। उस एक के बाद में इक्कीस बने तथा इन्हीं इक्कीस के वंशजों से हमारा गाँव बना। इन्हीं वंशजों में एक मेरे परदादा 'हरी' थे। वे पुणे में अंग्रेजों की सेना में कार्यरत थे। पुणे से एक बार जब वे गाँव आये तभी उन्होंने यह पराक्रम किया था। हुआ यों—कि उस जमाने में महार-चमार आदि के शादी-ब्याह तथा अन्य पूजा विधि ब्राह्मण ही किया करते थे। लेकिन पण्डित जी कभी महारों की बस्ती में प्रवेश नहीं करते थे, बल्कि बस्ती के बाहर किसी पेड़ पर चढ़कर दूर से ही मन्त्र पढ़कर पूजाविधि सम्पन्न करवाते थे। शादी में वर-वधू तथा

बराती मंडप में होते, लेकिन पण्डित जी पेड़ पर चढ़े होते थे। वे पेड़ से ही मन्त्र पढ़कर 'सावधान' चिल्लाते और यहाँ मंडप में ढोल-तोशे के साथ विवाह सम्पन्न होता था। फिर पण्डित पेड़ से नीचे उतरकर दक्षिणा के पैसों पर पानी छिड़ककर उन्हें 'पवित्र' करता और अपनी अन्टी में रख लेता था। दक्षिणा रूपी अनाज, चावल, नारियल आदि नौकर के हाथ से घर भिजवाये जाते थे।

पंचांग देखकर, बच्चे का नाम रखना, या बीमार के लिए विभूति लाना—आदि कामों के लिए भी पण्डित के घर के बाहर घण्टों खड़े रहना पड़ता था, तब कहीं जा कर ये काम हो पाते थे। वे भी दूर से...भीख की तरह...

हमारे परदादा को यह व्यवहार बड़ा अपमानजनक जान पड़ता था।

इसलिए उन्होंने एक बार गाँव वालों की सभा बुलाकर, उसमें ऐलान किया कि अब से हमारे सारे धार्मिक विधि निपटाने के लिए कोई पण्डित नहीं बुलाया जायेगा, बल्कि हम ही सारे विधि-विधान सम्पन्न किया करेंगे। पण्डित को हरि का निर्णय बड़ा नागवार गुजरा, उसने हरि से विवाद किया कि विवाह-विधि सम्पन्न करने के लिए संस्कृत के मन्त्र आवश्यक होते हैं। हरि ने भी विवाद का उत्तर देते हुए कहा कि उसे संस्कृत का यथेष्ट ज्ञान है। वहीं तीन-चार श्लोक भी उसने ब्राह्मणों को सुना डाले। पण्डित ने फिर जोर किया कि भूत-भविष्य देखने के लिए प्राणायाम करना आवश्यक होता है, इस पर हरि ने कहा कि वह प्राणायाम करके भी दिखा देगा। पण्डित ने हरि को चुनौती दी कि आठ दिन तक दोनों ही अपने-अपने श्मशान में, गड्ढे में अपने आप को दफन कर, भीतर बैठेंगे। आठ दिन के बाद यदि हरि जीवित रहा तो वह अपनी जमात के लिए पौरोहित्य करने का अधिकारी होगा।

गाँव के अन्य लोगों ने भी उपरोक्त प्रयोग में काफी रुचि दिखायी। सभी वर्णों के मुखियों की सभा बुलायी गयी तथा सभा के निर्णय के अनुसार ब्राह्मणों और महारों के श्मशान में दो गड्ढे खोदे गये। पण्डित और हरि दोनों को अपने-अपने गड्ढे में बिठाकर, लकड़ी के तख्तों से गड्ढे पाट दिये गये। ऊपर से मिट्टी डालकर पूरा बन्दोबस्त किया गया। बस दूध अन्दर पहुँचाने के लिए दो टोंटियाँ लगा दी गयीं। अन्दर के जीवों को प्राणायाम के बलबूते, दूध ग्रहण कर जीवित रहना था। उन देहातिनों के कथनानुसार इस भयंकर घटना के वक्त पुलिस का तो पहरा लगा ही था, परन्तु अन्य गाँव वाले भी मशालें तथा लालटेनें लेकर पहरे पर बैठे हुए थे। पाँच दिन तक गड्ढे में बन्द दोनों प्राणी जीवित थे। परन्तु पाँचवें दिन पण्डित की टोंटी का दूध नीचे गया ही नहीं। पण्डित मर गया और हरि जिन्दा रहा, जीत गया।

उस दिन से फणसवले गाँव सहित केलये महाल अर्थात नौ गाँवों के पौरोहित्य तथा अन्य धार्मिक विधि-विधान की जिम्मेदारी हरि को दी गयी। और तभी से हरि को 'मसानी बाबा' के नाम से भी बुलाया जाने लगा। हरि के बाद यह पौरोहित्य परम्परागत रूप से हमारे कुल में चला आता रहा। हमारे घराने के सारे मर्द तथा हरि

की बेटी अर्थात मेरे पिता की बुआ–'फटी अक्का', जिस की शादी मिलिटरी के खवलेकर[1] से हुई थी, वह भी पौरोहित्य करती थी।

बचपन में हमें अपने पराक्रमी परदादा पर बड़ा गर्व होता था तथा हम उपरोक्त कथा सगर्व सबसे बताया करते थे। परन्तु आज...कहते हैं कि 'शास्त्रात् रूढ़ीर्बलीयसी'–अर्थात शास्त्रों से रूढ़ि बलवान होती है। इसी रूढ़ि के कारण मृत्युप्राप्त उस ब्राह्मण के लिए खेद होता है और अब वे यादें उजले दर्पण सी झकाझक चमकीली नहीं, बल्कि धुँधले शीशे-सी बेनूर लगती हैं।

फणसवले से रत्नागिरी जाते समय देहातिनें हमें आये और बाबा (पिता जी) के भी कई किस्से सुनाती थीं। बताते समय उनका अभिनय और जोश कुछ ऐसा होता कि वे सारी घटनायें बिल्कुल ताजा और कल घटी हुई सी लगती थीं। अब सोचती हूँ कि यदि वे देहातिनें पढ़ी-लिखी होतीं और मौका दिया जाता, तो उनमें से दो-तीन तो अवश्य ही अच्छी अभिनेत्रियाँ बन सकती थीं। तब हमारे गाँव में पाठशाला नहीं थी। एक ब्राह्मण शिक्षक, किसी ब्राह्मण के ही बरामदे में केवल ब्राह्मणों के बच्चों को ही पढ़ाया करता था। मेरे दादाजी (चिमाजी) की बहुतेरी इच्छा थी कि बाबा भी स्कूल जाकर पढ़ें-लिखें। बाबा (मेरे पिता) की बड़ी बहन, रत्नागिरी के पास 'परटवणें' गाँव के एक हवालदार से ब्याही थी। उनके घर में ईसाई मिशनरियों का एक स्कूल चलता था तथा धरम बदलकर ईसाई बने महारों के बच्चे उस स्कूल में पढ़ते थे। दादाजी ने बाबा को भी उसी स्कूल में पढ़ने के लिए भेजा। बाबा का ब्याह बचपन में ही हो गया था। उस स्कूल की पढ़ाई के दौरान उन्हें इंग्लैंड जाने का भी अवसर आया था, परन्तु मेरे दादाजी ने अड़ंगा लगाकर उन्हें रोक दिया।

हुआ यूँ था कि...उस जमाने में ईसाई मिशनरी घर-घर जाकर तथा स्कूलों में जा-जाकर ईसाई धर्म का प्रचार करते थे तथा लोगों को ईसाई बनने की प्रेरणा देते थे। कुछ गरीब, दुर्बल लोग धर्मपरिवर्तन कर भी लेते थे, किन्तु अधिकांश लोग जाति के व्यर्थ अभिमान में फँसे होने के कारण वे भले ही मौत को गले लगाते थे, परन्तु धर्म-परिवर्तन नहीं करते थे। एक मिशनरी स्त्री बाबा को इंग्लैंड ले जाना चाहती थी। अब ये पता नहीं कि उसका हेतु क्या था? धर्म परिवर्तन या शिक्षा दान। दादाजी को खबर भेजकर बुलवाया गया। इग्लैंड जाने का अर्थ दादाजी की समझ से परे था, परन्तु उन्हें इतना डर अवश्य था कि सात समुन्दर पार गया बेटा फिर शायद जीवित वापस न आये। इसलिए उन्होंने बहाना बना दिया कि बाबा का ब्याह हो चुका है और पत्नी को छोड़कर वे नहीं जा सकते। दादाजी ने बाबा के इग्लैंड जाने का तो अवसर गँवा ही दिया, साथ ही हमारे भविष्य का भी रुख मोड़ दिया। वरना शायद हमारा जीवन भी अलग होता। इंग्लैंड की पैदाइश के अवसर को खोने का हमें बचपन

1. खवलेकर पूना का रहने वाला था। उन दिनों कोंकण की बेटी की शादी कोंकण से बाहर के व्यक्ति से करना प्रगतिशीलता का परिचायक माना जाता था।

में बड़ा दुख होता था और अस्पृश्यता के विकृत अनुभव के बाद आज भी होता है। अर्थात ये बात अलग है कि माँ तो यहीं की थी।

बाबा की जिस पत्नी के अस्तित्व का कारण देकर दादाजी ने बाबा के विदेश गमन पर रोक लगा दी थी, वही कुछ दिन बाद बीमार पड़ गयी। शुरुआत बुखार से हुई। फिर खाना छूटा और फिर उसने ऐसा बिस्तर पकड़ा कि फिर उठी ही नहीं। उसके बाद मेरे चाचाजी दिल की बीमारी से चल बसे तथा उसी सदमें से दादाजी का भी अन्त हो गया। जब घर में एकाएक मौतें होने लगीं तो समझा जाता था कि किसी दुश्मन के टोने-टोटके का असर है। हमारे घर भी यही हुआ। आये और बड़ी चाची मुहल्ले के कइयों पर शक करती और उन्हें बुरा-भला कहती थी। बाबा की मृत्यु के बाद तो अन्धश्रद्धा का यह नाटक खूब रंग लाया।

सिनल पहाड़ी पर अछूतों के बच्चों के लिए स्कूल खुला था। छठवीं पास होने के बाद बाबा वहीं पढ़ाने लगे। माना जाता था कि सिनल पहाड़ी पर रहने वाली 'छिनाल' औरतों के कारण ही इसका नाम सिनल पहाड़ी पड़ा है। लेकिन वास्तव में अंग्रेजी के सिग्नल शब्द का अपभ्रंश होकर 'सिनल' नाम बना था। पहाड़ी पर लगे बाँस पर झण्डी लगाकर, अरबी सागर से आने-जाने वाले जहाजों को सिग्नल दिया जाता था। धर्म-परिवर्तन के बाद बौद्ध बने वहाँ के रहने वालों ने सिनल पहाड़ी का नाम बदलकर आम्बेडकर वाड़ी कर दिया था।

हमारे बाबा हरफन-मौला थे। स्कूल में पढ़ने के तथा पढ़ाने के दौरान वे गाड़ी अड्डे पर स्थित रंगोबा लांजेकर की कपड़े की दूकान में, दिन के कुछ घण्टे कोई न कोई काम किया करते थे। लंजेकर आम के बड़े व्यापारी थे। उनकी और बाबा की पहचान आम के पेड़ों के ठेके लेते समय ही हुई थी।[2]

बाबा को दूसरी शादी करने की इच्छा थी। आये उन्हें पसन्द थी क्योंकि वह टोकरियाँ, झौवे, करन्ड, डलिया आदि आयदान बखूबी बना लेती थी। शादी की 'हाँ' करने के लिए इतना सर्टिफिकेट काफी था। लेकिन मेरे नानाजी अर्थात आये के पिता को कई कारणों से बाबा नापसन्द थे, इसलिए उन्होंने 'ना' कर दी थी। नानाजी की नजर में लड़का–दुहेजू, काला-कलूटा था और उनकी बेटी 'सखू' गोरी चिट्टी थी। कद में लड़का सखू से भी नाटा था। चलो रंग-रूप नजरअन्दाज कर दें पर बाकी अवगुण भी ढेरों थे, जैसे-ईसाइयों के स्कूल में पढ़ा, सिनक पहाड़ी पर शिक्षक और घर दूर-दराज की पहाड़ी में, समुद्री सतह से ऊपर...हम समुन्दर किनारे रहने वाले हैं, रोज ताजी मच्छी खाते हैं...और ये सूखी मच्छी चबाने वाले–ऐसे लड़के को मैं

2. हापूस आम के पेड़ों पर जब बौर आता है तभी भविष्य के उत्पादन का अन्दाजा लगाकर आम के व्यापारी ये पेड़ ठेके पर ले लेते हैं। पेड़ के मालिक को नियत रकम देने के बाद पेड़ से आम उतरवा कर उनका व्यापार किया जाता है। यह रिवाज कोंकण में कई सालों से चलता आया है।

अपनी बेटी हर्गिज नहीं दूँगा। यह नानाजी का नजरिया था। आखिरकार आये के बड़े भाई विठू ने, जो सेना में सिपाही थे, बीच-बचाव किया तथा अपने पिता को समझा-बुझा कर यह शादी करवायी।

जब बाबा शिक्षक बने तब गाँव के ब्राह्मण के बरामदे में लगने वाली पाठशाला अब उसी ब्राह्मण के आँगन में लगने लगी थी। और ब्राह्मणों तथा मराठों के बच्चों के साथ-साथ पाँच-छः भण्डारी, कुणबी आदि निचले वर्ग के भी बच्चे वहाँ पढ़ने लगे थे। इन्हीं बच्चों के साथ, मगर आँगन से बाहर बैठकर मेरे चचेरे भाई गोविन्द दादा, बाबी और मुहल्ले के दो-एक बच्चे पढ़ते थे। शिक्षक इन अछूत बच्चों को दूर से ही पढ़ाते, स्लेट पट्‌टी दूर ही से जाँचते तथा गलती होने पर दूर से ही कंकड़ या मिट्‌टी का ढेला फेंककर मारते थे। ऐसे वातावरण में गोविन्द दादा और बाबी का मन स्कूल में नहीं लगता था तथा वे आये दिन स्कूल से तड़ी मार जाते थे।

बाबा भी तबादला होकर आस-पास ही के गाँवों के स्कूलों में पढ़ाते थे। वे हमेशा बच्चों से 'पढ़ो'...'स्कूल जाओ' की रट लगाये रहते थे। घर आने पर जब उन्हें पता लगता कि उनके भतीजे स्कूल नहीं गये, तब गुस्से से उनकी खासी धुलाई करते थे। बाबा सचमुच बड़े गुस्सैल थे, मार-मार के हमारी पीठ छील देते थे। एक दिन उन्होंने बाबी को इतना पीटा कि उसकी माँ (बड़ी चाची) चिढ़ गयी। उसने पका हुआ कोकम फोड़कर बाबी के कूल्हों पर मल दिया और लगी चिल्लाने कि देवर ने मेरे बेटे को इतना मारा कि उसे खून की टट्‌टी हो गयी। उसका रोना-पीटना और बाबी के लाल-कूल्हे देखकर गाँव के बड़े-बूढ़े भी बाबा को बुरा-भला कहने लगे। उस दिन से बाबा ने भतीजों को हाथ तक नहीं लगाया। बस, जिस किसी स्कूल में वे तबादला होकर जाते, अपने हाथों से भतीजों को भरती करवाते थे, परन्तु गोविन्द दादा और बाबा का मन पढ़ाई में नहीं लग सका। दूसरी ओर मेरी बड़ी बहन 'शान्ति अक्का' ने पिताजी के साथ रहकर चौथी पास कर ली थी। चौथी तक स्कूल हमारे गाँव में भी था, लेकिन वहाँ लड़कियों को प्रवेश नहीं दिया जाता था। अक्का को पाँचवीं की परीक्षा के लिए परटवणे नामक गाँव में, पिताजी के मित्र, जाधव गुरु जी के घर रखा था। हालाँकि पिताजी की इतनी सकत नहीं थी कि शान्ति अक्का को बाहर रखकर पढ़ा सके। वे कई साल तक 'करबुड़े' नामक गाँव में शिक्षक रहे। वहाँ वे बच्चों को मुफ्त ट्यूशन पढ़ाते तथा नियम से स्कूल जाने के लिए प्रोत्साहित करते थे।

जाधव गुरु जी के पाँच-छः बच्चे थे। उन्हीं के साथ शान्ति अक्का भी रत्नागिरी स्कूल बोर्ड के स्कूल में पढ़ने लगी। स्वातन्त्र्यवीर सावरकर जी की प्रेरणा से बना पतित-पावन मन्दिर भी स्कूल के रास्ते में ही पड़ता था। उस मन्दिर में छूत-अछूत सभी के लिए सहभोजों का आयोजन किया जाता था। परटवणे के महार समाज के लोग उस भोज में शामिल हुआ करते थे, लेकिन बाबा कभी नहीं गये। जब सावरकर जी रत्नागिरी में थे तभी सन 1927 में डॉ. आम्बेडकर जी ने महाड़ का सत्याग्रह छेड़ा।

बाबा शायद वहाँ भी नहीं गये होंगे। सहभोज की पंगत में बड़े-बड़े बूँदी के लड्डू, जलेबी आदि पकवान परोसे जाते। स्कूल से तड़ी मारकर शान्ति अक्का पकवानों का स्वाद चखने के लिए जरूर जाती थी। इसके अलावा मांडवी के सुर्वे परिवार की अमीर लड़कियों से उसकी दोस्ती हो गयी थी। वे भी अक्का की ही कक्षा में पढ़ती थीं। शान्ति अक्का उनके साथ उनकी बग्गी में घूमने जाती थी। नतीजा यह हुआ कि वह बड़ी मुश्किल से ही छठवीं तक पढ़ पायी। फिर बाबा ने उसका ब्याह कर देने का निश्चय किया।

वास्तव में शान्ति अक्का का इस तरह घर से दूर रहकर पढ़ना घर के अन्य सदस्यों को कतई पसन्द नहीं था। घर की स्त्रियाँ कहती थीं कि "लड़की की जात, पढ़-लिख के करेगी क्या?...चूल्हा ही तो फूँकना है न आखिर?" या फिर "पढ़-लिखकर शान्ति क्या मास्टरनी बनेगी या बामणी?" ऐसा भी सवाल वे करती थीं। जब गाँव में यह खबर फैली कि खपरैल का घर वाले तथा पौरोहित्य करने वाले मास्टर जी अपनी बेटी का ब्याह करना चाहते हैं, तब शान्ति अक्का के लिए कई गाँवों से कई रिश्ते आये। उन दिनों मुम्बई के रिश्ते को 'फॉरेन' के रिश्ते ही महत्ता प्राप्त थी।

एक दिन 'वेलून्ड' नामक गाँव से बड़ी चाची की कोई मायके वाली अपने बम्बइया भतीजे को लेकर अक्का को देखने के लिए आयी। भतीजे की पहली पत्नी चल बसी थी और वह दूसरी शादी करना चाहता था। वह मुम्बई में सफाई विभाग में कार्यरत था। भतीजा दोहरे बदन का तथा रंग से काला था। पान खाने से मुँह और दाँत लाल हो गये थे। आँखों में भी ललाई थी। ठीक-ठाक पाजामा-कुर्ता पहने हुए था तथा उसकी दोनों हाथों की उँगलियों में चार-पाँच सोने की अँगूठियाँ थीं। बालों पर हाथ फेरने के बहाने वह अँगूठियों का खूब प्रदर्शन कर रहा था। बोलने का काम चाची ही कर रही थी। भतीजे की मुम्बई की नौकरी, गाँव की खेती, घर आदि के बारे में खूब बढ़-चढ़कर बातें कर रही थी। उन दिनों हमारे बाबा कहीं दूर-दराज के गाँव में शिक्षक थे। बड़ी चाची तो उस आदमी की सोने की अँगूठियों पर ही रीझ गयी थी। परन्तु आये को लड़के का तवे जैसा काला रंग खटक रहा था। इसी मुद्दे पर दोनों में विवाद हो गया। पिताजी के आने तक खूब तू-तू मैं-मैं होती रही। परन्तु आते ही पिताजी ने कह दिया कि वे अपनी बेटी किसी झाड़ू वाले को देने की बजाय कुली को देना बेहतर समझते हैं। तब तो विवाद पर परदा पड़ गया, लेकिन अपने मामा के गाँव का लड़का नापसन्द करने के कारण गोविन्द दादा (बड़े चचेरे भाई) नाराज हो गये थे।

उसके बाद बाबा ने आये के मायके का लड़का पसन्द किया। यह लड़का भी आये को पसन्द नहीं था, इस कारण दोनों में खूब झगड़ा हुआ। समुद्री समतल इलाके में रहने वाले दलितों में वह पहला लड़का था, जिसने 'व्हर्नाक्युलर फाइनल' पास किया था। उसका परिवार भी छोटा सा था—बस माँ-बाप और दो बहनें। कहीं कोई

कमी नहीं थी। परन्तु उनके गाँव में पानी की किल्लत थी। लोगों के घर पहाड़ी ऊपर बसे थे तथा पानी लेने के लिए नीचे बहते झरने पर आना पड़ता था। झरने का पानी ढोते-ढोते बहुओं की कमर टूट जाती थी। कइयों को तो टी. बी. भी हो गयी थी।

लेकिन आये की नाराजगी का कारण कुछ और ही था। एक ही गाँव के होने के कारण आये को उस लड़के के परिवार की राई-रत्ती की भी खबर थी। उस लड़के के चार-पाँच चाचा, चाचियाँ, उनके बच्चे आदि अच्छा-खासा कुनबा था। खेत नहीं थे, घर में बेहद गरीबी थी। मर्द गावकी का काम (परम्परा के अनुसार हर जाति के लिए नियत काम) किया करते थे। इसके अलावा मेहनत-मजदूरी करने तथा किसी की लकड़ियाँ आदि फोड़कर जैसे-तैसे थोड़े से चावल खरीद लाते थे। एक मटके में चावल पकाकर, किसी पनियल शोरबे के साथ, एक ही थाल में खाने बैठते थे। वैसे तो दलितों में एक ही थाल में खाने का रिवाज था, क्योंकि घर में इतनी सारी थालियाँ या बर्तन होते ही नहीं थे। परन्तु यहाँ बात कुछ और थी। सारे मर्द एक साथ खाने बैठते और निवाले गिन-गिनकर खाते थे। तूने दो निवाले खाये...अब रुक जा...अब इसे खाने दो।...या फिर–उसने एक निवाला खा लिया है,...अब मेरी बारी है आदि वार्तालाप चलता। कोई एक निवाला भी अधिक खा लेता, तो कड़ाके की लड़ाई छिड़ जाती थी। इसी बात पर उन लोगों को 'निवाले गिन' तथा उनके परिवार को 'निवालेगिनों का परिवार' कहा जाता था। महार लोग खाना खाते-खाते जोर-जोर से बोलते थे, जैसे लड़ रहे हों, इसलिए कहावत बन गयी थी कि "कौन झगड़ रहे हैं। नहीं वे महार हैं–खाना खा रहे हैं।"

आये ने तुच्छता दर्शाते हुए कहा–"उन निवालेगिनों के घर, मुझे अपनी बेटी नहीं ब्याहनी है।" इस पर बाबा ने समझाया कि "कमल कीचड़ में ही खिलता है, इतना समझ लो।"

इतना सब होने के बाद धर्माजी मास्टर अक्का को देखने के लिए आये। साथ में एक दोस्त था। मास्टरजी ने कलाई पर घड़ी बाँध रखी थी और सम्भवतः घड़ी का प्रदर्शन करने के ही हेतु से वे बार-बार घड़ी में समय देखते तथा मिनट काँटा, सेकण्ड काँटा आदि के बारे में चर्चा करते थे, जिसे सुन-सुनकर गोविन्द दादा को बड़ी खीझ उठ रही थी।

ब्याह के बाद अक्का ससुराल चली गयी। जब भी वह मायके आती, तो मेरे दोनों बड़े भाई उसे पूछते थे–"सचमुच तुम सब क्या निवाले गिनकर खाते हो?" अक्का खूब चिढ़ती, परन्तु साथ ही अपनी ससुराल के किस्से भी हँस-हँसकर सुनाती थी कि उसके चचेरे देवर किस तरह भाकरी के टुकड़े घर के छत की बल्लियों और शहतीरों पर छिपा के रखते हैं तथा एक दूसरे के टुकड़े चुराकर खाने पर कैसे लड़ते हैं। अपने ननिहाल के मुम्बई वाले लड़के को ठुकराने की वजह से गोविन्द दादा तो नाराज थे ही। वे भी अक्का को बार-बार मिनट काँटा, सेकण्ड काँटा कहकर, उसके

पति की नकल कर चिढ़ाते और रुलाते थे।

बाबा चाहते थे कि लड़कियों को नौकरी कर अपने पाँव पर खड़ा होना चाहिए। उनकी इच्छानुसार अक्का ने कोशिश कर मेंटल हॉस्पिटल में नौकरी हासिल की। हॉस्पिटल की पत्थर की ऊँची चारदीवारी से लगे नौकरों के क्वार्टर्स थे। उनमें मेहतरों के लिए सात-आठ कमरों की चाल अलग से बनी थी। इसी चाल में अक्का को भी कमरा मिल गया। अक्का के पति 'चिपलून' में शिक्षक थे, इसीलिए बाबा को लगा कि अक्का के सास-ससुर उसके साथ रहने आयेंगे। लेकिन अक्का के ससुर 'गावकी' का काम छोड़कर नहीं आ सकते थे। अक्का की नन्दों की भी शादियाँ हो गयी थीं। अक्का अकेली उस चाल वाले घर में कैसे रहती, सो उसने नौकरी छोड़ने का निश्चय कर लिया। ऐसे में बाबा ने अक्का की मदद की। उन्होंने अपना डेरा-डन्डा अक्का के कमरे में डाला, जिससे अक्का की अकेले रहने की समस्या भी हल हो गयी तथा उसे नौकरी भी नहीं छोड़नी पड़ी। बाबा ने मेरे दोनों भाइयों–अच्युत और कृष्णा को पास ही 'निवखोल' गाँव के स्कूल में भरती किया। दूसरी बहन मंजुला दीदी तब छोटी थी। मेरा और शाहू का तब जन्म भी नहीं हुआ था।

अक्का एक बार और नौकरी छोड़ने पर तुल गयी थी। मेंटल हॉस्पिटल की पगली औरतों को भी अक्का की जात का पता चल गया था। एक पगली ने तो अक्का के हाथ का खाना खाने से इनकार कर दिया था तथा अक्का को जात के नाम से गालियाँ भी सुनायी थी। निराश होकर अक्का ने नौकरी छोड़ने की ठान ली थी। फिर बाबा ने ही अक्का को समझाया–"वे पागल हैं, परन्तु तू तो सयानी है न? तभी तो तुझे वहाँ नौकरी पर रखा है। सयानों को तो सयानों की तरह बर्ताव करना चाहिए कि नहीं" आदि-आदि।

बाबा बेहद मेहनती थे। नौकरी के साथ-साथ घराने में परम्परागत रूप से चला आ रहा पौरोहित्य का काम भी करते थे। इसके अलावा आमों के मौसम में वे आम का छोटा-मोटा व्यापार भी करते थे। गाँव के आम के पेड़ों से आम उतरवाकर, टोकरियों में भरकर लांजेकर के पास बिक्री के लिए भेजते थे। इस व्यापार में आये का भी सशक्त योगदान होता था। आये बाँस की टोकरियाँ, झौवे, दड़बे, सूप, चालनी, डालिया, करंड, चटाई, झूले आदि सब बुनती थी। फिर फणसवले से घाटी-पहाड़ी के रास्ते चलकर, लांजेकर के घर आम की टोकरियाँ पहुँचाती थी। आये और बाबा ने पैसा-पैसा जोड़कर रत्नागिरी में दो कमरों का छोटा सा खपरैलों का मकान बनाया था। एक बाहर का कमरा तथा भीतर एक चौका, बस इतना ही था। बाद में बाबा ने बाहर एक बरामदा बनाकर उस पर टीन का छप्पर डाल दिया। जमीन मिट्‌टी की थी परन्तु गोबर से लीपकर साफ-सुथरी बनवा ली थी। इसी बरामदे में वे पंचांग देखकर लोगों को मुहूरत आदि बताते थे। घर के पिछवाड़े में आये ने एक छपरी डलवा ली थी, जहाँ वह जलाऊ लकड़ियाँ रखती थी। मुर्गियों के दड़बे भी वहीं ढाँक

कर रखे होते थे। चौके में दीवार से लगा चूल्हा और सग्गड़ बना था। चूल्हे के पीछे बनी ताकपट्टी पर थोड़ी लकड़ियाँ तथा लोहे की फूँकनी रखी होती थी। सग्गड़ से लगा छः इंच ऊँचा चबूतरा बना था, जिस पर हंडे और मटके एक के ऊपर एक रखे होते थे। उसी चबूतरे की ऊपरी दीवार पर लगी तख्ती पर रसोई के जस्ते के बरतन, ताँबे और पीतल के गिलास और कटोरियाँ रखी होतीं तथा इन्हीं से टिकाकर पीछे पीतल और जस्ते की चार-पाँच थालियाँ दीवार के सहारे खड़ी होती थीं। छीके में एक ढक्कन वाली, वैसी ही गोल टोकरी रखी होती थी, जैसी सँपेरे साँप रखने के लिए इस्तेमाल करते हैं। इस टोकरी को 'चापटे' कहा जाता था। इस चापटे में बिल्ली से बचाने के लिए भाकरी, रोटियाँ या भुनी मच्छी आदि रख दी जाती थी। चूल्हे की दूसरी ओर धान या मिर्ची कूटने के लिए पत्थर की ओखली जमीन में गड़ी हुई थी। वहीं दीवार के पास चक्की के दो पाट, पाटों का खूँटा तथा आटा समेटने का छोटा-सा झाड़ू पड़ा होता था। दूसरे कोने में लकड़ी की ओखली, मूसल, सब्बल, हँसिया आदि सामान दुर्लक्षित-सा चुपचाप पड़ा होता था। इसी कोने में ऊपर तख्तियाँ जोड़कर बनायी दुछत्ती पर पुरानी टोकरियाँ, चालनियाँ, डिब्बे, रस्सियाँ, सुतली जैसा फालतू सामान पड़ा होता था। इसी सामान में लम्बे डंडे वाला लोहे के दाँत वाला 'पंजा' रखा होता था। जहरीले साँपों की गर्दन को लोहे के दाँतों के बीच फँसाकर, उन्हें घायल कर देने के लिए यह एकदम अचूक हथियार था। आये और भाई इसी पंजे की सहायता से बड़े फन वाले नाग भी आसानी से मार डालते थे। दुछत्ती की छत पर एक खपरैल की जगह काँच लगा था, जिससे वहाँ उजाला आता रहे। इस काँच से आने वाली प्रकाश किरणों में गोबर, मिट्टी और न जाने कैसे-कैसे धूलिकण तैरते थे। कुछ झाड़ने-पखेरने पर इन धूलिकणों की भीड़ सहसा बढ़ जाती थी।

बीच वाले कमरे में बाबा का मध्यम आकार का बक्सा था, उसमें मोड़ी भाषा[3] में लिखे, जमीन के कागजात और न जाने किन हिसाबों के दस्तावेज थे। उसी बक्से पर गुदड़ियाँ और चादरें तहाकर रखी होती थीं। ऊपर बँधी रस्सी पर आये की पुरानी साड़ी से बनी गुदड़ी और हमारे पुराने कपड़े टँगे होते थे। रस्सी के ऊपर दुछत्ती तथा इस दुछत्ती से टेक लगाये एक बाँस की सीढ़ी रखी थी। सामने के बरामदे में लकड़ी की एक बेंच पड़ी थी। बाहर से आये व्यक्ति उसी बेंच पर बैठते थे। दीवार के पास आये के काम की बाँस की खपच्चियाँ तथा कमचियाँ-पट्टियाँ पड़ी होती थीं। कभी-कभी तो आये वहीं बैठकर बाँस की कमचियाँ निकालने लगती थी तथा इसी बरामदे के भरपूर उजाले में पढ़कर हम भी अपनी अकल का उजाला फैलाते थे।

हमारे घर से कुछ दूरी पर, बीच में फासला छोड़कर ब्राह्मणों और मराठों के घर

3. मोडी महाराष्ट्र में प्रचलित एक प्राचीन लिपि है। आज भी अदालत के पुराने दस्तावेज आदि मोडी लिपि में पाये जाते हैं।

बने थे। रत्नागिरी के हाट-बाजार आने वाली भंडारी और कुणबी आदि अपेक्षाकृत उच्च वर्ग की स्त्रियों को वहाँ पीने का पानी मिल सकता था, परन्तु अछूतों को वहाँ जाने की मनाही थी। बाबा को यही बात चुभती थी। इसीलिए हमारे कुएँ पर हमेशा डोरी और बाल्टी लगाये रखने का, बाबा का आये को सख्त आदेश था। जिससे जब जी चाहे अछूत स्त्रियाँ भी पानी पी सकें।

सड़क के पार—हमारे घर के सामने, शिर्केवाड़ी में चार-पाँच छोटे-छोटे बँगले बने थे। उन्हीं में एक, चाल की तरह आड़ा फैला बँगला, बर्मा के राजा थिबा की बेटी पायगी (फया) का था। उसके पति 'शिवतरकर' ने उसे वहीं रखा था।

अंग्रेजों ने बर्मा पर कब्जा किया तथा वहाँ के राजा थिबा को रत्नागिरी में नजरबन्द कर रखा था। तब रत्नागिरी भी अंडमान-निकोबार की ही तरह दुर्गम थी। शिक्षकों के तबादले, सजा के तौर पर रत्नागिरी हुआ करते थे। यहाँ पानी की भी काफी किल्लत थी। ऐसी रत्नागिरी में राजा थिबा के लिए छोटा-सा महल बनवाया गया। बन्दी होने पर भी राजा अपनी राजसी शान नहीं भूले थे। वे राजा की ही शान-शौकत से दरबार लगाते थे, खैरात बाँटते थे तथा गरीबों को दान-धरम किया करते थे। बचपन में आये भी एकाध बार दान लेने गयी थी। आये बताती थी कि राजा के सामने सर ऊँचाकर या झुकाकर भी जाना शिष्टाचार के खिलाफ माना जाता था। घुटनों के बल रेंगकर जाना पड़ता था। राजा दूर से ही चाँदी या अन्य किसी धातु का सिक्का फेंकते थे, जिसे लेकर उसी भाँति रेंगते हुए, बिना पीठ दिखाये, उल्टा चलकर आना पड़ता था। दरबार, खैरात, दान-धर्म आदि के लिए अंग्रेज सरकार का दिया भत्ता पर्याप्त नहीं होता था, तब राजा साहब ने अपने गहने, हीरे-जवाहरात, वेशकीमती चीजें तथा फर्नीचर बेच डाला। राजा साहब इसी आशा पर दिन गिन रहे थे कि एक न एक दिन बर्मा स्वतन्त्र होगा और वे वापस अपने देश जा सकेंगे। अन्त में राजा साहब की हालत एकदम बदतर हो गयी थी। उनका देहान्त रत्नागिरी में ही हुआ, उनकी समाधि भी यहीं बनायी गयी।

'शिवतरकर सावन्त' राजा थिबा का खास नौकर था। राजकुमारी पायगी को उससे प्यार हो गया। इस प्रेमसम्बन्ध से उन्हें एक बेटी भी हुई जिसका नाम 'बैसू' था, लेकिन उसे 'टुटू' कहा जाता था। सावन्त शादीशुदा था, उसके बाल-बच्चे भी थे, इसलिए राजकुमारी की प्रेम कहानी का यहीं अन्त हो गया। राजा के अन्तिम दिनों में पायगी का भी दिमागी सन्तुलन खो गया था। पायगी को भी सरकारी पेंशन मिलती थी तथा उसकी देखभाल के लिए एक नौकरानी रखी हुई थी। सावन्त ने टुटू का ब्याह स्टेट ट्रान्सपोर्ट के मैकेनिक शंकर पवार से करवा दिया था। अपने पति के साथ टुटू झोपड़े में रहती थी। पायगी दिन भर दरवाजे में बैठकर न जाने क्या बुदबुदाती रहती थी। उसमें किसी भी बात की समझ बाकी नहीं रह गयी थी, परन्तु अपने दामाद को काम पर आते-जाते देखती तो, उसके आँख से ओझल होने तक चिल्ला-चिल्लाकर कहती कि "ए...शंकर पवार, मेरी टुटू की अच्छी देखभाल

करना—मारना मत रे, मारना मत।" उस उन्माद की अवस्था में भी बेटी के लिए तड़पता उसका दिल देखने वालों को हिला देता था। राजघराने की स्त्रियाँ एकदम बदहाल हो गयी थीं। पायगी के मरने के बाद उसकी भी समाधि, पिता के पास ही बनायी गयी थी। तब मैं दो साल की थी और टुटू मेरी आये से चार-पाँच साल छोटी। वे दोनों अच्छी सहेलियाँ थीं। टुटू के बच्चे प्रमिला, दिगम्बर, चन्दू और बेबी हमारे स्कूल में ही पढ़ते थे।

आये बताती थी कि हमारे अपने घर में पहला झूला मेरा ही टँगा था अर्थात जब मैं दो-तीन माह की थी तभी हमारा परिवार अपने घर में रहने आया। तब तक तो सारे शान्ति अक्का के घर में ही रहते थे। शान्ति अक्का के बच्चे जिजा और प्रभाकर और हम सब भाई-बहन दो-एक साल के अन्तर से जन्मे थे। खाना खाने की छुट्टी में ही अक्का जब अपने नवजात बच्चे को स्तनपान देने आती, तब हमें भी छाती से लगाकर दूध पिलाकर खाली हो लेती थी। इस तरह हम भाई-बहनों में से कुछ तो माँ के साथ-साथ बहन के दूध पर भी पले हैं।

जब मैं दो-ढाई साल की थी, तब हमारे घर एक विलक्षण घटना घटी थी। होली के दिन थे—बाबा और बड़े भाई-बहन होली मनाने के लिए फणसवले गये हुए थे। घर में बस मैं और आये दोनों ही थे। तभी आये के पिताजी, जो कभी-कभार ही हमारे घर आते थे, अपने गाँव से रत्नागिरी आये। ऊँचे-ऊगले, गेहुँआ रंग, लम्बोतरा चेहरा और घनी मूँछें, ऐसे थे मेरे नानाजी। वे आकर चुप-चुप से बैठे रहे। आये के बहुतेरा पूछने पर उन्होंने बताया कि बहुएँ उन्हें पेटभर खाना नहीं परोसतीं, नहाने को पानी नहीं देतीं, बेटे भी पूछते नहीं, आदि-आदि...। शिकायतें करने के बाद वे फूट-फूटकर रोने भी लगे थे। इससे पहले भी एक-दो बार उन्होंने इसी तरह की शिकायत की थी, इसलिए आये ने बात गम्भीरता से नहीं ली। वह समझी कि बुढ़ापे की वजह से वे चिड़चिड़े हो गये हैं। और फिर घर की छोटी-छोटी बातों को तूल देना कहाँ तक उचित है, यही सोचकर आये ने उन्हें समझा-बुझाकर चुप कराया। नारियल का दूध मलकर नहला-धुलाकर गरम-गरम खाना परोसा। खाने के बाद वे सामने के बरामदे में सो गये।

देर रात जब आये की नींद खुली, तो वह सामने के बरामदे में देखने के लिए आयी कि नानाजी ठीक से सोये तो हैं। लेकिन नानाजी का बिस्तर खाली था। आये ने सोचा कि शौचादि से निपटने गये होंगे, परन्तु कहीं कोई टोह नहीं, सब सुनसान था। सड़क पर भी सन्नाटा था। आये घबरा गयी। भागकर वह पिछवाड़े के कुएँ में झाँकने गयी, लेकिन उसे अँधेरे के अलावा कुछ नजर नहीं आया। बदहवास होकर उसने मुझे गोदी में उठाया और शान्ति अक्का के घर की ओर दौड़ी, परन्तु एक-दो घर लाँघते ही सड़क के किनारे खड़े पीपल के पेड़ से नानाजी की लाश झूल रही थी। उन्होंने रात को ही फाँसी लगा ली थी। आये के पाँव तले से धरती खिसक गयी। डर से थर-थर काँपती वह शान्ति अक्का के घर गयी। शान्ति अक्का और उसके

पति हड़बड़ाकर उठे। आये और जीजाजी ने मिलकर लाश नीचे उतारी तथा घर ले आये। सुबह मामाजी को खबर करने के लिए एक ओर लोग मिन्या (आये का गाँव) भेजे गये तो दूसरी ओर बाबा को खबर करने के लिए फणसवले खबर भेजी गयी। मिन्या से आये हुए 'आये' के भाई तथा भावजों ने सारा दोष आये के मत्थे मढ़ दिया। उन्होंने आरोप लगाया कि बूढ़े की मनोदशा अगर ठीक नहीं थी तो हमें इत्तला क्यों नहीं की? इस घटना के बाद कई दिनों तक आये इस सदमे से बाहर नहीं निकल सकी थी।

नानाजी के बाद तुरन्त ही 'साखरतर' में ब्याही मेरी मौसी टी. बी. से चल बसी। उसका पति दो बेटों के साथ मुम्बई में रहता था। दो बेटों में से एक जवान लड़का न जाने कहाँ निकल गया तो आज तक लापता है। समुन्दर से निकाली मच्छी को टोकरे में भरकर साखरतर की पहाड़ी में ढोकर ले जाने का काम मौसी किया करती थी। इसी काम से वह अपने दो बच्चों का पेट पालती थी। मौसी की दो बेटियाँ जनी और बिठा शादीशुदा थीं। मौसी की मृत्यु के बाद आये उसके दोनों बच्चों को घर ले आयी। मौसी की बेटी 'सुन्दर' आये का चौका सँभालने लगी तथा बेटा स्कूल जाने लगा।

उन दिनों हैजे और महामारी से तो गरीब मरते ही थे, परन्तु टायफॉइड, निमोनिया आदि का भी कोई इलाज नहीं था। मेरा बड़ा भाई अच्युत कॉलेज के दूसरे वर्ष में पढ़ रहा था। उसे टायफॉइड हुआ और वह चल बसा...तब मैं सात या आठ बरस की रही हूँगी। तभी से अच्युत की मृत्यु की याद एक घटनाक्रम से जुड़ी है। गुदड़ी की सुखद गर्मी में लिपटी सुबह की मीठी नींद...और उस निद्रा को चीरकर कालेजे की गहराइयों तक उतरता आये का रुदन-स्वर...मेरे बेटे रे ऽ ऽ ऽ कहाँ चला गया रे तू ऽ ऽ ऽ...मरे बछड़े, अब तुझे कहाँ देखूँ रे ऽ ऽ ऽ...गाने की तरह का वह सस्वर रूदन। कंठ में उँगली डालकर, खाँस-खाँसकर जैसे गले का पित्त निकाला जा रहा हो, उसी तरह रात भर घायल हृदय में छिपा-बसा दर्द, सवेरे उल्टियाँ कर-कर के आये निकालती थी। सवेरे से ही आये के रोने की आवाज सुनकर हम सब भाई-बहन चुपचाप उठकर अपनी चादरें तहाते और काम पर लग जाते थे। कोयले से दाँत घिसना...चूल्हे पर बनी कोरी चाय पीतल के गिलास में पीना...कभी-कभी चाय के साथ बासी भाकरी खाना...पिछवाड़े के कुएँ से बहनों का पानी भरना...चूल्हा जलाने के लिए भाइयों का लकड़ी काटना...गन्दे कपड़ों का गट्ठर लेकर मौसेरी बहन का तालाब की ओर जाना...सामने की सड़क से बच्चों का स्कूल जाना...वाहनों की आवाजाही...हाट आने-जाने वाले देहाती...और...और इन सबसे बेखबर, आँगन में पेड़ के नीचे बैठकर टोकरी, डलिया, झौवे, सूप, करंड, दड़बे बुनती आये...लम्बा छरहरा बदन, गेहुँआ रंग, लम्बोतरा, उदास चेहरा, माथे के गोदने पर लगाया लाल टीका, धागे में पिरोया गले का मंगलसूत्र, कलाई की गिनी-चुनी हरी चूड़ियाँ और पैरों

की उँगलियों में खटाखट बजते बिछुवे...। बाबा की मृत्यु के बाद आये का यह रूप भी धुँधला गया–बस उसका उदास लम्बोतरा चेहरा, आभूषणरहित, कुंकुम-विहीन चेहरा और सूखा बदन...यही याद है।

1954 में जब मैं तीसरे दरजे में पढ़ती थी तभी अट्ठावन साल के बाबा चल बसे थे। मुझे अच्छी तरह याद है। बाबा के चित्र खींचने के लिए बस दो ही रंग काफी होंगे–काला और सफेद। बाबा दुबले-पतले, काले और नाटे थे। सफेद धोती, सफेद कमीज, काला कोट और सर पर गाँधी टोपी, यही उनका वेष था। हमेशा तरेरती हुई आँखें भी काली और सफेद थीं। सफेद दाँत तथा बारिश हो या न हो, हाथ में हमेशा एक काला छाता और जेब में पंचांग हुआ करता था। दूर-दूर के गाँवों से लोग-बाग पंचांग पूछने के लिए हमारे घर आते थे। किसी का बैल गुम हो जाये, कोई चीज खो जाये, कोई आदमी लापता हो, कोई बीमार हो या फिर भूत ने पकड़ा हो...लोग हमारे घर आते तथा पंचांग देखकर उन्हें उपाय सुझाते थे। चूल्हे की राख हाथ में लेकर, मन्त्र पढ़ते तथा पुड़िया में बाँधकर देते थे।

भूत-परेत खासकर स्त्रियों को ही पकड़ते थे। एक बार गाँव की तुलसी नामक स्त्री को भूत लग गया। तुलसी को बाल-बच्चे नहीं थे तथा उसका पति, तुलसी की ही बहन से दूसरा ब्याह रचाने जा रहा था। ऐसे में एक बार तुलसी हाट में लकड़ी का गट्ठर बेचने गयी और जब लौटी तो सिगरेट पीती हुई, मुँह से अंग्रेजी में यस-नो, यस नो बड़बड़ा रही थी। अचम्भित देहातियों में बात फैल गयी की तुलसी अंग्रेज साहब से भी अच्छी फर्राटेदार अंग्रेजी बोलती है। तुलसी को फिर हमारे घर लाया गया। लम्बी, दोहरे बदन की तुलसी का खाना टूट गया था और वह कमजोर हो गयी थी, चेहरा सूख गया था। बालों में जटाएँ पड़ गयी थीं तथा कई दिन से एक ही साड़ी पहने हुए थी। बाबा ने उसे पीढ़े पर बिठाया और काफी देर तक कुछ समझाते रहे। फिर राख में सने चावल उसके बदन पर तड़ातड़ मारते हुए...एक साँस में...

"बिसमिल्ला रहेमा रहीम बजर-बजर काया,
हनुमन्त जाती लंका साया,
आप बाँध पर बाँध,
जकील सकील की दाढ़ बाँध,
ताँबे का कोट, नबी की बॉड़ी, मस्तक रखी,
पीठ रखी खापरी भैरंग,
जहाँगीर की जनार्दन जा हमारे दिल...हनुमान दिल में रखवाले है। इसी तरह बुदबुदाते रहे और वह एकदम शान्त हो गयी तथा चुपचाप से उठकर घर चली गयी। भूतों से पीड़ित कितने ही लोग आते थे फिर बाबा उनके घर जाते थे।

हमारी जाति में पूजा-पाठ कराना, शादियाँ कराना, पुनर्विवाह कराना तथा अन्त्येष्टि के संस्कार करवाने का काम बाबा के ही जिम्मे था। इन्हीं कामों की वजह

से वे प्रायः घर से बाहर ही रहा करते थे और जब वापस आते तो साथ मे कोरे कपड़े में बँधी चावल की गठरी और नारियल लेकर आते थे। 'आये' हम बच्चों के सामने ही वह गठरी खोलती तो बाबा पैनी नजर से सब देख रहे होते थे। गठरी में चावल के साथ छुहारे, नारियल के टुकड़े, बादाम, अखरोट आदि पड़े होते। हम बच्चे इन चीजों पर टूट पड़ते थे—कोई कोरा कपड़ा ही खींचकर 'मुझे कमीज' 'मुझे फ्रॉक' की रट लगा देता। जब ऐसे कोरे कपड़े काफी मात्रा में जमा हो जाते तो इन्हें जोड़-जाड़कर सर्वथा विभिन्न रंगों के फ्रॉक तथा कमीजें सिलती भी थीं। एक बाँह किसी रंग की तो दूसरी बाँह किसी और रंग की—ऐसे नमूने हम दिखते। जब उस चावल में पड़ी आना-दो आना चिल्हर हड़पने के लिए हम हाथ बढ़ाते तो अब तक पैनी नजर से देखने वाले बाबा कसकर थप्पड़ लगाते और कहते "कम्बख्तों, पैसे क्या तुम्हारे बाप के हैं...?"

बाबा बेहद कंजूस थे। अपने आप के लिए भी एक पैसा तक नहीं खर्चते थे। होटल में एक सिंगल चाय तक नहीं पीते थे। पेन्सिल खरीदने के लिए हम बच्चे कहीं एक पैसा माँगते तो यूँ आँखें तरेरते कि 'चन्दामामा' पत्रिका के राक्षस की याद आ जाती। जब भी वे घर में होते थे, हम बच्चों को सताने में जैसे उन्हें मजा आता था, देर रात तक लालटेन के पास बैठकर पढ़ते, हमारी पीठ टूटने को होती, लेकिन बाबा वहाँ से हिलने भी नहीं देते थे। जरा हिले नहीं कि डाँट सुननी पड़ती थी। उनके रहते हर हफ्ते पेट साफ करने के लिए अंडी का तेल जबरदस्ती पीना पड़ता था। उन दिनों उदरकृमि का इलाज करने के लिए 'चिना पॉउडर' का उपयोग किया जाता था। हमारे लिए बाबा चिना-पॉउडर में गुड़ मिलाकर उसकी बेर जैसी गोलियाँ बनाकर रखते थे। गोलियाँ बनाते समय उनकी आँखों में क्रूरता भरी खुशी झलकती थी तथा उनकी आँखें देखकर हमारे पेट के कीड़े तो क्या कीड़ों के बाप भी मर जाते होंगे और अंडी के तेल का कोई काम भी नहीं पड़ता होगा। लेकिन बाबा के आगे किसी की चले तब न?

एक दिन ये बेर जितनी गोली मुझसे निगली ही नहीं जा रही थी। मैं गला फाड़कर रोने लगी। मेरा रोना सुनकर बाबा उठे और उन्होंने आव देखा न ताव, उठकर मेरी छाती पर ऐसी लात जमायी की गोली गटाक् से अन्दर और इधर मैं जमीन पर चित्त...। मेरी हालत देखकर बाबा हँसने लगे। मुझे उन पर बड़ी खीज आती थी। ऐसा मन करता था कि वे जो घर से बाहर जायें तो वापस लौटकर ही न आयें।

स्कूल के पास हनुमान जी का मन्दिर था। उस मन्दिर का मुझे बड़ा ही सहारा था। जब भी स्कूल से तड़ी मारने की इच्छा होती मैं अपना बस्ता लेकर उसी मन्दिर में डेरा जमा देती थी। भगवान से प्रार्थना करती कि—हे भगवान, बाबा को घर वापस मत लाना...और वही हुआ।

बड़े भाई की मृत्यु के बाद आये जैसे टोकरियाँ बुनने के काम में डूबकर रह

गयी और बाबा ने नौकरी के साथ-साथ न जाने कितने कामों की जिम्मेदारी अपने सर ले ली। बीच-बीच में उन्हें पीलिया होता था, लेकिन एक बार तो वे बिस्तर से ही लग गये। आये बताती थी उनके पेट का खून पानी बन गया है। अस्पताल में उनके पेट से चिलमची भर-भरकर पानी निकालते हैं। एक बार मैं आये के साथ अस्पताल गयी, तब देखा सफेद चादर में बाबा कहीं खो से गये थे और गर्भवती स्त्री की भाँति उनका पेट ऊँचा दिखाई दे रहा था। जब हम दोनों उनके पास गयीं तो वे बच्चों की तरह बिलखकर रोने लगे और रोते-रोते आये से कहते रहे—"बच्चों को पढ़ाना-लिखाना।"

उस दिन मैंने दिल से चाहा कि बाबा को नहीं मरना चाहिए, उन्हें जीना चाहिए। वे चाहते थे कि शान्ति अक्का खूब पढ़े परन्तु वह नहीं पढ़ सकी। मेरा मन हुआ कि उनसे कहूँ—मैं पढ़ूँगी, स्कूल जाऊँगी लेकिन आप जीते रहिये। लेकिन...वे नहीं बच सके। वह शुक्रवार की रात थी। बाबा की मृतदेह, दीवार से टिकाकर आसन की स्थिति में रखी गयी थी। मिलने वाले आकर उनके गुण गाते—रो रहे थे। दूसरे दिन शनिवार था, सुबह की स्कूल थी। न जाने मुझे क्या सूझी कि मैंने बस्ता उठाया और आये से स्कूल जाने की इजाजत माँगी। आये ने मुँह फेर लिया। स्कूल जाने का इतना उत्साह न तो मुझे पहले कभी था और न इस घटना के बाद रहा।

बाबा की देह पर सफेद चम्पा के फूलों के हार डालकर, डोली में रखा गया तथा घाटियाँ और पहाड़ियाँ पार कर हम बाबा के मृत शरीर को गाँव ले गये। बाबा हमारे समाज के जोशी थे, इसलिए उनकी समाधि बननी थी। समाज के पहले जोशी से लेकर हर एक पौरोहित्य करने वाले को गाँव में एक खास जगह पर आसन स्थिति में ही दफनाया जाता था, तथा उस जगह पर उनकी समाधि बनायी जाती थी। वहाँ बाबा की भी समाधि बनायी गयी। आज भी वे समाधियाँ गाँव में मौजूद हैं।

सुबह उठकर आये वैसे भी अच्युत को याद कर रोया करती थी, अब बाबा के लिए भी रोने लगी। उसकी बुनाई की गति और भी बढ़ गयी। जब से आये रत्नागिरी आयी थी, उसका गाँव जाना कम हो गया था। तीज-त्योहारों पर भी वह गाँव नहीं गयी। बरसात में नदी-नाले भरकर बहने लगते और गाँव जाने का रास्ता बन्द हो जाता था, इसलिए हम बच्चे गौरी और गणपति के पर्व पर भी कभी-कभार ही गाँव गये होंगे। पूरे मोहल्ले में बस हम एक-दो घरों में ही 'गणेश जी' का आगमन होता था। सारा मोहल्ला हमारे घर भजन गाने आता था। दिन में लड़कियाँ तथा रात को बड़ी स्त्रियाँ। तीज-त्योहार पर, मायके लौटी जवान लड़कियाँ हमारे आँगन में फुगड़ी खेलने के लिए आतीं और अपनी ससुराल के खट्टे-मीठे किस्से, आपस में सुनाकर हँसती-रोतीं।

त्योहार से पहले स्त्रियाँ जी-जान से मेहनत कर घास के पूले, लकड़ी के गट्ठर

बेच-बाचकर पैसे जमा करतीं तथा बच्चों के लिए कपड़े, चूड़ियाँ, कंगन, माला खरीदती थीं। बेटियों के हाथ पर तथा माथे पर गोदना गुदवाती थीं। वे कहतीं कि न गुदवाने पर ऊपर भगवान पूछेगा कि "गुदवाकर भी आयी या सिर्फ मजे कर के ही आयी; सुख भोगकर ही आयी...?" त्योहार के अवसर पर घर की जमीन तथा दीवारों की गन्द साफ़ कर के वे गोबर से लीपती थीं। नदी में स्नान कर नयी साड़ी, नयी चोली पहनकर बाजार से खरीदे हुए सस्ते गहने पहनकर सजती थीं। उनका जूड़ा बनाने का तरीका भी खास था। डोरा बीचो बीच दाँतों से पकड़कर, उसका एक सिरा नाक पर से होता हुआ पीछे ले जाकर जूड़े में बाँधतीं। फिर दाँतों में पकड़ा दूसरा जूड़े के इर्द-गिर्द घुमा-घुमाकर बाँधती थीं। जूड़ा ऐसा कसकर बाँधता था कि बाल खिंचकर माथे पर फुड़ियाँ निकल आती थीं। रात को गणेश जी की मूर्ति के सामने स्त्रियों के खेल होते थे। तब झिम्मा, फुगड़ी, काटवट काना आदि खेल खेलते समय जूड़ा कहीं खुल न जाये, इसलिए इतना बन्दोबस्त होता था। कुछ औरतें तो दिन भर काम से थकी-माँदी, उन्हीं चीथड़ों में आकर खेलने लगती थीं। संकोच से...'तू नाच, तू नाच' कहकर एक-दूसरे को उकसातीं। घेरा बनाकर गोल-गोल घूमते हुए चुटकियाँ बजाती गीत-गाती और नाचती थीं। उन गीतों में भी उन्हीं के कठिन जीवन की कहानी होती थी। कोई मीठे गले वाली पहली पंक्ति गाती—पीछे बाकी सब सुर में सुर मिलाती थीं। कुछ इस प्रकार होता था गीत का भावार्थ—

'गिरिजा धान कूटती है,
दुख सहती है,
आते-जाते से पूछती है,
हो तुम कहाँ के?
अगर हो मेरे मायके से
कहना सन्देशा मेरे भैया से
गौरी के उत्सव में,
लिवा जाये मुझे घर से।'

फिर गिरिजा का 'सन्देशा' जब भैया को मिलता है तब दूसरे पद में...

'गिरिजा का भाई मुरारी,
आया उसे लिवाने।
गिरिजा ने धोये उसके चरण
आँसुओं से अपने।
भाई ने पूछा बहन,
क्या है तेरे रोने का कारण?
भैया, मेरी ननदें नौ,
और देवर आठजन

इतनों का भार
मैं कैसे सहूँ?
मत रो बहना! चल मैं
तुझे घर ले जाऊँ।'

कुछ इसी तरह के गीत वे सस्वर गातीं तथा बीच में भाई को याद का आँसू बहाती थीं। यह दृश्य मुझे अपनी चचेरी बहन सुशीला की याद दिला देता था। सुशीला 'परटवणे' में ब्याही थी। उसका पति शराबी तथा सास दुष्ट थी। छोटी-छोटी बातों के लिए सुशीला को मारा-पीटा जाता था, तथा कभी-कभी तो रात-बेरात, घनघोर बारिश में भी, बच्चों सहित घर से निकाल दिया जाता था। खून से रंगा चेहरा और सूजे बदन से बेचारी, छोटे-छोटे बच्चों को साथ लेकर, मायके (फणसवले) आती थी। और जब वह घर पहुँचती तो बाबा कहते—"कौन, सुशा आयी है? खाना खिला दो मगर उल्टे पाँव वापस ससुराल भेज दो। उसे अपनी ससुराल में ही रहना होगा।"

घर में बाबा का इतना दबदबा था कि उनसे प्रतिवाद करने की किसी की हिम्मत नहीं थी। इस कारण बेचारी सुशीला की तुरन्त विदाई कर दी जाती थी—दुखते शरीर और दुखते मन के साथ। लड़कियों को पढ़-लिखकर अपने पाँव पर खड़ा होना चाहिए, साइकिल भी चलानी चाहिए, कहने वाले, अपनी बेटियों के बारे में उदार मत रखने वाले बाबा, सुशीला की ओर से एकदम बेपरवाह थे। न तो उन्होंने कभी मारपीट के लिए सुशीला के ससुराल वालों से कोई कैफियत माँगी और न सुशीला को कोई सहारा दिया। बेचारी घिस-घिसकर बेवक्त मर गयी। पता नहीं बाबा ने ऐसा क्यों किया। क्या उनके भी यही विचार थे कि 'जिस घर में बेटी की डोली जाती है, वहाँ से उसकी अरथी ही निकलती है।' या फिर बड़ी चाची ने अपने बेटे को मारने पर किये तमाशे का गुस्सा वे सुशीला पर उतार रहे थे? पता नहीं...

लेकिन अस्पताल की पागल औरत के जातिभेद के मामले में शान्ति अक्का को ऊँच-नीच समझाने वाले बाबा, क्या अनपढ़, बेसहारा भाभी और उनके बच्चों से नफरत करते थे या कोंकण की झगड़ालू प्रवृत्ति ने उन्हें भी ग्रस लिया था। जो भी हो, सुशीला के लिए तब भी मन भर आता था और आज भी। आज वे गीत नहीं गाये जाते, परन्तु उनके सुर और सुशीला की याद आज भी मन के किसी कोने में घर कर गयी है।

मेरे चचेरे भाई गोविन्द दादा और बाबी उम्र में मुझसे काफी बड़े थे। लगभग शान्ति अक्का की उम्र के। वे तीसरे-चौथे दरजे से आगे नहीं पढ़ सके। थोड़ा-बहुत लिखना-पढ़ना उन्हें आता था। थोड़ी-सी पुश्तैनी खेती, पंचांग देखना, विभूति देना, पूजा करवाना, ब्याह के मन्त्र आदि पर जैसे-तैसे गुजारा करते थे। धार्मिक विधि करने के लिए गुरु से गंडा बन्धन जरूरी होता था। स्वयं बाबा ने उनको गंडा बाँधा था। हमारे समाज में बाबा 'केलये' महाल (नौ गाँवों का इलाका) में, तथा भिकाजी

सागरदास गोसावी, जो सोमेश्वर के रहने वाले थे, राजापुर तक के सारे इलाके के धार्मिक विधि किया करते थे।

बाबा ने दोनों भतीजों की शादियाँ, अच्छी तरह देखभाल कर, रीतिपूर्वक करवा दी थी। गोविन्द दादा की पत्नी पार्वती गरीब घराने से थी, तो बाबी की पत्नी खाते-पीते घर से थी। उसके पिता ठेकेदार थे, सड़क बनवाने का काम करते थे। उनका गाँव 'करबुड़े' इलाके के अन्य गाँवों की अपेक्षा अधिक प्रगतिशील माना जाता था। करबुड़े गाँव की स्त्रियों के बारे में इलाके में कोई अच्छी बात नहीं करता था। इसके पीछे भी एक कारण था। कोंकण में मनोरंजन के लिए 'खेले' नामक कला प्रकार होता है। कोंकण की जनता इस से परिचित थी। परन्तु कभी-कभी कोल्हापुर और सतारा से 'तमाशा' भी कोंकण के दौरे पर आता था। आम तौर पर 'तमाशा' (नौटंकी) अश्लील होने की वजह से वहाँ स्त्रियों को ले जाने का रिवाज नहीं था।

एक बार ऐसा ही तमाशा करबुड़े गाँव में उतरा। सारे मर्द रात को तमाशा देखने गये। इधर औरतों ने तय किया कि वे भी घर में तमाशा करेंगी। किसी एक घर में जमा होकर वे ढोलकी की ताल पर तमाशा खेलने लगीं। उसी समय कोई एक मर्द, तमाशा बीच में छोड़कर किसी कारणवश घर लौटा तो यहाँ दूसरा ही तमाशा चल रहा था। वह उल्टे पाँव वापस गया और बाकी मर्दों को बुलाकर ले आया। फिर खूब हंगामा हुआ, औरतों की खूब पिटाई हुई। इस घटना के बाद करबुड़े गाँव की औरतें अपनी उद्दण्डता के लिए बदनाम हो गयीं तथा इस गाँव की लड़कियों से शादी करने से लोग कतराने लगे। यही कारण था कि बड़ी चाची को 'विठा' बहू के रूप में नापसन्द थी, परन्तु देवर के सामने अर्थात बाबा के सामने प्रतिवाद करने की उसकी हिम्मत नहीं थी। या फिर उसे इस बात का खेद और शर्मिन्दगी हो कि वर्षों पूर्व उसके, कूल्हों पर कोकम मलने की घटना के कारण इसके बच्चे तेज होकर भी पढ़-लिख नहीं सके, दारू पीने लगे वरना वे भी देवर के बच्चों की भाँति होशियार निकलते।

बड़ी चाची को सब 'घरनी' कहकर बुलाते थे। वह घर में केवल खाना बनाने का ही काम करती थी। उसकी उँगलियों में रस था। पानी भी बघारती तो लोग चटखारे लेकर पी जाते। 'आये' की ही तरह वह भी लम्बी छरहरी थी। वैसा ही लम्बोतरा चेहरा तथा कानों में मैल से काले पड़े सोने के बुन्दे, गले में बँधे मोटे धागे में झूलती दो-तीन चाबियाँ, ऊँची बँधी साड़ी तथा माथे को जैसे-तैसे ढँकता छोटा-सा पल्ला, कलाई में चाँदी के टेढ़े-मेढ़े कड़े, नाक में हुक वाली चाँदी की कील...। उसका और आये का कभी झगड़ा नहीं हुआ। छोटे-मोटे मतभेद रहे होंगे, परन्तु हम बच्चों से उसे स्नेह था। मेरे सयाने होने से पहले ही बाबी गुजर गया था, परन्तु गोविन्द दादा, पार्वती भाभी और विठा भाभी ने सदा हम पर स्नेह बरसाया।

होली पर हम भाभियों की बेसब्री से राह देखते थे कि अब वे आयें और हमें

गाँव ले जायें। वे भी बड़े शौक से हमें साथ ले जाती थीं। राह चलते यदि हम थक जाते तो गोदी में उठा लेती थीं। तब मैं मोटी थी इसलिए वे मजाक में कहतीं कि—"इस बोदली को मत ले जाओ। कहीं बीच राह में अड़ गयी तो गोद में लदकर हमारी कमर तोड़ देगी।" कहकर वे हँसने लगती थीं। विठा भाभी के तीन बच्चे थे। पार्वती भाभी को दो लड़कियाँ हुईं, वे भी काफी विलम्ब से। इन सब बच्चों के साथ खेलने की हमें बड़ी चाह होती थी।

पार्वती भाभी दोनों में बड़ी थी। नाटी, पतली, गोरी लेकिन कम उम्र के बावजूद चेहरे पर झुर्रियाँ थीं। गाल भीतर धँसे हुए, पान खाने से रंगे होंठ और कत्था रंग के बड़े-बड़े टेढ़े-मेढ़े दाँत। बोझा ढोने वाली अन्य स्त्रियों की ही भाँति उसके बाल भी माथे पर टूटे हुए से थे। ऊँची बँधी साड़ी के दो पल्ले, जाँघों के दोनों तरफ झूलती तथा चुन्नट के पास, आड़े खोंसे हुए दो-तीन पल्ले, जो पान का बटुआ, सरौता, चूने की डिब्बी, पैसे, बच्चों के लिए मिठाई या पति के लिए बीड़ी का बंडल आदि रखने के लिए जेब का काम करते थे। पार्वती भाभी दिखने में भले ही दुबली-पतली हो, काम में पीछे नहीं थी। ऐसे-ऐसे गट्ठर उठाकर रत्नागिरी की हाट में जाती, जो मर्दों को भी भारी पड़ें। नदी से पानी लाना, झाड़ू लगाना, लीपना, चक्की पीसना, धान कूटना, गोशाला साफ करना, गोबर समेटना, कंडे बनाना आदि काम तो वे करती ही थीं, परन्तु इसके अलावा खेती के लिए जमीन तैयार करने से लेकर धान ओसाने तक, सारे काम वे किया करती थीं। इतने काम करने के बावजूद बेचारी पति के दो बोलों के लिए भी तरस जाती थी। अक्का कहती कि 'न जाने इन्हें बच्चे कैसे हो गये।' सास तो हमेशा ही पार्वती भाभी से चिढ़ी बैठी होती।

छोटी विठा भाभी की हालत बेहतर थी। ऊँचा अगला कद, भरा-भरा बदन, गोल चेहरा, गोरा परन्तु धूप से सँवलाया रंग। इनकी भी साड़ी ऊँची बँधी होती, परन्तु देखकर ऐसा लगता कि जैसे वे बरमुड़ा पहने हुए हैं। जहाँ ऊँची साड़ी से निकली पार्वती भाभी की टाँगें सींक-सी लगतीं, वहीं विठा भाभी की पिंडलियाँ सुडौल दिखती थीं। माथा पल्लू से ढँका होता तथा गले में सोने की मणिमाला पहनती थी। कलाई में चाँदी के तीन-चार कंगन होते थे। पति के गुजर जाने के बाद अपने तीन बच्चों को लेकर अलग रहने लगी थी। उनके भाई समय-समय पर उनकी मदद किया करते थे तथा सास उनके अधिक मुँह नहीं लगती थी।

दोनों भाभियाँ आये से बार-बार आग्रह करती थीं कि आये हमें होली के अवसर पर गाँव भेजे। पहले तो आये 'ना' कह देती, फिर मेरा रोना-धोना होने के बाद हारकर आये 'हाँ' कहती और हम सब जाने को तैयार होते थे। पहले-पहले तो चलने में बड़ा जोर होता था, परन्तु चलने की आदत नहीं थी। पश्चिम की चिलचिलाती धूप में चेहरा झुलसने लगता था। पाँवो के नीचे की तपती हुई मिट्टी और गर्म तवे जैसे काले पत्थर पर पाँव रखते ही अन्य देहातिनों की तरह हमारे भी मुँह से पुरखों के

लिए गालियाँ निकल जाती थीं। स्कूल में सीखा था कि गाली देना बुरी बात है। चाहे जो हो जाये, पर मुँह से गाली न निकले आदि। इन्हीं सत्य वचनों की खातिर सब कुछ सहकर हम चलते जाते थे। जब बिल्कुल ही सहा नहीं जाता तो रोते-रोते पेड़ों की छाया में चले जाते थे।

ऐसी जलती धूप मे रोज, नंगे पाँव चलने की आदी, देहातिनों के तलवों की चमड़ी जून हो गयी थी। वे बेचारी हमारी खातिर ठहर जाती और ममता से हमारे आँसू पोंछतीं। और हम थे कि उनकी लकड़ी की तरह खुरदुरी उँगलियों से बचने के लिए, मुँह फेरने लगते थे।–'चलो बच्चों, इस तरह रुक-रुककर चलते रहें, तो पहुँचेंगे कैसे...?' कहती हुई वे फिर हमें दौड़ाने लगती थीं। कभी किसी भाभी को हम पर दया आ जाती और वह सर का टोकरा उतार कर, पास के कुम्भे (कोंकण की एक वनस्पति) या पलाश के बड़े-बड़े पत्ते तोड़कर, पास ही से किसी बेल का लचीला टुकड़ा तोड़ लाती थीं। पेड़ की छाया में बैठकर पहले बड़े-बड़े पत्तों से हमारे पैरों के तलवों को अच्छी तरह से ढाँककर, बेल के टुकड़े से बाँध देती थीं। फिर हमें खड़ा कर के कहती कि–"अब सँभालो अपनी चप्पलें, और पहुँचो उन आगे वालियों के पास...चलो।"

तलवों में बँधे वे पत्ते, जुराबों की तरह दिखते थे। पत्ते खुल जाने के डर से हम पाँव रपटाकर चलते थे। लेकिन एक तो चप्पलों की आदत नहीं थी, दूसरे छोटे-छोटे कंकड़ पाँव में गड़कर पत्ते फाड़ देते थे और थोड़ी ही देर में पत्ते फटकर केवल बेल की डोरियाँ पाँव में लिपटी रह जाती थीं। कभी-कभी तो यही डोरियाँ पाँवों में अटककर नीचे तपते पत्थरों पर साष्टांग दंडवत भी करवा देती थीं। साथ की स्त्रियाँ हँसतीं, कभी दुख प्रकट करतीं तो कभी कुछ दुर तक गोद में भी उठा लेती थीं, परन्तु उनके सूखे देह देखकर, उस बाल-वयस में भी, उनकी गोदी चढ़ने में लज्जा आती थी।

जैसे-तैसे छाया में पाँवा रखते, राह में पड़ती नदियों में पाँव डुबोकर, ठंडाते, आधे रास्ते तक पहुँचते-पहुँचते धूप भी उतर जाती थी। धीरे-धीरे जलती राहें ठंडाने लगतीं लेकिन अब तक चल-चलकर पाँव जवाब देने लगते थे। जबरदस्ती पाँव खींचते जब सती की समाधि तक पहुँचते। वहाँ से घर पास होने के कारण चलने में नया उत्साह आ जाता था। हमारे समाज में सती जाने का रिवाज नहीं था फिर न जाने ये सती कौन थी? वहाँ पहुँचने तक दिया-बत्ती का वक्त हो जाता और नीचे की झाड़ियों के झुरमुट में ऐसा अँधेरा छा जाता जैसे पहाड़ी से किसी ने, कोयले का चूरा नीचे फेंक दिया हो। इसी मुकाम पर, हाट जाने वाली देहातिनों के नन्हे-नन्हे बच्चे रो-रोकर थके हुए अपनी-अपनी माँओं की राह देखते खड़े मिलते थे। उनकी देखभाल करने वाली कोई औरत भी उन्हीं के साथ, रो-रोकर बेहाल किसी नन्हे शिशु को गोद में उठा कर, राह देखती खड़ी मिलती थी। दिन भर की बच्चों की चे चे–पें पें से वह भी झल्लायी होती और देर करने के लिए बच्चों की माँ को कोस रही होती थी। अपनी

माँ को देखकर बच्चे दौड़ पड़ते और माँ से लिपट जाते थे। माँएँ भी अधीरता से नन्हे बच्चों को छाती से लगा लेती तथा बड़े बच्चों को हाँकती घर की ओर चल पड़ती थीं। माँ को पा लेने के बाद बच्चों को गुड़ की याद आती थी, और वे गुड़ दे...चने दे...गुड़ दे...की रट लगाना शुरू कर देते थे। उनके घर पहुँचने तक राह भर उनकी आवाजों की गुनगुनाहट सुनायी देती थी और हम कटहल के पेड़ों के नीचे से, पूरब की दिशा में चलते रहते।

पूरब की ओर पहाड़ी की तलहटी से एक नदी बहती है। नदी के इसी पार, दो पहाड़ियों के बीच फँसी हमारी बस्ती थी। हमारा घर नदी के एकदम पास था। इतना पास था कि 'आये' के मुताबिक तवे पर रोटी डालो और नदी से एक घड़ा पानी लाने के बाद, रोटी पलट दो। हमारा घर पूरब की ओर था तो गुट की देहातिनों में से कुछ पश्चिम की ओर रहती थीं। सब अपने-अपने घरों की दिशा में मुड़ जाते थे। दाहिनी तरफ पुरखों की समाधियाँ थीं। समाधि पर माथा टेक कर हम घर की ओर मुड़ जाते थे।

बस्ती में हमारा घर बड़ा और खपरैल की छत वाला था। बाकी लोगों के घरों पर फूस की छत थी। आँगन में छोटा-सा मँडवा बना था (कोंकण में लगभग हर घर के सामने मँडवा बना होता है जिस पर फूलों की या लौकी-कद्दू आदि की बेलें चढ़ी होती हैं। कच्ची सुपाड़ी या मिर्चे आदि सुखाने के लिए यहीं फैलाये जाते हैं।) आँगन लाँघने पर लम्बा बरामदा तथा बरामदे में एक ओर अनाज रखने का छोटा-सा गोदाम। बरामदे से लगा दो-ढाई फीट ऊँचा चबूतरा था। इस चबूतरे पर चढ़कर हम भगवान के कमरे में पहुँचते। यहाँ गुड़हल के मुरझाये फूलों से ढँकी चाँदी और पीतल की भगवान की मूर्तियाँ रखी होती थीं। उसी तरह फूल चढ़े हुए पाँच-छः नारियल दीवार से टिके होते थे। भगवान के नाम पर रखे हुए तरह-तरह के पत्थर, पूजा की ताँबे की थाली, चम्मच, ताँबे-पीतल की सुराहियाँ, थाल, काले पड़े धूपदान आदि रखे हुए कोने में माथा टेक कर हम भीतर जाते, जहाँ बीच का कमरा था। इस कमरे में आटा पीसने की चक्की और ओखली जमीन में गड़ाकर रखी हुई थी। वहीं कोने में मूसल और सब्बल दीवार से टिकाकर रखे होते थे। बायीं तरफ चौका था। चौके में सामने दो चूल्हे और दो सग्गड़ साथ-साथ लगे हुए थे। वहीं नमक रखने की छोटी काली मटकी, नारियल की कटोरी का ढक्कन लगाकर रखी होती थी। एक चूल्हे पर रखी मटकी में अम्बील रखी होती थी, उस पर भी नारियल की कटोरी का ढक्कन लगा होता था। एक ओर खिड़की के नीचे पानी की एक आध गागर, वही नारियल की कटोरी से ढँकी हुई तथा पीछे के कोने में पीले कद्दू की तरह दिखती धान की तीन-चार मुड़ही, रस्सियों से बाँधकर तथा बोरियों और गुदड़ी से ढाँककर रखी होती थी। आड़ी लटकती हुई बल्ली पर पुराने कपड़े, मैले तौलिए, फटी चोलियाँ और बच्चों के पुराने कपड़े लटक रहे होते थे।

बीच वाले कमरे में पिछवाड़े जाने का दरवाजा था। पिछवाड़े में एक लम्बी-सी छपरी, जिसके आधे हिस्से में विठा भाभी अपने तीन बच्चों के साथ किरायेदार की तरह रहती थी। छपरी के बाकी हिस्से में खम्भे गाड़कर, उन पर आड़ी ठोंकी गयी तख्तियों पर पानी के बर्तन, हंडे, कलसे, मटके आदि रखे होते थे। उसी छपरी में एक ओर मुर्गियों के दड़बे थे, जिनके इर्द-गिर्द साँवा के चावल और मोटे चावल बिखरे होते थे, जिन्हें मुर्गियाँ चुगती रहती थीं।

छपरी के पीछे गोबर से लिपा-पुता छोटा-सा आँगन...वहाँ से आगे गायों की गोशाला थी। दाहिनी तरफ तीन पत्थरों का बड़ा-सा चूल्हा बना था, जिस पर नहाने के लिए पानी गरम करने का बड़ा-सा हंडा तथा धुएँ से काला पड़ गया लोटा...नहाते समय बैठने के लिए रखा हुआ छोटा पत्थर का चबूतरा और उसी के पास पड़ा हुआ जर्मन का फूटा लोटा। इसी जगह पर घर की स्त्रियाँ सुबह मुँह अँधेरे में या रात के अँधेरे में नहाती थीं। बाकी सब नदी पर नहाते थे। बरसात में नहाने के लिए नदी की जगह छप्पर से बरसने वाली पानी की धार से ही काम चलाया जाता था। यह आम मजबूरी थी।

थके-हारे जब हम घर के सामने वाले खलिहान में उतरते तो गोविन्द दादा और बाबी दादा के बच्चे खुशी से दौड़कर हमारे गले लग जाते थे। सारी थकान वहीं दूर हो जाती थी। खलिहान पार कर बरामदे में आते ही गोविन्द दादा दिखायी देते थे। वे अपनी घर की पोशाक अर्थात लंगोटी और बंडी पहने हुए होते। उनके सामने रखी हुई जलती लालटेन के उजाले में उनका धूप से झुलसा हुआ मगर अब खुशी से दमकता चेहरा दिखायी देता था। खुशी से मुस्कराते वे कहते—"अच्छा हुआ जो बच्चे आ गये। माँ ने भेज कैसे दिया—खुद तो कभी नहीं आती?"

बीच वाले कमरे के दरवाजे पर खड़ी बड़ी चाची प्यार से हमें निहार रही होती। लालटेन के उजाले में पहले उनके पाँव ही दिखते थे। वह गोविन्द दादा से कहती—"कैसे नहीं आयेगी? घर तो उसी का है। आज नहीं, तो कल आयेगी।" फिर सामने आकर हमारी बलैया लेती बोल पड़ती—"थक गये बच्चे मेरे...जाओ बच्चों, पाँव धोकर, चूल्हे पर रखी अंबील पी लो।" साँवा के चावल का दरदरा आटा, पानी में उबालकर, नमक डालकर बनी लपसी को अंबील कहते हैं। हम सब चलने से बेहाल हो गये होते और भूख से पेट में चूहे दौड़ रहे होते थे। पानी के हंडे से पानी लेकर हम पाँव धोते तथा चूल्हे के पास जाते। सुबह की बनी अंबील अब तक और भी खट्टी और ठंडी हो गयी होती। अंबील की मटकी पर ढँका बाँस की खपच्चियों का ढक्कन उठाकर, मिट्टी के कटोरों में अंबील परस कर बड़ी चाची हमारे हाथ में रखती। खट्टी पड़ गयी बासी दाल की तरह उसकी तीव्र गन्ध नथुनों में घुस जाती थी, परन्तु आँतों की भूख के लिए ताजा-बासी सब बराबर था। वही अंबील हम गटागट पी जाते थे। सबसे मिलने की खुशी में खट्टी अंबील भी स्वादिष्ट लगती थी।

विठा भाभी पिछवाड़े की छपरी के अपने घर में वापस लौट जाती और उनके बच्चे भी उनके पीछे चले जाते थे। पार्वती भाभी हाट से लायी टोकरी, अपनी सास के सामने उलट देती थी। छोटी-छोटी पुड़िया में बँधी दाल, गुड़, नमक, लालमिर्च, चायपत्ती, पान-तमाखू जैसी कई चीजें उन में होती थीं। दोपहर में खरीदी और अब तक बासी पड़कर, गन्धाती मच्छी का भी, सुपाड़ी की छाल में लिपटा बंडल होता। मच्छी की गन्ध से बेचैन बिल्ली म्याऊँ—म्याऊँ करती, आगे-पीछे डोलती, पूँछ हिलाती, हमारे शरीर से अपनी पीठ घीसती थी और बड़ी चाची गुस्सा दिखाकर उसे घुड़कती—"आऽ ये सब तेरे ही तो लिए है...कलमुँही राँड...चल निकल बाहर...फेंक दो इसे नदी में।" बड़ी चाची खाना बनाने के लिए चौके में चली जाती और हम सब तालियाँ बजाकर, पाँव पटककर बिल्ली को भगाने में लग जाते पर वह टस से मस नहीं होती थी।

बड़े भगोने में पानी लेकर, उसमें मच्छी डालकर पार्वती भाभी आँगन में जाती तथा चूल्हे के पास बैठकर मच्छी साफ करने लगती थी। बिल्ली अब पार्वती भाभी से म्याऊँ-म्याऊँ कर दीनता से मच्छी की गुहार लगाने लगती थी। जमीन पर बैठकर भाभी दोनों पाँवों में हँसिया फँसाकर सिर, आँखें, पूँछ तथा ऊपर की शल्कें निकालकर फेंकने तक बिल्ली के धीरज का जैसे अन्त हो जाता। एक मछली का सिर फेंका नहीं कि बिल्ली झपट्टा मारकर उठा लेती तथा सिर झटक-झटककर मिट्टी झाड़ती, मच्छी का सिर निगल लेती तथा फिर दूसरे टुकड़े के लिए चिल्लाने लगती थी। हर मछली के लिए वह इसी तरह दौड़-धूप करती और इतने में अगर दो-तीन बिल्लियाँ या कुत्ता आ जाता तो उनके बीच जानलेवा, छीना-झपटी मच जाती और भाभी हम सबको भीतर ठेल देती थी, कहीं कोई कुत्ता काट न खाये। मच्छी धोने के लिए उन्हें हमारी मदद की जरूरत होती। हम में से कोई पानी डालता तो वे मच्छी धो लेती और भगोना भीतर ले आती थी। साफ की हुई मच्छी को अपनी सास के हवाले कर वे छपरी में रखा सिल-बट्टा धोकर, उस पर सूखी लाल मिर्चें, धनिया, हल्दी, लहसुन की कलियाँ, नारियल आदि पीसने बैठ जाती। सुबह से इतना लम्बा सफर कर, रत्नागिरी के बाजार में बोझा बेचकर, फिर वापस पैदल घर आ कर भी वे पता नहीं, थकती कैसे नहीं थी? उस सुस्त घर में वे ही हलचल लाती थीं।

विठा भाभी मच्छी की जगह पर मटन के बचे-खुचे टुकड़े, टाँग, सिर, भेजा, फेफड़ा या ऐसा ही कुछ ले आती। उसका बेटा शांताराम, घर में ही मटन साफ कर देता था। चूल्हे में सूखे नारियल के टुकड़े और प्याज भूनकर, उसमें लहसुन, गरम मसाला और लाल मिर्च डालकर विठा भाभी की बेटी बबी, सिलबट्टे पर पीस लेती थी। विठा भाभी के घर लौटने तक बबी भगोने में चावल भी पकाकर तैयार रखती थी। बस मटन बनने की देर और उनका खाना तैयार हो जाता था और उनके घर से हमें खाने का बुलावा भी आ जाता था। हम सब गोविन्द दादा के घर बरामदे में

बैठे बतिया रहे होते, भूख भी लगी होती और इतने में यह बुलावा...यही हमारी कसौटी का पल होता था।

बड़ी चाची और गोविन्द दादा, विठा भाभी से चिढ़ते थे क्योंकि वह अलग रहती थी। अगर हम विठा भाभी के घर खाना खाने जाते तो गोविन्द दादा और बड़ी चाची नाराज हो जाती थीं और यदि न जायें तो बेचारी विठा भाभी बुरा मान जाती थी। विठा भाभी के बहुत आग्रह करने पर हम सचमुच उनके घर खाना खाने चले जाते थे। गोविन्द दादा बाहर से अद्धा पौना शराब पीकर आते और खाना खाने के पहले पूछते कि "बच्चे कहाँ हैं।" बड़ी चाची हँसते-हँसते ताना मारती—"वे शहर के रहने वाले, मटन-खाने वाले बच्चे हैं, उन्हें मच्छी कहाँ पसन्द आयेगी? तू बैठ...खाना खा।" लेकिन गोविन्द दादा बिना खाये उसी तरह बैठे रहते। सो विठा भाभी के घर भरपेट खाना खाने के बाद हमें जबरदस्ती गोविन्द दादा की थाली से भी खाना पड़ता था, तभी उन्हें सन्तोष होता था। उनकी बेटियाँ ताई और कमल भी हमारे लिए रुकी रहती थीं।

इस सारे घटना क्रम में पार्वती भाभी की कोई भूमिका नहीं होती थी। वह बेचारी नौकरानी की तरह खटती रहती थी। रसोई के अलावा बाकी सारे काम वही करती थी, पर अधिकार धेले का भी नहीं था। चाहे जितनी भूखी हो, बासी, गन्धाती अंबील भी वह अपने हाथ से लेकर नहीं पीती थी। अंबील की मटकी जब मँजने के लिए बाहर आती तो उसमें बची-खुची अंबील भले ही पी लेती। सबके खाने के उपरान्त खाना तथा सबके सो जाने पर सोना, यही उसका क्रम था। तब मैं बच्ची थी। उस उम्र में पार्वती भाभी का मेहनती और सहनशील स्वभाव तथा उसकी उपेक्षा आदि के लिए मेरे मन में कोई स्थान नहीं था। बल्कि उनकी निरन्तर बोझा ढोने से फैल गयीं घुटनों की हड्डियाँ, सूखे, दरारें-पड़े पैर, फटी-पुरानी साड़ी, रूखे-बिखरे वालों के कारण उनके प्रति हेय भावना ही थी। यह हेय भावना इतनी गहरी थी कि—एक बार मेरी कक्षा की श्यामला चौहान ने पार्वती भाभी का वर्णन सुना कर पूछा कि "अमुक वर्णन की स्त्री तुम्हारी कौन है?" और मैंने बेखटके कह दिया था कि "वह हमारी नौकरानी है।"

हमारा यह वार्तालाप श्यामला के ही जरिये पार्वती भाभी तक पहुँचा। एक दिन वे घर आयीं और हँसी-हँसी के बीच ही मुझसे पूछने लगी—"इमल (विमल) क्या मैं तेरी नौकरानी हूँ?" मैं चौंक गयी। मैं समझी कि शायद भाभी डाँटेगी, आये से कहेंगी या गालियाँ देंगी, परन्तु वे तो केवल गर्दन हिला कर हँसती रही। तब नहीं, परन्तु आज समझ में आता है कि कितने अर्थ छिपे थे उस हँसी में...! क्या नहीं था उनकी नजर में...लाचारी, असहायता, हतबलता...घर के किसी और सदस्य से तो दूर, मुझ जैसी बित्तेभर की छोकरी से भी जवाब-तलब करने की उनकी हिम्मत नहीं थी। जैसे-जैसे मैं बड़ी होती गयी, सारी परिस्थिति परत दर परत खुलती गयी, स्पष्ट होती गयी। उसके बाद मैंने यथासम्भव अपने अपराधों का परिमार्जन करने की कोशिशें कीं। 'ताई' की शादी में जब पार्वती भाभी मुम्बई आयीं तब मैंने उन्हें मुम्बई में स्थल

दर्शन करवाया। उनकी ऊँची बँधी साड़ी के कारण अब मुझे कोई संकोच नहीं हुआ, बल्कि वह मुझे प्रिय ही लगीं। लेकिन अफसोस कि उन छोटी-मोटी कोशिशों से बचपन के व्यवहार का अपराध-बोध कम नहीं हुआ, बल्कि और भी अधोरेखित होता गया।

इस घटना के बाद लोगों को देखने-परखने की मेरी दृष्टि ही बदल गयी। पार्वती भाभी की ही तरह सूखे बदन की, किन्तु साफ मन की हिरी अक्का (शान्ति अक्का की ननद) के प्रति मेरी आत्मीयता बढ़ गयी। ब्याह के पश्चात, काम-जीवन के प्रति घोर अज्ञान के कारण, डर कर हिरी अक्का हमेशा के लिए मायके लौट गयी थी। पति से उस अल्प सम्बन्ध से भी उसे एक बेटी भी थी। मायके की छपरी में वह मेहनत-मजदूरी करती, स्वाभिमान की जिन्दगी जी रही थी। भाई पर बोझ बनना उसे मंजूर नहीं था। जब भी वह हमारे घर आती, कभी खाली हाथ नहीं आयी हमेशा कालव (सीप) या बोचन जैसा समुद्री भोजन का तोहफा साथ लाती थी।

मिन्या और साखर नाम के दो गाँवों की दो पहाड़ियों की बीच में स्थित खाड़ी में उतर कर सीपें, बोचन, मुले तथा केकड़े पकड़ना कितना कष्टदायक काम है उसका अनुभव दो-तीन बार मैं भी ले चुकी हूँ, जब मैं हिरी अक्का तथा मेरी ममेरी बहनें भागू और केरूबाया के साथ खाड़ी में उतरी थी।

सवेरे समुन्दर में जब भाटे का वक्त होता है, पानी पीछे हट जाता है, ऐसे में टोकरे, झौवे, डलिया और चालनियाँ लेकर जल्दी-जल्दी पहाड़ी उतर कर हिरी अक्का और उसकी साथिनें खाड़ी के किनारे आती थीं। खाड़ी का पानी पीछे हट जाने की वजह से चारों ओर कीचड़ का साम्राज्य होता था। कीचड़ से सनी झाड़ियों से गुजरकर, सूखी जगहों-पत्थरों पर पाँव धरती वे सब खाड़ी के अन्दर, लगभग बीचोबीच पहुँच जातीं और वहाँ घुटने तक पानी में खड़ी होकर हँसिये से पाँव तले की जमीन खोदकर तथा कोहनी तक हाथ रेत में घुसाकर अन्दर के 'मुले' (समुद्री भोजन) उठाकर फटाफट टोकरे में डालती थीं। रेती में हाथ घुसाते समय खुरदरी बालू नाखूनों को फाड़ देती, जगह से हिला देती तथा खून बहने लगता था। घंटों झुक कर काम करने के कारण पीठ अकड़ जाती थी, पाँव सुन्न हो जाते थे।

कुछ एक औरतें तो बड़ी-बड़ी लहरों के बीच खड़ी चट्टानों तक पहुँच जाती थीं। इन्हीं सीपों को 'बोचन' कहा जाता है। कोई समुन्दर की तरफ वाले गड्ढे में सालों से जमा नमक निकाल लाती तो कोई बिलों में हाथ डालकर केकड़े खोजती थी। इन सब कामों के दौरान उफनती लहरों के कारण वे भीग कर सराबोर हो जातीं। कटे-फटे किनारों से हाथ-पाँव कटकर-छिलकर, खारे पानी से जलते रहते थे।

जब चारों ओर से पानी चढ़ने लगता तो वे समझ जातीं कि ज्वार शुरू हो गया है। झट एक-दूसरे को सावधान करतीं वे जल्दी-जल्दी सीपों के बड़े-बड़े कपचे काटने लगती थीं। कुछ अनाड़ी तो सीपों के धोखे में निरा पत्थर ही उठाकर ले आती थीं।

जब पानी घुटनों से ऊपर चढ़ने लगता तो सब भरी टोकरियाँ सिर पर लादकर, लम्बी-लम्बी डगें भरती किनारे पर आ जाती थीं। पानी चढ़ने का ध्यान न रखने से, इससे पहले भी कई औरतें डूबकर मर गयी थीं। मेरी ममेरी बहन लक्ष्मी को लोगों ने इसी तरह डूबने से बचाया था, परन्तु उसकी दोनों साथिनें नहीं बच पायी थीं।

किनारे पर आकर, जमीन पर सीपें फैलाकर, उन पर सूखे पत्ते डालकर सीपें भूनी जाती थीं। माचिस भी वे साथ रखती थीं। माचिस का एक और उपयोग था। केकड़े पकड़ते समय यदि किसी की उँगली केकड़ा अपने डैनों में पकड़ लेता तो चट तीली जलाकर लगाने से डैने की पकड़ ढीली होकर उँगली छूट जाती थी। वरना केकड़ा तो ऐसा जीव है जो भले ही कट जाये, उँगली नहीं छोड़ता। मुझे आज भी वे दृश्य याद हैं, जब वे भुनी हुई सीपों को फोड़कर साथ लायी हुई भाकरी के साथ खाया करती थीं। दोपहर की जलती धूप में कीचड़ से सनी झाड़ियों के बीच बैठी वे सब झाड़ियों का ही एक हिस्सा लगती थीं।

शरीर जब इतनी मेहनत कर रहा होता, मन में तब भी घर की चिन्ताएँ होती थीं..."बेटी बीमार है, चार-पाँच दिन से कुछ नहीं खाया है। देखती हूँ, शायद बोचन के साथ खाना पसन्द करे।"

..."मेरे घर में भी बुढ़िया आँखें बिछाये बैठी होगी। काम की थी बुढ़िया। अब उमर ढल गयी वरना टोकरे भर-भर के सीपें और कुरली (समुद्री भोजन) लाया करती थी।"

"आजकल भण्डारी और दालदी (समुद्र किनारे मच्छी पकड़ने तथा बेचने का व्यवसाय पीढ़ियों से करने वाली जातियाँ) औरतें कुरली बचने कहाँ देती है? जो भी मिल जाती है, उठाकर बाजार में बेचने ले जाती हैं।"

..."उनके मर्द उनका खूब हाथ बँटाते हैं तभी तो वे सोने से लदी होती हैं। हमारे मर्द शराब पीकर धुत्त पड़े रहते हैं, तभी तो हमारी ये हालत है..."

इसी तरह बतियाती वे पहाड़ी चढ़कर ऊपर आती तो राह देख रहे बच्चे चींटियों के झुंड की तरह उन्हें घेर लेते थे। इतने कष्ट से लायी सीपों की टोकरी लेकर जब हिरी अक्का मेरी राह देखती मेरे दफ्तर के दरवाजे पर बैठी मिलती तो मेरा मन भर आता था।

हर गाँव में होली अलग-अलग तिथि को मनायी जाती थी। फागुन की अमावस्या के तीसरे दिन जो होली मनती थी उसे 'तेरसा शिमगा' कहते थे। तेरसा शिमगा मनाने वालों को 'खदरों' की उपमा दी जाती थी क्यों कि वे फागुन महीना लगते ही होली की पुरण पोली (चने की दाल तथा गुड़ की मीठी रोटी, जो महाराष्ट्र में होली का पारम्परिक पकवान है।) तथा मटन के बड़े खाने की तैयारी करने लगते थे। तेरसा शिमगा की देखा-देखी कुछ गाँवों में आठवें या नौवें दिन ही होली जलने लगीं, इसे 'समय की होली' कहा जाता था। इस होली के अलावा पूर्णिमा को मनायी जाने वाली होली सभी के लिए होती थी। इसके बाद भी कुछ गाँवों में होली जलती

थी, इसे 'भद्र शिमगा' कहा जाता था। पूनम तक सब की होली देखकर गरीबों को दुख होता था सो वे सबसे आखिर में अपनी होली जलाकर खुशी जाहिर करते थे। इसके बाद सब भद्र होगा अर्थात भला होगा, ऐसी मान्यता थी।

हमारे गाँव में पारम्परिक रूप से 'तेरसा शिमगा' ही मनाया जाता था। गाँव की नदी के पार पहाड़ी पर साढ़े-तीन हाथ ऊँची चंडकी देवी की चट्टान थी। बस्ती के जवान लड़के होली से सात-आठ दिन पहले वहाँ जाकर जंगल की सूखी घास-फूस तथा सूखी टहनियों से चंडकी देवी की चट्टान को अच्छी तरह ढाँक देते थे। होली के दिन बस्ती के सारे बड़े-बूढ़े और बच्चे भी बाजे-गाजे के साथ उस पहाड़ी पर जाते तथा चंडकी देवी की चट्टान की हल्दी-कुंकुम तथा नारियल चढ़ाकर पूजा करते थे तथा बाद में वह पत्थर जला दिया जाता था। जलाते समय चंडकी देवी से भावी जीवन में सुख प्राप्ति के लिए आह्वान किया जाता था। आह्वान के बाद जोर-जोर से चिल्लाकर गन्दी-गन्दी गालियाँ दी जाती थीं। जोर-जोर से कूकने की आवाजें निकाली जाती थीं जो चार गाँवों तक सुनायी देती थीं।

उस चट्टान को चंडकी देवी का नाम क्यों दिया गया था यह मालूम नहीं है और न ये मालूम है कि जलाया क्यों जाता था परन्तु इतना ज्ञात है कि उसे मातृदेवता का प्रतीक माना जाता था। देहातिनें कहती थीं कि चंडकी देवी की चट्टान में आग लगाने से गाँव पर आयी बला टल जाती है। सुबह चंडकी देवी की होली जलाने के बाद तगड़े जवान लड़के गाँव की होली के लिए देख कर रखे हुए पेड़ लेने जंगल जाते थे। जंगल के पेड़ों पर कुल्हाड़ी चलाने का पहला अधिकार हम महारों का होता था। कटे हुए पेड़ का भारी-भरकम, विशालकाय तना, कन्धों पर लादकर, बाजे-गाजे के साथ शिवमन्दिर के सामने, जहाँ होली जलाने की जगह होती थी वहाँ लाये जाते थे। भारी-भरकम तने कन्धों पर लादकर घाटी-पहाड़ी चढ़ने-उतरने में अच्छे-अच्छों के छक्के छूट जाते थे। इन तनों को होली दहन के स्थान पर खड़ा करने का काम महारों के जिम्मे था। बाकी लोग तो नामपात्र के लिए बस हाथ लगाते थे। लेकिन महारों के अधिकार बस यहीं तक सीमित थे। होली लग जाने के बाद कुत्ता तक उन्हें नहीं पूछता था।

अँधेरा होते-होते मन्दिर के पुजारी से पूजा करवाकर होली जलायी जाती थी। वहाँ पर एकत्रित, गाँव के बड़े बुजुर्ग, मराठे, भंडारी, कुणबी आदि गाँव के भले के लिए आह्वान किया करते थे। इस आह्वान में एक तो ऐसा आह्वान था कि—'गाँव की बला टल जाये और महारों के सिर पर पड़े।' आह्वान के बाद दी जाने वाली गालियों में भी महारों की काफी मिट्टी-पलीद होती थी, लेकिन प्रतिवाद करने का साहस महारों में नहीं था।

इसके अलावा एक और रिवाज भगवान की पालकी नचाने का था। रेशमी फुँदने लगी भगवान की पालकी कन्धों पर रखकर बड़े जोश में, जलती होली के इर्द-गिर्द

नचायी जाती थी। जोश में नचाने वाले चार-पाँच फीट ऊँची छलाँगें भी लगाते थे और भैंसों की तरह एक-दूसरे से टकराकर शक्तिप्रदर्शन भी करते थे। गरीबी से त्रस्त, बेबस महारों के जवान लड़के, शराब पीकर धुत्त होकर होते थे। पेड़ काटते समय पी गयी शराब पर और भी शराब गले से उतारते थे तथा जोर-शोर से ढोल-ताशे पीटते बेहोश से हो जाते थे। महारों के अलावा गाँव की हर जाति के मर्द पालकी से कन्धा छुआते थे। पालकी नचात्ते हुए पाँवों के नीचे उड़ते गुलाल और धूल से आसमान धुँधला जाता था। इसी धुँधलके की आड़ में हमारी बस्ती के बच्चे भी पालकी तक पहुँच जाते। कुछ-एक तो पालकी नचा भी लेते थे। लेकिन पकड़े जाने पर हाथापाई भी खूब होती थी। हाथापाई का अन्देशा होने के कारण हमारी बस्ती के लड़के भी डन्डे-लाठियाँ लेकर ही चलते थे।

होली के दिन ब्राह्मण और मराठों के घर में चने की दाल और गुड़ का 'पुरन' पकता था तो हमारी बस्ती में 'मोठ' पकती थी। होली के महीने में मोठ की काफी पैदावार होती थी। दाल-भात के साथ मोठ की उबली फलियाँ या मोठ की सब्जी खाकर सब शिवमन्दिर के सामने होली की जगह पर जमा हो जाते थे। वहाँ का मुख्य आकर्षण पालकी नचाने के अलावा 'खेले' (नाटक) भी होता था। जमीन पर धूल होती थी इसलिए बिछाने के लिए टाट के टुकड़े और ओढ़ने के लिए गुदड़ियाँ ले जाते थे। मिसरी के रंग-बिरंगे चकत्तों की मालाएँ गले में पहने, उसे चाटते हुए लार टपकाते, चीकट मुँह लेकर, हम बच्चे टुकुर-टुकुर इधर-उधर देखते बैठे होते थे। पालकी नचाते समय जब हाथापाई होने लगती तो सब अपने बिछावन उठाकर हट जाते तथा सब शान्त हो जाने पर फिर अपनी जगह पर जम जाते थे। पिटे हुए कुछ युवक, शराब के नशे में धुत्त, हमारी गुदड़ियों पर पड़े हलाल के जानवर की भाँति तड़पते, उनकी माँएँ रोती-कलपती, बेटों को गले से लगाने की कोशिश करती थीं और वे लाल-लाल आँखें तरेरकर बकबक करते गालियाँ बकते, पालकी की ओर दौड़ते थे। उनकी माँ-बहनें उन्हें रोकने का प्रयास करती थीं। 'खेले' शुरू होने तक यही सब नाटक चलता रहता था।

फिर शुरू होते 'खेले' या धार्मिक अथवा ऐतिहासिक पृष्ठभूमि पर रची गयी गीत-नृत्य नाटिका—घुटनों तक लम्बी सफेद बाराबन्दी, (बारा-नाड़ियों के बन्द लगा लम्बा कुर्ता) और चपटी, पिटारे के आकार की पगड़ी पहने बीस-पच्चीस खेले (कलाकार या खेल दिखाने वाले) गले में पड़े मंजीरे बजाते, दाहिने-बायें, दोनों तरफ लयबद्ध तरीके से झूलते, गाते—'पयलं ऽ नमन ऽ' अर्थात 'पहला नमस्कार' फिर गले में मृदंग लटकाये दो कलाकार, मृदंग पर कड़ी चोट करते, ऊँची छलाँगें लगाते, नाचते थे। फिर गणेश जी का आगमन होता। तत्पश्चात संकासुर (राक्षस) तथा तुंबरू (भालू का मुखौटा लगाये जांबवान) आदि के मुखौटे पहने कलाकार आकर नाचते थे। फिर बारी आती शिक्षक और छात्र के बीच हास्य-विनोद पूर्ण वार्तालाप की...शिक्षक पूछते

"तेरी उम्र क्या है?" तो छात्र जवाब देता "दो" अर्थात उम्र और जंगला (मराठी में वय = उम्र, वई = जंगला)

शिक्षक पाटी (स्लेट पट्टी) दिखाने को कहते तो वह गोबर से भरी टोकरी (पाटी = टोकरी) दिखा देता। हम सब पेट पकड़ कर हँसते लेकिन हमें प्रतीक्षा होती राजा चन्द्रसेन की कहानी की...

ऊपर खुला आसमान, पास में धड़धड़ाती होली की लपटें, चमचमाती दीपमाला लिये खड़ा शिवमन्दिर और सामने रिझाने वाले कलाकारों की टीली...सारा वातावरण जैसे जादूभरा होता। लेकिन बीच में ही मोठ की सब्जी के कारण कोई न कोई पेट की गैस छोड़कर तन्द्रा तोड़ देता था। पल्लू नाक पर रखकर औरतें चिल्लातीं–"कौन रे ये मुहजला?"...कोई मुँह की जगह, गैस छोड़ने वाले अंग के जलने की कामना करती और हँसी की लहर फैल जाती थी।

इधर मंच पर राजा चन्द्रसेन अपनी आन-बान शान के साथ प्रवेश करते। चमचमाती झालरदार पोशाक, कीमती उपवस्त्र, सुनहरे जरीदार मुकुट, बाजूबन्द, मोतियों की मालाएँ, कानों मे कुण्डल, पाँवों में जरीदार जूती तथा हाथ में तलवार लेकर नाचते हुए राजे-रजवाड़े आते...सूत्रधार वर्णन करता कि चन्द्रसेन राजा के घर चाँद-सूरज पानी भरते हैं, यक्ष और गन्धर्व पंखा झलते हैं वगैरा-वगैरा...फिर चन्द्रसेन राजा की ब्याह योग्य, सुन्दरी राजकन्या लीलावती, युवकों का मन मोह लेती थी और स्वयंवर में वह जिस राजकुमार के गले में जयमाला डालती, उस पर हम लड़कियाँ कुर्बान हो रही होती थीं। हालत ये थी कि यदि वह साथ चलने को कहता तो हम सब तुरन्त उठकर चल देतीं। उसके बाद भी कई पात्र रंगमंच पर आते पर राजकुमार का नशा आँखों से उतरता नहीं था। धीरे-धीरे आँखें थकने लगतीं, नींद आने लगती और फिर अचानक ढोल-ताशों की गड़गड़ाहट के साथ चारों ओर शोर मच जाता, औरतें चिल्लातीं..."बच्चो उठो उठो...देखो रावण की सवारी आयी रावण की। देखो...देखो रावण नाच रहा है...।"

ढोल-ताशे की आवाजें इतनी भयावह लगतीं कि कलेजा थर-थर काँपने लगता था। आँखें फाड़-फाड़ कर हम रावण को देखने लगते थे। भीड़ में बड़े-बुजुर्ग हमें कन्धों पर उठाकर रावण दिखाते थे। कड़कते ढोल-ताशे की ताल पर, पलीतों के उजाले में, दस-बीस फीट लम्बी तख्ती पर बने नौ चेहरे, अपने मुकुट के सहारे सँभालता रावण, दोनों हाथों में तलवारे लेकर कूदता-फाँदता, धूल उड़ाता आता। लेकिन अब सूरज उगने का भी वक्त हो जाता, सो हम रावण को वहीं नाचता छोड़कर घर लौट चलते थे।

घर जाते-जाते रात के रंगे चन्द्रसेन राजा, उनकी कन्या तथा मन को मोहने वाला राजकुमार, सारे ही रंग चेहरे मुकुट विहीन, गंजे सिर और सादी पोशाक में, सड़क पर दिखायी देते किन्तु इस अवस्था में भी राजकुमार की रात की छवि को जरा-सा

धक्का भी नहीं लगता था।

रात के जागरण के बाद भी स्त्रियों में गजब का उत्साह होता था। सबको जल्दी पड़ी होती कि घर जाकर जल्दी-जल्दी भाकरी बनाकर ब्राह्मणों और मराठों के घर त्योहार के पकवान माँगने जायें।[4] साल भर सब ने गाँव की खूब सेवा की होती, सो आज उस सेवा के बदले कुछ पाने का दिन था। कोई कहती कि पिछले साल उस अमुक-अमुक के मिर्ची के पौधों को मैंने बबूल की बाड़ बना दी थी और उस राँड ने मुझे धेला भी नहीं दिया था पर आज मैं उसे छोड़ूँगी नहीं। अच्छा दो-तीन दिन के लिए खाना माँग कर लाऊँगी...। बाकी सभी का यही हाल होता था। कोई मेहनत-मजदूरी कर के बिना मुआवजा पाये बैठा होता। इसके अलावा महारों के खास काम जैसे, ढोल बजाना, सन्देशा पहुँचाना, मरे जानवर उठाना, आदि काम करने वाले तो पूरे अधिकार से माँगने जाते थे।

बस्ती की अन्य स्त्रियों के साथ हमारी पार्वती भाभी और विठा भाभी भी डलिया लेकर माँगने जाती थी। बाबा शिक्षक थे तथा हमारे घर में वृत्ति होने के कारण अन्न की कमी नहीं थी। होली के दिन तो हमारे घर भी मुर्गी या बकरे का मटन पकता था, मटका भर चावल पकाये जाते थे। बड़ी चाची एक पायली के बड़े तलती थी, फिर भी उनकी बहुएँ तीज-त्योहार पत्र खाना माँगने जाती थीं। बाबा को पता चलता तो वे आगबबूला हो जाते थे—वे कहते कि—"इन भिखमंगों का भीख माँगना कब छूटेगा? उनसे कहो भीख माँगकर जो खाना है, खायें पर मेरे घर न लायें और न तो मुझे अपनी शक्लें दिखायें।" बाबा के गुस्से पर दोनों भाभियाँ छिप-छिप कर हँसतीं और हमसे कहतीं—"जाओ, बाबा से जाकर कहो कि हम 'पुरन-पोली' खाना चाहते हैं इसीलिए भाभियाँ खाना माँगने जाती हैं।"

भाभियाँ लाख पुरन पोली के लिए खाना माँगने जायें, उन्हें हमेशा बासी भाकरी के टुकड़े और चावल ही मिले, पुरन पोली नहीं। कुछ स्त्रियाँ तो दूर-दूर के घरों में जाकर खाना माँगती थीं। दाल, खीर आदि के लिए अलग-अलग लोटे, भगौने, पतीले लेकर जातीं, परन्तु परोसने वाले तो चावल पर ही दाल, सांबर, खीर आदि डालकर इकट्ठा ही परोस देते थे। दाल मिले चावल लेकर वे घर लौटती थीं। ये चावल एक दिन में खत्म नहीं होते थे और दूसरे दिन खट्टे पड़ जाते थे इसलिए ये चावल-दाल की डलिया लेकर नदी जातीं तथा डलिया पानी में डुबोकर, हल्के हाथ से दाल धोकर बहा देती थीं तथा गीले चावल घर लाकर धीमी आँच पर गर्म कर देती थीं। इस चावल पर घर के सदस्य दो दिन तक गुजारा करते थे। कुछ घरों में मृत मांस (मरे जानवर का मांस) भी पकाया जाता था, परन्तु हमारे घर में मृत मांस खाने पर पाबन्दी थी।

---

4. ग्रामीण भारत में व्याप्त बलुतेदारी व्यवस्था में निम्न वर्णों को सेवा वृत्ति के बदले, घर-घर से खाना माँगने की अनुमति थी।

होली के दिनों में काजू के पेड़ फलों से लदे होते थे। घर में चावल और भाकरी के अलावा खाने को और कुछ नहीं मिलता था, सो हम सब काजू ही तोड़कर खाते थे। हम कच्चे काजू की शराब भी बनाया करते थे। सुबह नाश्ते में अंबील या चावल भी भाकरी—चटनी के साथ खाकर हम सब नदी के पार चंडकी देवी के जंगल में जाते थे। वहाँ काजू के पेड़ों पर चढ़कर हम काजू के जर्द पीले फल तथा चटख हरे बीज तोड़-तोड़ कर भरपेट खाते थे तथा बचे काजू घर ले आते थे।

फिर शुरू होता काजू फलों की शराब बनाने का उपक्रम—गोशाला के पीछे जमा होकर हम घर से गिलास, बोतल, कपड़ा आदि आवश्यक सामान ले आते फिर काजू का फल मसल कर गिलास में रस निकालते और बोतल में रस भरकर कॉर्क का ढक्कन लगाकर कपड़े में लपेट कर रस्सी से बाँध देते थे। बड़ों की नजरें बचाकर यह बोतल गड्ढा में गड़ा दी जाती थी। गड्ढे के ऊपर पहचान के लिए कोई पत्थर रख देते थे। चार-पाँच दिन बड़ी मुश्किल से प्रतीक्षा में काटते थे। धीरज की परिसीमा हो जाती तब गढ़्ढ़ा खोदकर बोतल निकालते थे। बोतल खोलते ही फुस्सऽऽ की आवाज और तेज, खट्टी गन्ध आती। बोतल के रसायन में फेन भी जमा होता था। सच पूछें तो बोतल का द्रव पिया भी नहीं जाता था, परन्तु हम सब गिलास में उँडेल कर चुस्कियाँ ले-लेकर पीते तथा नशे का नाटक भी किया करते थे। नशे का नाटक करते समय गोविन्द दादा तथा बस्ती के अन्य शराबियों की नकल उतारते हुए खूब हँसते थे। इस नाटक में भी शराबी पति, मार खाने वाली तथा पति को कोसने वाली पत्नी जैसे पात्र होते थे। घर के बरामदे में बनी कोठरी में गोविन्द दादा ने अनाज तो नहीं परन्तु शराब की खाली बोतलें रख छोड़ी थीं। कभी-कभी गोविन्द दादा की अनुपस्थिति में हम बोतलों में बची बूँद दो बूँद शराब जीभ पर टपका लेते थे। चींटी काटने के जैसी चुनचुनाहट होती और ऐसा लगता कि नशा आ रहा है। अब सचमुच वह नशा ही था या और कुछ, यह नहीं पता।

एक दिन हमेशा की तरह हम गोशाला के पीछे काजू का रस निकाल रहे थे तभी गोशाला से जोर-जोर से बोलने की आवाजें सुनायी देने लगीं। हम दीवार की दरारों से देखने लगे तो गोविन्द दादा के साथ कुछ गाँव वाले तथा दो अपरिचित व्यक्ति दिखायी दिये। पास ही बैल बँधा हुआ था। यह वही बैल था जो खुला होने पर, सींग उठाकर मारने दौड़ता था, बाकी गायों को परेशान किया करता था। नदी पर जाने वाली औरतें इसे देखकर डर से तितर-बितर हो जाती थीं और हम बच्चों के तो, बैल देखते ही होश गुम हो जाते थे। गोशाला में खड़े एक व्यक्ति ने बैल की पीठ पर धौल जमाकर फिर उसे पुचकारा तब तक दूसरे ने उसके अगले दोनों पैर बाँध दिये। फिर सबने मिलकर उसके अगले पैर खींचकर उसे जमीन पर गिरा दिया। उसके गिरते ही दूसरे आदमी ने कहा—"अब उसकी पिछली टाँगें फैला दो।"

हम सारा माजरा देख रहे थे। मैं समझी कि शायद ये लोग बैल को काटने जा

रहे हैं इसलिए मैंने डरकर कहा कि "चलो, घर चलते हैं, खून देखकर मुझे डर लगता है।" इस पर हममें से सबसे बड़े शान्ताराम ने कहा—"बुद्धू, वे बैल को काट नहीं रहे, खस्सी कर रहे हैं।" कहकर शान्ताराम गोशाला में घुस गया। हम सब भी उसके पीछे-पीछे गोशाले में पहुँचे। हमें देखकर गोविन्द दादा भड़क गये तथा सबको बाहर भगा दिया। हम फिर से पूर्ववत् दीवार की दरारों से देखने लगे।

उस अपरिचित व्यक्ति के हाथ में लकड़ी की डेढ़-दो फीट लम्बी दो मोटी पट्टियाँ थीं। उसने बैल का अंडकोष उन पट्टियों के बीच पकड़ा और जोर से दबाया। बैल जोर से रँभाया और उसने पिछला पैर झाड़ा। देखकर हम सबके दिल दहल गये। बैल के पैर झाड़ते ही पीछे बैठे दोनों लुढ़के पर तुरन्त सँभलकर फिर से उकड़ँ बैठते हुए उन्होंने पूछा कि "आवाज आयी या नहीं?" किसी ने कहा नहीं, तो किसी ने कहा हाँ, कड़कड़ की आवाज आयी—यही चल रहा था और बैल अपने सींग मिट्टी में धँसाये फुसफुस कर रहा था। तभी पार्वती भाभी मिट्टी की छोटी-सी कटोरी में मक्खन और हल्दी का मिश्रण लेकर आयीं। उन्होंने बैल के सूजे हुए अंडकोष पर वह मिश्रण लगाया फिर गोविन्द दादा ने बैल के बँधे पैर खोल दिये। बैल बेचारा हड़बड़ाकर खड़ा हो गया तथा फरफर मूतने लगा। यह देखकर बस्ती के एक आदमी ने बैल की पीठ पर थाप लगाते हुए कहा—"बहुत मस्ती थी न तुझे...? अब खत्म हो गयी न? जा-जा, वह देख उधर गाय खड़ी है।" और ठहाके लगाते वे सब बाहर निकल गये।

बैल का अंडकोष सूजकर लाल हो गया था, पके हुए रामफल की भाँति दिखायी देता था नसें नीली पड़ गयी थीं। पार्वती भाभी बराबर उस पर हल्दी-मक्खन का मिश्रण लगाती थीं। आगे चलकर बलात्कार की खबरें सुनते समय वही अंडकोष मुझे दिखायी देता रहा है।

❖

मेरे बड़े भाई अच्युत के गुजर जाने के बाद बाबा बार-बार बीमार पड़ने लगे। उन्हें अल्सर की बीमारी थी। अपनी जिन्दगी का उन्हें कोई भरोसा नहीं रहा इसलिए उन्होंने मेरे दूसरे भाई कृष्णा की शादी कर देने का निश्चय किया। कृष्णा तब अठारह-उन्नीस साल का रहा होगा। तब हम शान्ति अक्का के घर में, मेहतरों की चाल में रहते थे। उसी चाल में रहने वाले तथा मेंटल हॉस्पिटल में काम करने वाले देवजी काम्बले की बेटी सुशीला को उन्होंने कृष्णा के लिए पसन्द किया। सुशीला सुन्दर और गोरी-चिट्टी थी। उसे देखकर मुझे गाने की, फूल सी सुन्दर, गोरी-गोरी भाभी याद आती थी। सुशीला उस वक्त छठी कक्षा में पढ़ रही थी। बाबा की इच्छा थी कि शादी के बाद भी सुशीला मायके में ही रहकर फाइनल तक पढ़ाई कर ले, फिर वे उसे ससुराल ले आयेंगे। भाभी के पिता को बाबा की इच्छा मंजूर थी। शादी पक्की हो गयी।

तब मैं आठ-नौ बरस की थी। मुझे वह शादी अच्छी तरह याद है, क्योंकि शादी में पाँच कुँआरी कन्याओं को 'मुहूर्ताली' बनाया जाता था, तथा उनमें से एक मैं थी। शादी सम्पन्न होने तक इन मुहूर्तालियों को उपवास रखना पड़ता था। मेरी मुश्किल यह थी कि मुझे भूख जरा भी नहीं सहती थी।

द्वार पर मँडवा डला था। उसी को, गाँव वालों ने, नीम की डालियों की छत डालकर तथा बीच-बीच में आम की डालियों के तोरण लटकाकर सजा दिया। द्वार पर ही केले का पेड़ था, जिस पर केले लगे हुए थे। मंडप में बीचोबीच शेवरी (कपास) का खम्भा गड़ा था, जिसे मुहूर्त का खम्भा कहते हैं। इस खम्भे को हल्दी-कुंकुम लगाकर, पीले कपड़े में बँधी और एक पैसा बँधा था। इस खम्भे के पास लामणदिवा (जंजीर की सहायता से, छत से लटकता, दिया) लटक रहा था।

शादी के एक दिन पहले भगवान की स्थापना की जाती है। कुछ स्त्रियाँ, हम पाँच कुँआरी कन्याओं तथा एक नवविवाहित जोड़ी को साथ लेकर, चालनी में चावल लेकर नदी पर चावल धोने के लिए निकली। सबने बार-बार हमें याद दिलायी कि "कल कुछ खाना नहीं है...याद है न?" हम पाँचों ने जोरदार मुंडी हिलाकर कहा कि "याद है।" बाजे-गाजे के साथ नदी पर जाने तथा रस्मों के अनुसार सारे विधि करने में बड़ा मजा आ रहा था। हम कुँआरी कन्याओं का खास आदर होने के कारण, गर्व

भी हो रहा था।

रात को बाबा तथा आये ने चूल्हे के पीछे नारियल रखकर उसके पास आम की छोटी-सी शाखा रख दी फिर आटे का दीपक जलाकर नारियल के पास रखा। फिर इन पर हल्दी-कुंकुम डालकर, विवाह के लिए भगवान को विधिपूर्वक आमन्त्रित किया कि वे आयें और सारे विघ्न दूर कर विवाह सम्पन्न करवायें। इस विधि को देवक रखना कहा जाता है। कहते हैं कि हमारी कुलदेवता आम के पेड़ के रूप में थी, इसलिए पेड़ के प्रतीक के रूप में आम की शाखा रखी थी। जिन परिवारों की कुलदेवता प्राणिरूप में होती थी, वे आटे की बनी उन प्राणियों की मूर्तियाँ रखते थे।

जिनकी कुलदेवता वराह रूपी होती थी उनका हमारे समाज में बड़ा आदर होता था। भगवान शिव ने वराह के रूप में, किसी का उद्धार किया था, इसलिए वराह की पूजा होती थी तथा सूअर को मारना भी निषिद्ध माना जाता था। कुछ लोग तो सूअर का नाम तक नहीं लेते थे, इसका कारण मुझे नहीं मालूम शायद मुसलमानों की ही तरह कोई वजह हो...

मण्डप में काम करते हुए, धान कूटते, पखेरते हुए, स्त्रियाँ बीच-बीच में गाती थीं, जिनमें कभी वर कृष्णा का वर्णन होता तो कभी विवाह की विभिन्न रस्मों का...।

गीतों का भावार्थ कुछ इस प्रकार था—"आँगन का पीपल हवा से लहरा रहा है और उसके नीचे वर कृष्णा खेल रहा है। मेरा हँसता-खिलखिलाता बेटा ऐसा है जैसा मोगरे का फूल..."

या फिर—

"चलो उठो, भोर हो गयी,

यजमान उठो, रस्में प्रारम्भ करो..." आदि-आदि।

सुबह हलदाही के वक्त भाई के माथे पर रूई के फूलों की मुंडावल (माथे पर बाँधने की फूलों की झालर) बाँध कर हल्दी लगाने के लिए सारी बस्ती की स्त्रियाँ आयी थीं। ढोल-ताशे की ताल पर वे गा रही थीं...

"पूस का महीना आया
हल्दी के पत्ते सूखे,
किस्ना के विवाह का
दिन आया
हल्दी का दिन आया..."

अन्य मुहूर्तालियों के साथ में भी मण्डप में इधर से उधर घूम-घाम रही थी। कोई न कोई याद दिला ही देता था कि आज उपवास है...याद रखना...नहीं तो कुछ खा बैठेगी..."

शुरू-शुरू में तो मैं उपवास के निर्णय पर अटल थी परन्तु जैसे-जैसे विवाह की रस्मों में विलम्ब होने लगा, मेरी बेचैनी बढ़ती गयी। पहले भाई को हल्दी लगी फिर यही हल्दी वधू के घर भिजवायी गयी। फिर वधू को हल्दी लगना, उसका स्नान आदि सब विधि, गीतों के साथ आराम से चल रहे थे। मुझे लग रहा था कि सब कुछ इस तरह चींटी की चाल से क्यों हो रहा है? मंथर गति से चली आ रही वधू को देखकर, मुझे लगा कि उसे खींचती हुई मण्डप में लाऊँ तथा झटपट सारी रस्में निपटाकर खाने बैठूँ।

मण्डप में सारे घराती-बराती, वर-वधू के इर्द-गिर्द खड़े होकर मंगलाष्टक के साथ, उन पर अक्षत की वर्षा कर रहे थे और भाई के पीछे मंगल कलश लेकर खड़े-खड़े मेरे पाँव काँप रहे थे। नदी पर जाने के प्रसंग की सारी खुशी पल भर में हवा हो गयी।

गाने वाले मंगलाष्टक (जयमाल से पहले गाये जाने वाले आठ पदों का गीत) गाये ही जा रहे थे और मेरा गला सूख रहा था। अन्त में 'सावधान' (शुभमंगल सावधान अर्थात वर-वधू के बीच का परदा हटा कर जयमाला पहनाने की घोषणा) की गर्जना के साथ ढोल-ताशे ऐसे कड़के कि मेरा दिल दहल गया। कहा जाता था कि मंगलाष्टक समाप्त होने पर ढोल-ताशे के कड़ाके से कई बालिका-वधुएँ मण्डप में ही बेहोश हो जाती थीं। भाभी की सहेलियाँ उन्हें पानी पिला रही थीं, उनकी आँखों पर पानी छिड़क रही थीं, इसका मतलब था कि उन्हें भी फिट आयी थी। लेकिन आज मेरा ध्यान उनकी नहीं बल्कि मेरी स्थिति पर अधिक था। मेरा सारा ध्यान पंगत पर था। बाकी मुहूर्तालियाँ अन्य स्त्रियों के साथ बैठकर ऐसे हँस-हँस कर बतिया रही थीं जैसे भरपेट खाना खाकर आयी हों, मुझे तो ऐसी खीझ उठ रही थी कि पेट में भूख के मारे आग लगी होने पर भी ये हँस कैसे सकती हैं?

वधू के लिए खरीदी गयी साड़ी का प्रदर्शन किया जाने लगा। हमारी बिरादरी के एक व्यक्ति ने साड़ी की तहें खोलकर अपने हाथ पर फैलायी तथा मण्डप में चारों ओर घूम-घूम कर साड़ी देखिये...साड़ी देखिये कहते हुए प्रदर्शन करने लगे तथा अन्य बराती और घराती, अच्छी है...अच्छी है कहते हुए सन्तोष व्यक्त करने लगे। वे तो मण्डप के बाहर भी जाकर प्रदर्शन करने लगे, तब तक सूरज ढलने लगा।

मेरे हाथ का मंगल कलश किसी को पकड़ा कर, मैं पिछवाड़े के आँगन में लगे चूल्हे के पास जाकर खाने की सुगन्ध, जी भर सूंघकर तथा छपरी में रखे खाने पर भरपूर नजर डालकर वापस मण्डप में लौट गयी।

मण्डप में अब तोहफों का लेन-देन हो रहा था। तभी बिरादरी के एक व्यक्ति ने माँग की—'वधू को आंदण क्या देंगे पूछ लो।' और भी लोग खड़े होकर पूछने लगे—"बोलो-बोलो, शिरगाँवकर (वधू के गाँव वाले) अपनी बेटी को क्या आंदण[5]

---

5. बेटी को मायके से दिया गया सामान।

दोगे?—हाथी, घोड़ा, लाव-लश्कर?"

फिर भाभी के मायके की स्त्रियाँ उसे दिये जाने वाले ताँबे-पीतल के बड़े-बड़े बर्तन, परात, ताँबे का हण्डा, कलसी, दीया आदि उठा-उठाकर दिखाने लगीं। सबने तालियाँ बजाकर स्वीकार किया। जो ये भी नहीं दे सकते वे आँगन में लगे पेड़, घर की गाय,—बछड़ा देने की बात करते, कुछ सचमुच देते, तो कुछ, गरीबी के कारण, पंचों में आंदण माफ भी करवा लेते थे। यही सब देखती मैं खड़ी थी, इतने में आये आकर मुझे कन्धा पकड़कर खींचती, धकेलती चिल्लायी—"यहाँ क्या मर रही है, चल खाना खाने।"

हड़बड़ाकर मैं आये के पीछे, बीच के कमरे में पहुँची तो चार मुहूर्तालियाँ तथा वही नवविवाहित जोड़ी मेरी ही राह देखते बैठे थे। उनके सामने केले के पत्तों में दाल-चावल परोस कर रखी थी। सब मुझे घूर रहे थे। मैं झट से खाने को बैठ गयी। फिर आये के साथ पाँच सुहागिनों नें तेल मिला कुंकुम हम सब के माथे पर लगाया, ऊपर से मुट्ठीभर चावल चिपका दिये। मैं सोच रही थी कि कब ये चावल लगाना खत्म हो, और कब मैं खाना शुरू करूँ। वहीं बाकी सभी को गहरा-शक था कि हो न हो जरूर मैं खा-पीकर बैठी हूँ, वरना इतनी देर मैं भूखी कैसे रह सकती हूँ? उसके बाद भी गाँव में काफी शादियाँ हुईं, लेकिन 'मुहूर्ताली' बनने का साहस मुझे फिर कभी नहीं हुआ।

भाई की शादी में, हमारी शादियों में होने वाले खास खेल तथा बिड़ी तोड़ना, मुट्ठी छुड़ाना आदि खेल भी नहीं हुए क्योंकि शान्ति अक्का इन 'पुराने और गन्दे' खेलों के खिलाफ थी। बाबा ने भी उन खेलों के विरोधी थे। लेकिन अन्य लोगों की शादियों में ये सारे ही खेल खूब खेले जाते थे तथा इन्हीं के कारण ये शादियाँ चार-पाँच दिन तक चलती थीं।

पीढ़े पर रखे सात मुट्ठी चावल अपने पाँव से बिखेरकर, सप्तपदी के बाद वधू घर में प्रवेश करती थी। वधू का सिर पल्ले से ढाँक कर, उसका नया नाम रखा जाता था। वर-वधू के माथे पर बँधे मुकुट उतार कर छत की शहतीर से बाँधकर रखे जाते और फिर नीचे शुरू होते खेल...वर-वधू को बीच में बिठाकर स्त्रियाँ घेरा बनाकर बैठ जातीं, धीरे-धीरे मर्द भी इन खेलों में शामिल हो जाते थे। पहले खेल में तेल मिला कुंकुम वर-वधू के माथे पर लगाकर, उस पर चावल चिपकाये जाते थे, फिर वर-वधू माथे से माथा घिसकर चावल गिराने की कोशिश करते थे। शायद यह जीवन का पहला सबक होता कि अब जीवन माथे से माथा भिड़ाने में ही गुजरना है।

पति का पत्नी के प्रति कैसा व्यवहार होना चाहिए, इसकी शिक्षा देने के लिए दूसरा खेल होता। वधू के हाथ में मंगल कलश देकर, उसे पानी लाने के लिए भेजा जाता था। पिछले दरवाजे की दलहीज पर वर को हाथ में डण्डा लेकर, पढ़ा-सिखा कर बिठाया जाता था तथा वधू जब घर में प्रवेश करना चाहती तब वह डण्डा पटककर

उससे देरी करने का कारण पूछता। अब वधू तरह-तरह के कारण बताती। आस-पास बैठी स्त्रियाँ भी उसे नये-नये कारण सुझाती थीं। ये कारण भी ऐसे होते कि—नदी के पानी में मवेशी घुस गये थे या जगत पर रखी डोर, कुएँ में गिर गयी थी। अन्त में वधू को कसम खिलाते कि अब से घर आने में देर नहीं होगी।

कुछ खेल सास-बहू के लिए भी होते। वधू के बालों में बारीक काले मणि डालकर सास बालों में कंघी फेरती थी। मणि कंघी पर जमा हो जाते, तो सबको कहती—"देखो-देखो, इसके बालों में कितनी जुएँ हैं। सब हँसती थीं तथा वधू को साफ रहने की हिदायत दी जाती थी।

इन खेलों में ससुर भी पीछे नहीं रहते थे। हल्दी उतारने की रस्म के लिए वधू के मायके गयी नवविवाहित जोड़ी जब वापस आती तब—ससुर जी लाठी में गठरी बाँधकर काशी यात्रा की तैयारी कर लेते। नयी जोड़ी उन्हें मना कर रोकने की कोशिश करती तथा उनकी सेवा करने की कसमें खाती थी। मुख्यतः नयी बहू को नये जीवन के तौर-तरीके तथा नये घर की मर्यादाएँ सिखाने के लिए ये खेल-खेले जाते थे। लेकिन इन खेलों में मजा खूब होता था। हँस-हँस कर सब पेट पकड़ लेते थे। वधुएँ प्रायः कम उम्र की हुआ करती थीं, बेचारी, इतने सारे पराये लोगों के बीच घसीटे जाने से, बिल्कुल घबरा गयी होती और उनके चेहरे के यही घबराये हुए भाव, देखने वालों को हँसी से लोट-पोट कर देते थे।

भाई के अठारह साल पूरे होते ही उन्हें लखनऊ में रेलवे में नौकरी लग गयी और वे वहीं चले गये। हम तीन भाई-बहन स्कूल में पढ़ते थे। बाबा औरों के लिए पंचांग देखते थे, परन्तु हमारी कुण्डली उन्होंने बनायी ही नहीं थी। आये कहती—"लोगों की कुण्डलियाँ लिख रखी हैं लेकिन अपने बच्चों की लिखना भूल गये।" बाबा ने अगर मेरी कुण्डली बनायी होती तो शायद बोझे ढोना और मवेशी चराना ही लिखा देखते।

दाहिना हाथ बायें कान तक पहुँचने से पहले ही मुझे बिगरी कक्षा (पूर्व प्राथमिक) में डाल दिया गया। हमारे घर से दो-तीन घर छोड़कर श्री. गाँधी के बरामदे में स्कूल लगती थी और मैं घरों के अहाते की दीवारों को फाँदती हुई स्कूल जाती थी। इस उपक्रम में मैंने एक दिन बीच की दीवार पीली रंग दी, मुझे पता चल गया कि बिगरी को 'हगरी' क्यों कहते हैं। फिर उसके बाद मैं वहाँ कभी नहीं गयी। पहली कक्षा में मैं दामले स्कूल गयी और तीन साल तक बाबा के डर से ही वहाँ टिकी रही।

बाबा के गुजर के बाद आये एकदम असहाय दिखने लगी। पहले मैंने सोचा कि चलो अब पढ़ाई के लिए पीछे पड़ने वाला कोई नहीं रहा, अब मेरे आराम के दिन आ गये। परन्तु आये ने जल्दी ही मेरा यह भ्रम तोड़ दिया। बाबा ने मरते समय आये से बच्चों को पढ़ाने-लिखाने का वचन लिया था इसलिए आये और भी कट्टर हो गयी, हर लिहाज में कट्टर हो गयी। बाबा की कमाई बन्द थी। भाई मदद करते

थे लेकिन घर तो वही चलाती थी। पैसा कमाने के लिए वह पहले भी काम करती थी, अब जी-जान से खटने लगी। आँगन में बड़ के पेड़ के नीचे, निरन्तर टोकरे, डलिया बुनती, वह देर रात तक बैठी होती और सुबह जब हमारी नींद खुलती तो भी हम उसे वहीं पाते थे। बीच में कभी चूल्हे के पास भी दिखती थी। बाबा के पाँव चलते थे तो आये के हाथ...।

आये पहले से खर्चे में कतर-ब्योंत तो करती ही थी, अब कंजूस बन गयी थी। आने-जाने वाली देहातिनें या पार्वती भाभी, विठा भाभी आदि पैसा उधार माँगतीं तो होने पर भी वह देती नहीं थी। घर की मुर्गी के जो भी पाँच-छः अण्डे निकलते, उन्हें बेचने के लिए मंजुला दीदी को हाट भेजती थी। पहले वह चिड़चिड़ाती थी, अब झगड़ने लगी। आयदान बनाने के लिए उसे बाँस की कमचियों की जरूरत होती थी। बाँस लेकर आने वाले बैलगाड़ी वालों से वह माल का भाव, दर्जा और माल लाने में हुए विलम्ब के लिए झगड़ा करती थी। आये से कमचियाँ लेकर आस-पास के गाँव की देहातिनें करण्ड बना कर लाती थीं, उनसे भी आये के झगड़े होते थे। कमचियों के आयदान अर्थात करण्ड, झौवे, सूप, चालनी आदि खरीदने के लिए आए हुए ग्राहकों से भी भाव-ताव करती, झगड़ा करती थी। पहले वह हम बच्चों पर झल्लाती थी, अब गालियाँ देने लगी। शान्ति अक्का के पति मजाक में कहते कि मेरी सास को पहचानना आसान है, नाके पर जो औरत झगड़ती गालियाँ देती मिले, वही मेरी सास है।

भाई-बहनों में मैं सबसे छोटी थी, लेकिन मैंने कभी लाड़-प्यार नहीं पाया। कोई मुझे नहीं चाहता था क्योंकि मैं लड़की थी। जब मेरा जन्म हुआ तब गोविन्द दादा तो मुझे गोबर के गड्ढे में डालने चले थे। जब जरा बड़ी हुई तब सभी की मार खाती थी। स्कूल से तड़ी मारने के लिए, आये के हाथों सबसे अधिक मार मैंने ही खायी है। मुझे डाँटते हुए आये को भी जोर चढ़ता था। जब मैं बीमार पड़ती और कभी बुखार अधिक होता तभी आये थोड़ी देर के लिए मुझे छाती से लगा लेती और माथे पर नमकीन पानी की पट्टी रखती। उसके स्पर्श से मुझे बड़ा आराम मिलता, लेकिन उसे चैन कहाँ...? टोकरी अधबुनी है...दड़वा भी बनाना है, आदि की उसे अधिक चिन्ता होती थी।

किसी ग्राहक के घर आयदान भिजवाना हो तो आये को बराबर मेरी याद आती थी। वह मुझे खुशामदी स्वर में प्यार से छुटकी ऽ कह कर पुकारती तभी मैं समझ जाती। मुझे यह काम जरा भी पसन्द नहीं था क्यों कि कई ग्राहक मुझे घर में घुसने तक नहीं देते थे। दरवाजे से बाहर ही खड़ा कर, मेरे हाथ का आयदान जमीन पर रखवा कर पहले उस पर पानी छिड़कते, फिर उठाते थे। पैसे भी मेरे हाथ में ऊपर से ही डाले जाते थे। मेरे स्पर्श से जैसे उनका हाथ जल जाता। ऐसे घरों में अगर कोई मेरा सहपाठी होता तो मैं और भी शर्म से मर जाती थी। इन्हीं कारणों से मैं आये

को अनसुना कर देती थी। फिर आये झल्लाती और मुझे गालियाँ देती थी। सिर्फ आये ही नहीं, कुएँ पर पानी पीने आयी स्त्रियाँ तथा आये की सहेली 'टुटू' भी मुझे बुरा-भला कहती थी। अब टुटू का क्या जाता था लेकिन वह भी पीछे नहीं रहती थी, कहती थी—"इस लड़की को गाय चराने भेज दे नहीं तो मेरे दिगू (दिगम्बर) से इसका ब्याह कर दे" कहकर वह चौड़ा मुँह खोलकर हँसती तो मेरा भी पारा चढ़ जाता था।

नाटी, मोटी, पीले-गोरे रंग की टुटू का मुँह चौड़ा था। वह हमेशा साया (पेटीकोट या घाघरा) पहनकर, ऊपर नेफे तक लम्बा ब्लाउज पहनती थी। टुटू मुझे जरा भी पसन्द नहीं थी। मैं चाहती थी कि हमारा टीपू कुत्ता उसे काटे लेकिन वह टीपू का बच्चा—'छू' कहने पर टुटू को छोड़, मुझ पर ही भौंकने लगता था। टुटू कागज के रंग-बिरंगे फूल अच्छे बनाती थी, उन पर चमकीला पाउडर डालकर वे फूल बेचती भी थी। बाजार आने वाली देहातिनें वे फूल खरीद कर जूड़े में लगाती थीं। टुटू जब भी हमारे घर आती, घर से बाहर की सीढ़ी पर आये से जरा फासला रखकर, फूल बनाती हुई बैठती थी। प्यास लगती तो पानी पीने के लिए वह अपने घर जाती थी। आये और टुटू दोनों के हाथ और मुँह दोनों साथ-साथ चलते थे।

आये की एक और सहेली चर्मकार समाज की थी। उसका बेटा विठोबा, शाहू की कक्षा में पढ़ता था। विठोबा और उसकी माँ हमारे घर पानी पीते थे या नहीं, ये याद नहीं है। कोंकण में चर्मकारों की बस्तियाँ कम ही पायी जाती हैं। ढोर या मातंग समाज तो खोजने पर शायद ही मिलते। कोंकण के दलित समाज में भगवान के नाम पर बच्चों को अर्पण करने का रिवाज नहीं है, जैसा महाराष्ट्र के अन्य प्रान्तों में है। देवदासी का रिवाज भी पुर्तगाली संस्कार में पनपे गोवा में है, कोंकण में नहीं। इसी प्रकार बाँस की कमचियों से टोकरियाँ आदि आयदान बुनने का काम कोंकण में महार समाज के लोग किया करते हैं, परन्तु महाराष्ट्र के अन्य प्रान्तों में यह काम 'बुरूड़' समाज किया करता है।

ग्राहकों के घर आयदान पहुँचाने में मैं जब आनाकानी करती थी तो आये और भी गुस्सा होकर डाँटने लगती थी। हार कर मुझे मानना पड़ता था पर मैं भी ठान लेती थी आज स्कूल से तड़ी मारकर आये से बदला ले लूँगी। आये शायद मेरे मन की बात भाँप लेती थी और गुड़-चने का प्रलोभन देकर मुझे स्कूल भेज देती थी। हालाँकि गुड़-चने खरीदने के लिए कभी पैसे नहीं देती थी। आये को मजा चखाने की खातिर मैं भी बस्ता लेकर स्कूल के पास हनुमान जी के मन्दिर में जा बैठती थी।

मन्दिर के पास कोमटी जमात (गाँव-गाँव भटकने वाली जमात) का डेरा लगा होता था, उनके बच्चे भी मन्दिर में खेलने के लिए आते थे। मन्दिर का पुजारी गोरा-चिट्टा, सुन्दर था, मुझे बेहद अच्छा लगता था। वह केवल हाफ-पैण्ट पहने होता था। गोरे बदन पर जनेऊ तथा माथे पर लाल तिलक होता था। उसकी हँसी बड़ी मोहक थी।

एक दिन हम सब खेल रहे थे और पुजारी अन्दर पूजा कर रहा था। बड़ी देर तक वह प्रसाद देने के लिए बाहर नहीं आया। हम सब सीढ़ियों पर बैठे प्रसाद की राह देख रहे थे। कुछ देर बाद पुजारी ने जब किवाड़ खोले तो 'उगलव्वा' नाम की कोमटी लड़की बाहर आयी, डरी हुई...रुँआसी...। पीछे-पीछे पुजारी भी बाहर आया तथा बिना प्रसाद दिये ही निकल गया। उस दिन से पुजारी के प्रति मन में डर बैठ गया। मैं चाहती थी कि उगलव्वा के रोने का रहस्य आये से पूछूँ परन्तु ऐसा करने से मेरे स्कूल न जाने का रहस्य खुल जाता।

जब स्कूल जाने का मन नहीं होता था तब मैं एक और जुगत भिड़ाती थी। स्कूल में पहनने के लिए मेरे पास एक ही फ्रॉक थी, जो मैं छिपा कर रख देती थी। लेकिन आये मेरी चालाकी जान जाती थी। "देख—स्कूल की घण्टी बज गयी, दाल-भात खा ले और स्कूल जा"—वह कहती। स्कूल की घण्टी तो आये को कहीं से भी सुनाई देती थी।

एक दिन मैंने अपनी फ्रॉक ओखली के पीछे छिपाकर रख दी। आये और भाई दोनो फ्रॉक खोजने लगे। भाई को स्कूल जाने के लिए देर हो रही थी फिर भी वह जुटा हुआ था। आखिर उसने खोज ही निकाली। दोनों ने मुझे दो-दो झापड़ लगाये और भाई खींचता हुआ मुझे स्कूल ले गया। मेरी कक्षा के दरवाजे से मुझे भीतर धकेल कर वह चला गया।

कक्षा में हेर्लेकर गुरु जी पढ़ा रहे थे। वे भी बाबा का साक्षात् नमूना थे, वैसे ही गुस्सैल। हेर्लेकर गुरु जी लम्बे थे तथा आँखें लाल-लाल। उनकी लाल आँखें देखकर ही कँपकँपी छूटती थी। उनका अनुशासन भी सख्त था और इस अनुशासन की चक्की में मुझे ही पिसना पड़ता था क्यों कि आये ने उन्हें मुझे मारने की खुली छूट दे रखी थी। बाबा, हम बच्चों से पढ़ाई के बारे में जो व्यवहार करते थे वह देखकर आये 'समझ' गयी थी कि बिना मार खाये शिक्षा नहीं मिलती। ऊपर से मैंने भी—

छड़ी लागे छम् छम्
विद्या आये घम् घम्

का गाना सुर-ताल के साथ गाकर बाबा के मतों की पुष्टि भी कर दी थी।

हेर्लेकर गुरु जी छोटे-मोटे कामों के लिए मुझे खूब नचाते थे। तख्ता पोंछो, कचरा बाहर फेंको, इसके अलावा—आवारा फिरने वाले मवेशियों का बरामदे में पड़ा गोबर भी मुझसे ही उठवाते थे। हमारे घर एक गाय थी—'कपिला'। दूध नहीं देती थी, पर आये मानती थी कि उसके पेट में 'तैंतीस करोड़' भगवान होने के कारण वह पूजनीय है। हेर्लेकर गुरु जी का कहना था कि बरामदे में पड़ा गोबर कपिला का ही है, इसलिए वह मुझे ही साफ करना होगा।

एक दिन मेरे देरी से स्कूल पहुँचने पर गुरु जी ने मुझे गोबर साफ करने की सजा दी। उस दिन यह अपमान मुझे रोज से भी ज्यादा खल गया। अपमानित होकर मैं बैठी रही, उनके बार-बार कहने पर भी नहीं उठी। मेरी सहेलियाँ...वैसे

सहेलियाँ क्या, दुश्मन ही थीं वे सब...खी-खी कर हँसने लगीं। गुरु जी गुस्से से आगबबूला होकर मेरे पास आये और मेरे गाल पर एक झन्नाटेदार थप्पड़ लगा कर दहाड़े—'निकल यहाँ से'

बुक्का फाड़कर रोती, मैं घर लौटी।

आँगन में आये टोकरी बुनती हुई बैठी थी। मुझे देखकर वह रोने का कारण पूछने लगी, तब तक मेरे गाल पर गुरु जी के हाथ का नक्शा उभर चुका था। वह देखकर आये गुस्से से खौल गयी—"जाऊँ तेरे स्कूल में...?" उसने पूछा। मेरा तो मन कर रहा था कि आये जरूर गुरु जी की खबर ले, लेंकिन अपनी फटी-पुरानी, ऊँची बँधी साड़ी और बिखरे बालों का प्रदर्शन करने स्कूल में न जाये। आये ने गुरु जी के मारने का कारण पूछा तो मैंने बता दिया कि गोबर न उठाने के कारण ही उन्होंने मुझे मारा। और "गुरु जी यह भी कहते हैं कि हमारी कपिला गाय ही स्कूल के बरामदे में गोबर डाल आती है।" यह भी मैंने आये से कह दिया।

सुनकर आये गुस्से से लाल-पीली हो गयी। उसने कहा—"जब तेरा गुरु जी इस रास्ते से निकले तो मुझे बताना। आज देखती हूँ मैं उसे...। स्कूल में सभी को अच्छी शिक्षा मिलती है तो मेरे बच्चों को क्यों नहीं?" क्रोध से बड़बड़ाती वह फिर काम में जुट गयी। बीच में उठकर उसने हल्दी और फिटकरी का मिश्रण पीसकर मेरे गाल पर लगाया और फिर काम में लग गयी।

शाम को स्कूल की घण्टी बजी और बच्चों के झुण्ड के पीछे हेर्लेकर गुरु जी आते दिखे। मेरी छाती धक्-धक् करने लगी और हिम्मत जुटाकर मैंने कहा—"आये, गुरु जी—" मेरे शब्द सुनते ही आये नागिन की तरह तड़प कर खड़ी हो गयी और उसने आँगन से ही आवाज लगायी—"ओ गुरु जी, जरा रुकना।"

—"क्या है?" गुरु जी अकड़ कर बोले।

—"मेरी बेटी ने आज किया क्या, जो आपने उसे इतना मारा?" कहकर आये ने मेरा गाल उनके सामने कर दिया। पहले तो गुरु जी हड़बड़ा गये, फिर कहने लगे कि "आपकी सफेद गाय स्कूल के बरामदे में गोबर डालती है।"

—"हमारी गाय? आपने देखा अपनी आँखों से? पढ़े-लिखे होकर भी आप बच्चों-सी बातें करते हैं? मैं बेसहारा विधवा, इसी आशा पर सड़क पर रह कर, बच्चों को पढ़ा रही हूँ कि कल ये पढ़-लिख कर बड़े होंगे, बड़े आदमी बनेंगे। और आप हैं कि मेरे बच्चों को तंग करते हैं?"

आये की भाषा देहाती थी और बोलते-बोलते आवाज चढ़ गयी थी। उसने आगे कहा—"आइन्दा से मेरी बेटी को हाथ भी लगाया तो देखना...इस रास्ते से जाना मुश्किल कर दूँगी।"

गुरु जी के हौसले वैसे ही पस्त हो गये थे वे भी "ठीक है ठीक है...देख लेना" आदि बड़बड़ाते हुए पीछे की ओर जा कर आँखों से ओझल हो गये।

हमारे आस-पास काफी लोग जमा हो गये थे और मेरा बन्दर की तरह सूजा हुआ

मुँह देख रहे थे।

उसके बाद गुरु जी ने मुझे कभी नहीं मारा। मैं भी समय पर स्कूल जाने लगी और सबसे बड़ी उपलब्धि तो यह थी कि आये मेरे लिए एक बड़ा सहारा बन गयी।

वह मेरा चौथी का साल था। साल तो कट गया लेकिन अब चिन्ता परीक्षाफल की थी। मेरे परीक्षाफल के बारे में आये ही मुझसे अधिक चिन्तित रहती थी। 'रिजेट' (रिजल्ट) के दिन वह बार-बार जल्दी स्कूल जाने की रट लगाती थी। हार कर मैं भी घर से निकलती और चींटी की चाल चलती स्कूल पहुँचती। सालभर पढ़ने की जगह मटरगश्ती करते रहने के कारण, रिजल्ट के दिन दिल धक्-धक् करता था। गुरु जी सबके परीक्षाफल लेकर कक्षा में आते तथा हर एक का नाम पुकार कर पास या फेल इतनी ऊँची आवाज में पुकारते कि आस-पास के चार गाँवों तक सुनाई दे। टीन के पार्टीशन के उस पार, दूसरी कक्षाओं में भी यही शोरगुल चल रहा होता। सारी आवाजें मिलकर इस गुलगपाड़े में कहीं पास का फेल तथा फेल का पास न हो जाये इस चिन्ता में हम भगवान का नाम जपते, कान लगाये बैठे होते थे।

पास का शब्द सुनते ही बच्चे हे ऽ ऽ कर चिल्लाते, उछलते, कूदते-फाँदते परीक्षाफल लेने के लिए गुरु जी की तरफ दौड़ते थे। उनको देखकर मैं और भी डरकर, सिमटकर कान लगाये बैठी होती। चौथी के उस रिजल्ट के दिन भी यही हुआ। मैं बस जैसे-तैसे पास होकर हेर्लेकर गुरु जी के चंगुल से छूटना चाहती थी। गुरु जी ने जब मेरा नाम पुकारा तब मेरे पाँव काँपने लगे, छाती में ड्रम बजने लगा और डगमगाती चाल से मैं गुरु जी के टेबल तक पहुँची। वे घूरकर मेरी ओर देख रहे थे फिर बड़े आडम्बर के साथ परीक्षाफल मेरे हाथ में देते हुए दहाड़े—'फेल'—पूरी कक्षा में हँसी की लहर फैल गयी। मैं जब वापस अपनी जगह पर जाने के लिए मुड़ी तो बोले—"दिखा दे अपनी अम्मा को...।"

वे और भी कुछ बड़बड़ाये लेकिन 'फेल' शब्द सुनकर वैसे भी मेरे पाँव के नीचे की जमीन खिसक गयी थी और कान सुन्न पड़ गये थे। आये की पिटाई से भी अधिक डर मुझे फिर से हेर्लेकर गुरु जी की कक्षा में बैठने का था। रोना आ रहा था लेकिन रुलाई रोक कर मैं अपनी जगह पर जाकर बैठ गयी और मन ही मन दुष्ट कामना करने लगी, कि मेरे बाद वाले सारे ही फेल हो जायें।

घर जाते समय गुरु जी की नजरें बचाकर मैं धीरे-धीरे बाहर आयी। मेरे चेहरे पर ऐसे भाव थे कि—धरती फट जाये और मैं उसमें समा जाऊँ। अब घर जाऊँ या कहीं भाग जाऊँ, ऐसे विचार से रुँआसी होकर मैं बरामदे में घूम रही थी, तभी शाहू का दोस्त सुभाष देसाई किसी काम से वहाँ से गुजरा। मुझे देखते ही उसने परीक्षाफल के बारे में पूछा। 'फेल' कहकर मैं सिसकने लगी।

"अरे, तो रोती क्यों है पगली...मेरी बहन कमल को देख—हर कक्षा में फेल होती है, लेकिन तेरी तरह रोती नहीं, बल्कि दुगने उत्साह से पढ़ाई करती है। तू भी ऐसा

ही कर। अब तू स्कॉलरशिप की परीक्षा ही देना, देख लेना, जरूर पास हो जायेगी। रो मत। जा, घर जा।"

उसकी बातों से मेरा जी हल्का हो गया। थोड़ा धीरज बँध गया और घर में सब का सामना करने की चिन्ता छोड़कर मैं ढीठ बनकर घर लौटी। हमेशा की तरह आये टोकरियाँ बुनती, आँगन में बैठी थी पर उसकी नजरें मुझे ही खोज रही थीं। मुझे देखते ही वह शिकारी बिल्ली की तरह सतर्क हो गयी और मैं चूहे की तरह दुम दबा कर भीतर घुसने लगी। दरवाजे पर खड़ी मेरी बहन, मेरा चेहरा देखकर ही समझ गयी कि मेरा नतीजा क्या रहा होगा। वह तो मेरे परीक्षाफल पर नजर फेरकर, बिना कुछ कहे, भीतर चली गयी। लेकिन उसी वक्त शाहू वहाँ आया। उसे तो हमेशा ही खुद से ज्यादा मेरी चिन्ता होती थी। सो हर्लेकर गुरु जी से दसगुना ऊँची आवाज में चिल्लाकर मेरा रिजल्ट आये को सुनाया। आये, आँखें फाड़-फाड़ कर मेरी ओर देखती रही फिर बोली–"फेल हो गयी? कर दिया न कल्याण...?" आये मुझे और साथ-साथ अपने आप को भी कोसने लगी। शाहू ने उकसाया–"खाली गालियों से क्या होगा? कमची लेकर पिटाई करो इसकी..." मैंने डरते-डरते देखा कि कहीं आये सचमुच तो मुझे मारने नहीं आ रही, परन्तु वह बेचारी तो चुपचाप अपने आँसू पीकर मूक रुदन कर रही थी, जैसे खुद ही फेल हो गयी हो। उस दिन मैंने प्रण कर लिया कि मैं ईमानदारी से पढ़ाई करूँगी।

जैसे संवाददाता प्रेस में खबरें लाते हैं, उसी तरह हाट-बाजार जाने वाली देहातिनें, आये को गाँव-घर की, हाट की खबरें सुनाया करती थी। अपना काम करते-करते आये, ताजी-ताजी खबरें सुनती थी। कभी-कभी हम भाई-बहन आस-पास होते तब किसी सनसनीखेज खबर से हमारे कान खड़े हो जाते थे।

हमारे कुएँ पर पानी पीने के लिए आयी कोई बहू, आये के पास बैठकर अपनी सास की शिकायत करती–सास उसे सताती है, उसके और ससुर के सम्बन्धों पर शक करती है तथा इसके बारे में उसके पति को भी उल्टी-सीधी चिट्ठियाँ लिखती है। फिर आवाज नीची कर फुसफुसाकर बताने लगती, कि सास ने आज ही हाट आते समय किसी का मुर्गा चुराकर हाट में बेच दिया है। अब अगर मुर्गे की मालकिन मुझसे पूछे, तो मैं क्या कहूँ? आदि-आदि...।

खबर सुनाकर वह बेचारी आये की प्रतिक्रिया देखती लेकिन आये मशीन की तरह, बिना कुछ कहे, अपने काम में मग्न रहती थी। हार कर बेचारी बहू, उठकर अपनी राह पकड़ लेती थी।

बहू गयी नहीं कि उसकी सास आकर बैठ जाती और वह बहू की कुचाली शुरू कर देती थी–"मेरा बेटा मुम्बई में जान खपाकर, कमाता है, और ये राँड इधर मौज करती है। कूल्हे मटकाती गाँव-गाँव भटकती है, गैर मर्दों से आँख-मटक्का करती है। और तो और, चोरी-छिपे पैसे जमाकर मिठाई खाती है। घर में एक भी काम नहीं

करती और उसका ससुर, इसी राँड का पक्ष लेता है—दोनों में कुछ-कुछ चलता है न...” इत्यादि।

सास इसी तरह अंट-संट बक कर अपना गुस्सा निकाल कर चल देती थी। आम तौर पर ऐसी बातों में कोई दम नहीं होता था परन्तु कुछ बातें ऐसी होती थीं कि उन पर पूरा सम्पादकीय या कोई स्तम्भ लिखा जा सके। आज भी वे बातें मेरे मन की गहराइयों में छिपी हैं। आये, काम करते-करते बस एक-आध हुंकार के साथ, सारी बातें सुनकर, पेट ही रखती थी, कभी यहाँ की वहाँ नहीं करती थी। शायद उसके इसी गुण के कारण सब अपने मन की भड़ास उसके सामने निकाल देते होंगे। आज लगता है कि आये के हाथ के बने टोकरे, डलिए, पिटारों पर यदि ग्रामोफोन की सुई रखी जाती तो उसमें से कितनी ही व्यथा-वेदनाओं के स्वर सुनाई दे जाते।

जब बाबा जीवित थे तभी आये को गलगंड की तकलीफ शुरू हो गयी थी। उसकी गर्दन के नीचे बेर जैसी तीन-चार गाँठें उठ आयी थीं। ये गाँठें पककर, दुखती थीं और उसे बुखार भी आ जाता था। बाबा ने एक बार 'डिंगणी' गाँव से एक वैद्य बुलाया था। उस वैद्य ने पान का पत्ता, घी में डुबोकर, गाँठ पर रखा और हल्दी का गड्डा, चूल्हे में अंगारे की तरह लाल गर्म कर चीमटे में पकड़कर, उससे गाँठ को दागा। चर-चर की आवाज के साथ धुआँ निकला और आये मरणांतिक वेदना से ऐसी चीखी कि आज भी उसकी वह चीख मेरी खोपड़ी हिला देती है। उसी वैद्य ने बाबा को, पकी गाँठ को दागने की विद्या सिखायी थी। दवा देकर वह चला गया। उसके बाद हर बार दागते समय आये जी-जान से चीखती, छटपटाती, बुखार से तपती थी। हर गाँठ से कई-कई दिन तक खून और मवाद बहता और आये की हालत मरने जैसी हो जाती थी।

बाबा की मृत्यु के बाद आये को बार-बार गलगंड उठता रहा, बुखार भी आता रहा और ऐसे में ही पेट में गैस की नयी बीमारी भी चालू हो गयी। पेट दर्द से आये बेचैन हो जाती थी। कभी दायें तो कभी बायें दर्द होता था तथा उसका उपचार लोटा धरकर किया जाता था। पेट में जहाँ गैस की तकलीफ हो उस जगह पर आटे की छोटी-सी रोटी रखकर, उस पर तेल का जलता दिया रख दिया जाता था। दिये पर लोटा उल्टा कर कस कर दबा कर रखा जाता था। धीरे-धीरे जब दिया बुझ जाता तो साथ-साथ पेट की चमड़ी भी भीतर गैस के साथ खिंचकर लोटे में आ जाती थी। और उसे राहत मिलती थी। यह तकलीफ आये को बार-बार होती थी फिर मंजुला दीदी या शाहू यह उपचार करते थे। जहाँ तक हो सके आये अपनी तकलीफ किसी से कहती नहीं थी, चुपचाप हाथ से पेट दबाकर अपने काम में लगी रहती थी। जब बिल्कुल ही सहा नहीं जाता था तब जमीन पर लेटने लगती थी।

मंजुला दीदी तब सोलह-सत्ररह बरस की थी। किसी ने उसे बताया कि 'मिरज' की 'वानलेसवाड़ी' में एक अस्पताल है, वहाँ कोई विदेशी डॉक्टर इस रोग का इलाज

करते हैं। फिर दीदी आये को मिरज़ ले गयी। अस्पताल जाते समय वह बिल्कुल हड्डी का पंजर हो गयी थी। सफेद पड़ गयी त्वचा, सूखी लकड़ी की भाँति निकली नाक...पपड़ी पड़े होंठ,...निस्तेज आँखें...ऐसी अवस्था में जब वह बस में बैठी तो हम समझे शायद हम उसे फिर देख नहीं सकेंगे। शान्ति अक्का, शाहू, मैं, मामाजी आदि ने तो रो-धोकर उसे विदा किया था।

आये के साथ जीजा जी भी गये थे, लेकिन वे उसे अस्पताल में भरती करा के वापस लौट आये। अकेली मंजुला दीदी वहाँ मरीजों के सम्बन्धियों के लिए जो कमरे बने थे वहाँ रहती थी। चूहों के उपद्रव से उखड़ी जमीन वाले, उस छोटे से कमरे में रहकर उसने आये की निरन्तर सेवा की, उसे खिलाया, पिलाया तथा खूब तीमारदारी की। एक महीने बाद आये जब लौटी तो उसका बदन जरा भरा-भरा सा लगा। आँखों में नूर और चेहरा पर हँसी लेकर जब वह बस से उतरी तो हम सब फूले नहीं समा रहे थे। खुशी से चिल्लाती मैं उसके गले लग गयी थी। उस पराये मुल्क में मंजुला दीदी ने आये की ऐसी सेवा की थी कि वह आये की भी माँ बन गयी थी।

बचपन में आये के प्रति मेरा बर्ताव बुरा ही रहा था। सुबह उठकर कोरी, बिना दूध की चाय के साथ बासी भाकरी खाकर मैं पिछवाड़े की छपरी में चली जाती थी। वहाँ नारियल की कटोरी, बोतल के ढक्कन, टीन के डिब्बे आदि जमा कर, तीन पत्थरों का चूल्हा बनाती थी। एक कटोरी में मिट्‌टीरूपी चावल पकते। बाड़ में लगी झाड़ियों के पत्ते कूट कर, उसका रस निकालकर दाल बनती, बचे हुए पत्तों के गूदे की सब्जी बनाकर, मेरी रसोई तैयार हो जाती थी। अब खाने के लिए भी कोई चाहिए, सो मैं पिछवाड़े के कूड़े के ढेर पर जाती, वहाँ से खाली बोतलें, टूटे खिलौने आदि लाकर, फूँक मारकर साफ करती, फिर दरजी की दूकान के बाहर पड़े कचरे के ढेर से नये कपड़ों की कतरने लाती और उनमें टूटे खिलौनों को लपेट कर उन्हें 'इंसान' बनाती थी। इन 'इंसानों' को लाल फूलों की पंखुड़ियों से सजाकर, पेड़ के पत्तों में खाना परोसती थी। मेरे इस खेल के दौरान यदि कोई आये से मेरे बारे में पूछता तो बताती—"वो कूड़े के ढेर पर लेट रही होगी।" सचमुच आये के शब्द सार्थक कर रही होती मैं...। कभी-कभी घर के सामने की शिर्केवाड़ी के नौकर—कांटीकर की बेटियाँ कुन्ती, चांगुणा और बयो, मुझसे खेलने के लिए आती थी। कभी-कभी हम पति-पत्नी का भी खेल खेलते थे। कुन्ती हम सब से बड़ी थीं, इसलिए वह हम सब का 'पति' बनती और पति बनकर हम से जो जी चाहे करवाती...बिल्कुल जो भी जी चाहे...।

उन दिनों, मेरा ध्यान खेल में, खेल देखने में और इधर-उधर भटकने में अधिक था। सहेलियों के साथ बिल्ला, लगोरी, चपेटे, लंगड़ी, खो-खो आदि खेलने में मैं ऐसी खो जाती कि किसी बात का होश ही नहीं रहता था। बीच-बीच में आये बीमार पड़ती थी, कभी बुखार तो कभी पेट दर्द और कभी गलगंड से हैरान होकर बिस्तर पकड़ लेती थी। ऐसी अवस्था में उसके मुँह का स्वाद बिगड़ जाता था। खाने में अगर थोड़ा

अचार या मच्छी होती तो स्वाद बदल जाता और दो निवाले उसके पेट में जाते। मच्छी बाजार दूर होने के कारण वहाँ जाने से सब कतराते थे। फिर आये मुझे दो पैसे देकर, सड़क के पार रहने वाले पण्डित परिवार के घर अचार लाने के लिए भेजती थी। उनके घर के सुर्ख लाल रंग के तेल में डूबे, हींग की बघार वाले अचार का नाम लेते ही मुँह में पानी भर आता था। मुट्ठी में दो पैसे लेकर मैं पण्डितों का आँगन लाँघ कर बीच में सूख रहे पापड़े आदि को अपनी छाया से बचाती उनके द्वार तक जा पहुँचती। उनके द्वार से बाहर की सीढ़ियाँ अर्धगोल आकार की भव्य, किसी सिंहासन की सीढ़ियों की तरह दिखती थी, जो नीचे खड़े व्यक्ति को हीन भावना महसूस करा देती थी। मैं झाँक कर भीतर के बरामदे में तथा बीच के कमरे में देखती लेकिन प्रायः वहाँ कोई नहीं होता था।

—"अचार लेने आयी हूँ—दो पैसे का..., मुझे अचार चाहिए..." आदि, धीमी आवाज में पुकारती। जरा देर के बाद कोई न कोई बाहर झाँक कर देखता और 'क्या चाहिए? कौन-सा अचार? आदि पूछकर फिर परदे के पीछे अदृश्य हो जाता। मेरी फिर संकोचभरी पुकार...जैसे मैं चोरी करने आयी हूँ या भीख माँगने...।

काफी देर बाद पण्डित चाची बाहर आती और फिर उन्हीं सवाल-जवाबों का सिलसिला चलाकर दरवाजे के पीछे गुप्त हो जाती थी। वे ब्राह्मण थे, छुआछूत मानते थे। सुना था कि बिना नहाये, अचार के बोयाम को छूते भी नहीं थे। इसी बात पर मेरा भाई मजाक से कहता कि—"अगली बार जो अचार लेने जायेगी तो पण्डित चाची के पीछे-पीछे तू भी घर में घुस जाना और यह कहते हुए कि 'कब से अचार निकाल रही हो, ला इधर मैं ही निगल लेती हूँ' बोयाम में हाथ डालकर खुद ही अचार निकाल लेना। देखना, तेरा छुआ अचार वह सारा का सारा उठाकर तुझे ही दे देगी।"

'खुदा न खास्ता', मेरे सचमुच ऐसा करने से उस घर में कैसा कोहराम मच जायेगा, सोच-सोच कर हम हँसा करते थे।

कुछ देर बाद तेल और राई की दाल में सने सुर्ख लाल अचार की दो-चार फाँकें, केले के पत्ते में लपेट कर वे पायदान पर रख देती और पैसे भी मैं उन्हीं की भाँति, पायदान पर रख देती थी। फिर उन 'अपवित्र' पैसों पर थोड़ा-सा पानी छिड़क कर, चाची वे पैसे अपनी अण्टी में खोंस लेती थी। इधर मारे भूख के आये की जान सूख जाती थी। थाली में परसे चावल, अचार की राह देखते, सूप से ढाँक कर रखे रहते थे। घर में पहुँचते ही पहले तो मुझे डाँट ही मिलती थी।

रत्नागिरी में आम के बड़े व्यापारी 'दादा लांजेकर' रहते थे। वे बाबा को बेटे समान मानते थे। उन्हें भी आये की तबीयत की चिन्ता होती थी। आये की बीमारी में वे अपने घर का पौष्टिक और स्वादिष्ट खाना आये के लिए भिजवाते थे। उनके घर का खाना परिपूर्ण भोजन होता था—दाल, भात, दो सब्जियाँ, चटनी, रायता, अचार, पापड़, मट्ठा, दही, फुलके और शुद्ध घी से सजी थाली में भोजन के साथ कुछ न

कुछ मीठा अवश्य होता था, जैसे—श्रीखण्ड या हलुवा। दादा लांजेकर के घर खाना लाने के लिए मैं एक पाँव पर तैयार रहती थी। लांजेकर दादा की बहू बड़ी भली औरत थी। उसके मन में दान या भीख की भावना का कभी अहसास नहीं होता था बल्कि बड़े सन्तोष के साथ वह ताजा, गर्म खाना थाली में परोसती और स्नेह से मेरी पीठ पर हाथ फेरकर कहती—"सँभलकर जाना, थाली ठीक से पकड़ना।" केवल दो-एक दिन नहीं, बल्कि आये ठीक होकर काम पर लग जाने तक वहाँ से खाना आता था। असल में आये तो एक-दो ही निवाले खाती थी, बाकी सब मेरे हिस्से आता था। आये के बदले मैं ही मुटाती थी और खेलने-कूदने की ताकत जुटाती थी।

एक दिन आये की तबीयत ठीक नहीं थी, खाने की इच्छा नहीं थी। बाजार में मच्छी लाने के लिए भेजने लायक कोई आस-पास नहीं था, सो उसने मुझे एक आना पकड़ाकर कहा कि "देखभाल कर छोटी वाली, अच्छी मच्छी ले आना।" वैसे तो इतनी दूर, मच्छी बाजार जाने के लिए मैं टालमटोल करती पर उस दिन दूसरा ही आकर्षण मुझे खींच रहा था।

मच्छी बाजार के पास राधा-कृष्ण मन्दिर के अहाते में प्रतिवर्ष प्रतिपदा से लेकर गोकुल-अष्टमी तक कबड्डी की प्रतियोगिताएँ आयोजित की जाती थीं। बड़े-बड़े ईनाम दिये जाते थे, चाँदी की ढाल मिलती थी। खिलाड़ी भी मँजे हुए होते थे इसलिए खेल देखने के लिए लोगों की भीड़ उमड़ पड़ती थी। बारिश में भी लोग उसी तरह खड़े होकर खेल देखते थे।

इन प्रतियोगिता में हिस्सा लेने के लिए मुम्बई से "रणोद्धार दल" आया करता था। इस दल में मेरी मौसेरी बहन का देवर गणपत काम्बले, गायक दशरथ पुजारी का भाई मदन पुजारी आदि अनेक खिलाड़ी थे। गणपत काम्बले की सिफारिश पर मुझे हमेशा सबसे आगे खड़े रहने की जगह मिल जाती थी। वे सब खिलाड़ी मुझ से प्यार से हँसते-बोलते थे, स्नेह से गाल खींचते, खाने को मिठाई देते थे। इस कारण उपस्थित भीड़ के सामने मेरा भाव बढ़ जाता था।

उस दिन भी रणोद्धार दल खेलने के लिए आया था। शायद फाइनल मैच था। आये की बीमारी और स्कूल की वजह से मैच देखने जाना मुश्किल जान पड़ता था। ऐसे में आये ने यह मच्छी बाजार जाने की बात कही...

तुरन्त पैसे और थैली लेकर मैं मच्छी बाजार गयी। सुबह के वक्त वहाँ अधिक भीड़ नहीं थी। भीड़ दोपहर को अधिक होती थी, क्योंकि आस-पास के गाँव से आने वाले देहाती लोग खरीद-फरोख्त करने के लिए आते थे। सुपाड़ी के पत्ते में लपेट कर वे कटहल के उबले बीज, कोकम, आम, काजू, बिब्बा, ककड़ियाँ, खरबूजे आदि लाते और उनके बदले मच्छीवालियों से चड़वे, मुशी, शिंगटा, वागली जैसी मच्छी ले जाने के लिए भीड़ लगाते थे। उन दिनों पुराने जमाने की तरह माल के बदले माल का ही रिवाज चलता था।

जब मैं मच्छी बाजार पहुँची तब बिल्कुल भीड़ नहीं थी और मुझे अकेली देख कर मच्छीवालियाँ चिल्ला-चिल्लाकर मुझे अपने पास बुलाने तथा अपना माल खरीदने का आग्रह करने लगीं। तरह-तरह की सस्ती मच्छी वहाँ थी। कोई 'सुकट' (सुखायी हुई मच्छी) लेने का आग्रह करतीं तो कोई 'दोड्याँ' कोई 'रेणवी' दिखाती तो कोई 'शितकी'। कहीं कुरली थी तो कहीं कोलम्बी या चिंगली...। काली मक्खी की तरह मेरी आँखें, दूसरे चबूतरे पर रखी 'सरंगा, पापलेट, सुरमई' आदि महँगी मच्छी पर फिसल रही थी। मालदार 'दालदी' औरतें, ये सारा कीमती माल लेकर बैठी हुई थीं। उनके हाथों में सोने के कंगन, कड़े, चूड़ियाँ, सोने के भारी मंगलसूत्र, कानों में बड़े झुमके, कान की पालियों में छिदे, आठ-दस छेदों में पहनी सोने की बालियाँ, बाँह पर धागे से बँधी चाँदी की गुड़ाखू की डिबिया...सब की सब सज-धज कर रानी की तरह बैठी हुई थीं। उनके पास जाकर भाव पूछने तक की मेरे जैसी बच्ची की या फटीचर ग्राहकों की हिम्मत नहीं होती थी, क्योंकि इसे वे अपना अपमान समझती थीं।

एक बार सुना था कि एक देहातिन ने ऐसी ही दालदिन के सामने पड़ी मच्छी को उँगली से दबाकर भाव पूछा, तो उस उन्मत्त दालदिन ने हाथ का धारदार छुरा ही उस बेचारी देहातिन की कलाई पर मार दिया था। खून से लथपथ, चीखती-चिल्लाती वह रोने लगी थी। मामला पुलिस तक पहुँच गया था। इस घटना को याद कर मैं सिहर गयी।

तभी बाँगड़ा लेकर बैठी एक दालदिन ने मेरी थैली खींच कर पूछा—"कितने पैसे लायी है?" मेरे मुट्ठी खोलते ही उसने एक आना उठाकर अण्टी में खोंस लिया और आठ 'बाँगड़े' फटाफट उठाकर मेरी थैली में डाल दिये। मैं खुश थी कि कितने सस्ते मिल गये।

जब मैं खेल देखने पहुँची तब रणोद्धार दल खेल रहा था। काफी भीड़ थी, कहीं चींटी के घुसने लायक की जगह नहीं थी। मैंने घुसने की बहुतेरी कोशिश की पर घुस नहीं सकी। इतने में कबड्डी-कबड्डी कहता एक खिलाड़ी दूसरी टीम में घुसा, उसकी तेजी से बचने के लिए, दर्शक पलभर के लिए पीछे हटकर, अस्त-व्यस्त हो गये। इस मौके का फायदा उठाकर मैं झट भीड़ में घुसकर, सामने पहुँच गयी। गणपत काम्बले आउट होकर वहीं बैठा था। मुझे देखते ही उसने मुझे पास बुला लिया। खुशी-खुशी मैं खेल का मजा लेने लगी और खेल देखने में ऐसी मगन हो गयी कि आये की बीमारी, मच्छी आदि सब भूल गयी।

काफी देर बाद खेल खत्म हुआ। विजेता रणोद्धार दल के लिए तालियाँ बजने लगीं, खिलाड़ी नाच कर खुशी जाहिर करने लगे, तब मुझे होश आया और हड़बड़ाकर मैं घर की ओर भागी। मन में यही विचार थे कि अब घर में देरी का क्या कारण बताऊँ।

घर पहुँची तो आये लेटी हुई थी, पास ही उस की जूठी थाली पड़ी हुई थी।

बेचारी ने जैसे-तैसे दो निवाले खाये होंगे...। डर के मारे मैं दरवाजे पर ही खड़ी रही। मेरे पैरों की आहट तो उसने नहीं सुनी परन्तु थैली में पड़ी मच्छी की गन्ध उसने तुरन्त पकड़ ली। आँखें खोलकर उसने मुझे देखा और गुस्से से मुझे और कबड्डी खेलने वाले खिलाड़ियों को कोसने लगी। कबड्डी वाली बात आये को कैसे पता चली, ये मैं समझ नहीं पायी लेकिन तभी चौके से मेरा भाई खाना खाकर बाहर निकला और मेरी पीठ पर जोरदार घूँसा लगाकर बोला—"खेल देखते वक्त तो बड़ी कूद-फाँद रही थी, फिर अब क्यों रोती सूरत बनाकर खड़ी है...? खा, ये बासी मच्छी अब तू ही ...।" कहते हुए उसने मच्छी की थैली मेरे मुँह पर दे मारी और स्कूल चला गया। बासी मच्छी की गन्ध से मेरा सिर चकरा गया, लेकिन फिर भी मैं चुप खड़ी रही। मैं मन ही मन निश्चय कर रही थी कि अब आगे से आये को तंग नहीं करूँगी...लेकिन आये थी कि मुझे और रणोद्धार दल को कोसते-कोसते हलकान हो रही थी।

हम भाई-बहनों और अक्का के बच्चों की उम्र में अधिक फर्क नहीं था। हम सब मौसी, मामा-भांजे नहीं बल्कि आपस में दोस्त थे। छुट्टियों में हम खेलने के लिए अधिकतर अक्का के घर ही में जाते थे। अक्का के घर के वातावरण का तो मुझे इतना आकर्षण था कि दशहरा, दीवाली, गुढ़ी-पाड़वा, मुहर्रम आदि त्योहारों के दिन आये मुझे खम्भे से भी बाँधकर रखती तो मैं खम्भेसहित भाग कर अक्का के घर चली जाती। अक्का अब मेहतरों की चाल से निकल कर उच्चवर्णियों की चाल में रहने लगी थी। अक्का के पड़ोसी, मेंटल हॉस्पिटल के कर्मचारी दशहरा मनाते थे और उस दिन बूँदी के बड़े-बड़े लड्डू बाँटते थे। लड्डू के लिए हम जैसे मर-मिटते थे। लड्डू मिल जाता तो जान में जान आती थी। हमारे रूखे-सूखे जीवन को, वे लड्डू अक्का ने सँजोकर रखे चोली के किनारदार कपड़े से सजी वह गुढ़ी, अक्का के हाथ की बनी 'पुरन-पोली', कलाई पर चिपकायी हुई गुड़ की मीठी घड़ी, मुहर्रम के दिन मेहतरों के बच्चों के साथ देखे रंग-बिरंगे ताबूत, रात भर जागकर बनाये दीवाली के आकाश-दीप आदि सब रंगीन बना देते थे।

मेंटल हॉस्पिटल के बड़े फाटक से दस-पन्द्रह मरीजों को ले जाती हुई अक्का दिखती। टखनों तक ऊँची बँधी सफेद साड़ियाँ, ढीले ब्लाउज और बिच्छू के डंक की तरह मुड़ी हुई, कसी चोटियाँ उनकी पीठ पर झूलती थी। इस परिधान में वे पागल औरतें, भेड़ों की तरह गर्दन नीची कर चलती थीं। अक्का उन्हें कभी किसी भाषण के कार्यक्रम में ले जाती तो कभी प्रदर्शनी दिखाने ले जाती थी। तो कभी सिनेमा देखने भी जाती थी...और हम...उनसे जला करते थे।

एक बार मंजुला दीदी के दिमाग में मेंटल हॉस्पिटल देखने की बात आयी। फिर एक छुट्टी के दिन, मैं, दीदी, भाभी, अक्का के बच्चे और ममेरी बहनें—भागू और बाया, सारे के सारे मेंटल हॉस्पिटल देखने को गये। उन पागल मरीजों के हाथों से

बने सुन्दर बाग से गुजर कर, अक्का हमें भीतर ले गयी। औरतों के तथा मर्दों के कक्ष अलग-अलग थे तथा उन्हें एक दूसरे के कक्ष में जाना मना था। भीतर के कक्ष में एक सी खादी की साड़ी और ब्लाउज पहने मरीजें, बड़ी समझदारी से दिया गया काम कर रही थीं। लेकिन एक घर बरामदे में, बड़ी-बड़ी चक्कियों पर आटा पीसती औरतें नग्न थीं। हमें देखते ही वे दाँत पीसती, हाथ लहरा-लहरा कर गालियाँ बकने लगी थी।

अक्का ने कहा—"डरो मत, वे कुछ नहीं करेंगी। वे जो कर रही हैं, वह काम नहीं बल्कि उनके इलाज का हिस्सा है। उन्हें व्यस्त रखा जाता है ताकि उनका मन लगा रहे। इन्हें सीखचों में बन्द रखने की आवश्यकता नहीं होती। बाजू वाले बन्द कमरे से चीखने-चिल्लाने की आवाजें आ रही थीं। भीतर के अँधेरे में कुछ दिखायी नहीं दे रहा था इसलिए हम सब सीखचों के पास जाकर भीतर झाँक कर देखने लगे, तभी अन्दर से बाल-बिखराये, खुली-नंगी, पगली, खीसें निपोरती दौड़ती आयी। दरवाजे के सीखचों का ध्यान न उसे था, न हमें। हम सब पागलों की तरह, डर कर भाग खड़े हुए। इस घटना के बाद कई बार एक कतार में चलती, सिनेमा जाती, पगलियों को देखा लेकिन फिर कभी जलन नहीं हुई।

इसके बाद अक्का का तबादला, कुडाल के सिविल हॉस्पिटल में हो गया और मेरी खेलने की एक जगह बन्द हो गयी। गर्मी की छुट्टियों में, आये से जिद कर के, पैसे लेकर मैं अक्का के घर, कुडाल (जिला सिन्धदुर्ग) जाती थी परन्तु वहाँ सारे मालवणी भाषा बोलने वालों के बीच अटपटा लगता था। अक्का के बच्चे भी पहले-पहल मालवणी भाषा को नापसन्द करते थे, लेकिन एक ही साल में उन्होंने ऐसी मालवणी सीख ली कि हमें उस भाषा के गुण गिनाने लगे इतना ही नहीं राजापुर से मुम्बई तक बोली जाने वाली हमारी बाणकोटी भाषा को नाम धरने लगे। वैसे उनका कहना झूठ नहीं है। सचमुच बाणकोटी भाषा में दम नहीं है। इस भाषा के झगड़ों में भी दम नहीं होता। उच्चवर्णीय मानी जाने वाली जातियाँ चाहे जितना ही जुल्म ढायें, उनसे कैफियत माँगने का साहस किसी में नहीं होता था। रात को बस्ती में सभा बुलाकर, इस मसले पर चर्चा और विवाद खूब होता था।

एक बार गाँव में ऐसी ही बैठक हुई। धर्मपरिवर्तन के बाद दलितों ने मृत मवेशी उठाना, ढोल बजाना, सन्देशा पहुँचाना आदि परम्परागत चले आ रहे काम करना बन्द कर दिया था। साथ ही हिन्दू रीति-रिवाजों का पालन करना भी बन्द कर दिया था। इस से सवर्ण नाराज थे और छोटी-छोटी बातों के लिए दलितों को तंग किया करते थे। एक दिन नदी में दलितों के हिस्से में मराठों ने अपने मवेशी, पानी पीने के लिए डाल दिये थे। मवेशियों के पैरों से सारा पानी गन्दला हो गया था तथा कीचड़ नीचे बैठने की राह देखती दलित स्त्रियों को घण्टों रुकना पड़ा था। बैठक में इस घटना का वर्णन कर एक ने कहा कि हमारा पीने का पानी भी गन्दा कर देते हैं। किसी

ने कुछ कहा तो किसी ने कुछ...। आपस में सब खूब लड़े-भिड़े लेकिन बात यहाँ आकर अटक गयी कि मराठों से जवाब-तलब करे कौन? और सब की बोलती बन्द हो गयी।...ऐसा प्रतिकारशून्य और असहाय जीवन था हमारा, जिसका प्रतिबिम्ब अनिवार्य रूप से हमारी भाषा पर भी पड़ा था।

अक्का के घर देखी हुई एक घटना मुझे अच्छी तरह याद है। अक्का का घर भी हमारे घर की ही तरह बाजार के रास्ते पर था और बाबा की ही तरह, गुजरने वाले दलितों को पानी पिलाने का व्रत उसने भी जारी रखा था। अक्का के पति कुडाल के पास पिंगुली नामक गाँव में शिक्षक थे। वे भी आस-पास के लोगों की समस्याएँ सुलझाने की कोशिश करते थे। एक बार एक गरीब देहाती दम्पति को मैंने अक्का की छपरी में बैठे देखा। पति ने कमर से पुराना अंगोछा बाँध रखा था। उसकी खुली पीठ पर बित्तेभर लम्बा जख्म था। उसकी पत्नी फटे पल्लू से आँखें पोंछती रोये जा रही थी। उनके गाँव का रिवाज था कि उत्सव के समय महार की पीठ पर हथियार से वार किया जाता था, तथा जख्म पर कपड़ा डालकर, उसकी पत्नी धाड़े मार कर रोती थी। प्रस्तुत जख्म भी इसी रिवाज का फल था। दादा (अक्का के पति) इसी मामले पर उन्हें फटकारते हुए समझा रहे थे कि—तुम सब को ऐसी प्रथाओं का विरोध करना चाहिए। पुराने जमाने की बलि-प्रथा का ही प्रतीक है यह प्रथा। अब तुम भी धर्म-परिवर्तन कर बौद्ध बन जाओ तो इन सब ढकोसलों से अपने आप ही छुटकारा मिल जायेगा।

दादा की बात समझ में नहीं आयी थी, परन्तु अब बहुत कुछ स्पष्ट हो रहा है। यही सब देखकर अक्का कहा करती थीं कि "इनमें और मेंटल हॉस्पिटल के पागलों में क्या फर्क है...?"

पाँचवी कक्षा में हमारी वर्गशिक्षिका, बिवलकर नामक ब्राह्मण स्त्री थी। साफ-सुथरी नौगजी साड़ी और साफ चोली पहने, बालों का करीने से बँधा जूड़ा, नाटी सी, गोरी बिवलकर बहनजी सफाई पसन्द थीं। शनिवार के दिन वे हमारी साफ-सफाई के बारे में विशेष जागरूक रहती थीं, सप्ताह के बाकी दिन वे हमारी तरफ अधिक ध्यान नहीं देती थीं। शनिवार के दिन सभी बच्चों को एक कतार में खड़ा कर, डॉक्टर की तरह वे हमारे नाखून, उँगलियाँ, दाँत, आँखें, नाक, कान, आदि की बारीकी से जाँच करती थीं। कुछ बच्चों की पतलूने नीचे खींच कर करधन की गाँठों में छिपी जुएँ और लीखें खोजतीं। इसी कारण बहनजी के आते ही लड़के अपनी पतलूने दोनों हाथों की सहायता से बगल में दबा कर रखते थे। कुछ बच्चे तो अपनी नाक का रेमट भी साँस खींच कर ऊपर ही रोके रखते थे।

साफ-सुथरे बच्चों को शाबाशी और गन्दे बच्चों को डाँट पड़ती थी। साफ-सुथरा रहने का उपदेश देते हुए वे सफाई के अभाव से होने वाली तरह-तरह की बीमारियों का डर दिखाती थीं। दाँत साफ किया करो नहीं तो पायरिया हो जायेगा। नाखून साफ

रखो वरना गोखरू हो जायेगा आदि उपदेश करते हुए उनकी आवाज ऊँची हो जाती थी। जिन निगरगंड बच्चों पर उपदेश का असर नहीं होता था, ऐसे मेरे जैसे बच्चों को उनकी स्केलपट्टी का मजा चखना पड़ता था।

सफाई से तो मेरी जन्मगत दुश्मनी थी। काम के मारे आये को हमारी तरफ देखने की फुरसत नहीं होती थी, इसलिए मेरी चाँदी होती थी। दो-दो दिन तक बिना नहाये, केवल हाथ-मुँह धोकर ही मैं काम चला लेती थी। सूअर की तरह कूड़े के ढेर में खेलने और मिट्टी में लोटने के कारण बालों की दुर्गति हो जाती थी। सजने-धजने से तो हमारा कभी वास्ता ही नहीं पड़ता था।

हफ्ते में एक बार आये गरम पानी और कपड़ा धोने की सोड़े से मेरे बाल धो देती थी। बाल धोते समय घिस-घिस कर मेरे कान भी साफ करती थी। बाल सूखने पर तेल लगाकर, लकड़ी की कंघी से जुएँ और लीखें निकालती और रस्मी की तरह कसी-कसी चोटी बना देती थी। चोटी में नीचे रिबन की जगह पर साड़ी का किनारा बाँध देती थी। सफाई की यह प्रक्रिया काफी दर्दनाक होती थी और मुझे दिन में तारे नजर आ जाते थे। मेरी सहेलियाँ अपनी चोटियों पर प्लास्टिक और साटन की रिबनों के फूल बनाकर बाँधतीं और शीशे के सामने खड़ी इठला-इठला कर देखती थीं। जब हम शीशा देखते तो आये डाँट कर कहती–"बार-बार आईना क्या देखती है, सामने वाले का चेहरा देख, उसी से पता चलेगा कि कैसी लग रही है।"

मेरे पास पहनने के लिए एक ही जोड़ी कपड़े थे, जिन्हें मैं बारी-बारी से तीन-तीन, चार-चार दिन तक पहने रहती थी। इसलिए मेरे कपड़े मैले-कुचैले रहते थे। मेरे मैले कपड़े देखकर बिवलकर बहनजी का मारे उपदेशों के मुँह सूख जाता था। हमारे घर में रोज-रोज कपड़े नहीं धुलते थे, आठ-दस दिन में, मैले कपड़ों का गट्ठर लेकर, आये, बहन या भाभी, घर के पास वाले तालाब में कपड़े धोने जाती थीं। लेकिन बहनजी से अगर मैं यह बात कहती तो शायद गुस्से से उन्हें दौरा पड़ जाता। इतना सब होने के बावजूद हम कभी दाद-खुजली जैसे चर्मरोगों से बचे ही रहे। हमारे स्कूल के पीछे कुआँ था। कहते थे कि उस कुएँ के अभिमन्त्रित पानी से दाद ठीक हो जाती थी। शाहू ने कहीं पढ़कर हमें बताया था कि उस पानी में गन्धक की मात्रा होने के कारण दाद जैसे रोगों से छुटकारा मिल जाता है। दूर-दूर से लोग उस कुएँ का पानी लेने आया करते थे।

उन दिनों मुझे जहाँ-तहाँ थूकने की बड़ी बुरी आदत थी। मैं समझती थी कि मुँह में जमी लार को थूक कर बाहर निकालना जरूरी होता है। मैं नहीं जानती थी कि लार, पाचक रस होने के कारण शरीर के लिए जरूरी होती है और न तो ये जानती थी कि जहाँ-तहाँ थूकना असभ्यता का लक्षण है। घर की जमीन मिट्टी की होने के कारण मेरी थूक सोख लेती थी। स्कूल की भी जमीन मिट्टी की ही बनी थी, लेकिन बहनजी के डर के मारे मैं थूक मुँह में जमा कर बैठती थी और बहनजी की नजर

बचाकर खिड़की से पिचकारी मार देती थी।

सुबह दाँत साफ करते समय भी कोयले का चूरा दाँतों पर मल कर, पचाक-पचाक थूकने की हम में होड़ लग जाती थी। पान खाने वाले जैसे मुखरस की लम्बी पिचकारी छोड़ते हैं, उसी तरह हम कोयले की पिचकारी छोड़ा करते थे।

वैसे भी हमारे समाज में थूक से किसी को परहेज नहीं था। खास मेहमानों को तो गरम पानी से नहलाते समय, नारियल चबा-चबा कर उसका दूध हथेली पर थूक कर, मेहमान के चेहरे और बदन पर मला जाता था। यह प्रेम और ममता का प्रकटीकरण ही माना जाता था। अगर बहनजी यह सब देख पातीं तो निश्चित ही उनकी बोलती बन्द हो जाती। ऐसी पृष्ठभूमि में मेरी थूकने की आदत को बढ़ावा कैसे न मिलता?

लेकिन एक बार आये की बतायी एक कहानी की वजह से मेरी थूकने की आदत हमेशा के लिए मिट गयी, इतना ही नहीं, थूकने से मुझे घिन भी आने लगी। उस रात आये का काम जल्दी खत्म हो गया इसलिए वह हमारे साथ खाना खा कर सोने आयी थी। मैंने लेटे-लेटे ही गर्दन ऊँची कर कोने में थूक की पिचकारी मारी। पास में सोयी मेरी बहन 'छीऽ' कह कर चिल्लायी। भाई ने भी मेरे सिर पर एक टहोका लगाया। इस बात पर आये को एक कहानी याद आयी। वह कहानी कहने लगी–

"एक रात एक घर में चोर घुस आया और सबके सो जाने के हेतु से कमरे के अँधेरे कोने में छिप कर बैठ गया। वह कमरा घर के बुजुर्ग का था। रात को बूढ़े बाबा को बार-बार खाँसी आती और वह बार-बार उसी कोने में बलगम युक्त थूक थूकता जहाँ चोर छिपा बैठा था। बार-बार ऐसा होने पर चोर घिना गया और घिन से छीऽ छीऽ कहता बिना चोरी किये ही भाग खड़ा हुआ।"

कहानी सुनकर तीनों हँसने लगे। शाहू ने कहा 'यदि हमारे घर चोर आये तो उसके साथ भी यही होगा।' तीनों फिर हँस पड़े मगर मुझे हँसी नहीं आयी। बदन पर बलगम गिरने की कल्पना मात्र से मैं घिना गयी।

हाईस्कूल में हम पढ़ते थे कि हवा, मिट्टी में रोगाणु होते हैं, इसलिए खाने से पहले हाथ धो लेना चाहिए। शान्ति अक्का के हाईस्कूल में पढ़ने वाले बच्चे उनकी दादी को आटा सानने से पहले हाथ धोने की याद दिलाते क्योंकि हाथ में जन्तु होते हैं। परन्तु उन्हें तो केवल पेट के जन्तु (उदर कृमि) मालूम थे। वह ध्यान से अपनी हथेलियों को परख कर कहतीं–"कहाँ हैं जन्तु? हाथ में कैसे आयेंगे जन्तु? मेरी ठठा तो नहीं कर रहे तुम सब?"

चौथी कक्षा में मैं स्कॉलरशिप की परीक्षा में बैठी थी। पता नहीं, पास कैसे हो गयी? बिवलकर बहनजी को एक बार दूसरी शिक्षिका से कहते हुए सुना–सरकार ने अछूत बच्चों को पास कर स्कॉलरशिप दे देने का निर्णय किया है। जिस दिन मुझे स्कॉलरशिप की बारह रुपये की पहली किश्त मिली, उस दिन मुझे पता चला

कि मैं पास हो गयी हूँ। जब बहनजी ने, मेरा नाम पुकार कर, एक फॉर्म पर मेरा नाम लिखवा कर, मेरे हाथ में बारह रुपये रखे तो मुझे अपनी आँखों पर विश्वास ही नहीं हुआ। जहाँ एक पैसा दिखना मुश्किल था वहाँ एक साथ इतने रुपये? खाने-पीने की सारी अतृप्त इच्छाएँ मेरे मन में ताण्डव करने लगीं। मेरी हार्दिक इच्छा थी कि मेरे दोनों हाथों में दो लॉली-पॉप हों और लाल इंडियों की तरह उन्हें लहराते हुए, मैं कक्षा में प्रवेश करूँ तथा पूरी कक्षा को ललचा-ललचा कर, चाटती बैठूँ। या फिर अमरूद खरीद कर, कक्षा में सबके सामने गपागप खाऊँ। या फिर बेर, इमली, आँवले खरीद कर बाकी सब लड़कियों के मुँह से लार टपकती देखूँ। मेरी खास इच्छा थी कि पिलणकर के ढाबे से क्रिकेट की गेंद जितनी बड़ी भजिया, शाहू को दिखा-दिखा कर खाऊँ।

मेरे मन में इस तरह लड्डू फूट रहे थे, और बहनजी ने पूछा—"बता, क्या करेगी इन पैसों का?" और मेरे कुछ कहने से पहले स्वयं ही आगे कहने लगीं—"माँ से कहकर दो अच्छे से फ्रॉक सिलवा लेना। साबुन खरीद कर रोज फ्रॉक धो कर साफ रखना। रोज नहाया भी करना, समझी?

पूरी कक्षा में हँसी की लहर दौड़ गयी, जैसे उनको मेरे मैले कपड़े आज ही दिखे हों। जैसे आज ही पता चला हो, कि मैं रोज नहीं नहाती। मैं शर्म से गड़ गयी। उसी वक्त नये कपड़े बनवाने का विचार पहली बार मेरे मन में उभरा। अन्य लड़कियों के सुन्दर फ्रॉक, कन्धे पर बनी फूली बाँहें और घेरदार साया आदि ने मेरा ध्यान खींच लिया। इन्हीं के बारे में सोचती मैं घर लौटी।

सदा की तरह आये आँगन में बैठी बुन रही थी। चेहरा चिन्तित था। वह कुछ और ही सोच रही थी। जब मैंने पैसे उसके सामने रखे तो उसके चेहरे पर सावन की धूप खिल उठी। उसने झट से कहा—"अच्छा हुआ, भगवान की दया है। अब मैं 'बसनी' जाकर मेरी चाची को देख आऊँगी। पता नहीं, बुढ़िया जी रही है या मर गयी?" आये के इन शब्दों के बाद, अपनी इच्छा प्रकट करने का मुझे साहस ही नहीं हुआ। मैं निराश हो गयी परन्तु मैंने भी ठान लिया कि अब के अपने लिए नये कपड़े बनवा कर ही रहूँगी फिर उसके लिए चाहे मुझे कितनी ही जिद करनी पड़े, कितना ही रोना-पीटना पड़े, हाथ-पैर पटकने पड़ें, मैं कपड़े लेकर ही रहूँगी। इस की योजना बनाने में मैं जुट गयी।

दूसरे दिन हेडमास्टर श्री. देसाई हमारी कक्षा में आये। उस दिन विनोबा भावे की पदयात्रा, हमारी स्कूल के पास से गुजरने वाली थी। हेडमास्टर साहब ने हमें विनोबा जी के भूदान आन्दोलन, उनकी पदयात्रा, उनकी सादगी तथा उनके द्वारा सहे गये कष्ट आदि के बारे में काफी जानकारी दी तथा वे हमें पद यात्रा का स्वागत करने के लिए स्कूल के बाहर ले गये। महात्मा गाँधी की ही तरह घुटनों तक लम्बी धोती पहने, खुले बदन, बढ़ी दाढ़ी वाले विनोबा जी अपने शिष्यों सहित मन्दिर के पास

रुके हुए थे। हेडमास्टर साहब ने दूकान से कते सूत का बड़ा-सा गोला मँगवाया और उसके तीस-चालीस धागे एक साथ गूँथ कर हार बनाया और वही हार विनोबा जी को पहनाया। कुछ देर बाद पदयात्रा मण्डली काँग्रेस भवन की दिशा में चली गयी। धूल से सने, मोटे, सूती कपड़े पहने विनोबा जी तथा उन्हीं की तरह धूल-धूसरित कपड़े पहने उनकी शिष्य मण्डली को देखकर मुझे लगा कि बहनजी को मेरे मैले कपड़ों पर इतना एतराज क्यों है, जबकि स्वयं विनोबा जी के कपड़े धूल-मिट्टी से सने होते हैं। हो न हो, उसी घटना के बाद मेरे मन से नये कपड़ों के विचार भी हवा हो गये, लेकिन बहनजी का साफ रहने का उपदेश कभी व्यर्थ नहीं हुआ।

❖

मेरी कक्षा की लड़कियाँ अक्सर एक दूसरे से पूछा करती थीं—"आज तू खाने के डिब्बे में क्या लायी है?" मेरा घर स्कूल के पास ही होने के कारण मैं खाने की छुट्टी में खाना खाने घर जाती थी, परन्तु उन लड़कियों की बातें भी ध्यान से सुनती थी। उनकी बातचीत से मेरे शब्दकोष में कितने ही नये शब्द जुड़ जाते थे। कोई कहती कि मैं 'रोटी' लायी हूँ। चपाती को रोटी भी कहते हैं, यह मुझे मालूम नहीं था। 'दड़पे पोहे' नाम सुनकर लगता कि पोहे क्यों कर दड़प कर (दबा कर) रखते होंगे? दशहरे को दूसरा नाम 'विजया दशमी' है इतना तो मैं सीख गयी थी परन्तु भाकरी को भी 'दशमी' कहते हैं, यह ज्ञान प्राप्त करने के लिए मुझे अपनी कक्षा की सुनन्दा फाटक का खाने का डिब्बा खोलकर देखना पड़ा था।

मेरा भाई शाहू जब मुम्बई से लौटा, तब पूड़ी के साथ श्रीखण्ड खाने का समाचार उसने लार टपकाते हुए बताया। शाहू के कथनानुसार श्रीखण्ड मलहम की तरह दिखता था। इसलिए श्रीखण्ड के नाम से शाहू भले ही लार टपकाये, मुझे तो चर्मरोग का मलहम ही याद आता था। इसके अलावा पाटवड़ी, बड़ी, मूँगों के धपाटे, मेतकूट, साँडगे, खाखरे[6] आदि शब्द सुनकर उत्सुकता जागती थी।

उच्चवर्णीय लड़कियों के वार्तालाप में लड्डू, मोदक, गुझिया, पुरनपोली आदि शब्द मैं बार-बार सुनती थी। ये सब पदार्थ वे खाने के डिब्बे में भी लाती थीं, पिकनिक पर लाती थीं, इतना ही नहीं गुड़िया का खेल खेलते समय भी ये सारी चीजें ले कर आती थीं। ये सब पकवान हमारे घर कभी नहीं बनते थे परन्तु हमें इस बात का खेद नहीं होता था। हम जहाँ और जिस परिस्थिति में रहते हैं, उसी के मुताबिक हमें जीना है, इतना हम बखूबी जानते थे, बिना किसी के सिखाये...।

उत्तर और दक्षिण कोंकण की अपेक्षा हमारा मध्य कोंकण (महाड़ से राजापुर तक) अधिक पिछड़ा हुआ था। ऐसे पिछड़े प्रान्त की पिछड़ी जाति में जन्मी-मैं...एक लड़की। पिता का देहान्त हो चुका था। किसी का सहारा न होने के कारण सिर्फ आये की कमाई से घर चलता था। घर चलाते समय कतरब्योंत अपनी चरम सीमा तक़ पहुँच गयी थी। इन सभी कारणों से हमारे घर में खाने-पीने की क्या परिस्थिति होगी, अन्दाजा लगाना मुश्किल नहीं है।

खाने में राशन की दूकान के मोटे, सस्ते चावल, कुलीथ (हुलगे या हॉर्सग्राम) का बेसन, अगर मिल जाये तो पिछवाड़े से तोड़ी कोई शाक-भाजी, कभी-कभी मिलो

6. महाराष्ट्र की खाद्य संस्कृति के कुछ नमूने।

या भूसी की भाकरी होती थी। भूसी की भाकरी एकदम सूखी होने के कारण गले में अटकती थी, तब आये ढाढ़स बँधाते हुए कहती थी–"खा बेटी खा...जो सूखी भाकरी पचा सकता है, वह जीवन के सारे दुख भी पचा सकता है" सूखी भाकरी के साथ भूना हुआ सुकट (सूखी मच्छी) या कोलीम (सूखी जवला मच्छी) बनता था। लाल मिर्च, नमक, प्याज डालकर कोलीम का स्वाद बढ़ाया जाता था। ताजी मच्छी के नाम पर केवल छोटी, सस्ती मच्छी घर में आती थी, जिसे हम चूल्हे में भून कर खाते थे।

छोटी मच्छी का, तिरफल डालकर शोरबा बनाकर, चावल के साथ आये परोसती थी। बरसात के मौसम में नमक डालकर, उबली चरौटा भाजी और भाकरी का टुकड़ा होता था। ढेर सारे पानी के साथ केवल नमक डालकर उबाल कर ढेर-सी चरौटा भाजी बनती थी, जो चावल के साथ दाल का काम करती और भाकरी के साथ सब्जी का...और जो हो, आये को इस कतरब्योंत की खुशी जरूर मिल जाती थी।

बरसात में एक और सब्जी बहुतायत से पायी जाती थी, वह थी अरवी की। आये हमारे सामने अरवी पत्तों का ढेर लगा देती थी और हम सब पत्ते और डण्डे अलग करने में जुट जाते थे। अरवी साफ करते-करते हथेलियों में खुजली होने लगती थी। अरवी का साग काट कर, उसमें मीठ, कोकम, नमक, मिर्च डालकर बड़े से भगोने में आये पकाती थी। थोड़े से चावल के साथ ढेर-सी अरवी का साग खाने के नाम पर हमारे मुँह टेढ़े हो जाते थे। इस मौके पर हम आये से ही बतायी कहानी एक दूसरे को सुनाते थे।

एक बार एक दामाद अपनी ससुराल गया। घर में थोड़े से चावल थे। सास ने थोड़े से चावल पका दिये और साथ में अरवी का ढेर सारा पतला साग बनाया। थोड़े से चावल पर ढेर सारा साग डालकर, थाली दामाद के सामने रख दी। दामाद ऊपर का साग खा कर जब चावल तक पहुँचता तो सास फिर अरवी का साग परोस देती थी। बेचारा दामाद, फिर अरवी के साग से जूझने लगता था। उसका ध्यान खाने से हटाने के लिए सास इधर-उधर की बातें कर रही थी। बातें करते-करते सास ने पूछा–"जँवाई राजा, आप कितने भाई हैं?" दामाद साग से परेशान था, झल्लाकर बोला–"इस साग से बच गया तो चार, वरना तीन..."

इसी सुर में हम सब भी कहते थे कि–"इस साग से यदि बच गये तो हम पाँच हैं, वरना चार...। जब भी घर में अरवी का साग बनता, कहानी वाला दामाद अवश्य पधारता। इस मन बहलाव में अरवी का साग कब का हजम हो जाता। अब ऐसे शाही खाने के आगे लड्डू, मोदक और पुरन-पोली, आते किस मुँह से?

खाने के बारे में यदि हम शिकायत करते तो आये हमें आज्ञाकारी लड़के की कहानी सुनाने लगती थी। इस लड़के की माँ उसे भाकरी के साथ खाली कटोरी देती थी। वह भाकरी का हर टुकड़ा, खाली कटोरी के तले से छुआकर ऐसे चुपचाप खा

लेता था, जैसे दाल में डुबोकर खा रहा हो। ऐसी कहानियाँ सुन-सुन कर हम सब को, जो मिले सो खाने की आदत पड़ गयी। "अभी भूख नहीं है, बाद में खाऊँगी" आदि नखरों की तो गुंजाइश ही नहीं थी, क्योंकि बाद में खाना बचने का कोई भरोसा नहीं होता था।

खाने के बाद फलाहार की सलाह देने वाले डॉक्टर हमें बीमारी में भी नहीं मिले। कोंकण में फलने वाले आम, करौंदे, तोरण आदि फल हम खाते थे और वो भी खाना खाने से पहले। आये जब कभी कटहल खरीदती, तो उस दिन खाना जरा कम बनाती थी। भोजन से पहले वह हमें कटहल काट कर खिला देती थी और तुरन्त खाना परोसती थी, जिस से खाने की बचत हो जाये। कटहल के बीज उबाल कर या सब्जी बनाकर खाने के काम आते थे। कई बार हम इन बीजों पर मिट्टी पोत कर, सुखाकर रख लेते थे। बरसात में ये सूखे बीज भूनकर खाने का बड़ा मजा देते थे। मुँह का स्वाद भी बदल जाता था।

रत्नागिरी का हापूस आम सात समुन्दर पार जाकर, अरबों तक भी पहुँच गया लेकिन उसने कभी हमारे घर की देहरी नहीं लांघी। हम हमेशा छोटे, पतले रस वाले 'रायवल' आम ही खाते थे। खाते क्या थे, चूस-चूस कर गोही सफेद कर देते थे। स्कूल में पढ़ने वाले बड़े घरों के बच्चों के मुँह में हापूस आम की सुगन्ध रची-बसी होती थी। उनके नाखूनों की कोरों में तथा होठों के किनारे पर कभी-कभार आम का सुनहरा रंग भी चमक उठता था। देखकर हम मन मसोस कर रह जाते थे। वैसे तो गाँव में हमारे भी आम के पेड़ थे लेकिन आये ने सारे ठेके पर उठा दिये थे। गिलहरियों और पंछियों के कुतरे हुए कुछ आम जब नीचे गिर जाते तो वे हमारे पल्ले पड़ते।

आम के मौसम में पेड़ों की रखवाली का काम 'दाभोल' गाँव का गणपत किया करता था। उसे हम गण्या कहकर बुलाते थे। लम्बा, हड़ियल गण्या, बस बित्तेभर की लंगोटी लगाये ही रहता था। मुण्डा हुआ सिर, पीछे चोटी और गालों पर दाढ़ी के सफेद खूँट। उसकी नाक से बहने वाला हरे रंग का घना द्रव हमेशा उसकी मूँछ पर जमा रहता, जिससे देखने वालों को घिन आती थी। रात को लोगों के बागों की रखवाली कर गण्या दिने के वक्त अपने जर्मन के भगोने, कम्बल आदि सामान की गठरी बाँधकर, उस गठरी का तकिया बनाये, हमारे घर की ओलती में पड़ा रहता था। आये एतराज नहीं करती थी क्योंकि इसी बहाने आँगन में पड़े पिटारों और टोकरियों की रखवाली हो जाती थी। गण्या हमें नीचे गिरे हुए कटे-फटे आम ला कर देता था। अगर ये कटे हुए आम लेकर वह हाट जाता तो आमों के बदले सस्ती मच्छी पा सकता था, परन्तु उस दरिद्र व्यक्ति ने कभी ऐसा सौदा नहीं किया। उसके हाथ से आम लेकर खाते हुए, लगता था कि वह अमीर हो गया है, और हम गरीब...।

जहाज में बैठकर मुम्बई आने-जाने वाले कई रिश्तेदार या जान-पहचान वाले

लोग हमारे घर में ही उतरते थे। किसका पूरा टिकट निकलेगा और किसे आधे टिकट पर ले चलना है, जैसी चर्चाएँ उनमें जोर-शोर से चलती थीं। पैसे बचाने के लिए एक महाशय ने अपनी सोलह-सत्रह साल की बहू को, बच्ची जैसे कपड़े पहनाकर, आधे टिकट में जहाज पर चढ़ाया था। लाज के मारे उसने किया हुआ शरीर का संकोच तथा लाल गाल आज भी मुझे याद है।

मुम्बई जाने वाले नौकरी-पेशा लोग अपने बीवी-बच्चों को हमारे बरामदे में छोड़कर गाड़ी का समय देखने जाते थे। कोई-कोई तो सीधे ही गोदी पर या बस स्टैण्ड पर डेरा डालते थे। मुम्बई जाने वालों के बेढब गट्ठर, काजू, आम और कटहल से बसाते थे। मुम्बई से आने वाले गट्ठर करीने से बँधे होते थे। उन सब में यदि कोई नजदीकी रिश्तेदार हुआ तो वे खजूर या चना, कुरमुरा जैसी कोई चीज हमारे हाथ पर अवश्य रखते थे। हमें भी खुशी होती थी।

इन मेहमानों के गट्ठर में छिपे खटमलों को भी शायद हम से प्यार हो जाता और वे हमारे घर में ही रह जाते तथा मेहमानों के जाने के बाद काट-काट कर हमें उनकी याद दिलाते थे।

हमारे घर के पास पिलणकर की चाय की दूकान थी। पिलणकर नाटा, पेटू आदमी था। वह क्रिकेट के बॉल जितने भजिये बनाता था। उन भजियों का सुगन्ध घर में घुसकर हमें बेचैन कर देती थी। इन भजियों के लिए हम झूठ बोलकर आये से पैसे लेते थे। कॉपी-पेन्सिल के लिए पैसे माँगकर भजिया खाते थे।

कभी मेहमान पैसे-दो पैसे हाथ पर रखते तो हम भजिया खाने ही दौड़ते थे। वैसे मेहमान भी कभी-कभार ही पैसे दे पाते थे क्योंकि 'नंगा क्या नहाये, क्या निचोड़े' वाली हालत हम सब की थी। कभी किसी काम से कोई नजदीकी रिश्तेदार' आते तो घर में जैसे त्योहार मनने लगता। दड़बे की मुर्गी के दिन पूरे हो जाते। आये मुर्गी का तीखा, पतला रसा और चावल की पीठी के बड़े बनाती थी। चावल और मिलो की भाकरी खाकर अस्कटायी जीभ झनझना उठती थी।

तीज-त्योहारों पर चावल के ही पकवान बनाये जाते थे। गुड़, नारियल डालकर बनी चावल की खीर, चावल की पीठी में, कसी ककड़ी, गुड़ डालकर तेल पर तले घारगे (चिले), गणेश जी के प्रसाद के लिए, चावल की पीठी को भाप देकर, उसमें गुड़ और नारियल डालकर बनायी मिठाई आदि। आये मोदक भी अच्छे बना लेती थी। बाबा के तबादलों की वजह से वह गाँव-गाँव घूमी थी। बाबा के जीवित रहते वह कभी मोदक तो कभी चावल पीसकर, गुड़, नारियल खीर बनाती थी। बाबा के गुजर जाने के बाद तो बस आँसू बहाती रहती थी। हमारे गाँव की बस्ती में तो 'मोदक' किसे कहते हैं यही किसी को पता नहीं था। मेरा एक दूर का भतीजा कमलाकर इन्हीं मोदकों की एक कहानी बताता था।

एक बार हमारी बस्ती का एक व्यक्ति अपने दोस्त के घर खाना खाने गया।

वहाँ उसने मोदक खाये, उसे खूब पसन्द आये। उसने देख रखा था कि दोस्त की पत्नी ने, पतीले की भाप पर मोदक पकाये थे। घर आकर उसने अपनी पत्नी को मोदक बनाने की विधि यथासम्भव समझायी और मोदक बनाने को कहा। खाना खाते समय थाली में मोदक न दिखने पर उसने पत्नी से पूछा।–बेचारी 'निरीह' पत्नी ने कटोरी में रखी गरम पानी में भिगोयी चावल की पीठी तथा गुड़, नारियल दिखा दिया। देखकर वह व्यंग से बोला–"वाह, अच्छे मोदक बना लेती हो तुम!" तो उस अनाड़ी औरत ने कहा–"वो तो धनिया नहीं था, वरना आपके दोस्त के घर से भी अच्छे बनते!" अर्थात किस पकवान में क्या पड़ता है, इसका तक उसे ज्ञान नहीं था।

गड़ेरियों के अज्ञान पर प्रकाश डालने वाली ऐसी ही कहानी सुनी थी। चावल की पीठी के बने चिले की जाली देखकर, गड़ेरिया ने सोचा कि शायद यह जाली बनाने में काफी मेहनत और विशेष कुशलता की जरूरत होती होगी। और इसी गलतफहमी में उसने पाँच चिलों के बदले अपनी भैंस बेच दी थी। कहने का तात्पर्य यह है कि खाने-पीने के मामलों में भी हम लोगों में घोर अज्ञान था। तीज-त्योहारों पर भी खाने में कोई खास बदलाव नहीं होता था। दीवाली पर भी पानी में भिगोये पोहे और गुड़ ही हमारे लिए पकवान होता था। वैसे हम चावल की पीठी में काले तिल और गुड़ मिलाकर, तेल में तलकर बेर जैसी गोलियाँ बनाते थे। ये इतनी सख्त होती थीं कि बत्तीसी तोड़ दें। यही खा कर हम दीवाली मनाते थे। हाईस्कूल में पढ़ते समय बाकी सहेलियों के घर में बनते पकवान देखकर मैं भी सीखकर बनाने लगी तो आये को बड़ा एतराज होता था, क्योंकि तेल और चीनी ज्यादा खर्च हो जाती थी।

दीवाली की 'फराल' के बारे में हमने शान्ति अक्का से ही जाना। अक्का अपनी सहेलियों से तथा आजू-बाजू वालियों से सीखकर तेल में तले गुझिया और रवे के लड्डू आदि बनाती थी। शायद इसी वक्त से (1950-55) दलितों के घरों का पकवानों से परिचय हुआ होगा।

तीज-त्योहार पर या किसी के घर भेजना हो तो हम 'भानोर' बनाया करते थे। यह केक की तरह होता था और मुझे बड़ा पसन्द था। इसे बनाने की विधि भी आसान थी।

चावली की दरदरी पीठी में पानी, गुड़, नारियल, हल्दी और चुटकीभर नमक डालकर, एक चिकनाई लगे पतीले में ढालकर, ढक्कन लगाकर, धीमी आँच पर 'भानोर' पकाया जाता है। आये जब रात को 'भानोर' पकाने के लिए रखती तो रातभर उसकी सुगन्ध से हमारी नींद उड़ जाती थी। पकाने के बाद इसे केले के पत्ते पर उलट कर, केक की तरह फाँकें काट ली जाती हैं। 'भानोर' आठ दिन तक खराब नहीं होता। कोंकण से मुम्बई जाने वालों के सामान के साथ 'भानोर' का सुगन्धित और स्वादिष्ट तोहफा अवश्य होता था।

कोंकण प्रान्त के मुख्य भोजन में पहला स्थान चावल का है तो दूसरा मच्छी का।

दशहरे के बाद समन्दर में खूब मच्छी होती है इसलिए खूब मच्छी पकड़ी जाती है। उन दिनों भी काफी तादात में मच्छी पकड़ी जाती थी और छोटी-बड़ी मछलियों को नमक लगाकर, सुखाकर भण्डार में रख लिया जाता था। बड़े लोगों के घर में सोडे या तिसन्या उबालकर उसका मांस, भली-भाँति सुखाकर, डिब्बे में बन्द कर रखा जाता था, तो गरीबों के घरों में 'तिसन्या' (सीप) का उबला पानी ही रबड़ी की तरह औटा कर, टमाटर के सॉस की तरह बोतल में भर लिया जाता था। इस पानी को 'काट' कहा जाता है। घर में अगर अरहर की दाल न हो और कभी खाने पर घर में केवल औरतें हों तो यही काट पानी में घोलकर, नमक, मिर्च, कोकम या कच्चे आम डाला कर शोरबा बनाया जाता था। इसी तरह सूखी मच्छी का शोरबा, कोलमी का शोरबा भी बनता था। पोषण की दृष्टि से यह शोरबा बिल्कुल निकृष्ट कोटि का होता था, अपच की पूरी सम्भावना होती थी। इस शोरबे पर एक कविता भी रची गयी थी। आये जब भी यह शोरबा बनाती तो हम भी यह कविता गाते थे। इसका भावार्थ कुछ ऐसा था–'जो बस्सा रहा है, वह है क्या–

सुकटी का पनियल शोरबा, और क्या खाया था पेटभर–

टाँगें थीं धोती के अन्दर...' आदि

टाँगें ढँकने का कारण यह था कि पेट खराब होने के कारण हुई दुर्गति से, टाँगों पर बहता द्रव्य छिपा रहे।

घर की बहुओं की किस्मत में तो जैसे यही शोरबा लिखा हुआ था। वे बेचारी चुपचाप इसे खाती और चुपचाप अपच भी सहती थीं। एवं गुण विशिष्ट शोरबा मैंने बचपन में खूब पचाया है और इसलिए मेरी पाचनशक्ति अब तक सलामत है।

सुरमई, पॉपलेट, हलवा जैसे बड़ी और महँगी मच्छी कभी हमें नसीब नहीं हुई। जो भी बड़ी मच्छी हमने खायी, उसमें प्रायः मुशी, वागली, शिंगटा जैसी तेज गन्ध और मोटी चमड़ी वाली मच्छी होती थी। तेज गन्ध वाली एक और मच्छी पॉपलेट की ही तरह दिखती है परन्तु इसके सिर पर सींग होने के कारण इसे 'बैलमासा' कहते हैं। बैलमासा केवल महार लोग ही खाया करते थे। नमक, मिर्च, कोकम से भी इसकी तेज गन्ध मिटती नहीं थी और मुँह बनाकर ही हम इसे खाते थे। इसलिए आये छोटी मच्छी ही लाती थी। बारीक मच्छी में मेरी खास पसन्द 'काँटा का मोटला' थी। उँगली जितना बड़ा काँटा या मीठे पानी की छोटी मछलियाँ धो कर, साफ कर, नमक, मिर्च, हल्दी, कोकम और तेल का मिश्रण मिलाकर, कुम्भे के पत्ता में लपेट कर, ऊपर से बेलों से बाँध दिया जाता था। तथा पत्तों में लिपटा यह बंडल (मोटला) चूल्हे में राख के नीचे दबाकर, ऊपर से राख फैला कर फिर हमेशा की तरह खाना बनता रहता था। इस अवधि में मोटला ऐसा सुरक्षित रहता जैसे फ्रिज में रखा हो। पकने पर जब जी चाहे निकालो और खाओ। मुँह में पानी लाने वाली चीज थी। लगता था बार-बार निकाल-निकाल कर खाओ।

परन्तु इस तरह का खाना पिकनिक पर या खाने के डिब्बे में ले जाने में संकोच होता था। ले जाना तो दूर, किसी को बताने में भी शर्म आती थी, कि हम यह सब खाते हैं। हीन भावना का अहसास होता था।

मेरी बहन की एक सहेली थी—प्रभा गोड़बोले। उसके पिताजी स्कूली बच्चों को ट्यूशन पढ़ाते थे। मेरी बहन भी उनसे अंग्रेजी सीखने जाया करती थी। उसने अंग्रेजी कितनी सीखी, पता नहीं, पर ब्राह्मणों के रीति-रिवाज जरूर सीख गयी थी—जैसे अरहर की दाल गला कर, घोट कर, नमक डालने से 'वरण' बनता है। गर्म भात पर यही वरण डालकर ऊपर से शुद्ध घी डालने से और नींबू निचोड़ने से खाने का स्वाद बढ़ जाता है। उसमें एक चम्मच मेतकूट[7] मिलाने से चावल का मजा द्विगुणित हो जाता है। इतना सब होने पर भी इस खाने से हमारी दोस्ती नहीं हो सकी, न तब न अब।

एक बार कक्षा की कुछ लड़कियों ने तय किया कि हम सब खुद खाना बना कर, सब मिलकर खायेंगी। हर एक को कोई न कोई चीज, जैसे दाल-चावल, तेल, चीनी मसाले आदि घर से लाना था। कुछ अलग करने की कल्पना से मैं उत्साहित थी। वे सब मुझे अपने गुट में शामिल नहीं करना चाहती थीं। यह बात तब मैं समझी नहीं। मैंने भी महा उत्साह से पूछा कि "मैं क्या लाऊँ?" उन्होंने मुझसे पैसे ही लाने को कहा। रत्नागिरी के थिबा प्वाइंट के पास रहने वाली 'तरुलता सावंत' नाम की लड़की के घर सारा कार्यक्रम होना था। उसके घर के अन्य सदस्य कहीं बाहर गए हुए थे। फिर सुशीला धुमक, कमल चव्हाण, सुनन्दा भोसले आदि ने चावल, दाल और सब्जी का सादा मगर स्वादिष्ट खाना पकाया। उन सब ने मुझे किसी काम को हाथ नहीं लगाने दिया। हम सब ने मिलकर खाना खाया। मैंने तो जम कर खाया। और—दूसरे दिन स्कूल में, मेरे खाने के बारे में भी जमकर चर्चा हुई। लड़कियाँ आपस में गुट बनाकर फुसफुसा रही थीं कि "यह (मैं) तो बकासुर राक्षस की तरह भकोसे जा रही थी। बकरी की तरह सब चर गयी। हमने तो बुलाया तक नहीं था, फिर भी पेटू खुद आ गयी और इतना खा गयी, भिखारन कहीं की..." वगैरा-वगैरा। यह सब सुनकर मैं शर्म से मर गयी।

घर के खर्चे के लिए पैसे पूरे नहीं पड़ते थे, इसलिए आये ने हमारे दो कमरों के घर के दायीं-बायीं तरफ दो छोटे-छोटे कमरे बनवा कर किराये पर उठवा दिये थे। जरूरतमन्द परिवार किराया दे कर वहाँ रहते थे। एक बार एक मुसलमान परिवार, किरायेदार बनकर आया। परिवार में पति रत्नागिरी से छः-सात मील दूर माझगाँव से था। उसका नाम मुहम्मद था।

---

7. मेतकूट—सभी दालों को भूनकर, हींग, हल्दी और लाल मिर्च डालकर पीस कर बने पाउडर को मेतकूट कहते हैं। दाल के अभाव में या स्वाद बदलने के लिए, चावल के साथ मिलाकर खाया जाता है।

मुहम्मद का बदन हड़ियल, चेहरा लम्बोतरा तथा गाल अन्दर धँसे थे। परन्तु उसकी पत्नी हसीना, गोरे गुलाबी रंग पर, गहरी काली आँखें, लाल होठ और भरे-भरे बदन, लेकिन सुन्दर गठन की सचमुच हसीना थी। मुहम्मद कहीं से भी उसका पति नहीं लगता था। एक दिन मुहम्मद ने स्वयं ही आये को बताया था कि हसीना उसके साथ मुम्बई से भाग आयी थी। उनका एक बेटा था, जिसका नाम अब्दुल था। अब्दुल को सूखा रोग (रिकेट्स) हो गया था। जिसके कारण उसके हाथ-पाँव सींक से दुबले-पतले और पेट कद्दू की तरह फूला हुआ था। दिन भर अब्दुल कद्दू की बेल की तरह जमीन पर पड़ा होता था। हसीना अपने बेटे की ओर जरा भी ध्यान नहीं देती थी, हमेशा खायी-खोयी नजरों से कठपुतली की तरह घर में डोलती थी। मुहम्मद जब घर में होता तो वही अब्दुल को नहला-धुला कर उसके कपड़े बदलता, गोदी में उठाता था। आये ने उसे बताया था कि सूखा रोग वाले बच्चों को सुबह कुछ देर धूप में बिठाने से, वे सुधरने लगते हैं। इसलिए वह अब्दुल को लेकर धूप में भी बैठता था। चार-पाँच माह यूँ ही गुजर गये। एक दिन उनके घर मुम्बई से दो लड़कियाँ आयों। दोनों मेरी उम्र की थीं। एक हसीना की बहन, 'बेबी' थी और दूसरी हसीना की बेटी–'सईदा'। सईदा हू-ब-हू अपनी माँ पर गयी थी। गुलाबी गाल और बड़ी-बड़ी आँखों की घनी काली बरौनियाँ। उन दोनों के आने से हसीना के शरीर में जैसे नयी जान आ गयी थी। अब वह हँसती-बोलती, बच्चे को गोदी में उठाती, उसे लेकर धूप में भी बैठने लगी।

बेबी और सईदा से मेरी गहरी दोस्ती हो गयी। वे रमजान के दिन थे, उन दोनों के स्कूल की छुट्टियाँ चल रही थीं, इसलिए वे हसीना से मिलने आयी थीं। स्कूल से लौटते ही मैं उन दोनों के घर पहुँच जाती और मुम्बई की अनोखी बातें सुनती थी। बेबी, सिनेमा की कहानी, अभिनय के साथ बड़े प्रभावशाली ढंग से बताती थी। वह कभी लजाती, कभी इठलाती, आँख मारती, तो कभी सुबकती, कभी बिलखती और कभी तो दनादन मारामारी भी कर दिखाती थी। उन दोनों के साथ बातों में वक्त कैसे गुजर जाता इसका पता ही नहीं चलता था। खाने-पीने का भी होश नहीं रहता था।

वे सब आपस में हिन्दी में बातें करते थे। उनकी सुन-सुन कर मैं भी हमकू-तुमकू करने लगी और पन्द्रह-बीस दिनों में अच्छी हिन्दी भी सीख गयी। पाँचवीं कक्षा की हिन्दी पुस्तक में लिखा एक प्यारा उन्होंने मुझसे याद करवा लिया था–सूरज उगा, घर-घर उजाला हुआ–पंछी चहके–फूल महके, तितलियाँ उड़ने लगीं...आदि। मैं जहाँ-तहाँ इस प्यारे का पाठ करती थी। स्कूल में भी बोलकर सुनाती थी। मुँह में रखी मीठी मिश्री की तरह यह प्यारा हमेशा मेरी जबान पर रहता था। और सब मेरी तरफ उसी सराहना से देखते जैसे फरटिदार अंग्रेजी बोलने वाले की तरह देखा करते हैं। बहन जी भी सराहतीं और मुझसे वह प्यारा बार-बार सुनती थी। मेरी गर्दन भी ऊँची हो जाती थी।

बेबी ने मुझे बताया कि मुहम्मद उनके घर का नौकर था। सईदा के पिता किसी मुस्लिम देश में रहते थे, वहाँ उन्होंने दूसरी शादी कर ली थी। इसलिए बेबी के पिता ने हसीना और सईदा को भारत बुलवा लिया था। पिता के घर दो-तीन साल रहने के बाद हसीना ने अब्दुल को जन्म दिया और अब्दुल को लेकर वह मुहम्मद के साथ रत्नागिरी आ गयी। हसीना का दिल यहाँ नहीं लगता था, हमेशा रोती रहती थी इसलिए मुहम्मद ने हसीना के बीमार होने का तार हसीना के पिता को भेजा। इस कारण सईदा और बेबी ईद की छुट्टियों में हसीना से मिलने आयी थीं।

मुहम्मद के कुछ रिश्तेदार रत्नागिरी के राजिवड़ा नामक इलाके में रहते थे। राजिवड़ा, समन्दर और खाड़ी के दोआब में बसा भू-भाग है। यहाँ की मुसलमान औरतें घर-घर जाकर मच्छी बेचती हैं। हमारे घर भी वे मच्छी बेचने के लिए आया करती थीं। उन्हीं में से दो-तीन औरतों का मुहम्मद के घर भी आना-जाना था। जिस दिन बेबी और सईदा के रोजे खत्म हुए, उस दिन उन सब ने नये कपड़े पहने हुए थे। घर में बिरयानी की सुगन्ध आ रही थी। हसीना ने हमारे घर भी बिरयानी भिजवायी थी, और मैंने बड़े शौक से खायी भी थी। लेकिन जब शाहू ने कहा कि उसमें बैल का मांस डला है तो मेरा जी मिचलने लगा। आये ने कहा कि क्या फर्क पड़ता है, हमने तो मृत बैल का भी मांस खाया है।

हसीना ने एक डिब्बे में बिरयानी भर कर डिब्बा थैली में रखा और बेबी व सईदा के हाथ किसी रिश्तेदार के घर भिजवाया। बेबी और सईदा अपने साथ मुझे भी ले गयीं। राजविड़े में खाड़ी किनारे की दलदल में, सट कर खड़े घरों के बीच की गलियों से होती हुई, हम तीनों एक बड़े से घर के पास पहुँची। घर की बाहरी दीवार पर मछली पकड़ने का जाल, टोकरे, बाँस, पतवार, काँटा आदि सामान लटका कर रखा था। खिड़की में डोरियाँ बाँधकर उस पर खारी मछलियाँ सूख रही थीं। आस-पास के सभी घरों का यही दृश्य था। हर तरफ खाड़ी और मच्छी की खारी और सड़ी गन्ध बसी हुई थी।

हमें देखते ही घर में बैठी मोटी औरत उठकर बाहर आयी। उसने जरीदार साड़ी और ढेर से गहने पहने हुए थे। बेबी ने उसके सामने बिरयानी का डिब्बा रखा। डिब्बा देखकर माथा सिकोड़ती हुई बोली–"तुम लोगों को और कहीं रहने की जगह नहीं मिली? उस महार के घर में क्यों रहते हो?"

मेरे मुँह पर इतना सब कहना बेबी को ठीक नहीं लगा सो उस औरत को रोकने की गरज से बेबी ने कहा कि–"ये हमारी मकान मालकिन की बेटी है।" सुनते ही मोटी औरत ने और भी मुँह बनाया। बाहर पड़े बेंच की ओर उँगली दिखा कर उसने मुझे वहीं बैठने को कहा तथा बेबी और सईदा को लेकर भीतर चली गयी। काफी देर तक वे सब, भीतर बैठी बतियाती रहीं और मच्छी की गन्ध से मेरा दम घुट रहा था। ऊपर से 'महार' जाति का जिक्र करने के कारण, वहाँ से लौट जाने का भी मन

हो रहा था फिर भी मैं बैठी रही, पता नहीं क्यों?

आखिर बेबी और सईदा बाहर आयीं और मेरी ओर बिना देखे ही बोलीं–'चल'। मैं झट से उठकर चलने लगी। मेरे पीछे-पीछे वे दोनों थीं। मोटी औरत चिल्लाकर कह रही थी–"हसीना बीबी से कहना कि यहीं रहने के लिए आ जाना–मैं सब इन्तजाम कर दूँगी और मुहम्मद से भी कहना कि बुलाया है।" उन दोनों ने गर्दन हिला दी।

वापसी में दोनों ने मुझसे ज्यादा बात नहीं की। वे मुझसे जरा हट के भी चलने लगीं। उनके हाथ में अब भी वही डिब्बा था, जो आते समय था और उतना ही भारी। जाते समय मैंने भी कुछ देर के लिए डिब्बा पकड़ा था इसलिए अब भी पकड़ना चाहा परन्तु उन्होंने तुच्छता से नकार दिया।

शायद उनकी रिश्तेदार ने मेरा हाथ लगने की वजह से वही बिरयानी लौटा दी थी। कम से कम बेबी की बातों से तो ऐसा ही प्रतीत हो रहा था। उसने कहा–"बेमतलब ही हमें यहाँ आना पड़ा। कौन खायेगा अब ये...?"

राजिवड़े की उस मोटी औरत ने न जाने उन्हें क्या-क्या बताया था कि बेबी और सईदा अब मुझसे अधिक बात नहीं करती थीं। परायी-सी पेश आती थीं। पहले लगता था कि कब स्कूल छूटे और कब हम बैठकर गप्पें लड़ायें लेकिन अब ऐसा नहीं लगता था। उन दोनों को देखती तो ऐसा लगता जैसे मैंने ही कोई अपराध किया है। मुम्बई वापस जाते समय भी, वे दोनों बाहर से ही 'अच्छा' कहकर निकल गयीं। मेरे दिल पर कड़ी चोट लगी और रुलाई फूटने लगी।

इस घटना के बाद जल्दी ही मुहम्मद, हसीना और अब्दुल को लेकर रहने के लिए राजिवड़ा चला गया। मेरे मुँह में मिश्री की तरह घुलने वाला–सूरज उगा, घर-घर उजाला हुआ...वाला प्यारा अब कड़वा लगने लगा था। बदली घिरे दिन की उदास शाम की तरह ही मेरा दिल भी बोझिल हो उठा।

❖

बाबा की मृत्यु के बाद हमारे घराने में चली आ रही वृत्ति अब शाहू करने लगा। हमारे समाज में ऐसा माना जाता था कि जन्म लेने के बाद बच्चे को जब तक जाति-धर्म के संस्कार नहीं दिये जाते, समाज में मान्यता नहीं मिलती। इसलिए हर बच्चे को पाँच-छः वर्ष की उम्र में गुरु की गोद में बिठाकर गुरुमन्त्र दिया जाता था। गुरु बनने योग्य, या तो वे व्यक्ति होते थे जो पैदल पंढ़रपुर जा कर जीवित वापस लौटे हों या फिर जिनके घराने में परम्परागत रूप से वृत्ति चली आ रही हो। 'गुरु' धार्मिक विधि-विधान के साथ-साथ भूत भगाने का भी काम करते थे। बारह वर्ष की उम्र से ही शाहू धार्मिक विधि करता आ रहा था। बाबा की ही तरह वह भी मन्त्र पढ़ कर भूत उतारता था। लेकिन बड़े-बड़े भूत, जो खून की उल्टियाँ करवा के पलभर में आदमी को खत्म कर सकते थे या जीवनभर के लिए अपाहिज बना सकते थे ऐसे 'लोलंगी भूत' उतारने वाले बाबाजी भी खास होते थे।

बाबा ने अपार मेहनत से पैसा कमाकर, गाँव के पुराने घर की मरम्मत करवा कर बड़ा, खपरैलों वाला घर बनवाया और बस्ती में चर्चा होने लगी कि हमारे घर में 'बायंगी भूत' है। हमारे घर के लोग कहते थे कि बायंगी भूत किसी और के ही घर में है। मजे की बात यह थी कि हर गाँव में, हर बस्ती में दो-तीन घरों में बायंगी भूत होने की चर्चा होती थी। अब ये भूत एक ही था या इनका बड़ा ऑफिस था, या फिर उनके वंशधर थे जो उन्हें काम में मदद किया करते थे यह नहीं पता। लेकिन माना जाता था कि ये बायंगी भूत अचानक ही किसी पर मेहरबान होकर उसे मालामाल कर सकते हैं। बदले में बस उसे सालाना एक मुर्गा, नारियल देना पड़ता था। सौदा सस्ते का होता था पर देने में जहाँ कोताही की नहीं कि सारे माल पर झाड़ू फेरकर साफ भी कर देते थे। गाँव वालों का इन सारी बातों पर परम विश्वास था।

बाबा के गुजरने के दो-तीन माह बाद गोविन्द दादा दो-तीन गाँव वालों के साथ हमारे घर आये। रिश्तेदारों के आने पर बाबा को याद कर आये रोया करती थी, उसी तरह उस दिन भी रो रही थी। आये के साथ गोविन्द दादा भी रोते-रोते आये को बताने लगे कि हमारा घर दो गाँवों की सीमा पर (रत्नागिरी और नाचणे की सीमा पर) होने के कारण बायंगी भूत अधिक बलवान हो गया है। उसी ने बाबा के पेट में खून को पानी बना दिया था और वे देखते ही देखते गुजर गये थे। उनसे पहले जवान बेटे अच्युत की मौत हो गयी। नानाजी का फाँसी लगा मृत शरीर भी इसी घर में लाया गया था आदि काफी कुछ बातें बताकर गोविन्द दादा आये से जिद करने लगे कि वह बच्चों को लेकर गाँव चली चले।

गोविन्द दादा ने यह भी कहा कि आये को उनकी बातों पर विश्वास नहीं होगा इसलिए वे सोमेश्वर बाबा को साथ लाये हैं, जो बड़े ज्ञानी हैं और भूत वाली बात की सच्चाई को पल भर में साबित कर सकते हैं। सोमेश्वर बाबा जो उनके साथ आये थे—काले, गोटियों-सी आँखों वाले, बढ़े बाल और बढ़ी दाढ़ी वाले, विक्षिप्त से लग रहे थे। उनके बदन पर मैली धोती, कुर्ता और मैला-कुचैला काला कोट था। यह विक्षिप्त-सा दिखने वाला आदमी, बड़ी देर तक हमारे बरामदे में बैठकर, आम के पाँच-छः सूखे पत्ते जमीन पर पटक-पटक कर बायें जा, दायें जा आदि बुदबुदा रहा था। बाकी बचा हुआ चमत्कार उसने शाम को दिखाया।

शाम को अँधेरा पड़ते-पड़ते, दड़बे में घुसने वाले एक मुर्गे को पकड़ कर, उस पर अबीर, गुलाल छिड़क कर, गोविन्द दादा, सोमेश्वर काका और साथ आये गाँव वाले, अँधेरे में कहीं चले गये। कुछ देर बाद लौटे तो शराब के नशे में धुत्त थे और हाथ में मरा हुआ मुर्गा उल्टा लटका था। रात को चावल के साथ मुर्गे का सालन खाने के बाद, घर से पच्चीस-तीस फीट के फासले पर जमीन खोद कर, सोमेश्वर बाबा ने उस गढ़े से आलपिन गड़ा नींबू निकाल कर हमें दिखाया। छुरी से वही नींबू काटकर लाल पानी भी बनाया। फिर घुटने टेक कर एक हाथ से किसी को पकड़ कर, दूसरा हाथ गढ़े में डालकर यूँ अभिनय करने लगा जैसे कोई उसे खींच रहा हो। फिर गढ़े से सात-आठ नींबू और निकाले। यह सारा नजारा देख कर बड़ों की हालत क्या हुई कह नहीं सकती परन्तु बच्चों का तो कलेजा मुँह को आ रहा था। जी में आ रहा था कि गोविन्द दादा के साथ तुरन्त गाँव की ओर चल पड़ें। रात भर मैं आये से चिपकी पड़ी रही। लेकिन आये की प्रतिक्रिया कुछ और ही हुई। बाबा का नाम लेकर आये जोर-जोर से रोती हुई कहने लगी—"धनीऽऽ, मुझे छोड़ कर तुम कैसे चले गये धनीऽ। सब तुम्हारी जमीन हड़पना चाहते हैं, धनी ऽ ऽ। तुम कहते थे कि गोविन्द का विश्वास मत करनाऽऽ, वह आज सच निकला धनीऽऽ..."

इस तरह आये ने जब गोविन्द दादा की असलियत से ही पर्दा हटा दिया, तब सब उठकर चलते बने।

धर्म परिवर्तन के बाद उपरोक्त भगवान सम्बन्धी और भूत-परेत सम्बन्धी मसलों पर रोक लग गयी थी। असल में हम सब यह भी नहीं जानते थे कि हमें धर्म परिवर्तन करने को कहने वाले 'आम्बेडकर' कौन है? शिरगाँव के नथुराम काम्बले, परटवणे के हरीभाऊ आयरे, केले के बण्डू चवेकर तथा मिन्या के गोपाल मास्टर आदि ने डॉ. बाबासाहेब आम्बेडकर की मृत्यु का समाचार रेडियो पर सुनकर हमें बताया था। ये सब अपनी-अपनी व्यस्तता के बावजूद सरकारी मसलों में पिछड़े समाज को मार्गदर्शन दिया करते थे। डॉ. आम्बेडकर की मृत्यु का दिन मेरे दिल पर जैसे अंकित हो गया है। स्कूल में खेलते समय मेरे पाँव में मोच आने से, लँगड़ाती हुई मैं घर वापस आयी तो घर के सब रो रहे थे। नथुराम काम्बले बरामदे की बेंच पर बैठे

फूट-फूट कर रो रहे थे। आये, मंजुला दीदी, शाहू सभी रो रहे थे। उनकी देखा-देखी मैं भी रोने लगी। थोड़ी देर बाद नथुराम बोले कि वे रात की गाड़ी से मुम्बई जाकर डॉ. बाबासाहेब के अन्त्यदर्शन करेंगे। इस घटना के बाद धीरे-धीरे डॉ. बाबासाहेब आम्बेडकर के बारे में हमने कुछ-कुछ जाना और फिर आया धर्म परिवर्तन का दौर!

रत्नागिरी के गोगटे कॉलेज के विशाल मैदान में गाँव-गाँव से लोगों के झुण्ड आकर जमा हुए थे। पूरा मैदान खचाखच भर गया था। आये के साथ हम सब भाई-बहन, गोविन्द दादा और कुछ गाँव वाले, वहाँ गये थे। ऊपर ऊँचाई पर लगे ध्वनिक्षेपकों से विभिन्न सूचनाएँ मिल रही थीं। 'बुद्धंसरणं-गच्छामि' का स्वर सुनायी देने पर, हमने भी सुर में सुर मिलाया। कार्यक्रम के बाद गोविन्द दादा और अन्य गाँव वाले हमारे घर आये और 'आये' के सामने ही उसकी पूजा की मूर्तियाँ, फोटो आदि टोकरे में भर लिए। मुझे लगा कि शायद आये गोविन्द दादा को रोकेगी, विरोध करेगी किन्तु उसने स्वयं भी कुछ मूर्तियाँ उस टोकरे में डाल दी। बड़े भाई अच्युत और बाबा की मृत्यु के बाद स्वयं आये का मन भगवान के प्रति उचाट हो गया था और उसने गुस्से से भगवान की मूर्तियाँ उठा कर कहीं रख दी थीं। परन्तु कुछ दिन बाद फिर उन्हीं की पूजा करती वह हमारे जीवन की भीख माँगने लगी। अन्तिमतः सारे अनिश्चय छोड़कर, इन देवमूर्तियों का जल में विसर्जन करने के लिए हम सब गोविन्द दादा के साथ गाँव गये।

फणसवले का हमारा घर पुजारियों का होने के कारण, हमारे घर में कई चाँदी और पीतल की देवमूर्तियाँ थीं। कई मूर्तियाँ तो बाबा काशी वगैरह से भी लाये थे। इसके अलावा पूजा के बर्तन, धातु की सुराहियाँ, लोटे, थालियाँ, छोटे थाल, धूपदान आदि काफी चीजें थीं जो बाजार में बेचेने पर अच्छे पैसे मिल सकते थे किन्तु भगवान से सम्बन्धित, जो भी कुछ है, उसे विसर्जित करने का दृढ़ निश्चय था, इसलिए हम सब बच्चे-कच्चे भी उन सब के साथ नदी की ओर चले जा रहे थे। चलते-चलते लोग कहते भी जा रहे थे--

—हे भगवान,

—हाँ महाराज

—'आप अपने घर वापस जाएँ'

—हाँ महाराज

—'आप ने हमारा भला नहीं किया'

—हाँ महाराज

—'अब हमारे बुद्धदेव आये हैं'

—हाँ महाराज

—'अब हम किसी से नहीं डरेंगे'

—हाँ महाराज

कोई एक पहली पंक्ति कहता और बाकी सब हाँ महाराज कहकर हुँकारू देते थे। अन्त में 'डॉ. बाबासाहेब आम्बेडकर की जय हो', 'भगवान बुद्ध की जय' के नारे लगाते हमारा जुलूस नदी के उद्गम की दिशा में गया। वहाँ देवमूर्तियों का विसर्जन कर हम वापस लौट आये। कुछ दिन बाद सुना कि बाड़ी बस्तियों के कुछ लोगों ने वे मूर्तियाँ और बर्तन पानी से निकाल कर बेच डाले और पैसे कमाये।

मेरी बहन के बेटे प्रभाकर को देवमूर्तियों का विसर्जन पसन्द नहीं आया। वह बहुत रोया। वह आज भी हिन्दू है। अब उसने अपनी जात मराठा बताकर रजिस्ट्रेशन भी करवा लिया है। उसके जानने वाले उसे अब भी पहले की जात वाला ही मानते हैं और नये लोगों के सामने यह राज खोलने से नहीं चूकते। केवल कागज पर लिखी ऊँची जात ने मेरे भतीजे को क्या सन्तोष दिया है, वही जाने।

धर्म-परिवर्तन के बाद गोविन्द दादा ने पूजा के कमरे में भगवान बुद्ध की मूर्ति तथा डॉ. आम्बेडकर की फोटो लगवा ली थी परन्तु भगवान की पूजा करने के बाद, जो बच्चों के लिए सुख का वरदान माँगा जाता था, वह सब अब नहीं होता। 'सुख की माँग करने का कोई सवाल ही नहीं उठता क्योंकि सुख तो अब हमारे पास ही है, इसी भावना से, सब, शाम को घर-घर जाकर बुद्ध वन्दना करवाते थे। बुद्ध वन्दना और पंचशील हमारे लिए नये थे। गाते समय गलतियाँ होती थीं, सुर आगे-पीछे होते थे। एक 'पाणाती पाता वेरमणी...' कहता तो उसी समय दूसरा 'सुरा-मेरय मज्ज...' तक पहुँच जाता। शब्दों के उच्चारण गलत होते, बीच में हँसी भी आने लगती, लेकिन गलतियाँ करते-करते, धीरे-धीरे सब सीख गये।

डॉ. आम्बेडकर जी के विचारों का गाँव-गाँव जाकर प्रसार करने के लिए कार्यकर्ताओं की मण्डलियाँ, कार्यक्रम आयोजित करने लगीं। आम्बेडकर जयन्ति, बुद्ध जयन्ति, निर्वाण दिन मनाया जाने लगा। परिणाम यह हुआ कि दिन भर मटरगश्ती करने वाले बच्चे धीरे-धीरे स्कूल जाने लगे। जन्म, मृत्यु, विवाहादि प्रसंगों के विधि-विधान, बौद्ध-धर्म के मुताबिक नियत किये गये।

बाबा उनकी बहन (हमारी बुआ) के घर, परटवणे में रहकर पढ़े थे। उसी बुआ की बेटी भिकी अक्का अब भी गोरी, सुन्दर थी पर बाल पक गये थे और कई दाँत भी गिर गये थे। हम ममेरे भाई-बहनों से वह बेहद प्यार करती थी। उसके सौतेले बेटे की शादी बौद्ध रीति-रिवाजों के अनुसार हुई थी। बौद्ध पद्धति से सम्पन्न हुई वही पहली शादी मैंने देखी थी। बिरादरी के अध्यक्ष, सेक्रेटरी आदि ने कड़ी हिदायत दी थी कि शादी में हल्दी नहीं लगेगी, मुण्डावल,[8] बाशिंग[9] नहीं बँधेगा और न ही मंगलसूत्र पहनाया जायेगा। ढोल-ताशे बजाने की भी अनुमति नहीं थी। बिरादरी के

---

8. मुण्डावल—ब्याह के समय वर-वधू के माथे पर बँधी फूलों की या मोतियों की झालर।
9. बाशिंग—वर का शिरोभूषण।

इस आदेश से बस्ती की सारी स्त्रियाँ नाराज थीं। सब चाहते थे कि शादी धूम धाम से वर के पिता की हैसियत के अनुसार हो।

भिकी अक्का और उसकी सौत, अर्थात वर की माँ, दोनों ही मुम्बई की किसी मिल में नौकरी करती थीं। उनका पति मिल में जॉबर (मुकादम) था। मुम्बई में तथा गाँव में भी उसका काफी दबदबा था। उनका परिवार मुम्बई में डिलाइल रोड पर बी. डी. डी चाल में रहता था। छोटा-सा कमरा, उसमें पति, दो पत्नियाँ, दांनों के सात-आठ बच्चे, इतना घर का कुनबा था। ऊपर से दो-तीन किरायेदार और आते-जाते मेहमान, इतनों का जमघट था। लेकिन दो-दो कमाऊ बीवियों से सेवा करवाता भिकी अक्का का पति रौब में रहता था। खूब शराब पीता तथा औरतों से नाजायज रिश्ते भी कई थे। भिक्की अक्का उसकी पहली पत्नी थी। उसे दो बच्चे हुए, फिर भी उसके पति ने एक घाटन से दूसरा ब्याह रचाया था। उसे भी पाँच-छः बच्चे हुए, जिनमें से चार जीवित हैं। मिल से लौटने पर अक्का का पति, उस घाटन के साथ, बादाम और छुहारे खाते हुए पलंग पर आराम फरमाता था और बेचारी भिक्की अक्का–चौका, बर्तन, कपड़े धोना, बच्चों को खिलाना-पिलाना, उनका गू-मूत धोना, सब अकेली ही करती थी। इतना करने पर भी घर में शान्ति नहीं थी। जरा-जरा सी बात पर पति कभी लातों से तो कभी चाबुक से भिकी अक्का को मारता था और सौत गन्दी-गन्दी गालियाँ देती थी।

भिकी अक्का के पति को सब मिरजोलकर (मिरजोल का रहने वाला) या जॉबर कहकर बुलाते थे। गाँव में वह हमारे घर भी आता-जाता था। आये को वह फूटी आँख नहीं सुहाता था। उसके पीठ पीछे आये उसे खूब कोसती थी कि–"मुए ने मार-मार के मेरी भतीजी के दाँत तोड़ दिये, कीड़े पड़ें, हरामी के मुँह पर...।" लेकिन उसके सामने आये अपना गुस्सा जाहिर नहीं करती थी, वरना उसकी भतीजी को वह और भी मारता-पीटता।

जब भी जॉबर हमारे घर आता, बातें हमेशा बीवी को मारने की या खून-खच्चर की ही करता था। अधिक शराब पीने से ही शायद उस की आवाज फट गयी थी और गले से सातों सुर एक साथ निकलते थे। ऐसी आवाज में रेंक-रेंक कर वह हमें बिना आगा-पीछा, आधे-अधूरे किस्से सुनाता था। 'बीवी को गुलाब का फूल फेंक कर मारा..., वह रूठ गयी...चाबुक से मारा तो...हँस पड़ी...' आदि किस्सों से उनकी मनोवृत्ति का ही दर्शन होता था।

कभी-कभी तो उस के किस्से सुनकर डर लगता था। ऐसा लगता था कि कहीं यह आदमी सचमुच भिकी अक्का की हत्या ही न कर दे। उसके किस्से यूँ थे–...मेहमान घर आया...सफेद कपड़े की लटकी हुई पोटली...खून बह रहा है... टप् टप् टप्...बीवी का खून...मेहमान की चीख...बीवी आती है...पोटली में कटा तरबूज...टप् टप्...लाल पानी का रिसाव...वह मेहमान तेरा क्या लगता है...?...

चाबुक से मारना...मुण्डी काट कर लटकाऊँ?...इत्यादि।

बीच-बीच के रिक्त स्थानों से हमें इतना ही समझ आता कि तरबूज का पानी खून की तरह लाल होता है और अब भिकी अक्का की खैर नहीं। हालाँकि भिकी अक्का को कुछ हुआ नहीं, बल्कि जॉबर ने ही पी-पिलाकर अपनी इतनी गत बना ली कि उसे अपने आप का होश नहीं रहता था।

मिल से रिटायर होने के बाद उसने अपने और अपनी पत्नियों के सारे पैसे शराब और खाने-पीने में गँवा दिये। थोड़ी पूँजी बची थी, जिसके भरोसे ही छोटे बेटे की शादी करवाने का उनका विचार था। बेटा न तो पढ़ा-लिखा था और न ही नौकरी करता था परन्तु गाँव में घर था, खेत, आम के पेड़ थे तथा मुम्बई में कमरा था। इतनी योग्यता के बल पर उसे पाँचवीं पास सुन्दर वधू मिल गयी। शाम की शादी थी। पार्वती भाभी और विठा भाभी भी फणसवले से आयी थीं। हम रत्नागिरी से गये थे।

नये तरीके से होने वाली शादी देखने के लिए हम सब उत्सुक थे। वधू आकर बाजू वाले घर में, जनवासे में बैठी थी। शादी में हल्दी और गीतों पर रोक लग जाने के कारण गाँव की औरतें नाराज थीं, परन्तु बीच-बीच में अक्का के घर आकर देख जरूर जाती थीं कि क्या हो रहा है। अक्का के लिपे-पुते, साफ-सुथरे आँगन में 'कुड़ा' के पत्तों का बड़ा-सा मण्डप डला था। लीपी हुई जमीन पर चावल की पीठी भिगोकर रंगोली बनायी गयी थी। मण्डप में रंग-बिरंगी बन्दनवार से सजावट की थी। यह सब तो पहले की शादियों की ही तरह था परन्तु घर के दर्शनी भाग की सीढ़ियों से लगी मेज और उसके दोनों तरफ रखी दो कुर्सियाँ देखकर एक बुढ़िया बोली—"टेबल और कुर्सी का क्या काम है, स्कूल का शिक्षक शादी करवा रहा है क्या?" इस पर आस-पास के लोग मुस्कराये।

कुछ लोग मेज पर रखे माइक की ओर कौतूहल से देख रहे थे। ध्वनिक्षेपक के चोंगे का खुला मुँह देखकर उन्हें वैसे ही अचरज हो रहा था और जब उसमें से गाना सुनायी देने लगा तो उनके भी मुँह उस चोंगे की ही तरह खुले रह गये। बस्ती के लोग एक-एक कर आने लगे।

भिकी अक्का ने जरी की नौगजी साड़ी पहन रखी थी। गले में मोहनमाला और कलाई में ताँबे की चूड़ियाँ थीं, जिन पर सोने की पट्टी चढ़ी थी। पहले उसके पास काफी गहने थे, पर पति की शराब की लत के कारण सब बिक गये। उसका पति धोती, शर्ट और सिर पर टोपी पहनकर नशे में लाल आँखें, व्यर्थ ही तरेरता हुआ इधर-उधर घूम रहा था। बड़ा बेटा, बहू, बेटियाँ, दामाद, नाती-पोते, रिश्तेदार आदि काफी कुनबा जमा था।

विवाह के अवसर पर गाँव वालों को भोजन के अतिरिक्त और कोई काम नहीं था। श्वेत वस्त्रधारी बौद्धाचार्य ने विवाह की सामग्री लाने से लेकर विवाह सम्पन्न करवाने तक, पूरी जिम्मेदारी ली हुई थी। उन्होंने दीवार के पास रखी मेज पर सफेद

कपड़ा बिछाकर, उस पर गौतम बुद्ध तथा डॉ. आम्बेडकर की तस्वीरें रख दी तथा उन्हें फूलों के हार पहना दिये। गौतम बुद्ध की तस्वीर पर फूल भी चढ़ाये गये। एक थाल में पाँच मोमबत्तियाँ चिपका कर खड़ी की गयीं तथा पीतल के गिलास में रखे चावल में अगरबत्तियाँ खोंस दी गयीं। एक छोटी-सी मटकी के पानी में पीपल की डाली तथा धागे के बण्डल का छोर, डुबोकर रखा और फिर वधू के लिए साड़ी भेजने का आदेश दिया। वधू के लिए खरीदी गयी सफेद साड़ी, ब्लाउज और हल्दी-कुंकुम लेकर वर की बहनें, भाभियाँ, चाचियाँ आदि वधू के जनवासे में गयी।

कुछ स्त्रियों बौद्धाचार्य की हरकतों को बड़ी बारीकी से देख रही थीं। वह मेज सजाते हुए बीच-बीच में माइक पर उँगली से टक-टक टहोका लगाकर हॅलाव-हॅलाव कर रहे थे और वहाँ पर जमा लोगों में अपना महत्त्व भी जता रहे थे।

कुछ देर बाद सफेद पाजामा, शर्ट और सफेद टोपी पहने वर राजा को मण्डप में लाकर, कुर्सी पर बिठाया गया। सफेद साड़ी में सजी वधू भी मण्डप में आयी। बौद्धाचार्य की माइक में हॅलाव-हॅलाव सुनकर गाँव की औरतें आपस में फुसफुसाने लगीं—"क्या हिलाने को कहता है ये..." कुछ लोग तो हॅलाव-हॅलाव को भी विवाह-विधि का ही हिस्सा समझ रहे थे। बौद्धाचार्य सारी सूचनाएँ माइक पर दे रहे थे जो पूरे गाँव को सुनायी दे रही थीं।

विवाह की रस्म प्रारम्भ करने से पहले मिरजोल के बौद्धाचार्य ने बिरादरी के अध्यक्ष तथा सभी सदस्यों के नाम पुकार कर उनसे विवाह सम्पन्न करने की अनुमति माँगी, किसी एक के अनुमोदन देने पर 'त्रिशरण', 'पंचशील' आदि गाकर वर-वधू ने आपस में अँगूठियाँ बदलीं और कुल बाईस प्रतिज्ञाएँ दोहरायीं। उन प्रतिज्ञाओं में एक इस प्रकार थी कि—'मैं पैसे और गहने दे कर अपनी पत्नी को वश में रखूँगा। वश या नियन्त्रण को मराठी में 'ताँबा' कहते हैं। प्रतिज्ञा पढ़ते समय गलती से 'ताँबे' का 'ताँबे' बन गया और अर्थ यह निकला कि "मैं गहने और पैसे देकर अपनी पत्नी को ताँबे में (लोटे में) रखूँगा।" पत्नी ने भी प्रतिज्ञाएँ दोहरायीं। वर-वधू ने एक दूसरे को गेंद के फूलों के हार पहनाये। हमने उन पर गेंदे की पंखुड़ियों की वर्षा की, लेकिन वर-वधू हमसे इतने दूर खड़े थे कि उन पंखुड़ियों की वर्षा हमारे ही सिरों पर हुई। वधू के गले में बाँधने के लिए काले मणियों का मंगलसूत्र लाते ही बौद्धाचार्य ने विरोध करते हुए कहा कि मंगलसूत्र सफेद मणियों का होना चाहिए। अब ऐन वक्त पर सफेद मणिवाला मंगलसूत्र कहाँ से आता इसलिए अभी काले मणियों के मंगलसूत्र से काम चलाया गया और बाद में फुरसत से सफेद मणियों का मंगलसूत्र बाँधने का समझौता हुआ। उन दिनों कई नववधुओं के गले में सफेद मणि वाले मंगलसूत्र बाँधे गये। कुछ दिन बाद उन्होंने स्वयं ही इसे निकाल कर काले मणियों के बने मंगलसूत्र पहने।

वधू को हल्दी कुंकुम लगाने तथा पैरों की उँगलियों में बिछिया पहनाने के लिए

पाँच सुहागिनों को बुलाया गया। ये सारे विधि धीरे-धीरे, मन्द गति से चल रहे थे। गले में हार पहनाते समय ढोल-ताशे का कड़ाका, कान सुन्न होना, वधू का काँपना आदि कुछ भी नहीं था। इस कारण से सबको यह शादी बड़ी रूखी और बे-मजा लगी। स्त्रियाँ तो खुलेआम टीका-टिप्पणी कर रही थीं। असल में उन सबको शादी के अवसर पर गीत गाने की इच्छा थी परन्तु गीतों में भगवान के नाम होने के कारण, उन्हें गाने की अनुमति नहीं थी।

फिर तोहफों का दौर शुरू हुआ। दिये गये तोहफों का विवरण माइक पर बताया जा रहा था। 'अमुक-अमुक ने पीतल का डिब्बा दिया है,—सब पर जाहिर होऽऽऽ' या अमुक-अमुक ने पाँच रुपये दिये हैं—सब पर जाहिर होऽऽ' आदि। वर को बड़े बर्तन और अधिक पैसों के तोहफे मिल रहे थे तो वधू को तुलना में छोटे बर्तन और छोटी रकम के तोहफे मिल रहे थे। माइक पर अपना नाम बुलवाने के शौक से हर एक को तोहफा देने का उत्साह आ रहा था और रुपये-आठ आने लेकर हर कोई माइक के पास जा रहा था। तोहफों के बाद खाने की पत्तलें बिछने लगीं। इधर माइक के पास जाकर बच्चे तो बच्चे, बड़े भी तरह-तरह की आवाजें निकाल कर मजे लेने लगे। यह सब देखकर किसी ने माइक वहाँ से हटा दिया। पेट्रोमैक्स के उजाले में लोग मण्डप में खाना खा रहे थे। आम तौर पर गरीबों की शादियों में पूरे गाँव को यदि न्यौता होता तो परोसने वाले दोनों हाथों से परोसने का नाटक करते लेकिन ऐसी चतुराई से परोसते कि ऊपर से परोसने वाले केवल हाथ ही दिखें और असल में पत्तल में केवल हाथ में चिपके चावल ही गिरें। उतना ही खाकर उठ जाना पड़ता था वरना पेटू कहलाने का डर था। कुछ लोगों के घर तो कोकम का शोरबा ही चावल के साथ परोसा जाता था लेकिन भूखे लोग वह खट्टा पानी भी जी भर कर पीते थे।

एक बार मैं और मेरी दो भांजियाँ, मेरी भाभी के मायके, शिरगाँव में किसी शादी के खाने पर गयीं। हम तीनों ही 'तन्दुरुस्त' थीं। खाते समय बार-बार चावल माँगने पर परोसने वाले ने चिढ़कर पूछा—"किसकी हैं ये लड़कियाँ? बकासुर की तरह खाये जा रही हैं।"

और जब उन्हें पता चला कि हम सुशीला भाभी की ससुराल से, अर्जुन मास्टर की बेटियाँ हैं, तो सबके सुर बदल गये—'अच्छा, अच्छा! खाने दे, और परोसो'—आदि लीपा-पोती हुई, लेकिन बकासुर वगैरह सुनने के बाद हमने भी हाथ खींच लियां लेकिन भिकी अक्का के घर की शादी में ऐसी कोई बात नहीं थी, खाने-पीने की जरा भी कमी नहीं थी। स्वयं जॉबर, नशे में लड़खड़ाते, आग्रह करते पंगत में घूम रहे थे। उनके घर की माली हालत अच्छी नहीं थी, परन्तु दिखावे में कहीं कोई कसर नहीं छोड़ी थी।

पंगत के बाद गीतों का सिलसिला शुरू हुआ। बच्चों से गाने का आग्रह किया जाने लगा। चूँकि मैं शहर की और स्कूल में पढ़ने वाली थी इसलिए मेरे तो पीछे

ही पड़ गये। मैंने अपनी प्रिय 'श्रवण कुमार' की कविता गा कर सुनायी। कविता में राजा दशरथ के बाण से घायल श्रवण कुमार की मृत्यु तथा उसके अन्धे माता-पिता के विलाप का वर्णन है।

कविता में 'वर' के बदले किसी श्रवण कुमार का नाम सुनकर एक बूढ़ी अम्मा ने आग्रह किया कि कविता में कम से कम 'वर' का नाम गूँथ कर गाऊँ। हार कर मैंने 'श्रवण' की जगह 'जनार्दन' नाम डालकर फिर कविता सुनायी। सब बेहद खुश हुए। कविता की पृष्ठभूमि, 'जनार्दन कुमार' को बाण लगना, उसका घायल होकर कराहना, फिर उसकी मृत्यु आदि से किसी को कोई सरोकार नहीं था। इसके बाद भी मैं विवाह प्रसंगों पर यही कविता गा कर सुनाती थी।

❖

मैंने शिर्के हाईस्कूल में आठवीं कक्षा में दाखिला लिया। मेरे भाई शाहू ने एक साल पहले इसी स्कूल से प्रथम वर्ग में मैट्रिक की परीक्षा पास की थी तथा वह मुम्बई के सिद्धार्थ कॉलेज में, उच्च शिक्षा के लिए दाखिल हो गया था। वह डॉ. बाबासाहेब आम्बेडकर के राजगृह बँगले में बने छात्रावास में रहता था। छात्रावास के लड़कों का बेफिक्र बर्ताव, घर की याद, किसी के मार्गदर्शन का अभाव तथा भाई और सुशीला भाभी के घरेलू झगड़ों की वजह से वह बेचैन रहता था। इसी चक्कर में उसे तमाखू और सिगरेट की लत लग गयी। खाली दिमाग लिये वह रोज कॉलेज जाता और वैसे ही वापस आ जाता था। उसे यह भी पता नहीं था कि सिलेबस किसे कहते हैं। परिणामस्वरूप पहले साल के अन्त में फेल होकर वह रत्नागिरी वापस लौट गया।

उसे रत्नागिरी के 'जेल कार्यालय' में नौकरी मिल गयी। नौकरी के अलावा ख़ाली वक्त में वह रत्नागिरी के ही गोगटे कॉलेज में जाने लगा। वहाँ के प्रिंसिपल श्री जावेड़कर के सही मार्गदर्शन ने उसकी डूबती नैया को सहारा दिया। पिछड़ी जाति के छात्रों को मिलने वाले वजीफे, फ्रीशिप आदि की रकम लेते समय कई बार बड़े कटु अनुभव होते थे। देने वाले समझते कि यह रकम वे अपनी ही जेब से दे रहे हैं। लेकिन वहाँ भी हेडक्लर्क श्री कुलकर्णी बड़े भले आदमी थे। वे स्वयं पिछड़ी जाति के बच्चों के मार्गदर्शन के लिए, वजीफे के फॉर्म की तारीखें तथा अन्य जानकारी बड़े-बड़े अक्षरों में लिखकर, जगह-जगह लटका देते थे। इन छात्रों को खुद अपने पास बुलाकर मार्गदर्शन करते थे। उनके इस भले व्यवहार ने अनजाने में ही अनेक छात्रों के जीवन सँवारे।

मेरे भाई शाहू का नाम उसके मित्र श्रीपत काम्बले ने बदलकर 'शाम' रख दिया। वह शाहू को 'शाम' कहकर ही बुलाता था। हम भी उसे 'शाम' कहकर ही पुकारने लगे। वह अपना बदला हुआ नाम रजिस्टर भी करवाने जा रहा था, परन्तु आगे चलकर जब उसने 'छत्रपति शाहू महराज' की महत्ता के बारे में जाना तब अपना नाम 'शाहू' ही रहने दिया।

श्रीपत अनाथ था। उसका भाई रत्नागिरी के सफाई विभाग में काम करता था। श्रीपत अपने इसी भाई के घर रहता तथा शिर्के हाईस्कूल में पढ़ता था। साँवला, मँझोले कद का श्रीपत, दिखने में सीधा-सादा था, परन्तु उसके चेहरे का भोलापन, नटखट हँसी और मुहम्मद रफी सी आवाज से वह सबका मन जीत लेता था। स्कूल के हर कार्यक्रम में वह हिस्सा लेता था। उस की कक्षा में पढ़ने वाली आशा जोग

हू-ब-हू आशा भोसले की तरह गाती थी। वे दोनों एकसाथ सुन्दर युगलगीत तथा नाट्यगीत[10] गाते थे। आशा का विवाह होने के बाद उसके बाहर या मंच पर गाने पर पाबन्दी लग गयी। वह सिर्फ पति के लिए ही गाये, ऐसा उसके पति का हुक्म था। पढ़ाई अधूरी छोड़कर श्रीपत मुम्बई चला गया। आगे चलकर मेरी एक भतीजी का ब्याह श्रीपत के भाई के साथ हुआ और श्रीपत हमारा सम्बन्धी बन गया। लेकिन इस सम्बन्ध से पहले भी और बाद में भी, आज तक, श्रीपत सगे भाई की ही तरह हम सब से प्यार करता रहा है। वही एक ऐसा व्यक्ति है जो दूसरों की खुशी को अपनी खुशी मानता है।

एक बार श्रीपत की भाभी के पिता जी मृत्यु पर हम, अर्थात मैं, मेरी भाभी और भतीजी, मातमपुर्सी के लिए गयीं। श्रीपत की भाभी का रोना भी सुनने लायक था। गाने की ही तरह अपने शब्दों की गति को घटाती-बढ़ाती, वह जैसे 'रोना' गा रही थी। पहले विलम्बित लय में शुरू करती–"बा ऽ बा...आ...प...क...हाँ...च... ले...ग...ये...अ...ब...तु...म्हें...क...हाँ...खो...जूँ...?"

और दूसरे ही पल एकदम द्रुत लय में गाने लगती–"आप की मूर्ति कहाँ देखूँ, कहाँ खोजूँ?" द्रुत के बाद फिर विलम्बित और फिर द्रुत लय...।

काफी देर तक अपने दिवंगत पिता का गुणगान करती वह इसी तरह द्रुत और विलम्बित लय में रोती रही और हँसी के मारे हमारी जान निकली जा रही थी। दीवार की तरफ मुँह कर, हँसी रोकते-रोकते हमारे पेट में बल पड़ गये। हम तीनों मुँह छिपाकर हँस रही थीं, लेकिन देखने वाले सोचते होंगे कि बेचारी कितनी भावुक है, कैसे हुलस-हुलस कर रो रही है। बाद में मैंने मजाक में श्रीपत से कहा कि अपनी भाभी के पास गाना क्यों नहीं सीखता? तो वह वही नटखट हँसी हँस दिया। शाम के पीछे-पीछे श्रीपत भी मुम्बई चला गया। हम समझे कि शायद अब उसे आकाशवाणी में गाने का मौका मिलेगा लेकिन प्राइवेट कम्पनी की नौकरी ने उसकी गायकी को पनपने नहीं दिया। हमारे बच्चों के जन्मदिन पर मुहम्मद रफी के दर्दभरे गीत गाता था बस।

मेरे जीवन काल के सुनहरे दिन जब शुरू हुए तब मैं हाईस्कूल में पढ़ती थी। उन दिनों अनचीन्ही संवेदनाओं से दिल मचलता रहता था। इन संवेदनाओं को नाम देना मुश्किल था परन्तु बार-बार मन कक्षा के लड़कों की ओर खिंचता था। संकोच भी होता था। सातवीं कक्षा के, नाक बजाते, कमर से फिसलती पतलून सम्हालते, जी खोल के हँसने-कूदने वाले लड़के भी अब हाईस्कूल की टेरीकॉट की यूनिफॉर्म पहनकर हीरो बन गये थे। उनकी पहले की जनानी आवाजें अब मर्दानी हो चली थीं। नाक के नीचे मूँछों की पतली रेखा झलकने लगी थी और वे मर्द दिखायी देने

10. पुराने मराठी नाटकों में गद्य के साथ पद्य का भी उपयोग होता था। इन नाटकों को 'संगीत नाटक' तथा गीतों को 'नाट्यगीत' कहा जाता था।

लगे थे। कल तक जो लड़कियों को अपनी भोली और शायद इसीलिए 'निडर' आँखों से देखते थे, अब चोर नजरों से ताकने लगे। अपने दोस्त से बात करते समय या बातें करने का नाटक करते समय, उनकी चोर नजरें अब लड़कियों की दिशा में फिसलने लगी थीं। कभी-कभी आपस में हँसी-मजाक भी होता था।

लड़के आपस में क्या बातें करते थे पता नहीं, लेकिन लड़कियाँ बड़ी गम्भीरता से, चिन्तित चेहरे लेकर चर्चा करती थीं कि—वह अमुक-अमुक लड़का मेरी तरफ देखता है, हँसता है, कॉपी माँगता है, घर के चक्कर लगाता है और फिर—छीऽऽ, वह समझता क्या है अपने आप को? मैं क्या वैसी लड़की हूँ? कहकर नाक सिकोड़ती थीं। मुझे उन सब लड़कियों से बड़ी जलन होती थी क्योंकि मेरी ओर कोई देखता नहीं था। पता नहीं मैंने उनका क्या बिगाड़ा था? वैसे तो कक्षा की उन बहनजी टाइप लड़कियों से मैं कहीं अधिक एक्टिव थी। स्कूल के सभी सांस्कृतिक कार्यक्रमों में मैं हिस्सा लेती थी। इसके अलावा चित्रकारी, खेल आदि सभी उपक्रमों में मैं ही आगे-आगे करती थी। रंगमंच का डर मुझे नहीं था इसलिए मैं बेधड़क शिक्षकों आदि की, सबके सामने, नकल उतारती थी। तब मैं जरा मोटी थी इसलिए सब मुझे हास्य अभिनेता 'आगा' कहकर बुलाते थे। मुझे देखते ही वे सब कोरस में चिल्लाते—'अ को आ की मात्रा आ, ग को आ की मात्रा गा—आ ऽऽ गा ऽऽ !! मेरे तन-बदन में आग लग जाती थी।

एक दिन जब मैं स्कूल के फाटक तक पहुँची तो दोनों ओर खड़े लड़कों ने वही 'आगा' वाला 'गाना' शुरू किया। मुझे भी न जाने क्या सूझी—मैं भी चिल्लाकर बोली—'ह को आ की मात्रा हा ग को ओ मात्रा गो—हा ऽ गो ऽ— इनके मुँह में हगो!!! मेरे इतना कहते ही सारे शिक्षक खिड़की से झाँककर, गर्दन ऊँची कर देखने लगे और मुझे चिढ़ाने वाले लड़के चूहों की तरह सर्र से अपनी-अपनी कक्षा में गुल हो गये। उस दिन से किसी ने फिर मुझे आगा कहने की हिम्मत नहीं की। शायद मेरे स्वभाव की तेजी के कारण होगा या मेरे मोटापे की वजह से या फिर शायद मेरी जाति के कारण...लेकिन लड़के मुझ से कन्नी काटते थे जरूर...।

उन दिनों मुझे कक्षा के सभी लड़के अच्छे लगते थे। अविनाश तोरगलकर, प्रकाश कोदे, अनिल धुमक जैसे दो-तीन लड़के तो बेहद अच्छे लगते थे। लेकिन शंतनु को छोड़कर बाकी सब नकचढ़े थे। शंतनु दिखने में कुछ-कुछ 'भारत भूषण' लगता था, पर उनसे बेहतर था। साँवले रंग के शंतनु का चेहरा राम और कृष्ण की मूर्तियों की तरह कटावदार, शान्त, प्रसन्न था तथा शरीर की गठन सुडौल थी। स्वयंवर नाटक में रुक्मिणी की सखियाँ कृष्ण का वर्णन करते हुए कहती हैं कि 'उसके किसी भी अंग पर दृष्टि पड़ते ही, वहीं जमी रह जाती है,' शंतनु के बारे में मेरी भी वही हालत थी। उसके बालों का देव आनन्द टाइप 'बुलबुल' मेरे मन में बैठकर मीठे गीत गाता था। लेकिन शंतनु बस दिखने में ही सुन्दर था, वरना उसमें दम नहीं था। उसके

एक गाल पर यदि कोई थप्पड़ लगाता तो थैंक यू कहकर वह दूसरा गाल आगे कर देता। न तो वह किसी कार्यक्रम में हिस्सा लेता था और न ही प्रतियोगिता में। वैसे वह मुझसे हँस-बोल लेता था पर हमेशा बच्चा ही लगता था।

लड़कियों के बीच वार्तालाप का दूसरा विषय था—'मासिक धर्म'। वैसे तो आठवीं कक्षा तक पहुँचते-पहुँचते, दो-एक को छोड़कर हर किसी को मासिक धर्म सम्बन्धी ज्ञान हो ही जाता था और कइयों का तो मासिक धर्म शुरू भी हो चुका होता, लेकिन कोई भी इसे कबूलती नहीं थीं। मासिक धर्म शुरू होने का अर्थ था बड़ा होना, स्त्री बनना। सब चाहती थीं कि वे छोटी ही रहें, कभी बड़ी न हों। इसके लिए उम्र कम बताना, कसी-कसी सपाट ब्रेसियर पहनना और पीठ झुकाकर, छाती भीतर दबाने की कोशिश करना, आदि लटके अपनाये जाते थे। कई लड़कियाँ तो चेहरे के मुँहासे फोड़कर चेहरा पूर्ववत् करने की कोशिश भी करती थीं।

मासिक धर्म शुरू होते ही अनेक बन्धनों में बँधना पड़ता था। यह मत करो, वह मत करो, मन्दिर में प्रवेश मत करो, इस तरह की रोक-टोक होती थी। सभी को जानने की उत्सुकता होती थी कि किस-किस का मासिक धर्म शुरू हो गया है, परन्तु उसी समय अपने बारे में हर कोई वस्तुस्थिति छिपाना चाहती थीं। बातों-बातों में हर कोई बड़ी युक्ति-प्रयुक्ति से दूसरी से सच उगलवाने की कोशिश करतीं। सब एक दूसरे की ओर उँगली उठाती थीं और अपने आप को छोटी उम्र की बताकर मासिक धर्म की सम्भावना को नकारना चाहती थीं।

—"अरे वो कहती है कि अभी वह मासिक धर्म के पचड़े में पड़ी नहीं लेकिन उस दिन मैंने देखा, घर में थाली-कटोरी, कपड़े लेकर पिछले दरवाजे पर बैठी थी।"

—"ए, तेरा क्या?" मैं जानबूझ कर पूछती।

—"मैं तो अभी बस तेरह की हूँ न, लेकिन तेरा तो बता"

—"मैं भी तो तेरी ही उम्र की हूँ न।"

मैं बेखटके गप् मार देती। जबकि मेरा मासिक धर्म शुरू हुए एक साल बीत चुका था। पर इस तरह की छुपा-छुपौवल सभी खेल लेती थीं।

मासिक धर्म का पहला दिन याद कर के आज हँसी आती है उस दिन लाल रंग में रंगी स्कर्ट देखकर, पता नहीं दुख से या डर से, मैं रो पड़ी थी। आये ने हँसते हुए कहा—"रोती क्यों है? अच्छा ही हुआ। औरत जात को एक न एक दिन ऐसा होना ही है। जा, रो मत। कर्ट (स्कर्ट) बदल, कपड़ा बाँध और पिछले दरवाजे पर बैठ जा।" इतना सुनते ही मैं गला फाड़कर रोने लगी। वैसे ही जाति के कारण सहेलियों के घर के लोग मुझसे दूरी बरतते थे, अब घर के लोग भी दूर रखेंगे, इस विचार से और भी रोना आ रहा था। तभी मेरी बहन वहाँ आयी। उसे इन सब बातों का पर्याप्त अनुभव था। उसने कहा—"तू घर में रहकर, रोज की ही तरह काम करना। मासिक धर्म में कोई बुराई नहीं होती, हमारे जीवन की एक अवस्था मात्र है; आदि...प्रभा गोड़बोले जैसी सहेलियों के कारण उसका ज्ञान काफी बढ़ गया था।

उसने काफी कुछ बताया—मुझे भी और आये को भी। सब तो समझ में नहीं आया परन्तु उस दिन उसने आये को चुप करा दिया। मैं नहाकर, कपड़े बदल कर रोज की तरह घर के काम करने लगी। चलने में थोड़ी कठिनाई हो रही थी।

तब मन में सवाल उठता था कि यह सब औरतों को ही क्यों होता है? मर्दों को क्यों नहीं होता? इस पर हमारी भिकी अक्का कहानी सुनाती थी—"अरी, पहले ये सब मर्दों को ही हुआ करता था, इनकी बगल में होता था। एक बार भगवान शंकर की बगल से निकलता रक्त देखकर माता पार्वती ने कहा कि भगवन्, यह कुछ ठीक नहीं दिखता इसलिए जो आप की बगल में है, वह मेरी योनि में रख दीजिये। बस उस दिन से यह रोग स्त्रियों को पालना पड़ा। भिकी अक्का की कहानी सुनकर, पार्वती पर भी गुस्सा आता कि इसे अपने पति से इतनी सहानुभूति क्यों थी और सहानुभूति थी तो स्वयं भुगतती, सारी औरत जात को क्यों सूली चढ़ा दिया?

हमारे घर में मासिक धर्म सम्बन्धी छुआछूत के नियम विचित्र थे। मेरे साथ मेरी बहन या भाभी को मासिक धर्म आता तो वे पिछले दरवाजे पर बैठती थीं और मैं बे-रोक-टोक घर भर में फिरती थी। केवल भगवान के कमरे में नहीं जाती थी। डर था कि भगवान आँखें फोड़ देंगे। यह डर, शायद आदिम-काल से चल रहे रक्त—बलि—मृत्यु—भगवान के परस्पर सम्बन्ध से उत्पन्न होकर आज तक चला आ रहा है। इसलिए दलित स्त्रियाँ अपने अछूत होने की वास्तविकता को भुगतने के बावजूद, मासिक धर्म की छुआछूत का पालन करती थीं और वह भी इतनी कट्टरता से कि मृत जानवर के मांस की आँगन में सूखती कतरनें भी ऐसी स्त्रियों की छाया से भी बचाकर रखती थीं।

भगवान का खौफ तो मैं समझ सकती थी, परन्तु देवी से कैसा डर? समझ में नहीं आता था परन्तु डर था जरूर। सहेलियाँ पूछतीं कि मन्दिर में क्यों नहीं आती तो मैं यह कहकर टाल देती थी कि—"हम तो बौद्ध हैं, हमें मन्दिर से क्या काम?"

शरीर में होते बदलाव के साथ-साथ एक और बात मैं देख रही थी कि कक्षा मे पढ़ने वाले लड़के भले ही मेरी ओर ध्यान न दें, हमारे गाँव के तथा रिश्ते के लड़के बार-बार हमारे घर आने लगे थे। इनकी बातों में, आँखों में, बर्ताव में कुछ अलगपन प्रतीत होता था। वे लड़के मुझे अपने साथ ले जाने के लिए कैसे-कैसे प्रलोभन देते थे—जैसे—गाँव की नदी में तैरने के लिए चल, कोई कहता 'बेर दूँगा'...झरने पर चल...आँवले और इमली खायेंगे, चल...करौंदे, तोरण, चम्पे के फूल...जो भी मैं चाहूँ, देने को तैयार होते थे। तब मुझे अपनी सहपाठिनों की बतायी बातें याद आती थीं।...एक लड़की बताती थी कि उसका सौतेला भाई उसकी बड़ी बहन के पेट पर बैठता है और इसे धमकी देता है कि—"किसी से कहेगी तो तेरे भी पेट पर बैठूँगा।"

दूसरी का मामा, गुड़िया के खेल में उसका पति बनता था और कोने में ले जाकर उसे दबोचता था। अभी हाल ही में मेरी एक सहेली ने बताया कि उनका एक पड़ोसी,

उसकी बेटियों के साथ लंगड़ी खेलने के बहाने, उनके गुप्त अंगों पर चिकोटियाँ काटता है। इन चिकोटियों का अनुभव वैसे भी हर एक लड़की को होता ही होगा।

हमारे घर के पास थोड़ी-सी जमीन में आये चावल उगाती थी ताकि पसिया पीने लायक चावल मिल सकें। जमीन जोतने के लिए एक किसान अपने बैल और हल लेकर आता था, उसका नाम 'सनगरे' था। एक बार आये के कहने पर मैं सनगरे को बुलाने के लिए उसके घर गयी। उसने हल बैलगाड़ी में रखा और मुझे भी गाड़ी में बैठने को कहा। वह हमारे घर ही जा रहा था, सो साथ ही चलेंगे, ऐसा सोचकर मैं गाड़ी में बैठ गयी। घर के पास गाड़ी रोकने की बजाय वह और भी तेज भगाने लगा। मैंने कहा—"रोको, रोको, हमारी जमीन जोतने के लिए चल रहे हो न?" तब मुझे चिकोटी काटकर, चाबुक लहराता बोला—"आ, तुझे ही जोत डालता हूँ।" उसके इस अकल्पनीय बर्ताव से अचकचाकर मैं चलती गाड़ी से नीचे कूद कर भाग आयी। बताने वाली बात ये है कि मैंने इस बारे में आये से कुछ नहीं कहा। अगर आये सुन लेती तो सनगरे को कच्चा ही चबा डालती, फिर भी अपमानजनित शर्म से मैं पानी-पानी हो गयी थी।

ऐसे अनुभवों के बाद भी मुझे उन लड़कों के साथ खेलना अच्छा लगता था। काम करते-करते आये, पुलिस की तरह हम पर नजर रखे रहती थी। उसे जरा भी शक हुआ नहीं कि हाथ का हँसिया, लाठी, जो भी हाथ आता, लेकर गालियाँ देती, उन्हें भगा देती थी और मुझे न जाने क्या-क्या उपदेश करती थी।

इस विषय में आये का ज्ञान अपरम्पार था। मासिक धर्म शुरू होने के बाद, पुरुष के स्पर्श मात्र से गर्भ ठहर जाता है, मर्दों के दिये पानी, फूल, द्रोण आदि में कुछ भी खाने से गर्भ ठहर जाता है ऐसा बताती थी। कर्ण का जन्म कान से, ब्रह्मदेव का नाभि से, राम, लक्ष्मण का जन्म प्रसाद की कृपा से हुआ था, ऐसा उसका मानना था। उसने बाबा से खूब पोथियाँ सुनी थीं, उसी के आधार पर वह मुझे ज्ञान सिखाती थी। शुरू-शुरू में मुझे सब सच लगता था। मुझे यह भी नहीं मालूम था कि बच्चे का जन्म स्त्री के शरीर के किस भाग से होता है। एक बार मैंने घर में अपनी भाभी की जचकी देखी और उस दिन मेरा भ्रम दूर हुआ। इसके अलावा शरीर विज्ञान और स्वास्थ्य विज्ञान की कक्षा में सर ने सारी बातें विस्तारपूर्वक समझायी भी थीं। पशु-पक्षियों तथा वनस्पति का प्रजनन भी रेखाचित्र खींचकर दिखाया था। सर की कही कुछ बातें अजीब-सी लगती थीं। जब सर ने बताया कि फूल असल में वनस्पतियों के जनन अंग हैं, तब से फूल देखने पर शर्म से चेहरा लाल हो जाता था। स्कूल में हमें इतना विस्तारपूर्वक ज्ञान मिला होगा, यह आये कहाँ जानती थी, इसीलिए बेचारी 'कर्णकथा' आदि का डर दिखाती रहती थी और रिश्ते के लड़कों से भी खुलकर बातें करना मुश्किल हो जाता था।

मेरे ये हाल थे तो मेरी सहेली सुनन्दा के दूसरे। हम दोनों में गहरी दोस्ती थी,

घर भी पास-पास थे। हम दोनों साथ-साथ स्कूल जाती थीं। स्कूल से बाहर भी हम दोनों अक्सर साथ-साथ ही रहती थीं। सुनन्दा सुन्दर थी, एकदम बेबी नन्दा। उसकी बाल बनाने, बिन्दी लगाने की तथा हँसने-बोलने की शैली भी बेबी नन्दा जैसी ही थी। सारे लड़के उस पर लट्टू थे। शिक्षक भी कनखियों से, चोर नजरों से उसे देखा करते थे। हमारे ड्रॉइंग टीचर सींकिया पहलवान थे और उनके दाँत आगे निकले हुए थे। वे सुनन्दा पर फिदा थे। हमें घर से रंग लाने को कहते, पर सुनन्दा के सामने अपने खास रंगों के डिब्बे उलट देते थे। सुनन्दा को चित्र तो दूर, सीधी रेखा तक खींचने का शऊर नहीं था, लेकिन वे उसे जी. डी. आर्ट्स करने की सलाह देते थे और कहते थे कि "मैं तुझे अभी से ट्यूशन दूँगा।" बहुत तड़पते थे वे। लेकिन उनका तड़पना या तो सुनन्दा की समझ में नहीं आता था या वह जान-बूझ कर नजरअन्दाज कर देती थी, क्योंकि उसका ध्यान किसी और की ही तरफ था।

सुनन्दा का एक रहस्य था, जो उसकी अन्तरंग सहेली होने के कारण केवल मुझे ही ज्ञात था। वह एक लड़के से प्यार करती थी। प्यार क्या था, उसके एक कटाक्ष से सुनन्दा को गलतफहमी हो गयी थी और वह उससे इकतरफा प्यार करने लगी थी। शायद सिनेमा देखंने का भी परिणाम होगा। स्कूल में अभिभावकों के झूठे दस्तखत की हुई चिट्ठियाँ दे कर हम दोनों छिप-छिप खूब सिनेमा देखती थी। उसे सिनेमा के अमीर हीरो और गरीब हीरोइन की कहानी का आकर्षण था तो मुझे अन्धे-लूले-लंगड़े से विवाह करने का चस्का चढ़ा था।

सुनन्दा का तथाकथित प्रेमी अमीर घराने में पैदा हुआ था, आराम की जिन्दगी जीता था, कार में घूमता था। मार्केट में उसकी मोटर के स्पेयर पार्ट्स की बड़ी-सी दूकान थी और उसके दूकान आने-जाने का समय सुनन्दा को जबानी याद था। उसके दूकान जाने के समय सुनन्दा सारे काम-काज छोड़कर, सज-धज कर अभिसारिका बन कर, आँगन में खड़ी 'उस' की राह देखती थी। उस प्रेमी को भी इस की आदत हो गयी थी। वह भी गर्दन घुमाकर, एक टुकड़ा दर्शन, सुनन्दा की ओर फेंक कर मुस्कराता था। दोनों को एक दूसरे को देखना और मुस्कराना, भीतर से मैं और सुनन्दा की बहन देखते और बाद में इस बात पर उसे छेड़ते थे। उन दोनों का प्रेम, नजरों के इस सवाल-जवाब तक ही सीमित था। लेकिन रोज-रोज के इस नजरों के मिलन के मुहूर्त को साधने के लिए सुनन्दा कभी बाहर, पिकनिक या बाहरगाँव भी नहीं जाती थी। सुनन्दा के प्राण जैसे उसके आने-जाने में बसे थे।

हम दोनों के वार्तालाप का विषय अक्सर वही होता था—उसके प्रेमी का ताजा कटाक्ष। हर वक्त इसी विषय की चर्चा से मैं ऊब जाती थी, लेकिन वही मेरी इकलौती सहेली होने के कारण और कोई चारा भी नहीं था। मेरी हार्दिक इच्छा थी कि मुझे भी मौका मिले कि सुनन्दा को तरह-तरह की बातें सुनाऊँ। लेकिन अफसोस! मैं उसे सुने-सुनाये दुनिया भर के प्यार-मुहब्बत के किस्से सुना सकती थी। इसी तरह

की बातों में मगन हम दोनों मेरे घर से उस के घर...वापस उसके घर से मेरे घर...ऐसी चक्कर काटते थे। जब आये मेरी तरफ पत्थर फेंकती हुई, मुझे गालियाँ सुनाने लगती थी तब कहीं जाकर हम रुकती थीं।

एक दिन हम दोनों स्कूल से वापस आ रही थी। उस दिन मासिक धर्म की वजह से मेरे पेट में दर्द हो रहा था। सुनन्दा अपना वही दर्शन-पुराण सुना रही थी और मैं बड़े धैर्य से सुन रही थी। मेरे घर के पास पहुँचते ही सहसा उसने कहा—"देख, तेरे किरायेदार के घर में कोई सफेद कपड़े वाला बैठा है।" मैंने देखा तो सफेद कपड़े पहने, बालों का बुलबुल निकाले, एक साँवला, छरहरा युवक था। वह भी हमारी ही ओर देख रहा था। मैं झट से घर के भीतर घुस गयी, बस्ता कोने में फेंका, इतने में आये, चाय का कप मेरे हाथ में पकड़ाते हुए बोली कि—"वासन्ती के घर में जो मेहमान आया है, उसे चाय दे आ।"

—"कौन है वो?"

—"वासन्ती के पति खेड़स्कर भाऊ का दोस्त है।"

—दोस्त? वासन्ती के पति? खेड़स्कर भाऊ की उम्र तो अधिक थी, ये लड़का उसका दोस्त कैसे हो सकता है? मैं सोच में पड़ गयी। आये खेड़स्कर भाऊ को बेटा मानती थी। उसने आगे बताया कि यह लड़का राजापुर में खेड़स्कर भाऊ के दफ्तर में काम करता था। अब उसका यहीं तबादला हो गया था, इसलिए खेड़स्कर भाऊ की चिट्ठी लेकर आया था। वासन्ती का मासिक धर्म चालू था इसलिए चाय आये ने बनायी थी। मेरी हँसी छूटने लगी क्योंकि मेरी हालत भी वासन्ती जैसी ही थी।

मैं चाय का कप लेकर वासन्ती के घर गयी तब वासन्ती ने पहचान करायी कि "ये हमारी मकान मालकिन की बेटी है—विमल"

—"हाँ, मैं जानता हूँ। खेड़स्कर भाऊ कई बार इसका जिक्र करते हैं।" वह एकटक मुझे देखकर बोला। उसका साँवला, मगर खिला हुआ चेहरा, घने-घुँघराले बाल, चौड़ा माथा, बादामी आँखें, तीख सुतवाँ नाक, कटीली मूँछ और मुस्कराते होठ...देखकर मेरे दिल में गुदगुदी होने लगी। शायद मैं पूछ भी बैठती कि और क्या-क्या बताया है, खेड़स्कर भाऊ ने मेरे बारे में? लेकिन मेरी जबान पर जैसे ताला लग गया था। लज्जा से मुस्कराकर मैंने चाय का कप उस के सामने कर दिया।

—"कौन-सी कक्षा में पढ़ती हो?" कप लेते हुए उसने पूछा।

—"आठवीं में"

—"अरे वाह!...बहुत खूब।"

अब इसमें अच्छा क्या था, पता नहीं। उसने आगे कहा—"सुना है तुम चित्र भी अच्छे बना लेती हो...कार्यक्रमों में हिस्सा लेती हो...ईनाम भी जीतती हो...है ना?"

मेरे बारे में काफी कुछ जान लिया था उसने। मैं समझ गयी कि वह मुझे पसन्द करने लगा है। उसके हँसने-बोलने, उसकी तारीफों से तो मैं सातवें आसमान में उड़ने

लगी और स्कूल की फालतू से फालतू बातें भी उसे बताने लगी।

मेरे वहाँ जम जाने से आये सावधान हो गयी और चट से आवाज देकर उसने मुझे किसी काम में उलझा दिया।

वह भी उठा और—"अच्छा, चलता हूँ। कल से यहीं के दफ्तर में हाजिर होना है।" कहता चल दिया।

—"रहने का इन्तजाम हो गया है न? नहीं तो मैं खाने का इन्तजाम किये देती हूँ।" वासन्ती ने पीछे के दरवाजे से पूछा।

—"जी हाँ। दोस्त के कमरे में रह रहा हूँ।" कहकर उसने मुझे सुनाने के ही लिए पूरा पता विस्तार से बताया और वह चला गया।

मैं घर लौट आयी। पेट का दर्द, पाँवों का दर्द न जाने कहाँ हवा हो गया और एक अनचीन्ही, मीठी सी चुभन बदन में उठने लगी। रोज-रोज के आँख लड़ाने से सुनन्दा को जो 'कुछ' भी मिल जाता है, वह 'कुछ' कहीं यही तो नहीं? पर चाहे जो हो, अब सुनन्दा को बताने के लिए मेरे पास भी कुछ था।

उन दिनों, दिल चाहता था कि पड़ोस में आने वाला युवक हरिश्चन्द्र बार-बार आये। उसके साथ बातें करना अच्छा लगता था। वह भी घण्टों मेरे साथ बातों में उलझा रहता था। तब यह स्पष्ट नहीं था कि इस का अर्थ क्या है? आपस के इस रिश्ते को प्रेम का नाम देने में दो-ढाई साल लग गये। उसे एक ही बात, बार-बार नये उत्साह से बताने का शौक था। वैसे उसके 'भिरवंडे' गाँव में सभी की यही आदत थी इसलिए मजाक में भिरवंडे गाँव के लोगों को 'भिरवंडे की किताब' कहा जाता था। इस आदत से जुड़ा एक मजेदार किस्सा था। भिरवंडे गाँव की चार बस्तियों में रहने वाले चार नामचीन असामी थे, जिन्हें खोत कहा जाता था। गाँव के सारे काम इन्हीं की अनुमति से होते थे। सावन के महीने में पुरोहित, गाँव के मन्दिर में रामायण, महाभारत का पाठ किया करते थे। सारा गाँव पाठ सुनने के लिए मन्दिर में जमा होता था। अब वहाँ पर उपस्थित किसी एक खोत की अनुमति से पाठ शुरू किया जाता तभी दूसरे खोत का आगमन होता और वह डाँट लगाता कि "मेरे आने से पहले पाठ क्यों शुरू किया गया?" लिहाजा फिर शुरू से पाठ प्रारम्भ होता। चारों खोत के आगमन पर यही क्रम बार-बार दोहराया जाता। चारों खोत शुरू से पाठ पढ़वाते और गाँव वाले बार-बार पाठ का वही हिस्सा सुनते जाते। इससे सब को एक ही बात बार-बार कहने की आदत पड़ गयी। यह किस्सा भी हरिश्चन्द्र ने हमें बार-बार बताया था। वह अक्सर घर आया करता था। भाई से, बहन से और घर के सभी से बातें किया करता था। खा-पीकर जाता था। सब कुछ ठीक-ठाक ही चल रहा था कि एक दिन मुझे शैतानी सूझी और मैंने उससे एक नटखट सवाल पूछा।

तब मैं प्रेमकथाएँ पढ़ने लगी थी। पढ़ते समय कुछ विशिष्ट अंश, वाक्य बार-बार पढ़ती थी। नायिका का लज्जा से लाल होना पढ़कर स्वयं भी ऐसा ही कुछ अनुभव

पाना चाहती थी। उसी दौरान मैंने नया शब्द पढ़ा–'नितम्ब'। सन्दर्भ के कारण मुझे उसका अर्थ अच्छी तरह मालूम था लेकिन चटोर मन का क्या...। वह तो अच्छा हुआ कि उस वक्त मुझे 'वक्ष' शब्द नहीं सूझा।

एक बार वह हमेशा की तरह घर आया। आये पिछले दरवाजे के पास काम कर रही थी। दीदी दफ्तर से लौटी नहीं थी। मैंने हरिश्चन्द्र के लिए पानी लाकर सामने की मेज पर रखा और नित्य की भाँति बातें करने लगी। मैं जरा असमंजस में थी कि पूछूँ या नहीं–पर फिर मैंने निश्चय कर लिया और भोले चेहरे से, सहजता जताते हुए पूछा कि "एक शब्द का अर्थ जानना चाहती हूँ।"

उसने सहज भाव से पूछा कि "कौन सा शब्द?" जबान खुल तो नहीं रही थी पर मैंने पूछ ही लिया..."नितम्ब...नितम्ब क्या होता है?"

पल भर के लिए वह अवाक् रह गया फिर उसने दोनों हाथों से मुझे पास खींच कर, कृति से ही अर्थ समझा दिया। उसके खींचने के कारण मेरे दोनों हाथ उस के गले में...और लौटे का पानी उसके कपड़ों पर गिर गया। प्रेमकथा की नायिका की ही तरह, लज्जा से लाल होकर मैं भीतर भाग गयी। मैंने कल्पना भी नहीं की थी वह ऐसा भी कुछ कर सकता है।

इस तरह शुरुआत तो हो गयी। अब हम दोनों का घण्टों बातें करते रहना, मौका देखकर, छिप-छिप कर मिलना आदि शुरू हो गया। उन दिनों प्रेम करने वाली हर लड़की को 'चालू लड़की' की संज्ञा दी जाती थी। गाँव का चालीस बरस का एक आदमी–सावन्त, तथा उसकी साली, मेंटल हॉस्पिटल के छोर पर, जिला परिषद के दफ्तर के गेट के पास, सुबह ग्यारह बजे से जो बतियाना शुरू करते तो दोपहर, शाम और कभी-कभी रात पड़ने तक वहीं जमे रहते थे। आने-जाने वाले उन्हें नफरत से देखते थे पर उन्हें परवाह नहीं थी और होश भी नहीं था। जब दोनों ने शादी कर ली तभी उनका इस तरह सड़क पर मिलना-जुलना बन्द हुआ। मैं हमेशा सोचती थी कि ये दोनों इतनी निर्लज्जता से, क्या बातें करते होंगे? लेकिन जब हम दोनों चोरी-छिपे मिलने लगे तब मुझे पता चला कि प्रेमियों की घड़ी अलग ही होती है।

अब तक घर में सब जान गये थे कि हरिश्चन्द्र बार-बार घर आता है, काफी देर तक रुकता है और हम दोनों में काफी घुल-मिल कर बातें होती हैं। वैसे तो हरिश्चन्द्र के एक दोस्त की हैसियत से घर आने पर किसी को एतराज नहीं था परन्तु उसके और मेरे बीच कोई रिश्ता बने, यह किसी को मंजूर नहीं था। हरिश्चन्द्र केवल ग्यारहवीं पास था और क्लर्क की नौकरी करता था। मेरी बहन कम से कम ग्रेजुएट पति चाहती थी और मुझे भी बराबरी का रिश्ता मिले, ऐसी इच्छा मुम्बई वाले बड़े भाई की थी। मैं तब केवल सोलह बरस की थी और आये को मेरी नादान उम्र पर जरा भी भरोसा नहीं था इसलिए हरिश्चन्द्र के घर आते ही, वह मुझे एक न एक काम में उलझा देती थी। आये अप्रत्यक्ष रूप से स्पष्ट कर देती थी कि हरिश्चन्द्र का

घर आना, उसे कतई पसन्द नहीं है। उसने वासन्ती से एक-दो बार यह बात कही भी थी। ऊपर से शाहू को भी पहरे पर लगा रखा था, और बड़ा-सा पत्थर लेकर वह ताक में रहता था।

रत्नागिरी में हमारे घर के पास घूमने लायक दो ही जगहें थीं। मैं और हरिश्चन्द्र ऐसी ही जगह पर मिलते थे, जहाँ से चट घर पहुँच कर परिवार वालों की नजरों के सामने रह सकूँ। ऐसी दो जगहों में एक थी 'थिबा प्वाइंट'। थिबा राजा के बँगले के पास पहाड़ी पर थिबा प्वाइंट था और यहाँ से दिखता प्रकृति का मनोहर दृश्य...आँखों के रास्ते, सीधे दिल में उतर जाता था। इस प्वाइंट के नीचे, छोटे-छोटे घरों को अपने बीच समेटे हरे-भरे जंगल...इस जंगल से गुजरती तथा अरब सागर को आलिंगन देती खाड़ी...अरब सागर में बायीं तरफ पावस की पहाड़ी तो दाहिनी और सागर में पाँव डुबोकर खड़ा हुआ छत्रपति शिवाजी का किला। किले के एक छोर पर दिखता ऊँचा दीपस्तम्भ तो दूसरे छोर पर अम्बाबाई के मन्दिर का कलश...सामने देखने पर केसरिया रंग बिखेरता, सागर में उतरने को तत्पर सूरज...सारा दृश्य देखने वालों को मन्त्रमुग्ध कर देता था। देखने वाले अपने आप को भूलकर रह जाते थे। प्रेमिका भी शायद एक दूसरे को भूल जाते...लेकिन नहीं, प्रेमी नहीं भूलते थे क्यों कि उनके लिए प्रेम ही महान था। और अब तो अँधेरा होने से पहले घर पहुँचने की भी जल्दी होती ताकि किसी की उँगली न उठे।

दूसरी जगह का नाम था 'फणशी'। पहली जगह के ठीक विपरीत। यहाँ झरने जैसी छोटी-सी नदी बहती है, जिसके किनारे आम-कटहल के पेड़ और करौंदे की झाड़ियों की आड़ में डेअरिंग बाज प्रेमियों के जोड़े चिपककर बैठा करते थे। घूमने-फिरने वाले जरा आलतू-फालतू समझे जाते थे। पास की पुलिस बस्ती के आवारा लड़के वहाँ बैठ कर ताश खेला करते थे। कई बार झगड़ा हो कर, बने-बनाये प्रेम सम्बन्ध वहाँ टूट जाते थे और ताश खेलते समय होने वाले झगड़े खतरनाक मोड़ ले लेते थे। इसीलिए रत्नागिरी में 'भाड़ में जाने' की तुलना 'फणशी में जाने' से की जाती है। फणशी में जाने वाला वाक् प्रचार वहाँ पर आज भी रूढ़ है।

पहले मैं आये की बनायी टोकरियाँ, डलिया आदि लेकर फणशी में रहने वाले ग्राहकों के घर जाया करती थी लेकिन अब हरिश्चन्द्र के साथ वहाँ जाने या बैठने का साहस मुझमें नहीं था। इसलिए हम थिबा प्वाइंट ही जाते थे। वहाँ भाई का डर अवश्य था। वैसे अब मैं पढ़ाई-लिखाई में सुधर गयी थी, स्कूल में ईनाम-बिनाम भी जीतती थी इस कारण मुझ पर गुस्सा जरा कम निकलता था।

इस प्रेम प्रसंग के दौरान एक-दो बार तो मैंने हद ही कर दी। घण्टों बतियाने वाले सावन्त और उसकी प्रेमिका की पंक्ति में मैं बैठ गयी। स्कूल में दसवी की परीक्षा के बाद गेट-टुगेदर था। उस में महाराष्ट्र दर्शन नामक कार्यक्रम में मैं खेतों की रखवाली करने वाली किसान कन्या बनी थी। इस पात्र के लिए आवश्यक हरी

साड़ी-चोली हमारे घर में मिलना असम्भव था, इसलिए सहेली के घर से लायी थी। मैं अपनी सहेली के घर से ही सीधे स्कूल जाकर, कार्यक्रम के लिए तैयार हुई थी। शाम को सबसे पहले हमारा ही कार्यक्रम प्रस्तुत हुआ। इसके बाद में साड़ी बदल कर कागज में लपेट कर सहेली के घर लौटाने के लिए जा ही रही थी कि पीछे से हरिश्चन्द्र आ गया। वह भी कार्यक्रम देखने आया था। जब उसने मेरी तारीफ की तो मैं फिर प्रेमकथा की नायिका की भाँति शर्म से लाल हो गयी। फिर उसने कुछ देर बैठकर बातें करने का प्रस्ताव रखा। जरा आनाकानी करने के बाद मैं मान गयी।

फिर हम दोनों स्कूल के फाटक के सामने ही, सरकारी गेस्ट-हाऊस के पीछे, बड़ी-सी चट्टान पर बैठ गये। हमें स्कूल का फाटक दिखाई दे रहा था परन्तु हमें कोई नहीं देख सकता था। हम बातें कर रहे थे, वही पुरानी, बार-बार कही-सुनी, लेकिन कहने और सुनने में उत्साह की कमी नहीं थी। शायद बासी कढ़ी को उबालने वाली कहावत प्रेमियों की इस तरह की घिसी-पिटी बातें करने से ही बनी होगी। यहाँ हम गप्पें लड़ा रहे थे और वहाँ कार्यक्रम खत्म हो कर सब घर वापस जा रहे थे। हम ठण्डी हवा का आनन्द लेते शान्ति से बैठे हुए थे, इतने में हरिश्चन्द्र ने घड़ी देखकर कहा—"बाप रे! साढ़े-नौ बज गये। अब भोजनालय बन्द हो गया होगा, आज भूखा ही सोना पड़ेगा।" उसकी बात पर मुझे दया आ गयी और मैंने कहा—"आप यहीं बैठिए। मैं घर से कुछ खाने के लिए ले आती हूँ।"

वह ना ना करता रहा पर मैं घर भाग आयी। घर में सब खाना खाकर सोने की तैयारी कर रहे थे। आये समझी कि मैं भी खाना खाकर सो जाऊँगी।

मैंने चूल्हे के पास जाकर, भगोने में देखा तो चावल और रेणवी (मच्छी) का शोरबा काफी बच गया था। शायद दूसरे दिन के लिए रखा होगा। मैंने एक डिब्बे में खाना भर लिया और पानी का लोटा लेकर पिछले दरवाजे से उड़न-छू हो गयी। यहाँ हरिश्चन्द्र ने सोचा शायद मैं वापस न आ सकूँ इसलिए वह जाने की तैयारी में था। खाना देखकर वह कृतज्ञता से गद्‌गद हो गया। हम दोनों ने एक दूसरे को खिलाते हुए, बातें करते हुए, खाना खाया। खाना खत्म कर हाथ धोते-धोते बारह बज गये।

अब घर में मुझे न पाकर, हर तरफ ढुँढ़ाई मच गयी। भाई तो स्कूल तक भी आया था पर न हमने उसे देखा और न उसने हमें। वैसे रेस्ट हाऊस के वॉचमैन ने हमें देखा था परन्तु हम उसके क्षेत्र से बाहर थे सो हम पर उस का बस नहीं चला। आखिरकार मैं घर लौटने के लिए उठी। हरिश्चन्द्र मुझे घर तक छोड़ देना चाहता था परन्तु मैं जानती थी कि अगर वह इस वक्त घर आया तो सारे ही उस पर टूट पड़ेंगे, इसलिए मैंने मना कर दिया। वैसे इस बात का अन्देशा उसे भी था।

इतनी रात को अकेली, सड़क से गुजर कर मैं कैसे घर वापस लौटी, मैं ही नहीं जान पायी। घर के पास पहुँची तो सब चिन्तित होकर बरामदे में चहलकदमी कर रहे थे। वैसे तो मुझे भाई-बहन और आये के चेहरे, शेर के जबड़ों से कम नहीं दिख

रहे थे फिर भी हिम्मत से मैं आगे बढ़ी। मेरे एक हाथ में कागज से बाहर निकली हुई हरी साड़ी-चोली थी और दूसरे हाथ में खाली डिब्बा और लोटा रखी थैली, चेहरे पर बासी मेक-अप और माथे पर किसानकन्या का बड़ा-सा टीका। इस रूप में मुझे देखकर, मुझ पर टूट पड़ना तो दूर, वे सब घबरा गये। समझे, शायद मुझे भूत ने पकड़ लिया है। दरवाजे खड़ी बहन तो मेरे पास आते ही चार कदम पीछे हट गयी।

—"कहाँ थी तू?" आये आवाज में कड़क लाने की कोशिश करते हुए पूछा।

मैं क्या कहती? साड़ी और डिब्बा कोने में डालकर मैं बिछे हुए बिस्तर पर पसर गयी और गुदड़ी में मुँह छिपा लिया।

—"अभी कोई कुछ मत कहना। सुबह देखेंगे।" बहन ने डरी हुई सी आवाज में फुसफुसाते हुए कहा। मेरी थैली खोलकर देखने पर तो उन्हें पक्का विश्वास हो गया कि मेरे गर्दन पर बैठकर भूत ही खाना ले कर गया था। धीरे-धीरे सब शान्त सो गये लेकिन जलते दिये के साथ आये मेरे सिरहाने बड़ी देर तक बैठी रही, यह मैं गुदड़ी से देख रही थी और देखकर पश्चात्ताप में जल रही थी। सुबह होते-होते मेरी आँख लग गयी।

सुबह मैंने महसूस किया कि सब बारीकी से मेरी तरफ ही देख रहे हैं। फिर आये ने शान्ति पूर्वक पूछा—"क्यों री, रात को क्या हुआ था, कुछ याद है? ये साड़ी किस की है? तूने रात को खाना खाया क्या? डिब्बे में किसके लिए खाना लेकर गयी थी? आये धीमी आवाज में पूछ रही थी ताकि पड़ोसी न सुन लें और रात की ही तरह मुँह पर ताला दिये मैं चुप बैठी थी।

--"वह तो अच्छा हुआ कि भूत ने इसे मार नहीं डाला। इस घर के पुण्यात्मा पूर्वज की कृपा थी। इसी से तर गयी। "हे पूर्वज महाराज ऐसे ही तारना हमेशा" कहती आये पूर्व दिशा की ओर मुँह कर हाथ जोड़ रही थी और मेरी रुलाई फूट रही थी। दूसरे दिन घर आयी सहेली को साड़ी लौटाते समय साड़ी का रहस्य खुल गया परन्तु खाने का रहस्य खोलने का साहस आज तक मुझे नहीं हुआ था। यह लिखते समय आज पहली बार खोल रही हूँ।

इस घटना के बाद मेरा प्रेमज्वर थोड़ा कम हुआ और मैं फिर पढ़ाई में दिल लगाने लगी। लेकिन प्रेमज्वर भी मलेरिया की ही भाँति कुछ दिन छिप कर फिर सिर उठाता है और ज्वर की कँपकँपी छूटती है, वैसा ही हुआ उस दिन। सुबह मैं किसी काम से बाजार जा रही थी। राह में हरिश्चन्द्र के कमरे में गयी तो दरवाजे पर दो पुलिस वाले और कुछ लोग खड़े थे। पुलिस देखकर मैं डर गयी और डरते-डरते भीतर गयी तो देखा कि पुलिस हरिश्चन्द्र का बयान ले रही थी और हरिश्चन्द्र रोते-रोते, आँखें पोंछते हुए कुछ बता रहा था।

—"क्या हुआ?" मैंने झट आगे बढ़कर पूछा तो पता चला कि उसका दोस्त मोहन नहीं रहा। हरिश्चन्द्र ने पुलिस वाले को बताया कि कल मोहन ने हमेशा की

तरह बृहस्पतिवार का उपवास रखा था। कल रात चिंचखरी के दत्त मन्दिर में जाकर भगवान के दर्शन कर ही वह उपवास तोड़ने वाला था। उसके साथ दफ्तर के काफी लोग भी थे। वे सब हमेशा की तरह नाव से जाने वाले थे। लेकिन वे ऐसा दुस्साहस कर बैठेंगे इसका अन्देशा नहीं हुआ...आदि।

पुलिस बयान लिख तो रही थी, परन्तु हरिश्चन्द्र की आधी-अधूरी बातों से मेरी समझ में कुछ नहीं आ रहा था इसलिए दरवाजे पर खड़ी औरतों से मैंने पूछा और तब मुझे असल घटना का पता चला।

हुआ यूँ था, कि मोहन अपने दफ्तर के दो-तीन दोस्तों के साथ नाव से चिंचखरी जाने वाला था। नाव के लिए काफी भीड़ थी, भक्तों की भीड़ उमड़ पड़ी थी और उनकी बारी आते-आते काफी देर हो जाती, इसलिए किसी ने सुझाया कि खाड़ी पर एक रपटा भी बना हुआ है और कई लोग उस पर से चलकर भी मन्दिर जाते हैं। सो मोहन समेत कुछ लोग रपटे की दिशा में चल दिये। पूनम की रात थी इसलिए समन्दर में ज्वार के कारण पानी बढ़ रहा था, इसका किसी को ख्याल नहीं आया। आधे रास्ते में जब पानी काफी चढ़ जाने से रपटा पैरों के नीचे से गायब हो गया तब सबको होश आया। कुछ लोग तैर कर जाने लगे। एक आदमी दलदल में फँस गया। मोहन हाथ देकर उसे निकालने की कोशिश कर रहा था कि दोनों ही सहसा दलदल में गायब हो गये। तैर कर चिंचखरी पहुँचे लोगों ने पुलिस को इत्तला की तब तक सुबह हो चुकी थी। पुलिस, कोशिश करने पर भी डूबे हुए लोगों को बचाने में नाकाम रही। इसी मामले में पुलिस हरिश्चन्द्र से पूछताछ कर, मोहन के बारे में जानकारी हासिल कर रही थी कि क्या मोहन को नशे की लत थी? उसके घर में कौन-कौन है? उन सबके आपसी सम्बन्ध कैसे थे? तुम दोनों के आपस में कैसे सम्बन्ध थे? आदि अनेक सवाल पूछे जा रहे थे।

आखिर पूछताछ खत्म हुई और हरिश्चन्द्र रोते-रोते, पुलिस के साथ चिंचखरी चल पड़ा। बाजार जाना भूलकर मैं भी साथ हो ली। पुलिस खाड़ी में उतर कर मुर्दे खोजने की कोशिश कर रही थी और पेड़ के नीचे हम उदास बैठे थे। मुझे रह-रह कर मोहन का चेहरा याद आ रहा था। हालाँकि वह मुझसे अधिक बातें नहीं करता था पर मेरा नाम लेकर हरिश्चन्द्र के साथ हमेशा हँसी-ठट्ठा किया करता था। मोहन के माता-पिता और भाई राजापुर में थे, उन्हें इत्तला कर दी गयी थी। उसके साथ डूबने वाला दोस्त, अपने माता-पिता का इकलौता बेटा था। आस-पास के लोग कह रहे थे कि पाँच बहनों के बाद हुआ, वह इकलौता बेटा था। दोपहरी बीतने तक मैं वहीं हरिश्चन्द्र के साथ बैठी रही। मैं जानती थी कि मोहन की चिन्ता से अधिक मुझे हरिश्चन्द्र के निकट की चाह थी। इसके अलावा घर में आये राह देख रही होगी, चिन्ता कर रही होगी यह भी अहसास था। पुलिस के काम में वक्त का कोई ठिकाना नहीं था, इसलिए मैं घर वापस लौट गयी। जब मैं घर पहुँची तो शाम ढल चुकी थी।

भाई ने गुस्से में मुझे दो-तीन झापड़ रसीद किये, आये ने गालियाँ सुनायीं। इस बार भी मैं, बिना कुछ कहे चुपचाप चूल्हे के पास बैठ रही। आज भी मुझे रोना आ रहा था।

अब आये को मंजुला दीदी की शादी की फिकर थी। वह बार-बार भाई को चिट्ठी लिखकर दीदी के लिए लड़का देखने को कहती। भाई ने एक-दो रिश्ते देखे और एक को गाँव भेजा। मुम्बई का एल. के. ताम्बे—काला, लम्बा-चौड़ा युवक था। उसने बी. ए. एल.एल.बी. पास किया था। होशियार था। दीदी भी ऐसा ही पति चाहती थी जो वकालत करता हो और आगे चलकर जज बने। एल. के. भी वैसा ही था लेकिन उसका इरादा, कमाऊ बीवी से शादी करके खुद समाजसेवा में जीवन बिताने का था। इसलिए दीदी ने ना कर दी।

वैसे तो वकील, जज आदि शब्द भी हमारी कल्पना से परे थे। दीदी की सहेली मंदा रेगे, जिसके पिता वकील थे। जब दीदी उनके बँगले पर जाती थी, तभी से शायद यह सपना उसकी आँखों में उतरा होगा। दीदी, मुझे भी फूल वाले पौधों के कलम आदि लेकर उनके बँगले पर भेजा करती थी। मुझे बस मंदा के माँ की दी हुई नारियल की बर्फी और प्यार से उनका मेरी पीठ पर हाथ फेरना ही याद है। बाकी व्यावहारिक बातों की तरफ मेरा ध्यान नहीं जाता था। तभी तो आये दीदी के बारे में कहती थी कि मेरी यह बेटी बड़ी सयानी है, यह उड़ते पंछी के भी पर गिन लेगी लेकिन तू (मैं) तो मरे पंछी के भी नहीं गिन सकेगी। सचमुच दीदी बड़ी महत्त्वाकांक्षी और सयानी थी।

दीदी के नाक-नक्श सुन्दर परन्तु रंग जरा साँवला, दुबली-पतली और नाटी थी। दो दाँत भी बाहर निकले थे...जरा बाबा पर गयी थी और मैं हू-ब-हू आये की प्रतिमूर्ति थी।

दीदी रत्नागिरी जिले के दलित समाज में मैट्रिक पास करने वाली पहली लड़की थी। नौकरी करती थी और खाते-पीते घर की होने के बावजूद उसे मन के मुताबिक़ पति नहीं मिल रहा था। मुम्बई बड़ी जगह है, वहाँ उसे अवश्य मनचाहा पति मिल जायेगा इस विश्वास से भाई ने उसकी नौकरी छुड़वा कर, उसे मुम्बई बुलवा लिया। उन दिनों नौकरियाँ तो जैस पेड़ पर लगी होती थीं। रोजगार नियुक्ति कार्यालय में काम दर्ज करवा कर रजिस्टर का पन्ना हिलाते ही टपाटप तीन-चार नौकरियों के कॉल नीचे टपक पड़ते थे। पढ़े-लिखे दलित उम्मीदवार कम होने की वजह से नौकरी मिल ही जाती थी। बिना किसी की सिफारिश के, गरीबी पर दया कर कोई भी कहीं भी नौकरी पर लगवा देता था। लिहाजा, दीदी को भी मुम्बई जाते ही नौकरी लग गयी और कुछ ही दिनों में एक सनसनीखेज और रोचक खबर लेकर हमारा एक रिश्तेदार घर आया।

हुआ यूँ था, कि दीदी, उसकी सहेली और सहेली का भाई तीनों दफ्तर से घर वापस जाने के लिए बस स्टॉप पर खड़े थे। शाम का वक्त होने के कारण, दफ्तर

से घर जाने वालों की काफी भीड़ थी। एक-दो बसें छोड़ने के बाद तीनों जैसे-तैसे एक डबल-डेकर बस में व्ही. टी. से कॉटन ग्रीन जाने के लिए घुसे। अगले ही स्टॉप पर दीदी को बैठने की जगह मिल गयी। तभी कण्डक्टर टिकट काटता हुआ पीछे आया। सहेली के भाई ने पैसे के लिए जेब में हाथ डाला और डालते ही चीखा कि "कण्डक्टर, बस रोको, किसी ने मेरी जेब काट ली है, किसी को उतरने मत देना।" तनख्वाह का दिन होने के कारण उस दिन जेब में काफी पैसा था। कण्डक्टर ने बस रोक दी और वह दरवाजे पर खड़ा हो गया। जेब काटने वाला फँस गया था इसलिए भलमनसी दिखाता हुआ, बटुआ देकर बोला—"अरे भाई, देखो तुम्हारा बटुआ इधर पड़ा था।" चोर के ऐसा कहते ही सहेली का भाई तथा बस के कुछ लोग उस पर टूट पड़े। हाथापाई होने लगी। दीदी अवाक् हो कर सारा तमाशा देख रही थी कि एक घूँसा उसके मुँह पर लगा और उसके आगे वाले दानों ऊँचे दाँत गिर गये, साड़ी खून से रंग गयी। लोगों ने अब चोर को छोड़ दिया और दीदी को नजदीक के अस्पताल में ले जाकर इलाज करवा कर घर भेजा। "...अब मंजुला के नकली दाँत लगे हैं।" रिश्तेदार ने बताया।

खबर सुनकर हम सब चकित रह गये। फिर एकाएक आये रोने लगी कि अगर घूँसा मेरी बेटी की नाक या आँख पर पड़ जाता तो क्या होता, इसी कल्पना से वह रोती जा रही थी और मुझे ऊँचे दाँतों की समस्या दूर होने के कारण सुन्दर दिखाती हुई मंजुला दीदी का चेहरा और उसके विवाह मार्ग की दूर होती मुश्किलें दिखने लगीं। मैं सोच रही थी कि उपरोक्त किस्सा कितना सच है और कितना झूठ...। पर इतना सच है कि उस घटना के बाद जल्दी ही दीदी की शादी तय हो गयी थी।

दीदी जब हाईस्कूल में पढ़ती थी तभी से उसने अपनी ब्राह्मण सहेलियों की संगत से उनके तौर-तरीके अपना लिये थे। पहले तो वह आये को 'आई'[11] कहने लगी। भाभी को हम तू-तड़ाक से पुकारते थे लेकिन वह भाभी को सम्मानपूर्वक आप कहने का आग्रह करने लगी। ब्राह्मणी संस्कारों का ऐसा भूत उस पर चढ़ा कि वह प्रभा की माँ की तरह पति को 'आपण'[12] कह कर सम्बोधित करने लगी। लेकिन दूसरों को जरूरत से ज्यादा दिया गया आदर, स्वयं का मूल्य अपने आप ही कम कर देता है। दीदी के बारे में भी वही हुआ और ये ब्राह्मणी लटके उसे भारी पड़ गये।

दीदी की नौकरी लगते ही उसने हमारे घर के अहाते में पत्थर का पाखाना बनवा लिया था, जिसमें ढंग का दरवाज़ा लगा था। उससे पहले हम पीछे के जंगल में, झरने पर जाया करते थे। इस झरने को कोंकण में पन्ह्या कहा जाता है। आये के लिए

---

11. आई—माँ के लिए प्रमाण भाषा का सम्बोधन।
12. आपण—मराठी में आप का समकक्ष सम्बोधन 'तुम्हीं' है तथा आपण शब्द में सर्वोच्च दर्जे का आदर परिलक्षित होता है। जो प्रायः राजाओं आदि के लिए प्रयुक्त होता है।

पन्ह्या और पर्याय दोनों एक ही थे और वह धड़ल्ले से पर्याय की जगह पन्ह्या शब्द का प्रयोग करती थी–जैसे "अब और क्या पन्ह्या (पर्याय) है।" इसी प्रकार प्रेरणा और पेरना (बोना) शब्द भी आये के लिए एक दूसरे के 'पन्ह्या वाची' ही थे।

इस झरने के इर्द-गिर्द आम और काजू के पेड़ तथा बेर-बबूल की घनी झाड़ियाँ थीं। उन्हीं के बीच से एक पगडण्डी, पीछे, पहाड़ी पर बने घरों को जाती थी। उस पगडण्डी से गुजरने वालों की नजरों से बचकर ही नित्यकर्म के लिए बैठना पड़ता था। सुना था कि उसी जगह पर मर्द स्त्रियों को धर-दबोचते हैं। इसके अलावा भूत-प्रेतों के तो कई किस्से थे। कोई-कोई बताता कि भूत पेड़ों की शाखाएँ हिलाते हैं, बीच-बीच में सीटियाँ बजाते, कूकने की आवाजें निकालते हैं। एक बार मेरी मौसेरी बहन ने बताया कि नित्यकर्म के लिए वह गर्दन नीची कर बैठी थी कि उसे अपने सामने एक बड़ा-भारी पाँव दिखायी दिया। देखते ही उस की जान सूख गयी और पानी का टीन वहीं छोड़कर वह सरपट घर को भागी।...सचमुच किसका था वह पाँव? भूत या कोई वासनान्ध पुरुष? उस जगह अकेले जाने की हिम्मत नहीं होती थी। किसी न किसी को साथ लेकर ही जाते और कोई साथ न हुआ तो पानी का टीन ही कस कर पकड़े बैठते। फिर भी कल्पना में स्थित वही भारी-भरकम पाँव टीन की जगह दिखने लगता और साँस थम जाती।

उन दिनों नये कपड़ों का शौक था परन्तु स्कूल के नये यूनिफॉर्म से ही यह शौक पूरा कना पड़ता था। नौवीं कक्षा तक मैंने पैरों में चप्पल तक नहीं पहनी थी। 'नाणीज' गाँव का गंगाराम काम्बले नाम का लड़का मैट्रिक के लिए साल भर हमारे घर रहा था। जाते समय वह अपने कैनवास के फटे जूते पीछे छोड़ गया था, जो साल भर शाहू ने पहने। ऐसे में मुझे कौन पूछता? ऐसी परिस्थिति में दीदी ने मुझे सिल्क का नया स्कर्ट ब्लाउज और नक्काशी वाले महँगे सैण्डल खरीद कर दिये। वो एक औरत का किस्सा है न...हाथ के नये सोने के कंगन दिखाने के लिए, उसने अपने ही घर को आग लगा दी और आग के उजाले में हाथ नचा-नचा कर चिल्लाने लगी, "देखा, देखो! यहाँ आग लगी है, वहाँ आग लगी है।" उसी तरह मुझे भी लग रहा था कि बेचने के लिए बनाये हुए करण्ड आये ने जो आँगन में रखे थे, उन्हें ही जलाकर, उनके इर्द-गिर्द नये कपड़े पहन कर नाचूँ। मेरे मन की इच्छा जानकर, उसे पूरा करने वाली मेरी दीदी को मैं कई बार समझ ही नहीं पायी। उसकी बड़ी-बड़ी आँखों की कितनी ही भावनाएँ मेरे पल्ले ही नहीं पड़ीं। लेकिन एक घटना मुझे याद है।

होली के दिन थे। काले छाते के कपड़े पर चूने से आँखें, नाक-मुँह बनाकर, वही कपड़ा सिर पर ओढ़कर देहाती बच्चे 'संकासुर' (राक्षस) बनकर लोगों के आँगन में जाकर...

> आयना, बायना
> लिये बिगर जायेना–

या फिर–

मछुआरे की माँ
कोयला खाये
ताकपट्टी पर पैसा
खोजती जाये...

आदि गाने गाते, कूदते-फाँदते और पैसे माँगते थे। कभी-कभी तो ये बड़ी दूर-दूर के गाँवों से आते तथा आठ-दस कलाकर, मृदंग की थाप पर आँगन में आकर नाचते थे। कड़ी धूप में घर-घर जाकर नाचने वालों को पैसा देते समय उनके पसीने की तेज बू नाक में घुसती थी।

रात को रत्नागिरी के मेहतरों का रोबाट, घुँघरू की छम्-छम् के साथ खलिहान में उतरता था। जरीदार घाघरे, चोलियाँ, बालों के टोप पर मोटा गजरा, भड़कीला मेक-अप, आँखों में काजल, होठों पर लाली लगी होती थी। कोई-कोई तो पैण्ट, शर्ट पहन कर, गले में रूमाल बाँधकर रौबदार दिखते तो कोई धोती-कुर्ता, जाकिट और जरीदार टोपी में सजे होते। इनकी मण्डली (रोबाट) नये-नये लोकप्रिय फिल्मी गीत गाकर, सुन्दर नृत्य करती थी। ये रोबाट पहले अमीर लोगों के आँगन में खेल दिखाते थे और रात ढलते-ढलते फिर उतरी रंगत लेकर हम जैसों के आँगन में आते थे। उनकी हार्मोनियम और ढोलकी की आवाज सुनते ही नींद से जागकर हम सब बाहर आते और उनका नाच देखते थे। नाच खत्म होने पर मैं और शाहू उनके पीछे-पीछे दूसरे घरों में जाकर भी नाच देखते थे। उनके जाने के बाद भी उनके मेक-अप और इत्र की सुगन्ध में मँडराती थी।

उन दिनों मेहतरों के रोबाट की तरह कोढ़ियों के अस्पताल से कुछ कोढ़ी भी चार पैसे की आशा में इसी तरह नाच-गाना दिखाते फिरते थे। एक दिन इन कोढ़ियों की मण्डली रंगीन साड़ियाँ पहने,पाँव में घुँघरू बाँधे, मेक-अप लगाकर, पेट्रोमैक्स की बत्ती ले कर हमारे आँगन में उतरी। उनके आते ही सड़ी मच्छी की तरह सड़ान्ध नाक में घुस गयी। उन्हें देखने के लिए जब मैं दौड़ने को हुई तो आये ने झट मुझे पीछे खींच लिया। एक कोढ़ी अपने बिना उँगलियों वाले हाथ के ठूँठ से हार्मोनियम बजा रहा था। मेक-अप की पर्तें चढ़ाये वे जोर-जोर से गाने गा रहे थे, उनकी नाक झड़कर केवल दो छेद बाकी रह गये थे। उन सबके सूजे, काले पड़े पैर, कैनवस के मैले जूतों में ठुँसे हुए थे। हार्मोनियम के स्वर के साथ वे एक शृंगारिक गीत गाने लगे...

जूही चम्पा की,
सेज फूलों की
बैठो तुम पलंग पर–
आओ बातें करें जी भर कर...
आदि आदि

एक-दो चरण गाने के बाद आये ने एक-दो आने उनके हाथ पर रखें तथा "चलो, बस हुआ। अब बाद में आना।" कहकर उन्हें लगभग खदेड़ ही दिया। उनके जाने के बाद दीदी की आँखें भर आयीं। वह बोली कि "जो शृंगार इन बेचारों के जीवन से कब का समाप्त हो चुका है, वही दूसरों की खातिर सजा रहे हैं।"

मेरी इस भावुक दीदी के मुम्बई जाने पर मुझे दुख के बजाय खुशी ही हुई क्योंकि मुझ पर पहरा देने वाला एक वॉचमैन कम हो रहा था और वह भी अच्छे काम के लिए।

मुम्बई जाने से पहले वह फणसवले जाकर गोविन्द दादा, बड़ी चाची, भाभी, बच्चे आदि सबसे मिल आयी थी। हम सब भाई-बहनों में गाँव का सबसे अधिक आकर्षण उसे ही था। वह नदी में तैरने तो जाती थी परन्तु मैंने उसे कभी खेलते-वेलते नहीं देखा था। कभी-कभी शाहू, शान्ताराम के साथ गुल्ली-डण्डा खेलता था लेकिन कभी-कभार ही। मेरे सारे भाई-बहन शायद वक्त से पहले ही बड़े हो गये थे या मैं उम्र बढ़ने के बावजूद छोटी ही रह गयी थी, पता नहीं।

❖

मुम्बई से एक लड़का दीदी को देखने के लिए आया, जो ग्रेजुएट था और एल. एल. बी. की पढ़ाई कर रहा था। वह दीदी के मन के मुताबिक ही था। लड़का मेहनती था। मैट्रिक के बाद से कॉलेज की पढ़ाई, किताबें तथा घर के खर्चे में मदद करने के लिए छोटे-मोटे काम भी किया करता था। डाकघर के सामने, रेशनिंग ऑफिस में, लोगों को फॉर्म भरने में मार्गदर्शन देना, अर्जी लिखना आदि काम करके ही उसने अपनी पढ़ाई पूरी की थी। बाढ़ पीड़ितों को सहायता करना, गोवध बन्दी आन्दोलन में योगदान देना, संयुक्त महाराष्ट्र आन्दोलन में शामिल होना, शेड्यूल कास्ट पार्टी के चुनावी उम्मीदवारों की प्रचार सभा में काम करना आदि सामाजिक कार्यों से भी वह जुड़ा हुआ था। इससे पहले दीदी को देखने के लिए आये एल. के. ताम्बे की तरह केवल समाजकार्य नहीं बल्कि वकालत कर, आगे चलकर जज बनने की भी उसकी महत्वाकांक्षा थी। दीदी का सपना साकार होता दिख रहा था।

दीदी और उसके लड़के ने एक-दूसरे को पसन्द कर लिया। लेकिन इसके बाद बिरादरी और पंचायत की मीटिंगों ने भाई की कमर ढीली कर दी। बिरादरी के साथ पहली मीटिंग केवल यही जानकारी देने के लिए हुई कि लड़की के लिए शादी का प्रस्ताव आया है। फिर दूसरी मीटिंग में लड़के वालों ने बिरादरी के सामने लड़की का हाथ माँगा। लड़के के 'हाँ' करने के बाद बिरादरी को इत्तला करने के लिए तीसरी मीटिंग, फिर शादी पक्की करने के लिए लड़का और लड़की दोनों की बिरादरी की एकत्रित मीटिंग जिसे 'ठासणी की मीटिंग' कहा जाता है। इस एकत्रित 'ठासणी की मीटिंग' के बाद बौद्धजन पंचायत के सदस्य बनकर विवाह के अवसर पर वर-वधू के फॉर्म भरने के लिए आवश्यक मान्यता के लिए बिरादरी और पंचायत के शाखा पदाधिकारियों की मीटिंग।

इन सारी मीटिंगों के लिए बिरादरी के सारे सदस्यों के घर जा-जाकर बुलाने में ही भाई की कमर टूट गयी। बेचारा भाई दफ्तर से आने के बाद सारी दौड़धूप करता था। ये सदस्य भी कहीं भेंडी बाजार, ताड़वाड़ी, विक्रोली, अँधेरी जैसे मुम्बई के चार कोनों में रहते थे। फिर कोई किसी मिल में काम करता था तो कोई सफाई विभाग में या किसी कम्पनी में। इसलिए समय का तालमेल बिठाना भी कठिन था। किसी को खबर करना रह जाता तो वह रूठ जाता और ताने मारता कि "मैं छोटा आदमी हूँ न, इसलिए मुझे नहीं बताया।"

बिरादरी और पंचायत के ये सदस्य वक्त पर आने का नाम नहीं लेते थे। भाई

जैसे-तैसे उन्हें एक साथ लाकर मीटिंग शुरू करवाता तो भूमिका बाँधने में ही वक्त जाया करते थे। पहली मीटिंग में नियोजित वर-वधू से पूछे गये सवाल ही बार-बार पूछते थे।

—"बिरादरी हमारे जंगल में कैसे आये? (अर्थात, आप हमारे इलाके में क्यों कर आये हैं?)

—"सुना है इस जंगल में अच्छा फूल खिला है, इसलिए...(यहाँ लड़की यदि अनपढ़ होती तो फूल की जगह जानवर शब्द इस्तेमाल किया जाता था)

फिर दोनों का बायोडेटा पूछते और बाद में आता मुख्य सवाल कि—क्या तुम दोनों ने पहले कभी एक-दूसरे को देखा था? या फिर क्या तुम्हारी पहचान थी? इस सवाल के जवाब में 'नहीं' कहता पड़ता था वरना "तुम अगर एक दूसरे को पहचानते हो तो फिर हमारी क्या आवश्यकता है?" ऐसा कहकर दुविधा में डालने को बिरादरी तैयार ही होती थी।

इन सारी मुश्किलों से पार निकलने के बाद शादी का बस्ता अर्थात वर-वधू की पोशाकों की खरीददारी का वक्त आया। इस अवसर पर भी बिरादरी और पंचायत के सदस्यों की उपस्थिति आवश्यक होती थी। काफी ना-नुकर करने के बाद माझगाँव में एक कपड़े की दूकान पर सदस्य जमा हुए। दीदी की शादी का बस्ता खरीदने के लिए दीदी स्वयं नहीं आयी थी, उसने भाई के साथ मुझे भेजा था, वह भी हिदायत देकर, कि शादी की खास साड़ी गुलाबी रंग की मगर नौगजी होगी।

दोनों बिरादरी और रिश्ते के दस-पन्द्रह लोगों में से केवल हम औरतें ही दुकान के भीतर गयीं, मर्द बाहर ही खड़े रहे। हम उत्साह से साड़ियाँ देख ही रही थी तब मर्दों ने बाहर से कहलवा भेजा कि हम पहले सफेद साड़ी खरीद लें। खरीददारी के सारे अधिकार मर्दों के ही हाथ में थे। दूकानदार अनुभव से हमारी बौद्ध विवाह पद्धति के बारे में जानता था। उसने नायलॉन की दो-तीन पारदर्शक साड़ियाँ दिखाकर कहा कि शादी में थोड़ी ही देर पहननी है, तो इन्हीं में से पसन्द कर लीजिये। मेरे साथ की औरतों ने उन्हीं में से एक अच्छी-सी साड़ी चुन कर बाहर खड़े मर्दों को दिखाने के लिए भिजवायी। नियोजित वर समेत सबकी रजामन्दी के बाद वह साड़ी ले ली गयी। फिर शादी की खास साड़ी (शादी का जोड़ा) की बारी आयी। नौकर, जरीदार साड़ियों का गट्ठर खोल कर साड़ियाँ निकालने लगा तभी मैंने कहा दीदी की इच्छा नौगजी साड़ी लेने की है। सारी औरतें चकित रह गयीं। उन्होंने भाई से पूछा कि क्या वधू नौगजी साड़ी पहनेगी? भाई के हामी भरने पर उन सब के चेहरों पर सन्तोष की लहर दौड़ गयी, कि वधू पढ़ी-लिखी, नौकरी-पेशा होने पर भी सीधी-सादी और पुराने ख्यालों की है। दीदी का निर्णय कितना योग्य था और वह सचमुच उड़ते पंछी के पर गिनने वाली है यह जानकर मेरा उसके प्रति आदर द्विगुणित हो गया, और रंग भी उसने चुन रखा था, जिससे दूकानदार को तकलीफ न हो। यह गुलाबी रंग की

साड़ी (शालू) भी सफेद साड़ी की ही तरह बाहर से पसन्द हो कर भीतर आयी–खरीद ली गयी। फिर दूसरी दूकान से वर के कपड़े, सूट, टाई, जूते आदि झटपट खरीद कर हम वापस लौट गये।

दीदी का विवाह बैण्ड बाजे के साथ, हॉल पर धूमधाम से हुआ। नमबौद्धों के विवाह के प्रसंग पर आइसक्रीम खिलाने का चलन शायद उन्नीस सौ चौसठ या पैंसठ के दौरान शुरू हुआ था। साथ ही विवाह प्रसंग पर गाये जाने वाले नये गीत भी रचे गये थे जिनमें भगवान के नाम नहीं थे। दीदी की शादी में भी सारी औरतों ने एक दूसरे को आग्रह करते हुए खूब गीत गाये।

'भायखले के स्टेशन पर लोहे की पटरी
पटरी पर दौड़े रेलगाड़ी
मंजू का डिब्बा पिछाड़ी
तो जयराम का अगाड़ी
पिछले डिब्बे में मंजू काढ़े
साड़ी पर कसीदा
अगले डिब्बे में जयराम काढ़े
टोपी पर कसीदा'...आदि आदि

विवाह के बाद दीदी ने अपने ससुराल वालों को भी ब्राह्मणी संस्कारों का चस्का चखाया। उम्र के छोटे देवर, ननदों को भी वह 'आप' से बुलाती थी और पति से 'आपण'। लेकिन ससुराल में अपनापन जताने की उसकी कोशिश व्यर्थ ही हुई। ससुराल वाले उसे भोंदू समझने लगे।

अनपढ़ सास-ससुर, तीन स्कूली देवर, दो ननदें, चाल का छोटा-सा कमरा, कॉमन पाखाना, वहाँ पड़े कचरे के ढेर, थूक से रंगी दीवारें, उस पर भिनभिनाती मक्खियाँ, चूहे, मूस आदि वातावरण में उसका दम घुट गया। उस पर सुबह की नौकरी। मुँह अँधेरे में उठकर घर के सारे लोगों के लिए सब्जी-रोटी बनाकर जैसे-तैसे वक्त पर अपने दफ्तर पहुँचती थी। दोपहर दो बजे जब घर लौटती तो जूठे बर्तन और मैले कपड़े उसकी राह देख रहे होते। ये सारे काम निपटाते-निपटाते रात का खाना बनाने का वक्त हो जाता। उसकी सास का नियम था कि रात का खाना अँधेरा पड़ने से पहले तैयार हो जाना चाहिए, फिर भले ही खाने वाले जब जी चाहे तब खायें। अगर ये काम समय पर नहीं हुए, या ननदों ने काम में हाथ बँटाया, या काम सास के मन मुताबिक न हुए...ऐसे कारणों से सास का पारा चढ़ जाता था। शायद सास सोचती थी कि बहू दिन भर दफ्तर में कुर्सी पर बैठ कर आराम फरमाती है। छोटे-छोटे कारणों से लड़ती-झगड़ती और झगड़ा बढ़ जाने पर रेल के नीचे कटकर जान देने की धमकी देती थी। कभी-कभी तो सचमुच जान देने का नाटक करती थी, फिर पति और ससुर का गुस्सा दीदी पर ही उतरता था। दीदी मायके आने पर

सारी बातें हमें बताती थी और हम गम्भीर चेहरों से सुनते थे। कभी-कभी भाई मजाक में कहता कि "आ गयी कथा करने।" लेकिन मुझे गुस्सा उसके ब्राह्मणी संस्कारों पर आता था। देहात में औरतें अपने मरद से तू-तड़ाक से ही बातें करती थीं—जैसे, 'कहाँ जा रहा है...? भाकरी तो खा के जा। लकड़ी काट दे न'...आदि। मुझे आज भी लगता है कि हो न हो, पति पत्नी के बीच का फासला दीदी के 'आपण' वाले ब्राह्मणी संस्कारों ने बढ़ाया है।

दीदी से मिलने दो-तीन बार मैं उसकी ससुराल गयी थी। सिर ढाँक कर दीदी छोटे से चौके में स्टोव के पास बैठी खाना पकाती, बर्तन माँजती या कपड़े धो रही होती थी। मैं वहीं किसी स्टूल पर बैठ कर सब कुछ देखती-सुनती थी। दीदी की बड़ी ननद, सातवीं क्लास में पढ़ती थी। उसे दीदी से सहानुभूति थी। वह बार-बार दीदी से आग्रह करती कि वह मुझ से बातें करे और अपना काम ननद को सौंप दे। लेकिन दीदी कहती, कि "आप पढ़ाई कीजिये, मैं सारे काम कर लूँगी। आपने मदद करने की बात कही, यही काफी है...वगैरा-वगैरा...। उधर छोटी ननद तुरन्त, बच्चे को दूध पिलाती या पान खा रही अपनी माँ से चुगली लगाती कि—"माँ, देखो न,...सुशा क्या कह रही है।" फिर सुशीला का स्पष्टीकरण—"मैं खाली बैठी थी, इसीलिए कहा..." आदि। इन सब की भाषा पर हिन्दी का जबरदस्त प्रभाव था और मुझे उनकी हिन्दी रंग में रंगी मराठी सुनने में मजा आता था। आगे चलकर इस पर अंग्रेजी का रंग चढ़ गया।

अंग्रेजी भाषा के प्रभाव के कारण हमें एक सहूलियत अवश्य हो गयी थी। हमारी और हमसे की पीढ़ी में कचन्या, धोंड्या, दगड्या (पत्थर), भिक्या या भिकारी (भिखारी) या फिर भगवान के नामों की बहुतायत थी। ऐसे नामों का अंग्रेजी में आर. एल ताम्बे, के. डी. कदम, जी. बी. काम्बले आदि रूपान्तर किया जा सकता था। हमारे समाज के नथुराम सखराम काम्बले ने 'नथुराम गोडसे' कांड के बाद अपना नाम बदलकर एन. एस. काम्बले रख लिया था। मेरे जीजाजी की वकालत में कहीं जाति आड़े न आये, इस हेतु से दीदी ने उनका काम्बले उपनाम (जातिवाचक उपनाम) बदलकर दाभोलकर रख दिया था। उसकी देखादेखी मैंने भी भिरवंडेकर उपनाम रखने का विचार किया परन्तु पवार नाम मराठों में भी चल जाता है, इसी विचार से नहीं बदला।

दीदी की ननद की बातों से पहले से ही भन्नायी हुई दीदी की सास और भी भड़क जाती और अपनी बेटी से चिल्लाकर पूछती—"क्या तू उसकी नौकरानी है जो उस का काम करेगी?" इस सवाल का करारा जवाब होते हुए भी दीदी को हर तरह से तंग करने वाली सास की बात पर ससुर और पति मुँह में दही जमाकर बैठते थे। दीदी ने तो इस घर में पाँव रखते ही मौनव्रत ले लिया था।

एक दिन दीदी से मिलने मैं उसकी चाल में गयी थी। हर मंजिल पर दातून

करती लड़कियाँ या औरतें खड़ी थीं। सुबह पानी के लिए और पाखाने के लिए लम्बी कतार होती थी, इसलिए ये सब सुबह काम पर चली जाती थी और दोपहर को वापस आने के बाद दातून करना, पाखाने जाना आदि काम निपटाती थीं। इस तरह इनका दिनक्रम उल्टा-पुल्टा था। उन्हीं में से एक लड़की शायद मुझे कुछ बताना चाहती थी परन्तु मुँह में दातून होने के कारण बस होठ भींच कर मुस्करायी।

पाखाने के चौके से नाक पकड़कर मैं दीदी के दरवाजे पर गयी। बाहर धूप से आने के कारण मुझे अँधेरे में कुछ दिखायी नहीं दे रहा था। मुझे देखकर दीदी ने अन्दर से आवाज देकर मुझे बुलाया। धीरे-धीरे सब दिखने लगा। दीदी के ससुर लोहे के पलंग पर पैर लटकाये बैठे हुए थे। दीवार के पास दीदी और उसकी सास बैठी थीं। सास की गोद में उसका नन्हा शिशु था, उसका बदन पतले कपड़े से ढँका था। दीदी की शादी के वक्त ही उसकी सास की जचकी हुई थी, वही बच्चा बीमार था। मैं बच्चे के बारे में पूछताछ कर ही रही थी कि दीदी की सास रोने लगी। उसे रोता देखकर दीदी भी रोने लगी। आवाज से बच्चा जाग गया और चिचिया कर हाथ-पाँव मारता रोने लगा। उसके बदन का कपड़ा हट गया और मैंने देखा कि उसका पूरा बदन छोटी-छोटी काली फुड़िया से भरा हुआ था। मुँह और माथा तो फुड़ियों के कारण सूज भी गया था।

सीढ़ियों तक मुझे छोड़ने आयी दीदी ने मुझे बताया कि बच्चे को 'माता' निकली है। जब आये ने माता निकलने की बात सुनी तो तुरन्त दीदी को घर बुलावा भेजा लेकिन दीदी ने यह कहकर हम सब को चुप कर दिया, कि 'ऐसी संकट की घड़ी में अपने घर के लोगों को छोड़कर मैं कैसे आ सकती हूँ?' दीदी ने महीने भर की छुट्टी लेकर बच्चे की खूब तीमारदारी की और वह बच गया। उसके बाद हमारे देश से माता की बीमारी का पूरी निर्मूलन भी हो गया। दीदी की निःस्वार्थ सेवा का कोई असर उसके सास-ससुर पर नहीं हुआ, उनका व्यवहार ज्यों का त्यों था। हार कर, आखिर दीदी ने अपना अलग घर बसाया।

ज्यों-ज्यों हमारी उम्र बढ़ती गयी त्यों-त्यों हमारा गाँव जाने का क्रम-कम होता गया। गाँव की स्त्रियों से मुलाकातें अब बस तभी होती थी जब वे पानी पीने के लिए हमारे कुएँ पर आती थीं। मेरे साथ खेलने वाली मेरी सहेलियाँ भी अब ब्याह कर अपनी माँओं या सासों की तरह बोझे लेकर बाजार जाने लगी थीं। उनमें से कोई खदान में पत्थर तोड़ने वालों की घरवालियाँ थीं तो कोई झाड़ूवालों की पत्नियाँ। मुम्बई के बित्तेभर के कमरों में उनका दम घुटता था। चाल के आठ बाई दस के मुर्गियों के दड़बे जैसी कोठरियों में, साड़ियों तथा गुदड़ियों के पर्दे टाँग कर तीन-तीन, चार-चार दम्पति फँस-फँसाकर रहते थे। सूखे दिनों में मर्द बाहर के बरामदे में, मैदान पर या फुटपाथ पर सो लेते थे लेकिन बरसात में उन्हीं परदों के भीतर गड्डमड्ड होकर सोने पर मजबूर थे। भिकी अक्का कहती थी कि 'हम पाँव खड़े कर, दीवार से टिका कर सोते हैं।' हम अचम्भे से पूछते थे कि पैरों में दर्द नहीं होता? ऐसी

हालत में रोज नींद कैसे आती है? तो वह कहती कि "जब पैर दुखने लगते हैं तो जरा देर के लिए मोड़कर, गठरी बनकर सो लेते हैं, फिर वापस पहले की तरह..."

पता नहीं ये 'आसन' वे सब कैसे कर लेते थे। इतना ही नहीं, उनमें से कई, जब बरसात में बोआई के लिए गाँव आतीं तो उनके पाँव भारी होते थे। इनके गाल भरे-भरे और बदन भरा हुआ दिखता था। नयी साड़ी-चोली, हाथ में नयी चूड़ियाँ, गले में चमकती माला, कान में नकली बुन्दे पहन कर सज-धज, आलू, प्याज, मिर्ची, सूखी मच्छी के बोरे आदि के साथ जब वे अपने पति के पीछे-पीछे गाँव आतीं तो घरों से लोग झाँक-झाँक कर देखते थे।

ये औरतें अगर हँसमुख और मिलनसार होतीं, देने-बाँटने में हाथ खुला होता तो सब उनसे प्यार से मिलते, बातें करते थे और अगर घमण्डी या झगड़ालू हुईं तो गाँव की औरतें उसकी खूब बुराई करती थीं।

—"देखो तो राँड कैसे सिंगार-पटार दिखा रही है। गर्दन कैसी तनी है राँड की..."

इन औरतों की बुराई करते हुए बाकी औरतें ये भी कहती थीं—"पता नहीं, राँड मस्ती से फूली है या दिन चढ़ गये हैं।" कोई कहती—"राँडमांस चढ़ा होगा और क्या—"

राँडमांस शब्द मैंने आये से सुना था—"भले ही मैं राँड हूँ पर, मुझे राँडमांस नहीं चढ़ा" ऐसा वह अक्सर कहा करती थी।

एक बार मैंने भिकी अक्का से इस शब्द का मतलब पूछा तो वह चौंक कर अपनी भुजाएँ टटोलती पूछने लगी—"किसे चढ़ा है राँडमांस—?"

"कौन कहता है?"

मेरे खुलासा करने पर अक्का ने हँसकर बताया कि पति के मरने के बाद स्त्रियों की तबीयत जरा सुधर जाती है क्योंकि पति से छुटकारा जो मिल जाता है। इसी मांस चढ़ने को 'राँडमांस' कहा जाता है। इतना कहकर भिकी अक्का गम्भीर होकर बोली—"लेकिन मैं तो पति के मरने के पहले से ही मोटी हूँ, हाँ!"

मुम्बई के नौकरी-पेशा लोग गाँव आते समय तो बड़े ठाठ से आते थे परन्तु वापस लौटते समय टिकट के पैसों के लिए भी जिस-तिस के आगे हाथ पसारते थे। ऐसा ही कोई माँगने वाला शराब के नशे में धुत्त, लड़खड़ाते कदमों से हमारे खलिहान में आकर बैठ जाता। आये की कंजूसी के बारे में अच्छी तरह जानते हुए भी उससे पैसे माँगता और मुम्बई लौटकर मनीऑर्डर से पैसे लौटाने के वादे करता था।

आये, झल्लाकर पूछती, कि 'अगर पैसे नहीं है तो शराब कैसे पी ली है?' काफी देर तक इसी तरह का वार्तालाप चलता। कोई-कोई बताते कि गन्दगी में काम करते समय अद्धा-पौना शराब के बिना काम नहीं चलता। शराब पीने से गन्द, गन्द नहीं

लगती और काम, काम नहीं लगता। लेकिन शराबी के 'ज्ञान' की ओर ध्यान कौन देता है? अक्सर लोग पेट की, शराब की या फिर बीमारी की खातिर साहूकार, पठान या मदारी आदि से कर्जा लेते थे जो चक्रवृद्धि ब्याज की दर से 'दिन दूना रात चौगुना' बढ़कर चुकाना मुश्किल हो जाता था, फिर देनदार मारपीट पर आमादा हो जाते थे। इन सब कारणों से काम से तड़ी मारना, फलतः नौकरी से हाथ धो बैठना और अन्ततः जान से भी हाथ धो बैठना...प्रायः यही क्रम होता था।

कोंकण की पहाड़ियों के ढलान पर बने खेतों की, हर साल बह जाने वाली मिट्टी में धान की थोड़ी-सी फसल और आम के दो-चार पेड़, इन्हीं के सहारे गाँववाले, ले-दे कर गुजारा करते थे। पार्वती भाभी और विठा भाभी घास-लकड़ी काटकर, थोड़ा-बहुत कमा लेती थीं। उनके बच्चों को न तो ढंग की शिक्षा मिलती थी और न किसी का मार्गदर्शन और न तो स्वस्थ परिवेश। हवा में इधर से उधर उड़नेवाले सूखे पत्तों की तरह वे भी दिशाहीन भटकते, जो जी में आया करते थे।

चचेरे भाई बाबी का बेटा शान्ताराम बड़ी मुश्किल से चौथी या पाँचवीं तक पढ़ा फिर पढ़ना छोड़कर बाकी लड़कों के साथ आवारागर्दी करता घूमने लगा। कटाई के बाद धान के खेत में पूरा दिन गुल्ली-डण्डा खेलता था। लोगों के पेड़ों से आम, काजू चुराना, रात को सब के सोने के बाद लोगों के खेतों में मवेशी छोड़ देना तथा घास काट लाना, यही चलता था। उसके लाये घास के गट्ठर में कभी-कभी मेंढक या कटे हुए साँप भी बँधे होते थे। नारियल, सुपारी जो भी मिल जाता, तोड़ लाता था। 'वास्तव में ये सारी जमीनें हमारे बाप-दादों की ही थी, इनके बाप-दादों ने हमसे हड़प ली थी। इसलिए इन जमीनों पर उगने वाली हर चीज पर हमारा अधिकार है,' ऐसे उस 'दार्शनिक' के विचार थे। सब कुछ बेच-बाच कर वह शराब पी जाता था। गाँव में हल्ला मचता जिस में शान्ताराम का नाम ही सबसे अधिक उछाला जाता था। फिर गोविन्द दादा उसे आड़े हाथों लेते और चाचा-भतीजे में जम कर लड़ाई होती। दोनों बिल्कुल जानी दुश्मन की तरह व्यवहार करते थे।

एक दिन गाँव से आयी औरतें आये को बता रही थीं—"मास्टरनी, पता है, कल शान्ताराम हँसिया लेकर सबकी गर्दन काटने जा रहा था।"

—"अरी राँड, क्या कह रही है?" गाली देकर आश्चर्य व्यक्त करना आये की अपनी शैली थी। यदि औरत की जगह मर्द होता तो—"क्या कहता है रे गुलाम?"

—"झूठ बोलूँगी तो मेरी जीभ झड़ जायेगी" कहकर देहातिन आगे बताने लगी कि शान्ताराम को लड़ाने के लिए बैल चाहिए था लेकिन बूढ़े ने बैल को हल से जोत दिया। इस पर शान्ताराम हँसिया लेकर मरने-मारने पर उतारू हो गया और कम्बल एवं लाठी के टुकड़े-टुकड़े कर दिये। सुनकर आये सकते में आ गयी।

शान्ताराम एक लड़की को चाहता था परन्तु वह दूसरी जात की होने की वजह से उनकी शादी नहीं हो सकती थी। इसी के कारण कुंठाग्रस्त होकर शान्ताराम इस

तरह का बर्ताव करता था। उन दिनों शान्ताराम आम्बेडकरी जलसे में काम करता था। बाकी लड़के डॉ. आम्बेडकर के विचार और उससे सम्बन्धित गीत गाते और शान्ताराम हमेशा प्रेम या प्रेमभंग के गीत गाता था। आगे चलकर उसका विवाह हुआ। उसकी पत्नी का नाम प्रमिला था लेकिन हम सब उसे शान्ताराम की घरवाली ही कहते थे। पति के निकम्मे होने के कारण, उस बेचारी को भी अपनी सास की तरह बोझे बेचकर गुजारा करना पड़ता था। शान्ताराम की कभी उससे पटती नहीं थी, वह उसे पीटा भी करता था।

एक दिन प्रमिला जख्मी हालत में आये के पास आयी। बता रही थी कि किसी मामली बात पर शान्ताराम ने बड़े पत्थर से उसका माथा फोड़ दिया था। खून से लथपथ, कितनी ही देर तक वह बेहोश पड़ी रही लेकिन गाँव के किसी ने, न तो उसकी कोई मदद की और न ही शान्ताराम को लताड़ा। 'शान्ताराम आखिर उसका मालिक है, वह जो चाहे करे' इसी भावना से लोग तटस्थता से सारा माजरा देखते रहे। और उसका यह ढीठ मालिक, उसका तारका, रक्षक बड़ी निर्लज्जता से लोगों से कहता फिर रहा था कि "खलिहान में मैंने बकरी काटी है, किसी को खून चाहिए तो ले ले...।"

ऐसे निर्दयी घरवालों के कितने ही किस्से हम जानते थे। मारपीट जब सीमा से बाहर हो जाती तो वे भागकर आये के पास आती और रो-धोकर जी हल्का कर लेती। पाली गाँव की एक औरत इसी तरह रोती-कलपती, जान बचाने की खातिर भाग आती थी।

—"हरामी का सत्यानाश हो,...मुँहजला बताता तक नहीं कि क्या बात है, खाली मार-मार के जान लेता है...कीड़े पड़ें इसके मुँह में आदि कह रही होती कि इतने में उसका पति आता दिखता। डर कर वह घर में घुस जाती और हम उसे दुछत्ती पर छिपा कर सीढ़ी निकाल कर छिपा देते थे।

हाथ में डण्डा लिये, आग उगलता उसका पति पीछे-पीछे आकर—"कहाँ है वो राँड...?" कहता घर में घुसने लगता। इस पर आये भड़क जाती और—"ए भड़वे, तू पहले बाहर निकल...किसके घर में घुसता है? चल बाहर..." कहती उसे बाहर खदेड़ने लगती। लेकिन वह शराब पिये हुए होता, शेर की तरह दहाड़ता, हमारे घर में घुस कर कोने-अँतरे खोजता। बच्चे शायद सच बता दें, इसलिए हम बच्चों से पूछता फिर आये से माफी माँगते हुए उसके पैर छूकर, उसे अक्का बुलाकर, पत्नी को पीटने के फालतू कारण बताने लगता था। (वह हमारी पहली माँ का शायद चचेरा भाई था इसी से आये से भी अक्का (बड़ी बहन) का नाता जोड़ लेता था।)

अब उसका गुस्सा ठण्डा होने लगता और वह अपनी पत्नी की शिकायतें करने लगता, कि ये मेरी माँ से झगड़ती है, उसके कपड़े नहीं धोती, काम नहीं करती, चुरा के खाती है वगैरा...

इतना सुनते ही दुछत्ती पर छिपी, उसकी बीवी, ताव में आकर, बिना सीढ़ी के, खूँटियाँ पर पाँव रखती नीचे कूद आती और अपने घरवाले की खबर लेने लगती–"क्या चुराती हूँ मैं? बोल! तेरी माँ तीज-त्योहार पर बड़े बनाती है तो मूतने जाते वक्त भी गिन कर रखती है, आने के बाद फिर गिनती है, खाना ताले में बन्द रखती है फिर बता, मैं कैसे चुरा के खा सकता हूँ? और मैं क्यों उसके कपड़े धोऊँ?

तब मुण्डी नीची कर वह चलने लगता, इसलिए नहीं कि घरवाली की बात पर उसे विश्वास होता बल्कि इसलिए कि अब तक दारू उतर चुकी होती।

उसके जाने के बाद आये उसकी पत्नी को समझाती थी कि इस उम्र में उसकी माँ अब बेटे को छोड़कर कहाँ जायेगी? तुझे ही सब को सँभालना चाहिए। ऐसी औरतों को समझाते हुए आये हमेशा एक कहावत सुनाती थी–'औरत का जीना-मन भर खाना-पर अँधेरे का वस्त्र ओढ़ना'–अर्थात औरत भले ही जी भर खाये पर उसका ढिंढोरा न पीटे, अँधेरे का वस्त्र ओढ़कर रहे।

पांगरी गाँव में एक स्त्री का पति इतना शक्की था कि पत्नी नित्यकर्म के लिए भी जाती तो पूछता कि "वहाँ कौन था?" इसके अलावा हमेशा पत्नी की गर्दन पर सवार होकर, हर जगह उसके साथ जाना, मारना-पीटना, सताना और खुद जलना। ऐसा नहीं था कि स्त्रियों को केवल पति और घर के लोग ही मारते थे। किसी से कोई गलती हो जाये तो पंचों के सामने फैसला होता और बिरादरी के सदस्य भी मारते-पीटते थे।

उन दिनों की बात है जब मैं नौवीं-दसवीं में पढ़ती थी। गाँव की औरतों से सुना था कि एक विधवा के पाँव भारी हो गये थे। सब जानते थे कि गर्भ किस से है। गाँव द्वारा उसे आदेश दिया गया कि वह गर्भ गिरा दे लेकिन वह नहीं मानी। इस पर नौ गाँवों के 'महाल' में उसका फैसला किया गया और 'महाल' की सजा के मुताबिक उसे औंधा खड़ा कर अन्य स्त्रियों के द्वारा उसके पार्श्व पर लातें लगवायी गयी। इस प्रक्रिया में जब उसका गर्भपात हुआ तभी गाँव के लोगों के सम्मान की रक्षा हो सकी, उन्हें उनकी मर्दानगी का सबूत मिल सका।

एक दूसरी गर्भवती स्त्री, अपने पति के दूसरी औरत से नाजायज सम्बन्धों की शिकायत करने जब पंचों के पास गयी तब उसे भी यही सजा दी गयी थी। बाकी स्त्रियों ने बड़े ताव में आकर उसके ऐसी लातें जमायी कि उसका आठ माह का गर्भ पेट में ही मर गया और सात-आठ दिन बाद वह स्त्री भी मर गयी। सचमुच यह कैसी विडम्बना है कि इंसानियत की हत्या करने वाले इन इज्जतदार जीवों के बीज औरत के जिस्म में ही पलते हैं और बड़े होकर, इज्जतदार बनकर, उसी कोख का फैसला करते हैं, जिसने अपना रक्त देकर उन्हें पाला था।

नौवीं कक्षा में मराठी पढ़ाने वाले वसन्तराव देशपांडे सर ने बच्चों का एक नाटक, विद्यालयीन नाट्य प्रतियोगिता के लिए चुना। नाटक में नटखट प्याज की कहानी

थी। एक देश की राजकुमारी को फलों की टोकरी में प्याज दिखायी देता है। प्याज उस देश के लिए सर्वथा नयी वस्तु होने के कारण, उत्सुकतावश वह प्याज छीलती है। छीलते-छीलते उसकी आँखों से जो आँसू निकलने लगते हैं वे थमते ही नहीं। फिर जो कोई राजकुमारी को हँसाएगा उसे आधा राज-पाट दिया जायेगा वाली कहानी में अन्ततः राजकुमारी हँसती है। इस तरह बच्चों का मनोरंजन करने लायक नाटक था।

मैं मोटी-ताजी थी इसलिए सर ने मुझे राजा की प्रमुख भूमिका के लिए चुना। इससे पहले मैंने कई कार्यक्रमों में हिस्सा लिया था तथा भाषण भी दिये थे, इसलिए रंगमंच का डर मुझे नहीं था। अंग्रेजी के नेने सर की बेटी को मिसरानी की भूमिका मिली थी। यह नेने सर को अच्छा नहीं लगा। नेने सर ने कहा कि उनकी बेटी को राजा की भूमिका दी जाये पर देशपांडे सर ने उनकी बात नहीं मानी। हम लोगों ने नाटक की अच्छी प्रैक्टिस की थी परन्तु प्रतियोगिता में टिक नहीं सके। वैसे राजा की भूमिका के लिए ईनाम मिला था। इसके बाद राह चलते हुए भी कुछ लोग मुझे राजा साहब कहकर पुकारते थे। लोग काफी दिन तक मेरी भूमिका भूले नहीं थे।

इस नाटक की कथा यहीं खत्म नहीं हुई। राजा के पात्र को अधिक मजाकिया बनाने के लिए मुझे बीच-बीच में भारी आवाज में बोलना पड़ता था। शायद इसी वजह से मेरा गला अक्सर बैठ जाता था। गले के आराम के लिए मैं मिश्री की डली मुँह में रख लेती थी। देशपांडे सर तथा शहर की एक डॉक्टरनी 'तारा लुब्री' एक दूसरे को चाहते थे। वे (डॉक्टरनी) अक्सर शाम को नाटक की प्रैक्टिस देखने आया करती थी। अपने निराले व्यक्तित्व के कारण वे रत्नागिरी में एकदम ही अलग-सी दिखती थी। वे एकदम संगमरमर की सुडौल मूर्ति-सी लगती थीं। करीने से पहनी नौगजी सफेद साड़ी, पीठ और पेट को ढँकता, सफेद तंग ब्लाउज। साड़ी का पल्लू दायें से बायें लाकर या तो खोंस लेती थी या बायें हाथ की छोटी उँगली में लपेट लेती थी। परिपाटी से बँधा सुघड़ जूड़ा तथा कलाई पर बँधी घड़ी के पास छोटा-सा सफेद पर्स भी लटकता होता था। वे गर्दन उठा कर चलती थीं। डॉक्टरनी को हम सब बेहद पसन्द करते थे। सर की सहेली होने के कारण तो उनका महत्त्व और भी बढ़ गया था। वे मेरे गले में दवा का स्प्रे मार देती थी और गला तुरन्त खुल जाता था। सात-आठ बार उन्होंने स्प्रे मारा होगा। प्रतियोगिता के वक्त भी स्प्रे मारने की जरूरत पड़ गयी थी। उस वक्त तो नहीं पर आगे चलकर कई सालों बाद मेरी आवाज बदलकर भारी हो गयी तब ख्याल आया कि ये उस स्प्रे की वजह से हो सकता है। डॉक्टर ने भी यही कहा। मेरी आवाज और स्त्रियों की तरह मीठी न होने के कारण आज भी मुझे हीन भावना का अहसास होता है और मैं निश्चयपूर्वक इस भावना को उखाड़ फेंकती हूँ।

दीदी जब रत्नागिरी की नौकरी छोड़कर मुम्बई गयी। उसके पहले ही हरिश्चन्द्र

ने भी तहसीलदार के दफ्तर की नौकरी छोड़ दी थी। इस नौकरी में उसे जातिवाद का बड़ा ही कटु अनुभव हुआ था। वह अपने चपरासी को साथ लेकर इन्स्पेक्शन के लिए एक तहसील गया था। गाँव के तलाठी ने इन्स्पेक्शन के बाद, रात के खाने पर हरिश्चन्द्र को घर पर आमन्त्रित किया। हरिश्चन्द्र ने टालना चाहा परन्तु तलाठी ने एक़ न सुनी। हार कर वह मान गया और चपरासी से कहा कि वह जाकर तलाठी का घर देख आये। चपरासी घर तो देख आया परन्तु उसी समय 'साहब की जात' का खास जिक्र कर अपने कर्त्तव्य का पालन भी कर आया। रात जब हरिश्चन्द्र खाने पर पहुँचा तो तलाठी ने मरी-मरी सी आवाज में उसका स्वागत किया और उसे बाहर के बरामदे में, केले के पत्ते पर खाना परोसा, जहाँ जूते-चप्पल, कचरा और बकरी के लेंड़े पड़े हुए थे। हरिश्चन्द्र ने चपरासी के बारे में पूछा तो जवाब मिला कि 'वह आयेगा, पहले आप खा लें। आप को देरी हो जायेगी।'

हरिश्चन्द्र ने दरवाजे से जो भीतर देखा तो चपरासी वहाँ बैठा खाना खा रहा था। जातिवादग्रस्त, हीन वातावरण में अपमान के तेजाब में जलता हरिश्चन्द्र उल्टे पाँव वापस लौट गया और फिर कभी गाँव का रुख न करने का प्रण करते हुए उसने नौकरी से इस्तीफा दे दिया। पता नहीं उसने डॉ. बाबासाहेब आम्बेडकर का वाक्य 'गाँव छोड़ो, शहर चलो, गाँव में जातिवाद के कारण तुम्हारा विकास रुक जायेगा।' सुना था या नहीं?

हरिश्चन्द्र के जन्मकाल के दौरान ही डॉ. आम्बेडकर ने कोंकण का दौरा किया था। यहाँ स्थानीय नेताओं द्वारा आयोजित विराट सभाओं में डॉ. आम्बेडकर ने महारों से उनके परम्परागत काम छोड़ देने का आह्वान किया था। उनके आदेशानुसार लोगों ने वे सारे काम छोड़ भी दिये थे। हरिश्चन्द्र के पिता ने भी वे सारे काम छोड़ने का प्रण किया था। अपनी 'उस आदत' के मुताबिक हरिश्चन्द्र ने हमें यह घटना बार-बार सुनायी थी। शायद हरिश्चन्द्र के स्वाभिमान की जड़ें यही हों।

कुछ दिन बाद हरिश्चन्द्र को रत्नागिरी के डाक-घर में नौकरी मिल गयी। डाक-घर के पास ही रत्नागिरी का गोगटे कॉलेज होने के कारण हरिश्चन्द्र ने कॉलेज में दाखिला ले लिया था, परन्तु तबादलों की वजह से वह इण्टर से आगे नहीं पढ़ सका। डाक-घर में नौकरी पाते ही उसने आस-पास के इलाके की काफी जानकारी पा ली थी। उसी ने हमें बताया कि डाक-घर के पास वाला बँगला मराठी के विख्यात लेखक श्री पु. ल. देशपांडे के श्वसुर ठाकुर वकील साहब का है। उन्हें तो हमने कभी नहीं देखा परन्तु आम तौर पर उपेक्षित उस बँगले का मूल्य हमारी नजर में बढ़ गया।

बाकी दफ्तरों का तो मुझे नहीं मालूम, लेकिन डाक-घर कदम-कदम पर हुआ करते थे। हमारे घर के सामने भी एक था और हरिश्चन्द्र ने वहाँ कुछ दिन काम भी किया था। उसके हाथों उस डाक-घर का कितना भला हुआ यह तो पता नहीं पर, उन दिनों, मेरे डाक-घर के काम काफी बढ़ गये थे। भाई ने भविष्यवाणी कर

रखी थी कि 'ग्यारहवीं में मैं फेल होने वाली हूँ' और आये की गालियाँ भी बढ़ गयी थीं।

जब हरिश्चन्द्र का तबादला 'अलीबाग' हुआ तब जाकर मैंने पढ़ाई पर ध्यान केन्द्रित किया। बाकी विषयों की मुझे चिन्ता नहीं थी परन्तु गणित के पेपर में अण्डों की खेती होती थी, इसी से मैं गणित से दूर ही रही। लेकिन अंग्रेजी अनिवार्य थी। मैं चाहती थी कि अंग्रेजी को ऑप्शन में डालकर, बाद में परीक्षा दे दूँगी। ऐसा हो भी सकता था पर भाई कहाँ मानता। उसने अंग्रेजी का ढोल मेरे गले बाँध ही दिया।

अंग्रेजी से मुझे डर ही नहीं नफरत भी थी। नेने सर हमें अंग्रेजी पढ़ाते थे। अंग्रेजी की शिक्षा आठवीं कक्षा से शुरू होती थी इसलिए मेरा ज्ञान ए-बी-सी से अधिक आगे नहीं पहुँचा था। लेकिन नेने सर मुश्किल शब्दों के हिज्जे, कहावतें, मुहावरे आदि मुझ से ही पूछते और जवाब न पाने पर व्यंग करते कि 'ये नाटक नहीं है, अंग्रेजी है,—शेरनी का दूध है। किसी ऐरे-गैरे के बस की बात नहीं है।' सहपाठी खी-खी हँसते थे इसलिए अंग्रेजी के घण्टे में कक्षा मुझे शेर की माँद-सी ही लगती थी। मैं अक्सर अंग्रेजी के घण्टे में तड़ी मारती थी और इसी तड़ी की वजह से नेने सर मुझे अगले घण्टे में भी नहीं बैठने देते थे। घर में शिकायत करने से कोई लाभ नहीं था क्योंकि आये अनपढ़ थी और भाई नेने सर का पक्षधर था। फिर वही हुआ, जो होना था। अंग्रेजी में मैं फिसड्डी ही रही। परीक्षा के वक्त मुझे भाई से रेडीमेड जवाबों की अपेक्षा होती थी परन्तु वह ए-बी-सी से शुरू कर मेरे ज्ञान की परीक्षा लेने लगता। मैं हर बार अंग्रेजी में फेल होती रही परन्तु चित्रकारी में अच्छी होने के कारण ग्रेस मार्क्स देकर अगली कक्षा में चढ़ा दी जाती थी और साल जाया नहीं होता था।

एस. एस. सी. की पढ़ाई में खलल डालने वाली एक मजेदार घटना घटी लेकिन वक्त रहते ही मैंने सावधान होकर, पीछा छुड़ा लिया।

खेड़स्कर भाऊ की पहचान का, राजापुर के पास किसी गाँव का रहने वाला एक युवक एक दिन हमारे घर आया। उसका उपनाम 'बर्वे' था। खेड़स्कर भाऊ हमारे किरायेदार थे और शायद सोचते थे कि उनकी ही तरह पढ़े-लिखे एक हम ही हैं। इसीलिए उन्होंने बर्वे को भी हमारे घर भेज दिया था। वह रत्नागिरी में किसी के घर रहता था और तहसीलदार की कचहरी में नया-नया काम पर लगा था। उसके उपनाम तथा रंगरूप से स्पष्ट था कि वह ब्राह्मण है। वह छरहरे बदन का, गोरा और भावुक आँखों वाला युवक था। सलीके से सँवरे वालों की सीधी माँग निकालता था और बातचीत में विनयशील था। पहले वह वासन्ती भाभी के घर गया तब उसने उसे हमारे बाहरी बरामदे में बैठने को कहा। मैं वहीं बैठी थी सो वह मुझसे ही बातें करने लगा। उसके पिता पौरोहित्य करते थे, खेती थी, घर में सौतेली माँ और एक भाई था। सौतेली माँ के जिक्र की वजह से मैंने जरा सहानुभूतिपूर्वक बात की, तो वह और भी अपनत्व जताते हुए बोला कि गाँव के लोग अपने लगते हैं, लगता है कि शहर में भी कोई अपना हो।

'उसने शायद भोलेपन से ही कहा होगा, बातों में दो अर्थ नहीं होंगे' यही सोचकर मैं शान्त रही। वह मेरी पसन्द नापसन्द के बारे में पूछने लगा। लाइब्रेरी से पुस्तकें ला देने की इच्छा दर्शायी। जानने की कोशिश करने लगा कि मुझे किन लेखकों का साहित्य पसन्द है। मैं टालती रही कि अभी तो मैंने पाठ्यक्रम की ही पुस्तकें नहीं पढ़ी हैं, बाकी कुछ पढ़ने के लिए मेरे पास वक्त नहीं है। मेरे जीवन में हरिश्चन्द्र आ चुका था और मैं बर्वे को बढ़ावा नहीं देना चाहती थी। जब भी वह आता मैं उसे बाहरी बरामदे में बैठने को कहती। आँगन में आये का काम चल रहा होता, बच्चे खेल रहे होते, राह से गुजरते लोग होते, वे हमें देख रहे होते। ऐसे 'सुरक्षित' वातावरण में भी एक दिन उसने "नौकरी लगते ही शादी करने का विचार था सो नौकरी तो लग गयी, अब शादी करनी है, वह भी अन्तरजातीय..." इतना कहकर भावुक नजरों से वह मुझे ताकने लगा।

मैं तो चौंक कर उछल ही पड़ी। पता नहीं यह उसकी ओर से हरी झण्डी थी या और कुछ? लेकिन पूछ कर बर्र के छत्ते को छेड़े कौन? मैंने झट विषय बदलकर कहा कि मुझे पढ़ना है। इतना होने पर भी उसकी वन साइड गाड़ी तेज दौड़ रही थी क्योंकि मैंने उससे यह स्पष्ट नहीं कहा था कि "तुम यहाँ क्यों आते हो?" या "मत आया करो।" और अनजाने में, उसकी बातों पर मेरी प्रतिक्रियाएँ भी मेरी उम्र के अनुकूल ही होती थी जिनसे वह गलत अर्थ निकाल सकता था। मसलन उसके किसी कारनामे पर 'हाय माँ' कहकर आश्चर्य व्यक्त करना या "काफी तेज हैं आप!" जैसी तारीफ सुनकर उसकी बाँछें तो खिलनी ही थी। एक दिन वह शायद तय करके ही आया था। पहले कुछ इधर-उधर की बातें करके उसकी गाड़ी फिर प्रेम पर अटक गयी। प्रेम के बारे में उसका दर्शन शास्त्र सुनने से पहले ही मैं समझ गयी कि अब यदि मैंने इसे नहीं रोका तो गजब हो जायेगा। इसलिए मैंने उसकी बातों को साफ नजरअन्दाज कर वहीं ब्रेक लगा दिया। वह भी समझ गया और फिर उसने आना बन्द कर दिया।

पाँच-छः माह बीतने के बाद वह बड़े उत्साह से घर आया उसने खुशी-खुशी अपनी शादी तय होने का समाचार सुनाया। लड़की उसी के दफ्तर में काम करती थी। मैंने जान-बूझकर लड़की की जात पूछी। उसने कहा कि लड़की भण्डारी जाति की है पर उनके घर कोई मछली नहीं पकड़ता—कह कर वह मुस्कराया...एकदम पाक-साफ मुस्कराहट।

मेरे मन में कहीं तो खटका हुआ जरूर और इसीलिए वह याद भी रह गया। शायद अन्तरजातीय विवाह का मौका खो देने की वजह से हो...।

वह रत्नागिरी में ही रहता था, सो कुछ दिन बाद उसकी पत्नी से भी मुलाकात हो गयी। वह भी मेरी ही तरह रंग-रूप से साधारण थी। उन्हें तीन बेटियाँ हुई। वह पत्नी और बेटियों से बड़े प्रेम से पेश आता था। जाने दो! अब कहकर क्या फायदा?

दसवीं में मेरी कक्षा में नीना वर्दे पढ़ती थी, जो विख्यात लेखक पु. ल. देशपांडे की रिश्तेदार थी। उसकी माँ रत्नागिरी के सिविल हॉस्पिटल में आर. एम. ओ. के पद पर आसीन थी तथा पिता मिलिटरी के सेवामुक्त अधिकारी थे। ये सब डॉक्टरों के बड़े से क्वार्टर्स में रहते थे। मैं पढ़ने के लिए अक्सर उनके घर जाया करती थी। उनकी और हमारी आर्थिक परिस्थितियों का अन्तर मुझे तब भी महसूस होता था। उनके घर मैंने शुद्ध घी डले दाल-चावल, जायकेदार मसालेवाला मटन, मच्छी और हथेली जितने बड़े सीपों के (कालव) भजियों का स्वाद चखा है।

नीना और उसके भाई-बहन अक्सर मुझसे कहते, कि "तेरी आये क्या पकवान बनाती है? लाया कर ना कभी।" मैं हँस कर टाल देती थी। एक बार जब भाभी की सिविल हॉस्पिटल में जचकी हुई थी, मैं उसका खाना लेकर गयी थी। राह में नीना के घर किताब लेने के लिए गयी। मेरे हाथ में डिब्बा देखकर शीला ने, 'देखूँ क्या लायी है?' कहते हुए डिब्बा खोला और उसमें मोटे चावल, दाल और जरा-सी सब्जी देखकर चुपचाप डिब्बा बन्द कर दिया। उसके बाद कभी उन्होंने मुझ से पकवानों की माँग नहीं की।

हमारे घर में जच्चा के लिए अलग खाना नहीं बनता था। पहले दो दिन तक चावल पर नारियल का दूध, गुड़ तथा काली मिर्च डालकर खिलाया जाता था। भाभी को मच्छी बेहद पसन्द थी। उसके पिता शिरगाँव से आते समय गेजर, शिंगटा, मोडवसा या तोवरी जैसी मच्छी पकाकर या कच्ची ही ले आते थे। उन्हें पकाकर भाभी उस पर टूट पड़ती थी। दाल-चावल के बदले भी वह मच्छी खाती थी। देखकर आये कहती—"ऐसा खाना और मरघट में जाना" लेकिन भाभी को कभी कुछ नहीं हुआ।

आये और भाभी के बीच भी वही सास-बहू का परम्परागत रिश्ता था लेकिन उसका गुस्सा भाभी ने कभी हम पर नहीं उतारा। हमसे मदद की उम्मीद रखे बिना ही वह घर के सारे काम निपटा देती थी और हमें पढ़ाई के लिए वक्त मिल जाता था। भाभी का यह एहसान भुलाये नहीं भूलता।

एस. एस. सी. की परीक्षा के वक्त मैंने जाना कि असली पढ़ाई क्या होती है। अंग्रेजी के अलावा बाकी विषयों का मुझे डर नहीं था। मराठी के देशपांडे सर, संस्कृत के लिमये सर, तथा भूगोल के सोहनी सर ने सच्चे मन से पढ़ाया। भूगोल सिखाने वाले सोहनी सर नाटे और मोटे थे। सफेद पतलून में पूरी बाँह का सफेद शर्ट खोंस कर पहनते थे और रूमाल में लिपटा बायाँ हाथ हमेशा जेब में डाले रहते थे। किसी ने बताया कि उनके बायें हाथ की उँगलियाँ छोटी और संख्या में कम भी हैं। वैसे इस बात से हमें कोई लेना-देना नहीं था परन्तु बंगाल की खाड़ी से मिलने वाली गंगा नदी के अनेक मुखों की तरह, वे उँगलियाँ हमें बेचैन कर देती थीं। सोहनी सर तख्ते पर गोल का चित्र खींचते तो लगता कि अपना ही चित्र खींच रहे हैं और वह पृथ्वी का गोल, हमारे दिमाग के गोल में फिट बैठ जाता। प्राइमरी स्कूल में महाडिक सर

ने भारत का मिट्टी का नक्शा बनाकर नदियाँ, पर्वत, राज्य और दिशाएँ आदि इतनी भली-भाँति समझा दी थी कि वे मेरे दिमाग में घुस गयी थीं। डर था तो केवल अंग्रेजी का। घर के पीछे, जंगले में काजू के पेड़ की डाली पर बैठकर मैं अंग्रेजी सवालों के जवाब रटा करती थी। परन्तु बेवक्त की बरसात की तरह बेवक्त सूझता प्रेम, सारी पढ़ाई पर पानी फेर देता था। जी चाहता था कि पढ़ाई के बदले हरिश्चन्द्र को प्रेमपत्र लिखूँ और मैं बड़ी ही अलंकारिक भाषा में चिट्ठयाँ भी थीं। शायद इन चिट्ठियों की बदौलत ही निबन्ध लेखन में सुधार हो गया था।

परीक्षा देने के बारे में अन्त तक मेरा मन डाँवाँडोल था। लेकिन ऐन परीक्षा के वक्त हरिश्चन्द्र के मामाजी ने मुम्बई से भेजी उत्तर पत्रिकाएँ तथा भाई का दिया हुआ पेपर के नीचे रखने का पैड, मेरा उत्साह बढ़ा रहे थे। अन्तिम पेपर लिखने के बाद मन का भार उतर गया।

ग्यारहवीं में अंग्रेजी के शिक्षक बी. बी. ठाकुर-देसाई थे जो काफी सख्त थे और हमें 'टेरर' लगते थे। इसलिए ट्यूशन के लिए मैं उनकी बजाय प्रभा गोडबोले के पिता के घर पढ़ने जाने लगी। गोडबोले[13] अपने नाम की ही तरह बस मीठी-मीठी बातें करते थे। आँगन में आरामकुर्सी पर बैठ कर आराम से पढ़ाते थे, बीच में अखबार पढ़ने लगते तो कभी घर के सदस्यों को हिदायतें देते, ऐसी ही पढ़ाई चलती थी। फिर भी मैं पैंतीस प्रतिशत तक अंक लेकर पास हो गयी और मेरी नैया किनारे लग गयी।

भविष्य के बारे में मैंने सोचा नहीं था। परीक्षा खत्म होते ही घर जाना और सोना फिर कोई नौकरी करना, यही उद्देश्य था। नीना वर्दे मुम्बई जाने वाली थी। उसकी भविष्यकालीन योजना निश्चित थी, आगे चलकर अमेरिका जाने का भी उसका इरादा था। परीक्षा के अन्तिम पर्चे के दिन हम दोनों की अन्तिम मुलाकात हुई। फिर कई सालों बाद जब वह अमेरिका से मुम्बई लौटी तो दफ्तर से छुट्टी लेकर मैं उससे मिलने गयी थी बस। नयी सहेलियाँ मिलने पर पुरानी भूल ही गयी।

परीक्षा के बाद बर्वे की ही तरह एक और प्रेम का प्रस्ताव आया। बार-बार नाटक कुछ यूँ हो रहा था कि घर वही, संवाद वही, भूमिकाएँ वही और मैं वही। पड़ोस की वासन्ती भाभी के मायके—कोल्हापुर—से उसका भाई रामनाथ, अपने दो छोटे भाई और बहन को लेकर रत्नागिरी आया हुआ था। रामनाथ साँवला, लम्बा, सींकिया था। गाल कुछ भीतर धँसे हुए थे। नुकीली नाक और बालों का बुलबुल काढ़ता था। नये कपड़े पहन कर दूल्हे की तरह सज-धज कर आया था। वासन्ती की बेटी कुछ बड़ी होती तो बहन का ही दामाद बन जाता। (उन लोगों में मामा-भांजी के विवाह का चलन था) वह कोल्हापुर के लिबर्टी सिनेमा घर में डोअर-कीपर था। बार-बार सिनेमा के वही गीत और संवाद सुनता होगा लेकिन वास्तविकता में उनका प्रयोग करने की रसिकता उसमें नहीं थी। एकदम सीधा-सादा, खामोश व्यक्तित्व था उसका।

13. गोडबोले : गोड = मीठा, बोले = बोलना अर्थात 'मीठा बोलने वाले'।

वासन्ती भाभी का घर छोटा होने के कारण रामनाथ का उठना-बैठना हमारे ही बरामदे में होता था। बरामदे में पड़े उसी बेंच पर बैठे हम दोनों बातें करते और पास में बैठे उसके भाई-बहन पाँव हिलाते सड़क की आवाजाही टुकुर-टुकुर देखा करते। मैं कहती कि "बड़े मजे हैं आपके तो, खूब सिनेमा देखते होंगे न आप?" इस बात पर डोअर-कीपर होने की धन्यता उसके चेहरे पर झलकती। दोनों बच्चे ऐसे देखते रहते जैसे अपने भैया को पहली बार हँसते देखा हो।

तभी वासन्ती भाभी ने मुझसे कहा कि "तीनों को समन्दर दिखा ला। मेरे बताने के बावजूद भी ये विश्वास ही नहीं करते कि समन्दर इतना बड़ा होता है।"

रामनाथ नाक सिकोड़ कर हँसता हुआ बोला–"अरे हाँ! कितना बड़ा होगा तुम्हारा समन्दर? हमारे रंकाला तालाब (कोल्हापुर का प्रसिद्ध, विस्तृत तालाब) से दुगना, तिगुना, चौगुना...?"

भाभी ने समझाना चाहा कि रंकाला–एक तालाब है और ये समन्दर..."जब देखोगे तभी जानोगे।"

रंकाला तो मैंने नहीं देखा था लेकिन सुना था। हमारी शान्ति अक्का परटवणे के जिन जाधव गुरु जी के घर रहती थी, उनका बड़ा बेटा कॉलेज की पिकनिक पर कोल्हापुर गया था और रंकाला तालाब में तेरते हुए, कमल के बेलों में फँसकर डूब गया था। तब हुई चर्चा से मुझे अन्दाजा था कि रंकाला वास्तव में काफी बड़ा होना चाहिए। मैंने भी रामनाथ का चैलेंज स्वीकार किया। पहले मैं उन्हें छत्रपति शिवाजी महाराज द्वारा बनाये किले के भगवती मन्दिर में लेकर गयी। किले से सटा हुआ, क्षितिज तक फैला, अथाह, अपरम्पार नीला अरब सागर देखकर, पृथ्वी का तीन-चौथाई हिस्सा पानी से व्याप्त होने का, भूगोल में पढ़ा तथ्य याद आता है। मीलों दूर फैली निश्चल जलराशि अन्तःर्मुख कर देती है। समन्दर के प्रथम दर्शन से कोल्हापुर वालों की हालत तो देखते ही बनती थी। रामनाथ देखता ही रह गया। मैंने पूछा "क्यों भूगोल याद है...?" तो वह मेरी आँखों में झाँकने लगा। न जाने शायद वह अपना रंकाला ही मेरी आँखों में खोज रहा हो। मैं तुरन्त सतर्क हो गयी।

शाम को घर वापस लौटने पर जो हुआ उसमे मेरे होश गुम हो गये। रात के खाने के बाद वासन्ती भाभी ने मुझे घर से बाहर कुछ दूरी पर, एक चट्टान के पास बुलाया। जाने से पहले मैंने उसके घर में झाँक कर देखा तो रामनाथ बिस्तर पर लेटा प्रतीक्षा में जागता हुआ छत को निहार रहा था। इधर सड़क पर बिजली के बल्ब के धुँधले उजाले में मुझे निहारती भाभी ने पूछा–"रामनाथ तुझे कैसा लगा?"

आम तौर पर लड़कियाँ ऐसे सवालों का रुख समझ जाती हैं, उसी तरह मैं भी समझ गयी। फिर भी मैंने पूछा–"मतलब...?"

तात्पर्य ये था कि रामनाथ ने मुझे पसन्द कर लिया था और मुझसे शादी करना चाहता था। अब वह ये जानना चाहता था कि 'क्या वह मुझे अच्छा लगा?' भाभी

के जरिये उसने मेरे सामने शादी का प्रस्ताव रखा था।

मैंने माथा पीट लिया। भाभी क्या जानती नहीं थी कि मेरी हरिश्चन्द्र से चार साल पुरानी पहचान है और हम एक-दूसरे को चाहते हैं। मैंने पूछा—"क्या आपने उसे हरिश्चन्द्र के बारे में नहीं बताया?" तो इस पर रामनाथ का जवाब था कि वह सब कुछ भुलाकर मुझे अपनाने के लिए तैयार है। भाभी बड़ी आस लिये मुझे बार-बार पूछ रही थी। मैं बिना कुछ कहे उठकर वापस घर आ गयी। न जाने कैसे इतने उदारमतवादी युवकों से बार-बार मेरा पाला पड़ रहा था।

बात सचमुच रामनाथ के दिल की थी या स्वयं वासन्ती भाभी के? जो भी हो, मेरे खुलेपन से हँस-बोल लेने का लड़के गलत मतलब निकाल सकते हैं, इतना समझ कर मैं अब जरा सँजीदा हो गयी। वास्तविक मेरे मन में हरिश्चन्द्र के अलावा किसी को स्थान नहीं था। हरिश्चन्द्र का बोलना, मुस्कराना, प्रेम से निहारना, सपने में भी मुझे रोमांचित कर देता था। उससे मिलने की, बातें करने की मुझे गहरी प्यास थी। हरिश्चन्द्र के कान में रखे 'मजमुआ' इत्र के फाहे की सुगन्ध, उसकी अनुपस्थिति में भी मेरे इर्द-गिर्द मँडराती। आज भी उस गन्ध से मुझे उन दिनों की याद आ जाती है।

मराठी नाट्यमंच की विख्यात अभिनेत्री 'श्रीमती शान्ता जोग' के पति का तबादला रत्नागिरी के राज्य परिवहन के दफ्तर में होने के कारण वे तब रत्नागिरी आयी हुई थीं। रत्नागिरी छोटा शहर होने पर भी यहाँ नाट्यप्रेमी काफी संख्या में थे। मुम्बई से दौरे पर निकला नाटक सबसे पहले रत्नागिरी ही आता था। इसके अलावा रत्नागिरी के लोगों की भी अपनी छोटी-छोटी नाटक मण्डलियाँ थीं। शान्ता जी तो कलाकार थीं। उन्हें नाटक के बिना कहाँ चैन पड़ता?

हमारे मराठी के सर बसन्तराव देशपांडे नाटकों के शौकीन थे। उन्होंने नटराज सेवा मण्डल नामक नाट्य संस्था की स्थापना की थी। शहर के कुछ नाट्यप्रेमी इस संस्था के सदस्य बन गये थे। उन दिनों नाटकों में अभिनय करने के लिए लड़कियाँ तैयार नहीं होती थीं। मुम्बई या पुणे से व्यावसायिक अभिनेत्रियों को मेहनताना देकर बुलाना पड़ता था। मैं और सुमति वैद्य, सर की विगत छात्राएँ थीं और हमारी अभिनय क्षमता के बारे में सर की अपनी खुशफहमियाँ थीं इसलिए एक प्रकार से, जबरदस्ती ही सदस्य बनना पड़ा था।

प्राथमिक स्कूल में पढ़ते समय मैंने कई कार्यक्रमों में हिस्सा लिया था। मछुआरों के नृत्य में तो, टोकरी में असली मच्छी रखकर किये गये नृत्याभिनय के लिए ईनाम भी पाया था। भगवान श्रीकृष्ण की नटखट लीलाओं के बारे में एक एकांकी स्वयं लिखकर, दिग्दर्शित की थी। इन उपक्रमों में अधिकांश सहभाग मेरा ही होता था लेकिन इन सब के लिए मुझे समय-समय पर सराहा भी गया था और छोटे-मोटे ईनाम भी मिले। 'नटखट प्याज की कहानी' ने तो मेरे अंग्रेजी के पर्चे का बेड़ा गर्क कर दिया था फिर भी नाटकों में अभिनय करने का शौक अब भी बाकी था।

ना-नुकर कर के ही सही, पर मैं नटराज सेवा मण्डल की सदस्य बन ही गयी थी। शान्ता जी के सुझाव के अनुसार नटराज सेवा मण्डल के सदस्यों के लिए नाट्य शिविर का आयोजन किया गया। सन 1963 में नन्दू खोटे आदि के मार्गदर्शन में आयोजित किया, यह पूरे मराठी नाट्यक्षेत्र के इतिहास में पहला शिविर था। यहाँ हमें नाटक से सम्बन्धित विभिन्न विषयों का ज्ञान दिया गया। अभिनय, आवाज तथा एक्शन के बारे में नयी-नयी जानकारी मिली। विभिन्न भावनाओं को व्यक्त करने के लिए आवाज तथा एक्शन के विभिन्न उपयोग, देहबोली के द्वारा भावनाओं की अभिव्यक्ति, इतना ही नहीं आँखों में तुरन्त पानी लाने का भी 'गुर' सिखाया गया। ये बात और है कि आगे चलकर जीवन ने इतने रंग दिखाये कि आँखों में पानी लाने के लिए किसी गुर की आवश्यकता ही नहीं पड़ी।

शान्ता जी के मार्गदर्शन में कई अच्छे-अच्छे नाटक खेले गये। इन नाटकों के जरिये सैनिक फण्ड के लिए रुपया जमा किया गया। मेरी सेहत के कारण मुझे हमेशा सह-भूमिकाएँ ही मिलीं।

नाटक की प्रैक्टिस के लिए जब सारे कलाकार जमा होते तब मैं और सुमति शान्ता जी को बुलाने उनके घर जाती थीं। शान्ता जी की माँ, हू-ब-हू शान्ता जी का ही प्रौढ़ रूप थी। वही चेहरा, वही बाल, उन्हीं की तरह नौगजी साड़ी पहने, वे हमसे कहतीं—"बैठो बेटी, शान्ता को भेजती हूँ।" दरवाजे की चौखट पर खड़ा, चार-साढ़े-चार साल का गोरा-चिट्टा, गुल-गोथना अनन्त अपनी नीली आँखों से हमें घूरता, कमर पर दोनों हाथ रखे खड़ा होकर, गुस्से से चिल्लाता था—"जाओ, नहीं आयेगी माँ, जाओ, कहता हूँ न...।" उसका आवेश देखकर हम हँस पड़ते थे।

रत्नागिरी में नाटक की पोशाकें बस एक ही दूकान में मिलती थीं। वहाँ गाँव-गाँव खेले जाने वाले नाटक तथा 'खेल' के लिए पौराणिक काल के कपड़े, गदा, मुकुट, तलवारें आदि किराये पर मिलते थे। परन्तु वहाँ स्त्रियों की जरीदार साड़ियाँ-ब्लाउज आदि मिलना मुश्किल था। इसलिए देशपांडे सर हमें रत्नागिर के 'बड़े' लोगों के घर कपड़े लाने भेजते थे। हालाँकि ये बड़े लोग सर के सामने कपड़े देने का वायदा करते थे परन्तु जब हम कपड़े लेने के लिए पहुँचते तो ऐसी-ऐसी गयी-गुजरी साड़ियाँ पकड़ाते कि लगता हम उनकी उतरनों का दान तो नहीं उठा लाये हैं? सर से शिकायत करने पर वे हमसे ही नाराज हो जाते और फिर नये-नये पते देते थे।

उन दिनों रत्नागिरी में हमारे द्वारा प्रस्तुत नाटक में शान्ता जी और वसन्तराव की भूमिकाएँ बेहतर थीं, अन्य सभी तो बस खानापूरी के लिए थीं। इस नाट्य शिविर तथा नाटकों का मुझे कितना फायदा हुआ पता नहीं परन्तु अभिनय कला तो जीवन में कई जगह काम आयी। हरिश्चन्द्र के साथ घूमने-फिरने के बावजूद अपनी प्रतिमा साफ-सुथरी रखने में अभिनय कला ने खूब साथ निभाया।

❖

दीदी की शादी के बाद भाई ने मेरी शादी पर अपना ध्यान केन्द्रित किया। हरिश्चन्द्र, दामाद के रूप में घर के किसी भी सदस्य को पसन्द नहीं था। सब को पूरा विश्वास था कि ज्यों मैं हरिश्चन्द्र के साथ घूमती-फिरती हूँ; प्रेम की खातिर बेखटके झूठ बोलती हूँ, एक न एक दिन मैं उनके मुँह पर कालिख पोत कर रहूँगी। हमारे समाज में पढ़ाई-लिखाई में लड़कियों की अपेक्षा लड़के आगे थे। कुछ तो अच्छे पदों पर कार्यरत थे। इसलिए मेरे लिए हरिश्चन्द्र से अच्छा पति, आसानी से मिल जाने की आशा सभी को थी।

मैट्रिक के बाद मैंने कॉलेज में दाखिला लिया। उसी समय एक-दो दफ्तरों में बदली कर्मचारी के तौर पर अस्थायी रूप से काम भी किया। कॉलेज तथा दफ्तर पास-पास होने के कारण, दोपहर को कॉलेज से छूटते ही मैं वहीं से दफ्तर चली जाती थी। कॉलेज में मैं स्कर्ट-ब्लाउज पहनती थी। यदि साड़ी पहनने और खाना लेने घर जाती तो दफ्तर देर से पहुँचती इसीलिए कॉलेज आते समय ही दोपहर का खाना लेकर चलती थी और स्कर्ट-ब्लाउज ही पहनकर दफ्तर जाती थी।

तब मेरे पास केवल एक साड़ी और दो-तीन स्कर्ट थे। मुम्बई-पुणे के निजी आस्थापनों में काम करने वाली लड़कियाँ धड़ल्ले से स्कर्ट या फ्रॉक पहनती थीं, फिर मेरे स्कर्ट पहनने पर किसे एतराज हो सकता है? ऐसा मैं सोचती थी। बाकी लोग मुझसे कुछ कहते तो नहीं थे परन्तु यह धारणा जरूर बना लेते थे कि—'छोकरी जरूरत से ज्यादा तेज है।'

जब मेरी राज्य परिवहन के दफ्तर में नौकरी लगी, तब भाई ने मुम्बई से मेरे लिए एक रिश्ता भेजा था। लड़का प्राइवेट कम्पनी में नौकरी करता था। उन दिनों प्राइवेट कम्पनी की नौकरी को बेहतर तो सरकारी नौकरी को मामूली माना जाता था। सभी को रिश्ता पसन्द था लेकिन उस दिन मैं घर में रुकी ही नहीं, सीधे दफ्तर पहुँच गयी। मेरी नापसन्दगी को भाँप कर वह लड़का लौट गया और दीदी की ही तरह मुझे भी मुम्बई रवाना कर दिया गया। मैंने मुम्बई के सिविल कोर्ट, चुनाव कार्यालय तथा ग्लैक्सो लेबोरेटरी आदि में अस्थायी तौर पर नौकरियाँ कीं।

हरिश्चन्द्र भी रत्नागिरी से मुम्बई के चक्कर काटने लगा। एक दिन वह अपने पिता, चाचा तथा मामा-मामी को लेकर घर आया और रिवाज के अनुसार मेरे लिए शादी का प्रस्ताव रखा। मेरी और हरिश्चन्द्र की शादी में भाभी को कोई एतराज नहीं था, बाकियों का भी घनघोर विरोध नहीं था। भाई ने मुझे सामने बिठाकर पढ़े-लिखे

लड़कों के रिश्तों की अहमियत समझायी, पर मैं चुप रही। न 'हाँ' की और न तो 'ना'। भाई समझ गये और अन्ततः उन्होंने मेरी शादी हरिश्चन्द्र से करवाने का निर्णय ले लिया। भाई की कुछ शर्तें मानने के बाद हमारी शादी तय हो गयी। वे शर्तें कुछ इस प्रकार की थीं—विवाह हरिश्चन्द्र के गाँव, भिरवंडे में होगा तथा विवाह का खर्च वर पक्ष और वधू पक्ष आधा-आधा बाँट लेंगे। वर की पोशाक, अँगूठी आदि का खर्च हम नहीं करेंगे और न ही वधू की पोशाक का खर्च करने का, वरपक्ष से आग्रह करेंगे। भिरवंडे तक आने-जाने का हमारा खर्चा हम ही वहन करेंगे। चूँकि विवाह हरिश्चन्द्र के घर में ही होना था, अतः बरातियों के लिए जनवासे, खाने का खर्च भाई को नहीं उठाना था। उसी प्रकार वधू पक्ष के आने-जाने का खर्च हरिश्चन्द्र को नहीं उठाना था। ले-दे कर हिसाब बराबर था।

ग्लैक्सो लेबोरेटरी में मैं पैकर का काम करती थी। अगर ग्रेजुएट हो जाती तो उसी दफ्तर में क्लर्क की नौकरी मिल जाती। शादी के लिए जब मैं छुट्टी लेने निकली तब पता लगा कि यहाँ शादीशुदा लड़कियों को काम पर नहीं रखा जाता। अच्छी तनख्वाह के बावजूद मुझे वह नौकरी छोड़नी पड़ी।

मेरी शादी में भाई को बिरादरी और पंचायत की मीटिंगों के झंझट से छुट्टी मिल गयी। वैसे भी यह शादी उनके लिए जबरन की शादी थी। दूसरे, मेरे ससुराल वाले बौद्धजन पंचायत के सदस्य नहीं थे, इसलिए उन्हें पंचायत वालों की ताल पर नहीं नाचना पड़ा। हरिश्चन्द्र ने बताया कि पहले उनकी बिरादरी में भी छः गाँवों के 'करवीर महाल' (इलाका)[14] के नियम लागू होते थे। उन्हीं नियमों के अनुसार 'महाल' के मान्यवर लोग तथा सदस्य विवाह समारोह में शामिल होते थे तथा उनके पाँव धोकर यथोचित सम्मान यदि नहीं किया गया तो नाराज होकर 'डाँड़' ठोंक देते थे। धर्मपरिवर्तन के बाद ये सारे नियम-कायदे अपने आप ही खारिज हो गये थे। भाई ने पंचायत के सामने यही वास्तविकता स्पष्ट की तथा एक ही मीटिंग में काम निपट गया।

वस्ता खरीदने का बवाल भी आसानी से निपट गया। मेरे मायके से वैसे भी हरिश्चन्द्र को कुछ मिलना नहीं था। पर हरिश्चन्द्र मेरे लिए साड़ियाँ खरीदना चाहता था, जिन्हें पसन्द करने के लिए मैं स्वयं ही उसके मामा-मामी के साथ दूकान गयी थी। मेरी पसन्द की चाँदी रंग की जरीदार साड़ी (शालू), विवाह विधि के लिए सफेद साड़ी और भाई के दिये पैसों से 'मायके की तरफ' की साड़ी और दो-तीन ब्लाउज के कपड़े खरीदने पर शादी का बस्ता पूरा हो गया। उस जमाने में मैचिंग पेटीकोट का चलन प्रायः नहीं था। किसी भी साड़ी के नीचे कोई भी पेटीकोट चढ़ा लिया जाता था।

---

14. महाल—इस छः गाँवों के महाल में कणकवली, सौंदल, कुडाल, राजापुर, करवीर और सालस आदि गाँव शामिल थे तथा इसे करवीर महाल के नाम से जाना जाता था।

बस, नाममात्र थोड़े से निमन्त्रण-पत्र सस्ते कागज पर छापे गये थे। नवबौद्धों के निमन्त्रण-पत्रों पर कुलदेवता के नाम की जगह 'नमो बुद्धाय' लिखा जाता था। बाकी वर के नाम के पहले 'चिरंजीव' तथा वधू के नाम के पहले 'सौभाग्य कांक्षिणी' पहले की तरह आज भी लिखा जाता है। वैसे तो निमन्त्रण-पत्र बाँटने के लिए वधू नहीं जाया करती लेकिन मुझे जाने के अलावा कोई चारा नहीं था। मैं ही अपनी भतीजी सरोज को लेकर परिचितों के घर जाती थी। स्वयं फाटक पर ही रुकती तथा सरोज के हाथ निमन्त्रण भिजवाती थी। सहेलियों को निमन्त्रण-पत्र देते समय वे चौंक कर पूछतीं कि—"तुम भी पवार और वे भी पवार, फिर तुम तो सगोत्री हो गये न? ऐसे कैसे चलेगा?" फिर मैं रटा-रटाया जवाब देती कि "अब हम बौद्ध हैं, गोत्र आदि नहीं देखते। पहले हमारे उपनाम जातिवाचक थे अतः उन नामों के बदले हमने ये नये उपनाम अपनाये हैं।"

ये उपनाम हम लोगों ने कब से अपनाये हुए थे यह पता नहीं। बाबा के बक्से में बँधे हुए पुराने कागजात थे, जिनमें उनका नाम 'अर्जुन चिमाजी महार' लिखा था। जमीन के कुछ कागजों में 'पोवार' उपनाम लिखा था जिसे बाबा ने 'पो' काटकर 'प' (पवार) लिख लिया था।

आमतौर पर 'पोवार' उपनाम चमारों में प्रचलित है, शायद इसलिए बाबा को 'पोवार' कहलाना पसन्द नहीं है। उनका यह मर्म आये जानती थी और कभी-कभी उन्हें चिढ़ाने के लिए 'ओ पोवार' कह कर बुलाती थी फिर झल्लाकर बाबा कहते 'जले तेरा मुँह...!'

मेरी शादी पर मेरी एक भी सहेली नहीं आयी। सुनन्दा के उस वन साइड प्रेमी की उसी साल शादी हो गयी थी, इसलिए उसने मेरी शादी पर बहिष्कार कर डाला और न आकर गुस्सा उतारा। फणसवले से गोविन्द दादा, दो गाँववाले, मामा, फुफेरी-ममेरी बहनें, भाई, आये, भाभी आदि हम तेरह-चौदह व्यक्ति सुबह की गाड़ी से भिरवंडे पहुँचे।

मैं अपना होने वाला गाँव निहार रही थी। मुझे अच्छा लगा। दूर नीला सह्याद्रि पर्वत, तलहटी में हरी-हरी घनी झाड़ियों में छिपे नारंगी खपरैलों के घर...सड़क के साथ लगे हुए चौकोर, खाली खेत और उनके बीच से निकलती, पीली, घुमावदार पगडण्डी...आगे चलकर चार राहों को मिलाता चौक, वहाँ खड़े ऊँचे-ऊँचे सागौन के वृक्ष तथा तथा उनके करीब से होती हुई पहाड़ी की ओर जाती हुई दूसरी पगडण्डी। उसी पगडण्डी की एक शाखा कुएँ की तरफ जाती थी और दूसरी लहराती हुई नदी की ओर चली जाती थी। उसी दिशा में स्कूल, बस्ताडकर नामक ईसाई की आटे की चक्की, खोत की बस्ती आदि दृश्य...जैसा हरिश्चन्द्र ने वर्णन किया था, मेरे दिलो-दिमाग पर छप गया था। मैं हरिश्चन्द्र के घर के लोगों से किसी न किसी कारणवश पहले मिल चुकी थी, सो दिल में धक्-धक् का कोई सवाल ही नहीं था।

हमें आते देखकर, मुझे देखने के लिए औरतों और लड़कियों की भीड़ जमा हो गयी थी। मुझे देखने की सभी को बड़ी उत्सुकता थी क्योंकि हरिश्चन्द्र ने प्रण किया था, कि 'शादी करूँगा तो इसी लड़की से।' तो लड़की आखिर है कैसी? यही उत्सुकता सभी को खींच लायी थी। पर मुझे देखकर उनको खासी निराशा ही हुई। दो घरों के बीच वाले आँगन में मण्डप डला था। मण्डप की जमीन साफ-सुथरी लीप कर, ऊपर बन्दनवार की सजावट...विवाह का हॉल शायद यही था। सफेद पाजामा-कुर्ता पहने, बालों का बुलबुल निकाले हरिश्चन्द्र वहीं खड़ा था। मेरी तरफ देखकर मुस्कराया तो दिल में हलचल होने लगी। बड़ी अदब से वह सामने आया और हम सब को जनवासे पर लेकर गया। वही हमारे रहने का इन्तजाम किया हुआ था। उसकी उँगली में अँगूठी थी। बेचारे ने खुद ही बनवाकर पहनी थी। और करता भी क्या? शादी के बाद, पूरे साल भर मैंने आये की गर्दन पर सवार हो कर जबरदस्ती हरिश्चन्द्र के लिए पोशाक और अँगूठी बनवायी थी। जो भी हो, ये सारी बातें समय पर हों तो अच्छी लगती हैं। ऊपर से आये ने सुनाया था—

"बरसों राम धड़ाके से,
बुढ़िया मर गयी, फाके से।"

मुझे देखकर हरिश्चन्द्र के घर की औरतें आपस में फुसफुसा रही थीं कि 'लड़की जरा मोटी है, पर बाल अच्छे हैं।' लम्बे बाल सौन्दर्य का लक्षण माने जाते थे। मैंने सप्लिमेंट लगाकर शर्मिला टैगोर की तरह बड़ा-सा अजन्ता जूड़ा बनाया था। अब उनके सामने बाल खोलना भी मुश्किल हो गया।

हरिश्चन्द्र इधर से उधर चक्कर काटता हुआ, जाने किस-किस को तरह-तरह की सूचनाएँ दे रहा था। तभी मेरी सास वहाँ पधारी। नयी नौ गजी साड़ी...नाक में बड़ी-सी नथ...हाथ में नयी, हरी चूड़ियाँ, गले में काले मणियों का पाँच-छः लड़ियों का मंगलसूत्र...माथे पर बड़ा सा लाल टीका तथा इस सारे बनाव-सिंगार की शोभा बढ़ाती, प्रसन्न मुस्कराहट से दमकता चेहरा। बहुत सुन्दर लग रही थीं वे। और एक बात देखी कि उनके घर की स्त्रियों में सिर ढँकने का रिवाज नहीं था।

मेरी सास ने आते ही आये तथा घर की अन्य बुजुर्ग स्त्रियों का गले मिल कर स्वागत किया। उनके चेहरे से खुशी जैसे टपक रही थी...वे, और उनके पीछे-पीछे हरिश्चन्द्र हमें भोजन के लिए बुलाने आये थे। हम सब उठकर उनके पीछे चल पड़ी। हमारे पीछे बच्चों की लम्बी-सी बारात थी। साफ-सुथरा, लिपा-पुता, बड़ा-सा आँगन पार कर, हम ऊँचे चबूतरे पर बने एक घर के भीतर गयीं। घर मेहमानों से ठसाठस भरा था। मुझे तो गड़बड़ और शोरगुल सुनकर ऐसा लग रहा था कि ठसाठस भरी हुई यात्री-बस की तरह, यह घर भी धड़ाधड़ हिलने लगेगा। सामने के चौड़े बरामदे में मर्दों की पंगत बैठी थी। वहीं पर मेरे मायके के लोग भी खाना खा रहे थे।

उस बरामदे से लगे छोटे बरामदे की भीड़ को हटाती मेरी सास कह रही थीं

कि—"अब जाने की जगह तो दो। दुल्हन अब यहीं रहेगी, बाद में चाहे जितना देख लेना।" उस घर के भीतर के कमरे में सारी नजदीकी रिश्तेदारिनें थीं। वहीं दीवार के पास एक गोरी, सुन्दर स्त्री बच्चे को दूध पिला रही थी। वह मेरी जिठानी थी।

तभी एक इकहरे बदन की साँवली-सी युवती ने हमारे बैठने के लिए कम्बल बिछाया तथा मेरे दोनों हाथ अपने हाथों में लेकर प्रसन्नता से मुस्करा दी। वह मेरी दूसरी जिठानी थी...माई...उसका भी नाम विमल था और ससुराल का नाम जयश्री...। बड़ी जिठानी जानकी, उससे छोटी जयश्री और अब मेरा नाम कहीं जनाबाई न रख दें। मेरा भावी नाम खुद मैंने ही चुन रखा था तथा हरिश्चन्द्र से भी वही नाम रखने का अनुरोध किया था। घर में माई इधर से उधर सर्र ऽ - फर्र ऽ कर रही थी...। दाहिनी ओर का कमरा स्त्रियों से भरा हुआ था और वही दरवाजे पर साया-चोली (परकर-पोलक)[15] पहने, पन्द्रह-सोलह साल की मेरी इकलौती ननद शालिनी खड़ी थी। सारे शोरगुल से बेखबर...शान्त...निश्चल...।

कम्बल पर बैठी मेरे मायके की रिश्तेदारिनें इधर-उधर नजरें घुमातीं, घर की हैसियत नाप रही थीं और आपस में फुसफुसा रही थीं...'इनकी फसल तो काफी होती होगी...देखो तो, दीवार के पास धान के कितने बड़े-बड़े पिटारे रखे हैं। धान के बण्डल तो छत तक पहुँच गये हैं। चलो, अच्छा हुआ, विमल को अच्छा घर मिला...लोग भी अच्छे मिले।' उनकी इस सन्तुष्टि को मानो द्विगुणित करने के लिए ही पत्तलें बिछीं तथा चावल, जायकेदार गरम मसाला डालकर बनाया गया मटर का सालन, पूड़ी की तरह फूले हुए बड़े तथा कटहल की गूदेदार सब्जी आदि परोसे गये।

मेरे ससुराल की औरतें, दूसरे ही कारण से आपस में फुसफुसा रही थीं और मुँह बनाती हँस रही थीं। एक कह रही थी कि हरिश्चन्द्र को हम 'पानों' के घर लड़की नहीं मिली जो इस 'बेले' की बेटी ब्याह लाया। सिन्धुदुर्ग जिले के हमारे समाज में 'पाने' और 'बेले' नामक दो उपजातियाँ थीं। शिवजी को बेल चढ़ाने वाले 'बेले' तथा कोई भी पत्ता (पान) चढ़ाने वाले 'पाने' कहलाते थे। यहाँ 'बेले' पिछड़े हुए तथा 'पाने' प्रगतिशील समझे जाते थे। हरिशचन्द्र 'पाने' था। रत्नागिरी में ऐसी उपजातियाँ नहीं थीं, लेकिन वे सब मुझे 'बेले' का मान कर, आलोचना कर रही थीं। सुनकर मुझे हँसी आ रही थी।

पंगत के बाद मैं मण्डप में जाने के लिए तैयार होने लगी। बालों पर कंघी फेरकर खास शादी के लिए खरीदे पाउडर लगाने लगी। मेरे हाथ में पाउडर का डिब्बा देखकर पास खड़ी दो-तीन लड़कियाँ लोलुप नजरों से देखने लगीं। तब मैंने उन्हें पास बुलाया और एक के बाद एक उनके चेहरों पर पाउडर लगाने लगी। वे सब खुशी से खिलखिलाती मुँह आगे बढ़ाती थीं और मैं नाटक के मेक-अप मैन की तरह उन्हें

15. महाराष्ट्र में छोटी लड़कियों की परम्परागत पोशाक।

सजाती जा रही थी। आखिर आये ने मुझे टहोका लगाकर कहा..."अब बस।" होरा में आकर मैंने देखा तो सारी औरतें मुँह पर पल्लू रखकर हँस रही थीं।

सफेद साड़ी-ब्लाउज पहन कर मैं जब मण्डप में पहुँची तब हरिश्चन्द्र, गौतम बुद्ध तथा डॉ. आम्बेडकर की तस्वीरों के पास वाली कुर्सी पर बैठा हुआ था। पाजामे-कुर्ते के साथ उसने सिर पर टोपी रख ली थी। टोपी से वह जरा-सा बुद्धू लेकिन आँखों की तेजस्विता के कारण 'सजीला' लग रहा था। उसके लिए पोशाक और अँगूठी न बनवा सकने का मुझे फिर दुख हुआ था। भाई की सफेद नग वाली अँगूठी मैंने कुछ दिन के लिए पहनी थी, लेकिन शादी के लिए जब हम रत्नागिरी से चले तभी दीदी ने वह अँगूठी निकलवा ली, क्योंकि वह भाई की थी। मैंने तुरन्त अँगूठी निकाल कर उसकी हथेली पर रख दी थी। इस बात का मन में जरा-सा गुस्सा भी था।

गौतम बुद्ध तथा डॉ. आम्बेडकर की प्रतिमाओं के सामने पहले हमारी सगाई हुई, फिर तुरन्त विवाह विधि के साथ विवाह सम्पन्न हो गया। विवाह विधि के दौरान गर्दन नीची कर खड़े रहने से मैं ऊब गयी थी इसलिए हरिश्चन्द्र की ही तरह गर्दन ऊँची कर इधर-उधर देख रही थी, और औरतें फिर मुझ पर हँस रही थीं।

फिर हमने शपथ ली—आपस में वफादारी की, घर के सारे काम करने की, तथा गहने देकर पत्नी को वश में रखने की...। हरिश्चन्द्र को अपेक्षाकृत कीमती तोहफे मिले। मेरे मायके वालों ने कटोरी, गिलास पर ही मुझे टरका दिया था।

धर्मपरिवर्तन से पहले, विवाह सम्पन्न होने के बाद वधू को तुलसी चौरे के सामने बिठाकर, उसका सिर आँचल से ढाँककर, नया नाम रखते थे क्योंकि विवाह के बाद वह उसका नया जन्म माना जाता था। लेकिन अब वह रिवाज नहीं रहा। मण्डप में किसी ने कहा—'वधू का नाम बदलो।' मेरी सास ने, जो सामने ही खड़ी थी, कहा कि "तारामती रखो...हरिश्चन्द्र की तारामती।"

तारामती नाम मुझे पसन्द नहीं था। हरिश्चन्द्र ने मेरी ओर देखा, लेकिन मेरे माथे पर बल देखकर उसने कहा—"उर्मिला...उर्मिला नाम ठीक रहेगा।"

मुझे उर्मिला नाम बेहद पसन्द था। रामायण की उपेक्षिता, फिर भी महान उर्मिला। उर्मिला ने मेरा मन मोह लिया था और मैंने हरिश्चन्द्र का, फिर वह अपनी माँ की क्या सुनता? उसने कहा—"मैंने उर्मिला नाम रखा है।"

—"हुर्मिला...? हुर्मिला का क्या मतलब है...?" कहते हुए मेरी सास ने अपनी नापसन्दगी जतायी, परन्तु औरों के तालियाँ बजाकर रजामन्दी देने के कारण, वे बेचारी हँसकर मान गयीं और मेरी बात भी रह गयी।

शादी के फोटो खींचने के लिए मेरा छोटा देवर केशव कैमरा लेकर आया था। हरिश्चन्द्र चाहता था कि हमें धूप में ले जाकर वह हमारे फोटो खींचे। वह इशारों से अपने भाई को बता भी रहा था लेकिन भाई काफी सालों बाद गाँव लौटा था, इस

कारण उसने बचपन में देखे पेड़, लोग, बैल आदि पर ही लगभग पूरा रोल खतम कर दिया था, लिहाजा वह फोटो खींचने के लिए उठने का नाम नहीं ले रहा था। शाम हो चली थी और कैमरे से फोटो लेने के बदले हम ने एक दूसरे की आँखों के कैमरे से ही जी भर के फोटो खींचे। दूसरे दिन बचे-खूचे रोल से देवर ने जनवासे के सारे लोगों के साथ हमारे दो-एक फोटो खींचे। फोटो खींचते हुए भी वह कह रहा था कि "पता नहीं, ठीक निकलेगी या नहीं?" परन्तु हमारे वैवाहिक जीवन का प्रारम्भ दिखाने वाले दो फोटो अच्छे निकल आये।

शादी के दूसरे दिन मेरे मायके वाले मुझे अकेली छोड़कर रत्नागिरी लौट गये। मेरे साथ कोई भी नहीं रुका। शायद सब यही सोच रहे थे कि प्रेमविवाह होने के कारण मैं बिना किसी संकोच के ससुराल में आसानी से घुल-मिल जाऊँगी। एक तो वैसे ही उन्होंने मेरी शादी करवा कर, जैसे मुझ पर एहसान ही किया था।

तीसरे दिन रस्म निभाने की खातिर मैं और मेरा पति, सुबह की गाड़ी से निकलकर, दोपहर के खाने के समय रत्नागिरी पहुँचे लेकिन वहाँ मेरी ही कद्र नहीं थी तो वे हरिश्चन्द्र की क्या कद्र करते। बेटी की विदाई वगैरा रस्मों का झंझट उन्होंने पाला ही नहीं कारण मेरी मँझली बहन मंजुला दीदी तब पहली जचकी के लिए मायके आयी हुई थी। उसे दूध नहीं उतरता था, छाती में दूध की गाँठें हो गयी थीं और उनमें मवाद भर जाने से दीदी को बहुत दर्द होता था और उसे तेज बुखार भी चढ़ा था। कैन्सर की गाँठों की आशंका से सारा घर चिन्तित था। इसी चिन्ता में नये दामाद की अगवानी के लिए न तो आये के पास वक्त था और न मन की अवस्था।

हमारे घर पहुँचने के बाद आये थैला उठाकर बाजार गयी। मैंने सोचा देर से ही सही, अब शायद मुर्गी, मटन या कम से कम मच्छी लाकर आये दामाद के लिए कुछ खास बनायेगी। लेकिन बाजार जाकर वह लायी क्या तो एक पायली मुलें (सीपें)। उनमें से थोड़े से 'मुले' उबालकर उनका मास्ट निकालकर प्याज, नमक, मिर्च के साथ भूनकर हम दोनों को परोसा और बचे हुए मुले थैले में डालकर, मेरी सास के लिए तोहफे के रूप में, मेरे हाथ में रख दिये।

मुझे, जीवित अवस्था में सास तक पहुँचाने के लिए हमें खाने के बाद तुरन्त वापस लौटना जरूरी हो गया। ऐसा तोहफा देकर आये ने यही सुझाव दिया था। मैं असमंजस में पड़ गयी कि ऐसा घटिया तोहफा स्वीकार करूँ या वापस लौटा दूँ? आखिर मायके के व्यर्थ अभिमान की खातिर मैंने वह भेंट स्वीकार कर ली तथा पहले से ही बाहर निकल चुके, हरिश्चन्द्र के पीछे-पीछे बाहर निकल आयी।

मेरे हाथ का थैला देखकर पतिदेव ने मुँह बना लिया और आये पीछे से जता रही थी—"गाड़ी से उतरने के बाद बिना इधर-उधर रुके, सीधे घर जाना, नहीं तो मुले टिकेंगे नहीं..." देर रात को घर पहुँच कर बेटी और दामाद अँधेरे में घर कैसे पहुँचेंगे, इसकी चिन्ता उसे नहीं थी। "थैला कहीं भूलना मत, ठीक से ले जाना"—वह बार-बार

कहती जा रही थी।

गाड़ी की राह देखते, बस-स्टैण्ड पर खड़ा हरिश्चन्द्र खड़े-खड़े भुनभुना रहा था—"हद है, तुम्हारी माँ...एक दिन भी रहने को नहीं कहा। रह जाते तो कम से कम बस का रिजर्वेशन कर लेते।" हरिश्चन्द्र का हर काम सलीकेदार होता था। यात्रा भी करता तो ढंग से, रिजर्वेशन करवा कर। खड़े-खड़े सीट खाली होने की राह देखते हुए, लोगों के पिछवाड़े ताकना उसे पसन्द नहीं था। आखिरकार एक बस में सबसे पीछे वाली सीट पर दो जगहें मिल गयीं। हरिश्चन्द्र भुनभुनाता हुआ खिड़की से बाहर देखता बैठा था। कसकर बँधा थैला पाँव के पास रखकर मैं उससे सट कर बैठ गयी। सोचा, शायद इसी से उसका बिगड़ा मूड बन जाये। राह के गड्ढ़ों ने भी मेरा ही साथ दिया। हर गड्ढे पर बस उछलती और हम दोनों भी उछल कर बस की छत को छू जाते। अपने आप को सँभालने की बजाय मैं हरिश्चन्द्र को कसकर पकड़ लेती। आखिर उसने भी मुझे जकड़ लिया। मुलों का थैला फिसलता हुआ, इधर-उधर यात्रा कर वापस हमारी सीट के नीचे आ जाता। पहले मैंने थैला पकड़कर ठीक रखने की बहुतेरी कोशिश की, लेकिन पति ने जब मुझे पकड़ा तो मैंने थैले को पकड़ना छोड़ दिया।

इस पकड़ा-पकड़म के ख़ेल से शायद हरिश्चन्द्र का मूड कुछ अधिक ही बन गया था। कणकवली में उतरते ही उसने अपनी मंशा जाहिर की कि यहीं होटल में खाना खाकर किसी लॉज में रात भर के लिए रुककर हनीमून मनाया जाये। घर में वैसे भी, अभी तक काफी मेहमान थे और फिर पति की नजरों का जादू...। मैं खुशी-खुशी मान गयी। वैसे कभी-कभार होटल में आलू गोंडा खाया था लेकिन लॉज में रहने का अनुभव मुझे नहीं था।

—"पर, इन मुलों का क्या होगा?" मैंने हाथ के थैले की ओर इशारा किया।

—"अरे, दो-एक दिन वो जिन्दा रह लेंगे—चल...पति ने कहा।

मैं थैला लेकर उसके पीछे हो ली। पहले बस स्टैण्ड के कैंटीन में पूड़ी-सब्जी खायी। तब तक रात के दस बज चुके थे।

उन दिनों कणकवली में दो या तीन ही लॉज होंगे। उनमें से एक सस्ते लॉज में हम दोनों पहुँचे। गोबर से लिपा आँगन पार कर और सीढ़ियाँ चढ़कर जब हम ऊपर पहुँचे तो दरवाजे के बीच रखे टेबल के पास एक आदमी बैठा था। बल्ब की टिमटिमाती रोशनी में उसने पहले मुझे निहारा फिर पति से पैसे लेने के बाद, रजिस्टर में मेरे नाम के आगे 'पत्नी' लिखा। कमरे की चाबी मेरे पति के हाथ में थमाते हुए उसने फिर मेरी ओर देखते हुए, मेरे शादीशुदा होने के सबूतों पर नजर डालकर तसल्ली कर ली।

ताला खोलकर भीतर आते ही मैंने मुलों का थैला पलंग के नीचे सरका दिया। अब मुले भी मुँह खोल कर खुट-खुट कर रहे थे। उनसे निकलते पानी के कारण थैला

सीज गया था। मुझे कुछ बेचैनी-सी होने लगी। पति ने भीतर घुसते ही, डिटेक्टिव की तरह कमरे के दरवाजे, खिड़कियों की जाँच आरम्भ कर दी कि कहीं कोई दरार या छेद तो नहीं कर रखा है।

सब कुछ चेक करने के बाद हरिश्चन्द्र पलंग पर आया और झट मुझसे लिपट गया।

—"अजी, वो लाइट..." मैं उठते हुए चिल्लायी।

—"रहने दे" कहकर वह मेरा बदन टटोलने लगा।

रंग उड़ी दीवारों वाला, वह जरा-सा कमरा, लोहे की चरमराती पट्टियों वाला सिंगल पलंग, उस पर बिछा, उधड़ा हुआ, गन्धाता गद्दा, जिसके अन्दर कपास के गट्ठे बन कर चुभ रहे थे। ऊपर बिछी, दागदार पुरानी चादर तथा सूखे डामर की तख्ती-सा सख्त तकिया...। ऊपर से आँखों में चुभता हुआ बल्ब का पीला प्रकाश...। एक तो इतने से पलंग से नीचे गिरने का डर और पलंग के नीचे खुट-खुट करते मुलों का थैला...। पति मनचाहा था, प्रेमी था लेकिन मैं खुद नहीं समझ पा रही थी कि यह सब क्या चल रहा है? इतना याद है कि पति की नाराजगी बढ़ती जा रही थी, जो उन्होंने सुबह चलते समय व्यक्त करते हुए कहा कि 'मैं बिल्कुल ठण्डी हूँ।' शादी की पहली रात को ही मुझे यह सर्टीफिकेट मिला था। ऐसा कहते हुए, वास्तव में उसे नाराजगी दिखानी चाहिए थी लेकिन वह तो मूँछों में मुस्करा रहा था। मेरे ठण्डेपन से उसे शायद मेरे अनाड़ी होने का सबूत मिल गया था। उस रात यदि मैं पहल करती तो अवश्य ही उसे शक होता कि कहीं मैं अनुभवी तो नहीं। वैसे भी मैं कोई ठण्डी-वण्डी नहीं थी और न ही अनाड़ी...लेकिन सब कुछ मेरी इच्छा के विपरीत जो हुआ था।

सुबह चलते वक्त जब मुलों का थैला उठाया तो उनका पानी मिट्टी की जमीन पर फैलकर सड़ान्ध आ रही थी। मरे हुए चूहे की तरह थैला लटका कर मैं बाहर आयी तो लॉज का मालिक सूजी आँखों से थैले को घूर रहा था। मुझे संकोच भी हुआ और डर भी लगा कि कहीं वह जमीन लीप कर साफ करने को न कहे। पति के चाबी लौटाने तक मैं तेज-तेज चलती बाहर सड़क पर आ गयी।

सच कहती हूँ हमारे जाने के बाद उसने यदि पलंग के नीचे की जमीन देखी होगी तो समझा होगा कि 'ये औरत कहीं बच्चा गिरा कर तो नहीं गयी' बिना कमरा साफ किये हमें जाने देने के लिए वह पछताया भी होगा।

सड़क पर आते ही हरिश्चन्द्र ने मेरे हाथ का थैला खींचा और गटर में फेंक दिया।

—"अरे, अरे! थैला तो अच्छा था। कम से कम थैला..." मैं बड़बड़ायी।

मेरी भुजा पर जोर से चिकोटी काटता हुआ वह बोला कि—"भाड़ में जाये तेरा दलिद्दर मायका और तेरी कंजूस माँ...दामाद को क्या तोहफा दिया है? दो सेर मुले? ...थू है तेरे मायके पर।" पति ने रात का गुस्सा भी मेरी भुजा पर ही उतार लिया।

हर पति, पत्नी पर गुस्सा उतारते समय, उसके मायके तक जरूर पहुँचता है। यहाँ तो दो सेर मुले तथा कंजूस माँ ने, मेरे पति को टीका करने के लिए जीवन भर सबल कारण दिया।

घर पहुँचे तो सास ने आँगन के पेड़ से दो कटहल कटवा कर, गिरियों कर ढेर चटाई पर लगा दिया था...ताजी, गूदेदार, सफेद गिरियाँ देखकर मेरे मुँह में पानी भर आया। नहा-धो कर, जब तक उन गिरियों की सब्जी बनती, मैंने गपागप दस-बारह गिरियाँ उदरस्थ कर लीं।

—"अरी, वे कच्ची हैं, ज्यादा खायेगी तो पेट खराब हो जायेगा।" सास ने कहा।

इस पर पति ने कहा—"खाने दे; वहाँ शहर में इसे ऐसा कटहल कहाँ मिलेगा...उस पर, इसकी माँ इतनी कंजूस।"

पति के तानों को अनसुना कर के मैंने कटहल की सब्जी भी पेट भर खायी।

शाम को हरिश्चन्द्र के साथ, उसके आग्रह पर मैं गाँव, खेत आदि देखने को गयी। वह अपने खेत, अपना स्कूल, पेड़, मवेशी, पहाड़ी, नदी, अपनी खेलने की जगहें आदि सब कुछ मुझे दिखाना चाहता था। मैं भी सब को दिखाने के लिए शालू पहन कर सज-धज कर गयी थी। गर्मी के दिन होने से झाड़ियाँ आदि सूख गयी थीं और खेत उजाड़ दिख रहे थे। हर खेत में 'भाजावल'[16] चल रही थी। सब कुछ देखती, हरिश्चन्द्र से बतियाती, मैं खेतों के बीच की मेड़ों पर से चल रही थी। लोग भी देखते, मुस्कराते मेरी खोज-खबर ले रहे थे। गाँव पसन्द आया या नहीं? तुम्हें खेती के काम आते हैं या नहीं? मायके में खेत है या नहीं? आदि सवाल वे पूछ रहे थे। और अचानक मेरे पेट में दर्द होने लगा। फिर भी दर्द छिपाकर मैं बातें करती रही, मुस्कराती रही, परन्तु पेट की गुड़गुड़ बढ़ने लगी। आखिर आधे रास्ते में ही मैने पति से कहा कि 'चलो चलते हैं' और उसकी हाँ या ना की राह देखे बिना ही मैं वापस घर लौट आयी।

काफी देर बाद जब हरिश्चन्द्र घर लौटा तो मेरी जिठानी ने पूछा—"अण्णा, घूम आये?"

पति ने, शिकायती स्वर में कहा कि "मैं तो इसे और भी कुछ-कुछ दिखाना चाहता था पर ये तो बीच से ही लौट आयी।" इस पर सास ने हँसकर कहा—"और क्या करेगी?"

शादी की सजी घोड़ी
तो दुलहन पाखाने दौड़ी।

इस बात पर सभी ने जोर का ठहाका लगाया और मैं शर्म से पानी-पानी हो गयी।

---

16. कोंकण प्रान्त में खेती के लिए जमीन तैयार करने की विधि का एक चरण 'भाजावल' अर्थात सिंकाई होती है। जमीन पर सूखे पत्ते, गीली मिट्टी और गोबर की परत बिछाकर आग लगायी जाती है। धीमे-धीमे जलती यह आँच जमीन की सिंकाई करती है।

रात को सास ने खाना जल्दी निपटाया तथा सभी के बिस्तर बाहर के बरामदे में बिछाकर सब को सोने के लिए भेज दिया। बीच के कमरे में माई (मँझली जिठानी) ने हमारे लिए बिस्तर बिछाया। पति मूँछों में मुस्कराया। मैं शरमा गयी लेकिन चेहरे पर सहजभाव दर्शाती, भीतर चली गयी। मेरे पीछे-पीछे कमरे में आकर पति ने दरवाजे की कुण्डी चढ़ा दी। बाहर सब जाग रहे थे और दरवाजे में दरारें थीं। पति के बार-बार मना करने पर भी मैंने बत्ती बुझा दी। स्पर्श और साँसों की भाषा में उजाले का क्या काम?

सुबह उठते ही मैं एकदम हड़बड़ा गयी। हमेशा नियत समय पर आने वाला मासिक धर्म अचानक ही शुरू हो गया था। पिछले आँगन में पानी गर्म करने के चूल्हे के पास बैठी माई बर्तन माँज रही थी मैंने इशारे से उससे कपड़ा माँगा। वह हाथ धोकर भीतर गयी और सबको खबर कर आयी।

सास ने समझाया कि यहाँ छुआछूत का ध्यान रखना पड़ता है इसलिए घर के कामों को हाथ मत लगाना और दरवाजे में ही बैठी रहना। उन्होंने आगे कहा—"मैं भी मुम्बई की लड़की थी लेकिन गाँववालों की ही तरह रही। तू भी ऐसा ही करना।"

मेरे मासिक धर्म की खबर पूरी बस्ती में फैल गयी। माई ने कपड़ा लाकर दिया लेकिन मासिक धर्म अचानक बन्द हो गया।

पति से मैंने पूछा कि "ऐसा कैसे हो गया?" तो मुझे जोरदार चपत लगाते हुए बोले कि—"बेवकूफ, अकल तो है नहीं...चल भीतर। मैं माँ से कह दूँगा। पहली बार ऐसा ही होता है।" मुझे डाँटने की बजाय वह हँस रहा था। मेरी शुद्धता का दूसरा ठोस सबूत पाने की ही हँसी रही होगी। वैसे हर लड़की के बारे में पहली बार ऐसा होना जरूरी नहीं है।

सास को बताने से मैंने उसे रोक दिया क्योंकि सारी बस्ती को मैं क्या-क्या सफाई देती फिरती। इस बात पर उसने खूब पाँव पटके। माई से मैंने सारी बात साफ-साफ कह दी। वह खूब हँसी और बोली कि "अब बैठ बाहर, तीन दिन तक..."

तीन दिन मैंने पिछले दरवाजे पर काटे। यहाँ हरिश्चन्द्र बेचैन। वह बार-बार इशारे करता और उसके मधुर आह्वाहन को अनदेखा करते-करते मेरी आफत आ जाती। चौथे दिन, रिवाज के अनुसार नहा-धोकर, पिछली छपरी लीपकर मैं घर के भीतर गयी लेकिन सात-आठ दिन बाद सचमुच मासिक धर्म शुरू हो गया। अब फजीहत की नौबत आ गयी। मैंने फिर माई के पाँव पकड़े। हँसते-हँसते उसके पेट में बल पड़ गये। उसने कहा कि "अब किसी से कहना मत। घर के सारे काम हमेशा की ही तरह करना, बस कुएँ पर तथा 'निरबंसी' की छपरी में मत जाना। 'निरबंसी' हमारे घराने का ही पुरुष था, जो निर्वंश ही मरा था। कहते थे कि तीज-त्योहार पर भोग न लगाने पर उसका कोप होता था। मर्द कुपित होते थे लेकिन पता नहीं क्यों स्त्रियाँ कुपित नहीं होती थीं।

फिर क्या था, सचमुच मासिक धर्म होने पर भी मैं सारे काम करती थी। माई से नजरें चार होने पर दोनों की हँसी छूटने लगती थी। सास हँसने का कारण पूछती तो हम फिर हँसने लगती थी। उसे लगता कि हम उस पर ही हँस रही हैं।

उन दिनों, मेरे कपड़े छुपाते-छुपाते आफत हो जाती। मेरे कपड़े धोने के लिए माई कुएँ से पानी निकाल देती थी और सास को शक होता था कि कपड़े धोने के लिए भला दोनों मिलकर क्यों जाती हैं? सबके कपड़े धुलने के बाद अब और किसके कपड़े धुलने बाकी हैं? सास पुलिस की ही तरह पूछताछ करती थी, शक्की निगाह से निहारती थी। उनकी नजर देखकर मुझे ग्लैक्सो लेबोरेटरी की एक घटना याद आ गयी। एक दिन शाम को घर लौटते समय मेरी सहेली को गेट पर खड़े गोरखा चौकीदार ने रोका। उस की पर्स में मासिक धर्म के कपड़ों का कागज में लिपटा बण्डल था, जिसे वह चौकीदार खुलवा कर देखना चाहता था। मेरी सहेली बेचारी डर और झेंप से रुँआसी हो गयी थी। यह देखकर उसका शक और भी बढ़ गया। हम दोनों ही समझ नहीं पा रही थी कि चौकीदार को किस प्रकार समझाया जाये। मेरी सहेली रो-रोकर उसे समझाने का प्रयास कर रही थी कि—मुझे महीने का ज्यादा खून जाता है ना इसलिए ज्यादा कपड़ा लगता है...इसलिए कपड़े का ज्यादा बण्डल रखना पड़ता है...और चौकीदार यह बात समझ ही नहीं पा रहा था। आखिर दो-तीन सीनियर लड़कियों ने बीच-बचाव किया। मुझे डर था कि कहीं सास मुझे भी कपड़े दिखाने को न कहे।

सात-आठ दिन पहले नकली मासिक धर्म खत्म होने पर मैंने पिछली छपरी लीपी थी सो अब फिर से लीपने की जरूरत नहीं थी। परन्तु माई के सन्तोष के खातिर हम दोनों ने मिलकर छपरी फिर से लीपी। सास समझी कि नयी बहू को सफाई पसन्द है। इधर मेरे मासिक धर्म के दौरान हरिश्चन्द्र ने गुस्से में अपना बिस्तर उठाकर बाहर बरामदे की राह ली। "ऐसा मत कीजिये वरना सब समझ जायेंगे कि मैं बिना छुआछूत का ख्याल किये घर के काम कर रही हूँ। सब नाराज हो जायेंगे, इसलिए आप यहीं सोइये।" मेरे कहने पर भी वह नहीं माने फिर मैं भी जाकर सास के पास सो रही।

उस रात सास और ससुर का किसी बात पर झगड़ा हुआ और ससुर जी ने सास को पीटा। ससुर जी ने तभी साठवाँ साल पार किया था और सास ने पचासवाँ। इस उम्र में रात-बेरात, बहुओं तथा नाती-पोतों के सामने उनके झगड़े न हों, ऐसा सभी चाहते थे परन्तु पति-पत्नी के झगड़े समय और अवसर देखकर थोड़ी होते हैं?

सुबह देखा तो सास चूल्हे के पास बैठी अपना बायाँ कन्धा खपरैल से सेंक रही थी तथा बीच-बीच में बीड़ी के कश ले रही थी। मैं चुपचाप माई के साथ कुएँ की ओर गयी। माई भी चुप-चुप सी थी। अचानक वह बोल पड़ी कि 'कल रात ससुर जी ने सास को मारा।' वह आगे कहने लगी—"अब सास से अगर कोई पूछे तो

देखना—बोलेंगी कि दुछत्ती से गिर पड़ी या झरने पर गयी थी, वहाँ फिसलकर गिर पड़ी, या सीढ़ियों से गिर पड़ी इसलिए कन्धे में मोच आ गयी है।"

कुएँ से लौटकर देखा तो सास अभी तक वहीं बैठी, बीड़ी के कश लेती, चूल्हे में जलती लकड़ी को घूर रही थी।

घर लीप कर, नहा-धोकर, निर्भय हो कर घर के काम शरू करते ही, कोई न कोई काम निकालकर नजदीकी की टोह में रहते पति को मैंने कोने में ले जाकर पूछा, कि "मनुष्य की ये सारी भावनाएँ कब तक जिन्दा रहती हैं?

—"चिता चढ़ते तक!!!" उन्होंने तड़ाक से जवाब का तमाचा मारा।

तीन-चार दिन तक सास ने काम के अलावा किसी से बात नहीं की। चूल्हे के पास बैठकर वही खाना पकाती थी। सास की गृहस्थी की हर चीज, जरूरत के मुताबिक बड़े आकार की थी। पानी गरम करने का हण्डा, चक्की, घरट्ट, सिल-बट्टा, सभी कुछ भारी-भरकम था। चटनी पीसने की सिल तो कपड़े धोने के पत्थर जितनी बड़ी थी। बट्टा दोनों हाथों से पकड़कर सरकाना पड़ता था। घर के इतने आदमियों के खाने के लिए ढेर-सी लाल-मिर्चे, धनिया, लहसुन आदि पीसने के लिए इतना बड़ा सिल-बट्टा तो चाहिए ही। लेकिन सास के अलावा, इन सब का इस्तेमाल करने की सकत किसी की नहीं थी। फिर होता यूँ कि बूढ़ी सास, जी-ज़ान से चटनी पीसती और हम जवान बहुएँ बस देखा करती थीं। मसाला पीसकर वे वापस चूल्हे के पास जाकर काम में जुट जाती थीं। बड़ी जिठानी अपने बच्चे की तेल मालिश करती थी। हम दोनों पानी भरना, चूल्हा जलाने के लिए लकड़ी लाना, बर्तन माँजना, कपड़े धोना, झाड़ू लगाना आदि काम करती थीं।

शादी के लिए आये मेहमान वापस लौट चुके थे। छोटा देवर सदानन्द, मैट्रिक की परीक्षा होने के कारण वापस कणकवली लौट गया था। दोनों जेठ आस-पास के गाँव के अपने स्कूलों में पढ़ाने के लिए जाते और शाम को वापस लौट आते थे। ननद भी स्कूल जाने लगी थी। ससुर जी अपने लकड़ी चीरने के काम पर जाने लगे थे। मेरे पति भी कुछ दिन मुझे वहीं छोड़कर वापस अपनी नौकरी पर 'चिपलून' लौटने वाले थे। मेरा मन बेचैन था। पति के बिछोह की वजह से या घर के खामोश वातावरण की वजह से, यह कहना मुश्किल था। पति ने साथ चलने को कहा भी। वहाँ उन्होंने छोटा-सा कमरा ले रखा था। पर इतनी जल्दी सबको छोड़कर वहाँ चले जाना ठीक नहीं था। वैसे भी सास की खामोशी के अलावा बाकी सभी का व्यवहार ऐसा था कि वहाँ रहना चाहूँ।

एक दिन सुबह-सबेरे सास का मौन भी टूट गया। उस दिन वे हमेशा की तरह, चूल्हे के पास बैठी, चावल की पीठी के चिले बना रही थी। मैं और माई लोटा लेकर नित्यकर्म से निपटने के लिए बाहर जा रही थीं।

रोज का यह कार्यक्रम भी बड़ा मनोरंजक होता था। सुबह जल्दी उठकर,

मवेशियों के निकलने से पहले ही जाकर निवृत्त होना पड़ता था वरना हम से पहले पहुँच कर वे हमारी राह देखा करते थे। हम ढेले मार कर उन्हें दूर भगाते तो वे दूर से ही हमारे क्रिया-कलाप का निरीक्षण करते रहते थे। वे मवेशी हम पर इस तरह नजर रखते जैसे परीक्षा में चिटिंग करने वाले लड़कों पर पर्यवेक्षक नजर रखते हैं। मवेशियों के एक झुण्ड पर नजर गड़ा कर बैठते तो पीछे से दूसरा झुण्ड आ टपकता...फिर उठना और भागना...रत्नागिरी की याद आती तथा वहाँ के भूत के पाँव की याद से हँसी भी आती थी।

घर आकर हम पिछवाड़े में रखे कमर तक ऊँचे हण्डे से पानी निकाल कर हाथ-पाँव धो ही रहे थे कि सामने बरामदे से कोई सास को पुकारने लगी।

—"ओ शान्ताराम की अम्मा...अरी ओ, देऊ की अम्मा, कहाँ हो शान्ताराम की अम्मा...?" आदि। दोनों देवर वहीं बरामदे में थे इसी से दोनों को महत्त्व देने के लिए वह कभी शान्ताराम की अम्मा तो कभी देऊ की अम्मा कहकर पुकार रही थी। पुकारते समय भी, इन सब बातों का हिसाब रखा जाता था कि जो सामने हाजिर हो, उसी के नाम से आवाज लगायी जाती ताकि उनको अच्छा लगे। परन्तु सास को खबर ही नहीं थी, वह तो चिले ही बनाती बैठी थी।

मैंने पिछले बरामदे से ही, अगले बरामदे की पायदान पर बैठकर भीतर झाँकती उस औरत को देखा। उखड़े वालों वाली, दुबली-पतली, साँवली और धँसे गालों वाली उस औरत ने फटी-पुरानी साड़ी तथा मैला-कुचैला ब्लाउज पहन रखा था।

माई ने कहा—"कुछ माँगने आयी है। तू बर्तन माँज, मैं कुएँ पर जाकर आती हूँ। पानी का हण्डा तथा दो कलसे लेकर वह चली गयी। पोड़ी पर बैठी वह औरत पूछने लगी—क्यों री बहुरिया तेरी सास कहाँ है...? वह जवाब क्यों नहीं देती...?"

मेरी शादी के दिन उसने मेरी बलैया लेते हुए मेरे भले की कामना की थी। उसे आशा रही होगी कि शायद मैं कभी उसके काम आऊँगी पर मैं चुपचाप बर्तन मलने लगी तो वह फिर देऊ की अम्मा...और शान्ताराम की अम्मा को गुहराने लगी। उसकी गुहार सुनकर सास ने बाहर आकर उसे फटकारा—"अरे क्या हुआ, क्यों चिल्लाकर जान निकाल रही है...?"

सास की फटकार पर उसकी आवाज एकदम धीमी हो गयी। वह बोली-"दो दिन से आने की सोच रही हूँ पर तेरे घर मेहमान थे, तो कैसे आती? मुझे थोड़ी सूखी मिर्चें चाहिए थी।"

सास ने नाराजी से कहा—"सुबह-सुबह और कोई काम नहीं है तुझे मिर्चें माँगने के सिवा...? और दो दिन सालन में मिर्चें नहीं डाली? या सालन ही नहीं बनायी...?"

—"सालन कैसे नहीं बनाती, थोड़ी-सी चटनी थी, वही डालकर बनायी लेकिन अब कुछ भी नहीं है। दूकान जाने के लिए भी कोई नहीं है...और देने वाला भी तेरे

अलावा दूसरा है कौन पूरी बस्ती में...थोड़ी-सी दे दे। बाद में जब लाऊँगी तब वापस लौटा दूँगी..."

इस पर सास ने लहजे में जबरदस्ती तड़क दिखाते हुए, पर धीमी आवाज में कहा—"हाँ,...आज तक तूने सब वापस ही तो किया है। पिछली बार प्याज और गुड़ ले गयी थी...वो किया था वापस...? मैं ही रह गयी हूँ तुम सबको माँगने-जाँचने के लिए..." सास का स्वर भले ही शिकायती हो पर उस की आवाज में सन्तोष झलक रहा था। सूखी मिर्चों की पुड़िया लाकर उसने उस औरत के हाथ में रख दी। खुश होकर वह औरत भी बोलते-बोलते चली गयी कि—"अच्छा हुआ, मिर्चों का जुगाड़ हो गया। अब चटनी पीसकर बेटे को नाश्ता करवा देती हूँ।" पीछे से सास ने फिर से उसे पुकार कर कहा—"जरा देर में बहू को भेज देना...पसिया दूँगी।" फिर दरवाजे पर खड़े-खड़े ही अभिमान भरे स्वर में बोली—"मेरे घर में सब कुछ है, मैंने अपने हाथों से बनाया है (जमा किया है।)...मुम्बई वालों की बेटी थी पर यहाँ आकर सास के साथ खटती रही हूँ..."शायद हम बहुओं को जताने का उसका यह तरीका था। वह हमेशा सुनाती थी कि—"पहले यहाँ कुछ नहीं था...यहाँ का सब कुछ मेरी वजह से ही है..." बोलते-बोलते सास की आवाज खुलती गयी और वह फिर से पहले की ही तरह खुले पन से घर-आँगन में डोलने लगी।

पिछले दरवाजे आकर उसने चूल्हे पर नजर डाली। मैं वहीं बैठी बर्तन माँज रही थी तो मुझसे कहा कि यहाँ बिच्छल मत करना वरना हण्डे में पानी भरते समय पाँव फिसल जायेगा।" कहते हुए उसने पास आकर हण्डे में झाँककर देखा और हण्डा खाली पाकर बड़बड़ायी कि—"अब ये हण्डा भरेगा कब और सब नहायेंगे कब?" फिर चूल्हा जलाया और गोशाला में देखने गयी कि गोबर साफ किया या नहीं। अब फिर वह पहले-सी घरनी बन गयी।

एक बार सास ने खुद ही मुझे बताया कि पिछले बरामदे के चूल्हे के पास बिच्छल देखकर उसे गुस्सा क्यों आता है और उसने जो कुछ बताया, सुनकर मेरी जीभ तालू से चिपक गयी। पेट में आठ माह का गर्भ लेकर एक बार सास जलते चूल्हे पर रखे मटके में हण्डे का पानी भरने लगी और उसका पाँव जो फिसला तो वह पेट के बल औंधी गिर पड़ी। पीड़ा से तड़पते उसके शरीर से खून की नदियाँ बहने लगीं। फिर उसे डोली में डालकर पहले 'कनेडी' ले जाया गया, वहाँ से बस द्वारा कणकवली और फिर स्टेट ट्रांसपोर्ट की बस द्वारा वे मुम्बई पहुँचीं। साथ थे पति और दो छोटे बच्चे—मेरे पति और जेठ। सारे, सास के पिता के घर भोईवाड़ा में पहुँचे। के. ई. एम. हॉस्पिटल में डॉक्टर ने उसके पेट से मरा हुआ बच्चा निकाला। सास बच गयी, घर वापस आयी।

दो-तीन दिन बाद हरिश्चन्द्र सुबह छः बजे की बस पकड़कर अपनी नौकरी पर हाजिर होने के लिए निकला। सास ने सुबह उठकर मोटे चिले तथा तेल में तला

हुआ, रात भर चूल्हे पर रखा हुआ गरमागरम मुर्गे का मटन रखकर डिब्बा तैयार कर दिया। हरिश्चन्द्र जैसे ही घर से निकलने को हुआ, सास ने खाने का डिब्बा सामने रख दिया। हरिश्चन्द्र ने भिन्नाकर डिब्बा परे हटा दिया और चिल्लाया कि–"कह दिया न खाना नहीं चाहिए, याद नहीं, पिछली बार क्या हुआ था? लेकिन माँ का दिल ऐसे ही थोड़े मानता है। उन्होंने डिब्बा मुझे थमाते हुए कहा कि–"जा दे आ अपने पति को..." मैं असमंजस में पड़ गयी। इधर हरिश्चन्द्र अपनी आदत के मुताबिक बार-बार अपनी कैफियत दे रहा था।

मैट्रिक की परीक्षा के लिए जब हरिश्चन्द्र रत्नागिरी जा रहा था तब मेरी सास ने इसी तरह मोटी रोटियाँ और मुर्गी पकाकर, केले के पत्ते में अच्छी तरह लपेट कर, बाँध कर साथ कर दी थी। रत्नागिरी में हरिश्चन्द्र का रहने का इन्तजाम लड़कों के छात्रावास में था। बस में ही किसी ने बताया कि छात्रावास ब्राह्मणों के मुहल्ले में होने की वजह से, वहाँ मांस-मच्छी खाने की मनाही है। बस फिर क्या था–हरिश्चन्द्र ने अपना खाना बस स्टैण्ड पर ही एक कुली को दे डाला। जब इस बात का पता छात्रावास के लड़कों को चला तो एक ओर, महीनों से मांस-मच्छी खाने को तरस गये लड़कों ने तो दूसरी ओर, मेरी सास ने उसकी जमकर खबर ली। तब से उस ने सफर में खाना साथ न ले जाने की ठान ली थी। बस छूटते तक वह यही दोहरा रहा था और सास दुखी हो रही थी।

पहली बार ससुराल के नये लोगों के बीच मुझे अकेली छोड़कर हरिश्चन्द्र दूर जा रहा था–मुझे कितना दुख होना चाहिए था परन्तु मुझे जरा भी बुरा नहीं लगा। मुझे कभी लगा ही नहीं कि मैं ससुराल आयी हूँ। घर के सारे ही व्यक्ति बड़े नेक थे और अब मैं उनके साथ घुल-मिल गयी थी। मेरे पाँचों जेठ और देवरों का हम बहुओं से बड़े प्रेम और अपनेपन का बर्ताव रहता था। ससुराल में सताना तो दूर बल्कि मेरे ससुर जी मुझे सम्मान देकर 'आप' से बुलाते थे–"हरि तो आज जा रहा है अब आप कब जा रही हैं?" इस तरह वे बात करते थे और मैं भी बेटी की ही तरह मुस्कराकर उनसे कहती थी कि–"मैं कहीं नहीं जाऊँगी, यहीं रहूँगी।" उनकी बातों से उनके मन का स्नेह मैंने भाँप लिया था।

ससुर जी कुछ साल मिलिटरी की नौकरी करते थे। लोग-बाग उन्हें 'सरकार' कह कर बुलाते थे। वे और उनके चाचा, संजय पवार[17] के दादाजी–गोपाल बाबा, नौ गाँवों के महाल (इलाका) में पाँच गाँवों का इन्साफ करते थे। गाँव के लोग उन्हें काफी मानते थे।

पति को जाते देखकर मुझे अपनी एक मौसरी बहन के चचेरे भाई का किस्सा याद आ रहा था। वह व्यापारी जहाज पर काम करता था। उसकी दो पत्नियाँ थीं।

---

17. संजय पवार– मराठी के जाने-माने नाटककार, कवि, चित्रकार, पटकथाकार।

पहली पत्नी को बच्चा न होने की वजह से उसने दूसरी शादी की थी। दूसरी पत्नी को दो बच्चे हुए। दो-तीन साल में एकाध बार वह घर आता था। घर आने पर उसकी दोनों पत्नियाँ उसकी खूब खातिर करती थीं। छुट्टियाँ खत्म होने पर जब वह काम पर वापस लौटने लगता तो दोनों पत्नियों में प्रेम का प्रदर्शन करने की होड़ लग जाती थी। एक पत्नी उसे नहलाती तो दूसरी बदन पोंछ देती। एक शर्ट पहनाती तो दूसरी पैण्ट। एक भाकरी का निवाला खिलाती तो दूसरी चावल का। घर से जहाज पर जाने को निकलता तो दोनों साथ चलतीं। जहाज तक जाने वाले पड़ाव में बैठकर जब तक वह आँखों से ओझल नहीं हो जाता, वे रो-रोकर अपने प्रेम का प्रदर्शन करती थीं। उन दिनों ये दृश्य देखकर हम खूब हँसते थे। लेकिन अब उनकी मजबूरी का अहसास होता है। दोनों रोती थीं ताकि उनके चेहरों की हँसी हमेशा बनी रहे।

पति के प्रेम के लिए इतनी दौड़-धूप करने की मुझे आवश्यकता नहीं थी क्योंकि मैं अपने पति के प्रेम के बारे में आश्वस्त थी, मेरी गृहस्थी भी सुरक्षित थी फिर भी आये का कहा एक मुहावरा मुझे अच्छी तरह याद था—

— मरद कहे रण्डी

तो दुनिया दिखाये मण्डी

इसीलिए पति के बनाये रखने का मेरा इरादा पक्का था फिर चाहे कुछ भी हो जाये।

ससुराल में रहने के कारण ही मैं वहाँ के तौर-तरीके तथा रीति-रिवाज सीख पायी। वैसे तौर-तरीके तो मेरे मायके की ही तरह थे पर स्वभाव के अनुसार बर्ताव में फर्क होगा। मैं मन ही मन आये और मेरी सास की तुलना करती थी। मेरी सास लेन-देन के मामले में अपेक्षाकृत अधिक दिलदार थी। जो भी करती थी या देती थी, हमेशा 'दिल खोलकर' होता था। वह भी आये की ही तरह खाली कटोरी के पेंदे से भाकरी का टुकड़ा छुआ कर खाने वाले लड़के की कहानी अपनी बेटी तथा नाती को सुनाती थी।

रत्नागिरी में, मेरे मायके के चौके में, चूल्हे के पीछे जलाऊ लकड़ियों का जरा-सा बण्डल पड़ा होता था। लकड़ियाँ खत्म होने पर आये लकड़ीवालियों से थोड़ी और लकड़ी खरीद लेती थी। लेकिन ससुराल में तो ईंधन के लिए पूरा का पूरा पेड़ ही काटकर लकड़ी के बड़े-बड़े ठूँठ, निरबंसी की छपरी में, छत तक ढेर लगाकर रख दिये जाते थे। पास ही में चावल की भूसी के साथ सानकर छाबी गयी गोबर की मोटी-मोटी छेनियाँ, इसी तरह ढेर लगाकर रखी होती थीं। चूल्हे पर भगोने चाहे चढ़े हों या न हों, चूल्हा दगदग जलता ही रहता था। काम खत्म होने पर चूल्हे की लकड़ियाँ बाहर खींच कर उन्हें बुझाने की जरूरत कोई नहीं समझता था।

खाने का भी यही हाल था। रात को बड़ी-सी हण्डिया में पका चावल, अगर बच जाता तो बाकी जूठन और पानी के साथ सानकर, सीधे बैलों के सामने रख दिया

जाता था। देखकर मेरा जी दुखता था, मैं कहती कि—“चावल तो सुबह गर्म कर के हम भी खा सकते थे न?”

“यहाँ रात का बासी चावल कौन खाता है?...और बैलों को ही खिलाया है न?” सास कहती और फिर अपना वही राग अलापने लगती कि कैसे उन्होंने एक कौड़ी से सारा राज-पाट खड़ा किया है। इस किस्से में ‘मैं मुम्बईवालों की बेटी थी—वाला तकिया कलाम गूँथकर फिर घण्टाभर की कथा होती।’

मेरी सास के पिता मुम्बई की मिल में काम करते थे। उन्होंने अपनी बहन को वचन दे रखा था कि उसके बेटे से वे अपनी बेटी ब्याहेंगे। इसी वचन के खातिर मेरी सास ग्यारह वर्ष की उम्र में ब्याह कर भिरवंडे आ गयी। घर की गरीबी से उसने बड़ी जिगर और मेहनत के साथ लोहा लिया। मेरे पढ़े-लिखे होने के कारण वे मेरे बारे में जरा शंकित-सी थीं, मेरे आज्ञाकारी होने के बारे में उन्हें शक था। हरिश्चन्द्र के वापस जाने के बाद सास ने मुझे अपने घर के तौर-तरीके और रिवाज स्पष्ट करने वाली कई बातें समझायीं। उनमें से दो बातें तो उन्होंने विशेष रूप से जोर देकर बतायी थीं। एक तो मेरे दो देवर उम्र में मुझ से छोटे थे परन्तु सास चाहती थी कि मैं उनसे तू-तड़ाक से बात न करें बल्कि आप कह कर बुलाऊँ। परन्तु छोटी ननद के बारे में उन का विशेष आग्रह नहीं था। वैसे यह सच है कि मर्दों को सहज में ही आदर प्राप्त हो जाता है परन्तु स्त्रियों को प्रयत्नों से प्राप्त करना पड़ता है।

सास की बतायी दूसरी बात भिरवंडे की किताब के बारे में थी। अर्थात यह एक ही बात को बार-बार बताने वाली बात नहीं बल्कि यह दूसरी ही बात थी, जिसके बलबूते भिरवंडे गाँव का आस-पास के इलाके में बड़ा नाम था।

भिरवंडे गाँव के मन्दिर में रामायण, महाभारत आदि बड़े-बड़े ग्रन्थ थे, जो पूर्वजों ने काशी से लाये थे। हर साल सावन के महीने में जब मन्दिर में ‘सप्ताह’ (भजन-पूजन का पूरा सप्ताह) मनाये जाते तब इन ग्रन्थों की पूजा कर, बाद में पठन किया जाता था। आस-पास के गाँवों से लोग ग्रन्थ लेने के लिए आते। बाजे-गाजे के साथ ये गाँव-गाँव जाते तथा पठन के उपरान्त उसी तरह बाजे-गाजे के साथ वापस आते थे। लोग-बाग पूछते कि ‘क्या बज रहा है?’ तो जवाब मिलता कि ‘भिरवंडे की किताब के बाजे हैं।’ तो ऐसी कीर्ति थी भिरवंडे की किताबों की। सास भिरवंडे गाँव की शान कायम रखने का भार मुझ पर डालना चाहती थी और मैंने भी ऐसे हामी भर दी जैसे यह मेरे बायें हाथ का खेल हो।

सास को मैं बहुत पसन्द करने लगी थी। वह बड़ी ही उत्साही, शौकीन तथा बातूनी थीं। फूल दिखा नहीं कि चट से तोड़कर अपने खोपे में (जूड़े में) टाँक लेती थी। आये की ही तरह सास की उँगलियाँ भी आयदान पर सर-सर फिसलती थीं।

हरिश्चन्द्र के मुताबिक उसकी माँ एकदम सीधी और नासमझ थी। वह सीधी-सादी तो जरूर थी परन्तु नासमझ नहीं लगी मुझे। किसे और कहाँ क्या करना

चाहिए इसकी पर्याप्त समझ थी उसे। मेरी बड़ी जिठानी के सामने वह बड़े जेठ के बचपन की बातें सुनाती थी कि “शान्ताराम बचपन से ही बड़ा दयालु था...परोसी हुई थाली पहले बाहर ले जाकर कुत्ते को खिलाता था...एक बार गोशाला में बैल पेट दर्द से तड़प रहा था तब रात भर शान्ताराम भी वहीं बैठा रहा...आदि।” पति की भूतदया के किस्से सुनकर बड़ी जिठानी के गाल लाल हो जाते थे।

मँझली जिठानी माई के पति की बचपन की यादें, उनके मेहनती स्वभाव और खेतों में खटने से जुड़ी थीं। उनकी मेहनत से माता-पिता को बड़ा सहारा हो जाता था। पति की बड़ाई सुनकर माई की खुशी मन में नहीं समाती थी।

इन सब से मेरे पति की बात अलग थी...उसके जिद्दीपन के कई किस्से वह सुनाया करती थी—“ये तेरा पति हरदम गुड़ खाने को माँगता था। मैं चक्की पर बैठूँ या खेत में काम करती होऊँ, पीछे से आकर पीठ पर मुक्के मार-मार कर गुड़ के लिए जिद करता था। बिना दिये मानता नहीं था, लेकिन पढ़ने में तेज था...”

मेरे पति की करतूतें सुनकर मैं भी हँस पड़ती थी। ‘वसूल’ करने के मामले में मेरा पति कितना कुशल है यह क्या मैं जानती नहीं थी? यही सारी बातें करते-करते उसका ‘मुम्बईवाले की लड़की’ वाला तकिया कलाम फिर रटा जाता—“मैंने ग्यारह बच्चों को जन्म दिया और उनके लिए बहुत कष्ट किये परन्तु मुम्बई की लड़की होने के बावजूद, चूँ तक नहीं की...”

पति के बचपन की यादें ताजा करने वाली सास हमें बहुत अच्छी लगती थी। वह हमें बड़ी अपनी-सी भी लगती थी हम देवरानी-जिठानियों का आपस में चुगली करना भी उसे रास नहीं आता था। चुगली लगाने वाली को वह तुरन्त फटकार देती थी। एक दिन बड़ी जिठानी रूठी हुई थी। लाख आग्रह करने पर भी उसने खाना नहीं खाया था बल्कि कुछ पूछने पर, लड़ने को उतारू हो जाती थी। इस पर मैंने सास से कहा कि—“ये क्यों ऐसे बर्ताव से सबको तंग करती है?” इस पर सास ने ऊँची आवाज में मुझे फटकारते हुए कहा—“तुझे इससे क्या? तू अपना काम कर।” मालवण प्रान्त में बड़े बेटे और बड़ी बहू का बड़ा आदर किया जाता है शायद इसी कारण वश वह बड़ी बहू को अधिक सराहती थी और उससे जरा डरती भी थी।

टेढ़ा जवाब देना, मालवण प्रान्त के लोगों की खासियत है। कोई सीधी बात नहीं करता। यहाँ घर आये मेहमानों की भी आवभगत करने की बजाय बड़ा तथ्यात्मक रुख अपनाया जाता है। इस बात को स्पष्ट करने वाला एक वचन मालवण में प्रसिद्ध है—

‘आ गये हो तो बैठो
—बैठना हो, तो माची है,
—चबाना हो, तो पान है,
—खाना हो, तो पसिया है

—और जाना हो तो पीपल तले राह है—

अब घर आये मेहमान को अगर सीधा रास्ता दिखा जाये तो वह रुकेगा क्यों?

इसी वचन पर आधारित मैंने एकांकी लिखा था।

मालवण के लोगों के टेढ़े जवाबों का अनुभव मुझे भी होता था। 'खाना हो गया?' जैसे सीधे सवाल का जवाब भी हाँ या ना में नहीं बल्कि—"नहीं, तू कब खाना खिलायेगा, इसकी राह देख रहा हूँ।" इस तरह से मिलता। और पत्नी को सीधी जबान में जवाब देने वाला पति तो शायद कोंकण प्रान्त में आज तक पैदा ही नहीं हुआ है। बात का बतंगड़ बनाकर झगड़ा करने का तो सबको शौक ही होता है। एक रात बड़ी जिठानी किसी बात पर चिढ़ी बैठी थी और देर रात को, सबके सो जाने के बाद, ऊँची आवाज में अपने पति से लड़ रही थी। तभी दूर से कुत्तों के भौंकने की आवाज सुनायी दी। सुनकर सास ने सहज भाव से कहा—"न जाने किस के कुत्ते भौंक रहे हैं?" इस पर बड़ी जिठानी और भी भड़क गयी और उसने सास पर तोप दागते हुए कहा—"हाँ, मैं कुत्ता ही तो हूँ, जो भौंके जा रही हूँ। यही कदर है मेरी इस घर में...?" उसे समझाने के लिए सास ने कुछ कहा तो बात की खाल निकाल कर अच्छा-खासा बवाल खड़ा कर दिया। आखिर सास ने ही चुप्पी साधी तब कहीं बात खत्म हो सकी।

घर में एक दिन धान उबालने का काम शुरू हुआ। टीन के चौकोर डिब्बे में पानी उबाल कर उसमें धान डाला जाता था। फिर अध-उबला धान बाहर निकाल कर बड़े-बड़े झौवों से निथार कर, बरामदे में बिछी चटाइयों पर फैला कर सुखाया जाता था। छायादार जगह पर सात-आठ दिन सूखने के बाद पिटारों में भर कर रख दिया जाता था। दो-तीन दिन तक यह काम चलता था। मेरे मँझले जेठ 'देऊ मास्टर' खेती के काम में निपुण थे। उन्होंने मुझे बड़े अपनेपन से बड़े भाई की तरह स्नेह से, सारे कामकाज समझाये थे। चावल उबालते समय ली जानेवाली सावधानियाँ, चावल के प्रकार, रंग, गन्ध, स्वाद आदि के बारे में भी उन्होंने मुझे काफी जानकारी दी थी। 'उसने चावल' का पनियल पसिया स्वादिष्ट होता था लेकिन मुझे 'सुरय' चावल से बना, पानी औटाकर बनाया गया 'आटू' अधिक पसन्द था। गाँव में नन्हे शिशुओं के लिए यही 'आटू' परिपूर्ण भोजन था। माँ के दूध के अलावा बच्चों को आटू ही खिलाया जाता था।

कुछ ही दिनों में मैं ससुराल में घुल-मिल गयी। घर के पीछे की पहाड़ी पर एक घुमावदार पगडण्डी जाती थी। मैं कटहल के पेड़ के नीचे खड़ी होकर उस पगडण्डी तथा पहाड़ी को देखती रहती थी। वहाँ जाने का भी मन होता था। उसी पगडण्डी से होकर कुएँ पर निकली औरतें रुक कर मुझे निहारती थीं। उसी पगडण्डी से लगा, संगमरमर की तरह एक बड़ा-सा ढालू पत्थर था। सास गोशाले में गोबर लाकर वहीं डाल देती थी। तीन-चार दिन का गोबर इकट्ठा होने पर उसमें चावल की भूसी और

पैरा डालकर सान लेती और बड़े-बड़े कण्डे छाबती थीं। ऐसे काम भी अपने हाथ से करने का उन्हें काफी अभिमान था। मुम्बईवाली होकर भी, ऐसे काम कर, गृहस्थी चलाने की अपनी क्षमता पर उन्हें आज भी गर्व था।

गोबर के कण्डे अँगीठी में डालकर अँगीठी से कमर टिकाकर, मेरी बड़ी जिठानी, जचकी के बाद कमर सेंकती थी। "औरत की कमर सीधी, तो गृहस्थी भी सीधी" ऐसा हमेशा मेरी सास कहा करती थी। जिठानी का नहाने का पानी तो इतना गर्म होता कि हाथ जलता था। छोटे बच्चे की मालिश, किसी पहलवान की मालिश से कम नहीं होती थी। गरमागरम पानी में नहाना तथा बाद में सिगड़ी पर दी गयी अजवाइन की धूनी से बच्चे की खासी करारी सिंकाई हो जाती और वह बेचारा गला फाड़कर रोता। उन दिनों बच्चों के कान में पानी की कुल्ली मारकर कान साफ करना (?) अत्यन्त आवश्यक समझा जाता था। बच्चे को नहलाने वाली औरत यदि पान खाने की आदी हो तो पहले मुँह में भरा पान थूक देती थी पर मुँह साफ किये बिना ही, मुँह में पानी भर, बच्चे के कान में पानी की पिचकारी मारती थी। उनकी इस करनी से कितने ही बच्चों के कान बरबाद हो जाते थे परन्तु इस बात की समझ किसी को नहीं थी।

नहाते समय बच्चों की नजर उतारने का तरीका भी अजीब था। नहलाने के बाद आया के गीले पाँवों का पानी उलीच कर बच्चे के शरीर पर फेर कर, बायें पाँव के अंगूठे की मिट्टी का तिलक बच्चे के माथे पर लगाया जाता था। गन्दी मिट्टी तथा गन्दा पानी आँख में जाने से बच्चों की सही मायने मे ही 'नजर उतर' जाती होगी। सर्दी से जब बच्चे की नाक बन्द हो जाये तो नाक में नारियल के तेल की बूँदें डालकर निमोनिया को ही निमन्त्रण दिया जाता था। नाक द्वारा फेफड़ों में पहुँचा हुआ तेल, ब्राँकायटिस तथा दमें जैसी बीमारियों के ही बीज बोता होगा। इनके प्रकट उदाहरण स्वरूप मेरा दमा और आस-पास के कितने ही बच्चों के और मेरे भतीजे-भतीजियों के बहते कान देखे जा सकते हैं।

पाँच साल तक उम्र का कोई बच्चा यदि खाता-पीता न हो, या हमेशा रोता हो तो मेरी सास कहती कि "बच्चे को 'तान' पड़ गयी है।" मेरी सास गाँव की वैद्या थी। छोटी-मोटी बीमारियों पर जड़ी-बूटी की घरेलू दवाइयाँ देती थी। दवा अगर दूध के साथ लेनी होती तो गाय, भैंस का दूध तो क्या मिलता, लेकिन हाँ, माँ का, छाती का दूध अवश्य मिल जाता था। तथा तान पड़ने पर तान भी बाँधती थी।

उनका तान बाँधने का तरीका भी खास था। ताँबे के लोटे में कुएँ का ताजा पानी भरकर, उसमें नारियल का तेल मिलाकर काफी देर तक धूप में रख देती थी। फिर वही तेल मिला पानी एक थाली में उँडेल कर, उस थाली पर पीड़ित बच्चे को उल्टा लटका देती थी, जिससे उसका सिर तेल में डूबा रहे। थोड़ी देर बाद बच्चे को सीधा खड़ा कर, वही तेल उसके बदन पर मल देती थी। शाम को उस बच्चे को गरम

पानी से नहला देती थी। कभी-कभी तो 'तान बँधा' बच्चा खुले बदन ही धूल-मिट्टी में लोटकर सूअर की तरह कुलाँचे मार रहा होता।

ऐन गरमी के दिनों में एक बार मैं ससुराल में थी। मार्च का महीना खत्म होते-होते, कोंकण में कुओं का पानी घटने लगता है। हमारे कुएँ का पानी एकदम तली में चला गया था। ऐसे वक्त पर हमारी बस्ती की औरतें मराठों के कुएँ पर जाकर पानी लाती थीं, सो माई के पीछे-पीछे, मैं भी कलसा उठाकर चलने लगी। सास ने मुझे रोक कर कहा कि "तू वहाँ मत जा...तुझे अच्छा नहीं लगेगा...।" मेरे कारण पूछने पर उन्होंने कहा—"मैं जो कहती हूँ, वो मान।" मैंने सोचा शायद मेरे 'नई-नवेली' होने के कारण वह मुझे रोक रही होगी और मैं माई के पीछे चल पड़ी। मराठों के कुएँ पर खाली कलसे और भगौने लेकर हमारी बस्ती की औरतें दूर बैठकर, कब से राह देख रही थीं और पानी भरने वाली मराठा स्त्रियों से चिरौरी कर रही थी—"दीदी, अरी अक्का, हमें भी पानी दे दो...।"—देखकर मैं उल्टे पाँव, खाली कलसा लिये लौट गयी।

घरट्ट में धान कूटने के लिए माई मेरी मदद चाहती थी। मैं खुशी से तैयार हो जाती थी। एक दोपहर को हम दोनों घरट्ट पर काम में लग गयीं। माई बड़े पिटारे से टोकरा भर धान निकाल लायी। दीवार के पास खड़े घरट्ट का ऊपरी पाट निकाल कर देखा तो उस लकड़ी के पाट पर आड़े-खड़े छेदों से सुन्दर नक्काशी की हुई थी। दूसरे पाट पर भी इसी तरह की नक्काशी थी। घरट्ट को बाहर से देखकर ऐसा नहीं लगता था कि इसके पेट में इतना सुन्दर शिल्प छिपा बैठा होगा। मुझे घरट्ट के दोनों पाट प्रदर्शनी में रखने लायक लगे। सचमुच पेट की इस आग में ऐसी कितनी ही कलाकृतियाँ छिपी बैठी होंगी। माई ने बताया कि ये नक्काशी स्वयं ससुर जी के हाथ की बनी है। दोनों पाटों को एक के ऊपर एक रखकर माई ने घरट्ट के चौड़े मुँह में चार-पाँच अँजुली भर धान डाला और हम घरट्ट चलाने लगी। चलने में यही चक्की से हल्का था। अध-उबले धान के छिलके फटाफट निकल कर अलग हो रहे थे और भूसी के साथ साबुत चावल सर-सर कर बाहर निकल रहा था।

जब काफी चावल जमा हो जाते तो माई उन्हें बड़े सूप में रखकर पखेरती। पखेरने से बड़े-बड़े छिलके निकल जाते फिर भूसी निकालने के लिए वह सूप टेढ़ा कर, बायें हाथ से सूप का एक कोना पकड़ कर दाहिने हाथ की उँगलियाँ सूप के तले पर मारती हुई, हल्के से घुमाती। उँगलियों की टिपुर-टिपुर की आवाज के साथ सूप के एक कोने से हौले-हौले भूसी नीचे गिराती। टिपुर-टिपुर आवाज की लय से हल्के हल्के...झपकी आने लगती थी। दोपहर के खाने के बाद तो, यह लय सुनते-सुनते सो जाने का मन करता था।

इसी काम के दौरान, एक दिन अचानक मेरा शाहू, मेरे घर आया। "अरे, अचानक कैसे आना हुआ? न चिट्ठी न पत्री..." कहते मेरे जेठ ने उसकी अगवानी

की। "रिवाज के अनुसार बहन को लिवाने आया हूँ।" कहता वह आँगन में आया और मुझे घरट्ट पर काम करते देखकर चौंक गया। बरामदे में इतने बड़े घरट्ट के सामने, टोकराभर धान लिये, उखड़े-बिखरे बालों में मुझे देखकर उसके चेहरे पर वही भाव उभरे जो शायद अंडमान के राजबन्दियों को कोल्हू चलाते देखकर, उनके घरवालों के चेहरों पर उभरे होंगे। इस दृश्य को देखकर शाहू क्या समझा होगा इसका मुझे ध्यान ही नहीं था, मैं खुशी के मारे उसके गले से लिपट कर रोने लगी और वह उन आँसुओं को दुख के आँसू समझ बैठा।

उस रात चिले बनाकर तथा मुर्गी काटकर शाहू को दावत दी गयी। वास्तव में बिना चिट्ठी-पत्री मेरे पति की अनुपस्थिति में उसके आने पर मेरे ससुर जी एतराज कर सकते थे, क्योंकि इसका स्पष्ट मतलब था कि मेरे मायके वाले, उन्हें मान कर चलते हैं। लेकिन मेरे ससुराल के किसी भी व्यक्ति ने जरा भी नाराजगी नहीं जतायी बल्कि भाई को और भी रुकने का आग्रह किया। दूसरे दिन मैं भाई के साथ मायके जाने के लिए निकली तब मेरी सास ने, आये के लिए दो पायली चावल बाँध कर साथ कर दिये और आये के दिये मुलों की याद ताजा हो गयी।

मेरे जाने की बात से माई उदास हो गयी। हम दोनों अब देवरानी-जिठानी नहीं बल्कि सहेलियाँ बन गयी थीं। पाँच-छः दिन की हो तो बात थी, लेकिन मेरी भी आँखें भीग गयीं, जो पति के बिछोह पर जरा भी नहीं भीगी थीं।

मायके लौटने पर, घर में पाँव धरते ही शाहू ने आये से कहा—"देखा न, मैं जो कह रहा था, वही हुआ। इसे वहाँ न जाने क्या-क्या काम करने पड़ते हैं। जब मैं वहाँ पहुँचा तो ये घरट्ट पर काम कर रही थी।"

मैंने सफाई देनी चाही "मुझे किसी ने जबरदस्ती नहीं की थी। वह तो मैं अपनी इच्छा से कर रही थी परन्तु मेरी सफाई पर किसी ने ध्यान नहीं दिया बल्कि सबका भाव यही था कि "अब भुगतो।"

❖

रत्नागिरी आते ही मैंने चिपलून में हरिश्चन्द्र को चिट्ठी लिखकर इत्तला दी तथा रोजगार नियुक्ति के दफ्तर में अपना नाम लिखवा लिया। दो-तीन दिन बाद हरिश्चन्द्र आया और हम दोनों उसके रत्नागिरी वाले कमरे में रहने आ गये। कमरे का हरिश्चन्द्र का सारा सामान धूल खा रहा था। मैंने साफ-सफाई की और हरिश्चन्द्र जाकर चावल दाल, सब्जी आदि सामान ले आया। दो-तीन दिन हम उसी कमरे में रहे। हम दोनों मायके वालों के तथा एक दूसरे के भी एकदम करीब थे परन्तु चोरी-छिपे मिलने-जुलने की ऐसी आदत पड़ गयी थी कि हमारा बेरोक-टोक खुलेपन से मिलना, घूमना सब सपने-सा लगता था। वहीं से फिर चिपलून जाकर हमने हरिश्चन्द्र के बित्ते भर के कमरे में अपनी गृहस्थी सजायी। कमरा भले ही छोटा हो, प्रेम बड़ा था और हम दोनों राजा-रानी की छोटी-सी गृहस्थी का मजा ही कुछ और था।

चिपलून की हमारी मकान मालकिन कुणबी समाज की अनपढ़ औरत थी। लोगों के घर चौका-बर्तन कर अपना और अपने चार बच्चों का पेट पालती थी। हरिश्चन्द्र के दफ्तर जाने के बाद मकान मालकिन की बेटी मेरे घर आकर बैठती, गप्पें लड़ाती मेरा दिया खाना भी खाती थी। एक बार किसी की शादी में पहनने के लिए साड़ी माँगने आयी। चिरौरी करते हुए उसने साड़ी खराब न करने के दस वादे किये। मैंने एक तरफ स्टोव पर चाय का पानी रखा और साड़ियों का बक्सा खोलकर अपनी शादी की साड़ियाँ निकाली। सफेद साड़ी देखकर वह पूछने लगी कि "यह किसकी साड़ी है?" जब मैंने बताया कि "हमारे समाज में शादी के अवसर पर सफेद साड़ी ही पहनी जाती है" तब सुनकर उसकी बोलती ही बन्द हो गयी। मेरा 'शालू' उठाकर वह चुपचाप चलती बनी।

मैंने चाय पीने के लिए रोका तो रुखाई से 'माँ ने बनायी है' कहकर निकल गयी। उसके बाद महीना भर उसने हमारे कमरे का रुख ही नहीं किया। महीने भर बाद दाग-धब्बे लगाकर साड़ी लौटायी। दागों की शिकायत करने पर उसकी माँ ने कहा—"आप दूसरा घर देखिये।" उसकी बातों का न आगा था न पीछा...पर, था कैसे नहीं? जात थी न...!

हरिश्चन्द्र का तबादला फिर रत्नागिरी हो गया और हम अपने पुराने कमरे में वापस आ गये। रंगाई-पुताई कर के हमने घर सजाया। एक दिन यहाँ की मकान मालकिन मालतीबाई आजगावकर ने अपने नौकर द्वारा मुझे बुलावा भेजा। उन का साँवला, मरियल, हड़ियल चेहरे वाला नौकर तुकाराम दरवाजे पर आकर बड़ी

अशिष्टता से हेकड़ी जताता हुआ बोला—"पोवारनी, चल, भाभी तुझे बुलाती है।" हर महीने तुकाराम जब किराया लेने आता तब भी उसका यही रुख होता था—"पोवार किराया निकालो।" शायद वह भाँप गया था कि 'पोवार' कहलवाना हरिश्चन्द्र को पसन्द नहीं है।

हरिश्चन्द्र से मैंने पूछा कि उन्होंने मुझे क्यों बुलाया होगा। उसने कहा कि नयी दुल्हन होने के कारण वे 'गोद भराई' जैसा कुछ करना चाहती होंगी।

पिछली मकान मालकिन के अनुभव के कारण मुझे हरिश्चन्द्र की बात पर विश्वास नहीं हुआ लेकिन मैं समझी कि मालकिन पढ़ी-लिखी है इसलिए जान-पहचान हेतु बुलाया होगा। अच्छी सी साड़ी पहन कर मैं उनके घर गयी। बैठक के कमरे में सोफा बिछा हुआ था। मेज, अलमारी आदि सामान भी कीमती लग रहा था। टीपॉय पर रखे फूलदान में गुलाब के ताजे फूल...वातावरण खुशगवार था परन्तु इस दृश्य को, दीवार पर चिपकी हुई एक छिपकली, दाग लगा रही थी।

भीतर से मालकिन आयी। गोरे चेहरे पर छोटी-सी बिन्दी, नौगजी सफेद साड़ी, बालों में काँटे लगाकर, परिपाटी से बँधा जूड़ा और उस पर खास मालवणी ढंग से सामने से भी दिखता हुआ-टँका फूल। मैंने उन्हें कई बार हमारे दरवाजे से गुजरते देखा था। बाहर से झाँककर देखा करती थी कि कहीं कोई गन्दगी तो नहीं है। वह म्युनिसिपैलिटी की सदस्या थी इस कारण मैं समझी थी कि अफाई-सफाई का ध्यान रख रही हैं।

उन्होंने दरवाजे के पास रखी कुर्सी पर मुझे बैठने के लिए कहा तथा मुझे अनदेखा कर, दीवार पर चिपकी छिपकली पर नजरें गड़ाकर बोली—"देखिये, हमारे ये कमरे बैचलर लोगों के लिए बने हैं। लेकिन सभी ने शादी कर यहीं डेरा डाल दिया है। आप को एक खास बात कहने के लिए बुलाया है।" अब की बार छिपकली से नजरें हटाकर उन्होंने मेरी ओर देखा तथा निहायत ही ठण्डेपन से कहने लगी—"हमारे इस अहाते में हमारे घर के रक्षक, हमारे महापुरुष संचार करते हैं। रात को वे हर तरफ घूमते हैं। उन्हें गन्दगी जरा भी पसन्द नहीं है, वे नाराज हो जाते हैं। उनके कोप से सब डरते हैं। कइयों ने खुद भुगता है, इसलिए आप ही के भले के लिए कहती हूँ कि आप दूसरा घर देखिये।"

...तो आखिर चार घरों में चौका-बर्तन करने वाली नौकरानी और ये म्युनिसिपैलिटी की सदस्या, दोनों का दरजा एक ही था। मैं चुपचाप उठकर वापस आ गयी। हरिश्चन्द्र को बताया, वह हताशा भरी हँसी हँसकर रह गया।

हमारा कमरा अण्डरग्राउण्ड था। सड़क की तरफ ऊँचाई पर बनी एक खिड़की थी। शादी से पहले कई बार मैं खुद ही वहाँ से झाँककर हरिश्चन्द्र की गतिविधियाँ देखा करती थी। अब ऊपर बने मलेरिया ऑफिस के लोगों से बात करते हुए लोग हमारे घर के भीतर चोरी-छिपे झाँकते थे इसलिए मैंने उस खिड़की पर परदा तो टाँग

दिया पर अब अँधेरे कमरे में दम घुटने लगा। दरवाजे के सामने बहते गटर में हमेशा मलेरिया के स्लाइड धुला पानी बहता था, जिस की तेज गन्ध से सिर चकरा जाता था। लेकिन बाजार, दफ्तर, अस्पताल, बस-स्टैण्ड आदि सभी नजदीक होने के कारण छोड़ने का मन नहीं था और छोड़कर जाते भी कहाँ? रत्नागिरी के सारे ही मकान मालिक जातिवाद के मामले में एक से थे। इसलिए हम जैसे-तैसे दिन काट रहे थे।

आस-पास के छोटे-छोटे कमरों में उच्चवर्णियों के छोटे-छोटे परिवार रहते थे। उनकी देखादेखी मैं भी उनका सलीका, उनके खाने-पीने के तौर-तरीके सीखने लगी। मेरी ननद शालिनी भी हमारे साथ रहती थी और रत्नागिरी के महिला विद्यालय में दसवीं में पढ़ती थी।

हमारे घर के पास बेंगुर्ला निवासी श्री मोहन मेन्थर रहा करते थे। उनकी पत्नी नीला भाभी का मुझ पर सगी बहन-सा स्नेह था। उन्हें दो ही बातों की लत थी—एक साफ-सफाई की तथा दूसरी पान-तमाखू की। उनकी संगत में तमाखू की आदत तो मुझे अपने आप ही लग गयी और साफ-सफाई की, मैंने खुद डाल ली। वैसे आये के सिखाये साफ-सफाई के गुर मैंने भली-भाँति सीख लिये थे जैसे—बाजार से लायी चीजें इस्तेमाल करने से पहले सूप में डालकर साफ करना, क्योंकि उनमें चूहे के लेंड़ें हो सकते हैं। ताक पर रखी थाली फटाक से, किसी बर्तन पर न ढाँकना, क्योंकि उसके पीछे छिपकली छिपी हो सकती है, या बाहर सूखता कपड़ा बिना झटके घर में न लाना क्योंकि उनमें बिच्छू या कीड़ा छिपा हो सकता है आदि। बिच्छू के नाम से मुझे हमारे गाँव की एक बात याद आती है—बस में बैठकर स्कूल जाने निकली एक बालिका के ब्लाउज में बिच्छू छिपा था। बिच्छू ने डंक मार-मार कर उस की छाती छलनी कर दी पर वह बेचारी बालिका मारे शर्म के यूँ तक नहीं कर सकी। बस से उतरते ही वह बेहोश होकर गिर पड़ी थी।

नीला भाभी के साफ-सफाई के तो क्या कहने, बन्द आँखें भी उनकी सफाई महसूस कर सकती थीं। उनके पीतल के बर्तन नल के चबूतरे पर घण्टों पर माँज कर, वे सूखने के लिए जब रखतीं तो धूप में सोने की तरह चमकते उन बर्तनों से हमारी आँखें चौंधिया जातीं। धोने के लिए वे जो कपड़े लातीं वे ही साफ धुले हुए से लगते थे। बाल्टी में साबुन के झाग में कपड़े डालकर जब वे खँगालने लगतीं तब ऐसा लगता कि अब या तो बाल्टी टूटेगी या कपड़े फटेंगे। उनके छोटे से कमरे की मोरी का फर्श भी वे इतना चकाचक साफ रखती थीं कि कोई बिना थाली लगाये, फर्श पर ही खाना रखकर खा ले। दरवाजे बाहर की छोटी-सी आँगन नुमा जगह भी, साफ-सुथरी, रंगोली से सजी होती थी। भाभी गेहुँए रंग की, जरा नाटी-सी थी। उनके बदन की साड़ी अति साफ तथा ब्लाउज भी उसी तरह साफ धुला हुआ होता था। चेहरा चौड़ा और बात-बात पर छप्पर फाड़कर हँसना, उनकी आदत थी। वे इतनी जोर से ठहाका लगाती थीं कि राह चलते लोग भी देखने लगते थे। नारी जाति की

इतनी जोरदार हँसी उन्हें शायद बर्दाश्त नहीं होती थी जिसे वे चेहरे के भाव से प्रकट कर देते थे। जैसी भाभी की सफाई, जैसी उनकी हँसी वैसी ही नम्बर वन उनकी रसोई होती थी। नपी-तुली सामग्री डालकर स्वादिष्ट व्यंजन बनाने की कला मैंने उनसे ही सीखी है। शुरू-शुरू में मेरे बनाये व्यंजन बिगड़ जाते थे। वे बिगड़े व्यंजन भी, ऊपर के मलेरिया ऑफिस की हेमा कद्रेकर तथा उसकी सहेलियाँ बड़े शौक से खाती थीं। उन व्यंजनों की कद्र हो जाती और उन सबका प्रेममय व्यवहार मुझे धन्य कर देता था।

नौकरी लगी और मेरी तमाखू खाने की आदत छूट गयी। मुँह में तमाखू रहने से बार-बार थूकने की जरूरत पड़ती और पढ़े-लिखे होने का अहसास मुझे चाहे जहाँ थूकने से रोकता था। बचपन की बात और थी जब मैं जहाँ जी करे, थूक देती थी। रोजगार नियुक्ति के दफ्तर में नाम लिखवाने के बाद दो दफ्तरों से एक साथ ही बुलाबा आया और मैं असमंजस में पड़ गयी। हरिश्चन्द्र से राय माँगी तो उसने कहा—"तुम ही तय करो कि कौन-सी नौकरी करनी है।" शाहू ने कहा—"आँखें बन्द कर एक नाम पर उँगली रख दे और उसी नौकरी पर हाजिर हो जाना। मैंने वैसा ही किया और लोक निर्माण विभाग (पी. डब्ल्यू. डी. गृहनिर्माण विभाग) की नौकरी पर हाजिर हो गयी।

एक तारीख को तनख्वाह मिलने पर सहसा विश्वास ही नहीं हो रहा था कि ये सारे पैसे मेरे हैं और मैं इन्हें अपनी मर्जी से खर्च करने जा रही हूँ। वैसे इससे पहले वाली नौकरी की तनख्वाह आये के हाथ में रखनी पड़ी थी, उसी आदत के मुताबिक मैंने यह तनख्वाह पति के हाथ रख दी। यही रिवाज आगे भी जारी रहा। मैंने खुद ही अपनी गर्दन छुरी के नीचे रख दी और क्या?

सब कुछ ठीक-ठाक चल रहा था कि एक दिन अचानक दुर्घटना में भाई की मृत्यु का तार आया। पूरे परिवार पर जैसे वज्रपात हो गया। भाभी और बच्चे तब रत्नागिरी में ही थे। 'उनका अब क्या होगा?' इस विचार के साथ ही आये की भी चिन्ता थी। आये ने बिस्तर पकड़ लिया था। भाई का चेहरा आँखों के सामने घूम रहा था। छरहरे बदन और मोटी-मोटी आँखों वाले भाई का रहन-सहन एकदम सादा था। दो जोड़ी शर्ट और पैण्ट में ही वह साल काट देता था। एक जोड़ी बदन पर तो दूसरी अलगनी पर। घर में न तो ऐशो-आराम की कोई चीज और न कोई लत। तनख्वाह मिलते ही हमें पैसे भेज देता था। भाई स्वभाव से खामोश था पर बाँसुरी बजाने तथा चित्रकारी में माहिर था। यही कलाएँ शायद उसकी अभिव्यक्ति का साधन थीं। उसके चित्रों में दूर-दूर तक जानेवाली, खाली, घुमावदार राहों के चित्र थे जिनमें से दो आज भी, सिलाई कर अपने बच्चों का पेट पालती भाभी ने अपने घर की दीवार पर टाँग रखे हैं।

इस घटना के सालभर बाद मुझे गर्भ ठहरा। यह प्यारा सा समाचार, पति को

सुनाते हुए, सिनेमा की तरह गुदगुदाने वाली तो कोई बात नहीं हुई परन्तु हरिश्चन्द्र काफी उत्तेजित था। एक दिन उसने बच्चे के स्वास्थ्य सम्बन्धी एक पुस्तक मेरे हाथ में रखकर पढ़ने की हिदायत दी। वह पुस्तक देखकर पड़ोसी मोहन मेन्थर हँसने लगे। उनके अनुसार तैरने की सूचनाएँ पढ़कर कोई भला तैर सकता है? इसी तरह माँ बन जाने पर धीरे-धीरे सारी समझ आ जाती है।

लेकिन हरिश्चन्द्र अपने विचार पर कायम था कि किताब पढ़कर बेशक इंसान तैर नहीं सकेगा, डूब ही जायेगा परन्तु किताबें कई तरह की जानकारी देती हैं, जिस से जान बचने की सम्भावना बढ़ जाती है। इस बात पर जब विवाद होता तब आये कहती कि जच्चा और बच्चा सही-सलामत एक दूसरे से अलग हो जायें यही काफी है।

आये के कहने का मतलब मैं तब समझी जब मैंने जच्चा घर का दर्शन किया। वास्तव में जच्चा घर पर एक बड़ा-सा बोर्ड–'क्लेश घर' लिखकर टाँग देना चाहिए जिससे स्त्रियों को पहले से अन्दाजा हो जाये कि भीतर जा कर क्या कुछ सहना है। इतने कष्ट सहकर स्त्रियाँ बार-बार कैसे ये मुसीबत मोल लेती हैं, यही आश्चर्य है। शायद 'पब्लिक मेमरी इज शार्ट' वाली बात औरतों की जचकी पर से ही चल पड़ी होगी क्योंकि मैं भी और दो बार उसी 'क्लेश घर' में हो आयी हूँ।

नौ माह पूरे होने पर एक दिन, तड़के पेट में हल्का-सा दर्द उठा और फिर बढ़ता ही गया। आये कभी-कभी दोपहर को, खिड़की से झाँककर देख जाती थी कि सब कुछ ठीक-ठाक है या नहीं। दर्द उठने पर क्या करना चाहिए, यह भी उसने मुझे बता रखा था। दर्द जैसे ही तेज हुआ हरिश्चन्द्र ने स्टोव जलाकर मेरे लिए नहाने का पानी चढ़ाया, चाय बनायी। नहाने के बाद मैंने चाय पी तब दर्द और भी बढ़ गया। बाहर दिन भी निकल आया था। हरिश्चन्द्र मुझे नजदीकी सिविल अस्पताल ले गया। नर्स ने बैठने को कहा। इसी बीच हरिश्चन्द्र साइकिल पर जाकर आये को खबर कर आया। आये ज़ब पहुँची तब मैं दर्द से छटपटा रही थी और आये थी कि...मेरा चेहरा देखती–"लड़का ही होगा, पक्का...साँप की तरह फुफकारते दर्द उठ रहे हैं, इसका मतलब लड़का ही है..." आदि बड़बड़ा रही थी। उस पल तो मुझे सिर्फ इतना लग रहा था कि चाहे लड़का हो या लड़की, मुझे बस इस क्लेश से मुक्ति चाहिए। दर्द जब अपनी चरम सीमा पर पहुँच जाता है तब कैसा लगता है, इसका भरपूर अनुभव लेकर ही मुझे मुक्ति मिली। आये की बात सच निकली और 'बेटा' हुआ। मेरा और हरिश्चन्द्र का चेहरा मारे खुशी के खिल उठा था। जब मुझे लेकर रूम से बाहर लाया गया तब मेरी भाभी, मामी और पड़ोसन मेरी ओर ऐसे देख रही थीं जैसे मैंने कोई तीर मारा हो। नर्स ने हरिश्चन्द्र को बताया कि मुझे तीन-चार टाँके भी पड़े थे। टाँकों वाली बात उसने दूर खड़ी आये को चिल्लाकर बतायी तो मैं झेंप गयी। लेकिन बाद में देखा तो हर जच्चा को रिश्ते के मर्द भी बेखटके टाँके-वाँके के बारे में पूछ रहे थे और वह जच्चा भी, बिना किसी संकोच के, इस बात को भुलाकर कि टाँके कहाँ

पड़े हैं, सहजभाव से टाँकों की संख्या बता देती थी।

पहली ही जचकी होने की वजह से आये अस्पताल से ही तीन-चार दिन बाद मुझे मायके ले गयी। एक दिन घर के सामने से, भिरवंडे गाँव का हमारा एक परिचित, सावन्त गुजर रहा था। बाहर से ही चिल्लाकर उसने आये से पूछा—"पोवारनी, बेटी की जचकी हो गयी?...क्या हुआ?" जब आये ने बेटा होने की बात बतायी तो फट गाली बककर बोला—"इन भड़वों को सारे बेटे ही होते हैं।" इसी तरह कुछ बुदबुदाता वह लपक-झपक चल पड़ा। आये भी ताव खाकर चिल्लाकर बोली कि—"आप के पेट में क्यों दर्द होने लगा? लेकिन कुछ सुनने के लिए वह रुका ही नहीं। मेरी सास को छः-सात बेटे ही हुए तथा सारे के सारे के सारे पढ़-लिखकर नौकरी पर लग गये, इसलिए उसे जलन थी। इस घटना के बाद जब भी सावन्त मिलता, मुँह फेर कर चल पड़ता। आगे चलकर उसके यही शब्द आये को बाईस साल बाद भी याद थे।

हरिश्चन्द्र की लायी किताब 'बच्चे के जन्म के पहले और बाद में' पढ़ते समय मैंने पाया कि लिंग वाचक शब्द लिखने से लेखक हिचकिचाता था। स्त्री के जनन अंग के लिए उसने 'उदर' शब्द का प्रयोग किया था। 'उदर' शब्द का प्रयोग करते समय भी उसका संकोच स्पष्ट था। जन्म से ही बच्चे को दूध के साथ-साथ पानी की भी उतनी ही मात्रा पिलाने की भी सलाह दी थी। देहात में औरतें बच्चे को स्तनपान के अलावा और कुछ नहीं पिलातीं, यह याद कर तब मैं काँप गयी थी लेकिन आज मालूम होता है कि वास्तव में वे देहाती औरतें ही सही थीं।

अधिक दिनों तक स्तनपान कराने से माता की शारिरिक गठन बिगड़ जाती है, ऐसा उन दिनों माना जाता था। कहा जाता है कि बच्चे को स्तनपान देते समय अपने आप ही माता को झरझर दूध उतरने लगता है परन्तु मेरा अनुभव कुछ अलग ही था। बिल्कुल चींटी काटने जैसे अनुभव के साथ धीरे-धीरे दूध उतरता था। अधिक दूध उतरने के लिए आस-पास की औरतें मेथी के लड्डू, अलसी के लड्डू खाने की सलाह देती थीं। हमारी पीढ़ी तक किसी ने कभी जचकी में लड्डू-वड्डू खाये ही नहीं थे। पड़ोस की गोखले भाभी ने लड्डू बनाने की विधि हरिश्चन्द्र को समझायी और हरिश्चन्द्र ने आये को। उसने आये को मेथी भी लाकर दी। मेथी कूट कर, गुड़ मिलाकर आये के बनाये लड्डू खाना किसी के बस की बात नहीं थी। आखिर माँ के बदले बाप बने हरिश्चन्द्र ने ही चबा-चबाकर खत्म किये।

दूध उतरने के लिए आये काँटेदार मच्छी का शोरबा बनाती थी, जो मैं चावल के साथ खा लेती थी। मेरी सास की लायी जड़ी-बूटी का रस भी मैं सुबह-शाम पीती थी। डॉक्टर की दवा भी खायी लेकिन सारी कोशिशें व्यर्थ हुईं और मेरा बेटा बोतल के दूध पर ही पला। मुझे भी राहत ही मिली क्योंकि एक तरफ चींटी चाल से चुनमुनाते हुए उतरता दूध, तो दूसरी तरफ जचकी के डेढ़ महीने बाद जबरदस्ती दूध

छुड़ाकर नौकरी पर हाजिर होना। क्योंकि छुट्टी केवल जचकी के डेढ़ महीने और डेढ़ महीना बाद तक ही मिलती थी।

जचकी के बाद के नेम नियम आये ने मुझे अच्छी तरह सिखा-पढ़ा दिये थे। जचकी के बाद सिंकाई अगर जमकर नहीं की गयी तो उठते-बैठते जोड़ों से पादने की आवाजें निकलती हैं या फिर अंग बाहर निकल आता है। मैंने दो-एक के बारे में ऐसा होतें देखा भी था इसलिए बदन पर गुदड़ी ओढ़कर मैं इतनी देर तक सिगड़ी के पास बैठती कि आँखों से पानी बहने लगता था। मेरे नहाने का पानी भी इतना गर्म होता था कि कोई हाथ न डाल सके। जिठानी की ही तरह मैं भी गरम पानी से कमर सेंकते हुए नहाती थी, वरना बदन ढीला पड़ने और मोटापा बढ़ने का डर था। इस सीख को निभाने में गर्म पानी से चमड़ी जैसे छिल जाती थी। तीसरी सीख यह थी कि पेट कसकर न बाँधने से पेट निकल आता है। इसलिए मैं पूरी की पूरी नौगजी साड़ी पेट पर ऐसे कसकर लपेटती थी कि खाना खाना मुश्किल हो जाता था। रात को थोड़ी देर जलते चूल्हे की तरफ पीठ कर बैठती थी। तो देहाती औरतें जलती अँगीठी पीठ की तरफ लगाकर सोती थीं। आये कहती थी कि “तुम शहर की औरतें, जरा टाँके पड़ जायें तो हो-हल्ला मचाती हो। देहातिनों को देखो, फटी योनि पर नमकीन पानी में भीगे कपड़े की तहें इस्तेमाल करती हैं और खपरैल तपाकर बदन सेंकती हैं।”

बच्चे को तेल मालिश कर उसे नहलाते समय आये भी बच्चे के कान में पानी की कुल्ली मारती थी। एक-दो दिन, यह सब देखकर मैंने उसे ऐसा करने से मना किया तो उसने प्रतिवाद किया कि तेरे पेट की गन्दगी जो उसके कान में घुस गयी है, उसे भी न निकालूँ? मेरे फिर भी मना करने पर वह बोली—“ठीक है, तेरी मरजी, तुम पढ़ी-लिखी, मैं अनाड़ी।” बच्चे को नहलाने के बाद आये ने अपने पाँव के अँगूठे का तिलक बच्चे के माथे पर लगाया। अब मैं उसे कहाँ तक रोकती। आखिरकार उसे नाराज किये बिना, बहला कर मैंने बच्चे को नहलाने का काम अपने जिम्मे ले लिया।

लड़के और लड़कियों की शरीर की गठन के बारे में भी उस जमाने की स्त्रियों का और आये का भी अपना नजरिया था। मालिश करते वक्त लड़कियों की हथेलियाँ दबा-दबा कर सिकोड़ी जातीं ताकि उनके पंजे छोटे और सुन्दर बने रहें। वहीं लड़कों की हथेलियों के पंजे चौड़े बनाने के लिए उँगलियों से दबाकर फैलाये जाते थे। हाथों और पैरों की उँगलियाँ खींचना, लड़कियों के कूल्हे दबे रहने के लिए, ऊपर से नीचे दबाव देना और इसके विपरीत लड़कों के कूल्हे उभारने के लिए नीचे से ऊपर की ओर दबाव देना। लड़कियों की कमर तथा बगल पर दबाव से मालिश करना ताकि ये अंग पतले और सुडौल बने रहें। लड़कियों के नाक की उठान बढ़ाने के लिए, दोनों अँगूठों से दबा कर इतना खींचना कि उसका दम घुटने लगे, परन्तु लड़कों की

नाक को छुआ भी नहीं जाता था। उपरोक्त सारे नुस्खे घर-घर अपनाये जाते थे। यह सब करते समय, बच्चे चीख-चीख कर आसमान सिर पर उठा लेते थे और नहाने के बाद थक कर मुर्दे की तरह सो रहते थे। निचले तबके के काम करने वाली औरतें, नौकरानियाँ, रेजा आदि तो बच्चों को अफीम चटाकर सुला देती थीं, ताकि वे देर तक सोये रहें। अक्का को तो आये पर पूरा शक था कि आये के अफीम चटाने की ही वजह से वह साधारण बुद्धि की निकली और आगे पढ़ नहीं सकी।

जच्चा को गरमागरम कुछ खिलाने की गरज से आये ने मुर्गी का रसा बनाया और हरिश्चन्द्र ब्राण्डी ले आया। बचपन में काजू की शराब बनाने तथा गोविन्द दादा की बोतलों की बची हुई शराब पीने का वाकया याद आया। ब्राण्डी से कहीं नशा न चढ़ जाये इसलिए पीने से मैं हिचकिचा रही थी। अगर बच्चे को दूध न पिला सकी तो...आदि शंकाएँ मन में उठी लेकिन हरिश्चन्द्र ने कहा—"नहीं चढ़ेगी, पी ले।"

बारहवें दिन बच्चे का नामकरण तय हुआ था। सास गाँव से आकर मेरे मायके में ही रुकी हुई थी। हरिश्चन्द्र और मेरी ननद हमारे वाले मकान में थे। नामकरण के दो दिन पहले मैं बच्चे को गोद में लिये बैठी थी। वह रात को जागता था और मुझे भी जगाता था। इस बात पर शाहू मजाक में पचांग देखता, कुण्डली देखने का अभिनय करता कहता कि—"बस कुछ दिन और सब्र कर। बच्चे को राहू की पीड़ा है। पीड़ा टल जाने पर ये खुद भी सोयेगा और तुझे भी सुलायेगा..." और हम सब हँस पड़ते थे।

उसी रात मैं बच्चे को गोदी में सुला रही थी कि अचानक खटिया हिलने लगी और ताकपट्टी पर रखे बर्तन खड़खड़ाने लगे। पहले तो मैं समझी कि खटिया के पास, जमीन पर सोयी सास के लात लगने से खटिया हिली होगी परन्तु खटिया इतनी हिल रही थी कि मैं समझ गयी 'ये भूचाल है'। भूचाल...भूचाल आया कहती मैं चिल्लाने लगी। तब तक आये और सास जाग चुकी थीं। बाहर बरामदे में सोया शाहू भी—"चलो, बाहर चलो। भूचाल आया है...।" चिल्लाता भीतर आया लेकिन हम उसी तरह बैठे ही रहे। भूचाल के परिणामों की हमें कोई जानकारी नहीं थी। सड़क पर लोगों का शोर-शराबा सुनायी दे रहा था। एक-दो मिनट तक जमीन हिलती रही और फिर सब शान्त हो गया। कुछ देर बाद साइकिल पर हरिश्चन्द्र घबराया-सा आया लेकिन हमें और घर को सुरक्षित देखकर आश्वस्त हो गया।

दूसरे दिन हमने सुना कि कोयना गाँव में भूचाल का भारी झटका लगा है। कोयना बाँध तो बच गया परन्तु आस-पास का इलाका ध्वस्त हो गया था। उन दिनों अखबार भूचाल की खबरों से ही भरे रहते थे। शाहू ने कहा—"देखा, तेरे बेटे का जन्म हुआ और भूचाल आया। कल शायद यही तेरा बेटा कोई बड़ा आदमी बनेगा जो सभी हिला कर चौंका देगा।"

नामकरण हुआ और बच्चे का नाम मंदार रखा गया। हमारी आशा-आकांक्षाओं का गगनचुम्बी 'मंदार' पर्वत ही तो था वो।

शाहू के कथनानुसार मंदार हमें कौन-सा झटका देकर चौंकाने वाला है, यह तो मालूम नहीं था, परन्तु भूचाल के दो-चार दिन बाद मेरी ननद ने जरूर हमें झटका देकर चौंका दिया था। हुआ यूँ कि—भूचाल के बाद सास जल्दी ही अपने गाँव लौट गयी, क्योंकि भूचाल से उनके गाँव को हुए खतरे की उन्हें चिन्ता थी। मैं और दस-बारह दिन तक आये के घर रहकर फिर अपने घर लौटने वाली थी। उस दिन सुबह के दफ्तर से लौटने के बाद हरिश्चन्द्र हमेशा की तरह बेटे को देखने के लिए आया था। दोपहर के खाने के बाद हम बैठे बातें कर रहे थे कि हरिश्चन्द्र के दो परिचित वहाँ आये। हरिश्चन्द्र उनकी आगवानी करने के लिए मुड़ा ही था कि उन्होंने हरिश्चन्द्र से न जाने क्या कहा, जो वह चप्पल में पाँव घुसा कर तेजी से उन्हीं के साथ निकल पड़ा।

मैं समझी कि दफ्तर में कोई अर्जेन्ट काम निकल आया होगा। "लेकिन इस तरह बिना बताये, कैसे चला गया ये?" आये ने भी चिन्ता व्यक्त की।

शाम को दिया-बत्ती जलने के समय हरिश्चन्द्र उतरा हुआ चेहरा लेकर घर आया। साथ में मेरी ननद शालिनी भी थी। शालिनी की आँखें रो-रोकर लाल थीं, नथुने काँप रहे थे, काफी रोने से चेहरा सूज गया था। आते ही वह मेरे गले लगकर रोने लगी।

'क्या हुआ? क्या हुआ?' हम अचकचा कर पूछ रहे थे और हरिश्चन्द्र सुन्न होकर बरामदे की बेंच पर बैठा था। शालिनी रोती जा रही थी। हमने शालिनी को पानी पिलाया तथा शान्त करने की कोशिश करने लगी। आये ने पूछा—"ओ पवार, कुछ बोलिये भी कि क्या हुआ...?"

—"आज तो इसने फाँसी ही लगवा दी थी मुझे।" गुस्से से उफन कर हरिश्चन्द्र ने कहा और शालिनी थी कि और भी हुलस-हुलस कर रोने लगी। कुछ देर बाद हरिश्चन्द्र ने पूरी बात का खुलासा किया।

स्कूल के सभी विषयों में शालिनी जरा पिछड़ी हुई थी, इस पर हरिश्चन्द्र ने उसे डाँट लगायी। शालिनी के दिल पर चोट लगी परन्तु उसने कुछ जाहिर नहीं किया, बल्कि हमेशा की ही तरह हरिश्चन्द्र को चाय-नाश्ता कराया, नहाने को गर्म पानी दिया। लेकिन उसके दफ्तर जाने के बाद, न जाने दुख के मारे या गुस्से के मारे, दोपहर को वह माण्डवी के समन्दर पर गयी और गोदी के छोर पर जाकर सीधी गहरे समन्दर में छलाँग लगा दी। वह तो अच्छा हुआ कि वहाँ मच्छीमारी कर रहे मुसलमान मछुआरों ने देख लिया और तुरन्त समन्दर में कूद कर उसे बाहर निकाला। फिर शालिनी ने ही उन्हें अपने भाई का नाम और अता-पता बताया। मेरी आँखों के सामने बिल्कुल सिनेमा की तरह सारा दृश्य साकार हो गया। हरिश्चन्द्र के मुँह से सारा

खुलासा सुनकर पल भर को तो मैं भी खामोश हो गयी। इधर आये ने रोना शुरू कर दिया। किसी भी दुखद प्रसंग पर उसे अपने जीवन की दुखद घटनाएँ याद आतीं तथा जख्म हरे हो जाने से वह रो पड़ती थी। शालिनी एकदम चुप्पा लड़की थी। एकदम सीधी-सादी, किसी के लेने में न देने में। लेकिन इसी स्वभाव की वजह से उसके दिल की बात जानना बहुत मुश्किल था। अब मैंने हरिश्चन्द्र को ही डाँट लगाकर, शालिनी की तरफदारी करते हुए कहा—"'आप का स्वभाव भी अच्छा नहीं है, एक ही बात बार-बार दोहराते रहते हैं—'...मैं भी आप के इस स्वभाव से परेशान हो जाती हूँ।" फिर मैंने शालिनी को प्यार से समझाया कि वह दिल लगाकर पढ़े, भाई जो भी पढ़ाते हैं उसे समझने की कोशिश करे तो फेल होने की नौबत ही नहीं आयेगी। अभी भी देर नहीं हुई है। और दूसरे, भाई की बात का कहीं इतना बुरा मानते हैं?" वगैरा-वगैरा।

गाँव के स्कूल से आने के कारण शालिनी पढ़ाई में जरा पिछड़ गयी थी। गाँव और शहर की पढ़ाई का वह ठीक से तालमेल नहीं बिठा पा रही थी। उस पर भाई की डाँट का उस भावुक लड़की पर ऐसा असर हुआ कि उसने यह खतरनाक कदम उठा लिया था।

हरिश्चन्द्र आये से शिकायत कर रहा था कि "शालिनी को मैं हजार सवाल पूछता हूँ पर यह जवाब ही नहीं देती। मैं समझ ही नहीं पाता कि इसके मन में क्या चल रहा है। मैं चाहता हूँ कि यह मुझसे बात करे, जिद करे, मुझसे लड़े-झगड़े। एक बार मैंने इससे कहा कि या तो तू मुझसे बात कर या फिर एक कॉपी में हजार बार लिख कि 'मैं तुमसे बात करूँगी।' मैं समझा कि अब तो शालिनी अवश्य ही मुझसे खुल कर बोलेगी लेकिन मेरे घर लौटते ही इसने चुपचाप कॉपी मेरे सामने रख दी, जिसमें हजार बार लिखा था कि 'मैं तुमसे बात करूँगी।'...अब आप ही बताइये कि ये मुझसे कब बोलेगी।"

लड़की चाहे जितनी ही चुप्पा हो, गृहस्थी की जिम्मेदारियाँ उसे बोलने पर विवश कर ही देती हैं। शालिनी के साथ भी वही हुआ—ससुर जी ने अच्छा घर-वर देखकर शालिनी का ब्याह कर दिया। बाल-बच्चे होने के बाद आज वह किसी भी विषय पर खुलकर बातें करती है, अच्छा बोलती है। उसे भी साफ-सफाई की लत थी। नल के पास बैठकर कपड़ों के धागे-धागे से मैल निकालती तथा बर्तनों के दाग खोज-खोज कर घण्टों साफ करती थी। शालिनी मेरी इकलौती ननद थी लेकिन न तो उसने आम ननदों की भाँति हम भाभियों की चुगली लगायी और न ही कोई ठसक दिखलायी। उसके इसी स्वभाव के कारण वह हम सब की बड़ी प्यारी ननद रही। उसके चचिया ससुर श्री ब. भि. ताम्बे मास्टर, जैसे दूसरे 'अप्पा साहेब पटवर्धन'[18]

18. अप्पा साहेब पटवर्धन—एक गाँधीवादी सज्जन, जो पाखाने साफ करने तथा मृत जानवरों की खाल उतारने का घिनौना काम भी अपने हाथों से करते थे।

ही हैं। लोगों के काम आना, उनकी समस्याएँ सुलझाना आदि उनका स्वभाव है। कणकवली स्थित लड़कों का हिन्द छात्रालय, सरकारी अनुदान के अभाव में बन्द होने जा रहा था लेकिन दर-दर घूमकर ताम्बे मास्टर ने चन्दा जमा किया और कुछ रकम अपनी जेब से खर्च कर उन्होंने लगभग सात-आठ साल तक छात्रालय बन्द नहीं होने दिया।

शालिनी ने शादी से पहले, साल भर मेरे बेटे की देखभाल की। उसकी शादी के बाद बच्चों की देखभाल के लिए कई लड़कियाँ आया बनकर आयीं। किसी परिचित के द्वारा गाँव में रहने वाली, पढ़ाई अधूरी छोड़कर घर बैठी, देहाती लड़कियाँ काम पर लगती थीं। लेकिन कहीं न कहीं देहात के रहन-सहन की आदी लड़कियाँ शहर के तौर-तरीके अपनाने में कठिनाई महसूस करती थीं। मैं समझती थी कि इन लड़कियों को खेलने-खाने की उम्र में, परिस्थितिवश नौकरी करनी पड़ती हैं, लिहाजा मुझे उन्हें प्रेम से समझाना चाहिए, सहानुभूति बरतनी चाहिए। लेकिन व्यस्तता की वजह से मैं इस पर अमल नहीं कर पाती थी। मैं उन्हें डाँटती-फटकारती और वे अचानक नौकरी छोड़कर चली जाती थीं। उनके जाने से एक तरफ मुझ पर काम का बोझ बढ़ जाता था तो दूसरी तरफ बच्चे भी बेहाल हो जाते थे। दफ्तर में छुट्टी की अर्जी देना, फिर मेमो मिलना आदि तकलीफें भुगत कर धीरे-धीरे मैं भी सीखती गयी, सयानी होती गयी। फिर आयाएँ भी टिकने लगीं। एक बात का मगर मुझे हमेशा अफसोस रहेगा कि इन लड़कियों को थोड़ा-बहुत पढ़ाने-लिखाने की मुझे क्यों नहीं सूझी। इन लड़कियों की तो दूर, अपनी ननद तक को जबरदस्ती, कम से कम मैट्रिक करवाने की भी मुझे नहीं सूझी। आज खेद लगता है पर अब इस पश्चात् बुद्धि का क्या करूँ?

बेटे के दो साल के होते-होते, फिर से मेरे पाँव भारी हो गये। मैं चाहती थी कि दूसरा भी बेटा ही हो ताकि मैं बच्चे बन्द करवाने का ऑपरेशन करवा सकूँ। उन दिनों दो बेटों के बाद स्त्रियाँ ऐसा ही करती थीं और ऊपर से 'ऑपरेशन' का तुर्रा...लेकिन मुझे हुई बेटी। हरिश्चन्द्र ने कहा कि—"मुझे तो एक और बेटा चाहिए भई।" इसलिए एक और चान्स लिया, इस बार भी बेटी ही हुई। उन दिनों यह एक इतना आसान लगता जैसे—"मुझे तो एक और कप चाहिए भई" वाली फरमाइश हो।

बच्चे मुझे 'आई' कहकर बुलाते थे और हरिश्चन्द्र को 'अण्णा। उन दिनों साधारण तबके के घरों में पिताजी 'पप्पा' तो माँ 'मम्मी' बनने लगी थी लेकिन हमने अपना देसीपन नहीं छोड़ा था।

मेरी सास, बच्चों से मिलने के लिए कभी-कभार आती थी और बच्चों की सामान्य-सी सर्दी-खाँसी में भी 'तान बाँधने' का उपक्रम करती थी। फिर मैं आये के पास से बाँस लेकर आती, जिससे बाँस की कमचियाँ निकाल कर वे सूप, चालनी आदि आयदान बुनकर अपना जी बहलाये तथा बच्चों को भी 'तान बाँधने' से

छुटकारा मिल जाये। उनके आयदान बुनने के कारण बाँस का काफी कचरा निकलता था। हरिश्चन्द्र झल्लाकर कहता कि 'अब खा-पी कर आराम करो, ये काम क्यों निकाल रखा है।' लेकिन ये आयदान ही तो उनके आराम तथा मन बहलाव का साधन थे। मेरे पड़ोसियों को भी वह सुनाती थी कि 'मुम्बईवाले की बेटी होकर भी मैं आयदान बनाती हूँ।' सुनकर मजा आता था।

मेरी सास जब भी रत्नागिरी आती, पहले डॉक्टर के पास चलने की बात करती थी। बीमारियाँ भी खास होती थीं जैसे पेट की नली फूल जाती है, कमर तोड़ने का मन होता है, हाथ-पाँव में जलन आदि-आदि। कभी-कभी वह अपने स्वाभाविक शरारतीपन का भी परिचय देती। एक बार कान के बुन्दे कस जाने की वजह से उसके कानों की पालियाँ जख्मी हो गयी थीं तो उस पर लगाने के लिए मैंने मलहम निकाल कर उस की दोनों उँगलियों के पोरों पर लगा दिया। इस पर उसने मुस्करा कर, पढ़े-लिखे लोगों की अक्ल का दीवाला निकालते हुए, एक ही उँगली पर मलहम लेकर उसे दोनों पालियों पर लगा दिया। मैं भी हँसने लगी कि इतनी-सी बात मेरे दिमाग में क्यों नहीं आयी। फिर मैंने उसके लिए सोने के बुन्दे और सोने की पट्टी लगे, ताँबे के कंगन बनवाये। दोनों ही गहने उसे बहुत पसन्द आये और इनके लिए वह सबसे मेरी सराहना करने लगी।

गणेश उत्सव के अवसर पर हमारे दफ्तर में नाटक हुआ करते थे। दफ्तर के कुछ कर्मचारी नाटक के शौकीन थे। उन दिनों रत्नागिरी में स्त्रियाँ नाटक में काम नहीं करती थीं। दो लड़कियाँ थीं जो पैसे लेकर काम करती थीं। एक साल उनके व्यस्त होने के कारण मुझे पूछा गया। मैंने कुछ शर्तों पर प्रस्ताव स्वीकार कर लिया। मैं नाटक की प्रैक्टिस के लिए देर तक नहीं रुकूँगी तथा नाटक के दौरान कोई मेरे शरीर को स्पर्श नहीं करेगा आदि शर्तें मैंने रखीं। कहते हैं न कि एक बार चेहरे पर रंग लग जाये तो रंगभूमि से नाता टूटना मुश्किल होता है, शायद ऐसा ही कुछ हुआ होगा। वैसे भी मैं स्वभाव से अल्पसन्तुष्ट नहीं हूँ। हमेशा कुछ न कुछ करते रहने की मुझे चाह होती है इसी कारण मैंने हामी भर ली। मराठी के अच्छे-अच्छे लेखक जैसे वसन्त कानेटकर, गंगाधर गाडगील, पद्मजा गोले, विजय तेंडुलकर आदि के नाटकों में भूमिकाएँ की। विजय तेंडुलकर के प्रसिद्ध नाटक 'शान्तता! कोर्ट चालू आहे' (शान्तता, अदालत जारी है।) में मेरी प्रमुख भूमिका की काफी सराहना हुई और मुझे प्रथम पुरस्कार मिला। मेरे नाटकों पर हरिश्चन्द्र को भी कोई एतराज नहीं रहा क्योंकि मैं अधिक देर तक घर से बाहर नहीं रहती थी। इस अनुकूल परिस्थिति के बावजूद, नाटकों की दुनिया में मैं अधिक समय तक नहीं रह सकी। मेरी बैठी सी, खरखराती आवाज मुझे हीन भावना देती थी। आगे चलकर तो यह हीन भावना इतनी बढ़ी कि मैं नर्वस हो जाती थी।

हमारे दफ्तर के पास एक सज्जन संगीत सिखाया करते थे। अपनी आवाज का

दर्जा जानने के लिए मैं उनसे मिली तथा यह भी पूछा कि 'मैं गा सकूँगी या नहीं?' उन्होंने मुझे साल भर में 'शोभा गुर्टू' बनाने का आश्वासन देते हुए, अपनी ही क्लास में संगीत सीखने की सलाह दे डाली। असल में उन सज्जन के क्लास में आने वाली महिलायें संगीत सीखते समय ऐसे-ऐसे सुर गले से निकालती थीं कि हमारे दफ्तर के साहब जल्द से जल्द दफ्तर वहाँ से हटवाना चाहते थे। इस कारण मेरी उस क्लास में जाने की हिम्मत ही नहीं हुई और मेरे दफ्तर के कर्मचारी तथा शोभा गुर्टू जी दोनों ही बच गये।

एक बार मैं और हमारे दफ्तर की लड़कियाँ मिलकर एक नाटक कर रही थीं, जिसमें मुझे एक बूढ़ी विधवा की भूमिका करनी थी। नाटक में पहनने के लिए मुझे नौगजी, सफेद साड़ी की आवश्यकता थी। अब तक हमारे स्कूल के देशपांडे सर तथा डॉ. तारा लुब्री का विवाह हो चुका था—सो मैं निःशंक भाव से उनके घर साड़ी माँगने गयी। सर अकेले ही बरामदे में बैठे हुए थे। मेरी माँग पर उनके चेहरे पर हवाइयाँ उड़ने लगीं। जो सर हम लड़कियों को कपड़े आदि माँगने के लिए जिस-तिस के घर भेजा करते थे, वे ही सकपका कर बोले कि 'बाद में आना, उससे पूछना होगा कि देगी या नहीं।' व्यक्ति स्वातन्त्र्यता का लिहाज रखनेवाले सर पर मुझे दया आ गयी। मैं कहना चाहती थी कि मेरे पति के पास यदि कोई साड़ी माँगने आती तो शायद वे मेरी पहनी साड़ी भी उतार कर दे देते।

परन्तु नाटक में विधवा स्त्री के रंगीन साड़ी नहीं पहनने की बात गले नहीं उतर रही थी, इसलिए विवशता से फिर मैं सर के घर गयी। उन्होंने एक पुरानी साड़ी, ठीक से इस्तेमाल करने और दाग न लगाने की हिदायतें के साथ पकड़ा दी। काम होने के बाद मैंने यह साड़ी लाण्ड्री में धुलवा कर वापस कर दी। बात तो इतनी ही थी, परन्तु याद हमेशा के लिए रह गयी।

शान्ता जी का वास्तव्य रत्नागिरी में केवल दो-तीन वर्ष ही रहा। फिर वे मुम्बई लौट गयी थी। लौटते समय वे मुझसे कहकर गयी थी कि कभी मुम्बई आओ तो मुझसे मिलना। नाटक में काम करना हो तो कहना, वह भी हो जायेगा आदि...

मेरे देवर की शादी पर हम सब मुम्बई गये थे। वापस लौटने से पहले हम शान्ता जी का विख्यात नाटक 'नटसम्राट' देखने के लिए गये। मेरी इच्छा नाटक देखने की कम और शान्ता जी से मिलने की अधिक थी। मैं वैसे भी आवाज के कारण नाटक में काम नहीं करना चाहती थी। मेरी नजर में पैसे कमाने के लिए नौकरी काफी थी, इसके लिए मैं नाटक में काम करना जरूरी नहीं समझती थी।

मध्यान्तर में मैं और हरिश्चन्द्र स्टेज के पीछे गये। शान्ता जी भीतर कहीं कपड़े बदल रही थीं। जरा देर बाद वे बाहर आयीं तब चेहरे पर मेकअप की सफेदी थी तथा आँखें जरा लाल थीं...पास आकर वे बड़ी नाटकीयता से मुस्करायी तथा पूछा कि 'कैसा है नाटक?' मैं हँसकर कुछ कहती, इससे पहले ही वे पीछे मुड़कर निकल

गयीं। शायद उन्होंने मुझे पहचाना भी नहीं था। उनके नजदीक आने पर शराब की हल्की-सी बू मेरी नाक से टकरायी तथा उनके पाँव भी डगमगाते से लगे। लेकिन परदा जब खुला—तब वे अपनी भूमिका भी बखूबी निभा रही थीं तथा संवाद भी काफी अच्छे बोल रही थीं। और हम...एक सुन्दर नाटक देखने का सन्तोष लेकर ही घर लौटे।

❖

हरिश्चन्द्र को मुम्बई पसन्द थी। स्कूल में आठवीं तथा नौवीं कक्षा के दो साल उसने अपने मुम्बई के मामा के चाल वाले घर में बिताये थे। मामा जी नायगाँव में रहते थे। उन दिनों नायगाँव का इलाका ही कोंकण से आये नौकरी पेशा लोगों का एकमात्र सहारा था। नायगाँव और लालबाग का यह इलाका मानो उनकी रीढ़ की हड्डी था जो उन्हें स्वाभिमान से तनकर खड़े होने के साथ-साथ पेट को भी सहारा देता था। यहीं वे नौकरी करते थे और यहीं पर आन्दोलन के माध्यम से उनका स्वाभिमान भी जागृत हुआ था। नायगाँव तथा भोईवाड़ा में दो चाल के बीच, लकड़ी की तख्तियाँ ठोंक कर बने मंच पर बड़े-बड़े नेताओं के भाषण होते थे। हरिश्चन्द्र वे भाषण सुना करता था। वहीं पर उसने डॉ. बाबासाहेब आम्बेडकर को भी सुना था। उनके दर्शनमात्र से ही हरिश्चन्द्र गद्‌गद हो गया था। उस घटना का वर्णन करते समय डॉ. बाबासाहेब आम्बेडकर के सुनहरे चश्मे से झाँकती उनकी तीखी नजरों का प्रतिबिम्ब हमें हरिश्चन्द्र की आँखों में दिखता था। रत्नागिरी में रहते हुए भी उसे मुम्बई के वे सुनहरे दिन याद आते और वह मुम्बई जाने के लिए छटपटाता। बच्चों की भी सही मायनों में प्रगति मुम्बई चलकर ही होगी, ऐसा उसका विचार था।

हरिश्चन्द्र के आग्रह के कारण फिर हमने मुम्बई जाकर बसने का निर्णय ले ही लिया। रहने के लिए घर नहीं था इसलिए सामान बाद में मँगवाने का निर्णय लेकर हम सब, सपरिवार, दीदी के घर 'कुर्ला' में रहने लगे। दो छोटे-छोटे कमरों में हम दोनों के परिवार तथा बच्चों की दो आयाएँ, सब गिच-पिच में रहते थे। बीच-बीच में आने वाले मेहमान अलग, मेरे जीजाजी, श्री दाभोलकर अब वकील बन गये थे, लेकिन स्वभाव से बड़े सौजन्यशील थे। खुद तकलीफ सहते थे पर हमें कोई तकलीफ नहीं होने देते थे। दीदी और जीजाजी ने लगभग साल भर हमें अपने घर में रखा, हमारे बच्चों की देखभाल की, उन्हें गोदी में घुमाया-फिराया।

इसी दौरान मुझे बान्द्रा में सरकारी घर मिल गया था, परन्तु बच्चों की स्कूल की वजह से हम वहाँ तुरन्त नहीं जा पाये। एक दिन मौका पाकर मेरे दफ्तर के एक कर्मचारी ने घर का इलेक्ट्रिक वायरिंग कर देने के बहाने मुझसे चाबियाँ ले ली। पति से पूछकर मैंने भी चाबियाँ उसके हवाले कर दीं। मुम्बई नगरी का पहला चस्का हमने तब ही चखा। मेरे उस सह-कर्मचारी ने पगड़ी लेकर हमारा घर किसी आर्किटेक्ट को किराये पर दे रखा था। जब हम अपने घर का वायरिंग देखने पहुँचे तो पहले मौजूद किरायेदार को देखकर हमारा ही फ्यूज उड़ गया।

हमने अपने एग्रीमेंट के कागजात आर्किटेक्ट को दिखाते हुए, घर खाली करने को कहा। इस पर उसने पगड़ी के पैसे वापस मिलने तक घर खाली करने से इनकार कर दिया तथा हमारे देखते ही देखते दरवाजे पर ताला लगाकर वह शिवाजी पार्क में कहीं चला गया।

उसके बाद उस आर्किटेक्ट को खोजने के लिए हम दोनों ने काटे हुए शिवाजी पार्क के चक्कर, दीदी ने और सुनने वालों ने हमारी अकल पर खाया तरस, घर पर कब्जा करने की जीजाजी की अफलातून आइडिया और आखिरकार जाति का नाम लेकर मिली हुई गालियाँ, आदि याद कर आज भी रोंगटे खड़े हो जाते हैं।

जीजाजी की योजना के अनुसार हमने उस आर्किटेक्ट से अनुरोध किया कि कम से कम हमें अपना सामान दुछत्ती पर रख लेने दे, बाद में पगड़ी के पैसे वापस मिलने तक वे चाहें तो घर में रह लें। वे मान गये तथा उनकी निगरानी में ही हमारा रत्नागिरी से आया सामान खटिया, बर्तनों के बोरे, मेज, कुर्सी आदि दुछत्ती पर चढ़ाया गया। इतने से सामान को चढ़ाने के लिए, जीजाजी ने जमा किये हुए दस-बारह रिश्तेदार देखकर हम दोनों पति-पत्नी भी चकरा गये थे। सामान चढ़ा लेने के बाद मैंने चलने की बात कही पर जीजाजी ने आँखें तरेरकर मुझे रोक दिया और फिर शान्तिपूर्वक उस आर्किटेक्ट से कहा कि–'देखिये हम मय सामान अपने ही घर में खड़े हैं और हमारे पास मकान की मालकियत का सबूत है। अब आप अपना बोरिया-बिस्तर यहाँ से समेटिये।'

उसके बाद जो कांड हुआ वह देखने लायक था। उस आर्किटेक्ट के रिश्तेदार बड़े आदमी थे। वे सारे हमारे घर आकर हमें तरह-तरह से लताड़ने लगे। जब उन्हें अपनी गलती का ज्ञान हुआ तो हमारी जाति पर उतर आये। कहने लगे–'इनकी जात ही ऐसी है, गलीज इंसान हैं ये...इनके सामान से ही इनकी नीची जात दिखायी दे जाती है' आदि-आदि। बिना किसी गलती के हमने जी भर के गालियाँ खायीं। बिल्डिंग के बाकी लोग खड़े तमाशा देख रहे थे।

जातिवाद से सम्बन्धित उपरोक्त घटना तथा अन्य कटु घटनाओं का जिक्र मैंने एक स्वास्थ शिविर में किया। वहाँ पर उपस्थित कुछ आम्बेडकरवादी कार्यकर्ताओं ने मुझे सुना तथा ध्यान में रखा। एक दिन आम्बेडकर जयन्ती के उत्सव में वे मुझे भाषण देने के लिए आमन्त्रित करने आये।

रत्नागिरी में मैंने हरिश्चन्द्र का लाया हुआ डॉ. आम्बेडकर का चरित्र तथा डॉ. बाबासाहेब द्वारा लिखा 'बुद्ध एण्ड हिज धम्म' पढ़ा था। स्कूल में मंच पर नृत्य, नाटक, नकल उतारने आदि का यथेष्ट अनुभव होने के कारण मुझे मंचभय नहीं था। रत्नागिरी में स्थानीय नेताओं के भाषण मैंने सुने थे। इतने अनुभव के बलबूते भाषण की तैयारी कर मैं जयन्ती कार्यक्रम में गयी। तब तक मैंने रत्नागिरी के ही नेतागण देखे-सुने थे, परन्तु उस जयन्ती समारोह में एक से एक अतिरथी-महारथियों के

अभ्यासपूर्ण भाषण सुनकर, मुँह खोलने का भी डर लगने लगा। डॉ. आम्बेडकर ने कहा था कि 'गाँव छोड़ो, शहर चलो।' उनके इस कथन का सत्यापन होता-सा लगा और एक अलग ही नजरिये का परिचय हुआ।

चैत्यभूमि पर डॉ. आम्बेडकर की समाधि का दर्शन कर, हमने समन्दर किनारे, लहरों के थपेड़े खाती दूकानों से डॉ. आम्बेडकर से सम्बन्धित किताबों की धड़ल्ले से खरीददारी की। वहाँ की भीड़-भाड़ में उषा वाघ, विलास वाघ तथा अनेक दलित साहित्यकारों से मुलाकात हुई। उषा वाघ के व्यक्तित्व से मैं काफी प्रभावित हुई। विलास वाघ जैसे दलित युवक से अन्तरजातीय विवाह कर, उस के समाज में घुल-मिल कर महात्मा फुले, डॉ. आम्बेडकर, कार्ल मार्क्स की विचारधारा किताबों के माध्यम से घर-घर पहुँचाने के कार्य में वह जुट गयी थी। इसके लिए उन्होंने अपनी प्राध्यापक की नौकरी को भी लात मार दी थी। अपने इसी काम के दौरान, भरी दुपहरी की चिलचिलाती धूप में, किताबों के स्टॉल पर कपड़े की झीनी छत के नीचे, दो घड़ी सुस्ताते हुए मैंने उन्हें देखा था।

यहीं की भीड़ में रमेश हरलकर नामक युवक अपने दो-चार साथियों के साथ आया हुआ था। लम्बा, साँवला रमेश अपने प्रभावशाली व्यक्तित्व के कारण भीड़ में अलग ही दिखायी देता था। उसके तीखे नाक-नक्श, तीखी आँखें तथा दाढ़ी-मूँछ देखकर लगता था जैसे वह नाटक में छत्रपति शिवाजी की भूमिका के लिए ही बना हो। उसकी बातों से तथा उसके इर्द-गिर्द साथियों के जमघट से इस बात का अन्दाजा हो जाता था कि वह सफाई मजदूरों का नेता है। हरलकर की बातों से हमें कई तथ्यों की जानकारी मिली। महाराष्ट्र के अन्य प्रान्तों की अपेक्षा सफाई मजदूर कोंकण प्रान्त से सर्वाधिक संख्या में आते हैं। इनमें स्त्रियों का प्रतिशत, शराबियों का प्रतिशत, उनकी मृत्यु के आम कारण, कार्यरत स्त्रियों का यौन शोषण आदि के बारे में हरलकर विस्तार से बताया करता था। हम रोज ही अपने आस-पास कितने ही झाड़ूवालों को देखा करते थे, जो हमारे तथा आस-पास के गाँवों से आये थे। परन्तु मुम्बई में वे किस तरह की जिन्दगी जीते हैं, इसका यथार्थ और कलेजे को छू लेने वाला विवरण हरलकर की बातों में था। हर शब्द में बीभत्स रस का आविष्कार ही हुआ जान पड़ता था। हरलकर ने बताया कि 'जब मैं झाड़ूवाला था तब उँची इमारत के सँकरे गटर में उतर कर कीड़ों से लदबदा कचरा फावड़े से खींचकर घमेले में भर रहा था तभी ऊपर से किसी औरत ने मासिक धर्म का कपड़ा नीचे फेंका, जो सीधा मेरे मुँह से टकरा कर नीचे गिरा...मुँह के पसीने के साथ होठों पर घुलता वह स्वाद..."

मुम्बई के दफ्तर में मेरा काम प्रायः मक्खी पर मक्खी मारने जैसा ही था। उसमें अलग से सीखने लायक कुछ भी नहीं था। परन्तु नित्यक्रम के नाते ट्रेनिंग के लिए मेरा नाम भेजा गया। इस ट्रेनिंग के कारण कथालेखन के लिए मुझे काफी वक्त मिल गया और आगे चलकर छपने का अवसर भी। मेरी लेखनी न तो मुझे विरासत में

मिली थी और न ही घर के किसी ने कभी प्रोत्साहित किया था। शायद स्कूल के निबन्धों की होने वाली तारीफों ने मुझे कलम उठाने का साहस दिया होगा। गाँव की स्त्रियों के, सहेलियों के तथा स्वयं अपने दलित होने के या स्त्री होने के अनुभव मुझे अस्वस्थ कर देते थे और मैं इन सारे मसलों पर कुछ न कुछ लिखने की कोशिश करती थी। मेरे एक सहकर्मी ने मुझे सलाह दी कि मैं लेखक श्री दत्ताराम बारस्कर से मिलकर मार्गदर्शन लूँ। उसी ने मेरा परिचय उपरोक्त लेखक से करवाया। दुबले पतले बारस्कर गिरगाँव के 'नवाकाल' समाचार-पत्र के छोटे से केबिन में बैठे हुए थे। कथालेखन के बारे में बताते हुए सहसा वे बोले कि–'आप अपना गंतव्य निश्चित कर लीजिये।' अपनी बात को खुलकर समझाते हुए उन्होंने बताया कि–'कथा का अन्त निश्चित कीजिये और फिर, बिना इधर-उधर भटके सीधे अन्त तक चलती चलिए...।' उनका कथन मुझे अच्छा लगा। लिखते समय अनेक घटनाओं तथा विचारों का उलझेड़ा मेरे दिमाग में रहता था। किन्तु अब अन्त सुनिश्चित कर लेने के बाद इन सब घटनाओं को सुलझा कर, करीने से गूँथ कर कथा के अन्त की ओर मेरी गाड़ी चल निकली।

बारस्कर जी की दो-तीन कथाएँ 'सत्यकथा' में छपी थीं। पहले मैं समझती थी कि खून, चोरी, ठगी आदि के पीछे का सत्य उजागर करने वाली कथाएँ इसमें छपती होंगी। लेकिन बारस्कर जी सत्यकथा का नाम बड़े गौरव के साथ लेते थे तब जाकर मैं समझी कि 'सत्यकथा' कोई प्रतिष्ठित पत्रिका है। बारस्कर जी कहते थे कि सही मायने में लेखक वही है जिसकी कथाएँ 'सत्यकथा' में छपती हैं।

मेरी कथाएँ एक-दो मामूली पत्रिकाओं के दीवाली अंक में छपी थीं लेकिन मेरी खुशी का ठिकाना नहीं था। अपने दफ्तर की तथा ट्रेन की सहेलियों को मैंने बड़े अभिमानपूर्वक ये कथाएँ दिखायी थी। 'हमें तो चार लाइनें भी लिखनी नहीं आती और इसकी कथाएँ भी छपती हैं।' कुछ ऐसे ही भाव मुझे उनके चेहरों पर दिखें थे।

दफ्तर में खाली वक्त में, बस-स्टॉप पर, ट्रेन में और कहीं भी बैठकर या खड़े-खड़े ही मैं लिखा करती थी। कभी-कभी बस में जब मैं लिखना प्रारम्भ करती तब साथ बैठे लोग झाँक कर देखते थे कि मैं क्या लिख रही हूँ। देखने वाला यदि मर्द होता तो सोचता कि मैं उसे सिग्नल दे रही हूँ। लेकिन एक तो मेरी लिखावट मकड़ी की टाँग और ऊपर से बस के धचके। पढ़ने वाले के पल्ले ही नहीं पड़ता था कि मैं क्या लिख रही हूँ। लिखने की धुन में कभी-कभी मेरा स्टॉप भी निकल जाता फिर उतर कर पीछे चलकर आना पड़ता। कभी-कभी ट्रेन में टी. सी. के पास जुर्माना भी भरना पड़ता था। रात को सारे काम निपटाने के बाद मैं बे-रोक-टोक लिखा करती थी। किचन में लाइट लगाकर मैं चोरों की तरह लिखती थी। कभी-कभी पेन की स्याही भी खत्म हो जाती और मुझे सुबह पता चलता था कि कुछ लिखा ही नहीं गया। कभी-कभी तो नींद के मारे लिखते-लिखते ही मैं ऊँघने लगती और अपने आप को

ही झिंझोड़ कर उठाती कि..."ए, उठ सो मत, चल लिख...!"

रात को मिस्टर पवार बाथरूम जाने के लिए उठते और मुझे उल्लू की तरह जागते देखकर चिल्लाते—"तेरा दिमाग तो ठीक है? चल सो जा, नहीं तो कल बीमार पड़ जायेगी।" वे लाइट बन्द कर देते तो मैं फिस से लाइट जलाकर लिखती थी। "बीमार पड़ गयी तो डॉक्टर के पास चली जाऊँगी, आप सो जाइये।" कहकर मैं उन्हें लौटा देती थी। कभी-कभी सचमुच सर में दर्द होने लगता लेकिन मैंने कभी उनसे दवा देने को नहीं कहा। इसलिए नहीं कि उन्हें तकलीफ न हो बल्कि इसलिए कि 'मैं कहूँ कुछ और वे समझें कुछ...।' कई बार तो मैं तकिये के नीचे ही पेन और कागज रख लेती थी। सूझा हुआ कहीं सुबह तक भूल न जाये, इस डर से रात के अँधेरे में ही लिख लेती। ऐसी चल रही थी मेरी लिखाई।

एक दिन हमारा पता खोजते हुए कथाकार वामन होवाल घर आये, बोले—"सुना है आप कथाएँ लिखती हैं। हम विक्रोली में साहित्य सम्मेलन आयोजित कर रहे हैं। आप वहाँ आकर 'कथा कथन' कीजिये।" मेरे लिए यह नया अनुभव था। भाषण देते समय कभी मैं अपनी कथाओं के सारांश सुनाया करती थी। लेकिन पूरी कथा याद कर के सुनाना मुझे मुश्किल लगा। होवाल जीने मुझे धीरज बँधाया और किसी कथा का सारांश सुनाने को कहा।

मैंने अपनी एक कथा सारांश रूप में सुनायी। ज्योति पाँच बेटियों की माँ है और उसे छठी बार गर्भ ठहरता है। वह चिन्तित होती है कि इस बार भी यदि लड़की ही हुई तो उसकी खैर नहीं। पति और सास उसे प्रताड़ित किये बिना नहीं रहेंगे जचकी के बाद ज्योति को लड़की होती है तथा उसी अस्पताल में भरती हुई एक स्त्री को लड़का...। ज्योति नर्स की मदद से बच्चे बदल देती है। ज्योति की गोद में लड़का देखकर उसका पति और सास खुश हो जाते हैं। लेकिन बाद में ज्योति को ज्ञात होता है कि वह स्त्री वास्तव में अनब्याही माता है और इसी कारण अपनी सन्तान की हत्या करने का इरादा रखती है। अब ज्योति को जीवन भर यह बात सालती है कि उसने अपने ही हाथों, अपनी ही बेटी को मौत के मुँह में धकेला।

कथा सुनने के बाद होवाल जी ने मुझे सुझाव दिया कि कथा निवेदन प्रथम पुरुष में होना चाहिए। मसलन ज्योति की जगह 'मैं' शब्द का प्रयोग।

जब हम साहित्य सम्मेलन में जाने के लिए तैयार हुए तब हरिश्चन्द्र ने आग्रह किया कि बेटे को भी साथ ले चलते हैं। मैं समझ गयी कि वे ऐसा क्यों चाहते हैं। चूँकि मैं मंच पर खड़ी होकर स्वयं को पाँच लड़कियों की माँ कहने जा रही थी, वे चाहते थे कि लोग जानें कि मुझे एक बेटा भी है और यह कहानी मेरी नहीं है। थोड़ी-सी किच-किच के बाद मेरा बेटा साथ आया जरूर लेकिन शाम तक वह पूरी तरह ऊब चुका था।

वह मेरा पहला कथा-कथन था। उसके बाद डॉ. गंगाधर पानतावणे द्वारा शुरू

किये गये अस्मितादर्श साहित्य सम्मेलन में मैंने कई बार कथा-कथन किया। यहीं से मेरी कथाओं में परिपक्वता आती गयी। श्री होवाल, यशवन्त खरात और भीमसेन देठे आदि के साथ कथा-कथन के अनेक कार्यक्रम हुए। दलित साहित्य सम्मेलन तथा कोंकण मराठी साहित्य सम्मेलन में भी लोगों ने मेरी कथाएँ पसन्द की। आकाशवाणी और दूरदर्शन पर उनका नाट्य रूपान्तर भी प्रस्तुत हुआ। साहित्य क्षेत्र में मेरी इस प्रगति से अक्का सद्गदित हो गयी। उसने मुझसे कहा–"मेरी जगह अगर तू ही बाबा की बड़ी बेटी बन जाती तो तेरी प्रगति वे अपनी आँखों से देख लेते।" परन्तु ये सब कहने की बातें हैं। अगर मैं शान्ति अक्का की जगह होती तो सौ फीसदी शान्ति अक्का ही होती।

साहित्यकारों को किन बातों का सामना करना पड़ सकता है इसकी पहली झलक मुझे विक्रोली के साहित्य सम्मेलन में मिली। उन दिनों पद्मश्री दया पवार जी की 'बलुतं' (आत्मकथा) काफी चर्चित थी। पुस्तक में लिखे लेखक के अनुभव पाठकों के दिल को छू लेते थे। अनेकों ने पुस्तक की सराहना की थी तथा अनेकों ने कठोर टीका भी की थी। उस साहित्य सम्मेलन में चल रहे परिसंवाद का विषय था 'आत्मकथा'। मंच पर श्री दया पवार, भाऊसाहेब अडसुले, अप्पा रणपिसे तथा अन्य वक्तागण बैठे हुए थे। 'बलुतं' पर अन्य वक्ताओं ने अनुकूल मत दिया किन्तु श्री अडसुले जी ने कहा कि 'इस पुस्तक के जरिये लेखन ने हमारी माँ-बहनों को बेपरदा कर दिया है। आज अगर डॉ. बाबासाहेब आम्बेड़कर जीवित होते तो इस पुस्तक को जूते की ठोकर से उड़ा देते। उनका वक्तव्य सुनकर कुछ श्रोता तो अवाक् रह गये और कुछ ने गर्दन हिला दी। मैंने तब 'बलुतं' पढ़ी नहीं थी। लेकिन आज सोचती हूँ कि अडसुल जी डॉ. आम्बेडकर को समझ ही नहीं पाये हैं। लेखक जो भी लिखता है वह हमेशा उसका व्यक्तिगत जीवन ही नहीं बल्कि सामाजिक वास्तव भी होता है, यह बात ध्यान में रखना जरूरी है।

एक दिन मैं दफ्तर में बैठी काम कर रही थी कि अप-टू-डेट पोशाक पहने एक लम्बा-सा युवक मेरे पास आया। करीने से सँवरी दाढ़ी-मूँछ के कारण कुछ अलग-सा लगा। आकर उसने मुझसे बैठने की अनुमति माँगी। सरकारी दफ्तर में मैंने ऐसा सलीकेदार व्यवहार नहीं देखा था।

उसने अपना परिचय दिया। उसका नाम विलास केलस्कर था और वह हमारे ही दफ्तर में दूसरे विभाग में काम करता था। उम्र में तथा दफ्तर के तबके में भी वह मुझसे छोटा था इसलिए व्यर्थ के शिष्टाचार छोड़कर मैं उससे आत्मीयता से बातें करनी लगी। मैं कथाएँ लिखती थी और मेरी कुछ कथाएँ छप चुकी थीं इसी कारण वह मुझसे मिलने आया था। उसका व्यवहार इतना विनयशील था कि मेरे पूछने के उपरान्त ही उसने बताया कि वह भी कथा और कविता लिखता है।

मैंने उसका उत्साह बढ़ाने के हेतु से कहा कि उसे लिखते रहना चाहिए। छपने

की चिन्ता वह न करे क्योंकि मेरी एक-दो जगह पहचान है। बारस्कर जी के बलबूते पर मैंने उसे आश्वासन भी दे डाला और यूँ ही पूछा कि उसकी कोई कथा अब तक छपी है या नहीं?

उसने उसी तरह, विनयपूर्वक बताया कि उसकी तीन-चार कथाएँ 'सत्यकथा' में छप चुकी हैं।

मैं तो जैसे आसमान से गिरी। सत्यकथा की महिमा बारस्कर जी ने मेरे दिमाग में फिट कर दी थी। पल भर को तो लगा कि कहीं वह मजाक तो नहीं कर रहा है, वरना इस ईंट-पत्थर के जंगल में सत्यकथा? फिर मैंने उत्सुकता से उससे कहा कि अगली बार अपनी कुछ कथाएँ लेता आये।

कुछ दिन बाद उसने अपनी कथाओं का गट्ठर लाकर मेरे टेबल पर रख दिया। इस युवक के पास साहित्य की कोई पदवी नहीं थी, फिर भी उसकी प्रतिभा प्रमाण, उसकी कथाओं में जगह-जगह पर मिलते थे। विख्यात मराठी नवकथा लेखक श्री बा. सी. मर्ढेकर की शैली को भिन्न परिमाण देकर उसने अपनी शैली का निर्माण किया था। पत्थर के भीतर अपना एक फॉर्म होता ही है, अनावश्यक कपचे-छिलके उड़ा देने पर वह अपने आप सामने आ जाता है। यही बात अलग तरीके से कहें तो, एक तो, कटे हुए कपचे छिलके जोड़कर भी एक फॉर्म बनता है, दूसरे, कलाकार के दिमाग में बसा फॉर्म ही यदि खो जाये तो वह पत्थर से पत्थर का ही निर्माण करता रह जाता है। यह बात केलस्कर ने बड़ी खूबसूरती से अपनी कथा द्वारा स्पष्ट की थी। उसकी कई कथाओं में फैंटेसी का उपयोग होते हुए भी यथार्थ का ठोस धरातल था। लगता था कि आसमान में विहार करते हुए भी वह स्थिर है, अपने आप में मस्त, अपनी जड़ें जमाये हुए, फिर भी खुली हवा में झूमता हुआ जैसे खँडहर की किसी दरार से निकला कोमल, गुलाबी पत्तों वाला पीपल का नन्हा पौधा...। उसके प्रति मेरा आदर बढ़ गया।

कथा का अन्त निश्चित कर, उस तक जाने को निकली, मेरी कथा लेखन की पद्धति सुनकर वह हँस कर बोला—"कोई कलाकृति इस तरह साँचे में डालकर नहीं बनायी जा सकती। हमारे मन में कई घटनाएँ, बातें, विचार घूम रहे हैं, उनमें से किसी एक को चुनकर हमें शुरुआत करनी चाहिए और वह घटना सहजभाव से हमें जहाँ ले जाये, उसी ओर हमें जाना चाहिए। चुम्बक में जिस प्रकार लोहे के कण अपने आप आकर चिपक जाते हैं, उसी प्रकार अनेक घटनाएँ जुड़ते-जुड़ते स्वयं कथा ही हमें अपने अन्त तक ले जाती है।" उसने और भी काफी कुछ कहा। मुझे तो एम. ए. की क्लास में बैठने जैसा लगा। उसके साथ होती चर्चाओं तथा विवादों से एक नया दृष्टिकोण बनता गया, जिस का प्रतिबिम्ब मेरी लेखनी पर भी पड़ा।

साहित्य संघ में 'कोंकण मराठी साहित्य सम्मेलन' के अवसर पर मैं और विलास दोनों ही उपस्थित थे। मेरी विदेश में रहने वाली एक सहेली से वहीं मुलाकात हुई।

वह भी कथा लेखन करती थी, इसलिए मैंने उसकी विलास से पहचान करवा दी। यह पहचान जल्दी ही दोस्ती में बदल गयी और हम तीनों की लेखनी तेजी से चल निकली। वैसे उन दिनों मेरा लेखन अधिक नहीं था।

एक बार विलास ने, छुट्टी के दिन, किसी रमणीय स्थल पर जाकर, प्रकृति की गोद में बैठकर कथा वाचन करने का प्रस्ताव रखा। मुझे प्रस्ताव अच्छा लगा। मैं, मेरी सहेली और विलास तीनों गोरेगाँव में आरे मिल्क कॉलोनी की पहाड़ी पर गये। वहाँ सैलानियों के आराम से रहने, बैठने के लिए अच्छे कॉटेज बने हुए हैं। कथा वाचन तथा उस पर चर्चा कर हम तुरन्त लौट जायेंगे ऐसा तय हुआ था। इर्द-गिर्द फैली हरियाली, ऊपर खुला आसमान, खुली हवा, धीमी बहती बयार...आदि का वातावरण में ऐसा लग रहा था जैसे हम मुम्बई से मीलों दूर हैं।

हमने अपनी-अपनी कथाएँ पढ़ीं। उन दोनों की कथाएँ सशक्त बन पड़ी थीं, मेरी ही अपेक्षाकृत कमजोर थी। इस कारण मैंने अधिक मुँह नहीं खोला। और तभी मुझे अहसास हुआ कि यदि हमारे पास कहने के लिए कुछ ठोस हो तो उसे कहीं भी कह सकते हैं। चाहे खुली हवा में या फिर दफ्तर के चें-चे-पें-पे में। वैसे मेरे मूड न होने का दूसरा कारण भी था। विलास मेरी सहेली की तारीफों के पुल बाँध रहा था। खास कर उसकी भाषा की तारीफ करते हुए, विदेश में रहकर भी भाषा पर उसकी किस तरह पकड़ है, इस पर आश्चर्य प्रकट कर रहा था। विलास को उसकी भाषा बड़ी परिष्कृत लगी और यही परिष्कृत शब्द मुझे काँटे की तरह चुभ गया। क्या मतलब है इस शब्द का। कौन-सी संस्कृति की बातें करते हैं ये...? किस संस्कृति की बड़ाई करते हैं...वही, जो पुरुष प्रधान है, जातिवादी है, जिसमें वर्णवर्चस्व के गुण गाये हैं? और हम जो लिखते हैं...वह संस्कृति शून्य है? क्यों? तरह-तरह के सवाल मेरे दिमाग में घूमने लगे, आहत करने लगे। मैं उनकी साहित्य चर्चा में खुलेपन से हिस्सा भी नहीं ले सकी। उस एक शब्द पर चाहती तो विवाद कर सकती थी, परन्तु वे दोनों और मैं अकेली। इसके अलावा मैं स्वयं ही असमंजस में थी कि उस शब्द का इतना महत्त्व बढ़ाना ठीक है या नहीं। लिहाजा, मैं अधिक बोली ही नहीं। कथा वाचन का मजा किरकिरा होकर वह साहित्यिक पिकनिक खत्म हुई और हम वापस लौट आये। वापस लौटने पर भी मेरा मन खट्टा ही था और एक दिन दफ्तर में उसी परिष्कृत शब्द को लेकर मैंने उससे झगड़ा कर मन की भड़ास निकाल ली। आग में तेल तब पड़ा जब उसने कहा कि—आप यह समझेंगी नहीं क्योंकि उसके लिए 'आय. क्यू.' जरूरी है। आय. क्यू. के बारे में मेरा उससे मतभेद था। इसके अनुसार आर. क्यू. जन्मगत होता है तो मेरे अनुसार यह मनुष्य को मिलने वाले अवसरों पर निर्भर होता है। मेरे इस प्रतिपादन पर वह भड़क कर बोला—"आप को यदि अवसर दिया जाये तो बन जायेंगी आप न्यूटन, आइनस्टाइन या जयन्त नारलीकर...?"

तब मेरा मन हुआ कि उसके सर पर ही नारियल फोड़ूँ। उसके मतों से मैं

वाकिफ थी। गरीबों तथा भिखारियों के लिए उसके मन का तिरस्कार मैं जानती थी। उसके मतानुसार पददलित व्यक्ति अपनी जगह पर भी खुश ही रहता है। हम व्यर्थ ही अपनी कल्पनाएँ उस पर लादकर, उन पर दया करते हैं। अब ऐसे को मैं क्या समझाती?

मेरे कथा लेखन के बारे में दफ्तर के सहकर्मी काफी हद तक अनभिज्ञ थे। जो जानते भी थे, वे इतना महत्त्व नहीं देते थे। श्री तोड़कर, श्री सखदेव जैसे अफसरों के साहित्यप्रेम के कारण मैंने ही अपनी कथाएँ उन्हें दिखलायी थीं। लेकिन एक दिन दफ्तर के किसी कार्यक्रम के अवसर पर हमारे वरिष्ठतम अफसर श्री एस. आर. ताम्बे साहब की पत्नी, प्राध्यापिका और लेखिका श्रीमती उषा ताम्बे, मुझे खोजती हुई आयी। "लेखिका उर्मिला पवार कौन है" वे पूछने लगीं। सुनकर मेरे सहकर्मियों की भौहें तन गयीं और मेरी गर्दन...।

एक बार ताम्बे साहब इन्स्पेक्शन के लिए हमारे दफ्तर आये थे। उन्होंने चपरासी के हाथों कहलवा भेजा कि किसी को भी कोई तकलीफ हो या शिकायत हो तो आकर मिले। हमारे दफ्तर में कर्मचारियों की शिकायतें सुनने वाले ताम्बे साहब बस अकेले ही थे। अन्य अफसरों को तो सुनने की फुरसत ही नहीं होती थी। ताम्बे साहब की बातों से हम गद्‌गद हो गये और इसी भावना से मैं उनके केबिन में जाकर, अपनी मॉरीशस यात्रा पर लिखी किताब, उन्हें दे आयी। ताम्बे साहब की जगह कोई और अफसर होता तो दफ्तर में गैर सरकारी काम करने के लिए मुझे 'मेमो' ही दे देता। लेकिन ताम्बे साहब ने मुझे सराहते हुए कहा कि उन्हें मुझ पर गर्व है। यह बेशक उनका बड़प्पन था लेकिन उनके इस बड़प्पन ने दफ्तर के अन्य कर्मचारियों को अवाक् कर दिया।

कुछ लोग जो पहले ही मुझ से चिढ़ते थे, इस घटना के बाद और भी चिढ़ने लगे। मुझसे चिढ़ने का प्रमुख कारण था 'आरक्षण'। आरक्षण से मिली तरक्की से पचास-साठ रुपये से अधिक फायदा नहीं होता था परन्तु कुछ अधिकार अवश्य मिल जाते थे और इसी से लोग चिढ़ते थे।

मैं सन 1966 से नौकरी कर रही थी। तब से लगभग दस साल तक हमारे समाज के लिए 'सरकारी दामाद', 'बिगड़ैल', 'चढ़ाये हुए' जैसे दिल को छलनी कर देने वाले शब्द मैंने नहीं सुने थे। लेकिन सन 1970 से नयी रोस्टर पद्धति से नियुक्तियाँ होने लगीं तथा नौकरियों में दलित और आदिवासियों की नियुक्तियाँ अनिवार्य कर दी गयीं। तब से गैर-दलितों का गुस्सा बढ़ने लगा। इसी दौरान तरक्की पाकर मैं शाखा प्रमुख बन गयी। आज तक मैं किसी का हुक्म बजा लाती थी, अब लोग मेरे हुक्म मानेंगे, यह सोचकर मैं खुश थी। कुछ लोगों ने दिल से बधाई दी तो कुछ ने ऊपरी तौर पर। मर्दों की जब तरक्की होती है, वे 'साहब' बन जाते हैं, लेकिन स्त्रियाँ 'बहनजी' (बाई) ही रहती हैं। एक तो औरत, वह भी दलित, सो कुछ लोग

मेरी परवाह करने की भी जरूरत नहीं समझते थे। आजकल माहौल बदल गया है इसलिए दफ्तर में हर स्त्री अब 'मैडम' कहलाती है। चपरासिन को भी 'आप' कहकर सम्बोधित किया जाता है। निचले तबकों में आत्मसम्मान की भावना प्रगट हो रही है।

दलित आन्दोलनों से जुड़े लोग भी हर स्त्री को वैसे ही कमतर समझते हैं जैसे अपने घर की स्त्रियों को समझते हैं। वे ऐसा जान-बूझ कर नहीं करते परन्तु ऐसा होता जरूर है। एक छपेखाने के कर्मचारियों के कार्यक्रम में मुझे आग्रहपूर्वक बुलाया गया था। मैं ठीक वक्त पर पहुँची परन्तु वहाँ लाउडस्पीकर लगाने वालों के अलावा और कोई नहीं था। राह देखते-देखते मैं अब ऊब गयी थी तभी एक नेता के साथ एक जुलूस आया और मुझे अनदेखा कर, हॉल में घुस गया। मैं उठ कर चलने की वाली थी कि किसी को मेरा ध्यान आया। मेरे मुँह में कड़वाहट घुल गयी थी, मैं बोलना नहीं चाहती थी परन्तु महात्मा फुले और डॉ. आम्बेडकर के विचारों पर चार शब्द कहकर, देर होने के बहाने वहाँ से निकल पड़ी। नेता के इर्द-गिर्द नाचने वालों ने वह भी नहीं देखा।

मैं चाहती थी कि मुम्बई आने के बाद हरिश्चन्द्र अपनी पढ़ाई पूरी करे। मेरे जीजाजी की तरह एल. एल. बी. या कम से कम स्नातक परीक्षा तो उत्तीर्ण करे। उसके कुछ दोस्त नौकरी के साथ-साथ सिद्धार्थ महाविद्यालय में सुबह के कॉलेज में पढ़ रहे थे तो कुछ दोस्त बाह्य परीक्षा विभाग द्वारा परीक्षा दे रहे थे। लेकिन हरिश्चन्द्र को पढ़ने से अधिक बैडमिन्टन, टेबल टेनिस, वॉलीबाल, कबड्डी जैसे खेलों में रुचि थी। दफ्तर की ओर से उसने कोल्हापुर, पुणे, नागपुर, मुम्बई आदि में होने वाली क्रीड़ा प्रतियोगिताओं में हिस्सा लेकर, ईनाम भी जीते थे। लेकिन उसका खेलों का शौक भी अधिक दिनों तक नहीं रहा।

अखबार तो वह पहले पन्ने से लेकर आखिरी पन्ने तक, विस्तार से पढ़ता था। राजनीति से सम्बन्धित खबरें पढ़ने का उसे शौक था। जब घर में कोई नयी पुस्तक आती, वह पढ़े बिना अलमारी में नहीं जाती थी। लेकिन जो भी पढ़ता था, अपने आप तक ही सीमित रहता था, उसकी चर्चा नहीं करता था। कभी-कभार ही बातें करते समय हम देखते कि उसे कितनी बातें याद हैं। ऐसी-ऐसी बातें सुनाता कि सुनने वाला अवाक् हो जाये। वह डाक कर्मचारी यूनियन का विभागाध्यक्ष था। इसके अलावा ग्राम संगठन का अध्यक्ष भी था। भाषण अच्छे देता था परन्तु हरिश्चन्द्र में लगन का अभाव था। यही उसकी कमजोरी थी। उसके आक्रामक रुख का सामना करते समय मैं उसकी इसी कमजोरी का उपयोग करती थी।

हरिश्चन्द्र 'दापोली' में साने गुरुजी छात्रावास में रहा करता था इसलिए कविवर्य सुरेश भट्ट उसे मजाक से 'साने गुरुजी'[19] कहकर बुलाते थे। वह सचमुच सरल

---

19. साने गुरुजी : स्वतंत्रता संग्राम में सहयोग देने वाले महाराष्ट्र के एक समर्पित समाज सेवक, लेखक एवं सरल, संवेदनशील व्यक्तित्व।

स्वभावी था। लेकिन हमारी समाज व्यवस्था में पुरुष जब पति बन जाता है तब पत्नी के लिए उसका रसायन कुछ और ही होता है, इसका क्या किया जाये?

मेरा दफ्तर सिद्धार्थ महाविद्यालय के पास ही था, इसलिए रत्नागिरी में अधूरी छूट गयी पढ़ाई पूरी करने की धुन मेरे मन में समायी थी। मैंने हरिश्चन्द्र से अनुमति माँगी तो उसने घर के काम और बच्चों की देखभाल के बाद जो भी समय बचे, उसमें पढ़ने की सलाह दी। उसकी अनिच्छा स्पष्ट थी परन्तु मैंने निश्चयपूर्वक यह चुनौती स्वीकार की।

मैं अपने दफ्तर में तथा आस-पास रहने वाली स्त्रियों को देखती थी। कुछ तो पुणे या नासिक से नौकरी पर आती थीं। तड़के उठकर, खाना बनाकर, वे जो आतीं तो वापस घर लौटते, रात हो जाती थी। किसी के बच्चे घर के अन्य सदस्य सँभालते थे तो कोई आया की देखभाल में बच्चे छोड़कर आती थीं। मेरी छोटी बेटी अब छः-सात साल की हो गयी थी। सत्रह-अठारह साल की हमारी एक रिश्तेदार लड़की मेरे बच्चों की देखभाल का काम करती थी। हरिश्चन्द्र को बस थोड़ा ध्यान देना था, सो वह करेगा ऐसा मेरा विश्वास था। मैंने सिद्धार्थ महाविद्यालय में बी. ए. में दाखिला ले लिया।

सुबह चार बजे उठकर, सब्जी-रोटी बनाकर छः बजे मैं घर से निकलती थी। कॉलेज और नौकरी निपटा कर शाम को मुझे घर पहुँचने की जल्दी होती थी। परीक्षा के दिनों में बच्चों को रिश्ते की एक लड़की के सहारे छोड़कर कभी विश्वविद्यालय के वाचनालय में तो कभी दादर के 'मुम्बई मराठी ग्रन्थ संग्रहालय' में जाकर पढ़ा करती थी और तब तक पढ़ाई में डूबी रहती थी जब तक वाचनालय की कर्मचारी लड़कियाँ मेरे हाथ की पुस्तक खींच कर मुझे दरवाजे से बाहर न धकेल दें।

मेरी बी. ए. की परीक्षा नजदीक आ रही थी कि मेरा पाँव टूट गया। वह भी एक किस्सा ही हुआ। मुम्बई की नौकरी-पेशा औरतें रोज ट्रेन पकड़ कर दफ्तर जाते हुए, जिस तरह की भागदौड़ और कसरतें करती हैं, वह मैं भी किया करती थी, जैसी चलती ट्रेन में चढ़ना-उतरना, एक ट्रेन से दूसरी ट्रेन में कूदना आदि। एक बार सी. एस. टी. स्टेशन पर दूसरे प्लेटफॉर्म पर जाने के लिए मैंने एक ट्रेन से दूसरी ट्रेन में छलाँग लगायी पर गलती से मैं दो ट्रेनों के बीच की जगह पर गिर पड़ी। लोग जमा हो गये। किसी ने खींच कर मुझे ऊपर उठाया। किसी-किसी ने कोसा भी कि 'ऐसे ही ये औरतें मरती हैं और इनके कारण ट्रेन लेट होती है...।' देखते ही देखते मेरा पाँव सूज गया। दर्द बढ़कर चलना मुश्किल हो गया और मैं नीचे फर्श पर ही बैठ गयी।

एक मछुआरिन ने मेरे पाँव की सूजन देखकर, मछली को ताजा रखने के लिए प्रयुक्त बर्फ का टुकड़ा दिया ताकि ठण्डी सेंक से मैं सूजन उतार सकूँ। मैंने एक व्यक्ति को मेरे तथा हरिश्चन्द्र के दफ्तरों के फोन नम्बर देकर इत्तला करने की

प्रार्थना की। मैंने पैसे भी देने चाहे पर उसने लिये नहीं। वह आदमी चला तो गया पर फोन करेगा या नहीं इसका कोई भरोसा नहीं था। उस दिन एक अप्रैल होने के कारण कहीं लोग इसे अप्रैल फूल वाला मजाक न समझ लें, इसका भी मुझे डर था। लेकिन मरती क्या न करती? बैठ कर राह देखने के अलावा कोई चारा भी नहीं था। पाँव का दर्द सहती, बर्फ की ठण्डी सेंक से सेंकती मैं बैठी रही। बर्फ पिघल कर मेरे आस-पास जमा हुआ पानी देखकर लोग कुछ और ही न समझ लें, इस कारण जगह बदलती रही। वह ऑफिस का वक्त होने के कारण आने वाली हर ट्रेन अपने पेट में सारा का सारा गाँव लेकर आती और प्लेटफॉर्म पर उगल देती थी। मेरे इर्द-गिर्द भीड़-भाड़ बढ़ रही थी। कहीं भीड़ अनजाने में मुझे कुचल न दे इसलिए मैं एक पाँव पर खड़ी हो जाती तथा भीड़ छँटने पर फिर बैठ जाती थी। काफी देर इसी तरह उठक-बैठक करने के बाद हरिश्चन्द्र एक गाड़ी से उतरता दिखा और मेरी जान में जान आयी।

आते ही हरिश्चन्द्र ने पहले मेरी अकल की दुहाई दी। ऊपर से, मेरी मौत ऐसे ही किसी हादसे में होने की भविष्यवाणी की तथा मेरे ट्रेन से गिरने पर भी रेलवे वाले कैसे चुपचाप बैठे रहे, आदि बड़बड़ाता वह स्टेशन मास्टर के पास गया और मैं फिर उठक-बैठक लगाती भीड़ से बचने लगी। काफी देर बाद रेलवे कर्मचारियों के साथ वह स्ट्रेचर लेकर आया और उस पर लिटाकर मुझे पास ही के सेंट जॉर्जेस अस्पताल में ले गया। भरी भीड़-भाड़ में स्ट्रेचर पर लेटकर जाते हुए, मुझे मेरी अरथी उठने का भी अनुभव मिल गया। अस्पताल में डॉक्टर ने मेरे पाँव पर घुटनों तक पलस्तर चढ़ा दिया तथा बैसाखियाँ तैयार होने तक टेक कर चलने के लिए एक लाठी भी पकड़ा दी। बाहर आकर हम टैक्सी खोजने लगे, तब तक लंगड़े भिखारियों की मानसिकता का भी संक्षिप्त अनुभव मैंने ले लिया। मेंढक की तरह फुदक कर, सीढ़ियाँ चढ़ती जब मैं घर पहुँची तो यह दृश्य देखकर बच्चों को बड़ा मजा आया। वे समझ रहे थे कि मैं उन्हें 'एप्रिल फूल' बना रही हूँ। महीने भर के बाद पाँव का पलस्तर तो निकल गया पर इस 'पाँव कथा' ने एक नया ही मोड़ ले लिया।

पाँव टूटने के कारण पढ़ाई का काफी नुकसान हो गया था। मैं सोच रही थी कि यह नुकसान मैं किस तरह पूरा करूँगी किं मुझे एक भाई मिल गया। मेरी एक सहेली का मुँहबोला भाई सायन हॉस्पिटल के पास रहता था। मैं सायन हॉस्पिटल में पाँव की कसरत तथा वैक्स-बाथ आदि के लिए जाया करती थी। तब इस 'भाई' ने सुझाव दिया कि मैं उसके घर में बैठकर पढ़ सकती हूँ तथा उसकी किताबों और नोट्स का भी उपयोग कर सकती हूँ। 'तू अपने सगे भाई के घर जिस तरह जाती होगी मुझे भी वैसा ही समझना' उसने कहा। उसकी सरलता से मैं प्रभावित हो गयी। भाई की उम्र पचास साल की थी लेकिन मन बच्चों की तरह सरल था। मैंने भी सोचा कि घर में बच्चों की चें-चे-पें-पे में पढ़ाई ठीक से तो हो नहीं पायेगी। सो भाई के

घर मैं शान्तिपूर्वक पढ़ सकूँगी। भाई के घर में खुलेपन का वातावरण था। बीच-बीच में उनके बच्चों का भी आना-जाना लगा रहता था। पाँच-छः दिन बाद मैंने देखा कि मेरी सहेली अर्थात उस भाई की मुँहबोली बहन का मुँह फूला हुआ है। फिर एक दिन मेरी बड़ी ही चिन्ता जताते हुए वह बोली कि–'भाई की पत्नी उसके साथ नहीं रहती, यह तू जातनी है न? फिर भी तू वहाँ जाती थी। लोग क्या कहेंगे। यह सुनकर मैं हैरान रह गयी। सचमुच हम औरतें ही पुरुषप्रधान संस्कृति को पाल-पोस कर बड़ा करती हैं...और ऊपर से, समाज में स्त्री का स्थान गौण होने के बारे में, हम ही चीख-पुकार मचाती हैं। हमारे समाज में स्त्री के चरित्र से अधिक नाजुक कोई चीज है ही नहीं। हम स्त्रियाँ गर्दन उठाकर अपने शरीर से ऊपर देखना ही नहीं चाहतीं।

अन्ततः जैसे-तैसे पढ़ाई खत्म कर मैंने स्नातक परीक्षा पास कर ली। हरिश्चन्द्र बहुत खुश हुआ। मेरा बी. ए. का सार्टीफिकेट फ्रेम करवा कर उसने स्वयं दीवार पर टाँगा तथा गर्व से अपने मित्रों तथा घर आने वालों को बताने लगा कि मेरी पत्नी बी. ए. पास है।

तब न तो वह जानता था और न मैं कि उसका यह प्रोत्साहन आगे चलकर, 'अपने ही पैरों पर कुल्हाड़ी मारने' वाली कहावत को चरितार्थ करने वाला है।

हरिश्चन्द्र का प्रोत्साहन, बी. ए. पास कर लेने का आत्मविश्वास और सच कहा जाये तो आगे पढ़ने की चाह ने ही मुझे एम. ए. में दाखिला लेने के लिए प्रेरित किया...और इसी मोड़ पर हरिश्चन्द्र को अहसास हुआ कि पत्नी अब उसके बस में नहीं रही, मुझसे आगे निकल गयी। मेरे आगे पढ़ने का कोई विशेष उद्देश्य नहीं था। न तो मुझे प्राध्यापक बनना था और न ही कैरियर करना था। परन्तु ज्ञान भी ऐसी शराब है कि एक बार मुँह लगी, छूटती नहीं। वही हुआ। कथा कविताओं के अभ्यास की मुझे नशा-सी चढ़ गयी और सुचारु रूप से पटरी पर दौड़ती हमारी दाम्पत्य जीवन की गाड़ी को पहला धक्का लगा।–"क्या करोगी अब एम. ए. कर के? अब घर में बच्चों की ओर ध्यान दो, उन्हें पढ़ाओ।" हरिश्चन्द्र ने कहा। इस पर मैंने जवाब दिया कि "अपनी नौकरी निभा कर ही मैं बच्चों की तथा घर की देखभाल कर रही हूँ। बच्चों की परवरिश भली-भाँति हो रही है। कभी बीमार पड़ जायें तो मैं ही दफ्तर से छुट्टी लेकर, रात भर जागकर, उनकी देखभाल करती हूँ। बल्कि आप ही जरा घर में ध्यान दीजिये। बार में जाने के बजाय, जल्दी घर आकर, बच्चों को पढ़ाया कीजिये। वैसे भी मैं जो अपनी पढ़ाई करती हूँ वह अपने ही आराम के वक्त में कटौती कर के करती हूँ।"

लेकिन हरिश्चन्द्र अपनी बात पर अड़ा हुआ था। उसके विचार से घर की जिम्मेदारी पूरी तरह स्त्री की होती है। 'मर्दों को जो चाहे करने की छूट होती है', वाला उसका सिद्धान्त सुनकर मैं चिढ़ उठती थी तथा में तू तू- मैं मैं चलती रहती थी।

तीनो बच्चों के म्युनिसिपैलिटी के मराठी स्कूल में पढ़ने से भविष्य में क्या

नफा-नुकसान होगा, यह हमने सोचा ही नहीं था। बच्चे अच्छे नम्बरों से पास होते थे। अपनी पढ़ाई आप ही करते थे और न ही स्कूल की कोई शिकायत करते थे। हमने बचपन में ही गरीबी तथा अपमान-उपेक्षा की आग में उन्हें नहीं जलना पड़ता था, यही हमारे लिए काफी था। हम सन्तुष्ट थे। परन्तु गरीबी के न सही, जातिवाद के छिटपुट अनुभव उन्हें भी होते रहते थे।

मेरी छोटी बेटी मानिनी जब पाँचवीं में पढ़ती थी तब उसके जन्मदिन पर उसने अपनी सहेली किशोरी को न्योता दिया। किशोरी अपने बड़े भाई के साथ आयी तथा जन्मदिन मनाकर, केक खाकर वापस गयी। घर जाकर किशोरी के भाई ने, हमारे घर में देखी 'बुद्ध-आम्बेडकर' की प्रतिमाओं का जिक्र किया।

दूसरे दिन किशोरी की माँ आकर, दरवाजे से ही कह कर गयी—"हम नहीं जानते थे कि आप 'इस जाति' के हैं, इसलिए कल बच्चों को भेज दिया था। पर आइन्दा से मेरी बेटी को कुछ खाने-पीने को मत दीजियेगा। हम मराठा (क्षत्रिय) हैं, हमें यह सब नहीं चलता।

इतना कहकर मेरे कुछ कहने से पहले ही वह सर्र-से निकल गयी।

उस अर्धशिक्षित स्त्री ने मेरे ही दरवाजे पर आकर मेरा तो अपमान किया ही परन्तु साथ ही दोनों बच्चियों के मन में अलगाव का बीज भी बोया। मेरी बेटी की शिक्षिका से जब मैंने यह बात कही तब उसने बात को यूँ ही उड़ाते हुए, मुझे ही सान्त्वना देते हुए कहा—"जाने दीजिये, उसे जो ठीक लगा, उसने कह दिया। आप ध्यान मत दीजिये।" अब किशोरी की माँ तथा उस शिक्षिका में क्या फर्क रह गया?

इस घटना के बाद किशोरी ने हमारे घर आना बन्द कर दिया। कुछ दिन तक तो वह मेरी बेटी से बोली तक नहीं। पर कुछ ही दिनों में सब कुछ भूल-भाल कर वह फिर हमारे घर आने-जाने लगी। मुझे लगा कि कम से कम जाति-प्रथा के मामले में तो बड़ों को, छोटों से शिक्षा लेनी चाहिए।

सिद्धार्थ कॉलेज में द्वितीय वर्ष में पढ़ते समय मेरी पहचान हिरा बनसोड़े से हुई। हिरा मंझोले कद की, गदराये से बदन की, गोरी तथा हँसमुख थी। उसकी सुरीली आवाज ने तो उसके व्यक्तित्व में चार चाँद लगा दिये थे...अगर संगीत का रियाज करती तथा उसी क्षेत्र में कैरियर करती तो निश्चित ही वह दूसरी लता मंगेशकर बन सकती थी। मुझे तो उससे जैसे प्यार हो गया था। वह कविताएँ लिखती और मैं कथाएँ। हम दोनों साथ-साथ कई साहित्यिक कार्यक्रमों में जाने लगी। उसका दफ्तर भी पास ही होने के कारण हम दोनों बार-बार मिलती थीं, कई बार साथ खाना खाती थी। खूब बातें होती थीं। डॉ. बाबासाहेब, आन्दोलन, संगठन, साहित्य तथा और भी कई विषय हमारी चर्चा में होते थे।

साहित्यिक कार्यक्रमों तथा गोष्ठियों में कई साहित्यकारों से जान-पहचान होने लगी जैसे, श्री शंकरराव खरात, डॉ. गंगाधर पानतावणे, रावसाहेब कसबे, सुरेश भट्ट,

यशवन्त मनोहर, कुमुद पावड़े, ज्योति लांजेवार, सुरेखा भगत आदि...। मेरे घर के पास, 'साहित्य सहवास' में रहने वाले श्री केशव मेश्राम, प्रा. श्री नेरूरकर, अरविन्द गोखले, विजया राजाध्यक्ष आदि साहित्यकारों से भी मुलाकतें होती थीं। इनमें से कुछ मुझे लिखने के लिए प्रत्यक्ष या अप्रत्यक्ष रूप से भी प्रोत्साहित करते थे। प्रा. श्री नेरूरकर सर तो अपनेपन से धमकी भी देते थे कि 'कथा लिखकर लाओगी तभी मेरे घर में कदम रखना...।'

मराठी साहित्य के दिग्गज साहित्यकारों के अग्रणी पद्मश्री पु. ल. देशपाण्डे से मेरी मुलाकात एकदम घरेलू वातावरण में हुई। सन 1989 में चन्द्रपुर में दलित साहित्य सम्मेलन का आयोजन किया गया था, जिसके उद्घाटक पु. ल.[20] तथा अध्यक्ष यू. म. पठाण थे। उद्घाटन कार्यक्रम के उपरान्त पु. ल. कुछ साहित्यकारों से घिरे हुए, वार्तालाप कर रहे थे। मैंने अपनी बहन, सरला दाभोलकर के साथ जाकर पु. ल. से मुलाकात की तथा कहा कि—"सर, हम दोनों बहनें आप की ससुराल, रत्नागिरी से हैं...।"

इतना सुनना था कि तुरन्त पु. ल. बोल पड़े—'अरे, कुर्सियाँ मँगवाओ, चाय लाओ, मेरी सालियाँ आयी हैं।' सभी हँस पड़े। मेरी बहन ने आगे कहा कि उसे पु.ल. की एक विशिष्ट कथा बहुत पसन्द आयी, खास कर उसका एक शब्द...इस पर हाजिरजवाब पु. ल. ने झट अन्य लोगों का रुख करते हुए कहा—"देखा लोग किस तरह मेरे एक-एक शब्द पर नजर रखते हैं..." इस बात पर हँसी का एक फव्वारा ही छूट पड़ा। इस प्रकार साहित्य क्षेत्र से धीरे-धीरे मेरा परिचय बढ़ने लगा।

इसी दौरान मराठवाड़ा के नामान्तर आन्दोलन की मुम्बई में भी तीव्र प्रतिक्रिया हो रही थी। बैनर लिये असंख्य कार्यकर्ता आजाद मैदान में अक्सर दिखायी देते थे, नारे सुनायी देते थे। मेरा और हिरा का दफ्तर आजाद मैदान के पास ही था। मोर्चे के लिए देहातों से तथा झुग्गी बस्तियों से कितनी ही औरतें छोटे बच्चों को गोद में उठाये हमें दिखती थीं। खेद होता था कि ऐसे मोर्चे तथा धरने में हम पढ़ी-लिखी स्त्रियाँ शामिल नहीं होती थीं। मैंने कई बार अपने इस खेद का जिक्र, खुले तौर पर मंच से भी किया लेकिन तब तक बस कहती ही रही। आखिरकार 6 फरवरी, 1988 के रिडल्स के मोर्चे में मैं शामिल हुई। इससे पहले भी आजाद मैदान में मैंने कई मोर्चे देखे थे लेकिन इस बार जनसमुदाय विराट था। कुछ देर मोर्चे में रुक कर मैं वापस घर लौट गयी। बाद में उस मोर्चे पर हुए हल्ला बोल, हंगामें, गड़बड़ियाँ आदि की खबरें हम सुनते रहे।

❖

20. पु. ल. : मराठी के विख्यात साहित्यकार श्री पु. ल. देशपांडे, 'पु.ल.' के नाम से ही जाने जाते हैं।

एक दिन हिरा ने मुझसे पूछा कि क्या मैं दादर की 'मैत्रीण' (सहेली) नामक स्त्रियों के संगठन में जाना पसन्द करूँगी? इस संगठन में स्त्रियों की समस्याओं पर चर्चा होती थी। कुछ नया करने से मुझे कभी एतराज नहीं था सो मैंने झट हाँ कर दी। फिर एक दिन हम 'मैत्रीण' के ग्रुप में गये। वहा पर उपस्थित स्त्रियों का मैं निरीक्षण कर रही थी। सूने गले, सूनी कलाइयाँ, कटे बाल तथा सूती मगर कीमती साड़ियाँ पहने, उन स्त्रियों के एकदम अलग-अलग मगर आकर्षक व्यक्तित्व से मैं प्रभावित हुई। वे स्त्रियों की समस्याओं के बारे में चर्चा कर रही थीं। स्त्री-मुक्ति, स्त्रियों पर हुए अत्याचार, स्त्री-मुक्ति दशक, दहेज बलि आदि शब्द कानों पर पड़ रहे थे लेकिन अब उनका अर्थ कुछ नया प्रतीत हो रहा था। फिर मैं नियमपूर्वक 'मैत्रीण' ग्रुप में जाने लगी। वहाँ पर होती चर्चाएँ ध्यानपूर्वक सुनने लगी।

इस संगठन से जुड़ी स्त्रियों में छाया दातार, विद्या बाल, उषा मेहता आदि नाम विशेष उल्लेखनीय हैं। वे स्त्रियों की समस्याओं पर काम भी करती थीं तथा लेखन भी। यहाँ स्त्रियों से सम्बन्धित अपराध के मामलों पर होती चर्चाएँ सुनकर मुझे बचपन में देखी बैल के खस्सीकरण की घटना याद आ जाती और लगता था कि मर्द की यह मस्ती खत्म करने के लिए कुछ ऐसा ही उपाय ठीक रहेगा। आगे चलकर मराठी के विख्यात नाटककार श्री. जयवन्त दलवी के नाटक 'पुरुष' में ऐसा ही कुछ प्रसंग देखा तथा उसमें 'मर्द' को नपुंसक बनाने की सजा देने वाले पात्र के बारे में आत्मीयता भी महसूस हुई। परन्तु धीरे-धीरे यह बात समझ में आने लगी कि क़ानून हाथ में लेने की अपेक्षा, इन समस्याओं को हल करने का 'समुपदेशन' ही सही और अधिक कारगर रास्ता है। स्त्री और पुरुष के शरीर के बारे में भी सम्पूर्ण तथा वैज्ञानिक जानकारी मैंने यही पायी और वह भी निस्संकोच। लोगों की यौन भावनाएँ भड़काने वाली तथा स्त्री-पुरुष सम्बन्धित आधी-अधूरी जानकारी देने वाली सस्ती किताबें मैंने सड़क पर बिकती देखी थी परन्तु यहाँ की किताबों में छपी यौन अंगों की आकृतियाँ देखकर कोई गलत भावना तो मन को छू कर भी नहीं गयी। शिवलिंग का दर्शन करते समय क्या हम सोचते हैं कि यह वास्तव में पार्वती की उत्थापित योनि में प्रस्थापित, शिवजी का लिंग है? यहाँ की किताबें पढ़कर मुझे ऐसा ही कुछ अनुभव हुआ। फ्रॉइड के अनुसार मनुष्यमात्र के जीवन में अर्भकावस्था से लेकर मरने तक निरन्तर सेक्स होता है और शायद इसी कारण हम किसी भी व्यक्ति को स्त्री या पुरुष में ही देखते हैं। हमारे संस्कार हमें आदिम व्यवहार करने से रोकते हैं लेकिन

ये संस्कार केवल मनुष्य जाति पर ही हो सकते हैं, पशुओं पर नहीं...।

मैंने सेकण्ड डिवीजन में एम. ए. पास किया लेकिन इस बात को मेरे पति श्री पवार ने कोई तवज्जो नहीं दी। वैसे वे अपने दोस्तों को बताना नहीं भूलते थे कि 'अब वो एम. ए. हो गयी है। उन्हीं के द्वारा फ्रेम करवाया हुआ मेरी बी. ए. का प्रमाणपत्र दीवार पर टँगा था तो एम. ए. का प्रमाणपत्र गोल बेलन की शक्ल में नीचे रखे टेबल पर पड़ा था। आगे चलकर मैंने स्वयं उसे बी. ए. के प्रमाणपत्र पर ही चढ़ाकर फ्रेम में टाँक दिया। मेरे शिक्षा प्राप्त करने पर डॉ. भालचन्द्र मुणगेकर[21] ने उर्मिला पवार सत्कार समिति' की स्थापना कर, अपने मित्रों के साथ मेरा खुलेआम सम्मान किया, क्योंकि नौकरी तथा घर की देखभाल कर एम. ए. पास करने वाली, मैं कोंकण प्रान्त की पहली महिला थी। पुरस्कार के रूप में मुझे समीक्षा पर लिखी हुई अनमोल पुस्तकें भी प्रदान की। डॉ. मुणगेकर प्रतिकूल परिस्थिति को मात देकर, मुम्बई विश्वविद्यालय के उपकुलपति बने, उनकी बेटियाँ डॉक्टर बनीं, लेकिन आम जनता के सामने मैं उनकी किसी भी उपलब्धि का सम्मान नहीं कर सकी, इसका मुझे आज भी खेद है। कोई भी काम यदि वक्त पर किया जाये तो उसका महत्त्व होता है, अन्यथा केवल अरण्यरोदन से कोई लाभ नहीं होता।

'मैत्रीण' से जुड़ने के पहले मैं अपने आप को पुरुषप्रधान समाज की नजर से ही देखा करती थी। मन की गहराइयों में छिपी पतिव्रता नारी, व्यवहार में भी पग-पग पर झाँकती थी। दिन भर दफ्तर में काम, वापस लौटकर घर के काम निपटाकर रात को थके-माँदे शरीर को खींचती हुई, पतिसेवा करना ही अपना धर्म समझती थी। उन्हें खुश रखने में ही मैं खुश थी। उनकी सराहना, उनके कृपा कटाक्ष के लिए तरसती थी और वे...वे तो मुझे ताड़ना देने में ही लगे रहते थे। तू न तो आदर्श पत्नी है न आदर्श गृहिणी और यहाँ तक कि माँ भी नहीं है ऐसा कहने में ही उन्हें खुशी होती थी। मैं समझ नहीं पा रही थी कि आखिर वे चाहते क्या हैं? लेकिन धीरे-धीरे मैं समझने लगी कि लेखन में होती मेरी प्रगति, शिक्षा, सामाजिक कार्यक्रमों द्वारा निर्माण होती मेरी छवि ने उन्हें अस्वस्थ कर दिया है।

वे मुझसे दोमुँहा बर्ताव करते थे। एक ओर तो अपने दोस्तों तथा रिश्तेदारों के सामने मेरे लेखन तथा भाषणों की सराहना करते नहीं थकते थे तो दूसरी ओर इन्हीं बातों को लेकर गुस्सा भी खूब उतारते थे। हमारे झगड़े भी नितान्त जमीनी मुद्दों पर होते थे। मेरा कहना था कि—"मैं भी आपकी ही तरह नौकरी करती हूँ, थक जाती हूँ, आप ही की तरह मेरा काम भी महत्त्वपूर्ण है।" लेकिन अपनी प्रतिक्रिया से वे जता देते थे कि मेरे काम का उनके लिए धेलाभर भी मोल नहीं है। उनका कहना था कि—"देहात की औरतें पति के आँखों के इशारों पर चलती हैं। पति के कहने

21. डॉ. भालचन्द्र मुणगेकर—मुम्बई विश्वविद्यालय के भूतपूर्व उपकुलपति एवं प्लानिंग कमीशन के वर्तमान सदस्य।

पर उठती हैं और पति के कहने पर ही बैठती हैं, उनकी गृहस्थी कैसे शान्तिपूर्वक तथा प्रसन्नता से चलती है?"...मैं क्या कहती? जवाब तो उनके सवाल ही में था।

पति की उपरोक्त दलीलें सुनकर मुझे अपने भिरवंडे के घर का दिनक्रम याद आता था। बरसात में बोआई के मौसम में घर की स्त्रियाँ मुँह-अँधेरे ही उठकर, नित्यकर्म से निपटकर बरसते पानी में ही कुएँ से पानी भर लातीं। घर में सबके नहाने तथा रसोई के लिए पानी लाने के बाद रात के जूठे बर्तन माँज कर, खाना बनाकर घर के मर्दों के पीछे-पीछे खेतों में जाती। वहाँ बोआई का कमरतोड़ काम करतीं। खेत यदि दूर होता तो खाना भी घर से ही ले जाना पड़ता था। दिन भर काम करके मर्दों से जरा पहले घर आकर, पहले नहाने के लिए पानी का चूल्हा जलातीं। फिर नहाकर रात के खाने की तैयारी में लग जाती थीं। सिल-बट्टे पर चटनी पीसती, आटा न हो तो धान पीसती, चावल न हो तो धान कूटती थीं। मर्दों का काम बस घर आकर, नहाकर, बरामदे में बैठकर बीड़ी पीना था। कुछ घरों में मर्द शराब भी पीते थे लेकिन औरतें फिर पानी खींचतीं, दिन भर के कीचड़ से सने कपड़े धोना, सुखाना, रात को लालटेन जलाकर सबको खाना परोसना, जूठन सकेल कर खुद दो निवाले खाने के बाद बिस्तर बिछाकर पति के माथे पर तेल ठोंकती थीं। उसके हाथ-पैरों में तेल रगड़ती थीं। इतना मर मर के काम करने के बाद जब पीठ अकड़ कर धनुष हो जाती तब कहीं जमीन पर लेटती थीं। दो घड़ी सोने के बाद, रात ढलते ही फिर...नये दिन के स्वागत के लिए तैयार...यही दृश्य मेरे पति की नजरों के सामने बचपन से था। आज तक पत्नी गरीब गाय थी फिर अब अचानक उसके सींग कहाँ से निकल आये? वक्त रहते ही सींग काट देने चाहिए...आदि दुर्बल विचारों से वे ग्रस्त रहते थे। लेकिन अब मेरे सींग उनके हाथ आने वाले नहीं रह गये थे, तेजी से बढ़ते जा रहे थे।

उन दिनों मैं अपने आप में एक बदलाव देख रही थी। एक तरफ तो मेरे मन में वर्तमान समाज व्यवस्था को चुनौती देते विचार उठते थे—जैसे 'एक व्यक्ति होने के नाते स्त्री, उन सारे अधिकारों की हकदार है जो पुरुषों को अनायास ही मिल जाते हैं। वह एक शक्ति है। पुरुष यदि मसल पॉवर रखते हैं तो स्त्री भी जननशक्ति की मालिक है। जब दोनों शक्तियाँ भिन्न हैं तो फिर उनका मूल्यमापन भी भिन्न तरीके से होना चाहिए। जहाँ एक तरफ उपरोक्त विचारों के अंकुर मेरे मन में फूट रहे थे, वहीं दूसरी ओर लोग मुझे उन मुक्त स्त्रियों से सावधान कर रहे थे, चेतावनी दे रहे थे कि 'उन' जैसी स्त्रियों के विचारों की हमारे समाज की कोई आवश्यकता नहीं है। मेरे इन हितैषियों को शायद ऐसा लगता था कि मैं किसी अपराधी टोली में शामिल हो गयी हूँ। अगर मेरी बात पूछें, तो मैं बदल रही थी। मुझे एक नयी दृष्टि प्राप्त हो रही थी। स्त्री मुक्ति आन्दोलन से जो निर्भयता मिली, उसी निर्भयता के बलबूते मैं अब स्त्री और पुरुष को निर्मल तथा गंडरहित नजर से केवल व्यक्तिरूप में देख

सकती थी और उनसे एक व्यक्ति का-सा ही व्यवहार भी कर सकती थी।

'मैत्रीण' में केवल चर्चाएँ नहीं होती थीं। यहाँ से जुड़ी अनेक महिलाएँ उन सहायता केन्द्रों में काम किया करती थीं जो खास कर स्त्रियों की मदद के लिए बने होते हैं। बेसहारा स्त्री को अपने पैरों पर खड़े रहने के लिए, शुरू में सहारे की आवश्यकता होती है, जो यहाँ (मैत्रीण में) दिया जाता था। मैं देखा करती थी कि दहेज पीड़िता, परित्यक्ता तथा ससुराल द्वारा सतायी गयी अनेक स्त्रियाँ यहाँ आकर अपना दुखड़ा रोती थीं। उन्हें मैत्रीण (सहेली) समझकर, सहारा दिया जाता था, बल दिया जाता था। धीरे-धीरे मैं अपने आप इसी विचारधारा से जुड़ने लगी। ट्रेन में या बस में किसी को बैठने के लिए जगह देते हुए, या किसी के सर पर रखा बोझ हल्का करते हुए, उनके चेहरे की मुस्कराहट, मुझे खुशी दिलाने लगी।

एक बार देर रात को करीब साढ़े ग्यारह बजे मैं और मेरे पति घर लौटने के लिए बस स्टॉप पर खड़े थे। गणेश विसर्जन का दिन होते हुए भी सड़क पर लोग-बाग ज्यादा नहीं थे। बस स्टॉप पर बारह-तेरह साल की एक लड़की, खड़ी रो रही थी। स्टॉप पर खड़े लोगों के मुताबिक वह काफी देर से खड़ी, रोये जा रही थी। मेरे पूछने पर उस लड़की ने बताया कि समन्दर किनारे गणेश विसर्जन की भीड़ में वह खो गयी। उसके पास घर जाने लिए पैसे नहीं थे। मैंने उसे बस के टिकट के लिए दस रुपये दिये और उसे उसके घर की ओर जाने वाली दूसरी बस स्टॉप पर ले जाने लगी। मेरे पति लगातार मुझे रोकते हुए बड़बड़ा रहे थे कि 'यह लड़की झूठ बोल रही है।' मैंने कहा—"चाहे जो हो, मैं उसे बस में बिठाकर कण्डक्टर की निगरानी में दे कर आती हूँ।" और मैं उसे कण्डक्टर को सौंपकर वापस आ गयी। लेकिन इसके बाद मारे बक-झक के मेरे पति ने मेरे दिमाग का भुरकस बना दिया।—"वो लड़की गैंग वाली थी वरना करी रोड से इतनी दूर माहिम क्यों आती? मैं साथ था इसलिए तुम बच गयी वरना उन गैंग वालों ने तुम्हारा मंगलसूत्र, चूड़ियाँ छीन कर तुम्हें भी मजा चखा दिया होता..." आदि आदि...

मैंने कहा—"शायद आप सच हो लेकिन इसी वजह से हर बार चुप नहीं रहा जा सकता। इससे तो गेहूँ के साथ घुन भी पिस जायेगा।"

—"तो फिर यही किया कर...घर क्यों आती हो?"

—"क्यों, मुझे नहीं चाहिए क्या घर? पति? बच्चे? तुम सबके साथ रहकर मैं ये काम क्यों नहीं कर सकती? और मेरे घर के लोग भी...वे भी यह काम क्यों न करें? कम से कम, जितना कर सकें...?"

—"अपनी बुद्धिमानी अपने भाषणों में बघारना, मुझे मत सुनाओ। मैं जानता हूँ कि तुम्हें कितनी अकल है।"

अन्ततः वे मेरी अकल पर टूट पड़े और मैं उनकी ऐसी ही किसी बात पर... इसी तरह एक-दूसरे पर ताने कसते हम घर पहुँचे। दूसरे दिन उठने के बाद, मैं

समझी कि बात अब खत्म हो गयी होगी लेकिन 'मेरी व्यावहारिक अकुशलता' का यह किस्सा काफी दिन तक वे नमक-मिर्च लगाकर, जिस-तिस को सुनाते रहे। उनकी नजर में मैं नर्मदा का कंकड़ थी जिस पर कुछ ठहरता नहीं, फिसल जाता है।

एक दिन मैंने और हिरा ने, एक शराबी को बीच सड़क अपनी पत्नी के मुँह पर चप्पलें जमाते देखा। हड्डी का ढाँचा मात्र रह गयी बेचारी पत्नी, गोदी का बच्चा और बदन की फटी साड़ी सँभालती मार खा रही थी। शाम का दफ्तर छूटने का वक्त था और सड़क पर काफी लोग थे। पढ़े-लिखे लोगों के रेले उनके बीच से राह निकालते गुजर रहे थे लेकिन कोई इस झंझट में पड़ना नहीं चाहता था। मैं आगे बढ़ी, हिरा भी पीछे आयी। हमने उस शराबी को डाँट कर, पुलिस के हवाले करने की धमकी दी तब कहीं जा कर वह रुका।

हमारे घर के पास बड़ी-सी झुग्गी बस्ती थी। वहाँ हर दो-तीन दिन बाद शराब में धुत्त पति और बाल-बच्चे को कमर से लटकाये, लड़ती-झगड़ती पत्नी, नजदीक वाले पुलिस स्टेशन की तरफ जाते दिखते थे। मैं कभी अपनी बालकनी से तो कभी सड़क पर उतर कर उन्हें समझाने का प्रयास करती थी तब मेरे आस-पास के लोग मुझे मूर्ख समझते थे।

कहते हैं कि 'बारिश की धार और पति की मार की कोई सुनवाई नहीं' पीढ़ियों से इन्हीं क्रूर संस्कारों में पले लोगों का स्त्री की समस्याओं से परिचय करवाने का काम करती 'मैत्रीण' मुझे बहुत अच्छी लगी। पीड़ित स्त्रियों की सहायता करने का विचार उनके मन-मस्तिष्क में रच-बस गया था और यही उनकी फोन पर की बातों में भी झलकता था। इन सब का स्वर तथा लहजा आश्वासन और आत्मीयता से भरपूर थे। जया वेलणकर का स्वर जरा अहं युक्त किन्तु आश्वासक था। 'तुम जो पूछना चाहोगी, उसका जवाब है मेरे पास', कुछ इसी प्रकार की भाषा थी उसकी। छाया दातार की भाषा सलाह देती हुई सी, तो अरुणा बुरटे के हैलो में आत्मपरीक्षण की प्रेरणा होती थी...'तुम ही सोचो और तय करो' वाली बात थी। माधुरी गोखले हमेशा चिन्तित तथा सहारा देने के लिए तैयार होती थी। बाकियों में उषा मेहता तथा विद्या बाल शान्तिपूर्वक दूसरों की सुनने के लिए तत्पर होती थी। इस सब में हिरा सब से अलग थी। वह खुद भी जब फोन करती तो पहले यही बोलती—"बोल, क्या कहना चाहती हो?" मैं सोचती कि हम दोनों की दोस्ती में डॉ. आम्बेडकर की विचारधारा का समान सूत्र था। ऐसी सहेलियों की संगत में मेरे जीवन की गाड़ी अब अलग ही पटरी पर दौड़ रही थी।

'मैत्रीण' में काम करते समय प्रारम्भ में मुझे एक बात खटकती थी। यहाँ सभी स्त्रियाँ आपस में तू-तड़ाक से ही बात करती थीं। बड़े-छोटे का भेद नहीं था। शुरू-शुरू में मुझे बड़ा अजीब लगता था। समाज व्यवस्था की सबसे निचली सीढ़ी से शुरुआत करके, अपनी शिक्षा लेखन तथा विचारों के सहारे मैं ऊपर की सीढ़ियाँ

चढ़ रही थी। ऐसे में इस तू-तड़ाक से मुझे ऐसा लगता था जैसे मुझे फिर उसी निचली सीढ़ी पर फेंका जा रहा है। मैं सभी को 'आप' कहकर पुकारती थी। एक दिन मालिनी कारकल को, जो मुझसे उम्र में तथा हर लिहाज में बड़ी थी, मैंने आप कह कर सम्बोधित किया तब वह तुरन्त बरस पड़ी–"आप क्यों कहती हैं? हम सब सहेलियाँ हैं न? फिर 'तू' कहकर पुकार। इस घटना के बाद से मेरा संकोच धीरे-धीरे मिटने लगा।

'मैत्रीण' में कथन का तरीका कुछ ऐसा था जिससे मैं परिचित नहीं थी। कथन करते समय अन्य पुरुष के बदले मध्यम पुरुष का उपयोग किया जाता था। अर्थात 'वह बुरी है, झूठ बोलती है तो हम क्या कर सकते हैं?' की जगह 'तुम बुरी हो, झूठ बोलती हो तो हम क्या कर सकते हैं?' ऐसा कहा जाता था। सुनकर मुझे लगता कि सीधे मुझ पर ही वार किया जा रहा है। लेकिन शीघ्र ही मैं समझ गयी कि अंग्रेजी के प्रभाव के कारण उनकी वाक्य रचना ऐसी है।

स्त्री मुक्ति से जुड़ी स्त्रियों के ज्ञान-अभ्यास तथा प्रबोधनात्मक कार्यक्रमों से मैं प्रभावित थी और उन दिनों जो भी मिलता, उसे मैं इन कार्यक्रमों के बारे में उत्साह से बताया करती थी तथा उनसे आग्रह भी करती थी कि वे भी इन कार्यक्रमों में शामिल हों। सन 1938 में डॉ. बाबासाहेब आम्बेडकर ने 'कणकवली' का दौरा किया था, इस घटना की स्वर्ण जयन्ती 1988 में कणकवली में मनायी गयी। इस कार्यक्रम के लिए मैंने पिछड़े वर्ग की समस्याओं को परिलक्षित करने वाला एक पथनाट्य लिखा था, जिसका मंचन सामान्य गृहिणियों ने बड़े ही प्रभावशाली ढंग से किया। मैं चाहती थी कि मेरी 'स्त्री उवाच' संस्था की सदस्याएँ यह पथनाट्य देखें तथा दोनों ओर की महिलाओं में आपसी स्नेहसम्बन्धी बनें। स्त्री उवाच की सदस्याएँ, सामान्य गृहिणियों से भी कुछ पा सके तथा, सामान्य गृहिणियाँ अपने दायरे से बाहर की दुनिया देख सकें। मैंने अपने ये विचार सबके सामने रखे किन्तु उच्च वर्ग की महिलाएँ, मेरे विचारों के पीछे की तड़प पहचान नहीं पायीं। शायद फिर मूल से प्रारम्भ करना उन्हें मंजूर नहीं होगा। फिर मैंने पथनाटय की स्त्रियों को संगठित कर, इस संगठन को 'आकार'–'कोंकण स्थित आम्बेडकरवादी संगठन' का नाम दिया। इस संगठन की सदस्याओं ने अनुभव कथन के तीन-चार कार्यक्रम किये तथा कुछ गोष्ठियों में शामिल हुई। इसके बाद सब ठप्प हो गया। स्त्रियों की उदासीनता के कारण 'अकार' संगठन, वास्तविकता में 'निराकार' ही रह गया।

स्त्री मुक्ति आन्दोलन से जुड़ी स्त्रियों के मंगलसूत्र विहीन खुले गले देखकर मैं सोचती थी कि 'मैं क्यों मंगलसूत्र पहनती हूँ?' वैसे भी बौद्ध धर्म में मंगलसूत्र का रिवाज नहीं था। पति और पत्नी की कलाई में सफेद सूत का धांगा मात्र बाँधा जाता था, फिर मैं क्यों इन काले मणियों को गले से लगाये हुए हूँ? मैंने मंगलसूत्र त्याग देने का निश्चय किया। निर्णय तो शीघ्रता से हो गया परन्तु कृति में विलम्ब होने

लगा–करूँ या न करूँ? फिर यूँ होता कि स्त्री मुक्ति से सम्बन्धित कार्यक्रमों में मैं बिना मंगलसूत्र के अभिमानपूर्वक जाती लेकिन शादी-ब्याह, नामकरण आदि पर मंगलसूत्र पहनकर जाती। कभी-कभी जब मेरा ही मन मुझे कोंचने लगता तो दफ्तर जाते समय भी मंगलसूत्र उतार कर रख देती और किसी के पूछने पर–स्त्री-पुरुष समानता पर लेक्चर भी झाड़ देती। तो कभी-कभी पति-प्रेम उमड़ आने पर अलमारी में रखा मंगलसूत्र गले में आ जाता। शुरू-शुरू में तो मेरा मंगलसूत्र विरहित खुला गला देखकर मेरे पति आगबबूला हो जाते थे परन्तु हिन्दू संस्कार और बौद्ध संस्कार, दोनों के बीच उनका भी चित्त दोलायमान हो जाता था।

एक दिन बिना मंगलसूत्र के मैं बाजार जा रही थी कि राह में मेरी एक परिचिता ने, बिल्डिंग की दूसरी मंजिल से मुझे पुकारा। हम दोनों इशारों से ही बातें कर रही थीं। अचानक उसने अपने गले पर उँगली फेरते हुए मुझे इशारे से पूछा कि 'मंगलसूत्र कहाँ है?' मैंने 'घर में रखा है'कहते हुए घर की दिशा में उँगली उठायी। वह समझी कि मैंने आसमान की ओर उँगली उठायी है और वह चौंक कर चीखी–"कब?" उसकी चीख में मेरा कलेजा दहल गया। और मुझे अनुभव हुआ कि ये ऊपरी चीजें भी, किस तरह हमारे शरीर और मन का एक हिस्सा बन जाती हैं।

इस मंगलसूत्र को लेकर हरिश्चन्द्र भी पसोपेश में पड़ जाता था। कभी कहता कि–"क्या रखा है इन ऊपरी ढकोसलों में, आखिर होता क्या है इन काले मणियों में...?" तो कभी अपनी ही इस समझदार उक्ति को ठुकराकर बरसने लगता कि–"तू क्यों पहनेगी मंगलसूत्र? तू तो राह देख रही होगी कि कब मैं मरूँ" आदि...। मेरे साथ आना-जाना उसे रास नहीं आता था और ऊपर से–'तुम स्त्री मुक्ति वालियों को मर्दों के साथ की क्या जरूरत है?' कहकर मुझे चिढ़ाने में उसे आनन्द आता था। सो मैं भी उसके इन तानों को अनसुना कर, अपना काम करती रहती थी। इसलिए बाहर निकलने से पहले मैं झटपट फैला सामान समेटने लगती तो वह फिर से शुरू हो जाता–"हाँ, अब सारी चीजें, जहाँ जगह मिले, ठूँस दो...और निकल जाओ...बचपन में तुम्हें किसी ने सलीका ही नहीं सिखाया है शायद।" उसकी बातों को मैं हँस कर टाल देती थी। मैं जानती थी कि दिल का वह बुरा नहीं है, बस गुस्से के मारे उखड़ता है। लेकिन न मैं उसे, उसके गुस्से की व्यर्थता समझा सकती थी और न तो वह स्वयं समझने को तैयार था। वैसे हरिश्चन्द्र की बातों में एक हद तक सच्चाई भी थी। बचपन से ही मैं स्वतन्त्र स्वभाव की थी। झरने के किनारे, चुनड़ी के पीले फूलों पर मँडराती तितली की तरह स्वच्छन्द थी। परन्तु बड़ी होने पर स्कूल का वक्त नौकरी के नियम-कानून, बच्चे होने के बाद उनके खाने-पीने, दवा लेने, पढ़ने आदि के टाइम टेबल के साथ ही मेरे लेखन, सम्मेलन, गोष्ठियाँ आदि पचड़े भी मैंने खुशी से मोल लिये थे। इतना सब सँभालना कभी-कभी सचमुच मेरे बस में नहीं होता था। इसी कारण मेरा सलीका घड़ी के काँटे के साथ बँधा था। कई काम

आराम से करने की बजाय जल्दी-जल्दी निपटना, मेरी मजबूरी थी, जो मेरे जीवनसाथी समझना ही नहीं चाहते थे।

मैं धीरे-धीरे आम्बेडकरवादी आन्दोलन, दलित साहित्य, स्त्री मुक्ति आन्दोलन, स्त्री साहित्य आदि के नये आयामों को समझती जा रही थी परन्तु इन सबकी पृष्ठभूमि में अपनी भूमिका निश्चित करने की समझ अब तक मुझ में नहीं थी, न तो इतनी विचारों की व्यापकता मेरे पास थी। नौकरी, घर के काम, बच्चों की देखभाल, शिक्षा आदि से वक्त निकाल कर ही मैं लेखन तथा भाषणों के उपक्रम किया करती थी। इसी कारण मेरे विचार कुछ ऊपरी तथा सुने-सुनाये से थे। अनुभवों के ठोस धरातल पर उन्हें व्यक्त करना तब तक मैंने सीखा नहीं था। वैसे भी हमारे समाज में 'बोलने वाली' स्त्रियाँ कम होने के कारण कई बार खानापूरी के लिए या किसी के एवज में मुझे बुलाया जाता था, पर मैं जाती थी।

इन कार्यक्रमों का अविभाज्य भाग बन गये 'हल्दी-कुंकुम'[22] समारोहों का मैं विरोध करती थी। वास्तव में लोकमान्य तिलक के वक्त से चले आ रहे स्वतन्त्रता आन्दोलन के दौरान, हल्दी-कुंकुम समारोह, सम्पर्क के माध्यम के रूप में आयोजित किये जाते थे। लेकिन आगे चलकर बात यहीं तक सीमित नहीं रही। इन समारोहों में स्त्रियाँ अवश्य उपस्थित रहती थीं इसलिए उनकी उपस्थिति के लिए, एक हथियार के रूप में इन समारोहों का उपयोग होने लगा। लगभग सन 1975-76 के दौरान झुग्गी बस्तियों में होने वाले बुद्ध जयन्ती, आम्बेडकर जयन्ती, परिनिर्वाण दिन आदि के अवसर पर हल्दी-कुंकुम समारोहों का भी आयोजन होने लगा। बड़ी चालों में या बिल्डिंग में रहने वाली इक्का-दुक्का दलित स्त्री ने पड़ोसनों की देखा-देखी, व्यक्तिगत तौर पर इन समारोहों का फिर स्वीकार किया। परन्तु आम्बेडकरवादी विचारधारा तथा स्त्री मुक्ति आन्दोलन से परिचित होने के कारण मैंने इस व्यर्थ कार्यक्रम को न कभी अपनाया, न ही महत्त्व दिया।

मैं जयन्ती उत्सवों, महापरिनिर्वाण दिन, प्रवर्तन दिन आदि मौकों पर झुग्गी बस्तियों में जाया करती थी। वैसे तो हमारे भी कुछ रिश्तेदार झुग्गी बस्तियों में रहा करते थे, परन्तु कहीं-कहीं ऐसी बस्तियाँ भी थीं जहाँ का जीवन भयावह था। लगभग 8 बाई 5 फीट की, आपस में सटी झोपड़ियों की टेढ़ी-मेढ़ी कतारें, बाँस की टट्टी की दीवारें, टीन का छप्पर तथा भीतर गरीबी का साम्राज्य। झोपड़ियों के सामने आड़ी-टेढ़ी फैली नालियाँ, उन पर मँडराती मक्खियाँ और मच्छर। जगह-जगह के बिलों में लुका-छिपी खेलते चूहे, कचरे के ढेर पर चरते सूअर और वहीं टट्टी करने वाले बच्चे। कहीं भी थूकना, गन्दा पानी फेंकना, चखचख करना...ऐसे माहौल में भी सबके सूखे, बेरस चेहरों पर जीने की अदम्य आशा...एक दूसरे को दिलासा देती हुई...

22. हल्दी-कुंकुम समारोह—सुहागिनों का उत्सव।

ऐसी ही झुग्गी में मैं एक दिन भाषण देने गयी थी। झोपड़ियों की कतारों के बीच बनी गलियों में नीचे नालियाँ बह रही थीं। इन्हीं गन्दे पानी की नालियों पर तख्तियाँ डालकर, उस पर से सन्तुलन करते हुए कार्यक्रम की जगह पर मुझे ले जाया गया। जमीन पर बिछे बोरे के टुकड़ों पर कुछ बच्चे और बैठे-बड़े हुए थे। कार्यक्रम का नाम लिखा हुआ कपड़े का बैनर पीछे तना हुआ था। बैनर के सामने कुर्सियों की कतार थी। एक कार्यकर्ता ने मुझे बड़ी तत्परता से–'यहाँ नहीं, यहाँ बैठिये' कहकर एक छोर की कुर्सी पर बिठा दिया। दूसरे छोर की कुर्सी के पास लबालब भरा हुआ कूड़ेदान था। मुझे राहत हुई की कचरे की दुर्गन्ध मैं तो मै बच गयी परन्तु कुछ देर बाद पाखाने की दुर्गन्ध आने लगी। मैंने मुड़ कर पीछे देखा तो बैनर के पीछे पाँच-छः व्यक्ति हाथ में लोटा लिये कतार बनाकर इन्तजार में खड़े थे।

बड़ी मुश्किल से ही मैं वहाँ बैठी अन्य वक्ताओं के भाषण सुन रही थी। थोड़ी देर बाद मेरी बारी आयी। मुँह खोलते ही दुर्गन्ध का भभाका सीधे मुँह में घुस जाता था और जी मिचलाने लगता था। मुँह में थूक जमा हो गया था। आखिर मैंने आयोजकों से अनुरोध कर मेज और कुर्सियों को विरुद्ध दिशा में रखवा लिया। इस तरफ गटर था लेकिन पाखाने की तुलना में गटर की दुर्गन्ध मुझे सहनीय लगी। बेचारे कार्यकर्ता, अपनी ओर से जो भी कर सकते थे कर रहे थे। ऐसी कितनी ही जगहें हैं, जहाँ टीन का छप्पर, गर्मी से तपकर झोपड़ियों के भीतर जैसे आग लगा देता है और वहाँ रहने वाले झुलस रह होते हैं।...हर व्यक्ति के अनमोल दिमाग, परिस्थितिवश जैसे सड़-गल जाते हैं...इंसानी ऊर्जा मिट्टी हो जाती है।

एक और झुग्गी बस्ती में कार्यक्रम पर गयी थी। भाषण, वक्तागण का सम्मान करना, हार, फूलों का गुलदस्ता प्रदान करना, आदि उपक्रमों में कार्यक्रम खत्म होते-होते काफी रात हो गयी। बस्ती की औरतें कहने लगीं–"दीदी, इतनी रात अब घर कहाँ जाओगी? यहीं रह जाओ न" उन दिनों घर पर टेलीफोन नहीं हुआ करते थे। मेरा लौटना जरूरी था वरना घर के लोग चिन्ता करते। वे सब बार-बार मुझे रहने का आग्रह किये जा रही थीं और मैं ना-नुकर कर रही थी। तभी पास खड़ी पन्द्रह-सोलह साल की एक लड़की बोल पड़ी–"आप अगर यहाँ सोयीं तो बोरे में पाँव डालकर सोना पड़ेगा।"–क्यों? मेरे पूछने पर एक स्त्री ने खुलासा किया कि "रात को पाँव खुले रहने से चूहे और मूस उँगलियाँ कुतर जाते हैं। पसीने के कारण पाँवों की गन्ध मांसखण्ड जैसी आती है न, इसलिए...।" अगर मैं रुक पाती तो और भी कुछ इस तरह की नयी जानकारी मिल जाती, परन्तु मेरा वापस लौटना जरूरी था, वरना पति नाराज हो जाते। वैसे भी वे मेरे बाहर काम करने से खुश नहीं थे। कभी-कभी तो उनका मूड इतना खराब होता कि गुस्से में जो जी चाहे बक-झक करने लगते। कथाओं और उपन्यासों में स्त्रियाँ इसी तरह की बकवास के कारण जीवन भर पति से बात नहीं करतीं, ऐसा मैंने पढ़ा था।

पति की इतनी लताड़ के बावजूद मैं घर से बाहर जाती थी, काम करती थी, इन सब के पीछे एक ठोस कारण था। उनका मेरे प्रति प्रेम और विश्वास ही वह शक्ति थी, जिसके बलबूते मैं बेखटके घर से बाहर काम कर सकती थी। उन्होंने मुझसे कभी ऐसे सवाल नहीं किये—'कौन है वह तुम्हारा? या क्या लगता है वह तुम्हारा?' जैसे सवाल जो आम तौर पर शक्की पति अपनी पत्नियों से पूछ-पूछ कर उनका आत्मसम्मान ही छीन लेते हैं तथा नारीत्व की गरिमा को कलंकित कर देते हैं। इन संगठनों के कार्यकर्ता भी अदब से पेश आते थे, उचित फासला रखते थे। इसका अर्थ यह नहीं है कि उन्हें स्त्रियों की समस्याओं की समझ थी बल्कि वे भी नितान्त परम्परावादी ही थे। उनकी मनुवादी प्रवृत्ति पर उठायी गयी उँगली, उन्हें रास नहीं आती थी। परन्तु वक्ता को सही-सलामत घर तक छोड़ने की जिम्मेदारी वे बखूबी निभाते थे।

जैसे-जैसे वक्त गुजर रहा था, कार्यक्रमों के स्तर में तथा कार्यकर्ताओं के बर्ताव में भी यथेष्ट सुधार हो रहा था। आम्बेडकर जयन्ती के एक कार्यक्रम में मैं चेम्बूर गयी थी। वहाँ का कार्यक्रम पूर्णतया अनुशासनबद्ध था। पहले कार्यक्रम में उपस्थिति निश्चित करने के लिए अंग्रेजी में पत्र आया। कार्यक्रम में लिवाने के लिए, टैक्सी में बैठकर कार्यकर्ता घर आये। फिर वहाँ पहुँचने पर जलपान की व्यवस्था की गयी। मंच पर मुझसे पहले कौन-कौन से वक्ता बोलकर गये हैं, इसकी फेहरिस्त के साथ, उन्हीं के स्तर के भाषण की अपेक्षा व्यक्त की गयी। फिर पहली कतार में बैठकर अन्य सांस्कृतिक कार्यक्रम देखने की व्यवस्था, कार्यक्रम के दौरान अंग्रेजी में समालोचन, फिर बड़ी शिष्टता से वक्ता को मंच पर आमन्त्रित करना आदि से स्पष्ट होता था कि वक्त बदल रहा है।

मैं अपने भाषणों में जाति से सम्बन्धित समस्याओं के साथ-साथ स्त्रियों की समस्याओं को भी अधोरेखित करती थी। इसके लिए मैं डॉ. बाबासाहेब आम्बेडकर के 'हिन्दू कोड बिल' के साथ-साथ 'क्रान्तिबा फुले' के कथनों का भी सहारा लिया करती थी। क्रान्तिबा कहते थे कि 'पति की मृत्यु के बाद पत्नी सती होती है फिर पत्नी की मृत्यु पर पति क्यों 'सता' नहीं होता?" या फिर "पुरुष दूसरा विवाह कर घर में सौत ले आते हैं तो फिर पत्नी घर में 'सौता' क्यों नहीं ला सकती?" आदि कथनों पर 'सती-सता' सौता-सौता' आदि शब्दों को स्त्रियों ने खुलकर दाद दी थी परन्तु स्त्री-पुरुष समानता की बात अध्यक्ष महोदय के गले नहीं उतरी, जिसका बदला उन्होंने बाद में ले भी लिया। किस्से तथा चुटकुलों के माध्यम से कही गयी बातें श्रोताओं को अपेक्षाकृत अधिक अच्छी तरह समझ में आती हैं, यह मैंने देख रखा था इसलिए मैं अपने भाषण में किस्सों तथा चुटकुलों का यथेष्ट उपयोग किया करती थी। एक बार मैं बताना चाहती थी कि जाति समस्या तथा स्त्री समस्या के बारे में हमारे नेतागण पूर्णतः जागरूक नहीं हैं। उनके आपसी मतभेदों की वजह से, हमारी

उम्मीदों पर पानी फिर जाता है तथा उनके बारे में हमारा भ्रम निवारण हो जाता है। अपनी बात स्पष्ट करने के लिए मैं हमेशा एक किस्सा सुनाया करती थी, वही उस दिन भी सुनाया। किस्सा एक पागलखाने का था। कुछ पागल स्कूटर पर बैठने की एक्शन करते हुए, मुँह से फुर्रर ऽ की आवाज निकालते हुए गोल-गोल घूम रहे थे। केवल एक पागल उन्हें देखता हुआ शान्त बैठा हुआा था। वहाँ से गुजरते दो डॉक्टरों में से एक ने कहा–"देखो, वह शान्त बैठा हुआ पेशन्ट शायद सुधर गया है, मैं सुधारित उपचारों के लिए उसे ले जाऊँगा।" उसने उस शान्त पेशन्ट को यह शुभ समाचार सुना भी दिया। सुनते ही वह सुधरा हुआ (?) पागल झट बोला–"ऐसी बात है, तो आइये, मेरे पीछे बैठ जाइये, हम अभी चले चलते हैं।" इतना कहकर वह भी मुँह से फुर्रर ऽ की आवाज के साथ गोल-गोल घूमने लगा।

कुछ ऐसी ही परिस्थिति हमारे नेतागणों की है। उस सुधरे पागल की ही तरह वे भी अपना रंग दिखाकर हमारा भ्रम निवारण कर देते हैं और हमारी समस्याएँ जैसी की तैसी रह जाती हैं।

सभी श्रोताओं ने तालियाँ बजाकर, मेरे किस्से को दाद दी। लेकिन अध्यक्ष महोदय बदला चुकाना चाहते थे। अपने भाषण में उन्होंने कहा–"श्रीमती पवार की ही तरह मुझे भी एक किस्सा याद आ रहा है–एक बार एक वक्ता को भाषण देने के लिए बुलाया गया। भाषण खत्म होने पर सारे चले गये पर एक बैठा रहा। मैंने पूछा–'क्या तुम अच्छे भाषण के लिए वक्ता को बधाई देने के लिए रुके हो? तो उसने जवाब दिया कि–'रुका तो हूँ, परन्तु बधाई देने के लिए नहीं बल्कि उसे पीटने के लिए, जिसने इसे बुलाया है।" इस किस्से को भी लोगों ने हँस कर दाद दी। एक कार्यकर्ता ने पूछा कि 'दीदी, आप नाराज हैं।' मैं क्या जवाब देती? जो तैरेगा वही डूबेगा, जो बोलेगा, वही अटकेगा, जो काम करेगा उसी को समस्या का सामना करना पड़ेगा, लेकिन जो काम ही नहीं करता, उसे कैसी समस्या?

दलित संगठनों के द्वारा आयोजित किये जाने वाले महिला सम्मेलनों में अक्सर एक बात देखी जाती थी कि मंच पर रखी कुर्सियों पर प्रायः मर्द ही बैठे दिखते थे। मर्दों की उपस्थिति में स्त्रियाँ खुलकर बोल नहीं पाती थीं। इसी मामले पर नाराजगी प्रकट करते हुए एक बार एक स्त्री मुक्तिवादी, उच्चपद पर आसीन, उच्चवर्णीय महिला ने सम्मेलन में कहा कि–"मैं अनेक महिला सम्मेलनों में शामिल हुई हूँ लेकिन मंच पर पुरुषों का इतना जबरदस्त आक्रमण, मैं आज ही देख रही हूँ।" मंच पर उपस्थित सज्जनों को उनकी इस टिप्पणी से घोर आपत्ति हुई और ईंट का जवाब पत्थर से देने के लिए, एक वक्ता ने अपने भाषण में करारा व्यंग किया कि "हम हमेशा अपनी स्त्रियों के साथ रहने का रिवाज निभाते हैं, अब आप का क्या रिवाज है, पता नहीं।" वक्ता के इस कथन का स्त्रियों ने ही जोरदार तालियों से स्वागत किया।...जब पुरुष स्त्रियों को अपने प्रभाव से मुक्त करेंगे तभी तो वे जान पाएँगी

कि कौन-सी बात उनके हित में है और कौन-सी नहीं। वैसे यह बात भी सच है कि जाति समस्याओं के मामले में दलित संगठनों को स्त्री-पुरुष सामंजस्य की अधिक आवश्यकता है। स्त्री-पुरुषों में भेद करने या फूट पड़ने से बात बिगड़ सकती है। उस उच्चवर्णीय महिला ने इस बात पर गौर नहीं किया था इसीलिए वक्ता ने उपरोक्त जवाब दिया था। आगे चलकर चैत्यभूमि पर खरीदी हुई पुस्तकों, सभाओं, चर्चाओं, सम्मेलन में सुने भाषणों, विभिन्न गोष्ठियों के एजेन्डा आदि के माध्यम से विज्ञानवाद, मानवतावाद आदि के बारे में मेरी समझ बढ़ने लगी। प्राकृतिक रूप से प्राप्त सुख-दुख तथा समाज व्यवस्था द्वारा प्रदत्त दुख, वेदना, अन्याय के बीच की सीमारेखा स्पष्ट होती गयी। जिसका प्रतिबिम्ब मेरे भाषणों में झलकने लगा तथा भाषण देने के लिए मुझे बोलने पर पछतावा व्यक्त करने वाले, अब मेरे भाषणों को पसन्द करने लगे।

एक बात मुझे रह-रह कर खटकती थी कि दलित मुक्ति आन्दोलनों में स्त्री की समस्याओं के लिए कोई जगह नहीं थी तथा नारी मुक्ति आन्दोलन, दलितों की समस्याओं के प्रति उदासीन था। यह स्थिति आज भी बदली नहीं है।

मुम्बई की एक बड़ी संस्था में दलित स्त्रियों के विषय में एक सेमिनार आयोजित किया गया था। पूरे महाराष्ट्र से आयी हुई, समाजशास्त्र, इतिहास आदि विषयों में डॉक्टरेट प्राप्त की हुई प्राध्यापिकाएँ उपस्थित थीं। स्त्री मुक्ति संगठन की छाया दातार, नीरा आडारकर, लता प्र. म. तथा अन्य भी कई सखियाँ उपस्थित थीं। इन सबकी भूमिका, दलित मुक्ति के सन्दर्भ में सकारात्मक ही हैं, ऐसी मेरी धारणा थी। हम सब एक नालाकार टेबल के इर्द-गिर्द बैठी हुई थीं। स्त्रियों की स्थिति के बारे में चर्चा के बाद, दलित स्त्रियों के बारे में बोलते हुए, किसी सन्दर्भवश डॉ. आम्बेड़कर के भी स्त्री विषयक विचार सामने रखे गये।

टेबल के एक छोर पर बैठी एक भारी-भरकम प्राध्यापिका ने जो कहा उसके कुछ वाक्य ऐसे थे...'डॉ. आम्बेडकर ने स्त्रियों के लिए कुछ नहीं किया...हिन्दू कोड बिल उनका एक राजनैतिक स्टण्ट था...उन्होंने अपनी पत्नी को पढ़ा-लिखा कर सावित्रीबाई फुले की तरह, उसका उत्थान नहीं किया...आदि।

उनके इस कथन पर मैं जरा सकपका गयी। 'ये सरासर गलत है, आप ऐसा कह भी कैसे सकती है?' जैसे भावों को व्यक्त करती मेरी नजरें सरसर सबके चेहरों पर फिसलने लगी। तभी नारी मुक्ति आन्दोलन से जुड़ी मेरी एक सहेली बेतहाशा हँस पड़ी। शायद वह मेरे चेहरे के भाव देखकर हँस पड़ी होगी परन्तु उस प्राध्यापिका के उपरोक्त कथन पर, चाहे किसी कारणवश हो, संगठन से जुड़ी कोई व्यक्ति हँस कैसे सकती है? यह बात मेरे लिए चौंकाने वाली थी।

डॉ. आम्बेडकर का हिन्दू कोड बिल में नारी के अधिकार का आग्रह, अन्ततः दिया गया इस्तीफा, स्त्री मजदूरों को दिये गये अधिकार...यह सब क्या सेमिनार में

उपस्थित महिलाएँ जानती नहीं थीं। क्रान्तिबा फुले का अपेक्षाकृत उच्च सामाजिक स्तर तथा इसी वजह से दोनों की पत्नियों के व्यक्तित्व विकास का अन्तर, क्या उन महिलाओं को ज्ञात नहीं था? डॉ. आम्बेडकर ने अपनी पत्नी रमाबाई की शिक्षा के लिए किया गया आग्रह और प्रयत्न, इन सबके बारे में उन्होंने क्या कहीं पढ़ा या सुना नहीं होगा? फिर भी डॉ. आम्बेडकर के बारे में चर्चा करते समय वे बाल की खाल निकाल रही थीं। डॉ. आम्बेडकर के धर्म परिवर्तन तथा हिन्दू संस्कृति पर टीका करने के कारण ही वे ऐसा कह रही थीं। उन्हें चाहिए था कि वे या तो धर्म चिकित्सा करतीं या आत्मपरीक्षण, लेकिन उल्टा ईंट का जवाब पत्थर से देने की आकांक्षा ही उन में दिखायी दे रही थी।

इसी उपरोक्त भावना ने हमारे 'स्त्री-उवाच' संगठन को भी ग्रस लिया था। इसका अनुभव मुझे सन 1993 में 'स्त्री-उवाच' वार्षिक पत्रिका के प्रकाशन के समय हुआ। 'स्त्री-उवाच' संगठन में ही दो गुट बन गये थे। एक गुट मानता था, कि उन दिनों बाबरी मस्जिद के धराशायी होने के बाद धार्मिक दंगे तथा इन दंगों के दौरान उससे निर्मित परिस्थिति के स्त्री जीवन पर हुए परिणाम और इन परिणामों के बाबत स्त्रियों कि भूमिका आदि व्यक्त करने हेतु स्त्री-उवाच पत्रिका का विशेषांक निकलना ही चाहिए। वहीं दूसरी ओर, दूसरे गुट का मानना था कि इस परिस्थिति में चुप रहना ही बेहतर है। 'स्त्री-उवाच' अंक का प्रकाशन चक्रीय पद्धति से होता था। इसी पद्धति की आड़ लेकर कुछ सदस्यों ने सम्पादन की जिम्मेदारी मेरे गले बाँध दी। दलित संगठनों के लिए धार्मिक एवं जातीय अत्याचार का मुद्दा महत्त्वपूर्ण होने के कारण मैंने भी यह मौका हाथ से नहीं जाने दिया।

जो सदस्य विशेषांक प्रकाशित करने के पक्ष में थे, वे पत्रिका के लिए सामग्री जमा करने लगे। उस पत्रिका में छपे साध्वी ऋतुम्भरा, अयोध्या तथा बेहरामपाड़ा[23] आदि के बारे में छपे लेखों ने सामाजिक अस्वस्थता से सकते में आ गये मानस को नवचेतना दी थी। उन विचारों का मूल्य आज भी कम नहीं हुआ है। परन्तु बाबरी मस्जिद के गिरने के क्षण से, आज के क्षण के बीच स्त्री-उवाच के साथ-साथ कई पुरोगामी संगठन ढहे तथा यह पतन आज भी जारी है।

वर्धा की डॉ. प्रमिला लीला सम्पत, 'विकास वंचित दलित महिला संगठन' की अध्यक्षा थी। उसने सन 1998 की बैठक में विचार रखा कि 25 दिसम्बर ही भारतीय महिलाओं का मुक्तिदिन होना चाहिए। मनुस्मृति द्वारा स्त्री पर अनेक बन्धन डाल कर ही जाति व्यवस्था का निर्माण किया गया था। इसलिए डॉ. आम्बेड़कर कहा करते थे कि नारी ही जाति व्यवस्था का द्वार है। उन्होंने 25 दिसम्बर, 1927 के दिन मनुस्मृति जलाकर मनु प्रणीत समाज व्यवस्था के चंगुल से स्त्रियों को मुक्त किया इसलिए सही मायने में स्त्रियों का मुक्तिदिन वही कहलाना चाहिए। डॉ. प्रमिला ने

23. बेहरामपाड़ा—बान्द्रा में स्थित मुसलमानों की बस्ती।

कहा कि—'हमारे संगठन में हम गत तीन वर्षों से इसी दिन 'भारतीय नारी मुक्ति दिवस' मनाते आये हैं अतः प्रतिवर्ष हम यह दिवस महाड़ में मनायेंगे।

डॉ. प्रमिला स्वयं डॉक्टर होते हुए भी संगठन की पूर्णकालिक कार्यकर्ता थी। दिन-रात खट कर तरह-तरह के उपक्रम वह किया करती थी। उस जैसी मेहनती दलित लड़की मैंने पहले नहीं देखी थी। मैं उससे प्रभावित हुई। 'नारी मुक्ति दिवस' मनाने हेतु मैं भी उसके साथ महाड़ गयी।

महाड़ में बौद्धजन पंचायत के सदस्यों से हमारा विवाद हो गया। बौद्धजन पंचायत विगत कई वर्षों से 25 दिसम्बर को 'मानव मुक्ति दिन' के रूप में मनाते आये हैं। अतः उन्होंने इस दिन को 'नारी मुक्ति दिन' मानने से इनकार कर दिया। हमने अपने विचार उनके सामने रखे कि डॉ. आम्बेडकर ने नारी को जाति व्यवस्था का द्वार मानकर पहले नारी को मुक्ति दिलायी है अतः नारी मुक्ति अहम है। कुछ देर तक पहले मुर्गी या पहले अण्डा की तर्ज पर नारी मुक्ति या मानव मुक्ति यही विवाद चला। मैं कोंकण प्रान्त में रहनेवाली हो कर भी कोंकण की बौद्धजन पंचायत का साथ न देने की वजह से मुझे भी दोष दिया गया।

आगे चलकर, प्रतिवर्ष दोनों कार्यक्रम अलग-अलग मनाये जाने लगे। वहीं पर कुंदा प्रमिला नीलकंठ नामक कार्यकर्ता महिला से जान-पहचान हुई प्रमिला, कुंदा, [24]लता प्रतिभा मधुकर आदि लड़कियाँ जिस प्रकार अपने नाम परिवर्तन से ही लेकर संगठन का कार्य कर रही थीं, मैं पहली बार ही देख रही थी और प्रभावित भी हुई थी।

कुंदा लालबाग करी रोड के दलित श्रमिक बस्ती में जन्मी, पली-बढ़ी मराठा लड़की थी। कई वर्षों से वह दलित संगठनों के लिए जी-जान लगाकर काम करती आ रही थी लेकिन पर्णतः आम्बेडकरवादी होते हुए भी उसे और उस जैसे अनेकों को दलित आन्दोलनों में न स्थान मिला और न ही मिल रहा है, इस बात का खेद है।

❖

24. पुरोगामी विचारों की कुछ महिलाएँ अपने उपनाम त्याग कर अपने नाम के साथ पहले माँ का तथा बाद में पिता का नाम जोड़कर लिखती थीं।

बाजूवाली चतुर्थ श्रेणी श्रमिकों की बिल्डिंग की सात-आठ स्त्रियाँ—श्रीमती सोनकाम्बले, श्रीमती कडलक, श्रीमती काले आदि—मेरे घर आयीं। उनकी बिल्डिंग में होने वाले जयन्ती समारोहों में मैं अक्सर जाया करती थी सो वे मुझे जानती थीं और उनमें से कुछ-एक को मैं जानती थी। वे सब बदहवास-सी बताने लगीं कि उनके जवान बेटों को पुलिस पकड़ कर ले गयी है तथा उनका बनाया बुद्धविहार तोड़ने की भी बात हो रही है।

कॉलोनी की खाली जगह पर उन युवकों तथा स्त्रियों ने मिलकर मिट्टी की छोटी-सी मड़ैया डालकर बुद्धविहार बनाया था। दो-तीन दफा मैं भी वहाँ गयी थी। मैंने वहाँ पर मड़ैया डालने के लिए इजाजत लेने की भी बात की थी परन्तु इजाजत ली नहीं गयी थी और किसी की शिकायत पर पुलिस ने कानूनी कार्रवाई कर दी थी।

जब मैं वहाँ पहुँची तो विहार के इर्द-गिर्द कुछ लोग, औरते और बच्चे बैठे हुए थे। एक सफेद दाढ़ी वाले सज्जन जोर-जोर से कह रहे थे—'बाकी बची जगह पर, फुटपाथ पर मन्दिर बने हैं, उनके लिए इजाजत ली है क्या? हमें ही कानून दिखाते हैं।'

वैसे उनका यह सवाल व्यर्थ ही था क्योंकि कानून कहता है—दूसरों की बात छोड़ो, अपनी बात करो। फिर महत्त्वपूर्ण सूत्रों के द्वारा प्रभाव डलवा कर शाम तक सारे युवकों को छुड़वा लिया गया। लेकिन अब की सब ने ठान ली थी कि उसी क्षेत्र में बौद्ध विचारधारा से सम्बन्धित उपक्रमों को प्रत्यक्ष रूप देने के लिए एक पक्की कोठरी होनी ही चाहिए। सब जम कर काम पर लग गये। चन्दा, दान आदि जमा कर सीमेंट का छोटा-सा सभागृह बनाया गया तथा उसके भीतर, थाईलैण्ड से लायी गयी बुद्धमूर्ति की स्थापना की गयी। इस विहार का नाम 'त्रिरत्न बुद्धविहार' रखा गया। वहाँ होने वाले उपक्रमों में चर्चा, परिसंवाद, जयन्ती, पुण्यतिथि आदि कार्यक्रमों के साथ-साथ महिलाओं के लिए सिलाई क्लास, इलेक्ट्रीशियन का काम सिखाने वाला क्लास, कराटे प्रशिक्षण आदि में भी शुरू किये गये।

यहीं पर एक कार्यक्रम के दौरान वसन्तराव मून तथा मीनाक्षी मून से जान-पहचान हुई तथा मून दम्पति के साथ फुले-आम्बेडकरवादी विचारधारा पर बार-बार हमारी बातचीत एवं चर्चाएँ होने लगीं। हमारे घर नजदीक होने के कारण, एक दूसरे के घर आना-जाना भी होने लगा। सरकार ने डॉ. आम्बेडकर का लेखन तथा भाषणों का संकलन कर उन्हें खण्डरूप में प्रकाशित करने के लिए एक प्रकाशन समिति स्थापन की थी। उस समिति पर श्री मून की खास नियुक्ति की गयी थी। श्री मून साहब

के पास डॉ. बाबासाहेब सम्बन्धी अप्रकाशित जानकारी का खजाना ही हुआ करता था। उनकी दी हुई नयी-नयी जानकारियों से मैं और हरिश्चन्द्र प्रभावित थे। मून साहब की बातें बड़ी मार्मिक हुआ करती थीं। बातों-बातों में वे जरा चुहलबाजी भी किया करते थे। उनकी इस चुहल से कोई-कोई गम्भीर प्रकृति व्यक्ति नाराज भी हो जाता होगा परन्तु ऐसे वक्त पर मीनाक्षी स्थिति सँभाल लेती थी।

एक अमरीकन विदुषी डॉ. एलिनार झेलियट अपने छात्रों को लेकर भारत आती थी। पहले वह हमेशा मून साहब के घर रुका करती थी। तब वे मराठी सीखने तथा बोलने का अभ्यास कर रही थी। एक बार हम सब डॉ. झेलियट तथा उनके छात्रों के साथ मून साहब की माताजी के कमरे में बैठे थे। खाना बनने को ही था। सभी को भूख लगी थी। डॉ. झेलियट ने मून साहब की माँ अन्नपूर्णा से पूछा कि 'आपके नाम अन्नपूर्णा का क्या अर्थ है?' माताजी कुछ कहतीं, तभी मैंने मुँह की ओर हाथ ले जाकर खाने का इशारा करते हुए बताया कि 'अन्नपूर्णा का अर्थ है—अन्न देने वाली।' मैं आगे और भी स्पष्ट करती, इससे पहले ही मून साहब बोल पड़े—'ये अन्नपूर्णा नहीं है, इसके मुँह की ओर मत देखिये...ये कुछ नहीं देने वाली...अन्नपूर्णा तो चौके में है।' इस पर डॉ. झेलियट अचम्भे से चौके की तरफ देखती हुई पूछने लगी—"तो क्या मीनाक्षी का नाम अन्नपूर्णा है? फिर इनका नाम क्या है?" उनका अचम्भा देखकर मैं हँस-हँस कर लोटपोट हो गयी।

एक दिन हिरा के दफ्तर में हम दोनों लंच ले रही थी, उस वक्त हिरा ने सुझाव दिया कि हम अस्मितादर्श, दलित, बौद्ध तथा मराठी साहित्य सम्मेलनों में शामिल होते हैं। इन सम्मेलनों का आयोजन प्रायः मर्द ही करते हैं और हम स्त्रियाँ वहाँ पर कथा-कथन, कविता पठन मात्र करती हैं। क्यों न हम अपने अलग साहित्य मंच की स्थापना करें? मुझे उसका सुझाव अच्छा लगा। हम भी स्त्रियों के लिए साहित्य मंच की स्थापना कर, स्त्रियों को लिखने, भाषण देने के लिए प्रेरित कर सकेंगे, उन्हें ऊँचे दरजे के साहित्य से परिचित करा सकेंगे तथा अनुभव-कथन के लिए मंच उपलब्ध करा सकेंगे। हम दोनों ने 'दलित महिला साहित्य संगठन' की स्थापना करने का विचार किया। यह काम सिर्फ हम दोनों के बस का नहीं था परन्तु हमारे पीछे आम्बेडकरवादी विचारधारा की पृष्ठभूमि तथा तिलक-आगस्कर जैसे आदर्श थे। सोचना तो हमने प्रारम्भ कर ही दिया।

कुछ दिनों बाद हिरा और उसके पति, मून साहब और मीनाक्षी, मेरी बहन और जीजाजी (दाभोलकर) तथा हम दोनों पति-पत्नी सैर पर माथेरान गये। उसी ट्रिप में मैंने और हिरा ने अपने विचार सबके सामने रखे। सभी को हमारे विचार अच्छे लगे और उन्होंने हमें प्रोत्साहित किया।

माथेरान से लौटने के बाद मैंने हिरा को अपने घर खाने का न्यौता दिया। गाँव से उसकी माँ तथा बहन सुलोचना भी आयी थी। भोजन समाप्त होने तक मीनाक्षी

भी वहाँ पहुँच गयी तथा मैं बाजू वाले फ्लैट की मेरी सहेली नन्दा लोखण्डे को भी बुला लायी।

जिस प्रकार नेपोलियन बोनोपार्ट ने अपने पाँच मित्रों के साथ सारी दुनिया को हिलाकर रख दिया उसी प्रकार हम पाँचों ने भी कुछ नया करने के महान विचार से संगठन की शुरुआत की। अर्थात दुनिया को हिलाना तो दूर, हम जैसी नवोदित तथा नातजुर्बेकार स्त्रियों ने किसी की देखा-देखी बिना पर्याप्त सोचे, बने-बनाये संगठन को ही हिलाकर रख दिया।

हमसे पहले डिलाइल रोड इलाके में 1984-85 के करीब कुछ युवतियों ने साहित्यिक उद्देश्यों से नहीं बल्कि सामाजिक कार्यक्रमों के लिए, 'महिला संसद' नामक संस्था की स्थापना की थी। महिला संसद में रजनी तिलक, कुन्दा कदम, आशा लांडगे, शशिकला देखणे आदि अगुआ थी। लेकिन कुछ ही दिनों में आपसी मनमुटाव के कारण यह संस्था बन्द हो गयी। हमें यह बात बाद में मालूम हुई। अर्थात् पहले से मालूम भी होती तो ऐसा नहीं है कि हम उससे कुछ सबक सीखते। असल बात यह है कि आपसी ईर्ष्या की तुलना में संगठन कहीं बड़ा होता है यह बात अब तक हम पूरी तरह समझ नहीं पायी थी। आगे चलकर संगठन के नाम से साहित्य शब्द काटकर, केवल 'दलित महिला संगठन' का नाम रजिस्टर करवा कर कुछ महिलाएँ सामाजिक कार्य करने लगीं।

संगठन के लिए सदस्य जुटाने के लिए हमें जितना खटना पड़ा, उससे कहीं अधिक खटाई तो इन सदस्यों को बनाये रखने में तथा घर के सदस्यों को निभाने में निकल गयी। मैं और मीनाक्षी, पास-पास घर होने के कारण, छुट्टी के दिन, घर के काम निपटा कर, एकसाथ निकलती थीं। आस-पास की इमारतों में रहने वाली स्त्रियों से मिलकर हम उन्हें अपने संगठन का उद्देश्य समझाती थीं तथा उनसे सदस्य बनने का अनुरोध करती थीं। काम करते-करते दोपहर का खाने का वक्त जैसे-जैसे टलने लगता, पापी पेट का सवाल अधिक महत्त्वपूर्ण लगने लगता। इसके बावजूद हम सब अपने इलाके में घूम-घूम कर नाते-रिश्तेदारों तथा परिचितों के जरिये भी सम्पर्क करते थे।

एक रविवार को हम दोनों हमेशा की तरह काम पर निकलीं। एक घर का दरवाजा खटखटाने पर घर की गृहिणी ने दरवाजा खोला और हम पढ़ी-लिखी, अच्छे कपड़ों वाली महिलाओं को देखकर वह जरा हड़बड़ा गयी। हाथ में चमची लेकर ही वह दरवाजे पर खड़ी हो गयी। हमें भीतर आने को भी नहीं कहा। आधा ध्यान घर के भीतर और आधा बाहर, ऐसी अवस्था में हमें टालने के उद्देश्य से कहने लगी कि 'आप का जो भी काम हो, मेरे पति आने के बाद कर देंगे। आप दोपहर को आइये।' हमने कहा—"हम दलित महिला संगठन बना रहे हैं और हमें आप ही से काम है।" इस पर भी उसने...'अभी नहीं। आप मेरे पति से ही बात कीजिये।' कहकर हमारे

मुँह पर ही दरवाजा बन्द कर दिया। हम भी सोचने लगीं कि अब क्या किया जाये? आम तौर पर हम एक घर में जब जानकारी लेने जातीं तब वहीं पर पूछताछ कर पता लगा लेती थी कि इस इमारत में दलित वर्ग के परिवार कौन-कौन से हैं। लेकिन यहाँ तो पहले से ही घर में काम अटक गया था। फिर हमने तय किया कि दरवाजा खटखटाने के बाद जब द्वार खुले तब झटपट बाहर के कमरे का मुआयना करेंगी तथा भगवान बुद्ध या डॉ. आम्बेडकर की प्रतिमाएँ या तस्वीरें दिखने पर सीधे घर में घुस जायेंगी। इस निर्णय के मुताबिक हम एक दिन चतुर्थ श्रेणी कर्मचारियों की चाल में फुले-आम्बेडकर आदि की प्रतिमाएँ देखकर एक घर के भीतर घुस गयी। घर गृहणी बाहर आयी तथा उसके पीछे-पीछे घर के अन्य सदस्य एवं आस-पास के लोग भी जमा हो गये। उनके सामने हमने अपनी वही टेप चला दी...'हम दलित महिलाओं का संगठन बनाने जा रहे हैं। अपने समाज की स्त्रियों की कई समस्याएँ हैं जैसे अज्ञान, अन्धश्रद्धा, जातिवाद, बेरोजगारी आदि। ये सारी समस्याएँ हल करने के लिए हमें एक होकर संघर्ष करना होगा...' आदि-आदि। सब के सब बड़े ध्यान से सुन रहे थे। हमको और भी जोर चढ़ गया और बोलने की धुन में हमने उनके सामने भविष्य का सुनहरा खाका खींच कर, कई सपने भी दिखाये। तभी एक बुढ़िया ने कहा कि—"काम तो आप लोग अच्छा ही कर रहे हैं, परन्तु हमारे जवान लड़के बेरोजगार हैं। उनके लिए कुछ कीजिए..."

हम ने कहा कि 'हमारा संगठन नौकरी देने के लिए नहीं है। यह तो महिलाओं के विकास...' पर हमारी बात बीच में ही काटकर बुढ़िया ने तड़काया—"बस, बस बड़ी आयी विकास करने वाली...चली रे—" और उसने हमें निकाल बाहर कर दिया।

प्रथम प्रयास में ही ऐसा अनुभव पाकर हम जरा निराश तो अवश्य हुए परन्तु फिर भी धीरज से काम लेने की सोची। उस दिन दो ही घरों में सम्पर्क कर जब मैं घर लौटी तो दोपहर के दो बज गये थे, बड़ी भूख लगी थी। धूप के कारण जी घबरा रहा था। लेकिन घर में कदम रखते ही घरवाले ने तोप दागी—"कहाँ थी अब तक? और खाने का क्या...?"

हालाँकि मैं पूरा खाना बना कर ही बाहर गयी थी। परन्तु रविवार की छुट्टी के उपलक्ष्य में वे खास खाना चाहते थे जब कि मैंने बनायी थी आलू की 'तुच्छ' सब्जी।

"अगर रविवार के दिन भी यही खाना खिलाना हो तो बन्द करो ये तुम्हारा संगठन-वंगठन" मेरे पति कड़के।

उपरोक्त धमकी के बाद कुछ दिन तक मैं चुप ही रही। परन्तु कितने दिन यूँ ही खाली बैठी रहती? मुझसे रहा नहीं गया और अपनी एक सहेली को साथ लेकर मैं परेल की बी.डी.डी. चाल में गयी। यहाँ चाल की गन्दगी में घूमते समय ऐसा लग रहा था कि संगठन का एकमात्र लक्ष्य, और कुछ नहीं बस 'स्वच्छता' ही होना चाहिए। असल में परेल से ही डॉ. बाबासाहेब आम्बेडकर ने अनेक संगठन शुरू

किये थे। वहाँ की लगभग हर चाल में पुरुषों के साथ-साथ महिलाओं के भी विभिन्न मण्डल थे। हम चाहते थे कि ऐसे ही मण्डलों को सम्पर्क करने से एक साथ ही कई महिला-सदस्यों का जुगाड़ हो जायेगा।

चाल के प्रवेशद्वार पर ही लोग पूछने लगे कि 'किससे मिलना है?' हमारा उद्देश्य बताने पर सीढ़ियों के पास बैठा एक मोटा-सा अधेड़ आदमी उठकर आया। मुँह में ठुँसा पान...हाथ के इशारे से हमें रुकने का इशारा कर उसने मुँह का पान पच्च से बाजू वाली दीवार पर थूका और मुँदी आँखों से हमारी ओर रुख कर, कहने लगा–"औरतों के तो बीसियों मण्डल हैं लेकिन एक उत्तर है तो दूसरा दक्षिण। इन औरतों को झगड़ों से फुरसत मिलेगी तब न मण्डल चलेगा?" ऐसा कहकर वह पान से रंगे लाल-लाल दाँत दिखाता हुआ खी-खी कर हँसने लगा। हमने पूछा कि 'ये महिलाएँ हैं कहाँ?' तो पता चला कि वे दूसरी चाल में मैय्यत पर गयी हैं। हम तो उस चाल में जाने को भी तैयार थी परन्तु उसी आदमी ने कहा कि "वहाँ काफी गुलगपाड़ा चल रहा होगा वहाँ जाकर क्या करेंगी? जाइये फिर कभी आइये।" हार कर हम वापस लौट आयीं।

अफसरों के क्वार्टर्स में, मीनाक्षी के घर के आस-पास कई दलित अफसर रहते थे परन्तु घरों पर टँगी नाम की तख्तियों पर ताम्बे, कामत, सहस्रबुद्धे तथा बर्वे आदि उच्चवर्णियों के उपनाम लिखे हुए थे। यह समझना मुश्किल था कि वे दलित हैं या नहीं। लेकिन हम ने उन्हीं में से एक घर चुनकर कॉलबेल बजायी। आईपीस से झाँककर किसी ने अधखुले दरवाजे से ही हमारा परिचय पूछा। जब हमने कहा कि 'हम दलित महिलाओं का एक संगठन बनाने के बारे में बात करना चाहते हैं।' इतना सुनना था कि अन्दर की स्त्री ने झट दरवाजे की साँकल खोलकर हमें भीतर बुलाया तथा किवाड़ अच्छी तरह बन्द कर लिये। हमें बैठने को कह कर वह घर के भीतर गयी। घर महँगे फर्नीचर, रंगीन टी. वी आदि से सजा था परन्तु महात्मा फुले या डॉ. आम्बेडकर की तस्वीरों आदि का कहीं नामोनिशान नहीं था। जरा देर बाद घर की स्त्री पानी के ग्लास लेकर आयी। उस स्थूलांगी, गोरी-सी महिला ने घर पर भी अच्छी सी साड़ी और बदन पर दो-चार गहने पहने हुए थे। हमने अपने आने का उद्देश्य बताना शुरू किया पर उसका ध्यान ही नहीं था। सहसा, उसने पूछा कि–"आप को कैसे पता चला कि हम दलित हैं?"

–"हमने अन्दाजा लगाया।"

–"लेकिन हमारे नाम तथा रहन-सहन से तो आज तक कोई जान नहीं सका है। सब हमें ब्राह्मण समझते हैं।"

हमने अपने संगठन के बारे में आगे भी कहने की भरसक कोशिश की लेकिन उस महिला को रस नहीं था। वह अपने आप से ही खुश थी कि किस तरह वह और उसका परिवार उच्चवर्ग से मेल खा रहा है।

आखिरकार हारकर हम चलने लगी तो चलते-चलते ही उसने अपना सिद्धान्त सुनाया—"हर व्यक्ति को अपनी उन्नति करनी चाहिए। हर प्रगत व्यक्ति से प्रगत समाज और प्रगत समाज से प्रगत देश का निर्माण होगा। इसलिए हर एक को चाहिए कि वह अपनी प्रगति की राह खोजे।"

मीनाक्षी के यह कहने पर कि 'यदि डॉ. आम्बेडकर भी ऐसा ही सोचते तो हम आज कहाँ होते?' वह जरा सकपका गयी। तभी मैंने दूसरा वार कर दिया—"आप सच कह रही हैं। समाज में कुछ ऐसे बुद्धिमान लोग हैं जो अपनी उन्नति तो करते हैं पर इसी उन्नति के चक्कर में अपना नाम बदल लेते हैं, जाति छिपाते हैं। लेकिन ऐसा करने से क्या पददलितों के सारे दुःख दूर हो जायेंगे? उनकी हालत सुधर जायेगी? क्या ये परिस्थिति से पलायन नहीं है?"

वह बेचैन हो गयी। असमंजस में पड़ गयी कि क्या कहे। हमने अपना नाम और पता वहाँ छोड़ा तथा कहा कि यदि वह हमसे सम्पर्क करना चाहे तो कर सकती है।

उसी घर में इमारत के अन्य दलित परिवारों के बारे में भी सही-सही जानकारी मिल गयी। उनके उपनाम भी इसी तरह बदले हुए थे। मैंने मीनाक्षी से कहा—"देखा, इस स्त्री को औरों के बारे में पूरी जानकारी है और समझती है कि उसके बारे में कोई जानता ही नहीं।"

और कुछ घरों के चक्कर लगाये। इसी महिला की-सी मनोवृत्ति वाले और भी कई लोग मिले। कुछ घरों में बुद्धप्रतिमा के बदले 'पद्मपाणी' शो-पीस के रूप में टँगा था तो कहीं सजावट की टोकरी में बुद्ध एवं आम्बेडकर की नन्ही मूर्तियाँ रखी हुई थीं। कहीं कसीदाकारी में इन दोनों के नाम गूँथ कर शो-पीस में या दरवाजे के पीछे सजे हुए थे। हर बार यह सावधानी अवश्य बरती गयी कि ये जातिदर्शक चिह्न खुलकर न दिखें।

एक शाम थकी-माँदी घर लौटी तो भिवंडी से भाषण का एक निमन्त्रण आकर पड़ा था। उसी निमन्त्रण की वजह से घर का तापमान भी बढ़ा हुआ था। कुछ देर बाद इसी मुद्दे पर थोड़ी कहासुनी भी हुई। ऐसे वक्त पर मैं जान-बूझ कर गूँगी-बहरी बन जाती थी। बाहर काम करना हो तो यह नाटक भी करना पड़ता है। भिवंडी का निमन्त्रण मैंने खुशी से स्वीकार कर लिया क्योंकि इसी बहाने और भी स्त्रियों से सम्पर्क कर दलित महिला संगठन का काम आगे बढ़ सकता था। इस बीच नित्य का सम्पर्क भी जारी था। कभी अनुभव उत्साहवर्धक होते तो कभी निराशा हाथ लगती। कई महिलाएँ खुशी-खुशी संगठन में शामिल होने को राजी हो गयीं तो दो-एक ने हमें आड़े हाथों भी लिया। वे कहने लगीं कि आप भी हमारे बाकी नेताओं की ही तरह हैं। वे भी बस चन्दा माँगते हैं और हमारे पैसों पर ऐश करते हैं। अनेकों ने तो निराश-हताश स्वर में आपबीती सुनाकर कहा कि वे भी कभी ऐसा ही कार्य करते थे परन्तु हार कर सब बन्द कर देना पड़ा। हमारे संगठन का भी अन्ततः वही

होगा...आदि। मेरे पति ऐसे संगठनों को 'सोडावाटर की बोतल' कहा करते थे। कॉर्क खोलते ही पहले उफन कर हिसहिसाहट के साथ बाहर आना और बाद में ठण्डा पड़ जाना, यही इन संगठनों का स्वरूप होता है। 'तुम्हारे संगठन का भी यही हाल होगा'—वे कहते थे। कुछ आशावादी लोग भी मिले, जिन्होंने हमें प्रोत्साहित किया, मदद का आश्वासन दिया। ऐसे अनुभव हमें भी उत्साहित कर देते थे।

भिवंडी जाते समय, स्त्री होने के नाते, एक अप्रत्याशित मुसीबत का सामना करना पड़ा। सुबह घर से स्पेशल कार से निकले। साथ में भाई संगारे, प्रा. रतनलाल सोनाग्रा तथा अन्य कार्यकर्तागण थे। सभी जान-पहचान के लोग थे। लेकिन लगातार छः घण्टे की कार की यात्रा में कहीं भी स्त्रियों के लिए विश्राम की गुंजाइश नहीं थी। सारे ही मर्द बीच-बीच में गाड़ी रुकवा कर हल्के हो कर आते थे लेकिन मुझे कहने में बड़ा ही संकोच हो रहा था। भिवंडी पहुँच कर कार से जो उतरे तो सीधे मंच पर ले जाया गया। वहाँ बड़ी फुर्ती से चाय-पानी का इन्तजाम भी हो गया लेकिन मैंने डर के मारे न चाय पी और न पानी। फिर भाषणों का दौर शुरू हुआ। लम्बे-चौड़े भाषण, अतिथियों का लम्बा-चौड़ा परिचय तथा बड़े-बड़े प्रास्ताविक, साथ ही बच्चों को पुरस्कार वितरण आदि खत्म होने की मैं बेसब्री से राह देख रही थी, परन्तु कहती किससे...?

जैसे-तैसे अपना भाषण खत्म कर मैंने कुछ महिलाओं से कहकर अपनी समस्या का निवारण किया। मुझे रह-रह कर शान्ताबाई दाणी की याद आ रही थी। उन्हें भी सदैव ऐसी परिस्थिति का सामना करना पड़ता था। परिस्थिति आज भी वही है।

दलित महिला संगठन के प्रचार कार्य में निरन्तर आशा-निराशा का खेल चलता रहता था। कभी काफी संख्या में महिलाएँ उपस्थित होतीं तो कभी-कभी चार महिलाओं के भी चेहरे नहीं दिखते थे। पिछले शनिवार को उपस्थित महिलाएँ अगले शनिवार को कहीं गायब हो जाती थीं तथा नये ही चेहरे दिखते थे। मेरे पड़ोसी श्री बाबासाहेब कारण्डे चर्मकार समाज के प्रतिष्ठित सज्जन थे। हमने पहले ही तय कर लिया था कि संगठन में चर्मकार समाज की महिलाओं को भी शामिल किया जायेगा। इसलिए हम एक दिन श्री. कारण्डे के घर भी पहुँचे। हमारे संगठन के बारे में सुनकर श्री कारण्डे ने हमारी भूरि-भूरि प्रशंसा की लेकिन श्रीमती कारण्डे को भी संगठन में शामिल करने की बात पर वे गम्भीर हो गये। बेफिक्र भाव से बोले दलित समाज की महिलाओं को 'स्त्री मुक्ति' की कोई आवश्यकता ही नहीं है, वे तो सदा से स्वयं मुक्त हैं। पति से यदि न निभे तो मंगलसूत्र उसकी हथेली पर रखकर सीधे बाहर की राह ले लेती हैं। श्रीमान कारण्डे की बातों से हम सब जितनी अचम्भित थी उतनी ही अचम्भित थी भीतर से आकर सुनने वाली उनकी पत्नी भी...। चुपके से उठकर हमने बाहर की राह ली। दलित नारी की स्वतन्त्रता से हमारी आँखें इतनी चौंधिया गयी थीं कि हमें पाँव तले की सीढ़ियाँ भी नहीं सूझ रही थीं।

इसी तरह हमारे दफ्तर के एक सेल्स टैक्स अफसर, हमारे पिछवाड़े के चौक में रहते थे। उनकी पत्नी भी उन्हीं के विभाग में नौकरी करती थी। सच कहूँ तो इन पढ़े-लिखे लोगों के घर जाने से डर लगता था क्योंकि वे हमारी बात समझने के लिए तैयार ही नहीं होते थे और व्यर्थ ही वक्त जाया होता था। फिर भी उनके घर गये तथा संगठन के बारे में बताया। उन्हें स्त्री मुक्ति शब्द से बड़ा परहेज दिखायी दिया। उनका समीकरण बड़ा सीधा था—स्त्रियों की प्रगति की बातें अर्थात स्त्री मुक्ति—अर्थात स्त्रियों को पुरुषों के विरोध में भड़काना।

हमने उनकी गलतफहमी दूर करनी चाही परन्तु उन्होंने उन्होंने हमारी एक नहीं सुनी। उनके कहने के मुताबिक उनके घर की स्त्रियों को घर से बाहर निकलने की भी आवश्यकता नहीं है क्योंकि जरूरत का सभी कुछ तो वे स्वयं उसे दे सकते हैं। वे बोल ही रहे थे कि उनकी पत्नी बाहर आयी और वे उसी से पूछने लगे—"बोल, तू ही बता—तुझे कपड़ा-लत्ता, गहने किस चीज की कमी है?" पहले तो वह बेचारी समझ ही नहीं पायी कि माजरा क्या है। पतिदेव फिर चालू हो गये—"क्या तकलीफ है, हमारी स्त्रियों को? कोई उन्हें मारता-पीटता है, या जला देता है? हाँ, अब गृहस्थी में दो-चार थप्पड़ तो आम बात है...इसके लिए स्त्री मुक्ति...?"

शायद स्त्री मुक्ति शब्द से ही पत्नी भी कुछ-कुछ ताड़ गयी तथा वह भी स्त्री मुक्ति वालों के 'अवगुण' गिनाने लगी—"और नहीं तो क्या, न मंगलसूत्र, न चूड़ियाँ। हमारे दफ्तर में भी दो मुक्त स्त्रियाँ हैं, पति को छोड़कर आयी हुई..."

उनकी चलती गाड़ी रोककर संगठन के उद्देश्य बताते-बताते हमारी बखिया उधड़ गयी।

संगठन में निहित 'दलित' शब्द से कुछ नवबौद्ध भड़क जाते थे। "अब हम कहाँ हैं दलित...?" वे पूछते। उन्हें समझाना पड़ता था कि जिस तरह दलित शब्द का तात्पर्य समाज व्यवस्था में दबे हुए तथा उपेक्षित वर्ग से है उसी प्रकार ईश्वर, नसीब आदि जातिवादी सन्दर्भ तोड़कर विज्ञानवाद का पुरस्कार करने वाले पुरोगामी वर्ग से भी है। यह तथ्य समझाना तब भी कठिन था और आज भी। लेकिन आज प्रायः दलित शब्द की जगह 'फुले आम्बेडकरवादी' या 'आम्बेडकरवादी' शब्द ने ले ली है।

संगठन के लिए बीस-पच्चीस महिलाएँ, कुछ पढ़ी-लिखी तो कुछ अनपढ़ जमा हो गयी थीं। उनके चेहरे पर एक ही सवाल था कि महिलाओं की समस्याओं के लिए काम करने का मतलब क्या है? करना क्या है?

सच कहा जाये तो हमारे पास भी उनके सवाल का ठोस जवाब नहीं था। पहले महिलाएँ जमा तो हो जायें, फिर तय करेंगे, ऐसा ही कुछ विचार था। मोटे तौर पर, कथा-कविता लिखने वाली महिलाओं को चुनकर, प्रोत्साहित कर उनके अनुभव लिखित रूप में छापना, उनके लिए साहित्य सम्मेलन का आयोजन करना, इस तरह

का चित्र दूर अन्तराल में था। उसी के लिए हम सब कमर कस कर काम कर रही थीं। अधिक से अधिक महिलाओं से सम्पर्क स्थापित कर रही थी।

संगठन का नामकरण करते समय इतना तय था कि नाम स्त्रीवाचक ही होगा। लेकिन हर किसी की पसन्द के एक-दो नाम जमा करते-करते सैकड़ों नाम जमा हो गये। नाम को थोड़ा ऐतिहासिक टच देने के उद्देश्य से सुजाता, आम्रपाली, यशोदा, गौतमी, संघमित्रा आदि बौद्ध भिक्षुणियों के नाम भी सुझाये गये। परन्तु इन नामों का उपयोग पहले से बने हुए मण्डल कर चुके थे इसलिए हिरा बनसोड़े के सुझाव के अनुसार 'संवादिनी' नाम चुना गया। संवादिनी अर्थात सभी से संवाद करने वाली। 'संवादिनी दलित महिला साहित्य मंच' नाम रखा गया।

अब कार्यकारिणी चुनने की बारी आयी। मेरे मतानुसार कार्यकारिणी में अध्यक्ष, सचिव आदि सम्माननीय पदों के कारण ही झगड़ों के बीज पड़ते हैं। खुद डॉ. बाबसाहेब ने बताये किस्से के मुताबिक एक सभा में अध्यक्ष चुनने के मुद्दे पर इतना तीव्र विवाद हुआ कि अन्ततः एक खम्भे को ही अध्यक्ष मानकर सभा प्रारम्भ करनी पड़ी थी। मेरी बात से सब वैसे तो सहमत थीं परन्तु संगठन के लिए चन्दा जमा करने के लिए संस्था का पंजीकरण आवश्यक होता है तथा कार्यकारिणी के बिना पंजीकरण सम्भव नहीं होता। इसलिए आखिर हिरा—अध्यक्ष, शीला हिरेकर—उपाध्यक्ष, मैं—सचिव, तथा मीनाक्षी—महासचिव पद के लिए तय किये गये। संस्था का पहला काम पैसे जमा करना ही था इसलिए रसीद-बुक लेकर हम फिर से दर-दर भटकने लगीं।

हमने इस बार तय कर लिया था कि चन्दा माँगने के लिए हम सभी के पास जायेंगे फिर वे परिवार चाहे दलित हों या नहीं। ऊँचे स्तर से ही प्रारम्भ करने हेतु मैं दफ्तर में अपने वरिष्ठ अफसर के सामने गयी तथा उन्हें स्त्रियों के विकास हेतु संगठन के बारे में जानकारी दी। मेरे वक्तव्य में महात्मा फुले, डॉ. आम्बेडकर आदि नाम सुनकर वे पूछने लगे कि "ये डॉ. आम्बेडकर क्या सचमुच दलित वर्ग के थे? मैं इसलिए पूछ रहा हूँ क्योंकि मेरे बेटे ने स्कूल में उनके बारे में पाठ पढ़ा है कि वे विदेश गये थे, पढ़े-लिखे थे...इसलिए पूछ रहा हूँ। मैंने माथा पीट लिया। एक बार तो लगा कि जिस व्यक्ति को डॉ. आम्बेडकर तथा उनके उज्ज्वल कार्य के बारे में धेले भर की जानकारी नहीं है, उससे एक पाई भी न लूँ। लेकिन चुप रही, वापस अपनी जगह पर बैठ गयी।

कुछ देर बाद चपरासी पाँच रुपये की नोट लेकर आया। पाँच का नोट और वह भी बड़े अफसर की तरफ से...फिर से मेरा दिमाग गरम हो गया। लगा कि न लूँ। पर आखिर ले ही लिये। चपरासी को रसीद क़ाटकर देने लगी तो वह हँसते-हँसते कहने लगा कि "आप औरत जात हैं इसलिए साहब ने पैसे दे दिये, और कोई होता तो देते भी नहीं..." वह तो चला गया लेकिन मेरे बदन में आग लग गयी।

मेरे औरत होने के जिस फायदे का जिक्र चपरासी ने किया था उसी प्रकार के अनुभव हमारी कुछ अन्य बहनों को भी हुए। कुछ लोगों ने सुझाव दिया कि 'एक ही अफसर के पास तीन-चार स्त्रियों के जाने से बेहतर है कि अलग-अलग एक-एक अफसर को घेरो और मीठी-मीठी बातें कर पैसे उगलवा लो...' मुझे वह किस्सा याद आया जब शायर पट्ठे बापूराव ने नौटंकी नचाकर जमा किया हुआ पैसा डॉ. आम्बेडकर के सामने चन्दे के रूप में रखा तो उन्होंने उसे निर्ममता से ठुकरा दिया था तथा पट्ठे बापूराव को खरी-खरी सुनायी थी।

लोगों की ऐसी सलाहें हम बस सुन लेते थे। दो-एक लोगों का बरताव तो ऊपर से ठीक लेकिन अन्दर से बड़ा मानहानिकारक लगता था जो रोम-रोम जला देता था। साथ में अगर पत्नी हो तो पहचानने से भी इनकार और यदि अकेले मिल जाये तो बातें करते नहीं थकते थे। हम चाहते थे कि लोग हमें एक व्यक्ति समझें, महज—औरत नहीं।

मेरे वरिष्ठ अफसर का यह अनुभव तो और भी कई बार हुआ। कुछ तो समझे कि मैं गलती से उन्हें चन्दा माँग रही हूँ वे कहते कि "हम आप के समाज से नहीं हैं।" मुझे समझ में नहीं आता कि हँसूँ या रोऊँ।

मंजुला दीदी ने अपने पति के लिए जैसा सपना देखा था, उसके मुताबिक जीजाजी अब जज बन गये थे। स्वयं दीदी भी नौकरी कर रही थी और शाहू टेलीफोन डायरेक्टर बन गया था। इन तीनों ने नकद रूप में ही संगठन को मदद दी।

सच कहा जाये तो दलित समाज के लोग अब इन चन्दों से ऊब चले थे। किसी के भी घर चन्दा माँगने जाओ तो उनके माथे पर बल पड़ जाते तथा चेहरे पर यह सवाल होता कि अब और किस-किस को कितनी बार चन्दा देना पड़ेगा? कुछ लोग तो पूछ ही लेते कि 'पिछली बार के पैसों का क्या किया?'

'हम वो नहीं हैं' खुलासा करने पर सुनना पड़ता कि 'तुम सबमें फर्क क्या है?' लोग चन्दा दे भी देते थे लेकिन लगभग हर कोई यह जरूर पूछता कि 'इन पैसों से क्या करेंगे आप?' उनके विचार में महिलाओं के लिए इस तरह के कार्यक्रम आदि पर पैसा बरबाद करने से तो अच्छा है कि उन्हें सिलाई की मशीनें, साड़ियाँ, बच्चों के लिए कॉपियाँ-किताबें यहाँ तक कि मच्छरदानियाँ बँटवायी जायें। माना कि इस प्रकार की चीजें बाँटना भी आवश्यक होता है परन्तु हमारी नजर में रोग का प्रतिबन्ध करना अधिक जरूरी था बनिस्बत इसके कि रोग हो जाने के बाद इलाज करते रहें। समाज के उत्थान के लिए सर्वप्रथम आत्मभान पाना आवश्यक है ताकि किसी से कुछ माँगने की जरूरत ही न पड़े। लेकिन पढ़े-लिखों को भी आत्मभान का महत्त्व समझाना मुश्किल हो जाता था। लेकिन इन नासमझों में आलोचना करने की पर्याप्त समझ होती—अतः घर बैठे फब्तियाँ कसना और हमारे काम को ढोंग कहना, ऐसा भी होता था।

लोगों की तानेबाजी को अनसुना कर हमने डॉ. एलिनार झेलियट के कर कमलों द्वारा संवादिनी का उद्घाटन समारोह सम्पन्न किया। फलटन निवासी भाषाविद् मैक्सिम बर्नसन, पद्मश्री दया पवार, बेबी काम्बले, शान्ताबाई काम्बले आदि इस समारोह में उपस्थित थे। इसके उपरान्त कविता प्रकाशन, अनुभव कथन, साहित्य सम्मेलन आदि कार्यक्रम मंच द्वारा सम्पन्न किये गये। 1987 में मुम्बई के वर्तक हॉल में हुआ एक दिवसीय साहित्य सम्मेलन सम्भवतः महाराष्ट्र का प्रथम दलित महिला सम्मेलन था। शायद भारत में भी उपरोक्त प्रकार का यही पहला सम्मेलन होगा।

एक ओर मैं दलित स्त्रियों को अभिव्यक्त होने के लिए मदद करने वाले उपक्रम कर रही थी। स्त्रियों को अनुभव कथन के लिए प्रेरित करना, उनके अनुभव कथन छपवाना आदि काम करते समय मैं स्वयं महान विचारों से प्रेरित थी। इसी दौरान एक मामले में मैं डूबते-डूबते बची।

एक शाम को एक अधेड़ उम्र की महिला मेरे घर आयी तथा संगठन में काम करने वाली मेरी एक साथिन के बारे में बड़ी तीखी शिकायत करने लगी। वह कह रही थी उसकी भतीजी, उस मेरी साथिनी की बहू है तथा ससुराल में पीड़ित है। बहू को तरह-तरह से सताया जाता है। पति के तबादले के बाद भी बहू को उसके साथ जाने नहीं दिया गया। उसने आगे भी बताया कि अब उसी अत्याचारी सास (मेरी साथिन) के छोटे बेटे की भी शादी तय हो गयी है। अब तो नयी बहू को भी इसी तरह सताया जायेगा। अतः आप उस अत्याचारी सास को संगठन से निकाल बाहर कीजिये। ऐसी औरत को आप अपने संगठन में कैसे रख सकते हैं?

मैंने उसे समझाया कि एक तो हम ऐसे मुद्दों पर काम नहीं करते। दूसरे यदि वह महिला सचमुच दोषी पायी गयी तो हम सब उसे समझाने की कोशिश करेंगे।

दूसरे दिन वह सतायी हुई बहू भी मेरे घर आयी तथा अपनी सास के बारे में शिकायतों का बही खाता खोलने के बाद कहने लगी अब तो उसे घर से भी बाहर निकाल दिया है। मैंने उसे शान्त रहने की सलाह देते हुए कहा कि वह भी हमारी मीटिंग में आये, जिससे सास के साथ आमने-सामने बातें कर मसला हल हो जायेगा।

मेरी सहानुभूति से उस लड़की के जैसे पर निकल आये। उसने अपनी ससुराल में फोन कर काफी कुछ सुना डाला, जिसका तात्पर्य यह था कि 'उसे अब नारी मुक्ति संगठन का समर्थन प्राप्त हो गया है। नारी संगठन उसे पूरी मदद देगा, तथा देवर की शादी के हॉल पर भी मोर्चा लाकर, अत्याचारी सास-ससुर की खबर लेगा।'

इसके बाद वही हुआ, जो होना था। उसकी ससुराल वालों ने मुझे जी भर के कोसा। मोर्चे की बात पर वे भयभीत हो गये और शादी मुल्तवी करने की सोचने लगे। 'स्त्री मुक्ति' शब्द से ही वे बिदक गये तथा लग्नमण्डप में अन्य सामान के साथ

लाठी-डण्डे ले जाने की सोचने लगे। इस पूरी हकीकत का पता जब मेरे पति को चला तो वे इतने आगबबूला हो गये कि उन्होंने मेरे हाथ-पाँव तोड़ने की ही कसर बाकी रखी। इस पूरे घटनाक्रम के कुछ दिन बाद उसी लड़की ने घर आकर मुझे बताया कि अब वह पति के साथ रहती है, वही उसे लेने आया था आदि। जाते समय उसने न तो धन्यवाद का एक शब्द कहा, न ही मेरी असुविधा के लिए क्षमा माँगी। शायद उसे सूझा ही नहीं होगा।

मेरा हमेशा से यह स्पष्ट मत रहा है कि यदि शादी घर के बड़ों द्वारा तय की गयी हो तो शादी के बाद कम से कम एक माह घर के लोगों को चाहिए कि पति-पत्नी को एक दूसरे को जानने-समझने का अवसर दें, सम्भव हो तो उन्हें अलग रहने दें। जिससे उनके बीच तनाव नहीं बढ़ेगा। मेरे इस मत के लिए मेरे अपने ही लोगों ने मुझे 'घर तोड़ने वाली' की उपाधि दी थी।

इस घटना के बाद सास-बहू के बीच झगड़ों की शिकायत लेकर कोई न कोई आ ही जाता था लेकिन मैं उन्हें काउन्सलिंग करने वाली संस्था का पता देकर, बाहर की राह दिखा देती थी।

धुलिया के अस्मितादर्श साहित्य सम्मेलन की बात है। महिलाओं की समस्याओं पर बोलने के लिए हम सात-आठ महिलाएँ मंच पर बैठी थीं। श्रोता भी सारी महिलाएँ ही थीं। कार्यक्रम के बाद मैंने अपने एक परिचित कार्यकर्ता से अनुपस्थित रहने का कारण पूछा तो उन्होंने कहा कि "महिलाओं के परिसंवाद में भला हमारा क्या काम?"

मंच पर एक वक्ता बड़े जोश-खरोश के साथ महिलाओं पर होने वाले अन्याय तथा उत्पीड़न के बारे में बोल रही थी। मैंने 'संवादिनी' में उसे बुलाने की सोचकर भाषण के बाद पते के लिए अपनी डायरी उसके सामने रखी और कहा—'पता, प्लीज!' तभी मेरे पास बैठी एक सहकर्मी महिला ने मुझे कोहनी मारी। तब तो मैं कुछ पूछ नहीं पायी परन्तु कार्यक्रम के उपरान्त मुझे पता लगा कि नारी उत्पीड़न पर गला फाड़ने वाली वह सम्भ्रान्त महिला अपनी बहू को जीवित जला चुकी है तथा अपने प्रतिष्ठित घराने के बलबूते पर अपना अपराध पचा भी चुकी है। यह सुनकर मैं भौंचक्की रह गयी।

ऐसे मसलों पर नायगाँव में रहने वाले मेरे पति के एक मित्र, श्री पवार कहा करते थे कि "लाखों में एक कोई केस ऐसा होता है और आप सब उसी केस का ढोल पीटकर मर्दों को बदनाम करती हैं।" उनका कहना था कि हर परिवार की समस्याएँ प्रायः पारिवारिक ही होती हैं जो धीरे-धीरे अपने आप हल हो जाती हैं। उनके लिए आप क्यों जान छिड़कती हैं? मर्दों की तरफदारी के लिए जान छिड़कने वाले उस मर्द को मैं क्या समझाती?

एक दिन शमा दलवाई तथा शैला सातपुते मुझे खोजती आयी। वे एक केस

लेकर आयी थीं। बान्द्रा में रहने वाला कोई पवार नाम का, हमारे समाज का आदमी, पत्नी को साथ रखता भी नहीं था और तलाक भी नहीं देता था। पत्नी के सारे गहने दबाकर बैठा था। शमा, शैला जानना चाहती थी कि क्या वह पवार होने के नाते, हमारा रिश्तेदार था? मैंने उस आदमी का पता-ठिकाना अच्छी तरह पूछ लिया। मेरे पति के मित्र का नाम भी पवार था जो नायगाँव में रहता था। पवार उपनाम इतना आम था कि गलतफ़हमी हो सकना मुमकिन था।

शमा और शैला जानना चाहती थीं कि मैं उस आदमी (पवार) के घर की जानकारी लेकर उन्हें बताऊँ कि उसकी पत्नी के गहने कहाँ हैं तथा वह अपनी पत्नी को साथ रखने के लिए तैयार है या नहीं?

मैंने सोचा यदि किसी महिला पर होनेवाला अत्याचार टल रहा हो तो मैं मदद क्यों न करूँ? इसी कारणवश मैंने उस पवार के पड़ोसी से, जो संयोग से मेरे परिचित थे, पवार के बारे में पूछताछ की। उन्होंने मुझे सलाह दी कि मैं इस मामले में यदि न ही पड़ूँ तो अच्छा होगा। मैंने भी कोशिश छोड़ दी। शमा, शैला की पहुँच भी कम नहीं थी पर जब उनकी ही नहीं चली तो मेरी क्या बिसात? ऐसा आदमी छिपाये हुए गहने मुझे क्योंकर दिखाता? फिर चाहे वह किसी भी समाज का क्यों न हो?

जिन मामलों में मैं प्रत्यक्ष रूप से कुछ नहीं कर सकती थी, उन्हें मैं अपनी कथाओं में उतारने का प्रयत्न करती थी। शुरू-शुरू में ऐसा लगता था कि चाहे मैं कितने ही पात्रों के नाम बदल कर लिखूँ, पढ़ने वाले अवश्य ही पहचान जायेंगे। खास कर रिश्तेदारों के बारे में मुझे यह चिन्ता होती थी। लेकिन कालान्तर में जब मैंने देखा कि मेरी कथाएँ पढ़ने का कष्ट उठाने वाला कोई भी नहीं है, तब मेरा डर स्वयं ही दूर हो गया। मेरे पति अवश्य सबसे आग्रह कर कहते थे कि अमुक पत्रिका में मेरी कथा छपी है, अवश्य पढ़िये लेकिन लोग मेरी कथा से चार कदम दूर ही रहते थे।

एस. एन. डी. टी. विश्वविद्यालय के बी. ए. के पाठ्यक्रम में डॉ. विलास खोले द्वारा सम्पादित 'चौकट' नाम कथासंग्रह शामिल किया गया था जिसमें मेरी कथा—'कवच' भी सम्मिलित थी। आज तक मैं अपनी पढ़ाई के दौरान अन्य लेखक/लेखिकाओं का साहित्य पढ़ती आयी थी, अब कोई मेरा साहित्य भी पढ़ेगा, अभ्यास करेगा, यह सोचकर मैं फूली नहीं समा रही थी। लेकिन उसकी कुछ कथाओं को अश्लील करार देकर बड़ा ही हंगामा खड़ा किया गया था।

मेरी कथा, हाट में आम, केले, चीकू आदि बेचनेवाली श्रमिक महिलाओं के बारे में थी। हाट में आवारा लोग इन स्त्रियों से दो अर्थों वाले शब्दों का उपयोग कर गन्दे मजाक करते हैं तथा इसी में विकृत आनन्द पाते हैं। इसी प्रवृत्ति को लक्ष्य कर मैंने यह कथा लिखी थी। कथानायक बारह-तेरह वर्ष का, उस महिला का पुत्र है तथा ऐसे गन्दे मजाक का उस बच्चे पर क्या असर पड़ता होगा, इसकी कल्पना कर, मैंने उस बच्चे को केन्द्र रखकर कथा लिखी है। लेकिन कथा के कुछ आवश्यक शब्दों

को ही अश्लील का लेबल लगाकर, कॉलेज की लड़कियों पर बुरा असर होने का डर दिखाकर, आक्षेप लिया गया था। आखिरकार प्रा. श्री रेरूरकर, श्री निखिल वागले जी तथा माधव गडकरी जी आदि ने खुले शब्दों में आक्षेप का खण्डन किया तथा मेरी कथा छात्राओं तक पहुँच सकी। इसके बाद कथालेखिका के रूप में मेरा काफी बोलबाला हुआ तथा साहित्य की वास्तु में, जो मैं किसी कोने में बैठी हुई थी, एकदम बरामदे में आ गयी।

मेरे साक्षात्कार के लिए जब पत्रकार घर आये तब मेरे पति के चेहरे पर फैली सराहना भरी मुस्कान, मैं मरते दम तक नहीं भूल सकती। सास को भी जाने कहाँ से इस बात की खबर लगी तथा उसने भी 'भिरवंडे की किताब' की याद दिलाते हुए तंबीह दी—"ऐसा लिखना कि भिरवंडे का झण्डा हमेशा ऊँचा फहराता रहे।"

द्वितीय विश्व मराठी परिषद के लिए मॉरिशस जाने का सौभाग्य मुझे माननीय शरद पवार जी, श्री माधव गडकरी जी तथा श्री प्रा. श्री नेरूरकर जी के कारण प्राप्त हुआ। विश्व के मानचित्र में एक बूँद के बराबर जगह व्यापता हुआ मॉरिशस समन्दर से घिरा एक द्वीप है। वहाँ पर समन्दर का स्वच्छ, पारदर्शी, हरित-नील जल, शुभ्र धवल प्रवाल से घिरे सागर किनारे, रिमझिम बरसात तथा धूप-छाँव के खेल के कारण पल-पल दिखता और खोता इन्द्रधनुष, बोटॉनिकल गार्डन में देखी परात जितने बड़े पत्तों वाली वनस्पति, सौ साल जी कर फिर अपने आप जलकर खाक हो जाने वाला टलिपो वृक्ष, सतरंगी शामारेल मिट्टी तथा बिल्कुल समन्दर के पानी तक फैले हुए गन्ने के खेत आदि देखते हुए, मॉरिशस का समाज जीवन भी देखने की उत्सुकता मेरे मन में जाग रही थी। लगभग दो हफ्ते मैं वहाँ रही। वर्षों पूर्व, भारत से गन्ने के खेतों के मजदूरों के रूप में मॉरिशस पहुँचे, दीन-दरिद्र भारतीय लोगों का आगे क्या हुआ होगा, इसकी जानकारी मैंने प्राप्त की, कुछ लोगों के साक्षात्कार किये तथा वापस आकर 'मॉरिशस—एक यात्रा' नामक पुस्तक लिखी। इस पुस्तक का प्रकाशन, मॉरिशस की तत्कालीन समाज कल्याण मन्त्री शीलाबाय बापू के द्वारा 'तृतीय विश्व मराठी परिषद' के दौरान दिल्ली में किया गया। जब मैं मॉरिशस के भारतीय लोगों से मिली तब मैंने देखा कि वे अपने आप को बस हिन्दू मानते हैं। जात-पात का उन्हें कोई पता नहीं है। परन्तु तभी यह भी सुना कि भारत से जाने वाले कुछ लोग, उनके पूर्वजों के बारे में खोजबीन कर, उन्हें उनकी जातियों का लेबल लगाने के लिए उत्सुक रहते हैं। यह सब देखकर ऐसा लगता है कि हिन्दू समाज क्या कभी जातीयता के पंजों से मुक्त ही नहीं होगा?

इस यात्रा के दौरान लेखिका आशा दामले से विशेष जान-पहचान बढ़ी। वैसे तो 'मैत्रीण' में हमारी मुलाकातें होती ही रहती थीं, बातचीत भी हुआ करती थी परन्तु मॉरिशस यात्रा के दौरान हम एक दूसरे के काफी करीब आ गयीं। मेरी 'मॉरिशस—एक यात्रा' में मैंने हम दोनों के भाव-मधुर सम्बन्धों पर और प्रकाश डाला है। ऐसे अनुभव

उन प्रकाश किरणों का काम करते हैं, जो इंसानियत की खोज करते समय अँधेरे में हमारा साथ देते हैं।

मेरी कथाओं के हिन्दी, अंग्रेजी, गुजराती, तमिल तथा उर्दू भाषाओं में अनुवाद हुए हैं। अन्य भाषियों ने भी मेरी कथाएँ पसन्द की हैं। साहित्य संस्कृति मण्डल, अस्मितादर्श, कथाकार वी. सी. गुर्जर, अहिल्याबाई होलकर आदि पुरस्कार मेरी कथाओं को मिले हैं। रातों को जाग-जाग कर तथा विश्राम का एक-एक क्षण लगाकर मैंने परिश्रम से जो सृजन किया, उसका सही मूल्य भी लोगों ने आँका—तो अब मुझे और क्या चाहिए?

❖

एक दिन दफ्तर में बहन का फोन आया कि रत्नागिरी में शाहू को बेटा हुआ है, अमुक तारीख को 'नामकरण' है। धर्मपरिवर्तन के बाद वर्ष 1985-86 के आस-पास पहले के 'बारसं' शब्द के बदले 'नामकरण' शब्द का प्रयोग किया जाने लगा।

शाहू को पाँच बेटियों के बाद बेटा हुआ था। अच्छा ही हुआ, बेचारी शीला को बार-बार की जचकियों से छुट्टी तो मिल गयी। केवल बेटा होने की चाह ने उस पर इतनी जचकियों का बोझ लाद दिया था। वह भी नौकरी करके ही गृहस्थी निभा रही थी। उसकी हर बेटी के जन्म के बाद घर के तथा बाहर के लोगों की जो प्रतिक्रियाएँ होती थीं, उन्हीं से प्रेरित होकर मैंने अपनी 'शल्य (फाँस) कथा लिखी थी, जो दूरदर्शन पर भी नाट्यरूप में प्रसारित की गयी थी।

हम बहनें नामकरण पर गयीं। आये की उम्र अब ढल चुकी थी। पता नहीं कितने दिन जी सकेगी, मेरे मन में विचार उठा। उसके थके चेहरे पर मुस्कान देखकर ऐसा लगा जैसे काले बादल के किनारों पर सुनहरे किरण चमक रहे हों। काफी सालों बाद हम भाई-बहन इस तरह एक साथ मिले थे। यदि हम सबका आये के साथ हँसना-बोलना रेकॉर्ड हो सके तो अच्छा रहेगा, इसी विचार से मैंने शाह को वीडियो रेकॉर्डिंग करने का सुझाव दिया। मुझे लगा कि बेटा होने की खुशी में शाहू झट मान जायेगा लेकिन पैसे के मामले में वह शुरू से 'आये का ही बेटा' रहा था। उसने कहा—"ना रे बाबा! अब तो खर्चे पर लगाम ही लगानी पड़ेगी।"

इससे पहले भी एक बार हम तीनों बहनें आये से मिलने के लिए एक साथ रत्नागिरी गयी थीं। संयोग से वह भाईदूज का दिन था। धर्म परिवर्तन से पहले भी भाईदूज के दिन भाई को टीका तथा (तीज) पड़वा पर्व पर पति को टीका करने का ब्राह्मणी रिवाज हम नहीं मानते थे परन्तु गौरी गणपति के पर्व पर घर आयी बेटी का, साड़ी-चोली देकर सम्मान करने का रिवाज जरूर था। आये की कंजूसी की वजह से ये सारे रिवाज बस नाम के ही रह गये थे। हम तीनों बहनों ने कभी कुछ नहीं पाया। दलितों में शिक्षा का प्रसार होने के दौरान तथा दलित साहित्य निर्माण के दौरान ही खाते-पीते दलित परिवारों में, इन ब्राह्मणी त्योहारों ने दबे पाँव प्रवेश किया होगा। ये त्योहार मनाये तो जाते थे परन्तु खुलकर नहीं।

भाईदूज के दिन भाई से कुछ न कुछ उगलवाने के लिए हम तीनों बहनों ने उसे टीका करने की तैयारी की। टीके का सजा थाल देखकर वह मजाक से बोला कि—'तीन-तीन बहनें टीका करेंगी तो मुझे तीन रास्तों से बरकत होगी।' हमने

कहा—"तेरी तो अवश्य बरकत होगी लेकिन तेरे जरिये अब हमें कितनी बरकत होती है, यही देखना है।"

शाहू भाँप गया कि वह फँस चुका है इसलिए बात को मजाक में उड़ाने के हेतु से उसने डॉ. आम्बेडकर का हवाला देते हुए कहा कि "धर्मपरिवर्तन के बाद उन्होंने इन सारे रिवाजों पर प्रतिबन्ध लगा दिया था, याद है न?" हमने भी उस पर बाजी उलटाते हुए याद दिलाया कि "हिन्दू कोड बिल में उन्होंने जायदाद में बेटी को भी समान हिस्सा देने की बात की है—वह भी याद है न? अब चल पीढ़े पर बैठ, टीका करवा।"

वह पीढ़े पर बैठ गया और हमारे टीका करने के बाद थाल में ठन्न से सुपारी डाल दी। यह क्या...? कहती जब हम बरस पड़ीं तब कहीं जाकर उसने हर एक को आठ आने के हिसाब से डेढ़ रुपिया थाल में रखा और यह नाटक समाप्त हुआ। सचमुच यह नाटक ही था परन्तु शाहू के मनोभावों ने यह स्पष्ट कर दिया कि बहनों के ससुराल जाने के बाद वह उनका देनदार नहीं है। शाहू का यह बर्ताव हमें काँटे की तरह चुभ गया। उस पर आये ने एक और काँटा चुभाते हुए कहा कि—"बेटियों, तुम्हें अपने घरों में किस बात की कमी है? फिर भाई से क्यों आशा रखती हो?" एक बार दीदी ने तो साफ ही आये से कह दिया था कि—"मायके से वापस जाते समय हम खाली झोले लेकर जाती हैं, इस बात से तुम्हें संकोच नहीं होता?" इतना कहने के बाद आये ने दो पेड़ों के नारियल उतरवा कर ले जाने की हमें इजाजत दी। असलियत में बात इजाजत तक ही रह गयी और उस बार भी हमारी झोलियाँ खाली ही रहीं। अब आज परिस्थिति बदल चुकी है। शाहू ने अपनी मेहनत से बाबा की सम्पत्ति में बढ़ोत्तरी की है और भाभी की वजह से अब शाहू का हाथ भी देने के लिए उठने लगा है और अब थोड़े नारियल, हमारी झोलियों के भी दर्शन कर लेते हैं।

बहुत सालों बाद रत्नागिरी आयी थी। नामकरण पर फणसवले से शान्ताराम की पत्नी भी आयी थी। उसी ने बताया कि गोविन्द दादा आजकल बीमार रहते हैं। उनसे भी मिलने की इच्छा थी सो मैं शान्ताराम की पत्नी के साथ गाँव जाने को तैयार हो गयी। शाहू ने कहा—जाकर देख आना, किस तरह अपना गाँव भी केंचुली डाल कर नया बन गया है। 'बस' अपनी बस्ती तक जाती है, पहले की तरह चलकर नहीं जाना पड़ता।

शाहू ने सच ही कहा था। पहले की ऊबड़-खाबड़ सड़कों की जगह, अब डामर की सड़कें काली नागिन की तरह बलखाती, झाड़ियों के बीच से दौड़ रही थीं। सड़क के दोनों ओर लगे वृक्षों के तने लाल और सफेद रंग से रंगे थे। बिजली के खम्भे, बस-स्टॉप, बीच-बीच में दिखने वाले साफ-सुथरे पक्के घर...सारा दृश्य ही बता रहा था कि शहरों का विकास अब छलक कर गाँवों की दिशा में भी बहने लगा है।

मेरा ध्यान इर्द-गिर्द की झाड़ियों को चीरता हुआ, दूर से घुमावदार गति से बहती

नदी और घनी झाड़ियों से पटी पहाड़ियों पर जा रहा था। दूर से ही मैं वे तीखी चढ़ाइयाँ और फिसलन भरे ढलान खोज रही थी। जान-पहचान के कुछ चिह्न भी दिखायी दे रहे थे। देहातिनों के गुटों की आवाजें, कनफुसकियों की अस्पष्ट आवाजों का भ्रम हो रहा था। आँखमिचौली खेतली नदी की झलक देखते-देखते मैंने पूछा कि—"हम बरसात में जहाँ से नदी पार करते थे वो रपटा तो अब भी होगा न?"

—"कहाँ का रपटा? अब एस. टी. की बस आने के बाद कोई उस रपटे की तरफ फटकता भी नहीं।"

—"और वे घाटियाँ...मिरजोल की घाटी...अपाहिज घाटी...?" मेरे मन में यादें उमड़ने लगीं।

—"घाटियाँ कहाँ जायेंगी? सब वहीं की वहीं हैं। इन्हीं घाटियों ने तो कितनी ही औरतों का दम निकाल दिया है..."। शान्ताराम की पत्नी और भी कुछ-कुछ बताने लगी।

सहसा मुझे भाकरी खाते-खाते रास्ता काटने वाली देहातिनों की याद हो आयी। मैंने उनके बारे में पूछा कि "अब बस आने के बाद तो खाते-खाते राह चलना बन्द हो गया होगा न...?" मैं जानती थी अब चलते-चलते भाकरी खाने की मनाही थी। पकड़े जाने पर पहले पाँच और अब पचास रुपये तक जुर्माना हो सकता था। जुर्माने की वसूली का अलिखित अधिकार गाँव के सरपंच, तलाठी आदि को दिया गया था। धीरे-धीरे बौद्ध स्त्रियों ने भी राह चलते-चलते भाकरी खाना छोड़ दिया था।

वैसे यह नियम उन स्त्रियों के भले के लिए ही था। चलते-चलते खाते समय यदि निवाला गले में अटक जाये या मछली का काँटा गले मे फँस जाये तो पानी पास न रहने पर प्राण संकट में पड़ सकते हैं। दूसरे, भली-भाँति बैठकर खाना इसलिए अनिवार्य कर दिया गया था कि स्त्रियों को कम से कम, खाना खाते वक्त तो आराम मिल सके। लेकिन ये देहातिनें काम के बोझ से इस कदर दबी रहती थीं कि आराम से बैठकर भाकरी खाना उन्हें सजा के बराबर लगता था। कुछ स्त्रियाँ अब भी पहले की तरह राह चलते-चलते भाकरी खाती थीं तथा पकड़े जाने पर जुर्माना भी भरती थीं। शान्ताराम की पत्नी ने बताया—"अब कोई खाने को भाकरी लेकर नहीं जाता। सब गाड़ी से बाजार जाती हैं और गाड़ी से ही खाने के लिए वापस भी आ जाती हैं। ब्राह्मणों और मराठों के घर मजदूरी करती हैं...।"

मैं बाहर देख रही थी। पहाड़ी पर पत्थर और मिट्टी से पटा एक नंगा चकत्ता मानो जीभ चिढ़ाता हुआ काफी देर तक मुझे दिख रहा था। फिर एक बड़े से मोड़ से घूम कर गाड़ी रुक गयी। उतरने पर सामने ही बड़ा-सा घर देखा। "ये खोत का घर है।" शान्ताराम की पत्नी ने बताया। यहीं कहीं ब्राह्मण के आँगन में लगने वाली स्कूल में गोविन्द दादा और बाबी ने चार अक्षर पढ़े थे।

कलकल कर बहते पानी के प्रवाह को लाँघ कर हम अपनी बस्ती की ओर चलने

लगीं। मेरे लिए यह रास्ता नया था। बचपन में हम अपाहिज घाटी से चलकर सती की समाधियों से होकर आते थे, जहाँ बाजार से लौटने वाली देहातिनों की राह देखते, उनके बच्चे खड़े रहते थे। अब वे बच्चे, बड़े होकर काम-धन्धे पर लग गये हैं और उनके बच्चे अब स्कूल जाते हैं। यह नया रास्ता उस पुरानी जगह से कन्नी काटता हुआ हमारी बस्ती तक जाता था।

अचानक गाने की सुरीली आवाजें सुनायी देने लगीं। मैंने चौंक कर पूछा—"ये गाने की आवाजें कैसी? क्या हमारी बस्ती में बिजली आ गयी है?"

—हाँ, क्यों नहीं। बस्ती अब किसी बात में पीछे नहीं है। आज शाम को धाकू की बेटी का ब्याह है। आप भी शामिल हो सकती हैं" शान्ताराम की पत्नी ने कहा। वह उस ब्याह के बारे में और भी जानकारी दे रही थी, लेकिन मैं तो गीत ही सुन रही थी। बस्ती के पास जाते हुए, गीत के शब्द स्पष्ट होते जा रहे थे। लाउडस्पीकर पर लड़कियाँ गा रही थीं।

—"प्रथम वन्दना भारती बुद्ध को
छोड़कर चली मैं आज पीहर को..."

धर्म परिवर्तन के बाद बलात् बन्द कर दिये गानों के प्रवाह ने आखिर नयी राह खोज ही ली थी। मैंने विदर्भ-मराठावाड़ा की तरफ भगवान बुद्ध तथा डॉ. आम्बेडकर के नाम गूँथ कर गाये नये गीत सुने थे, परन्तु कोंकण प्रान्त में मैं इन्हें पहली बार सुन रही थी।

मैंने जान-बूझ कर पूछा कि—"क्या अब भी ब्याह के भोज में कोकम के पत्तों का शोरबा ही परोसा जाता है?"

उसने हँसकर जवाब दिया—"अब कोई इतना दीन-दरिद्र नहीं रहा। अब पूरा खाना बनता है...दाल, भात, सब्जी, रायता...।" सुनकर मुझे अचम्भा हुआ और सन्तोष भी।

बातें करते हुए हम दोनों बस्ती तक पहुँच गयीं। वहीं पत्थर का बुद्धविहार बन गया था। पहले यहाँ से पुरखों की समाधियाँ दिखा करती थीं। अब समाधियों का कहीं पता नहीं था। बायीं ओर चबूतरे पर रखी बुद्धमूर्ति के सामने माथा टेककर गोविन्द दादा के घर की राह ली। गीत के शब्द अब भी कानों पर पड़ रहे थे। मैंने मन ही मन तय कर लिया कि वापस लौटने से पहले इन लड़कियों से गीत जरूर लिखवा लूँगी।

अब बस्ती का रूप-रंग बदल गया था। पहले के कच्चे घर अब पत्थर से बने थे तथा फूस की छतों का स्थान मंगलोर के खपरैलों ने ले लिया था। मेरी नजरें हमारा घर खोजने लगीं। जिस घर ने बचपन में हमें विशुद्ध आनन्द दिया था, वही अब टूटी-फूटी हालत में दूर से दिखलाई दे रहा था...टूटे खपरैल, ढहती दीवारें तथा ऊबड़-खाबड़ आँगन...कोंकण की पारिवारिक झगड़ों की गाज हमारे घर पर भी पड़ी

थी। गोविन्द दादा तथा शान्ताराम, आपस में न पटने के कारण अलग हो गये थे।

गोविन्द दादा ने बस्ती की अपने हिस्से की जमीन पर आम के बाग में छोटी-सी ढ़ालू छतों की मड़ैया डाल ली थी तथा भाभी के साथ वे वहीं रहते थे। उनकी बेटियाँ ससुराल में थीं। शान्ताराम की पत्नी ने दूर से ही मुझे मड़ैया दिखायी और वह हमारे पुराने टूटे-फूटे घर की ओर मुड़ गयी।

आँगन में दादा दीवार से टेक लगाकर बैठे थे। पास ही उन्हीं देहातिनों में से दो-तीन बैठी थी, जिनके साथ हम रत्नागिरी-फणसवले आना-जाना किया करते थे। वे देहातिनें भी अब गोविन्द दादा की ही तरह बूढ़ी, थकी-झुकी दिख रही थीं। सभी ने खुलकर मेरा स्वागत किया। पिछली यादें ताजा कीं। उनके जमाने में स्त्रियों ने बहुत कष्ट झेले, परन्तु आज की स्त्रियों को काफी सुविधाएँ आसानी से मिल गयी हैं, इसका विषाद उनके चेहरों पर साफ दिख रहा था। मेरी आवाज सुनकर पार्वती भाभी, पानी का लोटा लेकर बाहर आयी। वह भी बूढ़ी हो गयी थी, कमर झुक गयी थी। लेकिन मुझे आश्चर्य, उसके माथे पर टीके के साथ लगी चूल्हे की राख देखकर हुआ।

थोड़ी देर बाद भाकरी खाने के लिए, भाभी मुझे भीतर ले गयी तब चूल्हे के पीछे रखा भगवान घर, पूजा में रखा नारियल, तथा छत की बल्ली से टँगी हुई, लाल कपड़े में बँधी हड्डियों की गठरी आदि देखकर, मैं भाभी के माथे पर लगी राख का रहस्य समझ गयी। पहले वह बोझा लेकर रत्नागिरी के बाजार के चक्कर काटती थी, अब घर ही में विभूति देने लगी थी। हमारे घर में वर्षों से चली आयी वृत्ति का लाभ उसे सहजता से मिल गया था। मैं आश्चर्य से गोविन्द दादा को देख रही थी। जिन गोविन्द दादा ने धर्म परिवर्तन के बाद, 'भगवान तुमने हमारा भला नहीं किया,' कहकर अपने हाथों से भगवान की मूर्तियाँ टोकरी में रखकर पानी में बहायी थीं, वहीं गोविन्द दादा अब गर्दन नीची किये बैठे थे।

पार्वती भाभी ने बहुतेरा रोकना चाहा कि 'आज शाम को शादी है, रुक जा।' लेकिन मैं रुक नहीं सकी। अब मुझे वह नदी, तोरण, करौंदों से, काजू फलों से लदी चण्डकी की पहाड़ी, कुछ भी देखने का मन नहीं था। लम्बी घास में छिपी पुरखों की समाधि पर दूर से ही नजर डालकर जब मैं निकली तब लाउडस्पीकर पर गानेवाली लड़कियों के गीतों के सुर मेरे साथ थे,

'आयी पूनम की रात
गरीबों के मन्दिर में,
कैसे जियूँ सुखी जीवन,
लेकर बाबा की याद मन में।'

आखिरी बस से लौटने में रात हो आयी थी। खाली, खड़खड़ाती बस की खिड़की के पास बैठी, मैं बाहर अँधेरे में घूर रही थी। भाभी के चूल्हे के पीछे रखा भगवान

घर, रह-रह कर आँखों के सामने घूम रहा था। मन की पतंग, भगवान बुद्ध के विज्ञान और परिवर्तनवाद के बीच गोते खा रही थी। बाबासाहेब ने कुछ ही साल पहले इंसानों के मन से अन्धश्रद्धा उखाड़ फेंकी परन्तु इतनी जल्दी वे ही इंसान, उसी छलना-का स्वेच्छा से शिकार तो नहीं हो जायेंगे, इसका डर लग रहा था।

एक पुरानी घटना याद आयी। उन दिनों हम रत्नागिरी में रहते थे। शायद मई का महीना था। कुछ कार्यकर्ता जल्दी-जल्दी से हमारे घर आकर हरिश्चन्द्र से बोले कि गेस्ट हाऊस में भैयासाहेब आम्बेडकर (डॉ. बाबासाहेब आम्बेड़कर के सुपुत्र) आये है। सुनते ही हरिश्चन्द्र उनके साथ गेस्ट हाऊस गया और भैयासाहेब को हमारे घर ले आया। उनके साथ ग्यारह-बारह साल का प्रकाश (प्रकाश आम्बेडकर) भी था। सारे कमरे में कार्यकर्ताओं की भीड़ उमड़ पड़ी थी। मैंने चाय बनायी, हापूस आम काटकर सामने रखे। भैयासाहेब खूब थके-थके से लग रहे थे फिर भी आस्थापूर्वक लोगों से पूछताछ कर रहे थे। उनकी कुशल पूछ रहे थे। 'धर्मपरिवर्तन कहाँ हुआ है, कहाँ बाकी है' आदि जानकारी ले रहे थे। भैयासाहेब के इर्द-गिर्द कार्यकर्ताओं की पूरी सेना थी। इसका कारण उनकी सादगी और काम के प्रति उनकी आस्था तो थी ही, साथ ही शायद यह भी भावना थी कि डॉ. बाबसहेब ने हम सब का कल्याण किया, परन्तु भैयासाहेब उपेक्षित ही रह गये। इस कारण से उत्पन्न अपराध बोध के कारण भी शायद इतने कार्यकर्ता उनसे जुड़ गये थे। दक्षिण कोंकण में अभी भी लोग अनपढ़ थे, मृतमांस खाते थे, पाने-बेले में भेद करते थे, टोने-टोटके में विश्वास रखते थे। इस परिस्थिति से भैयासाहेब ही उन्हें उबार सकते हैं, यह विश्वास अन्य लोगों के मन में था।

दुर्भाग्य से भैयासाहेब अल्पायु में ही चल बसे। नेता तथा साधारण लोग भी आत्मविश्वास खो बैठे, स्वार्थी बन बैठे। यही कारण था, कि उनके पहले के कच्चे घर पक्के बन गये, फूस की छत की जगह मंगलोर के खपरैल बिछ गये, परन्तु घरों के अन्तरंग नहीं बदले। घर के आधारस्तम्भ से लटकी हड्डियों की पोटली ने ऐसा मन्तर डाला कि पाँवों की बेड़ियाँ खुलते-खुलते फिर बँध गयीं। इसी विचार में मेरा मन हिचकोले खा रहा था।

घर लौटी तो आये ने बड़ी-सी 'सुरमई' मँगवा कर, तलकर मस्त खाना बनाया था। खाना खाते-खाते शाहू ने पूछा—"देख आयी गाँव का घर, भाभी का भगवान घर और हड्डियों की पोटली? सारे लोग आगे बढ़ने की बजाय पीछे ही चलने लगे हैं। क्या करते हो तुम लिखने वाले और तुम्हारे अगुवा..?" केवल उसी दिन नहीं बल्कि हमेशा ही शाहू का बात करने का तरीका यही था। परन्तु आज मैं तड़क गयी। मैंने भी जवाबी हमला कर दिया—"हमने क्या समाज सुधार का ठेका ले रखा है? तुम पूछले वाले क्या हमें इस बात की तनख्वाह देते हो? और, तुम क्या करते हो, पैसा कमाकर, आराम से लम्बी तान कर सोने के सिवा...? तुम भी तो इस समाज का

हिस्सा हो...।"

आये ने बीच-बचाव करना चाहा, परन्तु आज मैं रुकी नहीं। मैंने कहा—"यही नहीं, इसके जैसे कई लोग यही पूछते हैं। ऊँची जात वाले, बँगलों में रहने वाले, गाड़ियों में घूमने वाले, बच्चों को विदेश भेजने वाले...क्या ये सब समाज से कुछ नहीं पाते? फिर इनकी समाज के लिए कोई जिम्मेदारी नहीं है?"

मेरी तूफान मेल से शाहू गम्भीर हो गया। जरा संजीद से बोला—"ठीक है, अब की तू मुम्बई जायेगी तो तेरे टिकट के पैसे देकर मैं जिम्मेदारी निबाह दूँगा।"

जिम्मेदारी निबाहने की इतनी सस्ती और सरल परिभाषा पर मैं हँस पड़ी।

❖

अस्मितादर्श तथा दलित साहित्य सम्मेलनों में मैंने देखा था कि यहाँ कोंकण के दलित साहित्यिकों की उपस्थिति नाममात्र ही होती है। रमाकान्त जाधव, चन्द्रहास गम्ब्रे, प्रकाश खरात, डॉ. शशिकान्त लोखण्डे आदि साहित्यकारों से कभी-कभार मुलाकात होती थी, इनकी संख्या भी हाथों की उँगलियों पर गिनने लायक ही थी। फिर 1999 में मैंने कोंकण के लेखकों के लिए सम्मेलन का आयोजन किया। इस उपक्रम में मुझे डॉ. भालचन्द्र मुणगेकर, शान्ताराम नांदगाँवकर, राजा जाधव, चित्रकार कृष्णा वर्देकर आदि ने खूब सहायता की। हमने एक संस्था की स्थापना की, जिसका नाम 'डॉ. आम्बेडकर कोंकण कला और साहित्य अभियान' रखा। शिरोड़कर हॉल में 5 जनवरी, 1992 को, पाँच सौ से भी अधिक कलाकारों की उपस्थिति में यह सम्मेलन सम्पन्न हुआ। 'पद्मश्री मधु मंगेश कर्णिक (मराठी के एक ज्येष्ठ लेखक) प्रमुख अतिथि के रूप में उपस्थित थे। कोंकण में सम्पन्न, दलित लेखकों तथा कलाकारों का इस प्रकार का वह पहला सम्मेलन माना जाता है।

जब मैं एम. ए. कर रही थी तब रिसर्च के पेपर ने मुझे पी.एच.डी. करने के लिए प्रेरित किया। शोध के योग्य विषय भी काफी दिनों से मेरे मन में था। मैंने डॉ. आम्बेडकर का चरित्र तथा उनके कार्य के बारे में पढ़ा था। यह भी पढ़ा था कि उनके कार्य में स्त्रियों का यथेष्ट योगदान रहा है। परन्तु ये स्त्रियाँ हैं कहाँ...? कार्यकर्ताओं के नाम पर मैंने केवल मर्दों को ही देखा था, उन्हीं के बारे में पढ़ा था। मैंने इन स्त्रियों को खोज निकालने की ठान ली। लेकिन मराठी में एम. ए. करते हुए मैं समाज शास्त्र के विषय में पीएच.डी. नहीं कर सकती थी।

जब मैंने यह बात छाया दातार से कही तो वह बोली कि—'जब तुम इतना महत्त्वपूर्ण काम करने जा रही हो तो पी.एच.डी. की क्या जरूरत है? इन स्त्रियों से साक्षात्कार कर, अलग से पुस्तक ही लिख डालो। चाहो तो किसी से मदद माँग लो। पहला लेख तो 'स्त्री उवाच' के वार्षिक अंक के लिए लिखो।

छाया की सूचना के अनुसार, मीनाक्षी मून की सहायता से मैं काम में जुट गयी। मीनाक्षी के कारण, मून साहब की भी इस काम मे रुचि बढ़ गयी और उन्होंने उनकी लाइब्रेरी से, भारी मात्रा में सन्दर्भ सामग्री उपलब्ध करा दी। देखते ही देखते आम्बेडकरवादी आन्दोलन में शामिल कई स्त्रियों के काम के ठोस सबूतों सहित एक इतिहास ही हमें प्राप्त हो गया। छाया दातार तथा मैत्रेयी कृष्णराज के आर्थिक सहायता उपलब्ध कराने पर यही इतिहास जल्दी ही पुस्तक रूप से साकार हो गया।

स्त्रियों के साक्षात्कारों के समय कई मजेदार अनुभव होते थे। हमारा विषय सुनकर कुछ लोग तो निराशा से कहते–"कहाँ थीं आन्दोलन में स्त्रियाँ? क्या बात कर रही हैं आप...?"

कई बार तो लोग किसी महिला को मिलने की जोरदार सिफारिश करते कि–"आन्दोलन में उनका भरसक योगदान रहा है, सो आप उनसे अवश्य मिलें और उस महिला से मिलने पर वही हमसे पूछती–"कैसा आन्दोलन? कौन काम करती थी..? मुझे तो नहीं पता...।" इसके विपरीत किसी दूसरी महिला...जिसके बारे में लोग कहते कि–"अरे वो क्या काम करेगी? उससे मिलकर अपना समय मत गँवाइये।" लेकिन वही महिला, मुलाकात होने पर हमें आन्दोलन में अपने साथ काम करने वाले साथी स्त्री-पुरुषों के किस्से सुनाती, पुरानी यादें ताजा करती थी।

इन मुलाकातों के दौरान आस-पास जमा बच्चे हमारा भी निरीक्षण करते थे। 'तुझे ये औरत अच्छी लगी या वो?' इस तरह के सवाल भी सुनायी देते थे। अक्सर मीनाक्षी ही बाजी मार ले जाती थी। दोनों को अच्छी कहने वाले बच्चे मुझे अच्छे लगते थे। मीनाक्षी का एक तकिया कलाम था–'हमारी समझ में तो बाबा, कुछ नहीं आता...' सुनने वालों को भी अच्छा लगता था। सुनने वाले यदि कार्यकर्ता हुए तो वे बड़े उत्साह से हमे आंदोलन की ए-बी-सी समझाने लगते थे। मतलब, साक्षात्कार को छोड़, यहाँ दूसरी ही क्लास शुरू हो जाती थी। काम का भी हर्ज होता था। मैं मीनाक्षी से कहती थी कि "इस तरह अज्ञान की खोल ओढ़ कर अपने आप को छोटा दिखाने की जरूरत नहीं है। फिर कभी मत कहना कि 'हमें समझ नहीं आता'।" ...लेकिन मीनाक्षी थी कि ... वही ढाक के तीन पात।

आन्दोलनकारी महिलाओं ने अपनी घर-गृहस्थी चलाने के साथ-साथ घर-बाहर सभी की आलोचना तथा पति की मारपीट सहकर भी अपनी अलग छाप छोड़ रखी थी। लेकिन इन सारी बातों पर अब विस्मृति की परतें चढ़ गयी थीं। कुछ औरतें तो अपने ही किये हुए काम भूल चुकी थीं। ऐसों की यादें हमने ताजा कीं। उन्हें बोलने के लिए प्रोत्साहित किया।

उनमें से लक्ष्मीबाई काकड़े, जयाबाई पवार आदि की आँखों में यह जानकर आँसू आ गये कि 'कोई तो उन्हें याद करता है, उनका महत्त्व समझता है।'

नागपुर की चन्द्रिका रामटेके का चेहरा तो मैं भूल नहीं पायी हूँ। उदास चेहरा लेकर ही वे हमारे सामने आयी। हमारे उनके घर आने का कारण सुनने पर, आवश्यक जानकारी भी उन्होंने हमें दी। पति की मारपीट, समाज की आलोचना, उपेक्षा का बहादुरी से सामना कर, संगठन का काम करने वाली तथा किसी जमाने की पहलवान तथा दंड-बैठक आदि वर्जिश करने वाली, प्राथमिक पाठशाला की यह भूतपूर्व शिक्षिका, आज इस तरह उदास, निष्क्रिय तथा बेनूर क्यों है यह मैं समझ नहीं पायी। पूछने पर उसने दमदार नेतृत्व के अभाव का कारण बताया। परन्तु उनके मन में छिपे

और भी गहरे, व्यक्तिगत दुःख का अहसास हमें हुआ। जोर देकर पूछने पर उन्होंने एक पच्चीस वर्ष के युवक की तस्वीर की ओर उँगली दिखाकर कहा– "मेरा यह बेटा, हाल ही में गुजर गया...अब मुझे क्या लेना है समाज से और सामाजिक कार्य से...?" इतना कहकर वे फूट-फूट कर रोने लगी। उनका दुःख से विवर्ण चेहरा देखा नहीं जा रहा था। उन्हें धीरज बंधाकर हम वापस लौट। घर लौटने पर मैंने उन्हें एक पत्र लिखा कि–माँ होने के साथ-साथ वे एक सामाजिक कार्यकर्ता भी हैं। ऐसी कार्यकर्ता, जिसे न रिश्ते होते हैं न नाते, होती है बस जिम्मेदारी... समाज की... इसलिए धैर्य रखें तथा सामाजिक कार्य में फिर से व्यस्त हो जायें...आदि।

स्त्रियों के योगदान के बारे में लिखी गयी इस पुस्तक का प्रकाशन डॉ. एलिनार झेलियट के हाथों हुआ तब हमें भी अपनी मेहनत का फल मिला, संतोष हुआ। डॉ. भालचन्द्र मुणगेकर, डॉ. यशवन्त मनोहर, प्रा. पुष्पा भावे आदि वक्ताओं ने मंच पर हमारी प्रशंसा की तथा अखबारों ने लिखा कि इस पुस्तक के द्वारा मैंने तथा मीनाक्षी ने पहली बार दलित स्त्रियों के कार्य पर प्रकाश डालकर इतिहास की सृष्टी की है। प्रकाशन समारोह में हमने महिला कार्यकर्ताओं का सम्मान किया। इस पुस्तक के बाद, उन स्त्रियों से हमारा नाता जुड़ गया।

जिस दुःख के कारण चन्द्रिका रामटेके टूट चुकी थी, वही दुःख का क्षण एक दिन मेरे जीवन में भी आया। चरम सीमा तक पहुँची पीड़ा का लावा क्या होता है यह मुझे उसी वक्त समझ में आया। इस अनुभूति ने मेरी आशा-आकांक्षा तथा भावनाएँ जड़ कर दी। मेरा जोश, मेरा उत्साह, मेरे नये नये मनसूबे, सब जलकर खाक हो गये। चन्द्रिका जी को पत्र में लिखे गये मेरे शब्द...सचमुच परायी पीर शीतल होती है।

उस शाम दफ्तर से लौटते समय मेथी खरीदी। बस में बैठने को जगह मिल जाने पर बैठे-बैठे साफ भी कर ली। जब जहाँ वक्त मिले, काम निपटा लेने का मेरा नियम था और गँवाने के लिए मेरे पास वक्त भी नहीं था। बस से उतर कर, राह में मीनाक्षी का घर पड़ता था। वहाँ जाकर, आन्दोलनकारी महिलाओं के सन्दर्भ में यदि कोई नयी जानकारी मिली हो, तो लेने के लिए मैं मीनाक्षी के घर गयी। उसके घर चाय पीकर, सन्दर्भ सामग्री के कागज लेकर घर पहुँची। मेरे पति भी घर आ चुके थे। हाथ-पैर धोकर रसोई में गयी। तब तक बड़ी बेटी ने कुकर चढ़ा दिया था, छोटी पढ़ रही थी। दाल बघार कर दूसरी ओर जल्दी से मेथी की सब्जी बनायी तथा पति को खाना परस दिया।

वे टी.वी. देखते हुए खाना खा ही रहे थे कि दरवाजे की घण्टी बजी। बड़ी बेटी ने दरवाजा खोला तो एक पुलिसवाला सामने खड़ा था। उसे देखते ही मेरे पति तुरन्त दरवाजे पर गये। मेरा एक भतीजा पुलिस विभाग में था, उसके पुलिस वाले दोस्त कभी-कभी घर भी आया करते थे, उन्हीं में से कोई होगा, सोचकर मैं रसोई से झाँक

कर देख रही थी।

मेरे पति ने पुलिसवाले से कुछ पूछा और माथा पीटते हुए मुझे आवाज देते वे चिल्लाये– 'सुनो...।' मैं बाहर के कमरे में दौड़ी। पुलिसवाले के पीछे दो-तीन अजनबियों के भावहीन चेहरे दिखे। "क्या हुआ, क्या हुआ– " हड़बड़ा कर मैं पूछती रही और "बरबाद हो गये, लुट गये" कहते मेरे पति उन अजनबियों के पीछे सीढ़ियों की ओर भागे। मेरी तो साँस ही रुक गयी। मैं भी पीछे दौड़ पड़ी लेकिन मुझे रोकते हुए उन अजनबियों ने बताया... "आप के बेटे का एक्सीडेंट हो गया है। वह रेलवे से गिर गया था। आप यहीं रुकें....उसे लाया जा रहा है। ...मेरे पाँव तले की धरती फट गयी, जैसे भूचाल आ गया।

मुझे होश आया तो तीव्र वेदना से जैसे मेरा कलेजा छिन्न-भिन्न हो गया था। बिच्छू के डंक की तरह, उस दिन की याद मुझे डस रही थी, जिस दिन भाई की मृत्यु का तार आया था...

...उस मध्यरात्रि को, किसी के जोर-जोर से दरवाजा भड़भड़ाने से, हरिश्चन्द्र को बाहर बुलाकर वह नीची आवाज में कुछ बुदबुदाया। झट से उठकर दरवाजे की ओर जाते हुए मैंने कमलाकर से पूछा–"क्या है रे, क्या हुआ?

वह बुत की तरह खड़ा था। फिर हरिश्चन्द्र-'चलो तुम्हारे मायके चलते हैं, आये बीमार है" कहता हुआ आगे चल दिया। मैं भी दरवाजे पर ताला मारकर उसके पीछे चल पड़ी।

आये के घर के पास पहुँची, तो कई लोग खड़े दिखे, भीतर से रोने की आवाजें आ रही थीं। शायद आये को कुछ हो गया है, सोचकर मैं घर में घुसी तो दीवार से टेक लगाकर, आये रोती हुई, छाती पी रही थी। लग रहा था, उसके हृदय की पीड़ा उसकी आँखों से ही नहीं, सारे शरीर से रिस रही थी। वेदना की प्रतिमूर्ति-सी लगती आये गहरी साँसों से, ज्वालाओं से तप्त उसाँस छोड़ रही थी।

तभी किसी ने बताया कि– 'भाई गुजर गया। तार आया है मुम्बई से ...' मैं दौड़कर आये के गले से लिपट गयी। "ऐसा कैसे हो गया...कैसे हुआ...?" पूछती मैं रोने लगी। कुछ देर बाद मेरे आँसू तो थम गये परन्तु आये की आँखें निरन्तर झर रही थीं। कैसा लग रहा होगा उसे ...अपनी एक-एक सन्तान खोते हुए...जैसे उसके अपने ही अंग कट-कट कर गिर रहे हों।

एक बार मैंने आये से पूछा था कि– "आये, माँ होने का क्या अर्थ है।" मैं जानना चाहती थी कि 'माँ' शब्द में निहित भावना को आये किस तरह व्यक्त करती है। मेरा सवाल सुनकर आये का चेहरा मर्मान्तक पीड़ा से विवर्ण हो गया था। उसने कहा–"माँ होने का मतलब है बेटी–सती होना, समझी सती होना...!!!"

जिस जलती ज्वाला में आये कभी जिन्दा जल चुकी थी, उसी चिता पर आज मैं खड़ी थी।

मिलने वाले आ रहे थे, कुछ न कुछ कहते हुए सान्त्वना दे रहे थे, उपदेश कर रहे थे। किसी नाते-रिश्तेदार के आने पर शोक-संतप्त स्वर पुनः उफनते। सभी भुक्त भोगी थे। कुछ का दुख ताजा था तो कुछ लोगों का दर्द समय की परतों में दब चुका था।

हम भाई-बहनों की संख्या का हिसाब लगाते हुए कोई बोला– "तीन बहनें और तीन भाई थे नये...? दो भाई गुजर गये, बहनें रह गयीं। भाई के बदले बहनों में से कोई गुजर जाती...।"

यह सुनकर - "हाँ, हाँ! हम, हममें से कोई एक क्यों न चली गयी...?" छाती पीटती हम बहनें हुलस-हुलस कर रोने लगी थीं और अपने दुर्बल हाथों से हमें समेटती आये, जी-जान से चीख पड़ी थी– "चुप करो ...चुप करो मेरी बेटियों..."

आये की आँखों में मैंने निषेध की तीव्र भावना देखी जिसका अर्थ यह था कि माँ के लिए सारी सन्तानें समान होती हैं।

...और आज, मेरी बेटियों का भी कोई उसी तरह हिसाब लगा रहा था और भीतरी कमरे के दरवाजे पर खड़ी चौदह-पन्द्रह साल की मेरी छोटी बेटी, पीड़ादग्ध चेहरे पर डबडबायी आँखें लिये, वही कह रह थी– "हाँ, हाँ! उसके बदले मैं...क्यों नहीं...?" और आये के होठों के शब्द आज मेरे होठों पर तड़प रहे थे।

आये की आँखों में प्रतिबिम्बित कैसी-कैसी भावनाएँ, यादें, समय-असमय आये के मुँह से निकले दग्ध उसाँस, चक-चक हाय-हाय के करुण स्वर और उनके अर्थ, तब मेरी समझ में नहीं आये थे। बाईस वर्ष पहले उस पीड़ा की तीव्रता मैं नहीं समझ सकी थी...महसूस नहीं कर सकी थी परन्तु आज उन सबसे मेरा नाता जुड़ गया था। आये कहा करती थी कि पहाड़ी का दावानल साफ दिखायी देता है, पर मन में जलती आग कौन देखे? आज वह आग मैं अपने सामने देख रही थी। उस वक्त एक औरत अपने अतीत के दुख को याद करती आये से कह रही थी कि– "माँग का सिन्दूर मिट जाने से अधिक दर्द कलेजे का टुकड़ा के जाने का होता है...।" और अपने कलेजे के टुकड़े के लिए वह फूट-फूट कर रोयी थी।

सुन्न होकर, आहत हृदय से बैठे रहना मुश्किल था। कठोर वास्तव, बिच्छू की तरह बुद्धि को डंक दिये जा रहा था। फिर मैं दुख भुलाने के लिए व्यस्त रहने का प्रयास करने लगी। कथाओं के विषय पुनः याद करने लगी, पात्रों के संवाद रचने में मन लगाने लगी और तब...मेरे सम्मुख आयी गौतमी। पुत्र के शव को भगवान तथागत के सामने रखकर– "मेरे पुत्र को पुनः जीवित कर दो...प्रभु..." कहकर आक्रोश करने वाली...और –"ऐसे घर से राई लेकर आओ, जहाँ कभी कोई मृत्यु नहीं हुई..." कहकर शान्त स्वर में गौतमी को वास्तविकता का भान कराने वाले भगवान तथागत...उनकी सान्त्वना... आदि अनेक प्रसंग तथा उन प्रसंगों पर भगवान तथागत द्वारा कहे गये प्रीतिवाक्य ...अर्थात 'उदान' ...भन्ते जगदीश कश्यप ने उपरोक्त अंश का पाली से हिन्दी में अनुवाद किया है। इसी अंश का मराठी में अनुवाद करते समय,

मेरे जीवन के इसी तप्त, दग्ध, काल का टुकड़ा मैंने वेदना की स्याही में डुबोया था। पहले लिखने के लिए जागा करती थी, आज जागने के कारण लिख रही थी, दिमाग खपा रही थी। लेकिन चाहे कितनी ही कोशिश करूँ, छाती से फूटकर निकलते विचार दिमाग पर सीधे वार कर रहे थे और मन का बाँध टूट रहा था।

क्या हुआ होगा ...? सब चुप थे। कोई उस बात का जिक्र भी नहीं करता, मैं भी पूछने का साहस नहीं करती। जब भाई गुजरा था तब आये के सामने भी सब चुपचाप बैठे थे। पर धीरे-धीरे बात खुल गयी थी ...रेशनिंग ऑफिस में राशन कार्डों की धाँधली हुई थी और भाई पर झूठा इल्जाम लगा था। भाई सच बताने की प्राणान्तिक चेष्टा कर रहा था परन्तु व्यवस्था के कान बन्द थे। आखिर बीवी-बच्चों को आये के तथा छोटे भाई के सहारे छोड़कर भाई ने फाँसी लगा ली थी...पड़ोसी के पास उसने रखे डिब्बे में दो चिट्ठियाँ थीं, एक आये के नाम और दूसरी पत्नी के नाम। आये की चिट्ठी में लिखा था– 'माँ, मैं बेगुनाह हूँ, यह तुम ही जान सकोगी।' और पत्नी से कहा था–'सुशीला मैंने तुम्हारे साथ और बच्चों के साथ अन्याय किया है। मुझे माफ कर देना।'

अब भी सारे वही झूठे, ऊपरी कारण बता रहे थे। कोई तह तक नहीं पहुँचना चाहता था। एक दिन मंदार होस्टल से घर आया...सहजभाव से बोला कि "मुझे उस कॉलेज में नहीं पढ़ना है...मेरा कॉलेज बदल दो..." मेरे पति ने कहा–"बदलने की क्या जरूरत है...? तुम पढ़ाई नहीं करते ...गिटार बजाते रहते हो। गिटार के इनाम काम नहीं आयेंगे, पढ़ा करो।"

हमारे रत्नागिरी छोड़कर मुम्बई आने के पूर्व वर्ष, मंदार का नाम चौथी कक्षा की स्कॉलरशिप की परीक्षा की मेरिट लिस्ट में आया था। रत्नागिरी के अखबार 'सत्यशोधक' में अन्य चार-पाँच बच्चों के साथ उसकी भी तस्वीर छपी थी। गप्पू गाल, सीधी नाक, मुस्कराती आँखें, घुँघराले बालों की बायीं तरफ निकली माँग तथा बन्द होठों पर नकली पर नटखट हँसी...जिस-तिस को दिखाते-दिखाते फोटो एकदम मैली हो गयी थी, सलवटें पड़ गयी थीं, लेकिन उसे देखते ही हमारे चेहरे खिल जाते थे। फोटो वाला अखबार हमने बक्से में एहतियात से रखा हुआ था। अपनी बुद्धि के बलबूते पर मंदार ने दसवीं अच्छे नम्बरों से पास कर ली ये बारहवीं के बाद उसे आसानी से मेडिकल कॉलेज में दाखिला मिल गया था...तब महसूस नहीं हुआ लेकिन पहला साल जैसे-तैसे बीता...दूसरे साल...फिर एक बार वही शिकायत... मैंने कहा-वह शिकायत कर रहा है तो कम से कम जाकर तो देखिये।" लेकिन मेरे पति ने एक न मानी। उन्होंने वही पुराना राग अलापा..."पढ़ाई में ध्यान लगाओ। किस बात की कमी है तुम्हें? जो माँगो सो दे रहे हैं। पढ़ो...यह तुम्हारा दूसरा साल है..." और उसके बाद...उसके बाद...!!

क्यों शिकायत कर रहा होगा वह? कैसा था वहाँ का वातावरण, वहाँ की

व्यवस्था...? मेरी एक सहेली कह रही थी, उसके पति उसी मेडिकल कॉलेज में पढ़ाते थे, वे आरक्षण के कट्टर विरोधी थे... विरोधी! विरोधी!!

विभिन्न स्तरों पर व्यक्त होता स्पष्ट... अस्पष्ट विरोध, स्थिति समझने से इनकार...

...इन्हीं परिस्थितियों ने मेरे भाई को अपने जीवन का अन्त करने के लिए बाध्य किया था। फिर क्या मेरा बेटा भी...उसी राह पर...? क्या सचमुच ऐसा हुआ होगा...??

मंदार को गुजरे कितने दिन हुए थे पता नहीं। मेरे दफ्तर की एक सहकर्मी दोपहर को घर आयी। पास ही में बैठी मेरी बहन से बोली– "इनका बेटा और मेरी बेटी मेडिकल के एक ही इयर में पढ़ते थे...।" जरा देर की चुप्पी के बाद वह आगे बोल पड़ी– "लेकिन उस दिन आप ने ऐसा कैसा कह दिया...?" मैंने प्रश्नार्थक दृष्टि से देखा तो वह फिर बोली– "आप को तो अब याद भी नहीं होगा, फिर भी आप को ऐसा नहीं कहना चाहिए था।"

– "क्या हुआ? क्या कहा मैंने?"

– "वैसे मैंने तो खुद नहीं सुना लेकिन ऑफिस की दूसरी महिला ने बताया..."

– "बात क्या है, अब साफ कहिये..." मेरी बहन झल्ला गयी।

– "मेरी बेटी इनके बेटे के साथ ही पढती थी न...तब इन्होंने कहा कि मेरा बेटा ही क्यों मर गया, इनकी बेटी क्यों न मर गयी?"

सुनकर हम दोनों बहनें अवाक् रह गयीं। क्या कहतीं हम? फिर भी मेरी बहन ने बात साफ करने की गरज से पूछा कि– "क्या दुर्घटना के वक्त आप की बेटी भी उसी गाड़ी में, उसी डिब्बे में थी?"

–"नहीं वह अपने घर में थी।"

–"अरे, तो फिर आपकी बेटी का हमारे बेटे से सम्बन्ध ही क्या है?" बहन तो खीझ ही गयी।

–"सम्बन्ध क्यों कर होने लगा? लेकिन शायद इन्हें लगा होगा कि जब हम दोनों एक ही दफ्तर में काम करती हैं तो केवल मुझे ही क्यों दुख पहुँचे, इन्हें भी क्यों न पहुँचे? इसकी बेटी यदि मर जाती तो यह भी दुखी हो जाती।"

–"अरे बहनजी, मैं ऐसा कैसा कहूँगी? सपने में भी मैं कभी ऐसा नहीं सोच सकती..." मैंने आहत हृदय से कहा।

बहन ने घुड़क कर मुझे शान्त रहने के लिए कहा और उस महिला की ओर रुख करके बोली... "उठिये मैडम... आप जो भी कह रही हैं, आप की अपनी समझ में आ रहा है या नहीं? निकलिये अब। किसी और के सामने मत कह दीजियेगा ऐसी बात। और जिस किसी ने आप को यह जानकारी दी है, उन तक भी मेरा कहा पहुँचा देना... निकलिये।"

कितने ही लोगों को मैंने यह कहते सुना है कि 'यह दुख मुझे ही क्यों भोगना

पड़ रहा है?' इसका मतलब यह हुआ कि दूसरा भी इस दुख का भार उठाये या फिर यह दुख दूसरे के हिस्से में भी आये। ऐसे वाक्य से मुझे शुरू से ही चिढ़ रही है और उस महिला ने उसी वाक्य का तेजाब मेरे मुँह पर मार दिया।

वह तो चली गयी पर मुझे जैसे लकवा मार गया। कोई-कोई सलाह देते थे कि दफ्तर के रोजमर्रा के काम से दुख भूलने में मदद होगी। मैंने दफ्तर जाना शुरू कर दिया। मेरी एक सहकर्मी ने मेरे पास आकर, सलाह देते हुए कहा कि– "एक बात कहती हूँ, नाराज मत होना। आप भगवान पर विश्वास नहीं करतीं, इसलिए बता रही हूँ। भगवान की लाठी में आवाज नहीं होती। कब, किसे पड़ जाये, कहा नहीं जा सकता। आप की दो बेटियाँ हैं, पति है। आप नियम से श्री दत्त गुरु के चरित्र का पठन किया कीजिए।

मैं उसकी तरफ देखती ही रह गयी। मैंने कहा– "अपने ही दफ्तर की परांजपे, कुवलेकर ये सारी पोथियाँ और चरित्र पठन करती हैं फिर भी उनमें से किसी का बेटा तो किसी का पति, गुजर ही गये न।" इस पर वह उठकर चली गयी।

इन्हीं दिनों साहित्य संस्कृति मण्डल के पास अनुदान हेतु भेजे गये मेरे प्रथम कथा-संग्रह–सहावं बोट (छठवीं उँगली) को अनुदान मिल गया तथा श्री जगदीश मोरे के संबोधी प्रकाशन ने उसे प्रकाशित किया।

पुस्तक की एक प्रति लेकर श्री मोरे घर आये थे। वे कह रहे थे कि सदानन्द जाधव स्मृति दिन पर ही प्रकाशन समारोह होगा। इस अवसर पर सुशीलकुमार शिन्दे, अरुण साधू (ज्येष्ठ पत्रकार एवं लेखक), प्रा. श्री नेरूरकर, छाया दातार आदि को निमन्त्रण देंगे। डॉ. भालचन्द्र मुणगेकर तो है ही। और किस किस को निमन्त्रण दें?"

यह मेरी पहली पुस्तक थी। इसके बारे में मेरी क्या भावना होती और आज क्या थी। हाथ के कथासंग्रह की ओर मैं नितान्त परायेपन से देख रही थी। मुखपृष्ठ पर केवल एक उँगली का चित्र था। संजय पवार जैसे असाधारण चित्रकार ने उस उँगली को कई डायमेन्शन्स दिये थे लेकिन मुझे केवल एक ही डायमेन्शन दिख रही थी– दुर्घटना में टूटी उँगली!

बुखार उतर जाने पर भी मुँह का जायका कड़वा ही रहता है– कुछ ऐसी ही स्थिति मेरे मन की हो गयी थी।

मुझे याद है, सामने ही आये बैठी होती थी...नौगजी साड़ी–घुटनों तक समेटे हुए, माथे के पल्लू से दोनों कन्धे ढँके हुए, घुटने मोड़ कर पेट के पास समेटे हुए...उसका सूखा लम्बोतरा चेहरा...सिकुड़ी आँखें...शून्य नजर...लगता था कि कलेजे का दर्द अभी तक उन आँखों से रिस रहा है। कहते हैं कि समय हर दुख का इलाज है किन्तु कई दुख निश्चित ही समय पर मात करते हैं।

मैंने जीवनभर आये की कंजूसी पर, उसकी सदा व्यस्त रहने की आदत पर अपना गुस्सा उतारा था। उसने कभी हमारे शौक पूरे नहीं किये, हमारे बचपन पर

निरन्तर फटेहाली और अतृप्ति की छाया पड़ी रही, यही मानकर मैंने हमेशा उसका विरोध किया, हर काम उसकी इच्छा के विरुद्ध किया। लेकिन उसका वह व्यवहार कंजूसी नहीं बल्कि अपने कलेजे के जख्मों पर स्वयं किया गया उपचार था। वह चाहती थी कि उसके बच्चे स्वाभिमान से जियें, किसी के आगे हाथ न फैलायें, इसी सन्तोष की उसे चाह थी।

उसकी यह विशेषता लोग भी पहचानते थे, इसका सबूत मुझे एक बात से मिला। बनिये की दूकान पर रोज पैसे चुकाने के झंझट से बचने के लिए मैंने, पड़ोसन की देखा-देखी कॉपी रख दी थी। तनख्वाह होने पर पूरे महीने की उधारी चुका देती थी। बनिया जान-पहचान का था, घर के पास ही रहता था। एक दिन बनिये के पिता दूकान पर बैठे थे। सामान लेने के बाद मैंने कहा– 'लिख लेना' और मैं जाने को मुड़ी तभी वे बुजुर्ग मुझसे बोले– "बेटी, उधारी अच्छी बात नहीं है। तेरी माँ ने फटेहाली में दिन काटे लेकिन कभी एक पैसे की भी उधारी नहीं रखी–याद रखना।" सुनकर मन ही मन मैं नाराज हुई लेकिन आये के प्रति अभिमान से मेरा दिल भर आया।

आये को मैं आज समझ पा रही थी। हम दोनों का टूटा हुआ रिश्ता इस पीड़ा के जरिये फिर जुड़ गया था। उसके हाथों में निरन्तर घूमने वाले आयदान का अर्थ मैं आज समझ रही थी....मैं भी तो इसी तरह दुख भुलाने के लिए लेखन करती थी। क्या लिखती थी–कैसा लिखती थी– उसका मूल्य क्या था? पता नहीं लेकिन उस कटु घटना से अपने दिमाग से दूर रखने का यही एक जरिया मुझे सूझ रहा था।

मुम्बई मराठी ग्रन्थ संग्रहालय में मेरे कथा संग्रह का प्रकाशन करते हुए माननीय सुशीलकुमार जी शिंदे ने कहा–"लेखिका ने एक पुत्र खोया तो दूसरा पुत्र पाया...।" इन दो पुत्रों के जन्मों के बीच का हमारा पारिवारिक जीवन, जो बेटे की स्मृतियों से व्याप्त तथा आहत था, उसे मैंने सी कर बन्द कर दिया तथा घर से बाहर के सुख-दुखों को गले लगाया। लेकिन मेरे पति ने अपना दुख शराब में डुबोना चाहा। मैंने कई बार उन्हें समझा-बुझा कर यह लत छुड़ाने की कोशिश की परन्तु हर बार उन्होंने मुझ से एक ही बात कही– "तुम अपने काम छोड़ दो, मैं शराब छोड़ दूँगा।" असल में बात यह थी कि इतना फासला तय करने के बाद हम दोनों को अपनी-अपनी लत छोड़ना मुश्किल जान पड़ रहा था और अब तो यह असम्भव था।

एक बात का अहसास हो रहा था कि दुख-दर्द में लज्जा होती भी है और नहीं भी। एक ओर तो मन करता है कि– किसी को अपना मुँह तक न दिखायें तो दूसरी ओर दुनिया में कभी भी, किसी का भी सामना करने का विलक्षण साहस मन में होता है। आये हमेशा कहा करती थी कि–"क्या कहीं जाना और मुँह दिखाना?" वह कभी किसी के घर नहीं गयी। लेकिन दूसरी तरफ किसी भी परिस्थिति का बेखटके सामना करने से वह कभी नहीं घबरायी। बीच रात को भी, जरा भी आहट होती तो वह बेखौफ

बाहर जाकर देखती थी। हम सब अचम्भित रह जाते थे कि इसे डर कैसे नहीं लगता। लेकिन अब मेरी भी मन के भावुक और भीरु अंश जलकर खाक हो चुके थे।

जिस वर्ष हमारे परिवार पर यह गाज गिरी उसी वर्ष आये गुसलखाने में रखे पीढ़े पर पाँव रखते समय फिसलकर गिर पड़ी तथा उसकी कमर के जोड़ से हड्डी खिसक गयी। भाई ने आये को मुम्बई लाकर अस्पताल में भरती करा दिया। मैं उसे देखने अस्पताल गयी थी। मेरे मन का तथा उसके तन का दर्द अभी ताजा था, फिर कौन किसे समझाता? सफेद कोट पहने डॉक्टर्स देखकर मेरे मन का बाँध टूटा जाता था। मैं बुत बनी आये के पास बैठी रहती थी। आये का ऑपरेशन किया गया तथा लोहे का जोड़ लगाया गया लेकिन उसके शरीर ने साथ नहीं दिया। वह रत्नागिरी लौट गयी...। जिन्दगी ने आये को हमेशा आघात ही दिये थे। उसने न कभी पेट भर खाया, न जी भर सोया। छटपटाते, अस्वस्थ चित्त से उसने सदा कष्ट ही किये और अब उसके अन्तिम समय में भी उसकी दुर्गति करने से जीवन हिचकिचाया नहीं। अब की बार आये ने भी जिन्दगी से बदला ले लिया—उसने खाना वर्जित कर दिया। फिर से डॉक्टर बुलवाये गये परन्तु उसने अपनी जिद नहीं छोड़ी। अन्ततः शाहू ने फोन करके हमें बहनों को बुलावा भेजा और हम गये।

आये का लम्बा, हड़ियल, सपाट, मृत शरीर नर्म बिस्तर पर रखा हुआ था। आयदान पर निरन्तर, सफाई से घूमने वाले उसके हाथ मोड़कर पेट पर रखे थे जैसे अपना सब कुछ दे चुकने को बाद निवृत्त हो चुके हों। मैं आये को देख रही थी परन्तु मेरा मन भावनाओं के आन्दोलन से खाली था। मेरी नजरों के सामने आये का वही रूप था जब वह मुझे सान्त्वना देने के लिए मुम्बई आयी थी। पाँव समेटे, शून्य नजर से ताकती समदुखी आये ही जाने-अनजाने मेरी नजरों के आगे घूमती रही। मानो उसके जीवनपर्यन्त रुके हुए क्षण अब मेरे पास आ कर खड़े थे।

बेटे को डॉक्टर बना देखने का सपना तो टूट चुका था। अब मेरी लड़कियाँ ही उसे पूरा करें, इस खातिर मैंने दोनों बेटियों को जबरदस्ती साइन्स दिलवाया। परन्तु परिवार पर हुए आघातों के अटल परिणामों से वे भी अछूती नहीं रही थीं। बड़ी बेटी मालविका का रुझान आर्ट्स की ओर बढ़ा और आगे चलकर उसने एम.ए.,एम.एड. किया। उसने शास्त्रीय संगीत की पाँच परीक्षाएँ भी पास कर ली। इधर छोटी बेटी मानिनी ने बी.एसी. के बाद पैथालॉजी, कम्प्यूटर जैसे अनेक डिप्लोमा किये। अन्ततः उसने कत्थक नृत्य विशारद का कोर्स सफलतापूर्वक पूरा किया। दोनों ही आज नौकरी कर अपने पाँव पर खड़ी हैं, संगीत और नृत्य सिखाती हैं।

मैं सोचा करती थी कि यदि मैं लेखन और नौकरी न करती तो क्या मेरी बेटियाँ, इससे अधिक प्रगति करतीं? क्या मैं ऐसी परिस्थिति निर्माण कर पाती कि हमारे जीवन के अर्थ बदले? इस सवाल का जवाब, कुछ हद तक, मेरी बेटी मालविका ने अनजाने में दे दिया।

'स्त्री-उवाच' पत्रिका के सन 1991 के वार्षिक अंक में स्त्रीवादी माताओं के साक्षात्कार छपे। तब पत्रकार विनया खड़पेकर ने मालविका से भी मुलाकात की। मैंने मालविका से कह रखा था कि जो भी कहना हो, निस्संकोच कहना, किसी दबाव में मत कहना। मैं उसकी प्रतिक्रिया भी जानना चाहती थी।

मालविका तब उन्नीस वर्ष की थी। उसने कहा– "कॉलेज में दाखिला लेने के बाद माँ बदलने लगी। नौकरी, घर के काम और पढ़ाई के बोझ तले वह पिसने लगी और पिताजी से उम्मीद करने लगी कि वे भी काम में हाथ बँटाये। माँ के व्यक्तित्व में स्पष्ट बदलाव, एम.ए. करने के बाद महसूस होने लगा। वह स्त्री मुक्तिवादी बन गयी, उसके विचार बदलने लगे और हम माँ-बेटियों के बीच संवाद भी तभी से होने लगा। बचपन में जरा हमसे भूल हुई कि वह डाँट देती थी, मारती थी परन्तु अब हर बात समझा कर कहती है। हम भी अपनी हर बात उसे बताते हैं। किसी खास लड़के के प्रति आकर्षण भी हम शायद उससे नहीं छिपायेंगे। हमें अब विश्वास है कि वह सब समझ सकेगी। अब हम सहेलियाँ हैं। पिताजी के प्रति यह विश्वास हमें नहीं हैं, कभी था ही नहीं। मुझे मेरा बचपन याद हैं, जब हम परम्परागत रीति से जीते थे, तब घर में शान्ति थी। लेकिन जब माँ पढ़ने लगी तब से पिताजी का विरोध बढ़ने लगा, घर में विवाद, झगड़े होने लगे और इसका असर हमारी पढ़ाई पर भी पड़ा। तब लगता था कि गलती माँ की है। अगर वह नरमी बरते तो घर में कम से कम विवाद नहीं होंगे। लेकिन आज ऐसा नहीं लगता। लेखिका होने के कारण माँ की छुट्टियाँ सभा एवं सम्मेलनों में ही खत्म हो जाती थीं। तब लगता था कि वह घर में ही रहे और हमारे साथ वक्त बिताये लेकिन उल्टा हमें ही घर के काम कर के पढ़ाई करनी पड़ती थी। लेकिन आज सोचें तो लगता है, कुछ बुरा नहीं हुआ। हम अब आत्मनिर्भर बन गये हैं। हम यह स्वीकार करना सीख गये हैं कि वह अन्य माताओं से अलग है। वह छुट्टियाँ भी ले, तो लिखने में ही बिताती है। हम भी अब सीख चुके हैं कि हमें अपनी पढ़ाई आप करनी है।

माँ में हुए इस बदलाव के कारण पिताजी बेहद चिड़चिड़े हो गये हैं। वे अधिक खुश रहते अगर माँ परम्परागत गृहिणी होती। वे चाहते हैं कि माँ घर में रहे; दिल लगाकर खाना बनाये, जल्दी-जल्दी न निपटाये और हमें भी कोई गृहोपयोगी कोर्स दिलवाये। माँ का पढ़ना, आगे बढ़ना, नाम कमाना, उन्हें कहीं न कहीं खलता है। वैसे आम तौर पर वे घर के कामों में हाथ बँटाते हैं, कुकर लगाते हैं, सब्जी बघारते है। मेहमानों के सामने भी बिना किसी संकोच के, घर के काम करते हैं। परन्तु अपनी इच्छा से करते हैं या कोई चारा न होने के कारण करते हैं, यह पता नहीं। क्योंकि वे नहीं बदले हैं और आज भी उन्होंने माँ के बदलाव को स्वीकार नहीं किया है। वे आज भी माँ से झगड़ते हैं। हमें लगता है कि घर में तनाव के लिए जिम्मेदार वे ही हैं, माँ नहीं।"

मेरी बेटी ने मेरे पत्नी और माता रूप का एक-एक धागा अलग कर सामने रख दिया था। सचमुच, क्या मैं घर और नौकरी के अलावा और कुछ नहीं करती तो क्या मेरे पति के मुझसे झगड़े नहीं होते? जब हम नये-नये मुम्बई आये थे तब मैं बस कामकाजी गृहिणी थी। उन दिनों भी जीजाजी के साथ, मेरे पति शराबखाने जाया करते थे। इस विषय पर हमारे विवाद भी होते थे लेकिन उनकी शराब पीने की आदत बदलना किसी के बस में नहीं रहा।

एक बार हम दोनों किसी कार्यक्रम में गये थे। वे राजी नहीं थे, मैं ही उन्हें खींच कर लायी थी। शाम का उनका पीने का वक्त होने पर वे उठकर वापस हो लिये। वहीं पर एक संवेदनशील कलाकार बैठे थे उन्होंने पूछा कि– "ये क्या, चल दिये...?"

"हाँ, निकलना ही होगा। इस वक्त नल पानी में आता है, भरकर रखना होगा।" कहकर वे निकल लिये।

उस वक्त उनका अभिनय देख कर मुझे हँसी आ गयी। बाद में ये घटना वही संवेदनशील कलाकार किसी मित्र से बयान करते मैंने सुना। वे कह रहे थे– "पति बेचारा पानी भरने जा रहा था और निर्लज्ज पत्नी बैठी हँस रही थी।" ...सच, मर्द कितने बेचारे होते हैं और स्त्रियाँ कितनी निर्लज्ज...!

'स्त्री.उवाच' पत्रिका में छपा साक्षात्कार, पति को दिखाने का साहस मुझे नहीं हुआ। वे नाराज हो जाते, गड़े मुर्दे उखाड़े जाते और फिर विवाद छिड़ जाता। अपनी बेटियों से मेरी निकटता की वे हमेशा आलोचना किया करते थे कि "बच्चों को माँ का कुछ तो खौफ होना चाहिए, तभी वे अनुशासन में रहते हैं। पर इसे देखो—खुद भी बच्ची बनकर बेटियों के साथ खी-खी करती है।" मैं सोचती थी कि पति की आलोचना की परवाह किये बिना मैं बच्चों के साथ हँसती-बोलती हूँ। आये की तरह कंजूसी नहीं करती बल्कि उनके शौक यथासम्भव पूरे करती हूँ। बच्चे अपने इर्द-गिर्द मुझे महसूस करते हैं। साक्षात्कार में मुझे अपनी सहेली बताकर, मेरी बेटी ने यह बात खुले आम मान ली है। यह सबूत है हमारे परस्पर विश्वास का, ऐसा मैं समझती थी। परन्तु यह मेरी गलतफहमी ही थी। बच्चे निश्चित ही मुझसे पूरी तरह खुले नहीं थे। कुछ फासला अवश्य रखते थे। इस फासले के भी कुछ कारण थे—हम बेशक उन्हें वह सब देते थे, जो हमें नहीं मिल सका परन्तु अब उनकी जरूरतें भी बढ़ गयी थीं, अलग थीं, इसका अहसास ही हमें नहीं हुआ। बच्चे अपने साथियों से कुछ अन्तर महसूस करते थे, भले ही उस 'कुछ' पर उँगली न रख सके। लेकिन भावात्मक रूप से वे बड़ा असुरक्षित महसूस करते थे, खालीपन का अहसास था उनमें...। अंग्रेजी माध्यम में पढ़ाकर, हमें उनकी हीनता की भावना कुछ हद तक तो दूर करनी चाहिए थी, ऐसा तीनों ही बच्चे सोचते थे। इसी विचारों तले वे दबते रहे लेकिन हमें खबर ही नहीं थी।

आज अपने मन को कुरेदने पर, महसूस होता है कि बचपन से ही अंग्रेजी से

उनका परिचय हो जाता तो अंग्रेजी उनकी पेशियों में रच-बस जाती और आगे शायद कई बातें आसान हो जातीं। अफसोस, कि हम यह काफी देर से समझे कि हमें समय के साथ चलना चाहिए वरना समय हमें धक्का देकर निकल जाता है।

यही नहीं! हाल ही में इतने सालों बाद दोनों बेटियों ने रहस्य खोला कि उनकी देखभाल के लिए रखी आया उन्हें मारती थी। कान उमेठना, गाल पर चिकोटी काटना, पैसे चुराना तो चलता ही रहता था। घर के आस-पास के छोकरों से उनकी दोस्ती होती थी, मौका पाकर वे भी घर आते थे। यह बात तीनों बच्चों ने न मुझे बतायी, न मेरे पति को। न बताने का कारण तो वे तब नहीं जानते थे लेकिन हम पर अविश्वास तथा आया की मार का डर, यही प्रमुख कारण थे। अर्थात यह भी सच है कि उन आयाओं को समझने की हमने भी उस वक्त जरूरत नहीं समझी। उन दिनों घर, दफ्तर और बच्चों की जिम्मेदारी एक साथ निभाना, तेज धार पर चलने के बराबर था, जिसका असर बच्चों पर अनिवार्य रूप से पड़ा।

बड़ी बेटी मालविका से मैं कहती थी कि यदि उसे कोई लड़का पसन्द हो तो बिना संकोच, हम से कहे। हम उनकी शादी करा देंगे। मेरे इस दिली आश्वासन पर भी कभी उसने मुझसे अपने दिल की बात नहीं कही। उसे एक लड़का पसन्द था परन्तु वह उसे शादी के बारे में साफ पूछ नहीं सकती थी क्योंकि उसे जाति के आधार पर नकारे जाने का डर था... लेकिन अपना यह डर उसने मुझसे छिपा कर रखा था। इन सारी बातों से अनजान, हमने उसकी शादी तय की। निमन्त्रण छपे, पोशाकें बनवायी गयीं, बेटी को देने का सामान तैयार हुआ, हॉल निश्चित हुआ और ऐन शादी के वक्त बेटी के उस पसन्दीदा लड़के ने अपना प्रेम जाहिर किया, मालविका से शादी की इच्छा प्रकट की उसका इतना कहना था कि यहाँ मालविका ने शादी तोड़ने की इच्छा जाहिर कर दी।

हमारा घर जड़ से हिल गया। शादी पर आये रिश्तेदार अवाक् रह गये ...सभी ने इसे अपनी प्रतिष्ठा पर आघात माना। बेटी की विदाई नियोजित समय पर होनी ही चाहिए, फिर चाहे जो हो जाये—यही सबकी दृढ़ धारणा थी और मेरे पति की भी...।

सब क्रोधित होकर पूछने लगे कि आज ऐन शादी के वक्त, अपने प्यार का इजहार करने वाला छोकरा, आजतक क्या सो रहा था? न जात का न पात का... यू.पी.वाला... इसका क्या भरोसा? सभी ओर यही शोर-शराबा था और मैं... मैं शान्त चित से इस परिस्थिति से बाहर निकलने की राह खोज रही थी। बेटे की असमय मृत्यु का भारी आघात मैं झेल चुकी थी अब कहीं बेटी भी उसी राह पर जाने की ठान न ले। उसकी चिन्ता से मैं काँप गयी थी।

मैं देख रही थी नियोजित शादी से तीनों व्यक्ति दुखी होंगे। बेटी की जिन्दगी को दुखी होने से बचाने का यही एक अवसर था...। सही निर्णय मुझे आज ही लेना था। आज यदि मैं अपनी बेटी का साथ दूँ, तो नियोजित वर के साथ अन्याय जरूर

होगा पर अन्याय तो शादी के बाद भी होना ही था। दूसरा रास्ता ही नहीं था।

नियोजित शादी, हॉल पर ही टूट गयी। मेरी काफी थुक्का-फजीहत हुई। सबने यही कहा कि– 'बेटी के प्यार के बारे में माँ को तो पता होना ही चाहिए। कैसी औरत है ये, जो सभा-सम्मेलनों, कार्यक्रमों में ही व्यस्त रहती है? मेरे मातृत्व की धज्जियाँ ही उड़ा दी गयीं।

मेरे पति की आशाओं पर पानी पड़ गया था। निराशा से वे गुस्सैल बन गये थे। मुझे देखते ही उनका पारा चढ़ जाता था– 'इस औरत ने मेरी गृहस्थी धूल में मिला दी। इसके कारण मैं समाज में मुँह दिखाने लायक नहीं रहा। अपने आप को बड़ी सयानी समझती है पर धेले भर की भी अक्ल नहीं है इसे। यह औरत स्वार्थी है, नालायक है, बेशर्म है...' ऐसे और इससे भी अधिक भद्दे शब्दों में वे अपनी भड़ास निकालते थे।

उसी दौरान मैं एक और ही दुख के भार से दबी जा रही थी। इस पूरी घटना में मालविका के नियोजित वर के प्रति घोर अन्याय हुआ था। उनके खर्चे का हर्जाना तो हमने भर दिया था लेकिन उसे, उसके माता, भाई-बहन, नाते-रिश्तेदारों द्वारा भोगे मानसिक क्लेश का हर्जाना हम कैसे भरते? पहले से ही जलते, मरे मन को ये विचार और भी जला रहे थे। आगे चलकर जब उस लड़के की शादी हुई और उसकी गृहस्थी की गाड़ी अच्छी तरह चलने लगी तब इस जलते मन को थोड़ी ठंडक पहुँची।

मेरे पति भड़के हुए थे। मालविका के लिए घर में प्रवेश बन्द था। मेरे कहने पर कि– 'हमारी बेटी होने के नाते, मालविका का भी घर पर अधिकार है,' वे और भी भड़कते थे। आखिर महिला समस्या पर काम करने वाली मेरी दोस्त अरुणा बुरटे ने उसे अपने घर आश्रय दिया। मालविका के नियोजित वर तथा उसके परिवार को समझाने-बुझाने का काम भी उसी ने किया। मेरे घर में मेरी बेटी तो क्या, मेरे लिए भी जगह नहीं थी, जब कि घर का किराया मेरी ही तनख्वाह से हर माह कटता था। मेरे पति बार-बार मुझे सुनाते थे कि– "तुम घर में कदम मत रखना, मैं तुम्हारा मुँह भी नहीं देखना चाहता।" सुन-सुन कर मैं भी भिन्ना गयी थी लेकिन जाती कहाँ? एक और भी तो बेटी थी मेरी। हमारे समाज में, टूटकर दिल की चाहे धज्जियाँ उड़ जायें, सब कुछ पीकर हँसने-बोलने के संस्कार, बचपन से ही स्त्री को घुट्टी के साथ घोलकर, (दम घुटने तक) पिलाये जाते हैं। पलक झपकते ही इतना बड़ा फैसला कर लेने वाला वह यू.पी.का लडका रवि, मेरी बेटी से किस तरह पेश आयेगा, इसकी मुझे अधिक चिन्ता थी। मेरे पति तो बार-बार दृढ़ता से कह रहे थे कि वह छोकरा तेरी बेटी को फोरास रोड (मुम्बई में वेश्याओं की बस्ती) भेज देगा। मेरी अवस्था डिसेक्शन टेबल पर जड़े मेंढक-सी अवश हो गयी थी।

आखिर चार-पाँच माह बाद रवि-मालविका की शादी, रवि के माता, पिता तथा अन्य परिवार वालों ने हिन्दू रीति-रिवाजों के अनुसार करवा दी। कन्यादान की रस्म

को टालने की खातिर मैं जान-बूझ कर शादी पर उपस्थित नहीं रही। लेकिन शादी के बाद मैंने रवि से जवाब माँगा। पूछा कि उसने अपने प्यार का इजहार पहले क्यों नहीं किया? अन्तिम क्षण तक चुप क्यों बैठा रहा।

मैं समझ रही थी कि अब वह गम्भीरता से जवाब देगा या अपना अपराध-बोझ व्यक्त करेगा, परन्तु उसने एकदम सहज भाव से कहा– "आप मुझे गलत समझेंगी, शायद मेरा यकीन भी नहीं करेंगी, लेकिन यह सच है कि मैंने उस दिन तक शादी के बारे में सोचा भी नहीं था। फिल्म लाइन में काम करने के लिए दिल्ली से आया था। एक दोस्त के घर पेइंग गेस्ट बनकर रहता था। मेरे लिए काम मिलना सब से जरूरी था सो काम की तलाश में रहता था, स्ट्रगल किया करता था। मैं और मालू (मालविका) सिर्फ अच्छे दोस्त थे। लेकिन वह उस दिन अपनी शादी का निमन्त्रण देने आयी तो मुझे लगा कि यही वह लड़की है, जिससे मुझे शादी करनी है।"

बताते हुए वह सहज ही बना रहा। एक तरफ मुझे उस की सहजता से डर भी लग रहा था। क्या पता, कल ये लड़का इसी सहजता से मालविका से सम्बन्ध तोड़ लेगा। दूसरी तरफ, बिना कोई हीला-हवाला किये ईमानदारी से अपना प्रस्ताव रखने का उसका तरीका देखकर, उसके प्रति विश्वास भी जाग रहा था। सबसे महत्त्वपूर्ण बात यह थी कि कहीं भी जाति का सवाल नहीं उठा था और फिर मालविका ने तो अपना निर्णय ले ही लिया था। फिर भी मैंने रवि से पूछा कि "मालविका के नियोजित वर, उदय को बिना वजह जो सजा मिली, उसका प्रायश्चित कैसे होगा?"

मेरे सवाल पर भी उसी सहज भाव से उसने कहा– "आंटी, देखिये, किसी न किसी को तो यह सहना ही था। यदि मैं स्वयं उदय से बात करने का प्रयास करता तो उसके मन को अधिक ठेस पहुँचती। और अब कुछ कहना भी गलत है।"

रवि के जवाब पर मैं चुप हो गयी।

जीवन में कई बार निर्दोष होते हुए भी सजा भुगतनी पड़ती है। मैंने भी भुगती है। फिर भी, जो हुआ, इंसानियत के नाते गलत ही हुआ ऐसी मेरी धारणा है। बचपन में स्कूल की किताबें पढ़ती थी। तभी पढ़ी सिन्दबाद की पीठ पर बैठे बूढ़े की कहानी याद आयी। तब तो वह बोझ कल्पना में था परन्तु अब यह अपराध-बोझ मुझे अन्तिम साँस तक ढोना है, यह मैं जानती थी। ऊपर से मैं मुस्कराती थी लेकिन भीतर ही भीतर मानसिक बोझ तले कुचल गयी थी।

इन्हीं दिनों डॉ. जब्बार पटेल (मराठी फिल्म के एक प्रतिभाशाली निर्देशक) द्वारा निर्देशित डॉ. आम्बेडकर पर बनी फिल्म में, भानू अथैया के साथ, दलितों की वेशभूषा की सलाहकार के रूप में काम करने का अवसर मिला। जब इस फिल्म का काम मुझे मिला तब मुझे याद आये वे दिन जब मेरे टूटे पैर का इलाज सायन हॉस्पिटल में चल रहा था। उस वक्त पैर का इलाज तो अस्पताल में होता था परन्तु अब मेरे टूटे, आहत मन का उपचार फिल्म की शूटिंग के दौरान होता था। केवल उपचार ही

नहीं, बल मिलता था। शूटिंग के समय, वहाँ काम में तथा काम न होने पर भी वहाँ रुक कर, उस वातावरण में समय बिताकर मैं अपने दुखते मन का उपचार करती थी।

फिल्म बन रही थी। व्यवस्था के शिकार, अपमानित-अवहेलित पीड़ित समाज को डॉ. आम्बेडकर चेतना दे रहे थे– उनके मूक होठों को वाणी दे रहे थे, अन्धों को राह दिखा रहे थे। देखते ही देखते हजारों लोग उठ खड़े हुए, बोलने लगे, गिरते-सँभलते चलने लगे....

महाड़ में शूटिंग चल रही थी। एक रात, एक-डेढ़ बजे के करीब मेरी छोटी बेटी मानिनी ने फोन किया। घबरायी-सी, रुँआसी आवाज में बस इतना बोल रही थी कि–'माँ तुम वापस आ जाओ।' कारण नहीं बताया। मैंने तुरन्त जब्बार पटेल से सम्पर्क किया और उन्होंने रातोंरात मेरी महाड़ से मुम्बई आने की व्यवस्था कर दी। धीरज बँधाया। मैं डर रही थी कि पता नहीं क्या कुछ घट गया हो। सच पूछा जाय तो जीवन में एक के बाद एक घटती घटनाओं से मेरी मनःस्थिति ऐसी हो गयी थी कि हर वार के लिए मन तैयार था। फिर भी थोड़ा दबाव तो था ही। सुबह घर पहुँची तो मानिनी ने शिकायती स्वर में बताया कि उदय (मालविका का नियोजित वर) के परिवार वाले माँग कर रहे हैं कि बड़ी बेटी के बदले अब छोटी को ही उदय से ब्याह दो और अण्णा (मेरे पति) राजी हो गये हैं।

अब तक मैं सँभल गयी थी। अब मुझसें फिर से इतनी हिम्मत आ गयी थी कि बेटी की इच्छा के विरुद्ध उसका पिता ही नहीं, मेरा भी --- खड़ा होता, तो मैं पीछे नहीं हटती।

मैंने शान्तिपूर्वक मानिनी से पूछा कि उसकी क्या इच्छा है? यदि वह राजी हो तो मैं उसकी शादी उदय से करवा दूँगी। परन्तु वह राजी नहीं थी। मैंने कहा– "अपने पिता को साफ-साफ बता दो कि तुम राजी नहीं हो।"

मेरे पति वहीं पर थे। उन्होंने कहा कि– "जब ये साफ इनकार कर रही है तो इसकी मर्जी के खिलाफ कोई क्यों निर्णय लेगा। लेकिन बड़ी भी पहले ही बोल देती तो यह नौबत ही नहीं आती। रवि भी पहले ही बोल देता तो..." आदि काफी कुछ वे बात कहते रहे।

एक बात स्पष्ट हो गयी थी कि ये 'ऐसा हुआ होता' और 'वैसा हुआ होता' के जंजाल से अब वे थक चुके हैं। उनका गुस्सा ठंडा पड़ गया है। मानिनी की इच्छा के विरुद्ध वे कुछ नहीं करेंगे ऐसा विश्वास हो गया। इन सारी घटनाओं के चलते मुझे कहीं गहरे अन्तःस्तल में महसूस हो रहा था कि मेरे पति भले ही मुझसे झगड़ें, बिल्कुल गन्दी बातों से मेरी मिट्टी पलीद करें परन्तु अन्तर्मन में वे इतने कठोर निश्चित नहीं हैं। लोगों को दिखाने के लिए उन्होंने यह आवरण ओढ़ रखा था। वे लोगों को दिखाना चाहते थे कि मैं भी तुम सबों की ही तरह आत्मसम्मान और घर की इज्जत की कद्र करता हूँ और इसके लिए पत्नी तो क्या बच्चे को भी माफ नहीं

करूँगा।

उस घटना के बाद लोगों का हमारे घर आना-जाना कम हो गया था। रिश्ते के, स्कूल-कॉलेजों में पढ़ने वाले, नये जमाने के बच्चे भी इस घटना को सहजता से नहीं ले सके थे। कइयों ने तो मालविका से बात करना तक बन्द कर दिया था।

मालविका की शादी के वक्त जो भी कुछ घटा था, उसका गुस्सा मानिनी के मन में भी भरा हुआ था। जो हुआ, उससे तकलीफ तो सभी को पहुँची। मानिनी का सवाल था कि ऐन वक्त पर अपने प्यार का ऐलान करने वाले रवि को क्या सजा मिली? रवि और मालविका को अपमानित कर वह अपनी ओर से उन्हें सजा ही दे रही थी। उसका कहना था कि शादी के समय जो व्यर्थ खर्च हुआ उसका हर्जाना अब रवि को भरना चाहिए। और मैं...बस इतना जानती थी कि ऐन वक्त पर क्यों न हो, रवि ने सही निर्णय लिय और तीनों के जीवन को दुखमय होने से बचा लिया। मेरे लिए यही काफी था। प्राणांतिक चेष्टा से फिर मैं ही टूटे रिश्तों को जोड़ने का प्रयास करती रही। दरारों को मिटाने की भरसक कोशिश करती रही।

घर में नाते-रिश्तेदारों के आने से मेरे पति बेहद खुश होते थे। रिश्तेदार करीबी हो या दूर के, वे उनसे खूब गप्पें लड़ाते थे। फोन पर भी देर तक बातें चलती थीं। जब से वे अपने पोस्ट मास्टर के पद से रिटायर हुए थे, खाली वक्त उन्हें काटने को दौड़ता था। घर आये मेहमानों से बातचीत के दौरान पुराने जख्म भी कुरेदे जाते थे– "पहले ही आप को एक आघात पहुँचा था अब उस पर ऐसा वार नहीं पड़ना चाहिए था..." आदि कहकर सहानुभूति जतायी जाती। फिर मेरे पति भी अपना वही पुराना राग अलापना शुरू कर देते– "इस औरत ने बेटियों को सिर चढ़ा रखा है... घर की ओर ध्यान ही नहीं है...अपने आप में ही मगन...फिर ऐसा क्यों नहीं होगा...?" आदि हमेशा की तरह शुरू हो जाता परन्तु अब उनके शब्दों में पहले सी धार नहीं रही थी। हम दोनों ही जानते थे कि जैसा भी हो, हमारा घर, हमारे इसी सहजीवन के आधार पर खड़ा है।

समय धीरे-धीरे बीत रहा था। पुराने जख्म भर रहे थे और उसी समय नये जख्म भी दबे पाँव द्वारा पर खड़े राह देख रहे थे। मेरे जेठ की बेटी सुगंधा, मुम्बई के सायन अस्पताल में भरती थी। पता चला कि उसकी दूसरी किडनी भी बेकार हो गयी थी।

हम दोनों उससे मिलने अस्पताल में गये। उस दिन मेरे पति ने थकावट की शिकायत की। लगा कि शायद काफी दिनों बाद बाहर निकले थे इसलिए थक गये होंगे। लेकिन बाद में भूख न लगना, लाल पेशाब निकलना आदि पीलिया के लक्षण दिखायी देने लगे। खिलाड़ी होने के कारण उनका बदन कसा हुआ था, मूलतः सुदृढ़ थे। बीस साल पहले उन्हें पीलिया हुआ था और अब दूसरी बार। फिर सोनोग्राफी, सी.टी. स्कैन आदि करवाया। मंदार के दोस्त डॉ. विजय सालवे ने उन्हें अस्पताल में भरती करवाया। यही विजय और उसकी पत्नी डॉ. हेमलता केदारे शादी से पहले,

परिवार के विरोध के कारण घर छोड़कर हमारे घर आये थे। तब मेरे पति ने विजय को अपना बेटा मानकर वरली के बौद्ध मन्दिर में उनका विवाह करवा दिया था। इसी से विजय सालवे उनका अहसान मानता था। विजय ने कुछ और भी टेस्ट करवाये, अपने सीनियर डॉक्टरों को दिखाया तथा बिना दवा दिये घर वापस भेज दिया। मेरे पूछने पर उसने आँखें चुराते हुए कहा कि– 'कुछ खास नहीं है, अण्णा के लिवर में सूजन आ गयी है। आयुर्वेदिक, होमियोपैथिक दवाइयों से ठीक हो जायेंगे। अनेक रिपोर्ट्स बड़े डॉक्टर साहब के असिस्टेंट के पास है, मैं बाद में ले आऊँगा' आदि।

मैं समझ गयी की विजय कुछ छिपा रहा है। मेरे जोर देने पर उसने बताया कि 'उन्हें लिवर सिरोसिस हो गया है।'

इस बीमारी के बारे में हम कुछ नहीं जानते थे। लेकिन इतना महसूस हुआ कि बात गम्भीर है। मेरा देवर वासुदेव, भाई शाहू और मैं तीनों उस असिस्टेण्ट से रिपोर्ट्स लेने के लिए गये। वह छोकरा-सा डॉक्टर अपने काम में व्यस्त था। शाहू के पूछने पर उसने वहीं पड़ी रिपोर्ट, लापरवाही से पढ़कर बता दिया कि 'पेशन्ट को लिवर का कैन्सर है, लास्ट स्टेज है, कोई उपाय नहीं है। और छः महीने की जिन्दगी बाकी है।'

टेबल के सहारे खड़ी मैं सुन्न हो गयी। बस छः महीने! एक हँसती-बोलती जिन्दगी...मेरा जीवनसाथी, बस कुछ दिन का मेहमान है? मैं समझती थी कि जीवन में इतने दुख सहकर अब मैं पत्थर बन गयी हूँ। पर यह दुख मेरे गले से नीचे नहीं उतर रहा था। काँटे की तरह चुभ रहा था।

मैंने विजय से पूछा कि क्या हरिश्चन्द्र बीमारी के बारे में सुन चुके हैं? उसके नहीं कहने पर मैंने कहा– "उन्हें बताना भी मत। यदि मृत्यु अटल है तो कम से कम वे मानसिक क्लेश से तो बचे रहें।"

उपाय भले ही न हो, उपचार तो चल ही रहे थे। और कुछ डॉक्टरों को दिखाया। ॲम्ब्युलायजेशन (दूरबीन द्वारा शल्यक्रिया), आयुर्वेदिक, होमियोपैथिक दवाएँ शुरू की गयीं। विपश्यना शिविर भी हो आये। कुछ एक ने साधू बाबा आदि की भी सलाह दी लेकिन इन सब का हमारे जीवन में कोई स्थान नहीं था।

जब मैंने सुना कि हरिश्चन्द्र की जीवन मात्र छः महीने का ही रह गया है तब मेरे मन में एक साहसी विचार आया...उनकी किडनियाँ यदि सुगंधा से मैच करे तो...मैंने अपने देवर वासुदेव से बात की। कार्यकर्ता होने के कारण उन्होंने मेरी बात के गाम्भीर्य को समझा। लेकिन विजय ने बताया कि कैन्सरग्रस्त मरीज के अंग ट्रान्सप्लांट नहीं किये जाते क्योंकि कैन्सर पूरे शरीर में न जाने कहाँ-कहाँ फैल चुका होता है।

विजय के जवाब से एक ओर तो मुझे दुख भी हुआ और राहत भी मिली... क्योंकि सचमुच यदि किडनी मैच हो जाती तो...सुगंधा के शरीर में ट्रान्सप्लांट करवाने की बात पक्की हो जाती तो ...तो यह बात हरिश्चन्द्र से कौन और कैसे

कहता? उस की क्या प्रतिक्रिया होती? हरिश्चन्द्र की जगह यदि मैं होती हो मेरी क्या प्रतिक्रिया होती? सम्पूर्ण देह शनैः-शनैः नष्ट होने की पीड़ा अधिक होती या अपने अन्दरूनी अंग के कटने की? बीमारी के बारे में अन्तिम पल तक अन्धेरे में रखने के कारण वह नाराज होता या सन्तुष्ट? जीवन के बचे-खुचे पल बिना किसी विद्वेष के जी सकने का सन्तोष उसे होता या नहीं? या फिर उत्पन्न तनाव से उसका जीवन क्रमशः नीरस, हतबल और एकाकी बन ज़ाता...? शायद यही होता।

कहते हैं जहाँ हमारा जम्म होता है, वहीं हमारी जड़ें होती हैं और वे हमें फिर वहीं खींच कर ले जाती हैं। ऐसा ही हुआ। हरिश्चन्द्र की बीमारी का पता चले कोई तीन-चार माह हुए होंगे। बरसात का मौसम नजदीक था, अचानक हरिश्चन्द्र ने गाँव जाने की इच्छा प्रकट की। उसने कहा– "जरा गाँव घूम आते हैं। चौंक कर मैंने उसकी ओर देखा–कहीं बीमारी की बात खुल तो नहीं गयी? लेकिन वह शान्त था। नयी निकली, कोंकण रेलवे से ही हम निकल पड़े। वहाँ जाकर हरिश्चन्द्र ने गाँव घूमने की बात कही और मुझे हमारी नयी-नयी शादी के दिन याद आ गये...। उसी तरह खेतों की मेड़ पर हम घूम रहे थे, वैसे ही खेती के काम चल रहे थे। काम करते-करते लोग हमसे बातें कर रहे थे। जिस पत्थर पर मेरी सास उपले पाथती थी, उस पत्थर के पास हम कुछ देर रुके रहे, हरिश्चन्द्र अपनी माँ की यादें ताजा करता रहा और यह सब सुनते हुए मैं देख रही थी खाली गागर का तला... जहाँ सूख चुके पानी के अस्तित्व को उजागर करती सफेद लकीरें, मृत्यु रेखा की भाँति बलखाती, घूमती फिर जीवन-बिन्दु को छूती हुई-सी...।

हरिश्चन्द्र अब अधिक दिनों तक हमारे बीच नहीं रहेंगे यह भावना उनके भाई-बहनों के कलेजे छलनी किये दे रही थी। मेरे देवर वासुदेव, केशव और ननद शालिनी अस्पताल में उसके साथ थे। गाँव से आये जेठ आबा और दादा तो मूक हो गये थे। दादा अपने भावुक स्वभाव के कारण रोने भी लगे। उनका रोना देखकर हरिश्चन्द्र ने बाद में पूछा कि 'दादा क्यों रो रहे थे? लिवर की सूजन उतरने के बाद तो मैं ठीक हो जाऊँगा।' असल में हरिश्चन्द्र की सेहत देखकर तो हम सभी इस धोखे में थे कि वह ठीक हो जायेगा। लेकिन अन्ततः वह दिन आ ही गया। कांदिवली के डॉ. विजय मून ने बिना एक पैसा लिये, अन्तिम उपचार कर बेटे जैसा प्रेम निभाया।

इस अवसर पर भी हरिश्चन्द्र की बीमारी का कारण, बेटी की शादी से उत्पन्न तनाव के मत्थे मढ़ने का प्रयत्न किया गया और फिर अटल रूप से मेरी शिक्षा, लेखन, सामाजिक कार्य आदि का यथाविधि पंचनामा होकर अन्तिमतः मुझसे सम्बन्ध जोड़ा ही गया। लेकिन आज इन सारे उपालंभों का मेरे लिए कोई मूल्य नहीं था, न तो हरिश्चन्द्र के कटु वचनों का, झगड़े का या रूठने-मनाने का...। मैं तो बस देख रही थी, उमड़ते-घुमड़ते घने, काले, अन्धेरे बादलों के सम्मुख खड़ा हरिश्चन्द्र... मुझसे दूर

जाता हुआ...याद आ रहे थे हमारे जीवन के हर जाने-पहचाने पल ...सास की पीठ पर झूल कर गुड़ की जिद करता हरिश्चन्द्र का बालरूप...मुम्बई में मामा के घर तथा बाद में दापोली के छात्रावास में रहता विद्यार्थी हरिश्चन्द्र... डॉ. आम्बेडकर से प्रभावित हरिश्चन्द्र...रत्नागिरी का खेड़स्कर भाऊ के घर में बैठा तरुण प्रेमी हरिश्चन्द्र...आगे चलकर मेरा पति...बच्चों का पिता हरिश्चन्द्र... उसके अनेक रूप...बेटे को कन्धा देते हुए...और अब वह भी...दुख से व्याप्त, मेरे मन में, एक पुरानी पीड़ा आज भी जिन्दा थी, जो इस दुख को अपने में समेट कर भी बाकी थी...! आये को सान्त्वना देने आयी उस स्त्री के शब्द– 'मांग का सिन्दूर मिटने से बड़ा दुख कलेजे का टुकड़ा कटने का होता है।' याद आ रहे थे।

...आज मेरी झोली इन दोनों ही दुखों से भरी थी।

पति गुजर जाने के गम के बीच...एक घटना की याद आज भी मुँह चिढ़ाने लगती है। मेरे पति की बीमारी का निदान जब हुआ, उन्हीं दिनों की बात है। नेपाल स्थित 'लुंब्रिनी' में 'साक्यादिता' नामक विश्व बौद्ध महिला संगठन की परिषद थी। डॉ. एलिनार झेलियट के सुझाव के अनुसार, उनकी सखी कर्मा लेकसे तोस्मो ने मुझे भी निमन्त्रण भेजा था। वैसे भी मेरे मन की हालत, जाने लायक नहीं थी। मेरी एक सहेली जा रही थी। उसी सहेली ने फोन पर कहा कि मिलकर साथ ही चलेंगे। मैंने अपनी असमर्थता प्रकट करते हुए कहा कि "उनकी बीमारी के कारण मैं अभी डिप्रेशन में हूँ।" इस पर वह हँस पड़ी और बोली– "तुझे डिप्रेशन में जाने की क्या जरूरत है?" इस कथन पर मैं क्या कहती?

धर्म परिवर्तन के उपरान्त भी हिन्दू संस्कारों की एक रस्म हमारे समाज में अब तक बाकी है। पति की मृत्यु के बाद गले का मंगलसूत्र तोड़कर उसके पैरों पर रखना, हाथ की हरी चूड़ियाँ फोड़ना, बालों में हेतुतः लगाया गया गजरा नोच कर निकालना तथा पति के बायें पैर के अँगूठे से पत्नी के माथे का टीका पोंछना। एक तो यह रस्म निरे ढकोसले के अलावा कुछ नहीं है, दूसरे, इसमें स्त्रीत्व का घोर अपमान भी है। मैंने यह रस्म निभाने से इनकार कर दिया यह देखकर वहाँ उपस्थित कई लोगों के मन गुस्से से उबल पड़े। हालाँकि उन्होंने गुस्सा जाहिर नहीं किया, क्योंकि डॉ. आम्बेडकर के विचारों की खोल जो ओढ़ रखी थी। मुझे 'निरी मूर्ख' या 'ज्यादा सयानी' समझा गया, इसीलिए पति के जीवित रहते न मंगलसूत्र पहनने वाली मैं, जब उनके गुजर जाने के बाद मंगलसूत्र पहनने लगी, तब भी किसी ने ध्यान नहीं दिया। मुझे भी यह बात ठीक लगी। क्योंकि मैं चाहती थी कि लोग जानें–'गले में पहने काले काँच से अधिक उन काले मणियों का मूल्य नहीं है।' लेकिन अगर मंगलसूत्र निकाल देती तो अनजान लोग यही समझते कि वैधव्य के कारण मंगलसूत्र उतार दिया है।

आज सोचने पर लगता है कि यही तो वे छोटी-छोटी बातें हैं, जो जीवन को बोझ

बना देती हैं। फिर अब उनका भार क्यों ढोया जाये?

मेरे पति के गुजर जाने के एक वर्ष बाद, मेरा भतीजा आनन्द पीलिया से चल बसा। उसकी पत्नी ने भी मंगलसूत्र तोड़ने की रस्म को नकार दिया। उसके बाद एक कार्यक्रम में रमाकान्त यादव[25] से मुलाकात हुई। उन्होंने बताया कि बौद्धजन पंचायत ने इस रस्म की अनिवार्यता खत्म कर दी है। अब यह रस्म ऐच्छिक होगी। 14 अप्रैल, 2002 को यह प्रस्ताव पारित किया गया। मुझे उस प्रस्ताव के 'ऐच्छिक' शब्द पर एतराज था।

हरिश्चन्द्र के अन्तिम दिनों में मालविका पति को लेकर घर आयी थी। लाख छिपाने पर भी उसके चेहरे पर झलकती खुशी, वैवाहिक जीवन की सन्तुष्टी सभी को नजर आ रही थी। उसका वैवाहिक जीवन सुखी जान पड़ रहा था। भावविवश होकर सबने उसे गले भी लगा लिया था। पिता की बड़ी बेटी होने के नाते, अन्तिम संस्कार के लिए वह आगे भी बढ़ी थी, परन्तु मेरे देवर ने उसे यह कहकर लौटा दिया कि अन्तिम क्रिया विद्युत दाहिनी में की जायेगी। रवि अन्त तक साथ था तथा अन्य सभी के साथ विद्युत दाहिनी तक गया था। उसका आकर्षक व्यक्तित्व तथा उम्दा व्यवहार देखकर कुछ लोग प्रभावित भी हुए। मालविका भी उसके साथ गयी थी।

शोक सन्देश आ रहे थे। दोनों किडनियाँ बेकार हो जाने के कारण सुगंधा का उसकी माँ की किडनी देने की बात चल ही रही थी कि सुगंधा की भी मृत्यु हो गयी। शोक सन्देशों में इस घटना का भी उल्लेख होता था। कुछ लोग प्रत्यक्ष घर आ कर मातमपुर्सी करते थे, चार शब्द बोलकर धीरज बँधाते थे। इसी दौरान मातमपुर्सी के लिए आये एक दूर के रिश्तेदार दम्पति ने मानिनी की शादी अपने बेटे से करने की इच्छा व्यक्त की। आगे चलकर शादी सम्पन्न हुई, मानिनी सही राह पर लग गयी यह विचार तक मुझे जीने के लिए बल दे गया था।

शोक सन्देशों की बात से एक लेखक महोदय याद आ रहे हैं। प्रस्तुत सज्जन अपनी स्पष्टवादिता के लिए प्रसिद्ध हैं। एक दिन वे राह में मिले तथा बातें करते पूछने लगे कि 'मंदार की मृत्यु के बाद, मेरा भेजा हुआ शोक सन्देश आपने पढ़ा या नहीं?' मैं चुप रही, क्योंकि समय-कुसमय, बीती बातें कुरेद कर जख्म फिर से हरे करने वाले लोग, आये दिन मिलते ही रहते हैं। लेखक महोदय, आगे पूछने लगे कि वह शोक सन्देश मुझे कैसा लगा? आगे वे अपनी शैली के लालित्य का बखान करते हुए कहने लगे कि "यदि हो सके तो आप मेरा वह पत्र (शोक सन्देश) लौटा दें, ताकि मैं उसे अपने संग्रह में नमूने के तौर पर रख सकूँ।" उस वक्त तो किसी का पत्र खोलकर देखने का मुझे साहस नहीं था। लेकिन अब मैं हरिश्चन्द्र तथा सुगंधा के शोकसन्देशों के जवाब भी लिख रही थी और याद कर रही थी उस स्त्री के

25. रमाकान्त यादव : बौद्धजन पंचायत सभा के सचिव।

शब्द–'माँग का सिन्दूर मिटने से कलेजे का टुकड़ा कटने का दर्द अधिक बड़ा होता है।'

एक बार एक और परिचिता मिली थी। मेरे पति के गुजरने का समाचार उसे काफी देर से मिला था– 'तुम कितनी दुबली हो गयी?' कहते समय वह जरा व्यंग से हँसती हुई– सी लगी थी। तब मुझे सालों पहले सुना–राँडमांस–शब्द याद आया। आज मेरा भी स्वास्थ्य अच्छा है। जीवन में यदी हरदम कोई आपके सिर पर सवार न हो, अगर हर पल आपको जवाबदेही न करनी पड़े, हर कदम पर विरोध का सामना न करना पड़े, तो इंसान अपना जीवन अपने तरीके से, सन्तोष से जी सकता है। अपने तरीके से जी सकने की छूट हर एक को होनी चाहिए। जीवनसाथी को चाहिए कि यह छूट वह स्वयं ही अपनी पत्नी को दे। अगर ऐसा हुआ तो हमारी समाज-व्यवस्था की शब्दावली में राँडमांस जैसे शब्दों का जन्म ही नहीं होगा। क्या मर्दों को 'रंडवा मांस' चढ़ता है?

आजकल मेरा पत्राचार बढ़ गया है। दीवार पर बने शो-केस में भानचिह्नों तथा पुरस्कारों की संख्या बढ़ गयी है परन्तु जीवन के उतार-चढ़ाव ने इन सारी उपलब्धियों को शुद्ध भाव से स्वीकार करने की क्षमता छीन ली है। देवधर्म, जाति-पाति आदि में फँसे परिजनों से ही डर लगता है।

जीवन ने कई अनुभव दिये, सीख दी, आघात भी दिये। आगे चलकर और क्या घटने जा रहा है, पता नहीं! परन्तु जो भी घटे, निर्विकार भाव से झेलने की हिम्मत मैंने अपनी जीवनशैली द्वारा प्राप्त कर ली है।

आज जब मैं पीछे मुड़ कर देखती हूँ, तो मुझे दिखती है– रत्नागिरी में कूड़े के ढेर पर, टूटे खिलौनों को रंगीन कतरनों से सजाती–मैं, फणसवले की देहातिनों के साथ, उनकी बतकही में रस लेती, चिलचिलाती धूप में, पैरों में पलाश के पत्ते बाँधकर दौड़ती– मैं, आये के डर से स्कूल जाती–मैं, फिर आगे चलकर घर-गृहस्थी में उलझी, अपनी कलम के सहारे आँसुओं का दरिया पार करने की चेष्टा करती–मैं...मेरे जीवन का यह 'आयदान', इसकी बुनाई पाठकों के लिए क्या मायने रखती है? शायद कुछ पाठक इस आयदान से अपने जीवन की यादें ताजा कर लेंगे तो कुछ पाठकों की नजर में यह तुच्छ और त्याज्य भी हो सकता है।

यहाँ जाति वर्ण-वर्ग से जुड़ा हर व्यक्ति का जीवन एक सामाजिक वास्तव होता है। मेरी आत्मकथा को भी इसी नजर से देखा जाये, इतना ही मैं चाहती हूँ।